广东戏剧文库

优秀剧作选

1949-2019

雷 剧 卷

GUANGDONG XIJU WENKU
YOUXIU JUZUO XUAN
LEIJUJUAN

（第1册）

广东省艺术研究所
主编

中国戏剧出版社
CHINA THEATRE PRESS

图书在版编目（CIP）数据

广东戏剧文库. 优秀剧作选. 雷剧卷：1949-2019 /
广东省艺术研究所主编. -- 北京：中国戏剧出版社，2020.10
ISBN 978-7-104-04920-3

Ⅰ. ①广… Ⅱ. ①广… Ⅲ. ①地方戏剧本－作品集－
雷州－当代 Ⅳ. ①I236.65

中国版本图书馆CIP数据核字（2020）第011483号

广东戏剧文库·优秀剧作选·雷剧卷（1949—2019）

责任编辑：肖　楠　曹　静
责任印制：冯志强
校　　对：张爱华

出版发行：中国戏剧出版社
出 版 人：樊国宾
社　　址：北京市西城区天宁寺前街2号国家音乐产业基地L座
邮　　编：100055
网　　址：www.theatrebook.cn
电　　话：010－63381560（发行部）　010－63385980（总编室）
传　　真：010－63383910（发行部）

读者服务：010－63387810
邮购地址：北京市西城区天宁寺前街2号国家音乐产业基地L座

印　　刷：保定市铭泰达印刷有限公司
开　　本：787mm×1092mm　1/16
印　　张：42.125
字　　数：643千字
版　　次：2020年10月　北京第1版第1次印刷
书　　号：ISBN 978-7-104-04920-3
定　　价：228.00元（全2册）

编委会名单

序　言

为全面贯彻党的十九大和习近平总书记重要讲话精神，坚持以习近平新时代中国特色社会主义思想为指导，充分发挥广东戏剧在广东文化大省建设中的作用，促进广东戏剧观念、戏剧实践的发展，繁荣广东戏剧事业，推动广东戏剧事业走在全国前列，值中华人民共和国成立七十周年之际，在广东省文化和旅游厅的领导下，广东省艺术研究所自 2018 年开始启动《广东戏剧文库 · 优秀剧作选（1949—2019）》丛书出版工程，将广东戏剧 70 年来（1949—2019 年）的剧目进行梳理、总结，现结集出版。

《广东戏剧文库 · 优秀剧作选（1949—2019）》由广东省文化和旅游厅策划，广东省艺术研究所承担组织编选工作。按照广东省文化和旅游厅的统一部署，由全省各演出院团报送剧本，我们聘请省内的戏剧专家、学者 30 余人，按照艺术质量与社会影响双重标准，将 1949—2019 年 70 年间历届省级以上戏剧赛事获得剧本奖的剧目、在市场演出中经久不衰的剧目、名家演出的代表性剧目、经专家推荐论证在现当代较有价值和意义的剧目甄选出来。自 2018 年开始，历时两年，我们从征集到的近 2000 个剧本中挑选出 200 多个，交由中国戏剧出版社出版。

《广东戏剧文库 · 优秀剧作选（1949—2019）》分 8 卷共 25 册，包括粤剧卷（8 册）、潮剧卷（4 册）、广东汉剧卷（2 册）、雷剧卷（2 册）、稀有剧种卷（含正字戏、白字戏、西秦戏、花朝戏 4 个剧种，3 册）、客家山歌剧卷（2 册）、韶关戏曲卷（含粤北采茶戏和乐昌花鼓戏 2 个剧种，1 册）、话剧卷（3 册）。

该剧作选所选录的剧本，就戏曲部分而言，既有经过整理的传统戏，如粤剧《白蛇传》《秦香莲》《审死官》，潮剧《荔镜记》《苏六娘》《告亲夫》，广东汉剧《齐王求将》，正字戏《张飞闯辕门》，白字戏《白罗衣》，西秦戏《辕门罪子》等；又有现当代新编写的历史剧，如粤剧《关汉卿》《昭君公主》《袁崇焕》，潮剧《辞郎洲》《陈太爷选婿》《东吴郡主》，广东汉剧《白门柳》，西秦戏《留取丹心照汗青》等；更有全新创作的现代戏，如粤剧《土缘》《驼哥的旗》《刑场上的婚礼》，潮剧《老兵回乡》《赠梅记》，广东汉剧《热嫁冷婚》，雷剧《抓阄村长》，梅县山歌剧《漂流的新娘花》《等郎妹》，粤北采茶戏《人生路》等。除戏曲剧目外，我们也留了 3 册的篇幅，用来收录广东 70 年来的优秀话剧剧本。所选剧本基本上比较真实地反映了广东戏剧 70 年来的剧目生产概况，比较完整地呈现了广东戏剧人在党的文艺方针指引下持续努力的轨迹，这对于今后的研究和创作而言，无疑是一份珍贵的参考资料，意义颇大。

鉴于时间跨度长、资料浩繁，编辑经验有限，书中错漏在所难免，祈请读者、方家批评指正。

《广东戏剧文库·优秀剧作选（1949-2019）》编委会

2019 年 3 月

目录

雷剧卷的全部剧本由湛江市艺术研究室提供

·雷剧卷·

龙珠奇缘

编剧：黄祖洁

人　物　表

龙　珠	朱　生	贾　仪
莫　仁	龙　赐	龙夫人
小　翠	龙　母	龟丞相
龙　王	玉　女	张铁嘴
老　妇	家　院	四夜叉
天　将	家　丁	丫　环

序　幕　托　愿

[南海龙王琼楼玉宇般的水晶宫殿。

[幕启。龙王神情沮丧坐殿上，龟丞相及水族官员忧心忡忡旁候，四宫娥舞袖踏浪，意为龙王解忧。

四夜叉　（同声）启禀大王，东海、南海、西海、北海寻遍，仍未发现娘娘踪迹！

龙　王　啊！四夜叉，速降凡尘寻找去者！

四夜叉　（同声）领旨。（下）

龙　王　（离座踱步，焦虑不安）

（念）　　上界刮狂风，大海起恶浪，

　　　　爱妻遭劫难，生死难知详。

（悲叹）爱卿呀，悔不该当年蟠桃宴上邂逅谛缘，你才忤逆天规，私奔南海！唉，怨恨那玉帝无情即令天刮风掀浪，残拆恩爱，爱卿呀，如今你落难何方？真令孤王我挂肚牵肠！

［幕后传来：龙母娘娘回宫！

水　族　（惊呼）娘娘得救了，娘娘万幸！

龙　王　（喜出望外）好呀，摆驾迎接！

众水族　（齐呼）　摆驾，迎接娘娘！

龙　母　（内唱）　恨天界，恃宝凶残威迫降，

劫难幸存回晶宫。

［龟丞相龟步与鲤提督鱼姿引龙母上。

龙　王　爱卿呀！（趋上前扑向龙母）

龙　母　大王呀！（悲喜交加，热泪盈眶）

（唱）　九死一生见到你，

百般苦情难诉完。

龙　王　爱卿呀，劫难幸存，经历了多少惊险呀？

龙　母　大王呀！

（唱）　天界势焰难抵抗，

败阵逃临南渡江，

龙　王　啊，南渡河，哎呀，爱卿呀！

（唱）　雷州南渡是浅滩，

浅滩岂能藏蛟龙？！

龙　母　（唱）　龙身逼降搁浅滩，

性命垂危旦夕间，

幸亏得，三位孩童来搭救，

免得昏迷一命亡。

龙　王　啊，幸遇三位孩童？他们是怎样搭救？

龙　母　大王呀，请听臣妾慢慢地说来！（向天一划）

［转暗。水晶宫一侧划为龙母幻述画面的表演区：浅水湾，“雷州南渡”的石界碑隐约可见；霎时，凄光掠影，杀声大作，龙母惊慌逃上，见碑绝叫：“啊，南渡江！”一声阚雷，大地一掠，纱幕后映出二天将怒目而视，一天神

手持着青光频闪的“降龙宝棒”曰：“降龙宝棒青光现，管叫叛逆皆升天！”龙母顿觉天旋地转，昏卧石碑，忽变龙鱼，浅搁地上。天神众将豪喊：“哈哈哈……”消逝。稍刻，二孩童上，争着要抬地上的龙鱼。一曰：“我先见的，该我抬，”一曰，“不，是我先见的，我来抬。”又一孩童冲上：“不要争，你们看，鱼离开水怪可怜的，就把它放了吧！”说着把鱼抬起，放回水中，画面消失。

龙　王　哦，不知哪位放你归海的孩童，姓甚名谁，家在何方？

龙　母　臣妾不知，但愿挖下一颗眼珠，托生凡尘寻觅！

龙　王　（二惊）啊，这……挖掉一颗眼珠，虽然能再生回来，但这怎能忍受，爱卿还要三思。

龙　母　大王呀，为了报答恩童之大恩大德，休道挖掉一颗眼珠，纵然致残终身，何足道哉；何况臣妾曾在南渡江岸许下誓愿：“孩童救命之恩，我来生再报。”

龙　王　好一个来生再报，只是此珠降凡后，能否玉成此事，真是令人耽挂啊！

龙　母　此珠若荫归凡间一个心灵最美的人，于愿足矣！

龙　王　这……

龙　母　请大王当即赐刀，请大王恩准！

龙　王　唉，（无可奈何）人来，龙刀伺候！

［内应：“龙刀伺候”。悲壮乐曲起。

［四兵将戎装在前引路，二宫娥奉刀上。众水族依次旁跪。龙王取刀赐龙母。

龙　王　（沉痛而不忍正视）爱卿保重！

龙　母　（跪地接刀，悲壮地）

（唱）　深谢大王将刀赐，

水晶宫前痛挖珠，

［二宫娥端盘趋前，龙母挖珠放盘上。

［突然霹雷惊天，巨浪汹涌，龙宫欲倾，但转瞬复安定如前。

龙　王　（指着盘中珠，感动地）天啊，此珠托生凡间，化成美女，报答恩人！

众水族　（念）　化成美女，报答恩人！

（合唱）　这龙珠，托生凡尘报恩德，

应要化成美人儿。

[歌声中，蓦地，珠盘喷烟，一颗明珠冉冉升起。

[切光。

第一场　卜　卦

[十六年后，雷州城内。

[幕启。龙赐花园一角，春光明媚，百花争艳，右边琼阁绿柳，左边假山，台。中石桌石凳，背后湖水涟涟，巍巍多姿的雷州古塔隐约可见。

龙　赐　（唱）　楼阁亭台样样有，

无奈花园静幽幽。

家中独生一哑女，

谁愿上门把婚求。

（白）想老夫中年时，膝下无儿，老婆只生一女，因她爱如掌上明珠，故取名明珠，如今长大成人，姿容绝代，颇懂诗书，只可惜未曾开口讲话，真令人心烦意乱呀！

[家院上。

家　院　启禀老爷，门外有位先生，雅号张铁嘴，意欲前来为我家小姐卜卦。

龙　赐　哦，竟有此事？真乃求之不得呀！有请！

家　院　是！（向门外）有请张先生！

[龟丞相内应：来也！驾雾上。

龟丞相　（念）　龙珠托生十六载，

奉旨降尘雷州来。

哈哈哈……（忽隐身于假山旁）

[霎时，烟雾弥漫，张铁嘴手撑着“神卜张铁嘴”的招牌，从假山旁闪出。

龟丞相　（念）　龟精化成张铁嘴，特为龙珠，点缘来。

（进园）员外大人，小卜张某这厢有礼。

龙　赐　（忙还礼）张先生今日光临，真令花木增色，百鸟齐欢！

张铁嘴　员外过奖了。

龙　赐　张先生，请坐！

张铁嘴　请！（二人同坐）

龙　赐　家院，请夫人、小姐出来。

家　院　是！（向内）有请夫人、小姐！（下）

龙夫人　（念）　家门不幸生哑女，

怎不教人暗伤心。

老爷唤老身何事？

龙　赐　夫人啊，这位张先生，今日特来我家为女儿卜卦，快上前见过。

龙夫人　张先生有礼！

张铁嘴　夫人万福！

龙　珠　（默声趋前施礼，仪态万千）

龙　赐　这是小女，名唤龙珠，年方二八，生来是个哑女，礼仪不周，望先生海涵！

张铁嘴　哪里，哪里，令嫒天生丽质，玉洁冰清，真是一颗龙珠啊，只是生来未曾开口说话，实乃憾事！员外，敢问令嫒庚辰？

龙　赐　（忙递上庚辰册）庚辰在此，烦张先生给卜上一卦。

龙夫人　是呀，排上一卦，看我女是否有开口讲话之日！

张铁嘴　（接册详阅）好，待我卜上一卦！（取盘排卦，故意凝视龙珠，默默无言）

龙　赐　张先生，卦象怎样？

龙夫人　唉，看来一定不妙！

张铁嘴　不，很妙，很妙！

龙　赐　很妙？

龙夫人　妙？

张铁嘴　是呀，这是个喜卦（得意露龟态）

龙　赐　（与夫人同声）喜卦？喜从何来？

龙夫人　（与龙赐同声）喜卦？喜从何来？

张铁嘴　员外、夫人请听呀！

（韵白） 卦象奇妙吉星现，

时来运转乐无边，

龙珠见夫开金口，

树下花前结良缘。

龙　赐　（与夫人同时）阿弥陀佛！神仙保佑，女儿万幸！

龙夫人　（与龙赐同时）阿弥陀佛！神仙保佑，女儿万幸！

张铁嘴　哈哈哈，告辞了！（飘然而下，霎时烟雾弥漫）

众　人　（茫然无措）张先生，张先生！

龙夫人　张先生忽然不见，好生奇怪，说不定他是歪门邪道，故意戏弄我们呢？

龙　赐　不，我看他像个神仙，卜得一定灵验。

龙夫人　一定灵验，我看未必，小翠，好好陪小姐游玩。

小　翠　夫人放心！

龙夫人　老爷，后院请！

龙　赐　请！（随夫人下）

小　翠　（对龙珠）小姐，你想到哪里游玩呀？

龙　珠　（温情地指手划脚）——

小　翠　（领会）　哦，到那边赏花去？好！（挽龙珠手边舞边唱）

小姐柔情如春水，

脸泛红桃似花魁，

愿她，择个好夫婿，

同坐同行影相随。

[小翠摘花插在龙珠鬓上，龙珠也要为小翠戴花，互相戏耍追逐下。

[切光。

第二场　选　贤

[二幕前。

[贾仪持号箭借莫仁背画筒，乐悠悠地上。

贾　仪　（唱）　　郊野闲游心欢畅，

莫　仁　（唱）　　何必终日守寒窗，

贾　仪　（唱）　　杨柳轻摇花吐艳，

　　　　　　　　　春意浓浓最宜人。

　　　　哈哈哈……

贾　仪　（向内）喂，宋贤弟，快走呀！（内无应声）唉，莫仁兄，（指内）你看我那朱生表弟，一路上只管啃书本，真扫兴！

莫　仁　贾贤弟呀，你这位表弟，才学倒是不错，就是性情有些怪癖！

贾　仪　唉，可惜他家贫命薄，再用功，也无多大出息！

莫　仁　（回望，不耐烦地）嗨，不如给他来个……（二人低语，嗤嗤一笑，隐在一旁）

　　　　[朱生奉书卷，边看边上。

朱　生　（无限感慨地）唉，人生能有几春秋，千古文章，才是无价之宝！

　　　　[贾仪、莫仁闪出，突然吓朱生“醒来！”

朱　生　（一惊？书卷落地）啊，两位仁兄又胡闹了，吓得我……

贾　仪　（拾书卷）嗯，又是这些子曰诗云，给！（还书）书呆子！哈哈哈……

　　　　[乌鸦鸣叫声。

莫　仁　啊，是乌鸦飞来！

贾　仪　看箭！（放箭射乌鸦）！

莫　仁　瞧，乌鸦带箭跌落这边花园了！

贾　仪　追！（三人追下）

　　　　[二幕启，仍是花园景。

　　　　[小翠陪龙珠游玩上。

　　　　[蓦地，一只带箭的乌鸦坠落园中，两人同惊。

小　翠　啊，（上前拾乌鸦）是乌鸦呀！小姐，快来看，此箭正中它的咽喉哩，真是神箭呀！

　　　　[龙珠快步上前，不慎跌落假山池中。

小　翠　（急呼）唉呀，快来人呀，快！（欲拉龙珠又无能为力）

［贾仪、莫仁、朱生同时冲上，闻声见状，一齐拉起龙珠。

龙　珠　（惊喜作揖道谢）谢过三位相公搭救之恩！

小　翠　（猛悟惊叫）哎呀！小姐能说话了，待我去报老爷、夫人！（激动得跑下）

［莫仁等见龙珠貌美，不禁称赞道。

贾　仪　（旁白）啊，美若天仙啊！

莫　仁　（旁白）真是个绝代佳人呀！

朱　生　（旁白）满园春色关不住，一枝红杏出墙来。

龙　珠　你们是……

贾　仪　我们是同窗书友，只因刚才在园外游猎，射中一只乌鸦，故追到这里，不料……在此相会，真乃……

龙　珠　（羞涩地）这个……（拾起）猎物在此，请收回吧。

贾　仪　（接过猎物）多谢小姐！

莫　仁　（旁唱）　梧桐能将凤凰引。

贾　仪　（旁唱）　箭羽引来遇天仙。

莫、朱、贾　（同唱）

小生今日福星照，

天赐良缘会佳人。

［贾仪等脉脉含情，依依不舍。

［龙赐夫妇内声：女儿呀。惊喜地冲上，小翠跟随上。

龙　珠　（上前施礼）女儿拜见爹爹，娘亲万福！

龙　赐
龙夫人　（同时惊愕）啊！阿弥陀佛！神仙保佑！

龙　赐　（急问）孩儿呀，刚才搭救女儿的是谁呀？

龙　珠　喏，就是这三位相公。

龙　赐
龙夫人　（同时）啊，三位！

朱、贾、莫　（三人同时）员外，小生有礼。

龙　赐　（还礼）多谢。

龙夫人 啊！个个春风满面，容貌非凡呀！

龙　赐 哎，女儿呀，你首先见到的是哪一位？对呀，应该有个先后之分呀？

龙　珠 （茫然）这……（摇头）

龙　赐 （拉夫人另场）你看，那张先生卜得真灵，女儿见夫开金口。

龙夫人 可女儿见的是三位，难道三位都是丈夫？哎，呀！

龙　珠 呀，爹娘只管讲话，人家腿都站酸了。

龙　赐 哦，正是，正是。三位相公，请坐。（内向）看茶。

[贾等入座，家院奉茶上，给众斟茶。

龙　赐 请问三位相公，贵姓尊名？

贾　仪 小生姓贾名仪。

莫　仁 小生姓莫名仁。

朱　生 小生姓朱名生。

龙　赐 久仰、久仰！请恕老夫冒昧动问，三位相公可曾纳眷？

朱、贾、莫 （同时）小生尚未婚配。

龙　赐 哦，这……（稍息）好，三位相公，老夫我倒有一桩心事，只是难于启齿。

朱、贾、莫 （同时）员外但讲不妨。

龙　赐 好，老夫膝下无儿，只生龙珠一女，自古道，养老送终，婿也是个半子之劳。今日幸会，乃是天赐良机，哪位若不嫌弃，老夫意欲将女儿许配，不如你们意下如何？

朱　生
贾　仪 （同时）承蒙尊辈美意，小生中意。
莫　仁

龙　赐 哎呀，惭愧。三位盛情老夫无限感激，只是一女岂有配三夫之理？

朱、贾、莫 （同时）这……（面面相觑，各怀心思）

龙　珠 （满腔热情地，旁唱）

三位相公情恳恳，
真令我，心绪如麻乱纷纷。
个个都有潘安貌，

却不知，谁最有才艺超群？

这……啊，有了！（与龙赐耳语）

龙　赐　哦，好呀，三位相公，我女儿意欲请教你们才艺，才艺优者，愿托付终身，不知你们意下如何？

莫　仁

贾　仪　（同时）好呀，小生愿意领教。

朱　生

莫　仁　贾贤弟，还是愚兄我先来吧。

贾　仪　莫仁兄，就让贤弟先试试！

莫　仁　哎，你小一岁，还是愚兄先来。

［二人争先。

贾　仪　啊，那边有棵柳树，这里正是百步以外，小生献丑了！（持弓箭边舞边唱）

英姿飒爽如临阵，

武艺超群震九天，

百步穿杨无虚发。

［放箭，小翠下去拾箭。

（接唱）　雷州闻名贾箭神。

众　人　啊，射中柳枝了，真是百步穿杨！

［小翠复上，交箭和柳枝给夫人。

龙夫人　啊，射得奇妙，真是神箭。

莫　仁　（不甘示弱）朱贤弟，画简丹青伺候！

龙　赐　莫相公，请展艺施才吧。

莫　仁　好，小生意欲借小姐倩影作描摹，不知小姐意愿如何？

龙　珠　奴愿意！（至亭阁旁）

莫　仁　（边描边唱）

挥动彩笔技艺显，

描绘佳人画更真，

一幅肖像无价宝，

退边闻名莫画神。

（画毕得意地呈画给龙赐）劣作呈上，请尊辈、小姐赐教！

[众人赏画，惊奇赞赏。

龙 赐 神韵非凡！宛似真人！真是稀世之画呀！

龙 珠 朱相公，轮到你了，请！

朱 生 这……小姐呀！

（唱） 小生家贫见识浅，

只习经文读诗篇，

今日不能量身手，

无艺无才难开言。

龙 珠 朱相公不必过谦，我看你一定是满腹文章，下笔千言。

朱 生 小生学问平常，谨望赐教。

龙 珠 这……（向龙赐耳语）

龙 赐 哦，出对子？好！（暗示小翠）

小 翠 朱相公，我家小姐意欲出对，不知尊意如何？

朱 生 好，请小姐出上联。

龙 珠 朱相公，请听：年年月月，朝朝暮暮，黑夜尽头方见日。

朱 生 （一时觉得为难）这……

贾 仪 （对莫仁）嘿，这个上联，我看谁也对不上。

莫 仁 是呀，朱贤弟，你对不上就别想了。

朱 生 不，我……我已经想出来了。小姐，请再念一遍

龙 珠 （念上联）年年月月，朝朝暮暮，黑夜尽头方见日。

朱 生 （对下联）夏夏秋秋，暑暑凉凉，严冬过后始逢春。

众 人 （赞叹）啊！对得好，对得好呀！

龙 珠 好对，好对！奇才，奇才呀！

贾 仪 小姐，我们三人的才艺，谁最好呀？

莫 仁 请小姐评一评吧。

龙　珠　啊，三位相公，你们个个都是才艺绝伦，谁不敬慕，待奴敬诸位一杯清茶，聊表心意。（热情地向朱、莫、贾敬茶）

贾　仪

莫　仁　（同时）多谢小姐厚意深情！

朱　生

龙　珠　（旁唱）　贾相公，箭无虚发名声响，

莫相公，画又神奇震四方，

朱相公，怀才未遂青云志，

更是雷城一贤良。

龙珠我，暗定才郎心相向，

可只是，欲吐真言口难张，

不知双亲何主见，

待我上前问端详。

（白）爹爹、娘亲，这三位相公到底该选哪一位呀？

龙　赐　这个……

（唱）　这三人，若论才貌难衡量，

为父一时难主张，

龙夫人　（唱）　究竟选谁最合适，

为娘今夜再思量。

龙　珠　这？（失望地）唉！

（唱）　老双亲，说话支吾不明朗，

顿使女儿心不安，

龙珠我，终身大事须谨慎，

岂让爹娘乱招郎。

龙　赐　（想了一下）啊，有了，夫人呀，老夫倒有个主意。

龙夫人　哦，老爷有何高见？

龙　赐　（唱）　这三人，若论才艺和貌相，

相比无疑都相当，

若论门第和家世，

龙夫人 对呀，论门第家世呀！

赐、夫人 （同唱）泾渭分明不相同。

龙　珠 不，不能论门第，也不能论家世。

龙夫人 嘿，你懂得什么，都要论呀！

龙　珠 不能论！

龙夫人 定要论！（二人相争）

龙　赐 嗨，你们母女不要争了。三位相公，你们个个都很好，只是老夫一时难以做主，特请诸位暂栖寒舍，待日后慢慢磋商，不知三位意下如何？

贾　仪

莫　仁 （同时）多谢，小生打扰了！

朱　生

龙　赐 好呀！家院，这去打扫书房，厅堂接宴。

家　院 是。（下）

龙　赐 （唱）　美好良缘从天降，

龙夫人 （唱）　龙家满门皆喜欢，

赐、夫人 （同唱）　今日厅堂摆盛宴，

明朝花国选贤郎。

[切光。

[幕闭。

第三场　闹　婚

[数日后，晨曦。

[龙珠闺房，房中有一扇形窗。窗左有妆台，窗右有绣帘床，窗外是花园。

[幕启：龙珠独对窗外，情思绵绵。

龙　珠（唱）　春风已报花开讯，
　　枯树也能重生根，
　　龙珠今日开金口，
　　喜气盈盈做新娘。
　　春光明媚花争新，
　　惹得蜂狂蝶又癫。

忆前日，三位相公显才艺龙珠我，心事重重难安眠，如今情景眼前现，贾仪他，举止骄横难相亲，（学贾）“看那边有棵柳树，这里正是百步以外，小生献丑了！”

（接唱）　纵然武艺练得好，
　　岂能够，目中无人礼不全。
　　莫相公，叫唤书友更随便，
　　好似呼奴来身边，（学莫）“朱贤弟，画简丹青伺候。”

（接唱）　纵然丹青画得好，
　　谁愿相随到百年。

（见窗外有人影）啊，是朱相公背诵诗文呀！

（唱）　朱相公，手为释卷多勤奋，似有奇才意志坚（学朱）
　　“夏夏秋秋，暑暑凉凉，严冬过后始逢春”

嘿，对仗工整，又有诗意，多好啊！

（接唱）　你看他，痴情愁厚书生气，
　　且待我，与他花园论诗文。

（满怀喜悦心情，开门下）

[小翠端礼品急上。

小　翠（念）　老爷今日不像样，
　　催我起床天未光。
　　交下金钗和珠宝，
　　嘱我暗地送闺房。
　　夫人近日更怪诞，

出出入入步匆忙，
私办嫁妆瞒小姐，
不知搞个啥名堂？

（进门）小姐，哎，人呢？（望窗外）阿，在园里！待我快，也禀报小姐呀！（下）

[龙赐内声：“哈哈哈……”醉醺醺地上。

龙　赐　（唱）　人逢喜事精神爽，
讲起话来响当当，
老夫选婿眼最利，
雷州画神作东床。
他父亲，在朝当官伴圣上，
我龙家，今后门庭也增光，
美满婚姻我作主，
何须老婆共商量。

（白）好，先将喜讯告知女儿，好让她高兴高兴才是呀！哈哈哈……（至门口）女儿呀（进房）哎！人呢？（大声）小翠，该死的丫头，溜到哪里去了？待会花轿到来，误了小女佳期，老夫就宰了你！这……（急状）啊，女儿准是又在花园里吟什么诗呀，我得赶紧告知！（欲出门）

龙夫人　女儿呀——

龙　赐　（闻声返回）这婆娘也来了，想她近日忙忙碌碌，似有什么事瞒着我哩，待我躲起来暗中察看再说。（慌忙躲进帐内）

[龙夫人喜冲冲地上。

龙夫人　女儿呀！（进房见状，误以为龙珠睡在帐内）哎呀，我的心肝宝贝，日头晒屁股了还睡着哩，快醒来，为娘告诉你一桩大喜事。

龙　赐　（装女声）啊，大喜事？

龙夫人　哎，近日来为娘不知费了多少心血，才给你选中贾相公！

龙　赐　（装女声）啊，贾仪呀！

龙夫人　哎，贾相公就是雷州大盐商贾泰老爷的公子哪，为娘已把这门亲事订妥，今日贾公子就要上门送聘礼了。

龙　赐　（急）啊，送聘礼！

龙夫人　哎，乖女呀，你要起来梳妆打扮才是。（夫人未闻应声，欲揭帐，龙赐慌忙用手阻挡）。

龙夫人　怎么啦？难道不满意？哎，我的乖女呀，你就放心好啦，为娘亲自看过贾府了那屋宇真是富丽堂皇呀！

（唱）　珠围翠绕玉砖亮，
画栋雕梁金铀镶，
量他官宦莫府第，
只怕亦无偌堂皇。

（白）女儿呀这门亲事，真是打着灯笼也找不到呀。（不见帐内反应）怎么啦，为何不言不语？不舒服？（欲揭帐，又被挡住）哎呀，就让为娘看看又何妨？（揭帐见状，惊跌）哎呀，你这老鬼，大清早钻进女儿的帐床上来，这这成何体统，气死我了！

龙　赐　（忙出帐，欲掩夫人嘴）哎，求求你，千万别声张。

龙夫人　（气愤地站起）呸！

（唱）　脸皮厚似木尾板，
乱钻女儿闺房间，
伤风败俗不知耻，
有何面目在人寰。

龙　赐　这……都怪你！哈哈，哈哈，哈哈哈。

龙夫人　（猛悟，旁白）啊，糟了！我私订这门亲事，被这老鬼装作女儿偷听了，倘若他抢先在前，此事不就麻烦了！这……嘿，事不迟宜，得赶快提前办呀！（急下）

龙　赐　哼，果然不出所料，这婆娘竟背着我搞一手，这这这，怎么办？（稍思）哼，你今日叫人家送聘礼，我今天已叫人家抬花轿来，看谁人抢在前！哈哈哈……走！（欲出门又转回）唉，走前门恐怕来不及了，……这，嘿要想快就得爬窗！

[龙赐急忙爬窗，丑态百出。

[切光。

第四场　抗　拒

[二幕前。通往龙府道上。

[师爷牵马引贾仪上。四家奴抬聘礼担随后上。

[幕后合唱：

员外看重权和势，

附凤攀龙手摸天。

夫人只识财和宝，

小姐善良重情谊。

贾　仪　（唱）　贾家聘礼人人赞。

众家丁　（唱）　谁不赞，多少金银碧玉簪。

贾　仪　（唱）　有钱能攀天上月。

众家丁　（唱）　欲娶嫦娥也不难。

哈哈哈……（得意忘形地圆场）

[龙夫人匆匆忙忙地上，被石头绊倒撞着贾仪坐骑，贾仪跌地。

贾　仪　哇！你这老鬼怎么走路不带眼！

师　爷　你这老鬼怎么走路不带眼，撞伤我家少爷了！

贾　仪　（仔细一看，见是龙夫人）哎呀，原来是岳母娘！（扶起）这……这……

[师爷奴相百出慌忙扶着龙夫人站起。

龙夫人　（喘气）这什么，大事不好了！

贾　仪　何事惊慌？

龙夫人　今日送聘订亲之事，我那老鬼知道了！

贾　仪　哎，这又何妨，看，（指礼担）这里多少金银珠宝呀！难道他见钱财脸不笑？

龙夫人 他才不稀罕你这些东西哪！

贾　仪 那……那他想要什么？

龙夫人 他要高攀官亲，说什么“攀龙附凤，光耀门庭”哩！

贾　仪 （急）这，如何是好？

龙夫人 为娘自有良谋。（耳语）

贾　仪 哈哈，妙哉，妙哉！

龙夫人 “妙”就说“妙”，不要说“灾”啊，你越快越好，我先回去了！（下）

贾　仪 好，家丁们，这将聘礼抬回去，换上花轿，鼓乐！

师　爷 家丁们，这将聘礼抬回去，换上花轿，鼓乐！（下）

众家丁 遵命。（抬礼担下）

贾　仪 好个外家婆啊！

（唱）　亏有这个外家娘，
凡事操持我心宽，
礼担换轿龙府去，
小姐呀，愿咱今日喜拜堂。

［师爷引鼓乐手和轿夫抬花轿上。

师　爷 少爷，花轿鼓乐齐到！

贾　仪 好，鼓乐齐奏，打道龙府！

师　爷 是，鼓乐齐奏，打道龙府！

贾　仪 （唱）　鼓乐喧天人欢笑。

众家丁 （伴唱）　人欢笑。

贾　仪 （唱）　喜气洋洋游花轿。

众家丁 （伴唱）　游花轿。

贾　仪 （唱）　快催花轿龙府去，
贾仪今日娶娇娘。

众家丁 （伴唱）　嗨呀呀嗨呀呀，
少爷今日娶娇娘。

贾　仪 家丁们，快到龙府了，大家整整衣冠。

众家丁 是。

[远处传来鼓乐鞭炮声。

贾 仪 呢，又有谁办喜事呀？待我看看，（往里边一望）呢，怎是莫仁兄，他怎么搞的，好，待他到来我问个明白。

莫 仁 （内声）家丁们，快走呀！

家 丁 （内应）是。

[莫仁披红戴绿，喜气洋洋，鼓乐手、轿夫抬花轿随后边舞边上。

莫 仁 （唱） 鼓乐喧天鞭炮响，
着红披绿映春光，
带领花轿向前走，
莫仁今日娶新娘。

贾 仪 （上前挡住）莫仁兄，你今日娶哪家新娘呀？

莫 仁 龙家小姐，龙珠呀！贾贤弟，你快恭喜恭喜呀！

贾 仪 嘿，你搞错了，娶龙家小姐的是我！你看我的花轿早抬来了。

众家丁 是啊！

莫 仁 （一惊）吭，你……谁应承你呀？

贾 仪 龙家夫人！你呢？

莫 仁 龙员外！

贾 仪 员外不能做主，你快把花轿抬回吧！

莫 仁 夫人不能当家，你去一定丢脸！

贾 仪 丢脸？嘿，谁丢脸，走着瞧。

莫 仁 走着瞧！

贾 仪 （同时）家丁们，走。

莫 仁 （同时）家丁们，走。

众家丁 （唱） 好笑好笑真好笑，
一个新娘两台轿，
新郎两个抢一道，
且看谁人娶娇娘。

[歌声中，贾、莫两家仪仗相互抢道下。

[二幕启：龙府花园。

[静场：纱幕映出一只龟形慢慢从天而降，龟丞相龟步上。

龟丞相（唱）雷城鼓乐震南海，
海国倾朝喜颜开。
想必奇缘有所托，
特看龙门怎安排。

哈哈哈……（龟豆豆相从假山隐下）

朱　生（唱）发奋攻书不释卷，
背诵经文念诗篇。
千古文章价无量，
醒世恒言万代传。
自叹我，生未逢时人贫贱，
家业凋零靠表亲。
身世妻凉风飘絮，
不知飘摇到何年。

[龙珠上，含情凝视朱生。

朱　生（唱）忆前日，幸会佳人福不浅，
只恨那，贫富悬殊似天渊。
富贵子弟人敬重，
落魄寒儒谁可怜。
一朵鲜花惹蜂恋，
多少诗情在今天。
怎奈走，粉蝶有情花无意，
想到我，欲会佳人叹无缘。

（自叹）朱生呀朱生，想你一介寒儒飘泊无家，今日竟也自作多情，想入非非？（自笑）唉，看来，你一生唯有诗文作伴了！（欲折花，又不忍，只抚花叹息）

（吟）　看眼前，只因情魔着了身。
欲向花儿诉佳音，
可惜好花不解语。

龙　珠　（吟）　一片柔情慰春心。

朱　生　（闻声局促不安）那旁可是龙小姐？

龙　珠　正是。

朱　生　啊，刚才……小生一时诗兴，教小姐见笑了！

龙　珠　朱相公，似你这样，有如此磊落才华，真令小女敬慕！

朱　生　愧不敢当，卑人才疏学浅，龙小姐如此精通音律，不知是否能赐教卑人一首。

龙　珠　小女犹如初下河绒毛小鸭，怎敢献丑。

朱　生　卑人诚意相求。

龙　珠　如此小女献丑了！

（吟诵）　苍天无情风雨侵，
花香不撕必悔心。
待花解语吐芳这，
君绕芳魂诉何情。

（含情脉脉，秋波婉转）

朱　生　（受宠若惊，一时踌躇不安）这这……好一个“君绕芳魂诉何情”。

（旁唱）　小姐她，并非真情遣诗兴。
借会诗文觅知音，
秋波宛转含情意，
令我一时难为情。（茫然深思，不语）

龙　珠　朱相公！（见朱茫然不觉）喂，朱相公！

朱　生　（醒悟）哦，哦！

龙　珠　（一语双关）小女诗意如何？（羞涩趋前）

朱　生　这，小姐才华，令人诚心敬服，其诗意吗……卑人愧不解也。

龙　珠　愧不解也？朱相公，我想……

朱　生　小姐，你想什么？

龙　珠　我想……（欲言又止）这样，我们一起到亭阁那旁坐下慢慢谈好吗？

朱　生　哎……（二人从林荫深处隐下）

[龟丞相从假山闪出。

龟丞相　哈哈，想他们龙府举贤择婿之心事，已鱼池细照了。那三位英男才子正是娘娘当年幸遇孩童；龙珠姑娘似看上了这个穷书生（仿龙珠神态）“朱相公，我想……”（暗笑）但愿他们心有灵犀好相通！

[远处传来鼓乐声，龟丞相翘首远望。

龟丞相　（一怔）啊！为何贾莫两家同来花轿？这……唉！

（唱）　龙府高堂自择爱，

势利贪财理不该。

照我看，选婿风波难平息。

龟相我，何计何谋来主裁。

[龟步思计。

[小翠内声：小姐。

龟丞相　（闻声一震，计上心来）有了！（急隐）

[小翠奉妆物急上。

小　翠　小姐，小……

[龟丞相闪出，巧施"定身术"将小翠定稳，又引至假山旁，突然转身隐没，留下小翠以示龟丞相化变的小翠。(小翠龟步跳跃)

嘻嘻！

（唱）　龟精施术换奴身，

故为奇缘解倒悬。

偿愿未必遂仙意，

侍机授宜选良贤，哈哈……

（忽觉动静，速敛龟态）小姐，小姐呀！

[龙珠与朱生上。

龙　珠　小翠，何事惊慌？

小　翠　小姐呀，老爷叫我把这些金钗珠宝送给你。

龙　珠　（一怔）啊，这……这是谁家礼物，他叫我嫁谁呀？

小　翠　奴婢不知，近日夫人更奇怪，常出出入入，忙忙碌碌，听说是瞒着老爷自办嫁妆哩。

龙　珠　这……她又叫我嫁谁呀？唉！

（唱）　一颗龙珠光灿灿，
万缕柔情在心间。
爹娘各自打主意，
龙珠岂能受摧残。
事到如今怎么办，
唯有忤逆把脸翻。
婚事不由我做主，
何必生存在人寰。

（白）我要问爹娘，看他们把女儿怎样。（欲下）

[龙赐上。

龙　赐　哈哈！果然在此，教爹好找呀。

龙　珠　爹爹万福！

朱　生　拜见员外。

龙　赐　哦，你，你怎么也在此呀？

朱　生　小生在此……

龙　珠　在此与女儿谈诗联对！

龙　赐　啊，以后再谈对吧，朱相公，下去歇息也罢。

龙　珠　不，他不能走，等一下，女儿还要和他谈呀，爹，你有什么事就直说吧。

龙　赐　女儿呀，爹已给你选中了莫相公。

龙　珠　莫相公？

龙　赐　是呀，那些金钗珠宝，就是他送来的聘礼。

龙　珠　爹，你不该背着女儿私订这门亲事呀。

龙　赐　这门亲事挺好嘛，女儿尽管放心。

龙　珠　不，这桩亲事我不同意。待我找娘亲说说去。娘亲呀！（欲下）

龙　赐　（一愣，慌忙拦住）哎呀，凡事有爹作主，何须惊动你娘亲。女儿呀，

（唱） 莫相公，才貌双全性豪爽，
人品风流情满腔。
他父亲，在朝当官有权势，
置有良田在雷阳。

龙　珠（唱） 龙珠我，富贵荣华不稀罕，
切莫费神乱主张。

龙　赐（唱） 这桩婚事退不得，
花轿就来接新娘。

龙　珠（震惊）吓！花轿就要来了？

［幕后传来鼓乐声。

龙　赐（喜出望外）哈哈，鼓乐声响，花轿就到，开门，女儿快快打扮梳妆，准备上轿啦。

［龙夫人内声“女儿呀”（急上）。

龙　珠 娘亲呀，你要为女儿作主呀！（扑向龙夫人怀里哭泣）

龙夫人 啊，别哭了，我的心肝宝贝，只有娘才真正疼女儿哩，娘早就为女儿作主了。

龙　珠 吓？早就为女儿作主了？

龙夫人 是呀，我已为你选定了贾相公。

龙　珠 贾相公？

龙夫人 唉，贾相公挺好呀！

（唱） 贾相公，相貌堂堂有才干。
父是雷域大盐商，
家里金银数不尽，
女儿千祈顺着娘。

龙　珠（唱） 龙珠我，万贯家财不稀罕，
切莫费神乱主张。

龙夫人（唱） 这桩婚事退不得，
花轿就来接新娘。

龙　珠 唉呀，不能这样逼女儿！

龙　赐　是呀，女儿听爹的话。

龙夫人　听娘的话。

龙　赐　听爹的。

龙夫人　听娘的。

龙　赐　呸！放肆，这个家究竟谁说了算？

龙夫人　老爷呀，女儿是我生的，只要我还未死，当然是我说了算。

龙　赐　哇，龙家乃是我姓龙的当家，好，我把话说明白，我是龙头，你是龙尾，何时我这个龙头不动，你那龙尾是白摇！

龙夫人　（不甘示弱）哼，我也把话说明白，你那龙头不灵，龙尾摇。

龙　赐　喔！气死我了，气死我了！

龙　珠　唉！（唱）

爹娘闹婚不相让，
闹得女儿心更慌。
我似鱼儿陷网里，
落魄失魂多凄凉。
今日里，如何脱身应细想，
哭哭啼啼徒悲伤。

（白）听爹话，又要听娘讲，这……

小　翠　老爷、夫人呀，常言道："强扭的瓜不甜，这是小姐找婆家的事，何不让小姐说。"

龙　赐　大胆丫环，竟敢多嘴！

小　翠　奴婢不敢！

龙　珠　这……有了！

（接唱）　忽然间，小翠启言有了计，
应出难题难爹娘。

（转向父母）爹爹、娘亲呀，刚才女儿想了一想，婚姻大事应由父母作主。

龙　赐
龙夫人　（同时地）说得对，真是好女儿。

龙　赐　咱龙家世世代代婚姻之事，都是父母作主。

龙　珠　爹，刚才你不是说花轿就要到来？

龙　赐　是呀，莫家花轿很快就要到。

龙　珠　娘，刚才你也说过花轿就要到来？

龙夫人　是呀，贾家花轿马上就要来。

龙　珠　啊，到底谁家花轿先来呀。

龙　赐　莫家的。

龙夫人　贾家的。

龙　赐　哼，等着瞧。

龙夫人　等着瞧。

［幕后传来鼓乐声，家院急上。

家　院　启禀老爷、夫人，莫家花轿、贾家花轿同时来到。

龙　赐
龙夫人　（同时）吓，同时来到，快有请莫贤婿。

家　院　是（欲下）

龙　赐　慢，请莫家的！

家　院　是。（欲下）

龙夫人　慢，请贾家的！

家　院　走。（欲下）

龙　赐　莫家的。

龙夫人　贾家的。

家　院　（昏头转向）这这这……我两家都请！（下）

［与此同时，龙珠与小翠耳语，小翠旁下。

［鼓乐声中，家院引莫仁、贾仪同上，龙赐与夫人分别迎接！

莫　仁　（同时地）拜见岳父大人。

贾　仪　（同时地）拜见岳母大人。

龙　赐
龙夫人　（同时地）贤婿免礼。

[贾仪欲拜龙赐，赐拂袖不理；莫仁欲拜夫人，夫人也拂袖走开。与此同时，朱生欲避下。龙珠阻挡，以手势请坐，龙赐与夫人，也分别请莫、贾同时坐下。家院一一敬茶。

[小翠手持小包快步上。

小　翠　小姐你要的东西，都在包里。（交龙珠）

龙　赐　女儿，你快回去梳妆吧。

龙夫人　女儿，你快回去打扮吧。

龙　珠　这包里有镜有梳，我就在这里梳妆打分。（从包里拿出镜梳，对镜照一照梳几梳）

龙　赐　女儿，你定要按爹的主意办。

龙夫人　女儿，你千万不要顶着娘！

龙　珠　知道了，女儿定使爹娘都满意！我的爹爹娘亲呀！

（唱）　女儿出生十六载，
今日嫁人好应该。
养育之恩未忘记，
任从爹娘配贤才。
叫我爱谁我都爱，
务使爹娘心花开。
一身分成两半截，
任从爹娘巧安排。

（激动地）爹爹，娘亲呀！（蓦地从包里取出利刀）请看吧，这一利刀，就把女儿切成两截了！

众　人　（大惊）唉呀！女儿，女儿。小姐，小姐呀！

[龙珠假装正要动刀，莫、贾、朱快步上前抢救，朱生夺下刀。

贾　仪
莫　仁　（同时地）小姐，你千万别轻生啊！
朱　生

龙夫人　今日乃是大吉日子，竟做出这种荒唐的事来，这是何苦呀！

龙　赐　这，这成何体统！

龙　珠　爹娘就这么一个女儿，竟许配两家，迫女嫁两夫，这又成何体统？

龙　赐　（语塞）这……

龙　珠　况且朱相公他与女儿也有前世姻缘之份，这又如何了结？

龙夫人　穷秀才，也想捞海底珠？

龙　赐　俗夫好想月嫦娥？

龙夫人
龙　赐　（同声）公鸡生蛋，没指望！

龙　珠　爹、娘亲呀！

（唱）　门缝看人会看偏。

（白）俗话说：今日家贫穷明朝鱼化龙！

（接唱）　朱相公，虽落寒门志难伸。

若将来，励志力图功名就。

龙家也能托姻缘。

龙夫人　这……难道再由神仙选配不成？唉！

小　翠　（露龟态喜色含蓄地）唉！

（旁唱）　龙府择婿不相让，

水尽山穷急得慌。

待我上前献一计，

好让真贤鉴端详（敛龟态，向龙珠耳语）小姐……

龙　珠　（闻语默许）哎。

小　翠　老爷、夫人呀，既然小姐不肯应承这桩婚事，想必是定另有所爱，何不让她说来，好让老爷夫人作主，不是更好吗？

龙　赐　（无可奈何）唉，树大难折动！

龙夫人　女大管教难！

龙　赐
龙夫人　（同时地）好吧！不妨说来！

龙　珠　阿爹、娘亲呀！女儿我倒有一个心愿。

龙　赐
龙夫人　（同时地）哦，有什么心愿就快讲吧。

龙　珠　阿爹、娘亲呀，三位相公，个个气质非凡，雄姿英俊，女儿百般敬重，欲请他们在三天内各人买一件最好的礼物送来，到时女儿亲自选择，谁的礼物最称心合意女儿就托以终身！

众　人　这……（惊态百状）

［贾、莫踌躇满志默许，朱生忧心忡忡，龙赐、龙夫人暗喜！

龙　珠　（旁唱）　为择真贤许夙愿，
　　此愿无疑慰双亲。
　　这二人，察情观色来细探，
　　忧色喜颜有根源。

龙　赐　好吧，他们两位都好办，只是朱相公家贫，不买也罢。

小　翠　不，朱相公买不买，也得送一件来。

龙夫人　多嘴。

龙　珠　娘亲，小翠也说得是呀，三位相公不嫌弃，都想表达心意呀！

龙夫人　那……那好吧，三位相公，你们……

贾　仪
莫　仁　（同时地）小生愿意！
朱　生

龙　赐
龙夫人　（同时）好，好，好！

众　人　（合唱）　但愿吉星高照映，
　　保佑信物遂红妆。

［幕后帮唱：
　　檜宫折桂是何客，
　　唯是仙魂晓佳人。

［歌声中：小翠忽从假山旁一晃，龟丞相突现，向小翠施术，以示唤醒原小

翠，小翠蒙蒙中苏醒，急奉妆物扑向龙珠：小姐，小姐……

龟丞相 哈哈哈……（把众人定稳，消逝）

[纱幕映出龟形冉冉升天。

[切光。

第五场 义 赠

[二幕前。

[龙母腾云驾雾上。

龙 母 （念） 托珠偿愿十六载，

珠缘佳音传南海。

一珠岂能赐三者，

再探真贤雷州来。

想我十六年来，朝思暮想能有一日睹上恩童芳容为慰，只是岁月长流，情随景迁，殊不知当年恩童能否成为当今英贤；且得龟丞相回宫启奏，喜悉今日乃是他们送信物完婚之期的最后一日，正路经此道，待我再鉴真贤，以早日偿还夙愿。走，走，走。（下）

[二幕启。山林路上，莫仁胸挂“明月宝镜”策马上。

莫 仁 （炫耀宝镜）看，我买回多好的礼物呀！

（唱） 稀世宝物“明月镜”，

缔结良缘堪称心，

天下奇观能映光。

小姐呀，莫仁深情能映明。哈，哈，哈……（得意忘形地下）

[贾仪颈上挂“夜明宝珠”乐洋洋地策马上。

贾 仪 （炫耀明珠）看，我买回多贵重的礼物呀！

（唱） “夜明宝珠”光闪闪，

日照山河夜映星，

珠缔姻缘堪合意。

小姐呀，来日欢情不日夜。

哈，哈，哈……（下）

[朱生背一旧包袱步行上。

朱　生　唉，没钱买宝贝，只带来家传旧物呀！

（唱）　家境清贫不怨命，

愿将旧物表心声。

缔结良缘非敢望，

小姐呀，只望花前谈诗情。

唉（朱生下）。

[转瞬间，天渐暗，阴风阵阵。

[内场一老妇悲叫：天呐！双手拿麻绳，脚步踉跄地上。

老　妇　（哭叫）女儿呀，我可怜的女儿呀，都怪为娘穷苦，顾不得你了，为娘先走一步了。

[在树下把绳索抛在一树丫上，拴好。

[莫、贾复上见状，急忙下马。适朱生也赶上来。

老　妇　（哭叫）女儿呀，我可怜的女儿呀，为娘先走一步了！（把绳索套在颈上）

贾　仪

莫　仁　（同时地）老婆婆，醒来。

朱　生

老　妇　你们何苦救我这条贱命呀！

贾　仪　老婆婆呀，你为什么要寻死呀？

老　妇　活不下去只有死。（欲挣扎，仍被三人按住）

贾　仪　老婆婆死不得呀，你有什么为难之事，尽管说来。

莫　仁

朱　生　（同时地）是呀！说吧！

老　妇　三位恩人呀！

（唱）　提起苦情酸泪降，

家乡近年闹饥荒。
丈夫乞米丧了命，
我带女儿真凄凉。
今日里，我家情景更悲惨，
女儿病危泪汪汪。
家里无钱难医治，
眼看今夜一命亡。

（白）天快黑了，怎忍见女儿……唉，倒不如老身先死了好！

贾　仪
莫　仁　（同时地）老婆婆，要多少钱才能医好呀？
朱　生

老　妇　大夫说要银五十两。

贾、莫、朱　（同时地）要五十两！老婆婆，你何不向人家借呀？

老　妇　唉！

（唱）　时值荒年禾不长，
家境贫穷饿得慌。
生借无门徒悲泣，
唯向黄泉求阎王。

贾、莫、朱　这——（同时旁唱）

老妇悲声阵阵响，
令我同情暗悲伤。
如何济贫救危命，
不禁低头细思量。

[三人同时另场思考。

贾　仪　啊！想我出发时金银满身，如今买了“明月宝镜”都用去了，如何是好呀？

莫　仁　我花了几百两银买了“夜明宝珠”，身上没钱了，如何是好呀？

朱　生　唉，家贫如洗，身上哪有分文。

[老妇暗地一一观察。

贾、莫 （同时地）老婆婆，对不起，我买了宝物，口袋里没银两了。

朱 生 老婆婆，我身无分文，唉，这……这怎能救你女儿的命呀？

老 妇 是呀，没钱救不了命。（悲伤地）儿呀，你注定是要死了！

贾、莫 （十分为难，同时地）老婆婆，我家里倒是有钱，你跟我回家拿罢。

老 妇 敢问二位相公，家在何方呀？

贾、莫 （同时）我家住雷城。

老 妇 唉，我女危在旦夕，雷城这么远，拿得钱回来，我女恐怕早死了。三位相公呀，俗话讲：造塔到塔针，救人救到底，看来，你们都是好心人，若谁肯将宝物相赐，老身就可换钱救女了。

贾、莫、朱 这……

老 妇 三位相公，老身给你们跪下了。

[三人情感异常复杂，各抚着自身宝物思考。

贾、莫、朱 这……

（旁唱） 老妇人，跪地哀求声凄怆，
令我难为心不安。
若将宝物来相赠，
试问怎能娶佳人。

朱 生 （旁唱） 我朱生，鸳鸯宝镯在身上，
世代相传还闪光，
倘若拿来送老妇，
有何面目见红颜。

莫 仁 老婆婆，我这件宝物，是用来缔结良缘的，不能相送，就送你一些干粮吧。

贾 仪 老婆婆，我这宝物是用来作聘礼的，事关终身，也不能相送，这里有些碎银都给你吧。

老 妇 （失望地）唉，这……

贾、莫 （同时地）老婆婆，多保重，我走了。

[莫仁、贾仪骑马下。

老 妇 唉，女儿呀，世上还有什么好人救得你呀！

朱　生　老婆婆，不要哭，让我再好好想一想呀！

（唱）　面对宝镯暗喔叹，

滚滚心潮似浪翻。

若然留它送小姐，

不肯救人多羞惭。

我读书，应为世人解忧患，

仁义牢牢记心间。

（白）龙小姐呀，恕我没有礼物送你了。

（接唱）　鸳鸯宝镯赠老妇，

使得她，救活女儿喜开颜。

（白）老婆婆，我没什么金银，只有这一对鸳鸯宝镯，你拿回去换钱医治女儿吧。

老　妇　（接镯，无限感动）啊，老身日后定要报答你的大恩大德！恩人，我的大恩人呀！

朱　生　老婆婆，小生不希望什么报答，若能救活你女儿，我就心安了。

老　妇　多谢恩人！（下）

朱　生　（目送老妇下，不禁衷情涌上心）

（唱）　凝望老妇消踪影，

转瞬柔情涌上心。（仰望穹空，声长叹）

唉！（欲下，忽见麻绳悬在树丫上，慢慢解下，无限感慨地）好一条断魂绳！

（接唱）

手牵魂绳眼前现，

怎不教人荡诗情。

[挥毫题诗树丛上，念。

古树攀藤草，

孤怜悬树梢。

魂牵一苍生，

感吾挥情毫。

[题毕，凝视，依依不舍地下。

[霎时，树丛烟雾弥漫，龙母捧宝镯现出。

龙　母　小恩公呀！

（唱）　手牵宝镯情难禁，

英贤赋词沁人心。

义鉴真贤将遂愿，

传讯大王报恩情。

[解下腰间黄绸，对天飘舞，哀鸣。

龙　母　（念）　龙绸飘舞震大海，

喜掀龙涛滚滚来！

[转暗，降纱幕，一束光聚射着龙母舞绸身段。

[纱幕后：海浪汹涌，龟丞相与鲤提督引龙王率水族兵将随浪涌现画面。

龙　王　爱卿呀，何事喜掀龙涛？

龙　母　大王呀，义鉴真贤，不枉此行。

龙　王　啊！如此说来，爱卿十六年来的夙愿将要偿还了！

龙　母　正是，大王请看！（指树丛诗文）

龙　王　（看树，念）

古树攀藤草，

孤怜悬树梢，

魂牵一苍生，

感吾挥情毫。

（白）好一个孝贤良才呀，鲤提督！

鲤提督　臣在。

龙　王　当今凡间皇上正以贤孝治理天下而广招孝士贤才，孤命你化仙凡尘，将雷州孝士贤才刻奏凡间皇上，以待封诏，圣赐功名。

鲤提督　遵旨！（至树旁动作，一掠青光后，“诗文”隐逝，抄诗文下）

龙　母　（示镯）大王呀，这就是义童相赠的一双“鸳鸯宝镯”，请大王厚赐龙恩！

龙　王　好呀！

（念） 鸳鸯宝镯鉴仁义，

烁珠方能探情心。

（白）龟丞相！

龟丞相 臣在。

龙　王 孤命你伴驾娘娘，化仙凡尘，速降雷州，为娘娘报恩还镯，早偿夙愿。

龟丞相 遵旨！

龙　王 爱卿呀！

龙　母 大王呀！

众　人 （合唱） 大海江河涟波浪，

仙境凡尘魂相牵。

龙珠奇缘何所托，

且看凡尘偿愿人。

[歌声中，众水族欢送龙母，龟丞相造型。

[切光。

[闭幕。

第六场　夜　访

[静夜。

[龙府书斋，窗外月光如银，树影重重，山石静立，杳无人声，房内灯光昏暗，桌上有纸笔墨，书柜旁有盆珠花含苞欲放。

[幕启。朱生伏案沉思。

朱　生 （唱） 夜阑秉烛星空静，

月照窗台夜难映。

心事重重向谁诉，

独坐灯前暗伤情。

[一阵风声掠过，掀开房门，朱生觉得有人，忙到门口看看，失望，掩门。

（唱） 古道是，春风吹落天仙影，
忙到门前候佳音。
却原来，风掠门开月斜映，
风月无情难安宁。
书桌上，一诗描绘新意境，
勾起旧情更伤心。
朱生我，何不挥笔解忧郁，
再写七言慰离情。

（挥笔写诗）

[远处忽传来金环玉佩撞击声，朱生不在意，近处传来叩书斋门声，朱生怀疑，拿起白银灯烛开门，秉烛一照，顿惊，定睛一看，龙珠双眸带笑站在门前。（龙珠突现用魔术形式表演）

龙　珠 朱相公！

朱　生 啊，小姐你！

龙　珠 朱相公！（进内，关门）今夜突然来访，你不觉得打扰了？

朱　生 （惊慌）哪里，哪里，难得小姐光临，小生有礼！（慌忙将龙珠往座椅让）

龙　珠 （娇羞地）想前日，老双亲花园慢待相公，实属不该，故此，小女特地来请罪，乞望相公谅解。

朱　生 这……无妨，无妨！

龙　珠 （嫣然一笑）相公若不计较，小女谢过了！

朱　生 小姐多心了！

（唱） 寒儒素来好品性，
世态炎凉早看清。
庸俗之流何足论，
自有胸怀乐安宁。

龙　珠 朱相公呀！

（唱） 自古道，与人相交贵德性。
相公你，一言一行合我心。

可恨双亲眼不亮，

不识贤良竟欺凌。

（白）朱相公，你是知道的，近日爹娘逼我择婚逼得很紧，我不想选莫相公，也不愿选贾相公，而是想选……

朱　生　想选谁呀？

龙　珠　这……朱相公呀！（至柜前折一枝花，含情脉脉地走近朱生，清唱）

苍天无情风雨侵，

花香不撷必悔心。

[龙珠欲意将花交与朱生，朱生意欲徘徊。

[龙赐上。

龙　赐　哈哈，想不到，莫、贾两家不惜重金送上稀世珍宝，却不知，那寒门秀才送何物，我得到书斋催他一催，免致女儿又怨我势利高攀（欲举手叩门，顿觉有私语，敛声细听，自语）莫非是哪房丫环不顾廉耻偷偷与这穷书生私通？（从门缝细看）

朱　生　小姐，令尊令堂不同意？小生怎能……（把花推开）

龙　赐　（见状，气得暴跳）啊！开门开门！（猛地叩门）

朱　生　（一惊）啊，门外何人？

龙　赐　呸！何个屁，还不赶快开门。

朱　生　员外？这……哎呀，夜已深了，明……明日竭诚奉拜就是。

龙　赐　我现在就要你跪拜！快开门！

朱　生　这……（惊慌失措）

[龙珠神色坦然，意欲藏身于书柜，然后朝房外一呶嘴，默示朱生开门，朱生拉开书柜门，让龙珠躲进。

朱　生　（疑虑地）这……这能藏身？唉，要藏好！

龙　珠　晓得！（拉掩柜门）

龙　赐　（扣门）开门，开门！

朱　生　（开门）员外，小生……

龙　赐　呸！你……好一个无耻寒儒，平日里假装斯文亮节，背地里竟然做出这等卑鄙勾当，你这不可雕的朽木，我，我家中怎能容你！（气激）哼！好一个无耻贱婢，还不快给我跪下。（没应，转身不见龙珠）哼，人呢？（向朱生）大胆贼子，你搞什么鬼名堂？

朱　生　员外，你这是……

龙　赐　（更气）呸，我看你躲到哪里去！

[龙赐搜斋，欲拉柜门，朱生慌忙拦阻，顷刻魂飞魄散，不知所措；龙赐拉开柜门，但不见龙珠。（用魔术形式表演）

朱　生　啊！（惊呆一旁）

龙　赐　这……（怅然若失，背唱）

今夜之事好奇怪，
贱婢分明在书斋。
莫非书斋遇魔障，
叫我难为在眼前。

（莫名其妙地）刚才门外看得清清楚楚，这……（稍思，自信地）哼，待我再到贱婢闺房看一看，倘若是……唉！（拂袖气愤地下）

龙　珠　（内唱）　躲过双亲暗庆幸，

[小翠引龙珠上，圆场，环顾四周。

（接唱）　急到书房觅知音。
多亏小翠把路探，
到达书房汗淋淋。

[龙珠示意小翠下，进门。

龙　珠　朱相公！

朱　生　（闻声，朱生如梦初醒，慌忙开柜门，又不见龙珠，大窘）这是——

龙　珠　喂，朱相公！

朱　生　（转身一见龙珠，惊愕）啊，小姐你……

龙　珠　朱相公，别客气了，今夜越礼之事，实非奴所愿，只是迫于无奈呀！

朱　生　（莫名其妙）小姐，你刚才……

龙　珠　刚才爹爹娘亲，索要信物定亲催得好紧，今日莫相公贾相公都送宝物来了，只是未见你送来不知是何缘故？

朱　生　啊，这，这……（意欲问明刚才发生的一切）

龙　珠　朱相公不要吞吞吐吐耽误时辰了，是否因家贫没钱买礼物？

朱　生　啊，小姐说得也是呀，没钱怎能买新的礼品？

龙　珠　没新的？也该有旧的呀？

朱　生　旧的？啊，有，我家有呀！

龙　珠　那为什么不送来呀？

朱　生　啊，这……不说也罢。

龙　珠　朱相公呀，

（唱）　莫非是，怨我自私太任性，
重礼轻才使人惊。
莫非是，怨我屈从父母意，
鄙视寒儒太绝情。

朱　生　这……

（唱）　小姐德行令人敬，
纯洁无瑕一片心，
朱生并非负情意，
只可是……

龙　珠　（急问）只可是什么呀？

朱　生　（欲言又止）这……

龙　珠　（诚心恳求）说啦！

朱　生　（接唱）今日回迟难说明。

龙　珠　（察觉朱神情不对，仍欲追根寻源）啊，出了什么事啦？

朱　生　不，是……风雨所阻。

龙　珠　哎呀，相公此言差矣，今日明明是阳光普照，哪有风雨呀！

朱　生　这……小姐呀，事到如今，小生只好如实相告了。

龙　珠　快说吧！

朱　生　想我朱生虽然家业凋零，但老家尚存有传家之宝，一对鸳鸯宝镯。因此，回家寻找，意欲带来送与小姐，谁料回至途中遇着一位苦命的老婆婆，说她女儿病危没钱医治，小生十分同情，便将宝镯相赠，故而辜负小姐期望了！

龙　珠　（闻之无比激动）哦，原来如此。

（旁唱）　原委讲明堪可敬，

一份仁义值千金。

愿误终身抛家宝，

乐于救人好心灵。

（语重心长地）朱相公呀！

（唱）　但愿彼此心相印，

又何惧，障碍重重隔断音。

山高有人来开拓，

水深有船来找寻。

想前朝，文君私奔抗父命，

誓与相如心连心。

龙珠恳效文君女，

愿与朱郎共唱吟。

（情不自禁地）朱……（欲扑向朱生）

[小翠内喊“小姐”神色慌慌张张地冲上，破门而入。

小　翠　小姐，大事不好了！老爷和夫人跟踪而来了。

生、珠　（同时惊）吓！

[龙赐、夫人怒气冲冲地上。

龙　赐　（念）　心头怒火三千丈。

龙夫人　（念）　责骂男女心不良。

[二人闯入房内。

龙　赐
龙夫人　哼，果然在此！

龙　珠　女儿见过爹娘！

龙夫人　呸！小贱人，堂堂龙府千金，竟敢深夜来此私会野汉，成何体统？

朱　生　员外、夫人，小生我……

龙　赐　呸，我把你这个衣冠禽兽……（上前欲打）

龙　珠　（挡住）爹呀，不关朱相公事，是女儿……来问他有何礼物相送。

龙　赐　哇，小贱人不知耻，还敢胡言乱语，龙家清白门风，都给你这贱人败了！

龙夫人　都怪这穷鬼呀。

龙　赐　（唱）　竟敢将我女儿诱，

　　　　　　　　不告官府誓不休。

龙　珠　啊，爹爹，千万不能呀。

龙夫人　（接唱）　立即拉去定罪状，

　　　　　　　　叫他即成阶下囚。

龙　赐　走。

［龙赐冲向朱生，龙珠拦不住，眼看朱生被拉走，即缠住不放，龙赐狠狠地推倒龙珠。

［霎时，龙珠顿觉天旋地转，急掩双眼。

龙　珠　（惊叫）哎呀，我的眼睛，我的眼睛呀！看不见了！（乱摸）

小　翠　（惊喊）啊，不好了，小姐的眼睛瞎了。

龙　赐　（同时放开朱生，扑向龙珠）女儿，女儿呀。

龙夫人　（同时放开朱生，扑向龙珠）女儿，女儿呀。

朱　生　（悲叫）小姐，唉，我的天呀！

［猛然天空一掠，众人定格，天雷一声，书斋柜门打开，烟雾弥漫，龙母从柜里走出扎架。

龙　母　（嫣然一笑）哈哈……

［切光。

［幕闭

第七场　偿　愿

［翌日。

［二幕前。贾仪和莫仁分别从两边喜气洋洋地上。

莫　仁　明月宝镜，

二　人　（同唱）　天意赐。

贾　仪　夜明宝珠。

莫　仁　今日娶龙珠。

贾　仪　今日玉女才童遂两愿，龙府缔缘喜滋滋。

莫　仁　啊，贾贤弟来了！

贾　仪　是呀，莫仁兄也来了！

莫　仁　贾贤弟呀，我送的“明月宝镜”很好，我看小姐一定选中我！

贾　仪　嘿，我送的“夜明宝珠”更好，小姐选的一定是我！

莫　仁　是我！

贾　仪　是我！

二　人　别争了，到龙府便知，走。（二人同下）

[二幕启，龙府花园。

[龙夫人唉声叹气地上，两丫环随上。

龙夫人　（唱）　龙家突然遭不幸，

女儿盲目娘伤心。

不知冒犯何神鬼，

搞得满门心不宁。

曾到寺庙把香敬，

拜了康王拜观音，

又拜关帝拜雷祖。

（白）唉！（接唱）

却为何，未见神佛来显灵。

（白）老天爷呀，想我龙家世世代代，都修心和行德，如今为什么竟惹出祸来呀？

[龙赐拿着宝镜宝珠上。

龙　赐　（闻声不耐烦地）唉，絮絮叨叨管个屁用，两位相公很快就要来了，应叫女儿择宝选婿呀！

龙夫人 唉，女儿的眼睛瞎了，还择什么宝选什么婿呀，这回求人家要人家哪肯要了！

龙　赐 这……唉，都怨你，只贪人家百万家财！

龙夫人 都怪你老想附凤攀龙，看你今日怎么办呢？

龙　赐 怎么办？女儿的眼好不了，那只好退返回礼物了。

龙夫人 哎呀，不能退呀，（夺过宝镜宝珠）这两样都是宝！依我看，女儿的眼盲了，就这一遮来个蒙头相亲。

龙　赐 蒙头相亲？嗨，即使这一关过了，到洞房时，人家一揭岂不穿帮？

龙夫人 哼，到时再说，自古道："不骗不成婚，骗得一时得一时。"

龙　赐 说得也是，只怕女儿不肯。

龙夫人 不肯也要说服她呀（对丫环甲）快请小姐出来，就说有事相议。

［丫环甲应声下。

［龙夫人对龙赐私语，龙赐频频点头。

龙夫人 （对丫环乙）快回我房里拿一幅红绸来。

［丫环乙应声下。

［小翠与丫环甲扶龙珠上。

龙夫人 女儿，为娘先扶你到这边坐呀。（扶至一旁坐下）

龙　珠 娘亲，叫女儿出来有何吩咐？

龙夫人 女儿呀，昨天收到两份礼物，哪份最好，你还未说，今日可一定要说呀。

龙　珠 唉，你们把我折磨成这样，还叫我说什么呀？

龙　赐 昨夜你一时激气，激盲了眼，今日大喜临头冲一冲喜，说不定眼会好呀？

龙　珠 喔，眼会好？怎样冲一冲喜？

龙夫人 女儿，你听我说呀。（与龙珠耳语）

［丫环乙拿一幅红绸上，交与夫人。

龙　珠 娘亲，这……恐怕使不得呀。

龙夫人 使得，使得，（把红绸罩在龙珠头上），就这样，记住娘的话呀！

［家院上。

家　院 启禀老爷、夫人，莫相公、贾相公同时来到。

龙　赐 快快有请。

[家院应声下，引莫仁、贾仪上，龙赐与夫人迎接，行礼。

莫　仁　啊，员外，那边坐的可是小姐?

龙　赐　正是。

贾　仪　不知小姐今日为何红绸盖着头面呀?

龙夫人　今日定亲，她特别怕羞，不好意思抛头露面地谈，所以就……

莫　仁　啊，知道了，小姐，我送的“明月宝镜”是否称心呀!

龙　珠　称心。

贾　仪　小姐，我送的“夜明宝珠”是否合意呀!

龙　珠　合意!可是我龙珠却不称你们的心，不合你们的意了。

莫　仁
贾　仪　（同时地）不，早就称心合意了!

龙　珠　二位相公呀。

（唱）　女嫁男婚非小事，
劝君千祈要三思。
龙珠今日颜容变，
特此说明即告辞。

[龙珠起身欲走，夫人急阻，仍拉她坐下。

贾　仪
莫　仁　（同时地）小姐，不管你颜容变得怎样，小生爱你之心永不改变。

龙　珠　此话当真?

贾　仪
莫　仁　（同时地）不假!

龙　珠　一言既出?

贾　仪
莫　仁　（同时地）驷马难追!

龙　珠　好，就让你们看看吧。

[龙珠欲揭红绸，被夫人按住。

龙夫人　不要揭，不要揭呀!

贾　仪
莫　仁（同时地）是呀，不要揭了。

（唱）　小姐何须将面露，

　　　　龙珠百年是龙珠。

龙　珠（接唱）　人生祸福难预料，

　　　　龙珠已成丑人儿。

（狠狠地揭开红绸，挺身扎架）你们看吧。

贾　仪
莫　仁（同时地）唉呀，眼盲了！

（旁唱）　霎时间，惊得魂飞魄又散，

　　　　大祸竟然降人间。

贾　仪（旁唱）　昨日还见花儿俏。

莫　仁（旁唱）　岂料今日花儿残。

贾　仪　唉！

（旁唱）　在此久留不妥当。

莫　仁（旁唱）　不如郊游赏春光。

贾　仪　莫仁兄呀，

（同唱）　奇缘艳福让给你。

莫　仁　贾贤弟呀，

　　　　快择良辰早拜堂。

贾　仪
莫　仁（同时地）员外夫人呀，小生不敢高攀，告辞了。（分边下）

龙　赐
龙夫人（同时）唉，想不到，官宦子弟富商之子，竟如此薄情寡义呀。

龙　赐（唱）　薄命女，曲折一生遭不幸，

　　　　刚会识言又失睛。

　　　　不测姻缘终身误，

　　　　天地祸源永不停。

到如今，攀龙附凤成泡影。

龙夫人 （接唱） 气煞如同刀割心。

龙　赐
龙夫人 （合唱） 只恨那，窃玉偷香只取貌，宦家豪门薄义情。

[家院上。

家　院 启禀老爷、夫人，朱相公到。

龙　赐
龙夫人 （同时）这……（自言自语）得罪了他，如何是好？

龙　珠 爹爹、娘亲，女儿回去了。

龙　赐
龙夫人 （同时按住龙珠）女儿别走，我看朱相公虽然贫穷，人品倒是不错。

[朱生上。

朱　生 （念） 今日求婚意坚定，

不送聘礼送诚心。

员外、夫人恕小生不请自来，（行礼）我要和小姐谈一谈。

龙　赐 好，你和她好好谈一谈，老夫失陪了。

龙夫人 朱相公，今日你爱怎么谈，就怎么谈，老身也失陪了。（下）

朱　生 小姐，朱生来了。

龙　珠 朱相公，我已成了这个样，你何必再来呢？

朱　生 小生今日再来，就是诚心向小姐求婚！

龙　珠 朱相公呀，

（唱） 红颜命薄遭不幸，

夙愿未偿暗伤心。

今日已成一盲女，

劝君千祈莫痴情。

朱　生 小姐，你……（欲制止龙珠悲叹）

龙　珠 朱相公！

（唱） 昔日珠琛今消影，

春逝花魂失芳清。
龙珠何处值你爱，
强缔姻缘心不宁。

朱　生　小姐你……（同情又不忍正视）
（唱）　听她悲言热泪倾，
情切感人痛刺心。
用何慰言将她劝，
怎忍娇眉再伤情。
朱生诚心爱又敬，
切勿绝缘放悲声。
海枯石烂心不变，
今日岂嫌眼失明。

龙　珠　朱相公呀，
（唱）　昔日龙珠愿纳聘，
今日实难顺君心。
劝君今后多保重，
另娶佳人耀门庭。

［老妇上，在一旁察看。

朱　生　小姐，你不应承，小生就不走。

龙　珠　你不走，奴家就走。小翠，快扶我回去。

［小翠同情朱生，只扶着龙珠慢慢地绕过一旁。

朱　生　（跪着哀求）小姐小姐你就答应吧！

龙　珠　唉，别缠住我了（哭泣）。

老　妇　（趁机走向朱生）哎呀呀，我的恩人呀，老身终于找到你了！

朱　生　哦，是老婆婆，你爱女病况如何呀？

老　妇　多谢恩人，我女儿活过来了。朱相公这位是？

朱　生　这位是龙小姐。

老　妇　原来是龙小姐。（向外叫）玉女，快来呀！

玉　女　（内声）来了！（上）

老　妇　女儿呀，这位就是我说的救命恩人，快上前拜见。

玉　女　拜见恩人。

朱　生　（忙扶起）小妹妹不必如此。

老　妇　恩人呀，老身虽居乡野，也知有恩当报，适才闻得龙小姐拒婚，老身欲将爱女玉儿许配，以报大恩大德，不知恩人意下如何？

朱　生　老婆婆，昨日些小资助，说不上大恩大德，不必报答。

玉　女　啊，恩人莫非嫌小妹蒲柳陋质配不上？

朱　生　不，你生得如花似玉，世间少有，唯是朱生爱的仍是龙小姐！

龙　珠　朱相公，她母女一番好意，怎能谢绝呀！你若和玉女成伉俪，龙珠我也就心安了。

朱　生　小姐，除了你，我终身不娶。

老　妇　龙小姐，既然他如此心坚，你就答应了吧，朱相公是老身的恩人，也是世上难得的好人呀！

龙　珠　老婆婆，正因为他太好了，我才不忍连累。

老　妇　不，不会连累（拉龙珠手）来，快和朱相公肩并肩，手握手，心连心，老身带来了贺礼呀。

众　人　啊，老婆婆带来了贺礼？

老　妇　是呀！大家看吧（从玉女所背的包袱里取出一对宝镯）

众　人　哦，鸳鸯宝镯，闪闪发光！

朱　生　（凝视宝镯）这……

[老妇给朱生、龙珠戴镯。

老　妇　小姐，你好好看看吧。

龙　珠　好，我看、看、看！（忽然一声巨响，宝镯金光四射，龙珠双目重见光明）啊！我，我看见了！（激动地）多谢老婆婆！

老　妇　好呀，哈哈哈！

[老妇与玉女飘然消失。

龙　珠　（情不自禁地扑向朱生）朱郎！

朱　生　娘子！（相互拥抱）

小　翠
丫　环　（同时高呼）好呀！

［小翠、丫环边叫边走，欲下去禀告，遇龙赐夫妇上。

龙　赐
龙夫人　（与夫人同时）啊！眼睛亮了，女儿眼睛亮了！

龙　珠　爹爹，娘亲呀！（扑向夫人怀里）朱郎快来……（示意）

朱　生　拜见岳父岳母！

龙　赐
龙夫人　（同时）好贤婿，哈哈哈……

龙夫人　哎，女儿的恩人呢？

众　人　这……（茫然无措）

小　翠　啊！你们看——（指天幕）

［转暗，天幕上出现老妇与玉女剪影，然后灯光变幻，龙府诸人隐下。花园变成大海，老妇与玉女剪影突变龙母与龟丞相。

龙　母　龟丞相，你扮玉女扮得真漂亮！

龟丞相　多谢娘娘夸奖！

［远处传来浪涛声。

龙　母　啊，大王来了，接驾去！

（唱）　转瞬驾云回海上，
　　　　碧海茫茫闪波光。

［龙王统率水族上。

龙　王　爱卿，龙珠怎么样了？

众水族　（接唱）　龙珠奇缘成佳话，
　　　　　　　　　万古流传情意长。

［霎时烟雾腾腾，笼罩舞台，龙珠与朱生携臂塑像从烟雾中缓缓而现，众水族造型。

［切光。

［剧终。

武大娘辞轿

编剧：卢凌日

人　物　表

武大娘　浪迹江湖的歪嘴卖艺人。

古仪天　新任岭南乌定知县。

柯　氏　古仪天之妻。

温如颜　钦差大臣。

牛　郎　庄稼汉子。

织　女　古仪天的姨甥女。

孙检仁　老员外。

牛　妹　牛郎之妹。

马　哥　店小二，牛郎的表哥。

书僮、里正、中军、副将、乡绅、难民

狱卒、溃兵若干、官兵若干、仪仗队若干、吹打手若干

第一场　序　幕

[洪荒之后某动乱年代。

[神州乌定县境。

[幕启：战马嘶鸣，悲声恸地，铁蹄纵横驰骋，难民相率逃命。

[溃兵抢夺民女，一场你死我活的争夺搏斗。

[溃兵把强抢过来的无辜者一一装进麻袋。

[大纛前导，一队雄兵挥刀冲上，溃兵仓惶逃窜，画面定格。

［幕后合唱：

乱纷纷，功罪谁评？
由来是，
胜了的为王，败了的为寇，
至民尧舜，有几代唐宗汉景？
几许年，几许载，莽莽乾坤定。
都称戴皇恩四极，帝德重华，
却只见笑里欢歌含泪水，
哪得千山明月享太平？

［胜兵齐呼："杀呀！"溃兵抱头逃下。

［一副将横刀跃马上。

副　将（唱）　杀杀杀，杀得天昏地暗，
杀杀杀，杀得鬼哭神愁。
功劳簿上计首级，
售向皇门觅封侯。

中　军　报！贼兵逃窜，留下粮草。（指麻袋）

副　将　哼！吾皇洪福，与爷抬走！

［军众上前，麻袋内声："救命呀！"众愕然。

副　将（唱）　忽听得齐声呼救，
麻袋里原来是一群女流。
这这这……

［"救命呀！"

中　军　将军，如何处置？

副　将（唱）　战利品，安能遗留白不收！
来人，送来的"活货"，就该充吾军饷。抬走，军衙发卖！

中　军　得令！

［切光，幕闭。

第二场 摸 袋

[某日。

[二幕前。牛郎背包袱上。

牛 郎 (唱) 山歌各唱各的韵，
草木各有各的心；
老榕树下不长柳，
一朝天子一公卿；
平民家，贴地打滚跌不了，
一身泥巴脱不了，
只喜做个太平民，
一路上，绿柳红花无心看，
两脚忙忙赶归程。

我牛郎，不是银河隔着织女星的牛郎，从小为人看牛，人称牛郎。想我两月前曾凭戚友介绍，到了太宰家当差听使唤，不料改朝换代，主人坐罪，家产被抄，而今只好归家而来。

(唱) 兄妹俩失双亲孤苦伶仃，
蓬门度日相依为命，
家贫媒人喊不应，
她回头还要瞪眼睛。
妹妹为哥空着急，
二十加五未行聘，
听说军衙有钗裙发卖，
我何不花五两银子，
抱回个娇娇滴滴，滴滴娇娇的妙娉婷。

哈哈……(高兴得绊了一跤)哎唷，袋里的银两把我磕坏了。(摸口袋)是呀，我曾答应妹妹归家之时，给她二两银子添衣买花鞋，奈何主人抄家，也

短了我跑腿的工钱，路上可曾有失，我且数点数点。(点数，高兴地)

(念)　　二五添作七，

不少也不多，

哥哥有钱买嫂嫂，

妹妹有钱买花鞋。

哥哥成双妹成对，

双双对对去游街。

喜坏街坊众邻舍，

都羡慕我牛郎酒色财气齐。

好，天时不早，且到军衙看看。

[一官兵揭开二幕探出头来。

兵　乙　喂，后生哥，想买“活货”的吗？来来！

牛　郎　咦，你怎么知道？

兵　乙　你刚才不是说了！

牛　郎　是是……

兵　乙　随我来吧！

[两人推开二幕，只见军衙前一队亲兵守卫，一行麻袋整齐排列。

牛　郎　哟哟，袋里装的都是……

兵　甲　是啊，要一个还是要两个？

牛　郎　咳，谁一下子买两个老婆。

兵　甲　你没福消受就说根底不行，昨天这里还给万岁爷挑了十个去哩！

牛　郎　一样白垩泥，有的捏尿钵，有的捏香炉，同人不同命，我怎能跟万岁爷比呢。且问买卖如何？

兵　甲　按袋定价，不论斤两。

牛　郎　这个好说，只是我买的是活人……（小跑）跑了怎么办？

兵　乙　后生哥，有情夫妻亲，怕什么。

牛　郎　这样就讲讲价吧！

兵　甲　幺五、三三、二四，价钱公道合理。

牛　郎　（吃惊）多少？

兵　甲　（不好气地）六两！诈你的不成！

牛　郎　我刚才在路上听说是五两银子，怎么又涨价了？

兵　甲　你这番薯头，我们站在这里是喝西北风的？

牛　郎　噢，那一两是大哥的烟酒钱。

兵　甲　明白就好了。

牛　郎　唉，大哥，我不差你那两银子，只是多给了你们，我妹妹就……

兵　甲　妹妹管着你呀？

牛　郎　不不，多给了你们，就短了我妹妹的花鞋钱。

兵　甲　哼哼，顾上妹妹的花鞋，就回去和妹妹穿一双花鞋好了。

牛　郎　你……

兵　乙　后生哥，你也傻透了。俗话说，打铜吃铜，打铁吃铁，你多花一两银子，我们也做个人情，让你在这许多口袋中挑个满意的，还不合算？

牛　郎　这么说，我就顾不得妹妹了？

兵　乙　这样便宜的买卖不做，你准备当一辈子光棍啊！

牛　郎　也罢！（发狠一拍）哈哈，这口袋里还有一两银子，好，如数奉上！（递银。上前解口袋）

兵　甲　呔！原封贩卖，不得动手！

兵　乙　你呀，挑那一袋随便！袋口是不准打开的。

牛　郎　这只能瞎着眼睛摸呀？摸着个歪嘴的？

兵　甲　歪嘴的会吹笛。

牛　郎　摸着个跛腿的？

兵　甲　跛腿的会推车。

牛　郎　算了算了，退还我的银两。

兵　甲　混账，钱到侬手是侬的，袋口小小难出来，货不要，走人就是。

牛　郎　这岂不是欺行霸市，强买强卖！

兵　乙　傻阿哥，官家买卖，随不得你许多方便，这里面贼兵抢的都是黄花闺女，像你一个穷小子，花六两银子就有个当家的，即使是歪嘴跛腿也不亏。这麻袋软软，挑肥拣瘦还不可以摸个七七八八。

牛　郎　摸？

兵　乙　摸。

牛　郎　那我就瞎着眼睛摸摸摸……（忽然感到为难）大哥，麻袋里都是女流辈，我怎好意思摸呀？

兵　乙　不现眼，不碍礼，你就只管摸吧！

牛　郎　那我就瞎着眼睛摸摸摸……大哥呀，这到底是摸不得的！

兵　甲　摸不得就把这一袋驮回去。（指挥兵乙扛起一袋甩在牛郎肩上）

牛　郎　这这这……

（唱）　沉坠坠，压肩窝，
圆圆滚滚是个肉仙桃，
七上八下心迫迫，
只怕是个财主女儿娇气多。
穷人家，糠糠菜菜苦度日，
哪有钱财供她挥霍吃鸡鹅。
夫妻不和常反目，
这样的日子不好过。
大哥呀，还是让我摸摸好收科。

兵　甲　哼！我看你还是要摸的。

牛　郎　（唱）　摸摸摸，
盼只盼摸回个好老婆。
娘子呀，你手抱胸前埋头坐，
我牛郎安份手不多。
这一袋，只摸得腰肢纤纤一束细，
定是个弱质千金小娇娥。
穷人家，求的是精精壮壮勤活计，
男耕女织乐呵呵。
再放过这袋摸那袋……

摸摸摸，

不由得心头打颤手哆嗦。

摸摸摸，手也摸，脚也摸。

这里边不肥不瘦，不高不矮，

结结实实，硬硬朗朗，

定是个手勤脚快，身强力壮，

能挑能提，精精细细的女嫦娥。

大哥，我就挑这一袋。

兵　甲　好，再给一两银子来。

牛　郎　还要一两银子？你们是存心勒索了！

兵　甲　呸！新任老爷不日上任，人人需交见面礼，收你一两银子，还是便宜了你。

牛　郎　新老爷又不是我家娘舅，我要送礼做甚？

兵　甲　你说是非亲非故，我说是衣食父母，你不要送，我却要送，拿来！（与兵乙上前一起架着牛郎）

牛　郎　哇！

[造型，切光，幕闭。

[幕间曲：

不是怪，不是玄，如意娘子搭礼银；

大千世界一台戏，岁岁年年出奇闻。

第三场　店　会

[紧接前场，二幕前。

[古仪天方巾微服，步履艰难地上。

古仪天　（唱）　一脚轻，一脚重，

朝靴未惯踩田垄。

半部《论语》治天下，

功名出在本本中；
上疏十策惊圣主，
鲤跃龙门受皇封；
走马上任乌定县，
南天丽日梦魂从，
——阿嚏！呸！承天启治，
方显我，
十载研磨苦读功！

[书僮上。

书　僮　老爷！

古仪天　咦，你怎知老爷在此？

书　僮　老爷的“阿嚏”嘛，响得很呢！

古仪天　（眼色）唔——

书　僮　（四望无人）老爷，驿官要迎迓驿馆下榻，四处打听官船。

古仪天　嘿嘿，一朝青云上，身价大不同，昔日饭后钟，今日碧纱笼。你不要惊动他们就是了。

书　僮　老爷，只怕走漏消息，所以上岸来请老爷注意。

古仪天　你们守口如瓶，怎会走漏消息！

书　僮　呐呐。官船大桅之上，挂着御赐金匾，“承天启治”四个大字，半里远就能看见了。

古仪天　这个……叫艄公移船十里，到个僻静处下锚也罢。

书　僮　这样老爷回船不便。

古仪天　我遇店投店，遇舍投舍，请夫人不用记挂。

书　僮　夫人早巴不得上岸打听她甥女的消息了。

古仪天　混账！没有你老爷传话，谁也不得轻举妄动。

书　僮　是，奴才回话。（欲下）

古仪天　且慢！你呀，不要惹夫人生气，就说本官代她打听就是了。

书　僮　哦！奴才明白。（扮鬼脸下）

古仪天 （唱） 岭南初定圣德未扬，

走马上任先微服私访。

承天启治遵圣教，

杜渐防微要至察至详。

孝礼当先民须崇尚，

淫乱祸首法网必张；

天理人欲不并立，

礼之大体是三纲五常。

莫说小小乌定县，就是神州八表，我也要治得安安定定，定定安安。哈哈哈……

[牛郎扛麻袋上。

牛　郎 大爷大爷，请问这一带可有客店？

古仪天 怪哉斯问，我也是新来乍到。

牛　郎 哦哦……我多问了。（急于赶路）

古仪天 喂，小兄弟，这样匆忙，有何等急事？

牛　郎 哎呀，这不是一句话说得了的，我大气喘着呢！（欲下）

古仪天 回来，这麻袋里扛的是什么东西？

牛　郎 哈哈，这个你管不着了！（做着神秘的样子走下去）

古仪天 嘿嘿，所谓心虚者妄，看他举止轻浮，行为诡秘，一定有什么不轨行藏。好——

（唱） 蛛丝马迹要端详，

我且寻踪细察访。（下）

[二幕开。牛郎内呼“店家！”

[马哥内应：“来吔！”

[牛郎、马哥分边上；古仪天暗上。

牛　郎 表哥，原来是你呀！

马　哥 哎，乱世身似浮萍，一言难尽。表弟，你从哪里来，到哪里去，麻袋里的是什么东西？

牛　郎　马哥，我有老婆了，我要回家拜堂去！

马　哥　嗯，莫不是穷人睡冷席，搂个麻袋当老婆？

牛　郎　当真当真，贼兵抢，官兵卖，我花六两银子把她买，小嫦娥就躲在里面甜甜睡。

古仪天　阿嚏！

牛　郎　咦，大爷，你也来了？

古仪天　唔唔……安身立命，遇店投宿，理也。小兄弟，我且问你，刚才所说，是否妄言？

牛　郎　怎是妄言，大爷倘要纳妾行乐，尽可以拿六十两银子到军衙那边挑十个回来。

古仪天　罪哉过也，巧言乱德，恶不可长。既是官放，可有凭证？

牛　郎　袋上的封条，我还没打开哩。

古仪天　哦。

马　哥　表弟，快看新娘呀。

牛　郎　别急别急（一板一眼）房里看！（与马哥扛袋下）

古仪天　悲乎民风，人宁可正而不足，不可邪而有余，这样陷于不义，非君子修身立德之本。（摇头而下）

[幕内合唱：

喜洋洋，乐洋洋，
且把店房作洞房；
今夕虽非七月七，
织女有缘会牛郎。

[马哥推帐床与牛郎上。

牛　郎　唉，这回好了。马哥，袋里的娘子饿坏了，店里可有好酒菜？

武大娘　（袋里呼喊）闷死我也！

牛　郎　噢，正是正是，（对口袋）娘子，我是个穷小子，因为在家没妻子，才买你回去作一对子。你养蚕子，我种麦子，双双养个胖小子。将来儿子养孙子，我做老爷子，你当老妈子，老老少少一窝子，快快活活过日子。

马　哥　（对口袋）是呀，表弟媳妇，我表弟是个豆腐嘴巴菩萨心肠的老实人。你跟他过日子，骂他不还嘴，打他不还手，钱串子你管，重担子他挑，一辈子不会委屈你。

武大娘 （袋里）明白了明白了，我半天不吭声不出气，就想打听打听他是个什么狗东西。

牛　郎 狗东西？

武大娘 （袋里）好了，灯笼点火肚里明，快打开口袋。

马　哥 表弟，看来娘子挺喜欢你。

牛　郎 天生一对？

马　哥 天生一对。

牛　郎 佳偶天成？

马　哥 佳偶天成。

牛　郎 （唱）　说得我心花怒放。
　　　　　　　　且打开袋口看新娘。

［两人打开袋口，武大娘一挺而起，直吓得牛郎、马哥双双跌坐。

武大娘 哈哈哈……石榴开花结芒果，龙眼树头生菠萝。喂！
（念）　你惊什么，怕什么。
　　　　都是阴差与阳错。
　　　　官兵委屈我，我便委屈你，
　　　　快呀！快快松绑莫延俄！

［牛郎战战兢兢地上前给武大娘松绑。

牛　郎 （念）　歪大娘，你怎么样，
　　　　我是花钱买老婆，
　　　　不是花钱买姑姆。
　　　　摸着你时该吭一声，
　　　　修心积德求好报。

武大娘 （念）　小哥哥，小哥哥，
　　　　你虽花钱买老婆，
　　　　我在袋里闷不过，

巴不得有个救星到，
管你这个和那个。

马　哥（念）　表弟呀，快放手过，
就算六两银子丢下河，
让她老荷另配藕，
你的嫩藕另配荷。（拉牛郎走）

武大娘　慢！你就这样泼水不留图干净，也不修个来日见面情？

马　哥　歪大娘，该拿镜子照照面孔，这份人情留给你跟别人修了。表弟，走！

武大娘　哪里走！
（念）　藤缠树，难休和，
老娘不依难闪躲；
有道是，迎神容易送神难，
银的买来金的送不过。
你上天我追到南天门，
你入地我追到殿阎罗。
你嫌老娘嘴歪貌丑年纪大，
我偏要嫁你做老婆，
如果三餐没有白米饭，
我还要叫你看这个！

（边说边跳椅坐凳，最后还把顶门棍一折两断，来显示力量。）

牛　郎（唱）　原来修心没好报，
头壳给人抹猪糠。

马　哥（唱）　油炒生盐炸了锅，
利刀割皮因剃毛。

牛　郎（唱）　歪大娘呀歪大娘，
怨我敬神不烧香；
贼兵拉的都是黄花女，
你鸡充凤凰却为何？

六两银子不要紧，
闲话惹人笑短长。

武大娘 哼哼，你知道我武大娘是个什么人？

马　哥 还不是五官不正，年纪不轻，脾气不顺，道理不认的犟女人！

武大娘 嘿嘿，我五官不正心地正，年纪不轻力气猛，脾气不顺不平事，道理不认歪理人，是个堂堂正正的大丈“天”！

牛　郎 大丈“天”？

马　哥 不敢出头的大丈夫嘛！

武大娘 我武大娘只为强出头，被人杀了一截，才落得今天这般地步呀！

（念）　家本住武昌，
祖传武艺强，
皆因性刚直，
有理人不让，
路见不平事，
就是皇帝老子也要管。
因此得罪了官府，
被发配流徙到岭南。
江湖卖艺过日子，
艺高人丑营生难，
一半乞来一半吓，
牢骚常常腹中生，
昨见官兵卖民女，
我骂他殃民害命似强梁。
自古民跟官斗卵碰石，
麻包平添丑姑娘，
你不该霉气摸着我，
一差二错两相难。

牛　郎 唉，这么说来，你倒也是个可敬之人。

马　哥　表弟，瓦屋檐前水，点滴不离窗，依我看……（比划示意收留下）

牛　郎　有什么好说的了，就带她回家做个姑婆吧！

武大娘　不行！“姑婆枪，送火鸢”一家子最忌有老姑婆。

牛　郎　那就作婶娘算了。

武大娘　也不行，“婶娘隔屋灶，不是一家人。”

牛　郎　那么得认你做妈妈呀！

武大娘　“不扒不痒，不痒不痛。”做妈妈更不行！

牛　郎　那得认你做什么呀？

武大娘　你买我来是做老婆的就得做老婆！

马　哥　呀，这回霉气透了！

武大娘　你认霉气了么？

牛　郎　认霉气了。

武大娘　哈哈，小阿哥，你认了霉气我也不让你霉气，我武大娘铁打面盆专盛水，吃软不吃硬，就等着看吧！闲话少说，我肚子饿得咕噜响呀！

马　哥　表弟……

牛　郎　我身上还有一两银子，就一起吃顿霉气饭吧！

武大娘　干脆！走！（出门）

［孙检仁内声：“店家！”

马　哥　嘿嘿，生意兴隆，连吃饭的工夫也没有。

武大娘　咦，一老一少，一哭一笑，他们父女吵架来了？

牛　郎　唉，人家父女吵架，关你屁碍，多管多管。

武大娘　我见事不平就生气，若不查问就憋气，憋气就胀气，不捅捅就不松气。

［孙检仁引织女上。

孙检仁　哪位是店家？

武大娘　（自许地）老娘这里。

孙检仁　可有房间？

武大娘　要两大间还是两小间？

孙检仁　生意人就想赚钱，一小间就够了。

武大娘 你父女投店，双栖小间，不怕别人闲话？

孙检仁 什么闲话——

（唱） 细柳常傍老槐种，

窈窕岂不嫁老翁；

青楼买她回填室，

夫妻自然可同房。

武大娘 （唱） 洞箫不响横箫响，

倒凤颠鸾点鸳鸯；

老娘拾个后生仔，

你老拾个花女郎。

老员外，你我一样好运气呀！

织　女 我苦命呀！（哭）

武大娘 心甘情愿，哭啥呀！

织　女 （唱） 哭父母，有生无养早抛爱；

哭离乱，烽烟连年遍地灾；

哭人情，重富欺贫凌懦弱；

哭奴身，落叶飘零叹无涯。

武大娘 （有所悟）员外，这个时候投店而来，想必五脏神要进供了？

孙检仁 饿了饿了，有道是一顿不饱，面黄肌瘦，可有饭酒充饥？

武大娘 今天赵公元帅生日，小店优惠顾客，里面有现成饭酒，员外可用饭去。（示意马哥）

孙检仁 口福，口福，这样又省我些碎银。

织　女 我难下咽啊！

武大娘 员外，小娘子既然伤心，就留下她让我劝劝。马哥，可有空房？

马　哥 西厢全空着，就差员外没身住（下）

孙检仁 店家！（随下）

牛　郎 （对大娘不解地）你？

武大娘 你且等等，姑娘呀——

（唱）　你沉鱼落雁好貌相，
失身老头是何端？
老娘喜欢管闲事，
或可解除心头烦。

织　女　我……（哭）

武大娘　哎，伤心不是哭着了事，还是快说。

织　女　（唱）　感谢大娘心垂爱，
乱世红颜命多灾；
兵荒马乱失父母，
沦落富门为奴才，
桃夭二九年长大，
春催花丛粉艳开；
主见奴家生姿色，
眈眈垂涎似狼豺。
奴守清白遭虐待，
财主他，为富不仁怀鬼胎，
青楼无情坑弱女，
泪湿窗棂长青苔。

武大娘　（哭）哀哀哀……

［牛郎也偷偷抹泪。

织　女　大娘呀，员外将奴赎身苦海，满以为从此得见天日，谁知道——
（唱）　青楼几度寻短见，
垢面蓬头毁容面。
鸨母不种无钱竹，
转手卖奴换白银。
员外寻春游花院，
诈买奴仆愿赎身；
谁知他醉翁之意犹在酒。

嫩花枝头攀老藤，

若罢不能死不得，

怎不伤情泪涟涟。

武大娘 气死我武大娘吔！

（唱） 我嘴歪歪，心不坏，

你可相信我安排？

织　女 （唱） 大娘若有活命计

结草衔环记心怀。

武大娘 （探听一下动静）干脆人不说拐弯话，你且看，这后生哥中意不中意！

牛　郎 （甚感突然）你！

织　女 这……

武大娘 （唱） 老娘做事喜干脆，

中不中时话说开。

（对牛郎）你？

牛　郎 ……

武大娘 （对织女）你？

织　女 ……

武大娘 （唱） 铁打葫芦不开嘴，

气得老娘心意灰

各安天命罢罢罢

再求老娘赏木槌。（生气欲下）

牛　郎 大娘！（急拉回大娘）

[三搭，牛郎、织女双双跪地。

牛　郎 （唱） 大娘呀，心绪如麻难张嘴，

穷惹富人吃不开。

倘若员外告一状，

官府如狼法如雷。

织　女 我织女好命苦呀！

武大娘 天塌下来有我顶着，你们怕什么！

牛　郎 大娘，那就随我们一起远走高飞吧，你是我们的重生父母呀！

武大娘 使不得，我还要留下来对付那老头。

牛　郎
织　女 （无限感激）恩人，请受我们三拜！

武大娘 起来！我不过换个酉对酉，卯对卯，快快逃离虎口！

牛　郎
织　女 拜谢大娘！

[武大娘目送牛郎织女下，一时触动心事——

武大娘 （唱）　银河阻隔双星恨，
但愿鹊桥遍人间。
可怜我，江湖沦落四十载，
哪里是，安乐门庭寄晚年？

（陷入凝思，但很快察觉）嗐，我又傻想？！（自嘲地一笑）

[光暗，幕渐闭。

[幕间曲：乱弹琴，巧弹琴，五湖四海觅知音；
水流下滩非无意，风送白云缘有情。

第四场　官　挑

[当天掌灯时分。

[店房。灯光明灭，秋虫断续，既有诗意，也有神秘感。

[音乐声中幕徐启。武大娘不耐烦地在房中来回踱步。

武大娘 （唱）　他他他，他原来是个老酒鬼，
有有有，有黄汤灌肠醉方归；
我我我，我老娘等他等发急，
这这这，这个时辰人不回。（发现。对镜照了下）

啧啧，我这副尊容，到时与他话不投机，哄不了，骗不来，这便如何是好？……有了，我先瞒着他，一宿天明，那时，他要人拿不到，有理说不清，这不是破鞋三针紧，一巧举千斤！（举灯欲吹）不妥，黑灯暗火，他还不会点着？！（想了想）哈哈。还是老娘戴着这角黄袍顶用。（以袍巾遮面。有顷）也不妥，我这一身灰溜溜的衣服他还是能认出来的。（寻思）啲啲，我把床上的褥子披上，说我不禁寒冷，这样上遮下盖，不就把老头瞒过了！（披挂）

孙检仁（唱） 赏心悦意酒开怀，
醉步回房慰深闺；
心又喜来心又怕，
对着那罗帷意徘徊。
意徘徊，只怕嫦娥心恼怪，
怎亲近，桃李总期永相随；
且在灯前消酒气，
偷渡银河进罗帷。（埋坐）

武大娘（唱） 细窥看，揭罗帷，
只见他，酒眼朦胧半合开；
可笑佳梦未成心已醉，
一场好遇化飞灰。
但愿我弄巧不成拙，
水到渠成双解围。
（娇声娇气地）员外！

孙检仁（朦胧感觉）谁呢？

武大娘 员外！

孙检仁 我的心肝宝贝唷！（揭帐）哈哈，娘子你蒙头盖脸，像个洞房新娘。

武大娘 是呀，怕羞处怕羞，怕冷处怕冷，员外酒醉了，还是熄灯睡觉吧！

孙检仁 难得娘子欢心，我乐得酒醒七分。娘子呀，我早说过，我虽老，可家有钱，你不愁吃，不愁穿，回去给我抱个小白脸，我会把你当成佛祖天。

武大娘 老娘不嫌你老，快上床睡觉。

孙检仁 （诧异）老娘？怎么称起老娘来？

武大娘 啊……我本姓娄，娄阿鼠的娄，从今你叫我娄娘就是了。

孙检仁 哦，娄娘，你刚才一把鼻涕一把泪，真叫我心疼极了。

武大娘 人生一世，求吃求穿，嫁老公嘛，就是老的好。再说，你这么老了，我在人前哭哭做做样子，也不叫人笑话。

孙检仁 对呀，娘子原来是三月芥菜早有心。（上前揭面巾）

武大娘 别别，我刚才把眼睛哭坏了，怕见光哩。

孙检仁 怕见光就眯眯眼睛，我看不着你的容颜就不痛快。（再揭）

武大娘 （粗声粗气）不准揭，你这人为什么这样啰哩啰嗦！

孙检仁 咦，不对头，难道有假？（思忖，到案边掌灯）娘子，你既然怕光，我就把灯火吹熄吧！呼——（以袖掩光）

[武大娘扯下黄袍。孙检仁擎灯一看——

孙检仁 妖精呀！妖精呀！

武大娘 好滑的老头，开个小小玩笑，就把你吓成乌龟样。

孙检仁 哦，是老板娘。黑不说，白不道，你也真喜欢开玩笑了。

武大娘 老头子，丝断麻断，做个了结，我现在跟你说正经话！

孙检仁 我那小娘子呢？

武大娘 飞了！

孙检仁 老板娘还是开玩笑嘛！

武大娘 是开个玩笑呢，我老板娘是假，闯荡江湖的武大娘才是真。要看么？（出身段）

孙检仁 你！

武大娘 你什么？织女跟一个后生哥跑了！

孙检仁 当真？

武大娘 谁跟你说假。

孙检仁 我的天呀，和你见官去！

武大娘 告我何罪？

孙检仁 告你拐人生妻。

武大娘 拿凭据来？

孙检仁 这…… 不告你拐人生妻，也得告你个教唆挑拨。

武大娘 （笑）告吧，大不了把我这副骨头填上去。

孙检仁 你不给我找回织女，我决不罢休！

武大娘 可恼了！

（唱） 闯荡江湖称好汉，
打抱不平女金刚；
你顺点人情还好说，
逆施倒行我取强。
一条麻绳将你四肢捆，
高高吊起屋脊梁，
先把胡须一根根拔，
再把你老皮剥精光；
人肉剁成肉馅子，
再拿骨头去熬汤；
你鬼魂先到森罗殿，
我死后——
对供那时才会阎王。（动武）

孙检仁 武大娘，我我我……

武大娘 我且问你，你买下织女，她愿意不愿意？

孙检仁 不愿意，不愿意。

武大娘 你们做夫妻配对不配对？

孙检仁 不配对，不配对。

武大娘 一不愿意，二不配对，这岂不是昧了良心，害人一生！

孙检仁 武大娘，我花了五十两银子呀！（哭）

武大娘 你五十两银子见鬼去！

孙检仁 （唱） 大娘呀，去年我家罹兵难，妻子儿郎刀下伤。
人生孤独怕晚景，
心望嫩竹伴老篁；
传宗接代有依靠，
你却横横插杆拦。（恸哭）

武大娘 你也哭得真伤心。

孙检仁 伤心人对伤心事，白头垂老叹无依。

武大娘 （唱） 他哭得悲悲惨惨，
我听得凄凄惶惶，
难难难，
你也难，我也难，他也难。
民间总是事相难，
事相难，
难安难乐难和解，
生难活难死也难；
难难相关生恻隐，
同是世情苦恼人。
（同情地）员外！

[孙检仁呆然无语。

武大娘 我有一点心事，不知该说不该说？

孙检仁 说吧！

武大娘 （唱） 员外呀，江湖晚景难闯荡，
意将晚霞伴夕阳。
何不将错错就错，
结对人间老鸳鸯。
侍奉身边存体贴，
冬温席来夏扇凉。
成人之美存善念，

江湖丑妇效孟梁。

孙检仁 你？

武大娘 我武大娘虽生性粗野，却也懂得体贴温存呀！

孙检仁 唉，织女到底比你温顺呢。

武大娘 员外，我刚才鲁莽了。（上前赔礼）

[忽然传来一声“阿嚏”。

武大娘 （警觉地）谁！

[继续传来几声“阿嚏”。

武大娘 员外，怕房里躲着贼人，我们搜查搜查看。

古仪天 （在床底下）不用搜查，我来了！（从床底下爬了出来，以袖子掩面）

孙检仁 你……

古仪天 罪哉过也，非礼勿视，我现在是不是可以张开眼睛？

武大娘 你是谁人？

古仪天 天网恢恢，疏而不漏，叫我碰着你们的好事了。

武大娘 你躲进房中，窥我夫妻私事，可知有罪？

古仪天 哼哼，先入为主。我是先进房的、你是后来到的、还说我窥你夫妻私事？

武大娘 不要隔年放炮，你怎么是先进来的？

古仪天 （唱） 我出门忘记带银两，

店家不赊挂账难。

廊下栖身北风冷，

缩瑟只得进空房。

克己复礼身席地，

君子常怀德义方。

谁知这竟是神差与鬼使，

叫我碰着你的鬼行藏。

仁兄，拐人生妻，有伤风化，何不到衙门告她一状？（指武大娘）

孙检仁 这个……（见武大娘目视，只好息事宁人）罢了罢了，他们已远走高飞，我自认霉气就是了。

古仪天 纸鸢虽高，线操在手，仁兄告她，我可供线索。

武大娘 你……

古仪天 哼，店小二与那个小子是表兄弟，只要顺藤摸瓜，按图索骥，他想跑也跑不了。

武大娘 放屁！员外通情达理，用不着你在此饶舌！员外你说！

孙检仁 （出于害怕心理）唉，得饶人处且饶人，就让那小子占点便宜吧。

古仪天 事关民风不正，新朝礼治，岂容不法之徒逍遥法外，要知恣情自为害，泛水必成灾呀！

武大娘 你凭什么在这里训人？

古仪天 凭这个——（怀里掏出本子）

武大娘 给我看看。（一把抢过）哈哈！（撕碎本子向古仪天掷去）老头子，不要理睬他，我们进帐睡觉，看他走也不走！

古仪天 可恼了！

（唱） 纵欲恣情伤天理，
插枝抽条助乱离。
民间有此不法妇，
大治安民指无期。

武大娘 你惹得老娘性发了！

（唱） 我与人为善心肠侠义，
抱多少不平受多少冤耻。
世事颠倒阴差阳错，
我正点鸳鸯鸾凤谐宜。
县官多事来问管，
我把他按倒在地舔黄泥；
皇帝多事来问管，
我也要赏他三记耳光好记忆。

古仪天 嘿嘿。（故意左右打量）

武大娘 老头，我们敢情碰着了癫子。

古仪天 我以为你是当今娘娘，竟敢如此口出狂言。

武大娘 我就是当今娘娘，你看我怎么样？

古仪天 嘿嘿嘿，贵为天子，富有天下，世上多少美女仙姬，还得皇上万里挑一，你这个歪嘴妇人，八辈子也轮不到你做这个好梦。

武大娘 （自尊心受到打击）只准州官放火，不准百姓点灯，我当不得娘娘，却教训得你！（欲打）

古仪天 呔，不得无礼！（捧印）

孙检仁 呀，县太爷！（跪地）

武大娘 你这掷狗用的铁秤砣吓不了我。（动武）

孙检仁 （急上抱住武大娘）大娘，你饶我一命吧！

古仪天 呀呀，阿嚏！

[切光，幕闭。

[幕间曲：藤缠树、树缠藤、藤藤树树两相缠，
树欲静来风不止，官挑民怨是非生。

第五场　惊　变

[次日拂晓。二幕前。

牛　郎 （内唱）　借月色，辨归途，踏露披霜。

（引织女走边上）

（接唱）　过山沟，爬小径，
意绪匆匆步履忙。
只听得晨鸡报晓声声唱，
东方发白现太阳 。
人间一曲唱随调，
榕荫柳畔沐春光……
欣慰处，又想起，
那好心的武大娘。

[圆台，织女跌坐。

牛　郎　小娘子，你摔伤了!

织　女　（摇头叹了一口气）

牛　郎　小娘子，我早失双亲，兄妹相依，家境贫穷，娘子如果……

织　女　郎君呀!

（唱）　难得你诚实人可敬，
薄命红颜遇知音。
方才是，人行远路脚踝痛，
未惯奔劳故呻吟。

牛　郎　哦，原来如此，小娘子，让我看看。

织　女　好痛唷!

牛　郎　呀，真的磨起了个大血泡。娘子，让我背你一程。

织　女　别别，这要羞死人的。

牛　郎　不妨不妨，这大清早晨，旷野僻静，谁人看见。

织　女　我怎能让你受累呢!

牛　郎　不要紧，不要紧，你看，我这腰、这腿、这胸、这膀，浑身是劲。

织　女　不哩不哩，我缠上点布片，一点也不痛了，你看，我跳，我跑……不是无妨了吗?

牛　郎　哈哈，还是娘子行。

（唱）　风雨同舟共相济，
挽臂登攀越崎岖；
但愿化作冲天燕，
万里翱翔不分离。（同下）

[牛妹掀开二幕。

[牛郎家，翠竹榕荫，蓬门草舍。

牛　妹　（唱）　粗布裁成鸳鸯枕，
未觉秋凉北风侵。
哥不在家我作主，

喂鸡养鹅管家庭。（喂鸡）

[牛郎内声："妹妹！"

牛　妹　咦，哥哥回来了！（心计，闩门）

[牛郎引织女上，指画面比划；翠竹婷婷，榕荫如盖，虽蓬门草舍，却是清静人家。织女频频点头，表示满意。牛郎甩开包袱，掏锁匙，对锁眼，拧门闩。牛妹暗中作梗，牛郎数拧不开。

牛　郎　这个懒妹子，这个时候，门还闩死了。妹妹！

牛　妹　哥哥，是你回来了？！自己开门吧，我在喂鸡呢——吱吱……

牛　郎　门闩死了，我怎么开得！

牛　妹　噢，敢情是门神爷作梗。哥哥啊，把二两银子塞进来，门就自然开了。

牛　郎　妹妹，不是哥哥失信，银两倒是哥哥买嫂（锁）用了。

牛　妹　哥呀，家穷不防贼，要锁做什么呀？

牛　郎　妹妹，你也不听清楚，哥哥是买枕上的嫂呀！

牛　妹　枕头还用锁呀？

织　女　姑子你开门不就明白了！

牛　妹　咦，有个姑娘声音？

[开门。牛郎引织女入门。织女一脚踩着了个小鸡，牛妹惊叫，两人对看。

牛　妹　（唱）　是嫦娥？是观音？

牛妹看傻双眼睛。

十里有九是嫂嫂，

且待我来探真情。

哥哥呀，这姑娘是哪门亲戚，妹妹陌生得很哪。

牛　郎　妹妹呀，都说聪明伶俐，这还猜不着？

牛　妹　哦，哥哥让我猜。（故意地）

（唱）　哥哥家贫难行聘，

晚景思量苦费心；

路上认个黄花女，

收养身旁作螟蛉。

她是哥哥的义女儿，也是我的侄女儿。

牛　郎　妹妹你真糊涂。

牛　妹　不对吗？再猜。

（唱）　无娘人思娘敬养，

哥哥心存孝义方；

年纪颠倒不要紧，

嫩笋移来作老篁。

她是哥的娘，也是我的妈。

牛　郎　妹妹，你今天是感冒发高烧了！

牛　妹　我刚才吃了三大碗，扫了鸡圈清猪栏，谁说我感冒发高烧？

牛　郎　那你怎么头上猜，脚下猜，就猜不到中间来！

牛　妹　哥哥呀，你以为妹妹就只会猜两头不会猜中间呀！试想我们柴门荆扉，糠菜度日，人家这样如花如玉的姑娘，怎肯嫁给哥哥当嫂嫂呢！

织　女　小姑子呀！

（唱）　同是连根苦心菜，

请释下怀莫疑猜。

但求布褐同欢双偕老，

富贵荣华视等闲。

你养鸡来我织布，

一家和睦春风谐。

牛　妹　果然是我的嫂嫂！

织　女　好姑姑！

牛　妹　好嫂嫂！

牛　郎　妹妹，你嫂嫂一夜赶路，肚子饿了，家里有什么好口味的，快捧出来！

牛　妹　哥哥，今日大喜日子，少不了杀鸡宰鸭，只是妹妹想着件要紧的事情，哥哥还得先行办理。

牛　郎　妹妹你真会逗人，到底还有什么要紧事呀？

牛　妹　拜天地！

牛 郎 哥哥嫂嫂不就是夫妻了吗，还拜什么天地？

牛 妹 哥哥真傻，离头三尺有神明嘛！

织 女 小姑子怕我是过路投店的。郎君，趁今天是黄道吉日，我们就拜过天地，也好叫小姑子放心。

牛 妹 到底是嫂嫂聪明。来来来——

（唱） 不用张灯和结彩，
不用明烛照神台，
三炷高香对天地，
夫妻平平跪下来。
一拜天地！

［马哥急上。

马 哥 天塌下来了！

牛 郎 马哥？

马 哥 （念） 我上气不接下气，
你还不知地厚天高！

牛 郎 （念） 你说得晴天霹雳，
我却是雾水一头。

马 哥 武大娘坐罪了！

牛 郎 恩人坐罪了！

马 哥 （唱） 平湖无风三尺浪，
祸起萧墙一旦间。
不久公差就来到，
急坏我，破网鱼儿报讯人。

［暗转。天幕上出现手持本本，道貌岸然的古仪天。

（唱） 岭南初定圣德未扬，
走马上任，先微服私访——

（和声） 访呀访，无孔挖个大窟窿。

（唱） 承天启治遵圣教，

杜渐防微要至察至详——

（和声） 详呀详，割开刀口下蛆虫。

（唱） 孝礼当先民须崇尚，

淫乱祸首法网必张——

（和声）张呀张，无风却起三尺浪。

（唱） 天理人欲不并立，

礼之大体是三纲五常。

莫说小小乌定县。

就是神州八表，我也要治得，

安安定定，定定安安。

（和声） 安安定定，定定安安，

黎民因此，晕头转向。

[古仪天隐去。明转。

牛　郎　娘子！

织　女　郎君！

马　哥　哎吔，还啰嗦什么，公差就快来了！

牛　妹　哼，待他们来了，我要理直气壮地跟他们辩论一场！

马　哥　表妹，有道是官字两个口，有理说不透，还是让哥哥避避风头。

织　女　都是我连累了你们，我且一死干休！（撞介）

牛　郎　娘子！

马　哥　表媳妇，你自寻短见，反而授人口实，表弟难免罪加一等。三十六计，逃为上计，走呀！

牛　妹　嫂嫂呀！（哭）

牛　郎　妹妹，满以为一家欢娱庆团聚，谁知官挑棒打又分离。

织　女　小姑子，重逢何日言保重？

牛　妹　嫂嫂呀，天涯遥寄姑嫂情。

[出门，里正带班头等上，马哥躲避。

班　头　哪里走！

里　正　差头哥，这个是牛郎，那个是牛妹，想那个就是织女了。

班　头　牛郎织女，你可知罪？

牛　妹　我哥嫂何罪？你们不要残害良民！

班　头　嘿嘿，看这个……（亮捕牌）上枷！

［众衙差如狼似虎，马哥急上亮相。切光，闭幕。

［幕间曲：哭也是，笑也是，害民未必只污吏；

清官上任三把火，按本治民古方奇。

第六场　奇　审

［三天后，乌定县衙。

［牌子开幕，四衙役上。

衙役甲　（念）　太爷传命，侍候升堂；

衙役乙　（念）　大家小心，不要怠慢；

衙役丙　（念）　惯例难违，表示表示；

衙役丁　（念）　见面有礼，好办好办；

众　（念）　好办好办，你我他他，有了靠山。

［众掏红包。

衙役甲　五两。

衙役乙　五两。

衙役丙　五两。

衙役丁　五两。

衙役甲　嘻嘻，众位兄弟，我是头目，你我有别，我得外加一两。

衙役乙　大哥，不要净占便宜，你外加一两，我们也要外加一两。

衙役甲　你们外加一两，我再外加二两。

衙役丙　哎呀，这样比下去，如何了尽，就让丘大哥冒个尖吧！

衙役甲　如此，来来来！

[乙、丙、丁把红包交甲手。

衙役甲 里面都写了姓名？

乙丙丁 这还用问。

衙役甲 张三、李四、王五……

乙丙丁 丘六。

衙役甲 嘻嘻，（念）老爷未升堂，先把红包送，饭碗要牢靠，人情第一关。（毕恭毕敬地把红包放在案台上。

[幕后发出喷嚏声，众慌忙肃立，有顷，不见动静……

衙役甲 喂！太爷曾传谕六房三班，长斋三天，清心净欲，然后拜匾升堂，（小声地）你们可吃了狗肉呀？

乙丙丁 我们吃了狗肉，你也打了边炉呢！

衙役甲 嘻嘻，大家彼此彼此，斋也是杂，杂也是斋，如不吃杂，就当不差。

[幕后又传出喷嚏声。

衙役甲 太爷这回来了！

[众慌忙肃立。

古仪天 （内唱） 体天行治承圣教，
指日岭南王法昭，（上）
肃整民风严纲纪，
奸佞贪淫概不饶。

[书僮上。

书　僮 老爷，御匾上。

古仪天 动乐升匾！

[鼓乐，柯氏抬匾上，古仪天口呼万岁，领众膜拜。

[挂匾，叠罗汉，摔跤。

柯　氏 老爷，你摔伤了？

古仪天 无妨无妨。夫人，我且问你，这三天斋期，素食是否干净？

哥　氏 都是奴家下厨，亲操勺锅。

古仪天 好，再传谕合府人众，继续长斋三日。

众　呀！（面面相觑）

古仪天　本宫升堂，请夫人退下。

柯　氏　老爷，打听甥女一事，你可要记得。

古仪天　知道了。

[柯氏、书僮下。

古仪天　击鼓升堂！

[升堂鼓响，众乡绅口呼“青天”，一拥而上，古仪天急忙跳上公案。

古仪天　呔，何等人众，竟敢闯堂而进！

众乡绅　青天大人，乌定连年兵荒，水利失修，旱涝迭至，望大人开仓放粮，筑堤修渠，以利民生。

古仪天　呔，饿死事极小，失节事极大，民风不振，奢谈温饱，荒唐荒唐。来人，与爷……

众衙役　打！

古仪天　且慢！唉，只知衣食，不知礼仪，民之愚也，赶走就是。

众衙役　走！（驱乡绅下）

古仪天　（从案台上下来）咦，谁人送来的红包？

衙役甲　嘻嘻，太爷在上，都是小的们一点心意。

古仪天　你们四个？

众衙役　是是是。

古仪天　理该一人一个，这里如何只得三个？（举红包）

衙役甲　太爷刚才案头一坐，恐怕我那个勾到太爷的屁股上去了。

古仪天　你们且看。（站上座椅，扭转屁股）

衙役甲　嘻嘻，正是，太爷，里面六两银子，比兄弟们稍出一头。

古仪天　唔，本官暂且收下，待会重重有赏。

众衙役　谢太爷。

古仪天　来人！

众衙役　在。

古仪天　那个歪嘴妇人，是否重枷大锁？

众衙役 是。

古仪天 她还胡闹不胡闹?

众衙役 还是骂闹不休。

古仪天 （唱） 清官不怕烂头咒，
暂让妇人耍貔貅。
三班侍候具刑杖，
与爷传传传——阿嚏!

众衙役 传传传——阿嚏!

古仪天 （拍堂木）传谁来?

衙役甲 太爷教导。

古仪天 传本案一干人等……

众衙役 传本案一干人等!

古仪天 传本案一干人等中原告!

众衙役 太爷，太拗口了。

古仪天 照办!

众衙役 传本案一干人等中原告!

［孙检仁上。

孙检仁 （唱） 有糖到口谁吃辣，
有马不骑谁推车，
青天老爷替作主，
桃花运随老运行。

参见大人。

古仪天 孙检仁，可具来状子?

孙检仁 请大人过目。（呈状）

古仪天 状词上可有一句：“礼即是理也”?

孙检仁 有。

古仪天 可有一句：“不是天理，便是人欲”?

孙检仁 有。

古仪天 可有“应存天理灭人欲，慎防色相乱纲常”一句？

孙检仁 有有，一切遵大人主意。

古仪天 好，状子呈上。

孙检仁 大人，这里二十两银子，聊作案牍之资，望大人笑纳。

古仪天 妄哉，我不是说了，本官不是贪黑之流？

孙检仁 大人清官，只是历来衙门规矩，小人不敢无视。

古仪天 好，本官也有个新规矩，谁送来一两银子，本官就赏他一记板子，你既然送来了二十两银子，那就该赏你二十记板子。

孙检仁 大人，这是小人感恩戴德之心呀！

古仪天 治民岂图报德，贿赂当先行罚，人来。贿银充公，与爷结结实实地打二十大板！

[众衙役惊呆。

古仪天 （投签）打！

[衙役只得行刑。

孙检仁 （唱） 哎哟，打得我皮开肉绽，
大人真是罕世清官！

古仪天 嘿嘿，刑无二律，丘六，你刚才送上几两银子？

衙役甲 太爷，我我……（泄气地）六两。

古仪天 张三、李四、王五？

乙丙丁 （慌忙跑下）太爷，我们要比丘六哥少一记板子。

古仪天 好，反省自责，你们各执刑杖，围成圈子，依数杖笞，不见血迹，再作宥刑论处！

[众衙役互相行刑，狱卒匆匆上。

狱　卒 太爷，夫人大闹大牢，要开枷放犯，小人阻止不了，特来禀告。

古仪天 啊嚏！这这这，这是怎么回事？

狱　卒 织女在牢中寻死寻活，歪嘴妇人大吵大闹，惊动了夫人进牢探看，谁知……（哭）。

古仪天 你说呀！

狱　卒　夫人和织女抱头痛哭，说是太爷个什么姨甥女。

古仪天　住嘴，两旁退下！

［众人退下，柯氏内唱：

怒火填胸公堂闯！

［带织女上。

织　女　姨母，我怕呀！

柯　氏　你不要怕！

（唱）　现有阿姨作主张；

天下法理服情理，

信口不由他说雌黄。

［进堂，与古仪天照面，一把拧着他的耳朵。

柯　氏　好一个青天老爷，你你你……

古仪天　夫人，君为臣纲，夫为妻纲，这大堂之上，得顾点体统！

柯　氏　（唱）　顾体统，真荒唐，

颠倒人情乱开腔；

三分亲戚七分理，

怎容你强扭胡扯拆鸳鸯。

甥女若失身老头子，

我扒开你的心肝，

打断你的脊梁。

古仪天　夫人，要知乱世初平人奸狡，谨防投机取巧冒认亲……她？

织　女　姨娘，我还是一死干净！（扑向柯氏）

柯　氏　你你……你是书蠹蛀了双眼睛，织女在我膝头上抱大，还会错认！

古仪天　她可是愿意让老头子赎身的呀！

柯　氏　（唱）　老爷呀，民若相安当善政，

百步水流自澄清。

既然甥女有巧遇，

借水推船顺人情。

古仪天 夫人，本官曾在圣君面前许下宏愿，说乌定一境，不出三年之外，本官要把它治得鸡犬不鸣，蛇鼠绝迹，若如此徇私办案，岂不负了圣上赐匾壮行之恩？

柯　氏 谁叫你脚下未成三尺水，一心便要划龙舟。

古仪天 此乃杜渐防微嘛。文曰：“天下之事，祸患常生于微忽”，不可不防呀！

柯　氏 出口文曰，闭口文曰，我不管你杜渐防微也好，防微杜渐也罢，织女牛郎，心心相爱，而且拜过天地，她就只能嫁给牛郎了！

织　女 奴宁玉碎不改白，鸳鸯有塚共长埋。

柯　氏 你听到没有？

古仪天 夫人，还得想个名正言顺呀！

［内报声，班头上。

班　头 大人，有饥民一群，要求开仓平粜。

古仪天 你混账，与爷逐走！

班　头 大人，有牛郎之妹，要闹堂为哥赎罪。

柯　氏 牛郎之妹？

古仪天 一报二报，你快把我烦死了。与我滚！

柯　氏 老爷……

古仪天 与我滚滚滚！

柯　氏 老爷！凡击鼓诉冤，阻遏者罪，你倒把这个忘了？

古仪天 这个……

柯　氏 我看还是传她上堂一问。

古仪天 唔——你们且退下。传来人！

班　头 遵命。（下）

［柯氏、织女下。

［牛妹内唱：

挺身公堂把理辩，
救哥囹圄脱苦身。（上）

（接唱）　叩见青天大老爷，
冒死今日把辞陈。

古仪天 （打量）小女子，你说道为哥赎罪，可知罪有定刑，难以屈法而伸情！

牛　妹 大人呀！小女子不读圣贤书，不明大道理，只是一厢情愿，自思于理不悖，于情亦宜，所以敢有所陈。

古仪天 善哉，心者，善恶之源，既是好心，必有善缘，你且道来。

牛　妹 大人呀——

（唱）　凋木难栖投林鸟，

家崩（穷）难求嫂阿娇；

且喜奇缘天凑合，

双星高照渡鹊桥。

谁知荆条编篮刺在手，

刚拜天地祸临头。

民女暗忖其中故，

李代桃僵理亦昭，

愿以奴身代嫂嫂，

嫁给嫁给——

那毛白牙黄的老寡头。

[柯氏突然闯上。

柯　氏 妙呀！

古仪天 （跌坐）哎呀夫人，这成何体统！

柯　氏 老爷，你不是说要寻个名正言顺吗？

古仪天 你也要让我寻思寻思呀！

柯　氏 这不是送上门来了！

古仪天 夫人，理必有据，岂能胡来。

柯　氏 俗语说："人情大似圣旨"，这样一笔了结，两心情愿，三家欢喜，四下平息，何乐不为？

古仪天 俚俗之言，不足为据。

柯　氏 哼，还是少不了你的孔孟朱程。

古仪天 （顿悟）哦，正是正是，"尽美可扬，片善不遏"，小女子，你果真愿意嫁给那老头？

牛　妹　大人，小女子要是不愿意，还会身到公堂？

柯　氏　就是呀，来人。传孙员外！

古仪天　慢慢慢，夫人，你且作回避。

柯　氏　你（无奈下）

古仪天　传孙检仁。

[内声：“传孙检仁！”

[孙检仁上。

古仪天　孙检仁，顺理见裕，从欲惟危，今有牛郎之妹，愿填身代嫂，你意下如何？

孙检仁　（指牛妹）她？

古仪天　你且问问去。

孙检仁　娘子，老汉这厢有礼。

牛　妹　嘿嘿。

孙检仁　你说愿意填身代嫂，这可是真心实意？

牛　妹　我话都说了，你还问什么！

孙检仁　（唱）　只见她笑里含嗔带愠怒，

机关暗藏岂可知。

但恐她为救兄长施巧计，

我还是稳坐一个钓鱼台。

大人，我与织女邂逅相逢，乃是天意，“人心听命于天心”。我还是与织女结为夫妻，方不悖天理。

古仪天　你是哪里学来的贤文？

孙检仁　都是大人教导。

古仪天　她哪一点比织女差？

孙检仁　不差不差。大人刚才一顿棍棒，打得我禀其清明之气而无物欲之累了。

古仪天　你，你这是怎么说的？

孙检仁　大人不是说，圣人千言万语，只是叫人明天理灭人欲。如果贪新弃旧，大人不是又加罪于我！

古仪天 阿——阿噫!

（唱） 他他他，蛆虫下在伤口上，

句句贤文问得我口难张。

罢罢罢，顺得人情伤天理，

众左右，等候大刑爷升堂。（下）

[牌子。众衙役上。

[柯氏引披枷戴锁的武大娘上。

柯　氏 （唱） 借来卤水点豆腐，

为救亲人免无辜。

武大娘 （唱） 天不怕来地不怕，

说我糊涂也糊涂。

[柯氏为武大娘开枷。

柯　氏 大娘，这公堂之上，就看你的了。

武大娘 夫人，我早就说了，只要开了枷锁，就不怕你老爷不依。

柯　氏 可要帮手?

武大娘 只须堂上传谕三班，然后去把大门守紧。

柯　氏 吠，你们听着，本夫人要开导你们太爷，牢狱之中，请来大娘，你们要听命行事，如果谁有半个不字……

武大娘 我就扭断你们的小腿，插在屁股上当尾巴!

众衙役 小人听命，小人听命。

武大娘 好，如此夫人请便。

[柯氏下。

武大娘 （唱） 马听鞭来狗怕棍，

黄鼠狼最怕烟火熏；

老娘不是卖本领，

不耍拳头别无门。

[埋位，随手拿来本子遮面。古仪天上。

古仪天 （念） 抱本升公堂，万本不离宗；

根本唯天道，背本罪难容！

（埋位，发现）

咦，座上谁人？

武大娘 皇娘娘驾临，还不给我跪下！

古仪天 （疑惑地望着衙役们）娘娘何时驾到？

众衙役 （难于应付）我们左右都该死了！（跪地叩头）。

古仪天 娘娘驾临，有失远迎，微臣罪该万死！

武大娘 （大笑）哈哈……

古仪天 原来是你！

武大娘 我就当不得娘娘么？

古仪天 大胆囚犯，闹堂犯上，可知罪该凌迟！

武大娘 凌迟也不过一死。那天店上，我还以为你清官终有明断，所以来蹲了几天大牢，谁知你毛驴驾辕充骏马，差点闹出了命案。我今天是破罐破摔，一定要和你理会清楚。

古仪天 呵呵，这就叫作无法无天了，来人，与我拿下！

[众衙役犹豫。

古仪天 与我拿下——阿嚏！

[“阿嚏”具有无尚的威力，众衙役一拥而上。

[开打。众衙役被打得鼻青眼肿，哭爹喊娘；古仪天走投无路，只得躲到案台下，武大娘就势把古仪天按在椅下骑上。

武大娘 古大人？

古仪天 呵呵……

武大娘 现在该听我的了？

古仪天 乾坤颠倒，听你的了。

武大娘 这案子老娘代你审一审如何？

古仪天 审得审得。

武大娘 乖乖，你就代司传命吧！

古仪天 你们两旁伺候。

武大娘 来人！

众衙役 嗬——

武大娘 都听到你们大人吩咐了？

众衙役 听到了。

武大娘 先壮壮堂威！

众衙役 嗬——

武大娘 笞杖手！

众衙役 在。

武大娘 挟棍手！

众衙役 在。

武大娘 擒拿手！

众衙役 在。

武大娘 刀斧手！

众衙役 在。

武大娘 大刑具备？

众衙役 具备。

武大娘 站上前来。

［众衙役上前。

武大娘 给你们大爷各打一记板子。

众衙役 大娘，你就饶了我们这次吧！（跪下叩头）

武大娘 古大人，他们还怕着你，不听我的，怎么办？

古仪天 你，你们就给爷打呀！

武大娘 打！一记板，醒精神，不带框框念贤文；二记板，醒脑筋，应记民以食为天；三记板，醒窍门，治民不再带本本；四记板，醒痴心，为民办事顺民情……（衙役一一在武大娘的念叨下给古仪天打板子）罢了。

（唱） 借来公衙三尺案，

点就人间好鸳鸯。

来人，把此案有干人等带上！

衙役甲 呔，有干人等带上。

[牛郎、织女、牛妹、孙检仁上。

孙检仁 叩见大人。

武大娘 今日坐堂的是谁，你倒要抬头看看！

孙检仁 咦，是你……]

武大娘 （拍案）住嘴，位有尊卑，该看我今日坐在什么位置上！

古仪天 你们听呀，此案交给武大人了。

孙检仁
织　女 （同）青天武大人。
牛　郎

武大娘 织女，我来问你，老头子当时赎买，你可曾愿意？

织　女 武大人，小女子不曾愿意。

武大娘 既不愿意，为何在文契上划押？

织　女 他欺骗小女子，名为买婢，实为买妾。

武大娘 孙检仁，她说的可否属实？

孙检仁 属实属实。

武大娘 既然属实，你为何又告人拐带生妻，横生是非？

孙检仁 武大人，你是知道，我已甘于平息，都是县太爷刮风起浪。

武大娘 古大人，你可听了？

古仪天 听了。

武大娘 孙检仁，念你受人挑动，不加诬告之罪，现将织女判归牛郎，你可心服？

孙检二 服服，武大人，方才有牛郎之妹，愿填身替嫂，望大人体恤老年晚景，再判个李代桃僵。

武大娘 这个……牛妹，你可是真情实意！

牛　妹 大人呀——

（唱）　填身代嫂非本愿，
　　　　但只念，哥哥家贫难娶亲，
　　　　只等李代桃僵后，

一梦南柯赴黄泉。
焚竹留节坚贞在，
播得芬芳在人间。

大人，这剪刀我都准备好了。（亮剪）

武大娘 好一位烈女。孙检仁，我现在判与你，你敢要么？

孙检仁 只可怜我五十两白花花的银子掉到海里了。（哭）

武大娘 嘿嘿，刻薄成家，吝啬成性，有机可乘，翻面无情，只怨我一时错看了你，现在人财两空，正是罪有应得，念本大人与你还有几分人情，赏回你二十两银子，可也要做个认记。来人，给我打二十记板子！

[衙役行刑。

孙检仁 方才送银子，无辜挨板子，现在挨板子，却可得银子，武大人真是个青天娘子。

武大娘 哈哈，古大人，我今天判得怎样？

古仪天 武大人包拯再世，况钟复生。

武大娘 这个你过奖了。

古仪天 大人，口判无凭，还须亲笔批下判词。

武大娘 这个……我斗大的字不够半箩，你就代劳了吧！

古仪天 武大人，这却是代劳不得的。

武大娘 这便如何是好？

古仪天 武大人拟不了，却是抄得了。

武大娘 好好，你拟好判词，我照抄可也。唉，当官也不容易。

[当武大娘全神贯注抄写判词之际，古仪天示意众衙役伺机行动。

武大娘 古大人，这一划是竖或还是撇呀？

古仪天 这个……这个……阿嚏！

[众衙役一拥而上，把武大娘上了镣铐。

武大娘 气死我也！

[柯氏急上愣住。

古仪天 呵呵……（手舞足蹈）

（唱） 天道扶正真不差，（众衙役帮腔："真不差"）
居然可以逮住她；（帮腔："逮住她"）
恶人不去善不进，（帮腔："进进进"。）
到底是我顶呱呱。（帮腔："到底太爷顶呱呱"。）

武大娘 姓古的！

（唱） 战乱连年四野荒，
望中民物实堪伤；
草房破漏愁夜雨，
菜色充道人绝粮。
官衙不问温饱事，
却凭本本说雌黄，
老娘真的是皇后，
一个个把你们罢官、放逐、流徙到边荒。

古仪天 嘿嘿，众人听了，歪嘴妇人，放奸纵恶，闯堂犯上，冒充娘娘，亵渎圣文，死有余辜。本县维念乱世初平，愚妄未化，姑免一死，以扬圣德。牛郎见色乱常，织女淫逸私奔，所行皆有伤风化，可幸天理尚存，人欲当绝，现判牛郎别娶窈窕，织女婚进孙家，各安天命！

柯　氏 我的天呀！（晕倒）

古仪天 夫人，食君之禄，得秉公办案嘛！

柯　氏 你气死我了！

［内声："钦差大人到！"

古仪天 哎呀，夫人，钦差大人到！（推开）打开中门迎接！

［众下。牌子，温如颜上。

古仪天 卑职不知大人驾到，有失远迎，恕罪恕罪。

温如颜 古大人走马上任，寝席未安，即临堂视事，可敬可敬。

古仪天 君君臣臣，职守所系，岂敢疏忽。

温如颜 圣上得如此循吏良臣，真乃邦国之幸。

古仪天 大人过奖了。

温如颜 古大人，本官代天巡狩，非为按察吏治，倒是为圣上私访一人而来。

古仪天 圣哉吾皇，不知此人是草野遗贤，还是山林隐逸？

温如颜 说来奇怪，倒是一歪嘴妇人。

古仪天 歪嘴妇人？

温如颜 此人武昌人氏，年当益壮，武性，因抱打不平，被官府发放岭南，后来辗转流落江湖，以卖艺为生，吾皇当日兵败夷岭，得武氏乱军救驾，于今身登九五，圣念旦夕不忘，故命臣岭南一行，以便寻访芳踪，回朝同享富贵荣华。

古仪天 啊……（打颤）

温如颜 当日圣上得武氏力救，乘黑夜逃潜山穴之中，才得避过险关。皇上有旨在此，诏封她为救驾娘娘。

古仪天 我命休矣！（瘫倒）

温如颜 古大人，你怎样了？

古仪天 这这，这大牢之中，正有个歪嘴的武氏大娘。

温如颜 （喜）这可是真？

古仪天 我已经魂飘魄散了。

温如颜 （唱）

吉星高照官运昌，
马到功成遇娘娘；
借得东风青云上，
衣锦荣身靠捧场。

古大人，既然牢中有此妇人，还不快请出一问。

古仪天 你们谁到牢中请出那位武氏大娘。

[一衙差下带武大娘上。

武大娘 （唱）

剐就剐，杀就杀，
断头不过碗大的疤；
不防中了你们的分身计，
还装什么婆婆与妈妈。

温如颜 大娘，下官这边有礼。

武大娘 哈哈，一个对付不了，还来了两个。

温如颜 请问大娘何方人氏？

武大娘 要杀则杀，你问这个管屁！

温如颜 大娘且说。

武大娘 楼空黄鹤去，回首烟波里，廿年离祖籍，龟蛇两依依。

温如颜 哦，武昌人氏。五年前夷岭大战，大娘可曾救得一人？

武大娘 哼哼，那是个老家伙，他被贼兵追杀，是我救了他的一命。

温如颜 可山穴过了一夜？

武大娘 咦，你怎知此事？

温如颜 下官就是为问这个而来。

武大娘 哼，要问我也不怕，羞耻也不是我一个人，你就听吧！

（唱） 那一夜，山穴藏身伴狐鼠，
天作孽，半夜奇寒北风呼；
只见他，浑身缩瑟牙打颤，
心不忍，取暖驱寒睡一坞。
谁知他，气转阳回心不古，
死白赖，自作多情痴丈夫；
天破晓，占了便宜人便去，
害得我，只身飘零寄江湖。

古仪天
温如颜 （一惊）呀！

古仪天 （背唱） 真如此呀非如此？
难道圣明竟如斯？
天子至尊当至德，
山穴……唉唉，
但愿此言是虚词。

温如颜 （背唱） 盼如此呀望如此，
天子堂堂有隐私。
自古深宫多暧昧，

山穴……嘻嘻，
平步青云有通途。
古大人，你在呆想什么？

古仪天 温大人，山穴丑行，我想断非圣上所为。

温如颜 你呀，阴阳交泰，男女相爱，圣上也是人嘛！

古仪天 柳下惠坐怀不乱，垂典千古，邂逅相逢，即男女相爱，非礼也。

温如颜 皇上乃万民之尊，岂柳下惠可比哉！自古王道即天道，难道你还不明白？

古仪天 唔……

温如颜 古大人，得糊涂处且糊涂，真相还未大白，我们且问下去。

古仪天 是是。

温如颜 大娘，那时他可留有信物？

武大娘 他割下黄袍一角相赠，并破指留名，说如有出头之日，当报大恩。我哪里管得他出头不出头，报恩不报恩，这角黄袍倒是随身带着擦汗。（出示）

温如颜 待我看。（验袍）呀，果真是娘娘！（跪步）娘娘洪福，微臣温如颜见驾。

古仪天 呀，微臣有眼不识泰山，罪该万死。（跪地叩头）

武大娘 这又奇了，顷刻之间，我怎么成了娘娘了？

温如颜 娘娘有所不知，当日夷岭所救，正是当今皇上。

武大娘 是吗？好呀，我救了个皇上老头。

温如颜 娘娘，圣上恩念甚切，请娘娘更换朝服，随臣进京。

武大娘 我真的当了娘娘了？

温如颜 万岁龙恩，有旨在此，请娘娘跪接。

武大娘 哈哈，免了免了，你代我收藏着就是了。（发现古仪天还跪伏一旁）咦，古知县，起来呀，怎么把乌纱帽也摘了下来？

古仪天 微臣死有余辜！死有余辜！

武大娘 唔，老娘是个皇后了。

古仪天 娘娘天赐尊位。

武大娘 我这个娘娘当得却不光采。

古仪天 娘娘谦恭仁让，深得圣意。

温如颜 正是正是。

武大娘 那夜山穴苟且，算不得丑闻么？

温如颜 哪里哪里。

武大娘 我问古知县呢。

古仪天 娘娘，龙凤正配，天道之常，何当丑闻。

武大娘 不碍礼？

古仪天 不碍礼。

武大娘 合乎道？

古仪天 合乎道。

武大娘 哪牛郎织女，又当别论了？

古仪天 礼乐之分也，尊卑有别，不能一概论之。

武大娘 哈哈……你不是说了么，贵为天子富有天下，世上多少仙姬美人，万岁爷还万里挑一。当娘娘嘛，八辈子也轮不到我这个歪嘴妇人。可现在……

古仪天 （叩头如捣蒜）娘娘洪福齐天，微臣罪该万死。

武大娘 当了娘娘，一辈子够受用了吧？

温如颜 娘娘位尊极品，吃不尽珍馐百味，穿不尽宫锦绫罗，享不尽人间富贵，宫女成群，前呼后拥，娘娘就是剔剔指甲，臣民也吓得如九天打雷。

武大娘 唷，够气派的了——

（唱） 听说道，一顿饭，珍馐百味，有鸡、有鹅、有鸭——

温如颜 何止鸡鹅鸭呀！

武大娘 （唱） 听说道，一身穿，宫锦绫罗，绣着鸾、绣着凤、绣着仙鹤——

温如颜 正是这气派呢！

武大娘 （唱） 听说道，宫女成群，前呼后拥，打扇的打扇，拽带的拽带，牵裙的牵裙——

温如颜 娘娘位尊极品嘛！

武大娘 （唱） 听说道，剔一剔指甲，

如五雷轰顶，臣民们跪的跪，打颤的打颤。

温如颜 率土之滨，莫非王臣。

武大娘 （唱） 那珍馐百味尝不完，

叫来那街边乞儿同享用。

温如颜 这使不得使不得呀！

武大娘 （唱） 那宫锦绫罗穿不完，

赏给那鳏寡孤独御冬寒。

温如颜 这不行不行呢！

武大娘 （唱） 那宫娥使女用不完，

遣回与父母同享天伦欢。

温如颜 这不能不能哪！

武大娘 （唱） 我剔一剔指甲，

你们要当心轰顶的五指雷。

温如颜 微臣知罪。

武大娘 知县听了！

古仪天 娘娘圣裁。

武大娘 牛娘织女，御赐完婚，由官府赏黄金千两作为贺礼。

古仪天 遵旨。

武大娘 牛妹贤淑，马哥忠厚，也由娘娘作冰，赐白璧十双，偕老百年。

古仪天 遵旨。

武大娘 没事了，要管也管不了许多，剩下就是娘娘如何进京了。

温如颜 娘娘，早有鸾车恭候。

武大娘 嘿嘿，说来奇怪，我却喜欢坐轿子。

温如颜 早也备下八乘珠轿。

武大娘 我得挑个轿夫哪！

温如颜 校卫如云，可随娘娘挑选精壮之士。

武大娘 我却要挑个背本子的。

古仪天 臣愿效命驰驱。

武大娘 还念你为官清白，不加以罪，就罚你抬抬轿子，送哀家进京如何？

古仪天 娘娘洪恩。

武在娘 只有你一人却抬不动?

古仪天 还有贱内。

武大娘 你是罪有应得，她却是无辜受累。

古仪天 娘娘，三纲所正，夫为妻纲；三从所训，出嫁从夫；我抬轿子，她自然也得抬。

武大娘 你说她抬得，我偏说她抬不得，女人却要护女人。

温如颜 （献媚地）娘娘，这个差使，微臣愿效犬马之劳。

武大娘 哈哈，难得你如此尽忠，我见了老头子，当为你美言几句。

温如颜 谢娘娘提掖之恩。

武大娘 来人摆驾!

温如颜 （狂欢地）轿子来!

[切光，幕闭。

[幕间曲：自我观，观自我。圣贤有教不苟和；
世事如棋局局变，神通汉界即楚河。

第七场 辞 轿

[次日郊野，枫叶涂朱，丹桂飘香。

[幕启，鼓乐喧天，旗幡蔽日，仪仗前导。

[古仪天、温如颜抬武大娘上。

武大娘 （唱） 珠轿高坐真舒畅，
翠绕金围珠宝光；
一夜山鸡变孔雀，
笑煞江湖武大娘。

[和声： 嗨，一夜山鸡变孔雀，
笑煞江湖武大娘。

古仪天 （唱） 脚步沉来肩头重，
气喘如牛汗如江；

君要臣死臣则死，
尽忠竭力抬娘娘。

[和声：嗨，君要臣死臣则死，
谁叫偏逢圣娘娘。

温如颜 （唱）邀功请赏当轿帮，
不敢嚎来不敢潺（呻吟）；
脚肿手酸腰骨痛，
咬紧牙龈抬娘娘。

[和声：脚肿手酸腰骨痛，
咬紧牙龈抬娘娘。

武大娘 古知县，脚踝痛了吧？

古仪天 娘娘，“不奋发则心目颓靡”，抬轿奋发奋发，臣仍可健步如飞！

武大娘 温大人呢？你的肩膀红肿了吧？

温如颜 托娘娘洪福，双肩红肿，艳如桃花，并不痛楚。

武大娘 （唱）路遥知马力，
日久见人心，
难得两位好轿步，
不怕驰驱万里程。

[和声：“难得两位好轿步，
不怕驰驱万里程。

[中军上。

中　军 启禀娘娘，有口称牛郎兄妹四人见驾。

武大娘 嗯，他们来了。温大人，快与我传旨，三班随从，前后校卫，一干人等，且到荫凉处歇歇，待我接见亲人。

温如颜 （大喜）遵旨。停驾！（放下轿子即瘫倒在地）

武大娘 人来，扶二位大人下去。

[众退下。牛郎、织女、马哥、牛妹奔上。

牛郎等 大娘！大娘！（感失言）娘娘。叩见娘娘！

武大娘 还是叫我大娘自在，你们快快起来。

牛郎等 谢过娘娘。

武大娘 哈哈，我说你们叫大娘就叫大娘，难道也学着捧起来了？

牛　郎 娘娘位极品高，于我们恩大如山，我们岂敢放肆。不知娘娘宣召，有何教谕？

武大娘 （失态地）我明白了！ 我想通了！ 我悟出一个道理来了！

牛郎等 娘娘……

武大娘 你们看，我这副嘴脸，是个皇娘娘的样子么？

织　女 娘娘见义勇为，感动天心，故有此报。

武大娘 哈哈，天心、天意、天理，这些都是他们骗人的勾当。我且问问你们，当今皇老子，上有三宫，下有六院，嫔妃如云，才人似蚁，娇的柔的，艳的骚的，应有尽有，却要我这个丑妇何为？

马　哥 万岁怀念旧恩，正是圣德无量。

武大娘 嘿嘿，怀念旧恩是假，沽名钓誉是真——

（唱）　他怕他，初情难隐终败露，
洞穴秘史不堂皇；
而今皇家施恩泽，
马粪抹油外表光。
我进宫，承欢无计空翘首，
深宫困锁衾枕凉。
了却他一桩心头事，
可怜我，茕茕孤影泣宫墙。

你们说说，他是不是这个主意？他是不是这副心肠？这，这却害苦了我呀！（饮泣）

［音乐起，幕后合唱，众动情起舞。

刚强人想起了那深宫寂苑，
长门旧事怕重弹。
紫禁城高秋月冷，
夜夜风灯照壁寒。

愁听弦歌摇花影，
难堪寺钟入宫墙。
芳草天涯无限好，
仍觅真情向人间。
他年柴门逢丑妇，
不是皇后是大娘；
他年柴门逢丑妇，
不是皇后是大娘。

[灯暗，牛郎织女等隐去，武大娘正襟危坐。

[温如颜、古仪天跪行上。

温如颜
古仪天 娘娘，微臣恭候。

武大娘 （闭目指温）你是谁人？

温如颜 微臣是奉旨寻访娘娘的温如颜。

武大娘 （指古）你是谁人？

古仪天 微臣是奉命抬轿的乌定县令古仪天。

武大娘 哈哈，都是我脚下的臣民。

温如颜
古仪天 是是，率土之滨，莫非王臣。

武大娘 且看看我的相貌如何？

温如颜
古仪天 娘娘天姿国色。

武大娘 可是嘴巴歪歪哪？

古仪天 这是矫枉过正。

武大娘 都是本子上有的？

古仪天 是，都写在这本子上。

武大娘 且给我看看。

古仪天 娘娘圣鉴。（呈本子）

武大娘 妙呀，昨晚你们侍候得殷勤，我脂膏汤水多进了些，现在后营告急，正好给我做净手纸。

古仪天 娘娘……阿嚏！

武大娘 舍不得？

古仪天 故纸生辉。

武大娘 这样你们就在这里恭候，待我解手来。

温如颜 娘娘不必动驾，来人，锦帐布幔，恭候娘娘解手。

武大娘 别别，那脏东西是臭得不堪的，我到那边林子做完了手脚就回来。

温如颜 微臣遵旨。

武大娘 你们看——

[温、古凝视，武大娘隐去。

[天幕上出现牛郎织女等招手呼喊："武大娘！武大娘！我们等着你呀！"俄而，武大娘腾空而上，众翩翩起舞。

[幕后唱：

飞凤坡，飞了凤，
痴人尤做升官梦。
仪仗锦幡空罗列，
鸾舆人去不留踪。

[随着歌声消失，武大娘等隐去。

古仪天 呵！温大人，你看到了什么？

温如颜 我看到了文武百官，午门迎驾，三杯御酒，已摆在金銮殿上。古大人，你看到了什么？

古仪天 我看到我那本被娘娘净手用的本子，已化为玉牒金书在金銮殿上大放异彩。

温如颜 哈哈，古大人，我等视通万里，可谓不谋而合。只是娘娘为何这个时候还不回驾？

古仪天 温大人，有道是宰相肚里可撑船，那皇娘娘的肚量可想而知了，这个需得花点时间。

温如颜 未申两时已过，金乌西坠，该催娘娘起驾了。

古仪天 请驾！

［内传声："请驾——"中军急上。

中　军 启禀大人，遍觅丛林，不见娘娘踪影！

温如颜 呔，还不快些四下寻找！

中　军 是！（下）

［幕后唱：

飞凤坡，飞了凤，

痴人尤做升官梦。

仪仗锦幡空罗列，

莺舆人去不留踪。

温如颜 古大人，娘娘看来是凶多吉少了。

古仪天 温大人，敬神如神在，如果娘娘失踪了，我们也得把鸾轿抬进京师，回朝缴旨。

温如颜 古大人说来轻巧，可知皇上意旨，非得寻娘娘回宫不可。现在已惊动郡县，不日消息传到京城，我们不都落个护驾不力，欺君罔上之罪？

古仪天 这便如何是好？

温如颜 都是你进谏无方。

古仪天 冤哉，我只不过凭本子说了一句。

温如颜 （不好气地）皇上不认本子，惟认准你的头颅！

古仪天 如此，臣只得抱本而死了。

温如颜 嘿嘿，难得你一片忠心。（无意揭开轿帘）哈哈，古大人，你来看——

古仪天 （从轿内抱出一截盖着黄袍的木头）温大人，娘娘遗下黄袍，把信物盖在一截腐木之上，这是何意？

温如颜 腐者朽也，朽木者不可雕也，那丑妇自知扶不起，贴不上，于是遁迹江湖去了。

古仪天 这——阿嚏！温大人，娘娘奥旨，恐未深知。

温如颜 还什么娘娘不娘娘，丑妇既留下黄袍信物，也就救了你我一命。

古仪天 大人神算，我还在五里雾中。

温如颜 古大人，这奥妙在本子里是找不到的，你且附耳过来（与古仪天耳语）。

古仪天 （大惊失色）哎呀，温大人，欺君罔上，儿戏不得呀！

温如颜 （厉声）古大人，可知生死荣辱，全在此一举。

古仪天 拙荆嘴巴不歪，怎能以假代真？

温如颜 下官略懂岐黄之术，只要天容穴上，艾火一炷，尊夫人立即口斜嘴歪，化鸟成凤。

古仪天 什么？

温如颜 下官略知岐黄之术，只要天容穴上，艾火一炷，尊夫人立即口斜嘴歪，化鸟成凤。

古仪天 阿嚏！阿嚏！阿嚏！我的天呀！

（唱）　化成鸾，化成凤，
理似通来又不通；
岐黄有术换梁柱，
天道无私肯苟同？
面壁十年图破壁，
额角碰个大窟窿。
娘娘江湖乘凤去，
乌定知县来入梦
这顶轿子还得抬，
此身悠悠天地中

[光暗，聚光灯照着古仪天，幕渐闭。

[幕间曲：凤已去，巢不空，术士飞象过了河，
可怜痴人一古脑，难消灾厄念弥陀。

第八场　尾　声

[数天后，晋京路上。

[场景如序幕，气氛如前场。

［旗幡仪仗前导，古与温策马，两军校抬柯氏左台上；武大娘、牛郎、织女、马哥、牛妹等右台上。

［演出区可分两个层次，武大娘等于上层；温如颜等于下层。

温如颜 （唱） 旗幡飘，鼓乐响，

过县穿州喜洋洋。

［和声：“喜洋洋，喜洋洋，冒出一个假娘娘。”

柯　氏 （唱） 假娘娘，装真样，

心头打翻五味罐。

［和声：“心头打翻五味罐，前呼后拥好威风。”

古仪天 （唱） 孔曰仁，孟曰义，

仁义释得意千种。

［和声：“意千种呀意千种，唯心取义各断章。”

武大娘 （唱） 堪叹圣哲道难传，

民求衣食喜蚕桑。

［和声：“喜蚕桑呀喜蚕桑，青山绿水自悠扬。”

［乐声中，武大娘下。

［中军急上。

中　军 大人，大事不好，饥民造反，攻陷京师，万岁已落荒而逃！

温如颜 危言耸听，看我宰了你！

中　军 大人，四路勤王兵马反了三路，这一带郡县都举了反旗，我们的去路也被断了！

温如颜 这个……（跌坐）

古仪天 （唱） 顷刻间，天旋地转，日月无光，

天道不昌佑我皇。

皇上呀，你手上也有圣贤本，

何以临危治乱偏无方？

臣怀恩遇图报国，

力弘圣德垂四荒。

谁知兴亡难逆料，

这顶轿子抬向何方？

温如颜 古大人，我看这顶轿子，只好由你抬回去了。

古仪天 温大人，你？

温如颜 识时务者为俊杰，天地改色，我等得弃暗投明。

古仪天 呸，你这贰臣叛贼！

温如颜 嘿嘿，古大人，忠臣庙让你享祀千秋是了。（拂袖下）

柯　氏 （扑上去）姓温的，赔我嘴巴来！

温如颜 冒牌货，讨死！（一脚踢翻柯氏，急下）

[众校卫一哄作鸟兽散，柯氏倒在轿子上痛苦呻吟，

古仪天 娘娘……（欲上前搀扶，又碍于礼，只得跪地请罪）微臣不能保驾，罪该万死！

柯　氏 老爷，我……快快扶我呀！

古仪天 娘娘，君君臣臣，各本其礼，微臣不敢沾辱圣体。

柯　氏 你……我们夫妻一场，别再糊涂了。

舌仪天 不，不不，圣上诏封，娘娘已经化鸟成凤，待我找个宫女来。

柯　氏 气死……气死我了！（气绝）

古仪天 娘娘！娘娘！

[滚过几声闷雷，灯光转暗。

古仪天 （彷徨无主）娘娘，娘娘呀！

（唱）　哭娘娘，祭娘娘。

青红紫绿玄而黄，

九天魂归安乐国，

否泰自如通阴阳。

荒坡挖塚埋白骨，

尽忠微臣泪两行。

[雷声殷殷不绝，武大娘、牛郎、织女、马哥、牛妹等边唱边舞上，灯光转明。

天一层，地一层，

天地中间活着人；
情一层，理一层，
情情理理无尽穷；
大块文章众人写，
天九层，地九层。

牛　郎　武大娘，我们怎么来来回回都碰上他！（指古仪天）

武大娘　别啰嗦，救人要紧！

[武大娘在众人的帮助下给柯氏进行急救。

[柯氏苏醒见古仪天还呆头呆脑地为她挖坟，气得上前刮他一记耳光。

柯　氏　古仪天！

古仪天　（定睛细看）娘娘！娘娘圣德未泯，天年永寿，罪臣叩见。

柯　氏　你……你邪魔入骨呀！

武大娘　夫人，这叫脑障，赶快用柳条蘸无根水打醒他，不叫他再糊涂了。

古仪天　娘娘，不要打醒我！不要打醒我！阿嚏！阿嚏！阿嚏！

[天棚上吊下御赐金匾，古仪天抱住，攀援而上，结果又跌了下来，急得在地下打滚，武大娘看准机会，撒过一张大网，就势把古仪天包裹起来。

[众边唱边舞：

天一层，地一层，
天地中间活着人；
情一层，理一层，
情情理理无尽穷；
大块文章众人写，
天九层，地九层。

[幕渐闭。

[剧终。

·雷剧卷·

抓阄村长

编剧：卢凌日

人 物 表

牛德禄　　50 岁，新任牛溪村村长
马凤嫂　　45 岁，牛德禄妻子
来路妹　　22 岁，外地姑娘
成天贵　　51 岁，牛溪管区主任，牛德禄表哥
肥仔飞　　名成小飞，24 岁，成天贵儿子
牛志成　　36 岁，小工头
石阿秀　　33 岁，牛志成妻子
牛　三　　30 岁，牛溪村村民
老　四　　牛溪村村民
老　五　　牛溪村村民
六棱女　　推景片的六个女孩

(场景说明：各场场景均以几何图形用不同的形式组合，其中有长短不等的三棱柱六根，可滑动，并列时即二道幕)

第一场　抓　阄

[八十年代治理整顿某年头。

[南粤牛溪村村场。

[在欢快的音乐节奏中，六棱女从三棱柱后蹦出捉迷藏。

［景片随着游戏移开，画面出现牛溪村群众的抓阄场面。

［序幕曲起：

牛溪群众选村长，
人不荒唐事荒唐。
抓阄抓着牛德禄，
一段奇闻出村场。

［序幕曲中，成天贵指挥群众抓阄。当牛德禄举起阄纸。

［众人一声“当”，牛德禄惊慌逃跑，众人包围堵截。

老　四（唱）　好兄弟，休想跑，

牛　三（唱）　就是插翼飞不了；

老　五（唱）　恭喜兄弟好手气，

肥仔飞（唱）　捡着一顶乌纱帽。

牛德禄 不当！我不当！

成天贵 哈哈……老表，不看看，大家都拥护你吗！

牛德禄 拥护个屁！讴傻瓜，吃米花，换个谁我也拥护他。

成天贵 这村长今天你当也得当，不当也得当！你抓中了阄，我抓中了你，由不得你反悔。（暗示众人）

众　人（一齐把牛德禄举起）当！当！当！

［马凤嫂应声：“不当！老娘不让他当！”上。

马凤嫂（唱）　谁讴老牛当村长，
不怀好意坏心肠。
芋头当得手榴弹，
老鳖早就当龙王。

成天贵 表嫂，你好轻爽，这村长折腾不出来，大家只好抓阄，老表他抓着了，还有什么好说。

马凤嫂 成天贵，莫说你大主任我指名道姓，这村长能当的你不让当，不能当的你乱作主张。都是你一手把持，乱做文章！

成天贵（被刺痛）你！（还是忍耐）大表婶，这叫人决不如天决，变通行事，大家过关，有何不可！

马凤嫂 你邪来我乱对，老娘不认账！

成天贵 嘿嘿……（唱）

账已定，案难翻，

老表时来官运昌。

君子出言千斤顶，

谁翻阄……

众　人 （接唱） 罚款三千加一万。

马凤嫂 （唱） 我家是我做主张，

老牛放屁塞裤裆。

非是老娘亲出手，

谁来抓阄都不算！

众　人 不准翻阄！不准翻阄！

马凤嫂 谁不准翻阄，老娘就跟谁拼！（撒野）

成天贵 （颇具威严地）表婶，你既是当家的，我就以当家的为准。

马凤嫂 当然是以当家的为准。

成天贵 不过，有言在先，这回是反悔不得。

马凤嫂 决不反悔！

成天贵 一言为定？

马凤嫂 一言为定。

成天贵 好哩！（有预谋地把纸团放进箱子）抓阄！

[众人故作姿态，抢着抓阄。

老　五 （唱） 人人吃了定心丸，

老　三 （唱） 手抓阄纸心明亮。

老　四 （唱） 大家通同诓禄哥，

肥仔飞 （唱） 抓着“当”字不用当。

众　人 （唱） 抓着“当”字不用当！

[各人私下亮出“当”字。

马凤嫂 （唱） 当呀当，老娘此时心紧张。

牛德禄 （唱） 纸团打开得认命，

佛祖保佑不抓当。（抓起纸团）

[马凤嫂紧张地打开纸团，牛德禄惶恐地注视着。

马凤嫂 （亮出纸团的“当”字）天呀！

众　人 当！

牛德禄 （唱） 摸奖从来未得中，

马凤嫂 （唱） 这村长两摸两得“当”。

成天贵 哈哈，我说老表呀……

（唱） 人心天意都归你，

不用恼来不用烦。

众　人 烧炮！

[爆竹声中，众人捉弄地把一对古装戏帽翅插在牛德禄的草帽上，然后举起他来。

牛德禄 不当，我要退官！

[造型。收光。

第二场　退　官

[翌日。

[镇长临时宿舍。

[牛德禄焦急踱步。

牛德禄 （唱） 等等等，等等等，

坐了半天冷板凳。

镇长呀，辞官只需你一句话，

又何需大惊小怪查情况。

[电话铃响。

牛德禄 （对电话机）呸！镇长不在，响个鬼！（电话铃响个不停）不听！任你响都不听！（电话铃顽固地响着）妈的！（气不打一处来地拿起话筒）喂，谁呀？……牛志成？（捂住话筒）倒好，这小畜生，阿秀正要找你……（对话筒）喂，我就是刘镇长……可以，我在家，你就来吧，……唔……等着你。（放下话筒）

[肥仔飞背着鸟枪上。

肥仔飞 牛志成！牛志成！（进门）咦，表叔一当村长，就来拜访镇长，真是拉好关系好当官呀。

牛德禄 比不上你爸。喂，干什么来的？

肥仔飞 车志成请了一位很漂亮的公关小姐，看新鲜来啰！

牛德禄 你真会打听。告诉你，你打鸟就打鸟，要是打人家的鸡……

肥仔飞 一当村长就管起我来呀！哼！（欲下）

车德禄 （突然想起）肥仔飞，肥仔飞，是回去吗！

肥仔飞 想攀车边呀？

车德禄 谁想攀你的车边。回去给我带个口信，说我抓着了牛志成，叫阿秀赶快来。

肥仔飞 别家不行，阿秀家还可以遵命。（下）

牛德禄 契弟仔，你动着阿秀，我就敲你的头壳！

[景片移动。

[牛志成骑摩托车带来路妹上。

[牛德禄佯装看报，遮住脸部。

牛志成 （唱） 新镇长初上任登门交好，
带名烟提名酒礼物丰厚。

来路妹 （唱） 临来了又觉得心羞胆怯，
问老板我进去话怎开头？

牛志成 来路妹，这是我万不得已的事，你就壮着胆子，帮我一把吧！

来路妹 我见了镇长……

牛志成 一亲、二放、三大胆，谁不爱你这迷人的脸庞。

来路妹 （进）镇长，您好！

[牛德禄只当没听见。

牛志成 刘镇长，我和女秘书拜访你来了。

牛德禄 （一甩报纸）畜生，今天可让我碰上了！

牛志成 二叔……是你呀？听说二叔当上村长了。

牛德禄 少说好话！（唱）

人说你是陈世美，
忘了阿秀旧时情。
阿秀生病你不管，
豆种发芽分了心。（指来路妹）
她是随身臭婊子，
还是迷魂狐狸精？
今天要你说明白，
好代阿秀抱不平。

牛志成 二叔，你莫冤枉好人。

牛德禄 成双捉对，还说我冤枉好人！

牛志成 我是为了一宗工程，请人家当公关小姐来的。

来路妹 （受委屈）老板，我不干了！（摔下一叠钞票跑下）

牛志成 来路妹！（追出）

牛德禄 （扯住）你今天莫想跑脱！

牛志成 二叔，今年治理整顿，在建的停，拟建的砍。几百工人，张口吃饭。我东奔西跑，苦苦支撑，少点回家，阿秀就胡思乱想。她越小气，我越反感。她再不理解，我就只好离婚！

牛德禄 你敢！我已通知阿秀，两家见面好好谈。

牛志成 不谈，我就要气气她。（径下）

牛德禄 你！（追下）

[摩托车响。牛志成骑车，牛德禄边拦边退。

牛德禄 畜生，你有本事就辗过去吧！

牛志成 你不怕死，我也不要命了！（发动机器）

[牛德禄害怕地让开，牛志成转身飞车而去。

牛德禄 反骨仔，总有碰上你的时候！（一跺脚，方知腿扭伤了）

[石阿秀匆匆上。

石阿秀 二叔，那没良心的……

牛德禄 你怎么不快来呀！

石阿秀 他……

牛德禄 （唱） 他带上一个小妖精。

石阿秀 哎呀，带上了？

牛德禄 （唱） 上门找镇长谈工程。

石阿秀 还一起来谈工程？

牛德禄 （唱） 谁知这个反骨仔，
要辗死你老叔不留情！

石阿秀 天啊！二叔，你现在是村长，你要为我做主呀！

牛德禄 谁为我做主呀！我找镇长来辞官，半天等得不耐烦，倘若村长辞不去，你二婶面前更彷徨。

石阿秀 二叔不为我做主，今生是有牛志成就没我石阿秀，有我石阿秀就没他牛志成。我、我找他拼去！（怒冲冲下）

牛德禄 阿秀，我为你做主！

[电话铃响。

牛德禄 死人了，我比你等镇长还急。

[电话铃声不停。

牛德禄 （拿起话筒）镇长不在，少来电话！……呃，你就是刘镇长？喂，你叫我在这里等了半天，该回我一句话呀！……什么，说原因？（捂话筒）哼，我老婆不让当就不当呗。（对话筒）一句话，当村长不如养鸭……是呀，村里的事情总得要人管，但你也说要人管，我也说要人管，就是谁都不肯起来管，这才抓阄凭天定人干。

[电话里传出镇长声：“胡闹！”

（唱） 见谁抓阄选村长，

你这管区太荒唐。
待我情况弄明白，
整改到时再商量！

牛德禄 （唱） 镇长呀，说荒唐来不荒唐，
人心都向钱眼看；
改革开放门路多，
条条道路有钱赚。
这村长不带工资不带印，
几十块的补贴谁稀罕。
村庄虽小事情多，
千线万缕一根针。
东家丢鸭找着你，
西家失狗找上门。
还有计划生育抓不好，
全村跟你白眼翻。
你思一思，想一想，
是不是傻子才坐这冷板凳？

[镇长声：“不管怎么样，以抓阄代替选举是不对的！这样吧，基层工作检查团明天到镇上来检查，牛溪村长不可缺，你先回去给我‘承包’三天再商量。”

牛德禄 “承包”三天？

[镇长声：“对，承包三天再辞官。”

牛德禄 唔……这三天，你能不能帮我一点忙？

[镇长声：“有忙应该帮，说吧！”

牛德禄 三天内帮我把牛志成找回家。

[镇长声：“哈哈……这人我还不认识，怎么帮你找回家？”

牛德禄 不认识他会给你送礼？

[镇长声：“这不奇怪嘛，因为他只认得我当官，而忘记我是共产党。”

牛德禄 这个……好，有你这样的镇长，我也愿意听你的。

（唱） 这三天，三个早午三个晚，
三三得九九顿饭。
为帮镇长争先进，
就是铁谷磨米也尝尝。
好，干它三天，再来辞官！

［切光。

第三场　路　救

［当天傍晚。

［旷野。

［牛德禄耍草帽上。

牛德禄 （唱） 上镇辞官辞不了，
领回三天乌纱帽。
碰上亲戚请饮酒。
归来已是鸟还巢。
席上贪杯积酒力，
双腿走路颤悠悠。
哎唷！（翻跟斗，闻蛙叫）
原来青蛇咬青蛙，（驱蛇，抓住青蛙）
下酒倒是好菜肴。

（对青蛙）叫得怪可怜。小家伙，我们一起到河里洗澡吧！

（放掉青蛙，扔下衣帽，下河）

［来路妹内唱：

癞皮狗想吃天鹅肉，
我呼救无人只管逃！

［肥仔飞内声："哪里走！"

［来路妹奔上。圆场。

来路妹 （唱） 天呀，滔滔河水横去路，

可怜我虎口一羊羔。

（发现牛德禄扔下的衣服）

（接唱） 情急生智借衣帽，

披衣遮体帽遮头。（伪装，蹲下）

［肥仔飞背猎枪追上。

肥仔飞 （见地上蹲个人）老兄，见个女仔吗？

［来路妹指指前方。

肥仔飞 从这边跑的？追！（怀疑止步，发觉）哈哈，来妹子，你跑来广东，不就是为了钱嘛？看，我的货比牛志成的多哩。（从口袋掏出一把钱）来呀，给你！

来路妹 你过来，我就跟你拼！

肥仔飞 嘿嘿，这一带是我肥仔飞的地皮，再不答应，看我毙了你！（举枪恐吓）

来路妹 救命呀！（跳河）

肥仔飞 哎呀，想吓唬她，可惹出人命啰！……河里有人，救命呀！

［牛德禄应声："来了！"

肥仔飞 哎呀不好，是牛德禄表叔，我得避避他（躲开）

［牛德禄抱来路妹上，做急救动作，发现是个女的。

牛德禄 哎呀！（唱）

是个女人我搂抱，

我一丝不挂赤条条；

男女关系不注意，

一上任竟然搞过头。

心急衣帽找不着。

是黄狗咬，是贼子偷？

急得我两腿哆嗦脸发烧。

脸发烧，如何好？

又要救人又害耻……
哎呀呀……
衣服竟在她身上套。
她身上套，真棘手，
脱也脱不得，
遮也遮不住了……（发现来路妹的裙子）
裙子倒是有一条。
事在两难怎么办，
女的怎为男遮羞？

[来路妹苏醒，牛德禄急忙套上裙子，上前搀扶。

[来路妹迷迷糊糊搂住牛德禄。

来路妹 （唱） 是爹娘显灵救起我，
爹娘呀，儿要伴你到阴曹！
（发现牛德禄，惊恐躲避）你，你是谁……

牛德禄 我是救起你的……

来路妹 你想干什么？

牛德禄 是、是……想脱你的……裤子。

来路妹 你办不到！

牛德禄 哎……你穿着我裤子呀！

来路妹 你再过来，我就跳河。

牛德禄 （恼火地大喝一声）站住！你决意要死，也得把裤子还给我……（与来路妹打照面）

来路妹 是你？

牛德禄 是你！

[来路妹拔腿就跑，被牛德禄一把抓住。

牛德禄 小妖精，我要你一句明白话。

来路妹 大叔，我有满肚冤情呀！（悲从中来）

牛德禄 唔……你为啥要跳河？

来路妹 说出来，大叔也帮不了我。

牛德禄 嘿嘿，再过三天，也许帮不了你，可今天嘛——

（唱） 这地盘如今归我管，

三天村长正堂堂。

如果有谁欺负你，

大胆揭发不包藏。

来路妹 （唱） 来路妹家本在外省他乡，

为生活找工作历尽磨难。

年轻人初出门世情未谙，

被拐骗投黑窝身陷火坑。

得逃出陷人窟为寻归路，

借机会筹路费做公关女郎。

谁知道碰上你一脸抹黑，

一气下不愿干又遇色狼。

我借故托辞甩不掉，

他一直追到大河旁。（哭）

牛德禄 （旁唱） 她跳河原为保清白，

倒是个正派好姑娘。

妹子，我错看你了。

来路妹 我好命苦呀！

牛德禄 刚才那个流氓，是怎个模样？说出来我帮你出一口气。

来路妹 人比我矮，身比我胖，葫芦鼻，吊梢眼，马鬃发，花衣衫。

牛德禄 嘴边还有一颗大黑痣？

来路妹 正是他。

牛德禄 肥仔飞？

[肥仔飞上，偷偷拿起牛德禄的草帽溜下。

牛德禄 （旁唱） 这个太岁不好管，

一时大话噎了嗓。

他是老表独生子，
亲戚两家脸难翻。
上任未到家门口，
半路就遇事麻烦。

小妹子，我看肥仔飞不曾把你怎么样，没凭没据，很难对簿公堂。我这里有点钱，你就拿去作路费吧。（递钱）

来路妹 谢谢大叔！（接钱）

（唱） 可怜我举目无亲，
人海茫茫……

牛德禄 哦，这倒是……那就跟我走，回头再想办法！

来路妹 这……

牛德禄 （明白）啊，你放心。（折一段树枝）你就放心拿着吧！

（唱） 树枝一根拿在手，
我走在前你押后。
老牛若有不轨事，
你就敲我后脑勺。

来路妹 （唱） 大叔呀，好人来妹见不少，
哪有大叔人品高。

牛德禄 （唱） 大叔现在是村长，
见死不救是禽兽。
来妹子，走呀！

来路妹 大叔走呀！（唱）

我如小船靠港湾
大叔是只定风锚。

牛德禄 （唱） 夜莺唱歌蛙叫好，
三天村长开好瓢。
从来没得老婆夸，
这回定竖拇指头。

哎呀，不说老婆。我差点忘了（发口令）立正！

[来路妹站正。

牛德禄 向后转！

来路妹 大叔？

牛德禄 来妹子，我们这样一男一女？

来路妹 一男一女。

牛德禄 一前一后？

来路妹 一前一后。

牛德禄 夜里行走？

来路妹 这又如何？

牛德禄 要是有人派我坏话？

来路妹 大叔人正影不斜。

牛德禄 好人也怕烂嘴巴。

来路妹 大叔是怕我连累你。

牛德禄 大叔是怕你大婶。

来路妹 大婶怎么样？

牛德禄 （唱） 你大婶一副好心肠，

只是嘴巴难商量。

怕她无心冲撞你，

你作客人面子难。

得为你想个好办法……

有了！（唱）

阿秀家投宿两无妨。

来路妹 阿秀？

牛德禄 她正是你牛老板的爱人，近来夫妻感情不和，你就去投宿谈心，好打开她心头闷锁。

来路妹 就凭大叔指点。

牛德禄 随我来。哎呀。我们还未换裤子哪!

[造型。光暗。

第四场 闹 妻

[紧接前场·

[牛德禄家，台侧有方小浴室，门可见头。

[马凤嫂唤鸡鸭，施食。

马凤嫂 （唱） 老娘手下五百兵，
夫妻两人当司令。
一半扁嘴半尖嘴，
哩哩哩，吱吱吱，
撒糠抖谷手不停。
手不停，
一天捡蛋四百五，
人人夸我养得精。
这年头只要手勤快，
谁家日子不消停?
不消停，
老牛抓阄当村长，
无端害人瞎操心。·
他一早上镇辞官去，
不见回来心难明。

唉，菜都凉了，人还未回来，忙得我一身臭汗，先洗个澡，好等老牛他回来……（提水进浴室）

[肥仔飞上。

肥仔飞 （唱） 表叔河边假正经，

查根究底问原因。

狐狸尾巴他抓不着，

他这草帽我有把柄。

表婶最是辣性子，

插她一竿开开心。

（进门）表婶，表婶！嘻嘻，表婶在洗澡呀？

[马凤嫂声："你有事就等着，没事就出去，别嘻嘻哈哈的！"

肥仔飞 我说表婶的香皂好香哟！

[马凤嫂声："好香就闻吧！"泼出一瓢水。

肥仔飞 表婶这么正经，不知表叔跟你一样品性不？

[马凤嫂从浴室出。

马凤嫂 他是浪荡汉也不关你的屁事。

肥仔飞 我就怕表婶吃醋。

马凤嫂 好笑！

（唱） 你表叔糙米一升，

粒大皮粗不精灵。

不是老娘嫁着了，

怕他还是单头丁。

真有婆娘看中他，

东边的太阳西边行。

肥仔飞 哈哈……

（唱） 表叔上镇一天整，

鹭鸶腿也有蚂蟥叮。

河边捡着他草帽，

表婶细看就分明。

马凤嫂 捡着他的草帽怎么啦？

肥仔飞 我这不是给你送来了。丑话不怕说，我还听见一个女人嗲声嗲气地："嫩草不怕老牛，只要你有钱，我什么时候都愿跟你……"

马凤嫂 当真?

肥仔飞 当真。

马凤嫂 牛德禄,看老娘饶你!

肥仔飞 表婶,这回我看你得顺一顺,莫闹着表叔跟你离婚!

马凤嫂 他这德性,敢?

肥仔飞 敢不敢,看时光,他当了村长有气派,女人搭上就够胆。

马凤嫂 谁不怕惹我这个马蜂王,谁就试试看。

肥仔飞 这就看表婶的了。(塞过草帽)拜拜!(下)

马凤嫂 (唱) 事有蹊跷心难明,

鹭鸶腿果真有蚂蟥叮?

(审视草帽)哎哟!

(唱) 长长一根女人发,

这里肯定有隐情。

哼,待他回来问明白,

他真敢,叫他膝头跪地守床棱。

[鸭叫。

发瘟的,老娘容不得你挪窝钻栏!(抓鸭)

[鸭哀叫。

(一把摔过)我脾气虽坏,可心地不坏。一天三顿,我喝稀,你吃稠,我啃骨,你吃肉,伺候你身体肥壮就想女人。我今晚能吃的都吃,一点不留!(大吃大嚼)

[牛德禄上。

牛德禄 老婆,我回来了。

[马凤嫂只管吃,毫不理睬。

咦,豆腐顶着舌头了?

[马凤嫂气冲冲地收碗筷,下。

见鬼见鬼,啥事惹了她?

[马凤嫂持扁担上。

马凤嫂　（猛一拍）你老牛在外边吃了什么嫩草，好好向老娘交待！

牛德禄　啧啧，这么大的火气。

马凤嫂　说！

牛德禄　三伏大暑，草长叶粗，哪来什么嫩草？

马凤嫂　别装糊涂，我来问你，去了一整天，倒是为了啥事？

牛德禄　你不是要我到镇上去退官吗？

马凤嫂　官退了没有？

牛德禄　嘻嘻，只退一半，“承包”三天。

马凤嫂　我就知道有人想当官。

牛德禄　试试当三天也不碍事嘛。

马凤嫂　是呀，有女人玩，还想“包”下去。

牛德禄　你说到哪里去了！

马凤嫂　我说到哪里去了！当官好玩女人，绕几圈都在女人身上！

牛德禄　怎么老是女人女人的！

马凤嫂　（厉声）牛德禄，今天到过什么地方，一一向老娘交待！

牛德禄　查账来了？

马凤嫂　说！

牛德禄　嘻嘻，好久不上镇，上个小酒家尝点野味。

马凤嫂　好呀，家里的吃饱了，就想着尝野味，一共花了多少钱？

牛德禄　不用花钱，老亲戚请的。

马凤嫂　不要耍花招，我叫你裁的衣料呢？

牛德禄　没你说的料子，不曾裁回来。

马凤嫂　钱！

牛德禄　（旁白）坏了，钱全给了来妹子，这一关给卡住了！

马凤嫂　哼哼，给了哪个婆娘？

牛德禄　怎么婆娘婆娘的，不小心给丢了。

马凤嫂　我要你入地三尺把钱挖出来！

（唱）　　爹娘图你人品正，

嫁你三餐顾不赢。
现在挣得好家境，
你却风月迷了心。
老娘难咽这口气，
今个和你拼老命！（追打牛德禄）

牛德禄 （躲进浴室）马凤，我现在是一村之长，要带好家庭和睦这个头。你无根无据，平地风波，说我想女人、贪女人、勾女人、玩女人，总之什么人，把证据拿出来！

马凤嫂 好吧，你先出来！

牛德禄 好吧，你先放下扁担！

马凤嫂 为啥不敢出来？

牛德禄 为啥不敢放下扁担？

马凤嫂 （放）我这不是放下了？

牛德禄 （出）我这不是出来了？

马凤嫂 （厉声）牛德禄！

[牛德禄吓得又躲进浴室。

马凤嫂 你要人证还是物证？

牛德禄 （旁白）咦，她倒像公安破了案，什么都给抓住了。嘿，我看她也不过是吓唬吓唬。（出浴室）马凤，实话不怕驳，实人驳不倒。人证物证一齐要！

马凤嫂 这顶草帽是谁的，就请抬头看看！

牛德禄 怎么草帽落到她手上？嘿嘿，这草帽是我丢的，这与女人有什么绕头？

马凤嫂 帽里哪来女人头发？哩哩哩，长长一条？

牛德禄 撞鬼撞鬼，这中了哪一路的邪！嘿嘿，栽赃诬告，古案不少，我说这物证不足为凭。

马凤嫂 好，我把人证带来！（径下）

牛德禄 哈哈，她真会吓唬。

（唱） 鸡蛋无缝孵出仔。
她凶凶逼人口难开。

好在我脑袋灵活想周到，
来妹子不曾带回来。
顶过老虎三阵威，
夫妻俩，云消雨散又和谐。

［来路妹内喊：“大叔！”奔上。

牛德禄 这回是猪婆拱崩栏，青菜萝卜都遭殃！

来路妹 （唱） 大叔你好心地将我指引，
说来意阿秀她笑面相迎。
她把我安顿好就宿房间，
谁知她先礼后兵向我盘问。
说我是烂头货借名投宿，
假情意探虚实是狐狸拜年。
骂我是个臭婊子，
身边夺走她男人。
真是晴天响霹雳，
我来妹命丑苦齐全。

牛德禄 （唱） 灶门不顺火不正，
一半焦来一半生。
刚刚扒掉蚂蟥嘴，
流血的伤口又着盐。
你大婶回来碰上你，
我更是十张嘴巴难分辩！

来路妹 阿秀一句话也听不进，就直骂我是牛志成的小老婆。

牛德禄 你大婶也要骂你是我的小小……哎呀，我说不出口。

来路妹 怎么啦？

牛德禄 不要问，你赶快走吧！

来路妹 这样，我也无意做人了。大叔，这是你给我的钱……

牛德禄 你想……

来路妹 你不该从河里救我起来，我还是一死干净！（奔出）

牛德禄 站住！你死不得。哎呀，也留不得！死不得，留不得……

（唱） 打崩门牙咬煎饼，

满嘴流血肚里咽。

躲虎躲进胡同角，

退也难退前难前。

[马凤嫂内唱："气冲冲带回了当场人证……"

牛德禄 （唱）急得我无路走虎当牛骑。（急关门）

来路妹 我要见见大婶。（开门）

牛德禄 见不得！（关门）

[马凤嫂带肥仔飞上。牛德禄把来路妹推进浴室。

马凤嫂 开门！开门！

[牛德禄心虚地开门。

马凤嫂 小飞，你表叔的草帽怎么捡着的，女人和他怎么说的，把眼看的耳听的都一齐说出来。

牛德禄 是你？

肥仔飞 （以攻为守）表叔，就向表婶赔个不是嘛，嫩苗嫩菜谁不爱，好牛也有贪嘴时，以后不再犯就是了。

牛德禄 肥仔飞，我正要找你算账，你却倒打一耙，看扁担！（抡起扁担）

肥仔飞 表婶！

马凤嫂 好呀，你做贼心虚，敢打人证。

来路妹 （从浴室冲出）肥仔飞！

马凤嫂 你……你是谁？

肥仔飞 表叔金屋藏娇，一切明白，我该走了。

马凤嫂 慢，这到底是怎么回事？

肥仔飞 冤家有头债有主，骚货都寻上门来了，表婶还用问？

马凤嫂 牛德禄，我死给你看了！（伤心痛哭）

[肥仔飞乘机溜走。

来路妹 大婶呀！（扑到马凤嫂跟前跪下）

（唱） 外来女为生活陷入圈套，
被拐骗入火坑只身出逃。
半路上遇肥仔甜言蜜语，
心明白是浪子不为所诱。
谁知他死相缠紧随调戏，
到河边横了心纵身一跳。
多亏大叔他搭救，
我才捡回命一条。
指引投宿又赠款，
感人肺腑热泪流。

马凤嫂 走开，你不要编这些鬼语来骗我。

来路妹 大婶若不相信，我有肥仔飞的名片作证。

马凤嫂 （看名片，喊）肥仔飞！肥仔飞！

牛德禄 他双脚抹油溜了！

马凤嫂 这事为何不对我直说？

牛德禄 你一见她就炸锅，还等我说？稳定压倒一切，我只有把她推到洗澡间来躲躲。

马凤嫂 好了，牛村长，肥仔飞这个坏蛋，到处惹是生非，我问你管不要管？

牛德禄 要管要管，当然要管。

马凤嫂 要管就得按村规民约，打他屁股三十板。

牛德禄 阿凤，他可是管区主任的“大衙内”，我们老表的大侄儿。这事是管管可以，打板难呀。

马凤嫂 窝囊！

（唱） 你不当村长我不管，
当了就该正堂堂。
肥仔刚才捉弄我，
目无尊长太荒唐。
村规民约当何用？

管他亲疏弱与强。

你不打他三十板，

老娘和你分厨房。

牛德禄 啧啧……我这管？

马凤嫂 堂堂正正一村长。

牛德禄 我这不管？

马凤嫂 吃坏五谷的臭皮囊。

牛德禄 （被激怒）看我管！

[切光。

第五场　智　会

[牛德禄当村长的第二天。

[成天贵家。

[肥仔飞呵斥着牛三、老五，把两人推出门外。

老　五 成主任，我求求你呀！

牛　三 （发泄地撞门）成天贵，你敢砍我的树，我就挖你的祖坟！

肥仔飞 牛三，今日初一流流求吉利，你敢撞我家大门，看我放你的下水！（恫吓着入内）

牛　三 肥仔飞，你给我出来！

老　五 唉，牛三，人家官大口大，没我们说的。

牛　三 契家婆仔，找牛德禄去！

老　五 找他有什么用，他是抓阄村长，管不了事！

[牛德禄提鸭蛋上。

牛德禄 谁说我这抓阄村长管不了事呀？

牛　三 成天贵要毁我的林地葬风水，你敢管吗？

老　五 成天贵要填我的鱼塘起楼房，你敢管吗？

牛德禄 敢管敢管，都敢管！

老　五 卖嘴乖，想不到你这抓阄村长一肚子鬼。

牛德禄 哪里哪里，我这抓阄村长是“鬼”边加“心”，肚里有愧。

牛　三 看你提着这篮臭鸭蛋上门就不是好货。

牛德禄 我与成天贵是两表亲戚呀。

老　五 两表两表，一窝子狗。臭！

牛德禄 我这鸭蛋分明一只只都是好的，哪来臭味？你们看，（一边摔一边念）一摔清；二摔明；三摔群众有信心；四摔歪风不抬头；五摔后门堵干净；六摔官官不相护；七摔认理不认亲；八摔滑头；九摔假；摔得你们十分满意都信任。好了，这鸭蛋里有我的汗水，我舍不得全摔光。（把剩下的鸭蛋装进裤袋）你们听着，我这个抓阄村长，不拜神不拜圣，只为肥仔飞调戏了良家妇女，今天要按村规民约打他三十板子。你们的事，我一起进门理论。可有一条，你们必须和我合腔合调，我才有话可说。

牛　三
老　五 这样我们给村长磕头。

牛德禄 莫一时城隍一时小鬼，等会你们进去，凡是我问你们的，只准回一句。

老　三
老　五 哪一句？

牛德禄 很简单，一个字：“对。”

牛　三
老　五 这个容易。

牛德禄 不妨考考。牛三！

牛　三 对。

牛德禄 种树一棵，积德三分。

牛　三 对。

牛德禄 山林承包，谁种谁收。

牛　三 对。

牛德禄 山青林茂，家家富饶。

牛　三　对。

牛德禄　老五！

老　五　到。

牛德禄　嗯？

老　五　对对。

牛德禄　你的计划生育？

老　五　对。

牛德禄　你老婆生了三胎？

老　五　对

牛德禄　回去给她一刀，

老　五　对！哎呀不行，不行……

牛德禄　什么行不行，计划生育不落实，我怎么跟主任说理，又怎么能帮你。

老　五　对对对，只要村长帮上，一应落实。

牛德禄　好，你们一边等着。

牛　三
老　五　对。

牛德禄　蕃薯头！

牛　三　对。

老　五　对。（觉出丑，同下）

[牛德禄敲门，肥仔飞上。

肥仔飞　（猛开门）牛三！（一把拽住牛德禄）

牛德禄　我是你牛村长，你就不睁眼看人！

肥仔飞　（没好气地）爸，表叔来了。

[成天贵上。肥仔飞下。

成天贵　噢，是老表呀，贵客贵客，请进请进。（热情让座，把牛德禄按在椅子上）

牛德禄　哎哟！

成天贵　怎么啦？

牛德禄　破了。

成天贵　啥破了？（吃惊）

牛德禄　裤子里的蛋破了。

成天贵　哎呀，快上医院。（伸手要摸）

牛德禄　不不，是鸭蛋破了。（示屁股）

成天贵　怎么把鸭蛋藏在屁股上？

牛德禄　这……搞科学孵化呗。

成天贵　想不到老表一当村长就搞起科学来。

牛德禄　科学兴农嘛。

成天贵　使得使得。是个人才，我没看错。

牛德禄　表哥现在才发现？

成天贵　早已发现，要不老表怎么会抓着“当”呢。

牛德禄　表哥的圈套真妙。

成天贵　还不是为了有自家人好说话。唉！

牛德禄　表哥还有不顺心的事？

成天贵　（唱）　你大表当了当权派，
你姨丈被斗一身亡。
为报人子一点孝，
要为他找个好坟场。
牛三林地有吉穴，
这事得你帮帮忙。
祖宗葬着好风水，
子孙代代吃皇粮。

牛德禄　大表哥现在是大县长了，他能同意你乱来？

成天贵　这怎么是乱来，父母事大，他不安排我安排。他的事还得我操心呢。

牛德禄　什么事还得你操心？

成天贵　叶落归根，等他退休了，家乡也得有个落脚的地方呀。你想，我不就得在家乡为他找一方屋地？

牛德禄　他一家都在城里了，还想着乡下？

成天贵 人无远虑，必有近忧。我们屋后老五那块承包地，他不该挖地开鱼塘，伤了我家风水，我要买过来给大哥作屋地。

牛德禄 （旁白）大表哥一向官声好，威望高，未必是他的主意（对成天贵）表哥，我昨天进城卖鸭蛋……

成天贵 哦，怪不得找不到你。

牛德禄 我特意上门拜访了大表哥。

成天贵 应该应该，当了村长，该报个喜。

牛德禄 我说，大表哥，凭你的权力，在乡下找几块地皮还不容易？即使你用不着，给二表哥也是一场功德嘛。

成天贵 唉，大哥是一脑袋马列马列。实话不瞒你，这是我为他操持的。

牛德禄 （旁白）我这边鼓一敲就听出声音来了。（对成天贵）表哥，大表哥他真是马列多了难拐弯，可你的主意也得老五他同意呀。

成天贵 老表，我要你当这个村长干吗？还不是亲戚份上好办事。愿不愿意，不就在你一句话？

牛德禄 亲戚家理应帮忙，只是表哥得给我一样东西。

成天贵 （旁白）谁说他傻，一有权就懂得玩。（对牛德禄）老表，这“东西”我早就给你准备好了。

（掏出一叠钞票）

牛德禄 你这是什么意思？

成天贵 这一笔扶贫救济款你就拿着吧。

牛德禄 我不缺吃少穿，拿这个干吗。

成天贵 现在谁缺吃少穿才拿这个。政府关心，你就拿着呗。

牛德禄 多谢表哥关照。（收下）但这个不顶事。

成天贵 人民币不顶事想要美金呀？

牛德禄 美金也不顶事。

成天贵 （旁白）看，他一上来，胃口比我还大。（对牛德禄）老表呀，我想起来了，你要这一样“东西”，不是金银不是宝，说不重要但大家死要，千方百计地要要要。

牛德禄 表哥且说。

成天贵 是“吃皇粮”的农转非户口。

牛德禄 这……你能为我办到?

成天贵 嘿嘿……倒是有现成的指标一个。这表你就拿去吧。(递表)

牛德禄 那我就不客气了。(收表，佯走)

成天贵 哎，你还未办我的事，怎么就走了!

牛德禄 表哥呀，我想要的东西你不给我，我不想要的东西你偏给我，我怎么为你办得了事呢!

成天贵 你真够滑头，你想要的究竟是什么东西呀?

牛德禄 （唱） 表哥呀，小飞难改坏情性，
调戏妇女落罪名。
群众睁眼看着我，
举足轻重在如今。
本想袒护多关照，
只怕人前失民心。
村长腰杆直不起，
表哥的大事办不成。
秤砣要压千斤重，
不树威信事难行。

成天贵 你的意思是要我帮你树立威信?

牛德禄 对，让我办一办小飞，在群众中树立威信，他们就不敢不听我的了。

成天贵 不知老表怎么个办法?

牛德禄 （唱） 表哥找坟地，
又要划地皮。
只要两户人，
对我心畏惧。
事情到手办，
不费吹灰力。

我把牛三、老五叫来，当着他们，你摆出老子的架势，我摆出村长的威严，狠狠打小飞三十大板，叫他们口服心服。我就趁热打铁，把你的大事一起办妥。这叫作大圈小划，以小占大。

成天贵 只怕小飞经不起这狠狠一打。

牛德禄 表哥，这板子操在我手里，还不懂掂个轻重？

成天贵 好！（唱）

为谋成家万世基，
何惜小子一块皮。
只要大事办成了，
你向东来我不西。

牛德禄 爽脆！（呼唤）老五，牛三！我要你们来一下。

[牛三、老五上。

牛德禄 老五、牛三，你们告状上门，说小飞调戏良家妇女？

牛　三
老　五 对。

牛德禄 还说我和成主任官官相护，袒护包庇？

牛　三
老　五 对。

牛德禄 非打小飞三十大板，要不你们就不口服心服？

牛　三
老　五 对。

牛德禄 成主任，把小飞唤出来！

成天贵 小飞，你给我出来！

[肥仔飞上。

肥仔飞 爸！

成天贵 跪下。村长，小飞我交给你了。

[肥仔飞无奈跪下。牛德禄举起板子，又觉不妥。

牛德禄 成主任，村法不如家法，这板子，还是你来吧。

牛　三
老　五 对。

牛德禄 我看成主任一定能打出水平来。

牛　三
老　五 对。

牛德禄 家丑不外传，看成主任大义灭亲。

牛　三
老　五 对。

成天贵 好，看我来。（打）

牛德禄 小飞，咬紧牙关。一、二、三……

肥仔飞 哎哟，看看，我屁股开了四瓣了！

成天贵 爸到底是为了你，擦药去。

[肥仔飞强忍疼痛下。

牛德禄 牛三，我这一下？

牛　三 对。

牛德禄 敢作敢为？

牛　三 对。

牛德禄 往后我怎么吭。你们得怎么随。

牛　三
老　五 对。

牛德禄 没事了，下去！

[牛三、老五下。

牛德禄 表哥，我该走了。

成天贵 慢慢，地契我早就写好了，只等你村长签字。

牛德禄 现在可不行。

成天贵 你不是说趁热打铁？

牛德禄 我十多年不曾提笔写字，这签名得待我回家练过三天再说。

成天贵 哎，何必何必，这签名签名，越潦草越行。

牛德禄 潦草不怕，就怕人笑我这村长没水平。

成天贵 这签字越潦草越有水平。

牛德禄 这……好，看我签。（提笔一挥）

成天贵 （一看）“禄德牛”，哎呀老表，你写反了。

牛德禄 没反，“牛德禄”，

成天贵 这文据是由左到右。

牛德禄 我是左右开弓，反正一样。

成天贵 唉！作废了，得重新来。

牛德禄 好呀！（撕地契）三天后见。（径下）

[肥仔飞急上。

肥仔飞 爸，你上当了！

成天贵 呀？（追出，滑倒）谁在我门前摔蛋？

[切光。

第六场　撮　合

[牛德禄当村长的第三天。

[二幕前，肥仔飞追牛三上。

牛　三 你不要缠我好不好？

肥仔飞 你真不想要老婆了？

牛　三 穷光棍，谁肯嫁我！

肥仔飞 你听我的，保证成全你的好事。（耳语）

牛　三 牛志成真的跟阿秀离婚了？

肥仔飞 你今晚摸到阿秀家打个埋伏，看看有机会就上嘛。

牛　三 这……

肥仔飞 去去……（推牛三下）妹仔，你们过来。

[六棱女上。牛德禄暗上。

肥仔飞 我教你们唱支歌。

六棱女 好哩。

[光暗。

[歌声起：

“斑鸠瘦，斑鸠肥，

一只斑鸠两头飞。

飞进南山吃果子，

一手搂个来路妹。”

[歌声中，景片移开。石阿秀家。

[石阿秀听到歌声又悲又恨，眼前出现牛志成和来路妹跳舞的幻影。她抱出一个枕头，发泄地捶打。

[牛三闪入暗处。

石阿秀 我把你这个忘恩负义、狗吃心肝、贪新再娶的牛志成……

（唱） 千脚踢，万拳擂，

拳打脚踢消不了你无情罪。

你是忘恩陈世美，

你是负义薄王魁。

我心中疼你人聪明，

爱你不怕爹反对；

温情熨你三冬暖，

拨去你人生一层灰。

不想你人变思想变，

久居工地家不回。

你有话应该说明白，

不该三心两意，明留暗弃，

两头成家，和我来个冷作对。

我恨恨恨！

生前难泄心头愤，

索命魂去求钟馗。(取绳奔入内室)

[牛三急从暗处出，拉出石阿秀。

牛　三　阿秀，你不能死!

石阿秀　有贼呀!

牛　三　阿秀，我是牛三。

石阿秀　三更半夜，你躲在我家怎么的?

牛　三　阿秀，我很可怜你。

石阿秀　我不要你可怜，你出去，你赶快出去呀!

牛　三　阿秀，我单身汉也怪可怜的。

石阿秀　我好命苦呀!(伏案大哭)

[牛三上前安慰。牛志成、牛德禄上。

牛志成　贱人，你果然在家干得好事!

牛　三　志成，不要误会，听我说个明白。

牛志成　滚开!阿秀，离婚!

牛德禄　牛三，你这个坏家伙，嘿嘿，色胆包天!

牛　三　村长，你可以打断我的腿，可不能冤枉阿秀。是、是……是我想偷钱，碰上阿秀上吊，我救了她……

石阿秀　牛三，不用多解释!他在外养婊子，我在家养汉子，斜来歪对，要离就离。

牛志成　谁养婊子，拿证据来。

石阿秀　婊子养在二叔家。牛三，你把她带来。

牛　三　(趁机)好歹落个明白，我去带!(下)

牛志成　二叔，是谁?

牛德禄　来路妹呗。

石阿秀　过电了?那天晚上我就探出她的口气，什么牛老板人大方啦，有才干啦，是好人啦……她白吃了你的?

牛志成　好，现在当工头的该死，想清白也清白不了。等她来了，我就做样子给你看。

石阿秀　你能，我就不能?

[牛三、马凤嫂、来路妹上。

马凤嫂　牛三，鬼哄着你这么急。

牛　三　到了就知，进去进去。

来路妹　（与牛志成打照面，不好意思地）牛老板，你回来了。

牛志成　过来，不要叫老板，叫一声亲爱的。

[来路妹一愣。

牛志成　叫，亲爱的。

石阿秀　牛三，你过来。

[牛三也一愣。

石阿秀　叫一声亲爱的。

牛　三　（巴不得）亲爱的！

石阿秀　（打牛三一耳光）你怎么这样嘴贱，人家不叫，我不准你先叫！

牛德禄　（也故意地）马凤，过来。叫一声亲爱的。

马凤嫂　（一愣，拧牛德禄耳朵）老脸皮，羞不！

牛德禄　许他们年轻人做样子给我们看。你真是，叫！

马凤嫂　唔……亲爱的！

牛志成　（对来路妹）叫，叫一声给你五百！

石阿秀　（对牛三）叫，叫一声给你一千！

牛　三　（热烈地）亲爱的！

石阿秀　一千。

牛　三　亲爱的！

石阿秀　两千。

牛　三　亲爱的！

石阿秀　三千。

牛德禄　（对牛三）你要赏，我给你三巴掌！

牛志成　二叔，条件成熟，这回可以离婚了。

马凤嫂　村长，他们对着干起来了，怎么办？

牛德禄　哈哈，甭愁甭愁，看我断案。（与马凤嫂耳语，然后退下）

马凤嫂　（与来路妹耳语）众人听着，村长开堂断案，两边站好！

[鼓乐起。

[牛德禄草帽插着帽翅，用升堂程式，居中坐下。

牛德禄 （念） 抓阄村长断家案，
三班侍候列两旁。人来！

马凤嫂
来路妹 在。

牛德禄 今日本官升堂，你们手执板子，两旁侍候。

马凤嫂 是。

来路妹 是。（以下可应着腔口附和）

牛德禄 牛志成，你半夜回家，意在捉奸，何来风讯？

牛志成 有人电话告密。

牛德禄 可知是谁？

牛志成 只打电话，不报姓名。

牛德禄 看你聪明一世，糊涂一时，这等凑巧，也不想个究竟。牛三！

牛　三 在。

牛德禄 入户行窃，可知村规民约？

牛　三 知罪知罪。

牛德禄 把屁股蹶起来，先打四十板。

牛　三 村长村长，我说实话。我不是偷钱，我是受人挑唆，干了蠢事。

牛德禄 受谁挑唆？

牛　三 肥仔飞说牛志成与阿秀离了，阿秀有意于我，叫我夜晚摸到阿秀家，看着机会就上。他还教妹仔们唱“斑鸠瘦，斑鸠肥”的歌。

牛志成
石阿秀 肥仔飞？

牛德禄 你们该明白了。

石阿秀 二叔……

牛德禄 （一拍）公堂断案，叫村长！

石阿秀 村长，牛志成和来路妹，这又是谁挑唆呀？

牛德禄 这是你自己挑唆自己。来路妹，我已认你作干女儿，来，拜过你堂哥堂嫂。

来路妹 拜过堂哥堂嫂。

石阿秀 志成，我对不起你。

牛志成 二叔……

牛德禄 公堂断案，叫村长。

牛志成 村长，我还是要提出离婚.

牛德禄 理由何在?

牛志成 夫妻两地分居，迟离不如早离。

牛德禄 我要你带阿秀在身边永不离。

牛志成 带在身边？说的容易。

牛德禄 我帮阿秀弄个“农转非”。

牛志成 哈哈．你一个小小村长，再在你头上加三点，我看你也帮不了这个忙。

牛德禄 我办到呢?

牛志成 跪地磕头，夫妻和好。

牛德禄 说话算数。你拿去吧。（掷出户口表）

石阿秀 （扑地）我的好二叔!

牛德禄 公事公办，叫村长!

牛志成 村长，我给你磕头。

牛　三 村长，（跪地）我也给你磕头。

牛德禄 磕头何来?

牛　三 村长神通广大，也帮我解决光棍汉的问题。

牛德禄 问我要老婆，可看中了谁?

牛　三 远在天边，近在眼前。

石阿秀 来路妹，牛三不错。

牛德禄 甭插嘴！牛三，人贵有志，成家立业，尽在一个“勤”字。你如果有出息，我就把干女儿给你送上门。

牛　三 好，我一定起早贪黑、顶风冒雨、爬山滚地、流汗出血。干出个样子来!

牛德禄 来路妹，你的意见?

来路妹 但凭大叔作主。

牛德禄 好！（唱）

白糖罐里滚煎堆，
保一对来挂一对。
筷子一双也摩擦，
夫妻哪有不吵嘴。
床头相争床尾好，
一边吵架一边睡。
惯了的骂话当老酒，
骂越凶来心越醉。
我俩是你们好榜样，
阿凤你说对不对？

马凤嫂 （唱）

对对对，对对对，
你出人头地当村长，
老娘越骂越拔萃。

牛德禄 （唱）

你一天多吵三两遍，
吵吵闹闹好入睡。

[幕后火光突起，有人大喊：“救火呀！老五家失火了！”

牛德禄 哎呀，大家快救火去！

[切光。

第七场　众　归

[前场翌日。

[郊外。

[音乐声中，牛德禄坐着箩筐，被马凤嫂、来路妹抬上。

来路妹 （唱）

颤悠悠，抬箩筐，

好像花轿抬新娘。
来妹想笑不敢笑，
干爹一副怪模样。

马凤嫂 （唱） 又下坡，又上坎，
一步走来一步喘。
老牛坐得好高兴，
哪知我母女腰腿酸。

牛德禄 （唱） 摇呀摇，晃呀晃，
一路倍觉好风光。
三天期满完心事，
无挂无碍去辞官。

［牛三等内喊：“村长！”

牛德禄 哎呀不好，他们追来了，快躲起来！

马凤嫂 怕什么，追来了，我照样抬，你照样坐。

牛德禄 好老婆，我求求你，不要让他们缠住。

［马凤嫂老不愿意地抬下。

［牛三等追上。

老　五 （感触地哭起来）村长，我的好兄弟！
（唱） 牛德禄呀我的好村长，
你救我一家恩难忘。

牛　三 （唱） 我想着来路妹想着你，
有了你光棍就有希望。

石阿秀 （唱） 我思想糊涂你开导，
我夫妻不和你相帮。

老　四 （唱） 那天抓阄糊弄你，

老　五 （唱） 可喜歪打正着抓出个好村长。

牛　三 （唱） 这样的领导哪里找，

老　四 （唱） 我们舍不得你辞官。

石阿秀 （唱） 别说你村长当三天，

众　人 （唱） 就是当它三任也应当。

[近处传出抽泣声。

石阿秀 咦，谁也在哭？

牛　三 好像马凤嫂，找找看。

[众人寻找，分下。

[来路妹与马凤嫂哭下。

来路妹 （唱） 听着众人声声赞，
止不住热泪也盈眶。
来路妹如果没干爹，
前程未卜路茫茫。
天涯孤女有依靠，
全凭干爹好心肠。

马凤嫂 （唱） 老牛呀，你这三天当村长，
我进出人前脸有光。
一村老少甜甜叫，
说你为公人能干。
这光荣有钱哪里买，
我也舍不得你辞官。

[众人寻上。

老　五 嫂子，村长带头救火烧伤了腿，我、我……我的好村长呀！（大哭）

[牛德禄哭泣声。

牛　三 咦，谁也在哭？

来路妹 是干爹。

[牛德禄出。

牛　三 村长，不要伤心，我们大家出钱出力，一定要把你的伤治好。

牛德禄 我不是伤心这个，是伤心这个。（指心口）

众　人 心里不舒服？

牛德禄 我、我……我感动呀！

（唱） 谢乡亲，给力量，
感动老牛泪汪汪。
刚才一番腑肺语，
我浑身添劲心明亮。
泥腿子要想翻身求富裕，
好政策还须要好官。
风筝上天靠线引，
村村需要好村长。
老牛当众表决心，
不再辞官去讨官。
就是九死也不悔，
带领大家同奔富裕向小康。

[成天贵父子上。

成天贵 （故意地）唷，游神也没这样热闹，上哪儿呀？

牛　三 你管不着。

成天贵 嘻嘻，我说老表呀，这村长你还想当？

牛德禄 想当，现在是一百个想当。要是再把阄抓，我巴不得抓着个“当”。

众　人 当！（都亮出个“当”字，贴在牛德禄身上）

成天贵 告诉你，你的村长我免了。

众　人 免了？

马凤嫂 凭什么免？

成天贵 他不同上级保持一致就得免。

石阿秀 成天贵，你以权谋私，胡作非为，当心群众拆你的台！

成天贵 谁敢拆我的台？

马凤嫂 你不走正道，群众就拆你的台。

成天贵 嘿嘿，我以权谋私，你们抓着我的把柄啦？牛德禄，你私占户口指标，贪污扶贫救济款，你这村长，想当也当不成了！

牛德禄 成主任，你抓着了我的把柄了？

成天贵 你村长今日期满，前天在我手里领去的户口指标和救济款，怎么发落？

牛德禄 哈哈，我贪污了。你问她，你问他。（指石阿秀、老五）

石阿秀 村长解决我夫妻分居问题，户口指标给我了。

老　五 我家失火，村长发我一笔救济款了。

牛德禄 哈哈，成主任，你的钓饵我不吃，上不了钩的。我承包三天村长，群众就得到我一个户口指标、一笔扶贫救济款。你在任五年，群众可得到你什么呀？是党不关心群众，还是你不关心群众？

众　人 是他当官的不关心群众！

成天贵 不要高兴太早，我已上镇告你一状，等待上级处理吧。

（偕肥仔飞下）

牛德禄 他凭什么告我？他凭什么告我？

众　人 当官的有嘴，我们老百姓也有嘴，抬村长上镇去理论！

[牛志成骑摩托车上。

牛志成 好消息，告诉大家一个好消息。

众　人 志成，你上镇回来了？

牛志成 镇委决定，把二叔的村长免了。

[众人大感意外。

牛德禄 不，我可以辞，可不能免！

牛志成 二叔，你还没听我说完哪。成天贵贪污公款，镇纪委已立案对他停职审查。刘镇长决定由二叔代理成天贵的职务。

众　人 一致拥护！

牛德禄 这么说，我高升了？

马凤嫂 老牛，高升好呀！

来路妹 干爹，高升好呀！

石阿秀 二叔，高升好呀！

牛德禄 哈哈，高升好呀！

[各有各的感受。

[定格。

[幕急落。

[全剧终。

·雷剧卷·

唐太宗与小魏征

编剧：卢凌日

人　物　表

唐太宗　　唐皇李世民
魏叔玉　　魏征之子
衡山公主　唐太宗之女
魏　征　　官谏议大夫，封郑国公
裴夫人　　魏征之妻
长孙无忌　太宗长孙皇后之兄，封赵国公
尉迟恭　　官都督，征东元帅
香　环　　衡山公主贴身宫女
大臣、太监、武士、宫娥、番兵将、民妇、僧侣等若干人

一

[贞观十七年元月。

[魏征书斋。

[幕后一个粗重的男音：

“以铜为镜，可以正衣冠；以史为镜，可以知兴替；以人为镜，可以明得失。镜……我是什么？我也是一面镜子？”

[魏征惊厥地从病榻上翻起：“镜子！人人都是一面镜子！”手捧《治国十要》扑跪于魏叔玉跟前。

魏　征　陛下，贞观大业，得来不易，切戒骄奢呀！

裴夫人 老爷！

魏叔玉 爹，我是你孩儿叔玉。

魏　征 不是皇上驾到？皇上，老臣病昏了。

魏叔玉 爹呀！（唱）

非是孩儿性不孝，
爹爹执着也偏尤；
厄疾缠身病不顾，
宵衣旰食为国谋。
强支病体写《治国十要》，
你是不耗尽灯油不罢休。

魏　征 唉，只为贞观大业，怎惜衰朽残年，叔玉，这《治国十要》爹看来……

魏叔玉 孩儿可代父秉笔，爹要以身体为重。

魏　征 （摇头）

（唱）心结难消解，
国事苦沉吟。
君皇日骄侈，
愁煞老臣心。

[内呼："万岁驾到！"气氛骤然紧张。

魏　征 皇上果然驾到，快拿我朝衣。

魏叔玉 爹呀，御医叮嘱，不宜走动，让孩儿接驾也罢。（欲下）

魏　征 不可，为臣岂可失礼。

魏叔玉 礼贵从宜，万岁又怎会怪罪！（一把按倒魏征）

[两宫娥引唐太宗上。

唐太宗 哈哈，好个小魏征！

魏　征 （推开魏叔玉）陛下！（趔趄欲倒）

唐太宗 朕怕惊动卿家，才悄然前来，卿家何必拘礼。

魏　征 陛下隆恩，微臣死难图报。

唐太宗 卿家言重了。朕此来，还为爱卿报喜哩！

魏　征　喜从何来？

唐太宗　哈哈，这喜就出在小魏征身上呀！叔玉，朕来问你，元宵之夜，可曾御苑观灯。

魏叔玉　火树银花，升平盛世，微臣曾乘兴一行。

唐太宗　好呀，你就是那个射谜魁首了。

魏叔玉　万岁怎么知道？

唐太宗　公主赠你玉佩，还瞒朕不成？

魏叔玉　这玉佩乃宫娥送上，言道是射谜奖赏，何以说是公主所赠？

唐太宗　衡山公主羡你才华出众，故以玉佩相赠，你还蒙在鼓里呢！

魏　征　畜生还不谢罪！

唐太宗　爱卿！

（唱）　叔玉他品貌堂堂孤喜爱，
更爱他磊落胸襟八斗才。
衡山公主鸾宫待字未婚嫁，
朕为父为媒把红罗裁。
待爱卿身体康复病痊愈，
小夫妻即珠联璧合凤凰台。

魏叔玉　（大喜）岳皇万岁。

魏　征　畜生，为父尚未开口，你竟敢如此轻狂！

唐太宗　爱卿你治家也太严了。朕且问你，御医前来，所服何药？

裴夫人　药方不奇，只是药引难寻。

魏　征　多言多言，快些为万岁奉茶。

唐太宗　药引可是何物？

魏　征　药引无碍，陛下不必多问。

裴夫人　（不忍而遽言）天上龙须。

唐太宗　天上龙须？这就难了。

魏叔玉　万岁唾手可得，何难之有。

魏　征　（喝止）叔玉！

唐太宗 叔玉但说不妨。

魏叔玉 （唱） 万岁四夷称可汗，

一统乾坤天下雄。

飞腾何须云中物……

唐太宗 明白了。

（接唱） 地上人间有真龙。

拿剑来！

魏叔玉 谢万岁！（献剑）

魏　征 陛下，臣大限已满，非药石可救，千万不可有毁龙颜！

唐太宗 只要能为卿治病疗疾，朕就是剜肉割肌也在所不惜。（抽剑）

魏　征 （扑上）陛下！臣只望陛下虚怀纳谏，这《治国十要》，只成其半，臣之忠心，尽在此了。（呈献）。

唐太宗 这治国之道，朕还不明白？

魏　征 （看得出）哎呀，微臣病昏，这半成之稿，意旨未尽，怎好呈献，乞请万岁赐还。

魏叔玉 万岁，臣可代父秉笔。

魏　征 畜生狂妄！

魏叔玉 孩儿一片忠心。

魏　征 哎唷，紫……紫宸丹。（佯作昏迷）

裴夫人 （慌了手脚）万岁所赐的紫宸丹已经用完，这如何是好？

唐太宗 （唱） 看出他，怕儿失语心拘谨。

且趁机，送来淑女慰贤臣。

此丹乃朕秘藏，既已用完，待朕回宫取来（下）

魏　征 （睁目）畜生，你……你好唐突！

巍叔玉 （难以理解）我，我错在哪里？

巍　征 （唱） 骂畜生持本性高攀占宠，

不察言不度己鲁莽轻狂。

裴夫人 （唱） 老爷你大事不怕小事怕，

何为区区动肝肠。

魏　征　稚子妇人，真是稚子妇人呀！

（唱）　你不登高崖焉知颠坠患，
你涉世不深不知做人难。
老夫无畏乃天纵，
得之时势应风云。
当年皇上弑兄承唐祚，
欲至尧舜服世人。
进贤纳谏如旱望雨，
励精图治笼络群臣。
而今功业隆盛天威赫，
帝子居功显骄矜。
莫谓有父胆可仗，
宵小侧目常眈眈。
你人微言轻不慎守，
到头来惹火自烧身。

魏叔玉　（唱）　浑浑噩噩生可悯，
叔玉不是瓮中人。
壮志未酬三尺剑，
敢将热血溅寒云。

魏　征　稚子，你……（咯血）

［香环内声："衡山公主驾到！"

［衡山公主内唱：

"奉父皇，把神丹送！"

［香环引衡山公主上。

衡山公主　（唱）　长日相思苦，
心急步匆忙。
今得进魏家，

我要前前后后，上上下下，

左左右右，仔仔细细，

看够那个射谜郎。（进，与叔玉四目相接）

魏叔玉 不知公主驾到，有失远迎，小生下礼。（长揖）

衡山公主 （看得出神，喜形于色）魏公子，哀家的玉佩，你随身带上了。

魏叔玉 公主厚爱了。

衡山公主 魏丞相，哀家奉父皇之命，为丞相送紫宸丹来了。

魏　征 谢……谢过皇上。这……用不着了，叔玉愚鲁，公主要……要多加开导，这《治国十要》……不要了。（溘然瞑目）

裴夫人 老爷！

衡山公主 丞相！

魏叔玉 爹！

［音乐起，幕后无词歌：

“啊……啊……”

［歌声中，衡山公主取素带挂孝，行媳妇之礼。

［一幅巨大的“奠”字徐徐挂下。

二

［午门外。

［画外音——大唐贞观皇帝诏曰：“哀哉天殇，痛折股肱，勋重功臣，礼葬宜隆。郑国公魏征丞相出殡之日，御赐羽葆、鼓吹、班剑、仪仗，并晓谕满朝文武，俱出朝门，裹白挂素，护送灵车，不得有误，钦此。”

［哀乐声中，盛大隆重的仪仗队和送殡官员缓缓过场。

大臣甲 不死老子。

大臣乙 要当孝子；

大臣甲 气得肚子，

大臣乙 长了包子，

大臣甲 呵呵……

大臣乙 嘘嘘……

大臣甲 魏征去见阎老子，

大臣乙 再不怕他抓辫子；

大臣甲 瞧个地方找岔子，

大臣乙 报复报复他儿子。

大臣甲 呵呵……

大臣乙 嘘嘘……

[尉迟恭内声：“呵嘿嘿……”

大臣甲 前面来了炮筒子，

大臣乙 抓个机会开口子。

[大臣甲、乙下架尉迟恭上。

尉迟恭 唉呀呀，你们一个抓膊子，一个扯胡子，把我当了个草包子？

大臣甲 老国公，我们都当了魏征的大孝子。

尉迟恭 哼，这葬礼也隆重得太过分了！

大臣乙 想国公当年弃暗投明，追随皇上百战沙场，功盖天下……

尉迟恭 为报皇上再生之德。

大臣甲 魏宣武陵救驾，皇上得脱单雄信一槊之难；后苑射虎，皇上得免猛兽齿噬之灾。国公对皇上之恩之德，岂是魏征之辈可比！

尉迟恭 保驾救主，臣子有责。

大臣乙 可皇上对魏征恩宠有加，还不是魏征摇唇鼓舌，蒙蔽皇上。

尉迟恭 这……

大臣甲 更可恨是国公想娶衡山公主当媳妇，魏叔玉竟胆敢抢了。

尉迟恭 （一把揪住大臣甲）你血口喷人！

大臣乙 哈哈……衡山公主都为魏征披麻戴孝了，国公还蒙在鼓里。

尉迟恭 此事当真？

大臣乙 当真。

尉迟恭 果然？

大臣甲 果然。

尉迟恭 可恼了！

（唱） 魏征你只手遮天太狂妄，

蜩螗鼓噪祸心藏。

老夫越想越好气，

我扯下白纱不捧场！（怒下）

大臣甲 （拦住）老黑哥，拍拍手，走就走，肚里冤气怎出得了？

尉迟恭 魏征可恨，我要到皇上跟前告他一状！

大臣乙 怕你这状不好告吧。

尉迟恭 我身有皇上御赐免死金牌，皇上奈何我不得。

大臣甲 皇上奈何不得，但也要抓着魏征个把柄呀。（与尉迟恭耳语）

尉迟恭 好呀好呀！

大臣乙 （亮出本子）把柄。

蔚迟恭 （唱） 只为魏征蒙老眼。

不曾识他真庐山。

而今手中有把柄，

出他口气有何难。

[造型，切光。

三

[便殿。

[太监环立，唐太宗剪手凝思。

唐太宗 （唱） 六朝踪迹，

过眼烟云，

隋杨堕败，

不在天意在人心。

舟载于水覆于水，

君得于民失于民，

历数史官褒贬处，

几人治国有真论。

三千宫女，

八百死囚，

朕施仁天下。

装点着贞观盛世太平春。

天拂朕意丧魏征，

忠言谠论耳难闻。

为表君臣义，

援笔写碑文。

即使言不由衷，

有谁能看透帝皇心。

长孙无忌 （展绫轴）请皇上命笔。

唐太宗 待朕写来。（书写）

[内作《秦王破阵乐》。

唐太宗 （怒）谁敢动乐！

长孙无忌 御乐师赶排《秦王破阵乐》。

唐太宗 魏丞相薨故，满朝举哀，他竟敢动乐鼓噪，来人，与朕推出斩了！

长孙无忌 皇上，御乐师是遵旨赶排御制《秦王破阵乐》以备玉华宫落成典礼之用，皇上怎么忘记了。

唐太宗 混帐，那是魏丞相生前旨意，朕已下旨息乐罢宴，他敢违抗！

长孙无忌 蝼蚁尚且贪生，御乐师情有可原，请皇上免他一死。

唐太宗 斩！

[两太监遵旨下。

唐太宗 魏征，朕为你而杀人了。

[一太监急上。

太　监　启禀万岁，尉迟国公闯宫见驾！

唐太宗　（在气头上）朕已下旨罢朝，谁人还敢打扰？

[尉迟恭："俺敢打扰！"上。

长孙无忌　哎呀，老黑你好糊涂呀！

尉迟恭　俺不糊涂，皇上才是个大糊涂！

唐太宗　朕家的糊涂，你就数点出来吧！

尉迟恭　魏征他反了！

唐太宗　奇哉，魏丞相生魂不反死魂反，莫不是王兄多喝了两杯？

尉迟恭　老黑不曾酒醉，倒是皇上你醉了。

唐太宗　你给朕退下去！

尉迟恭　（挂上免死金牌）来者不退，退者不来，老黑坐定了！（一旁坐下）

唐太宗　（唱）　他不怕违旨内廷闯，

长孙无忌　（唱）　他满面怒气机锋藏，

唐太宗　（唱）　他免死金牌身上挂，

长孙无忌　（唱）　看他来意不寻常。

唐太宗　（唱）　朕且平心静气探原委，

长孙无忌　（唱）　我且抽身离开免麻烦。

皇上，臣找石匠刻碑去也。（欲下）

尉迟恭　慢，我要你帮我做个人证。

长孙无忌　哎呀老黑兄弟，你有免死金牌保平安，我脖子不硬话难讲，有事别扯上我。（溜下）

尉迟恭　哼，这回俺老黑就凭这个了！

唐太宗　王兄有话只管说呀。

尉迟恭　皇上听得俺老黑的么？

唐太宗　王兄，朕常说兼听则明，偏信则暗，哪会有不听老王兄说的。

尉迟恭　哼，"兼听则明，偏信则暗"，这句话还不是听老魏征的。

唐太宗　妙论精言，胜比珠玉，王兄说得中听，朕自然也牢记心上。

尉迟恭 俺老黑莽夫粗人，胸中无墨，哪里会说出皇上中听的妙论精言。只是皇上糊涂，却给魏征的“妙论精言”蒙蔽了！

（唱） 魏征生前居心不正，
皇上有眼察不明。
唆使太子谋皇位，
承乾反叛皆祸出魏征。

唐太宗 哈哈，朕之知魏征也，如父之知子，王兄怎么海阔天空，言出无稽？

尉迟恭 叛党杜正伦、侯君集乃何人所荐？

唐太宗 彼一时也，此一时也，人皆可变，岂可同日而语，这怎能归罪魏丞相。

尉迟恭 魏征为太子导师，太子谋反，难道与之无关？

唐太宗 这……

尉迟恭 请皇上再看看这个。（呈奏卷）

唐太宗 《十思疏》《十渐不克终疏》……这都是魏征生前奏章，王兄何处取得？

尉迟恭 这是魏征着儿子魏叔玉抄写下来交褚遂良录为国史的呀！

（唱） 他他他，贪天之功不自量，
萤火争辉抑君王。
谏议奏章皆誊写，
录为国史存庙堂。
千秋诟病君瑕缺，
魏征掠美却百世流芳。
日后评说贞观事。
怕只有魏征没有君皇。

唐太宗 这个……

（唱） 落叶动秋蛩，
数语惊沉梦，
细细思量处，
个里有文章。
魏征他僭越不显露，

巧布玄机城府深藏。
誊写奏章存史册，
洞孤诟病自彰扬。
原来他面折廷争为这个，
朕真是有眼错认了“魏”（伪）忠良。

尉迟恭 皇上，这碑文怕用不着了。

唐太宗 用得着用不着，朕自有主张。你且退下。

尉迟恭 臣要讨皇上句明白话。

唐太宗 （厉声）不须你明白，退下！

[尉迟恭悻悻而退。

唐太宗 （拿起碑文念）“……随时谏正，多中朕失，如明镜鉴形，美恶必见。贞观之治，尽心于朕，献纳忠谠，安国利民，成朕今日功业，为天下所称者，推公而已。”哈哈，魏征呀魏征，朕评价错了，朕评价错了！（一怒之下！把绫轴撕碎）

[魏征画外音：“臣只望陛下虚怀纳谏。这《治国十要》，只成其半，臣之忠心，尽在此了。”

唐太宗 忠心在此？哼，朕怕这《五要》里面就有文章呀！人来，传魏叔玉！

[一太监遵旨下。

[魏叔玉内唱：

灵前孝子闻宣召，
真是东风送我上青天！（喜上）

（续唱） 且怀一腔热血，半卷文章，
欣然提步拜君前。（进）

臣魏叔玉参见吾皇万岁万万岁！

唐太宗 叔玉，汝父生前爱吃醋芹，灵堂之上，可有供奉？

魏叔玉 臣遵慈母之命，早晚供奉。

唐太宗 可见你深知其父，但汝父所教，如何事君？

魏叔玉 事君唯忠。忠始于爱民，忠始于克己，不爱民不克己，忠而无度，能悦君心，却不能成勋业，是忠而不良也。

唐太宗 说来不错。汝父所写《五要》可曾一读？

魏叔玉 臣可倒背如流，万岁不妨当面一试？

唐太宗 如此说来，汝父文章，你是奉为圭臬了。

魏叔玉 万岁，继承父志，建功立业，报效朝廷，乃叔玉夙愿。臣虽守孝灵堂，仍怀报国之心。父亲病中所写《治国十要》，只成其五，臣以忠心，不避续貂之嫌，写成《十要》，敢呈万岁一览。

唐太宗 嘿嘿，果然不出所料。汝父留下《五要》，是要给你留下一架攀登的云梯呀。

魏叔玉 （还不省悟）臣不敢夜郎自大，所续《十要》，乃是集古今得失之教典，考历代兴亡之实证，以供万岁参详。

唐太宗 魏叔玉，你老子写成的《五要》，朕“一要”也不要了，你还滥竽充数，续什么《十要》，都拿回去吧！

魏叔玉 万岁？

唐大宗 拿回去束之高阁，传之后人，朕不要看！（一掷）

魏叔玉 （唱） 兜头一阵寒霜降，

如冰冷语彻骨寒。

这这这，

这《十要》真的不值一看？

万岁，先父忠心耿耿，危病中焚膏继晷，彻夜沉吟，为写《治国十要》，呕尽了最后一滴心血，此忠此诚，即使是满纸荒唐，万岁也不应如此对待。

唐太宗 止口！

（唱） 忠心耿耿巧打扮，

你父是个假忠臣。

不由得恨上心头愤难泄，

朕要把你这欺世文章炉中焚。

人来，把书缴下烧了！

[一大监遵旨缴书下。

魏叔玉 （唱） 锥心刺骨痛难忍，

又是羞惭又是恨。
看书卷，化飞灰，
炉火如虎噬我心。
一腔热血，
数缕寒烟，
轻得没名份。
怕是梦境，
不是真个，
细看眼前人——
他曾虚怀纳谏？
他曾求贤如渴？
他曾知人善任？
他曾是一代圣明君？
又见那火光闪处，
飞灰漫漫，
难受辱，
怕什么君怒如虎，
就是刀横头颈，
也要讨回个公道名份。

万岁，忠臣而有假，是臣听所未听，闻所未闻。先父之忠，假在哪里，请道其详？

唐太宗 好个小魏征。老魏征的胆子你全学到了。这叠奏章，何人抄写！

魏叔玉 这是父亲生前奏章，微臣抄写，何假之有？

唐太宗 哼，“魏”者“伪”也。汝父让你抄写奏章入史，是何用意了？

魏叔玉 万岁不是说过：“以古为镜，可以知兴替”吗？父相是为史垂鉴，以备后人呀！

唐太宗 好个为史垂鉴，以备后人。老魏征写的《十渐不克终疏》，数说了朕家多少不是。他以忠言欺世，以直谏盗名，后世若论贞观之治，怕只有魏征，没有朕家了。

魏叔玉 万岁如天之德，如海之量，正是后世楷模，这有何诟病？

唐太宗 僭越犯上，老魏征的阴谋朕今天才察破。念他人已死，事成既往，朕不追究，你母子不能再留京都，且回相州安生去吧！

魏叔玉 这个……

[香环引衡山公主急上。

衡山公主 （撒娇地）父皇，你待把女儿怎样？

唐太宗 乖女，你又怎么了？

衡山公主 我要魏叔玉，我要小魏征。父皇你要善待忠良。

唐太宗 哼哼，原来你是为小魏征求情而来；对你说，你与小魏征，从今再不是夫妻名份！（径下）

衡山公主 父皇！

[幕后无词歌：

“啊……啊……”

衡山公主 魏公子，你可知哀家心事？

魏叔玉 （气愤地）叔玉不存非份之想，请公主放心。

衡山公主 你不存非份之想，哀家却存不死之心。可知元宵观灯，哀家就把你这个“射谜魁首”种上了心坎。

魏叔玉 种上了心坎又怎么样？难道我可以违抗皇命，强娶公主？

衡山公主 父皇是肉做的心，哀家是铁打的情，公子呀，自信皇天终酬善，父皇自有回心时。

魏叔玉 皇门高难攀，自愧不如人。我要我的《十要》，我的《十要》呀！

衡山公主 《十要》可是公子的命根子。

魏叔玉 （唱） 男儿身许国，
朝天路难行，
长袖不堪舞，
心血付火焚。

衡山公主 （唱） 且看《十要》在奴手，
凤凰涅槃火中生。（出示一书）

魏叔玉　（大喜过望）我的命根，拜谢公主。

衡山公主　（气极）魏叔玉，想不到我一片痴情，竟抵不上这数页簿纸，你拿去吧！（一掷）

魏叔玉　（捡起）你骗我，你骗我，这是白纸一卷，我要我的《十要》呀！

衡山公主　魏公子！你胸藏书诗万卷，还稀罕这小小一册？奴家要你腾出心中一点空白，以接纳我这个痴女之情。

（唱）　人间真情山可撼，
自会春风扫残云。
奴慕公子心向久，
一诺已是魏家人。
即使公子身沦落，
也愿卸下凤冠当平民。

魏叔玉　这个……

（唱）　她她她，一片真情心可悯，
我我我，难忍奚落攀皇门。
罢罢罢，愿作孤鸿冲天去，
不作食客长铗弹。

公主，荷蒙厚爱，三生有幸，只是叔玉福薄，不是攀龙附凤之人。叔玉饱读诗书，生不能建功立业，只当死谢父母，何敢贪枕席之暖，而附温柔之乡。此乃公主所赠玉佩，物归原主，公主保重！（径下）

衡山公主　魏公子，夫郎！小魏征，我不会放过你！

[电闪雷鸣，暴雨倾盆，衡山公主伫立雨中，一动不动。

[香环一旁着急而无计可施。

[衡山公主一阵缩瑟，咳嗽，晕倒。

香　环　（惊呼）公主！

[切光。

四

[长安郊外。

[魏叔玉内唱：

“出京畿，不堪回首策马行。”

[家人挑担，魏叔玉、裴夫人策马上。

魏叔玉 （续唱） 一片春光花似锦，

美景更触情无限。

懒看芳丛蜂蝶舞，

啁鸣燕雀更恼人。

此去崎岖相州路。

坎坷处处举步维艰。

[圆台。

[香环：“魏公子留步！”

裴夫人 儿啊，谁人呼唤？

魏叔玉 娘亲，我们失意之人，不作理会也罢。

[香环：“魏公子留步！”

裴夫人 （唱） 声声呼唤声声近，

娇声滴滴是红颜。

儿呀，莫非娥媚存知己，

且路旁驻马会故人。

魏叔玉 （情知）娘亲，儿潜心学问，涉猎经史，何来红颜知己。即使有之，人情冷暖，又何必赚人一掬廉价眼泪。走呀！

[圆台。

[香环：“魏公子！”香环引四宫娥推鸾辇上。

[魏叔玉引马左右回避，终于给鸾车挡住去路。

香　环 魏公子，衡山公主驾到。

魏叔玉 戴罪之身，失意之人，公主何事相阻？

香　环 公主为你，一病不轻呀！（言之呜咽）

魏叔玉 （一震）这……

衡山公主 （帐内唱）

不是伤春病酒，
不是怀国忧民；
端为女儿情愫，
痴心谁解慰红颜。
杜鹃呼春泣血，
春，还不还？（掀帐出）

裴夫人 老身叩见公主。

衡山公主 （唱） 依依柳丝长，
却难把青骢捆。
滔滔渭水急，
更似那离情去不还：
含泪眼，
望天涯芳草凄迷处，
若诉谁与闻？

魏叔玉 公主，数日之间，何以一病不振？

衡山公主 （唱） 休问奴病况，
但问公子心。

魏叔玉 这个……

（唱） 只见她云髻懒梳蛾眉淡，
玉容憔悴病沉沉。
有负姮娥意，
愧对眼前人。
叔玉非是无情汉，
自问心，泪盈眼，

即使圣命难违鹊桥拆，

也要聊表心迹慰红颜。

公主，失意之人，心冷如灰，不达之情，还望公主见谅。

衡山公主 公子马蹄匆匆，去如渭水，一别天涯，也不容哀家一声道别么？

魏叔玉 叔玉行色匆匆，实不知公主驾到。

衡山公主 现在知道了？

魏叔玉 公主责怪了。

衡山公主 请下马来。

魏叔玉 （下马）叔玉参见。

衡山公主 香环，且把香案摆上。

[香环摆设香案。

衡山公主 公子，可知哀家今日耽阻行程，是为何意？

魏叔琉 叔玉此行，前路茫茫，公主匆匆而来，可是饯别？

衡山公主 只要缘分在，后会自有期，又何需争此一刻。

魏叔玉 敢是公主有所赐教？

衡山公主 公子博学雄才，衡山敬慕已，又怎敢妄谈赐教。

魏叔玉 敢是公主前来问罪？

衡山公主 爱且不及，哪敢问罪。

魏叔玉 如此，叔玉愚昧了。

衡山公主 哀家说来，愿得公子一诺。

魏叔玉 叔玉赴汤蹈火，敢不为公主效劳。

衡山公主 香环，与哀家上香。

香　环 是。（上香）

衡山公主 （唱） 一炷香，

把神明敬，

头上三光可作证。

咏关雎，

成婚礼，

生不同衾死同茔。

魏叔玉 公主，你说什么？

衡山公主 特来与公子举行婚礼。

魏叔玉 这个么……

（唱）听斯言，犹如地塌山梁陷，

怎敢承命慰痴人。

公主呀，我感公主情，

我谢公主心，

圣命头悬剑，

不敢谋非份。

今生不是鸳鸯侣，

连理并蒂待来生。

衡山公主 公子不是说赴汤蹈火也在所不辞么，怎么又害怕了？

魏叔玉 公主情深似海，公主情重如山，只是圣命难违，叔玉无能为力。

衡山公主 说来说去，不就是“贪生怕死”四字。

魏叔玉 死有轻于鸿毛，有重于泰山，公主金枝玉叶，要风得风，要雨得雨，哪怕天下没有如意郎君。

衡山公主 女儿心如瓮，装下了就倒不出了。

魏叔玉 情可移，志可改，公主就权当叔玉死了。

衡山公主 好呀，哀家就权当公子死，且让哀家一祭郎君。

魏叔玉 公主……

衡山公主 拿酒来！（唱）

痴心女儿情，

冷艳洁如冰。

不求生同衾，

但望死同茔。

一杯“奠”夫君，

且领痴女情。

魏叔玉 公主……

衡山公主 再拿酒来。（唱）

再将婆婆敬，
含悲泪盈盈。
未得操厨下，
为姑做羹饼
且奉一杯酒，
聊表媳妇情。

裴夫人 公主……

衡山公主 再拿酒来。（唱）

遍地红花好春景，
莺歌燕舞世升平。
父皇呀，枉你治国平天下，
却不懂痴心女儿情。
情是命，
命是情，
江水为竭山无陵。
可知相思苦，
捶捣五更天不明。
更哀眼前人不醒，
说什么皇命难抗，
甘心割爱负娉婷。
一杯为我魂归去，
一抔黄土，
埋香葬玉，
化作杜鹃鸣。（拔剑自刎）

魏叔玉 公主！（夺剑）

衡山公主 哀家以死谢知己，公子何故阻拦？

裴夫人 唉，魏门造孽。公主这般，是心爱叔玉反而害了叔玉呀！

衡山公主 哀家并无构害公子之心。

魏叔玉 君临天下，叔玉又怎敢违抗至尊上命。

衡山公主 义死不避刀斧，公子何以不及一弱女婵娟！

魏叔玉 这个……

（唱） 她语犀如鞭，
羞得我无地自容；
想我堂堂七尺，
不及女流一红妆。
范蠡去国，
霸王别姬，
愿为红颜知己死，
风流侠骨也留芳。
但见高堂慈母，
泪眼汪汪。
谁为她养老？
谁为她送终？
是殉情，是尽孝，
难煞了七尺须眉郎。
娘亲，儿不孝了。

裴夫人 儿呀！（唱）
是娘前生种孽障，
今生报应累儿郎。
儿若不从公主意，
她痴情拔剑死相向。
儿若顺从公主意，
抗旨成婚罪难容。
进退儿身陷绝境，

心如刀割泪汪洋。

儿呀，娘是苦命人，

魏家天意丧。

公主，是剐是剁，你就拿老身出气吧!

衡山公主 夫人，天有日月悬，贤愚自可辨。哀家自信诚一片，可感天地护忠贤。黄天在上，如痴女之情，上动苍穹，下感父皇，那案上银杯，即相碰三次，并开出并蒂莲花，以示天意。

[银杯果然相碰三次，并开出并蒂莲花。

魏叔玉 （唱） 公主真情感天地，

不由叔玉喜泪盈。

衡山公主 （唱） 感天感地难感公子心，

纵有好梦也难成。

魏叔玉 （唱） 报国无门酬知己。

叔玉不负淑女情。

衡山公主 魏公子请看。（亮出《治国十要》）

魏叔玉 （眼睛一亮）《治国十要》!

（唱） 只道心血化飞灰，

何以火下庆重生?

衡山公主 《十要》火下重生是母后的大恩大德，只要公子听从哀家安排，一切自有母后斡旋。（递一纸）

魏叔玉 （念）“一曲凤求凰，佳话传临邛。非求《长门赋》，只爱国栋梁。”叩谢娘娘大恩大德。

衡山公主 答应了?

魏叔玉 答应了。

衡山公主 （取出玉佩）这个玉佩?

魏叔玉 从此永贴心房。

衡山公主 （唱） 挽罗裳，跪苍穹，

山盟海誓表衷肠。

魏叔玉 （唱） 风吹箫，霞帔幛，

今日一曲凤求凰。

衡山公主 （唱） 月缺月圆光更满，

魏叔玉 （唱） 花落花开色更浓。

衡山公主 （唱） 新词唱不尽，

魏叔玉 （唱） 报国来日长。

衡山公主 公子，你又来了。

魏叔玉 男儿报国不了情呀！

衡山公主 你跟我来呀！（拉着魏叔玉要进鸾辇）

［长孙无忌内呼："公主！"

衡山公主 哼，我的老国舅又关心哀家来了。香环！（与香环耳语，然后拉魏叔玉进鸾辇）

［长孙无忌上，见状大骇。

长孙无忌 香环，你是公主贴身宫女，此事也该劝阻劝阻。

香　环 老国舅，你奉命调教公主也调教不了，我一个宫女又怎么奈何！

长孙无忌 这教我如何是好。

香　环 老国舅，你怎么忘记了皇后娘娘。

长孙无忌 （恍然大悟）是呀，皇上最听皇后娘娘的话，衡山公主最听母后娘娘的话，一口两头话，我且求救娘娘去也！

［切光。

五

［唐宫后殿。

［殿前在敷演《秦王破阵乐》。抑扬蹈厉，威武雄壮。

［武士边舞边唱。

众武士 （唱） 受律辞元首，

将相讨叛臣，
啊——咸歌破阵乐，
共享太平春；
受圣开昌历，
臣忠献大猷，
啊——君看偃革后，
便是太平秋；
四海皇风被，
千年德水清，
我衣更不著，
今日功告成。

[唐太宗与群臣兴致勃勃地观看。

[舞毕。

唐太宗 众卿，此舞如何？

大臣甲 抑扬蹈厉，石破天惊。

大臣乙 征伐明道，七德之舞。

唐太宗 哈哈……看来朕引商刻羽，不亚师旷。

众臣万 万岁文功武略，天纵奇才。

唐太宗 此舞尚有不足，待朕再加修改，候东征高丽凯旋之日，以助庆功之乐。

[长孙无忌："万岁！"气喘吁吁上。

唐太宗 老国舅，如此匆急，有何大事！

长孙无忌 老臣无能，实在无法调教衡山公主。

唐太宗 她又怎样了？

长孙无忌 万岁呀，渭水边，行送别，公主情，坚如铁，跪苍穹，誓明月，手双挽，肩双切，小巫山，早飞越，惨啰！

唐太宗 这还了得！

长孙无忌 万岁，事到而今，只有顺水推舟了。

唐太宗 哼，真是刁蛮女儿！

长孙无忌 刁蛮加痴心，钢丝扭麻筋，拿她没办法呀！

唐太宗 真是可管天下事，难管一女儿。

长孙无忌 娘娘倒有一计，可教万岁进退从容（附耳）

唐太宗 妙呀！宣衡山公主上殿。

太　监 宣衡山公主上殿！

[衡山公主上。

衡山公主 （念）母后妙计胜王允，

父皇入了套连环。

哈哈……（进）参见父皇。

唐太宗 嘿嘿，渭河旁，情意浓，你也够痴心了。

衡山公主 贾氏窥帘，宓妃留枕，要不，怎会叫作多情种。

唐太宗 好呀，父皇答应于你，可你也得答应父皇。

衡山公主 答应何来？

唐太宗 父皇有难题一道，必得叔玉解决，如他束手无策，你就要另嫁他人。

衡山公主 如他才智出众呢？

唐太宗 就招他驸马，配我公主。

衡山公主 什么难题，如此了得？

唐太宗 今有西夷进贡九曲孔道明珠一双，天下无人能以丝线穿并，叔玉如能明珠双串，父皇就答应你的婚事。

衡山公主 以公子之才智，此事怕易如反掌，只恐到时父皇反悔，又当面食言。

群　臣 此天下第一难题，小魏征如能明珠双串，臣等也愿作力保红媒。

衡山公主 尔等认定了？

群　臣 认定了。

衡山公主 父皇认定了？

唐太宗 认定了。

衡山公主 那就请父皇下旨。

唐太宗 来人，把这双九曲孔道明珠，交与叔玉，限时三刻，串连缴旨。

[太监遵旨奉珠下。

[魏叔玉内唱：

破难题，显奇智，

缴旨疾步上丹墀。（舞珠串上）

魏叔玉 （唱） 明珠璨，红丝串，

红丝串珠心相连。

这好比叔玉与公主，

心心相印共情天。（进）

万岁，明珠双串，请龙目一验。（呈）

唐太宗 （惊讶地）此天下难题，叔玉应手而解，莫非天助？

魏叔玉 这有何难，臣不过借蚂蚁之微力，解天大之难题，万岁呀，博取众长方伟大，有时人也不如蚁呀！

唐太宗 奇智奇智，以丝系蚁，以蚁带丝，九曲孔道，穿越自如，朕不认也得认你这个驸马了。

衡山公主 父皇，哀家就等着了。

唐太宗 （故问）等什么呀？

衡山公主 等日子啰。（羞赧下）

唐太宗 （唱） 不是东征逼眉睫，

朕也有意早成全。

来人，送驸马回府，待东征凯旋，朕即择吉完婚。

魏叔玉 且慢，万岁方才所说？

唐太宗 待朕东征凯旋，朕即为公主择吉完婚。

魏叔玉 东征？万岁，东征之举，于国不利，于民有伤，万万不可，万万不可呀！

唐太宗 朕要兵服四夷，扬威域外，怎说于国不利，于民有伤？

魏叔玉 万岁曾说："为国者要在安静。"贞观之治以静，万民得以安宁。现当盛世，更当以静抚之。偃武修文，中国既安，四夷自服，万岁千万不能轻动杀伐，伤国劳民。

长孙无忌 真是公鸡争着要生蛋，逞能逞能。

尉迟恭 还不是你招惹来的好事。

长孙无忌 好了好了，万岁圣明，我们一起送驸马回府吧！

魏叔玉 大人，叔玉是以国事为重，望万岁一鉴此诚。

唐太宗 老国舅，你且让他奏来，朕不信就服不了他。

魏叔玉 万岁且听臣道来。

（唱） 安民宁国惟息养，
频仍征伐国不祥。
征人塞外抛白骨，
倚闾孤寡哭儿郎。
易乱之源君当察，
岂凭意气争豪强

唐太宗 迂腐之见！

（唱） 朕称天可汗，
开边凭武功。
岂容小高丽，
一方独称雄。

魏叔玉 四夷尊万岁为天可汗，是服圣上之德呢，还是服圣上的武功？

唐太宗 这……

魏叔玉 当年文成公主下嫁松赞干布，松赞可汗当天发誓，吐蕃世代臣服大唐，这是刀兵之力，还是德化之功？

唐太宗 这……

魏叔玉 万岁为跨海东征，大造艨艟战艇，广召兵丁，可知民服徭役，耕地丢荒，已是怨声沸起了！

唐太宗 这……

魏叔玉 高丽城池坚固，有险可守，丸泥封关，万夫莫破，万岁可曾查察详情？

唐太宗 魏叔玉，朕以百万雄师，征弹丸之国，克日可奏奇功，金殿之上，你敢信口雌黄！

魏叔玉 （唱） 臣非信口说雌黄，
曾为国事访贤良。

郑元寿，他随隋炀征高丽，
关津地形了如掌。
亲绘地图示关隘，
雄关天险守敌强。
望皇上销兵铸农器，
体恤民生爱蚕桑，
地图在此，请万岁一览。（呈）

唐太宗 （唱） 万仞摩天护雄关，
真是天兵飞越难。
朕恨此图不早见，
妄动征伐错主张。
今日若收回成命……
又见他志在必得。
目光炯炯直逼人。

魏叔玉 （唱） 亡羊补牢未为晚，
有过思改是明君。
万岁身居九重内，
不开言路塞听闻。
望万岁不恶直言纳忠谏，
善始克终罢征尘。

唐太宗 住口！高丽虽有天险可凭，但难敌神勇之师。隋炀兵败，是兵之不利，非地之不利。你就看朕穿一袭战袍，征服高丽，回朝再换。

众大臣 皇上圣明，东征必胜！

唐太宗 东征必胜？

众大臣 东征必胜！

魏叔玉 辽东遥远，粮草运输困难，不是速决之战。

唐太宗 可恼了！

（唱） 满朝文武俱从命，

你竟敢奏陈阻东征。
说什么舟车输转伤国力，
说什么士疲征伐民劳形。
贞观盛世追尧舜，
国实民殷享太平。
自家斤两有多少，
容不得你年少气盛压公卿。

魏叔玉 万岁，出师无名，劳伤国力，不义之师，取败之由，还望万岁三思！

唐太宗 你三番四次，强词夺理，朕若不是宠爱衡山公主，你也难免罔上之罪。唔……为让你明白明白，朕就封你为行军主簿，随军东征，仔细记下朕的赫赫战功！（拂袖而下）

[灯暗，众隐去，魏叔玉如掉冰窖。

[一束光引出衡山公主上，她气愤难状。

衡山公主 你要随军出征了？

魏叔玉 行军主簿。

衡山公主 （暴发地）我恨你，恨你呀！（咬魏叔玉一口）

魏叔玉 公主，你疯了！

衡山公主 （唱） 管说疯，管说痴，
恨你恨你太逞能。
咬你个伤疤留个痛，
叫你长记遗恨人，

魏叔玉 （唱） 唯忠君，唯爱民，
眼前得失若烟云。
男儿一死为报国，
公主何故多责难。

衡山公主 （唱） 我的情，我的心，
几回泪湿鸳鸯枕，
且喜得时又失去，

有泪羞对别人弹。

你要奏，你要谏，你要学你老子出风头，你可毁了我呀！

魏叔玉 我们好好的谁毁了谁呀！

衡山公主 你刚愎自用，你不识时务，难道你不知道天子的意志是谁也左右不了的？

魏叔玉 皇上是明君，是从谏如流的明君，是开贞观盛世的明君呀！

衡山公主 彼一时，此一时，满朝文武都懂得看风转舵，你为何食古不化？

魏叔玉 人各有志，所取不同，随波逐流，吾耻其向。

衡山公主 好呀，你就懂得沽名钓誉，完全不懂一个女人的心。

魏叔玉 叔玉随军东征，不日自可回还。

衡山公主 （狂笑）哈哈……

魏叔玉 公主？

衡山公主 （唱） 笑书生，愚鲁甚，

指望东征奏凯还。

自古天心高莫测，

江上晴云杂雨云。

厄运已囚鸳鸯侣，

一波平时一波生。

魏公子。我们就像这些灯盏呀！（以玉簪把灯盏一一熄灭）

魏叔玉 （保护着一盏）公主，你留下一点信心，你留下一点希望吧！

衡山公主 不，你让我熄灭呀！

魏叔玉 公主，我求求你，不能熄灭呀！

衡山公主 我要熄灭（吹扑不得，以一物掼过，灯盏熄灭）。

魏叔玉 公主何故自摧自毁？

衡山公主 傻瓜，天意强不过帝皇的意志，我要打你这个愚笨之人！

（拳如雨点）

[切光。

六

[高丽境。

[天昏地黑，战鼓雷吼，杀声潮动。

[舞台前区只见黄、褐两色旗号交错翻动，剑戟锋芒寒星乱坠。

[一束光引出“御驾亲征”的条形大纛，渐而褐色旗偃下，大纛在黄色旗号中定格。

[舞台后区一束光照着金盔金甲，踌躇满志的唐太宗；一束光照着文装武束，秉笔而立的魏叔玉。

唐太宗 行军主簿!

魏叔玉 臣在。

唐太宗 记下了没有?

魏叔玉 记下了:“贞观某年某月某日，兵渡辽海，连破两关。”

唐太宗 哈哈，好好记上，好好记上。

[后区光束隐去。

[前区灯亮，黄色旗号簇拥着大纛推进。突然一声炮响，杀声动地，一狼牙“帅”字旗领着褐色旗号杀上。

[有节奏的刀枪碰击声和冲杀呐喊声。两色旗号对峙，互进互退。

[前区光隐，后区光亮，唐太宗眉头紧锁，魏叔玉秉笔侍立，神情冷漠如故。

唐太宗 行军主簿!

魏叔玉 臣在。

唐太宗 记下了?

魏叔玉 记下了:“敌有险可守，我屡战屡败，士气不振。”

唐太宗 （不满地）屡败屡战，士气不馁!

魏叔玉 遵旨。（提笔作改）“屡败屡战，士气不馁。”

[这时，一声哀怨的笛声响起，前区一束光照着吹笛的衡山公主和倚门眺望的裴夫人。

[飘飘雪下，香环出现，给衡山公主披上雪裘；裴夫人则呵手御寒。

[两侧出现一老一少民妇。

[幕后歌：

盼郎归，盼儿归，
梦里长思醒几回。
盼长了荒田的草，
盼枯了眼中的泪，
盼呀盼，
远征人不回。

[前区光隐，后区光亮。

[唐太宗不觉缩瑟，魏叔玉披上了风衣。

唐太宗 魏叔玉，你想家了？

魏叔玉 臣不敢有所想。

唐太宗 快了快了，粮草一到，朕就下令大举进攻……（一阵寒冷）

魏叔玉 夜深天寒，万岁要保重金躯。

唐太宗 你是说，朕的战袍该换了？

魏叔玉 臣只请万岁保重。

唐太宗：哈哈，不冷，谁说朕冷。粮草一到，即可克日破敌，朕这一领战袍，是要班师之日才换的。

魏叔玉 所记战事，是否向万岁禀奏？

唐太宗 不用了，兵员短缺，你就出来打仗吧！

魏叔玉 我早知道我是要出来打仗的，所以随军以来，我就刻苦练习武艺。万岁看来！（舞剑）

（唱） 男儿热血，
太阿光寒，
舞得尘烟滚滚；
云雾腾扬。

书生可笑，

今投笔，理戎装。

愧无班昭才智，

祖逖击楫难。

不敢垂天翼，

但与凡鸟翔。

[一声炮响，天幕殷红，光束交乱。

[尉迟恭急上。

尉迟恭 万岁，敌军劫营来了！

唐太宗 各营守备如何？

尉迟恭 前营已乱。

唐太宗 （顿足）坏了，快去前营督战！

尉迟恭 万岁安危，谁人保驾？

唐太宗 前营失守，大营难保，朕自有决断。

尉迟恭 万岁驾前不可无人。

唐太宗 （看魏叔玉一眼）魏叔玉保驾！

魏叔玉 （突如其来）这……

尉迟恭 弄笔主簿，焉能保驾？

唐太宗 朕有知人之明，元帅还不前去！

尉迟恭 遵旨（疑虑而下）。

唐太宗 魏叔玉。

魏叔玉 （诚惶诚恐）臣……臣在此保驾。

唐太宗 哈哈……临危保驾，非你所能，朕悔不听你的阻谏，实不忍你受累，趁此乱军未到之际，你赶快逃生去吧！

魏叔玉 这个嘛……（唱）

一语动情掏肝胆，

五内激奋血沸腾。

捐躯为报国，

临危岂贪生。

书生一振匹夫勇，

移山倒海惊鬼神。

万岁，臣能保驾！

[杀声四起。短兵相接，魏叔玉掩护着唐太宗左冲右突。

[光暗，一束光照着唐太宗与魏叔玉背靠背地与乱枪格斗。

[乱枪隐去，君臣总算有个喘息的机会。

唐太宗 叔玉无伤？

魏叔玉 万岁无恙？

唐太宗 叔玉果然神勇。

魏叔玉 全仗万岁天威。

唐太宗 敌兵被打退了。

魏叔玉 像是打退了。

[后区光束照出一番将弯弓搭箭。

[魏叔玉猛瞥见，惊呼推倒唐大宗，自己却中了一箭。

唐太宗 叔玉，叔玉！（为叔玉拔箭）

魏叔玉 万岁，微臣也算尽到一点忠心了。

唐太宗 卿保驾有功，朕要重重封赏。

魏叔玉 谢万岁，臣中了毒箭，臣不要封赏了。

唐太宗 朕愧对你呀！

魏叔玉 叔玉不孝，堂上老母，请万岁垂恩。

唐太宗 朕一定恩泽有加，高堂会安享晚年。

魏叔玉 （从怀中取出一卷书）这《治国十要》，请万岁体念微臣忠心，虚心一读。

唐太宗 朕当初悔不一读。朕需要老魏征，也需要小魏征，大唐世世代代的君主都需要魏征！

魏叔玉 万岁，容臣再进一言。

唐太宗 你说，你都说。

魏叔玉 万岁心中能容纳魏征，这世上就有魏征；万岁心中不能容纳魏征，这世上就没有魏征，大唐世世代代的君主需要魏征，就要大唐世世代代的君主心中能容纳魏征。

唐太宗 卿之忠言谠论，朕当刻碑流传。

魏叔玉 谢万岁，臣死无憾了。这只玉佩，就请万岁送还衡山公主，我……我对不起……对不起她。（溘然死去）

唐太宗 爱卿，朕的好驸马，你不能死，你把玉佩带上，衡山公主等着你呀！

［内呼："万岁：皇上！"尉迟恭等将士上。

尉迟恭 臣等保驾来迟，罪该万死。

唐太宗 （木呆）汝等无罪，罪在朕家。

尉迟恭 魏主簿……

唐太宗 他为保驾捐躯了。

［一快马翻上。

快　马 启禀万岁，粮草运到。

众　将 （大喜）粮草运到，破敌有日。

唐太宗 （决然地）明日班师回朝，朕要为叔玉举行婚礼！

七

［魏府。

［甲、乙二大臣上。

大臣甲 死了老魏征，你我当孝子。

大臣乙 死了小魏征，我你当幌子。

大臣甲 呵呵，

大臣乙 嘘嘘。

大臣甲 一边挂喜幔子，

大臣乙 一边挂吊幛子。

大臣甲 红白齐办真是新点子，

大臣乙 快快布置不要出乱子。

[大臣甲、乙一边挂下有“喜”字的红幔，一边挂下有“奠”字的白幛；中间一牌位，文曰：“大唐驸马魏叔玉之灵位。”

[内声：“万岁驾到！”

[唐太宗率群臣上。

唐太宗 （唱） 帝皇岂无错，

回首憾事多。

凌烟阁外有忠魂，

只是苦蹉跎。

众卿，朕传口谕，可曾牢记？

众 遵旨牢记。

唐太宗 且念上来。

众 （念）“魏征父子，忠言谠论，为帝皇者，心中能容纳魏征，这世上即有魏征；心中不能容纳魏征，这世上即没有魏征；大唐世世代代的君主需要魏征，即要大唐世世代代的君主能容纳魏征。”

唐太宗 朕为慰忠魂，命衡山公主在此灵堂之上与魏叔玉驸马灵牌举行婚礼，然后奠祭，众卿依礼而行。

众 遵旨！

[太监急上。

太监 启禀万岁，衡山公主卸下凤冠霞帔，不肯拜堂。

唐太宗 她她她，怎可如此放肆！

[衡山公主平民装束奔上，一手举着魏叔玉灵牌。

衡山公主 哈哈，魏公子，哀家总算抓着你了。

（唱） 是喜堂？

是灵堂？

红烛泪光映白幛，

炉香烟绕恨绵长。

笑灵牌，

作甚个恩爱温馨梦；
捧银杯，
辞一个无心无情郎。
是悲也是笑，
是真也是妄。
那俊脸儿哪儿去了？
银灯惨淡失光芒。
你去也，
哀家不唤也不叫，
我去也，
此情无碍也无妨。
温柔妒忠烈，
两情相悖向。
女儿不认空头帐，
父皇休作死后文章，
还你个《治国十要》，
行我个悖世轻狂。（掼出《治国十要》，提笔挥去“驸马”二字，飘然而下）

［长孙无忌小心翼翼捡起《治国十要》。

长孙无忌 皇上。

唐太宗 （木然中醒觉）衡山公主？

长孙无忌 她留下数字，为尼去了。

唐太宗 是朕之过，由她去罢。

长孙无忌 这《治国十要》？

唐太宗 请魏夫人上座。

［两宫娥扶裴夫人上座。

唐太宗 魏征父子，忠言谠论，这《治国十要》，人人务必研读。

众 遵旨。

[画外音："万岁心中能容纳瑰证，这一世上就有魏征；万岁心中不能容纳魏征，这世上就没有魏征；大唐世世代代的君主需要魏征，就要大唐世世代代的君主能容纳魏征。"

[尾声微弱，含糊而断。

[幕后歌：

春来春又去。
花落花又开。
几缕孤忠魂，
寂寞云山外。

[大幕徐闭。

[剧终。

·雷剧卷·

梅花庄

编剧：陈乃明　杜德威　林　奋

人　物　表

马　元　　举子
严冬梅　　梅花寨寨主
王　凤　　严冬梅女儿
冯　阮　　新科状元、青峰县令
皇　上　　当朝皇帝
方持政　　泰山府台
邓　才　　史部大人（主考官）
钱　光　　告老还乡刑部大人
金　彪　　青峰县衙都头
张　四　　当地恶霸
陈公公　　皇上侍臣
御林军、校卫、旗牌、御役、衙差若干、女兵若干

第一场

[古代某年，仲秋。

[醉仙岭，怪石嶙峋，枫叶转红，野菊吐金。一块大石上撰写着一首词“清平乐”。

[幕启。

[马元挑着书担上，赶路舞介。

马　元（唱）　面壁十年考不中，继修几年亦扑空；
三次赴考均落第，败兴归来愁煞侬；
乌逢运至都得宠，叹我马元运不通；
等待几时方折桂，登上仕途展笑容。

我回家，“四书”“五经”勤习诵，刺股悬梁苦用功；决心再次去赴考，京都洒墨论英雄。（发现石上词）

哎，何人在此题词？（诵读）

《清平乐·围猎》
菊枫打扮，寒雁南飞往。
纵犬放鹰山岭上，狐兔慌张投网。
风调雨顺民安，江山千里同风。
今日长鞭在手，人心所向繁昌。

（诵介）哼！此词虽不署名，但我可以看出是当权者所写。唉！

（唱）　朝廷不顾民苦痛，权贵荒淫宴未终；
官商敲诈凶徒抢，百姓黎民祸无穷。

我何不题上一首和他一首出出气。（取出笔墨题词介，念）

《清平乐·诵词有感》
谓无事干，围猎山岗上。
寻逸乐浮游放荡，谁晓生灵涂炭。
官家枉法贪赃，流氓恶霸披猖。
权柄在握何用，早该卸任回乡。

（诵介）嗯！（下）

[邓才及四兵士上，趟马介。

邓　才（发现诗词）哎呀，万岁题词石上怎么多了一首词？（趋近读，大惊）啊！不好了！

陈公公（上）猎场清过是否？

邓　才陈公公，不好了。

陈公公什么事？（急问）

邓　才　万岁的题词石上多了一首词。

陈公公　带我一看！（读介）啊！反了反了，真是狗胆包天，这词是谁填的？

邓　才　上面署名马元。

陈公公　马元啊，马元！我要你碎尸万段。人来！

众兵士　在！

陈公公　速速缉拿马元。

众兵士　遵命！

[内喊："万岁驾到"。

陈公公　哎呀，来不及了，快脱下官袍把反词盖上。

邓　才　是是！（脱袍盖石）

[御林军护皇上，上。

皇　上　（唱）　天高云淡天气爽，金风送来花果香；

枫叶脸红如醉酒，菊花笑容吐金黄。

景色宜人心舒畅，朕出打猎上山岗；

怪石百态于足下，头顶雁群一行行。

众　人　参见万岁！

皇　上　平身。

众　人　谢万岁！

皇　上　陈公公，朕去年题的词怎不见了？

[陈公公指大石。

皇　上　大胆！谁将朕的题词盖了起来？

邓　才　（急跪）微臣罪该万死！

陈公公　启禀万岁，该死的不是邓大人；是马元。

皇　上　马元？

陈公公　那该死的马元竟然与万岁作对，胆敢填了反词。

皇　上　反词？（趋前读词介）

（唱）　此词好像一块石，投孤心池起浪波；

大臣均奏天下乐，马元他，偏说子民受折磨。

会不会，他们报喜忧不报， 在孤面前唱赞歌；

欺上压下百姓苦，民怨沸腾失人和。

微服出访为最好，民间见闻一定多；

整顿吏治树政德，任用贤能壮山河。

陈公公 万岁，速速下旨，通缉马元。

邓　才 把他碎尸万段。

皇　上 从此词看，马元是一个很有才华，很有抱负的有志之士，孤不是下旨通缉马元，而是下诏他进京，委予重任。

陈公公 这……

邓　才 万岁，马元一定是个不务正业、游手好闲的浪子，千祈不要重用他。

皇　上 不可能！浪子不可能忧国忧民……

邓　才 倘若不是浪子也是出身低贱，一介草民，亦不堪重用。

皇　上 爱卿此言差矣！

（唱）　舜发畎亩登金殿，孙叔敖进朝从海边；

傅说版筑后为相，胶鬲卖盐为大臣。

多少将相寒门出，挑选人才岂拒贫。

朕要微服出访，寻找马元。

众　人 邦国有幸，有道明君。

陈公公 万岁，醉仙岭猎场，已布置好了。

皇　上 今秋不围猎了。朕要把醉仙岭改为招贤岭，广招天下贤能，护我朝纲。打道回京！

陈公公 摆驾！

[众造型，亮相。

[切光。

[二幕前。

邓　才 住了！

（唱）　马元若被他访到，想俺邓才定糟糕；

我倒不如先下手，赶杀马元去阴曹。

哼哼!

[幕落。

第二场

[接上场。

[梅花庄，练兵场，众女兵练武。

[幕后伴唱：风景秀丽梅花庄，姐妹个个练刀枪；

替天行道除奸恶，劫富济贫斗志昂。

演兵场上声威壮，汗水淋漓驱寒霜；

剑起好像天闪电，枪落似龙搅深潭。

[女兵练武介。马元内声“子曰：学而时习之，不亦说乎。有朋自远方来，不亦乐乎……”

女兵甲 （出望介）是个少年郎。

众女兵 啊！他怎么跑到我们这里来？

女兵甲 我哪里知道呀？

女兵乙 嘘——，他上来了。

女兵丙 我们四面埋伏，抓住他。

众女兵 是！（隐蔽介）

[马元念书上。

马　元 （念）子曰：“温故而知新，可以为师矣。”子曰：“学而不思则罔，思而不学则殆……”（忽悟）哎呀，又走错了！（欲下）

众女兵 不准动！（拦住马元）

马　元 啊！

[众女兵团团把马元围住。

女兵丁 你是什么人？

马　元　我是读书人。

女兵甲　喂，你们看，他后面还挂着书呢！

[众笑。

马　元　你们笑我背着书呀？

（唱）　姑娘呀，没书伦理一定紊，没书必然才路堙；

没书世上皆愚昧，没书如何启后人。

众女兵　哦，原来是个书呆子。

马　元　呸！我一生最恼人家称我书呆子。

女兵乙　看你这人呆头呆脑，这里也是书，那里也是书，前后都挂着书，我偏叫你书呆子。

众女兵　书呆子……

马　元　别吵！

（唱）　天下万般皆下品，世人唯读圣贤篇；

你等无知没礼貌，不尊重人失斯文。

众女兵　（唱“活动句”）

是你无知犯例禁，窜入山门还敢言。

马　元　（审视众女兵）啊！她们……是强盗？！

（唱）　哎呀，不走大道想绕近，碰着强贼难脱身；

秀才遇兵怎讲理，唯有破财求安全。

（掏银）各位大姐，这里有银两，你们拿去也罢！

众女兵　谁要你的臭钱。

马　元　啊，你们不要钱，那要我干什么呀？

女兵丁　我们奉大王之命，遇见书生都要对上一对，所以，我们要你对对子。

女兵丙　我看他是对不出来的！

马　元　你小看人了，我三次进京，虽未考中……

众女兵　哇！三次上京，还考不中，你真是一个书呆……

马　元　呆什么？我堂堂举子，难道怕对对子不成。

女兵丁　那你就对呀！（递对稿给马元）

马　元　（接上联，念）

廉吏者，圣德服天下，大节共山河不变。

众女兵　你对呀！（重复）

马　元　廉吏者，圣德服天下，大节共山河不变。你们听着，清官矣，英名振古今，精忠同日月常明。

女兵丁　好！

众女兵　哇！他真的对上了？

马　元　我对上又怎么样？

众女兵　你……

马　元　我什么呀？

众女兵　你便是我们的大姑爷。

马　元　哎呀呀！你们说到哪里去了。

众女兵　小姐！

［王凤上。

王　凤　你们不练武，在此嘻哈哈，没有真本领，怎能把敌杀。

女兵丁　小姐，对子他对着了，他就是我们的大姑爷。

王　凤　呸！你们真是胡说八道。

女兵甲　小姐，这是大寨主定的呀！

女兵丁　哎呀，我快去禀告大寨主。（下）

王　凤　我来问你，你上山干什么？

马　元　念书走错了路，故误入贵庄。

王　凤　呆头呆脑，快给我滚。

马　元　走就走嘛，怎么说滚呢？（欲下）

众女兵　慢！小姐，他真的把对对上了。

王　凤　住口！凭他这副模样，能对对子吗？

马　元　有道是："人不可貌相，海水不可斗量。"你呀！

（唱）　门缝看人会看偏，我虽是，三次未能把志伸；

决心四次去夺锦，争取头名把梦圆。

王　凤　三次落第，还想四次上京，莫非是想争得功名好做官？

马　元　对呀！

王　凤　可惜呀，可惜！那主考官瞎了眼不取你，倘若我主考，定取你做头名状元，让你当个大大的官。

马　元　什么官？

王　凤　你听了！

（唱）　你头戴一顶红冠帽，身穿紫袍自称高；

忠于职守五更叫，家家开门迎日头。

马　元　这是什么官？

王　凤　（唱“活动句”）守职司晨穿紫袍。

马　元　（悟出）大公鸡？

王　凤　对，就封你一个公鸡官。

众女兵　喔喔喔……（笑）

马　元　拿人取笑，真真岂有此理！

王　凤　来人，把他轰下去！

众女兵　是！

严冬梅　（上）慢！

众女兵　参见大寨主！

王　凤　娘，他……

严冬梅　就是他，把你爹的遗对对上了是吗？

王　凤　我，我不能嫁给他呀！

严冬梅　女儿，对对招婿是你父亲的遗愿，这我做不了主。

王　凤　娘，我怎样都不嫁给这个书呆子！（哭下）

严冬梅　请问公子贵姓尊名，家居何方，境况如何？

马　元　寨主请听！（唱）

小生我，家住新州墨池乡，名叫马元读文章；

无父无母无兄弟，叔婶作情帮我忙。

严冬梅　你刚才把我们的对子对出来了是吗？

马　元　是呀！

严冬梅　你可否再对一遍，让我听听？

马　元　小生献丑了。

严冬梅　廉吏者，圣德服天下，大节共山河不变。

马　元　清官矣，英名振古今，精忠同日月常明。

严冬梅　好，对得好！公子不愧高才！

马　元　寨主过奖了。

严冬梅　（旁唱）　亡夫他，遗下单联求对仗，多年无人偶成双；
对对招亲未如愿，莫非他，今日显灵差来才郎。
公子，你是我……

马　元　是什么？

严冬梅　是……

马　元　到底是什么呀？

严冬梅　是……是我梅花庄的教书先生。

马　元　教书先生？

众女兵　对，教我们读书。

严冬梅　公子呀！
（唱）　想留你在梅花庄，指教我们读文章；
当个先生协助我，献计献谋兴山峦。

马　元　（旁白）　想这山寨全是强盗，我岂与他们为伍？
寨主这使不得，使不得！

严冬梅　你呀！
（唱）　不愿教书亦无妨，你就当个钱粮官；
油盐酱醋经你手，开源节流不断粮。
你就是我们的大管家。

众女兵　对，就是我们的大管家。

马　元　哎呀，这山上的钱粮都是抢来的，我若去管这财产，岂不是同流合污吗？寨主，这也使不得，使不得！

严冬梅 你这也使不得，那也使不得，究竟你想干什么？

马　元 我想回家苦读诗书，四次上京赴考。

严冬梅 哦，四次上京赴考，莫非是想夺得功名好做官？

马　元 是呀。

严冬梅 （唱）　你一心苦读去考状，是想将来当大官；

告诉你，当官倘若心不正，就是一条害人虫。

马　元 小生尚若一朝得志，决不当贪官、赃官！

严冬梅 倘若你能在朝为官，那你将如何去做官？

马　元 上报社稷，下安黎民，为官清正，廉洁自身。

众女兵 好！

严冬梅 有志气，那我给你封个官。

马　元 这万万使不得！

严冬梅 什么使不得？

马　元 刚才你那小姐已给我封了一个公鸡官，你不要再拿我开玩笑了。

严冬梅 我不会戏弄你……

马　元 不管怎么样，我都要下山去。

严冬梅 你当真要走？

马　元 当真要走。

严冬梅 果然要走？

马　元 果然要走。

严冬梅 来人，把这位公子请上山去。

众女兵 遵命！

马　元 我不上山……

[众女兵托起马元，

马　元 我不上山啊——

[亮相。

[幕落。

第三场

[梅花庄，大厅堂，一女兵上。

女　兵　禀报寨主，一个新科状元去青峰县上任，路过夹沟被我等抓住。

严冬梅　（内声）升堂。

女　兵　寨主有令，升堂！

[众女兵上，严冬梅上

众女兵　参见寨主！

严冬梅　两厢侍候！来人，传青峰县令。

众女兵　传青峰县令！

[冯阮上，欲进，众女兵叫堂威。

冯　阮　我还没坐大堂，他们就威风。（欲进）

女兵乙　呔！要报门而进！

冯　阮　是是！要报门而进。（进）新科状元，青峰县令告进。（偷窥）哎呀！全是女的，女的就好办。

二女兵　跪下！

冯　阮　大王，我从小没跪过，我若跪在地上，就说不出话来。

严冬梅　打座。

[女兵搬凳，冯阮接凳坐下跷起二郎腿。

女兵乙　（踢冯阮）尊重点。

冯　阮　是是！

严冬梅　来者何人？

冯　阮　姓冯名阮。

严冬梅　你从何而来？

冯　阮　从京城而来。

严冬梅　到哪儿去？

冯　阮　青峰县。

严冬梅 到青峰县干什么？

冯　阮 上任呀。

严冬梅 身居何职？

冯　阮 头名状元，青峰县令。

严冬梅 头名状元吗？那我要考你一考。

冯　阮 （旁唱）一个山大王也想考我？嗯，大王，你考呀。

严冬梅 来人，请马公子。

女兵甲 有请马公子。

马　元 寨主，你何时才放我下山？

严冬梅 你帮我做一件事，我就送你下山。

马　元 什么事？

严冬梅 请你当个主考官。

马　元 考什么人？

严冬梅 新科状元，青峰县令。

马　元 哎呀，这使不得！我是落第书生，人家是新科状元，你不是拿我开心吧？

严冬梅 马公子呀！

（唱）　现在是，苦乐不均世道乱，奸党横行官又贪；

瓦鸡坛上受供奉，明珠蒙尘叹凄凉。

你别看他，头戴乌纱身穿莽，足蹬朝靴骑高骧；

腹大便便腰围玉带，只怕他，胸中无墨外表堂皇。

你尽管考他，他是贤我尊，是才我敬。

马　元 这……那我考他些什么呢？

严冬梅 你就先考他《三字经》。

马　元 《三字经》？哎，人家是新科状元，你不说《三字经》，就是“四书”“五经”人家也背得熟如滚瓜。

严冬梅 你试试何妨？

马　元 唉！小生只好从命！

冯　阮 呃哼！

马　元　状元公，恕在下冒犯了。

冯　阮　别啰嗦！有屁你就放。

马　元　你能背《三字经》吧？

冯　阮　不说《三字经》，就是百字经我都背得熟如滚瓜。

马　元　那请你把《三字经》从头到尾背一遍。

冯　阮　你识不识呀？

马　元　略知一二。

冯　阮　那你先背，让我听听。

马　元　你听。（念）人之初，性本善。性相近，习相远。苟不教，性乃迁。教之道，贵以专……

［二女兵示意马元。

马　元　哦！状元公，你背呀。

冯　阮　（清嗓门）人之初……喔！对了，人之初，做尾长（会撒娇）。长大后，娶老婆。日饮酒，夜听歌。出骑马，入坐轿……

［众人捧腹大笑。

马　元　唉！真不知道你这头名状元是怎样考来的？

冯　阮　靠本事嘛！

马　元　你有什么本事？

冯　阮　有钱有势呀。

马　元　有钱有势就能中状元？

冯　阮　哎呀，你真是个呆子。好吧！我道来让你听听。

（唱）　我的舅舅是丞相，亲手栽培主考官；

考官感恩而图报，他在秋闱帮我忙。

马　元　主考官帮你？

冯　阮　对呀！

（唱）　有一举子才学赡，名叫马元来夺桂冠；

考官把马元试卷换给我，我便中头名状元郎。

马　元　啊，怎么把马元的试卷换给你呀？

冯　阮　哎，不就是把马元的名字改为我的名字嘛。

马　元　你把马元的名字改为你的名字？

冯　阮　哎呀，不是我改，是主考官改。

马　元　主考官？

冯　阮　对？

（唱）主考官，在马字面前加二点　元字改阮更简单。

马　元　（唱）元字左边添勾耳，

冯　阮　（接唱）元字变阮马变冯。

马　元　（大叫）啊！官场上怎能做出这等肮脏之事？

冯　阮　嘿，官场上肮脏的事多得很呢，刚说一件，你就大惊小怪。我若都告诉你，定是吓你心寒胆散！

马　元　你……啊！（气昏）

严冬梅　快把马公子扶下去。

二女兵　是！（扶马元下）

冯　阮　哎，你看他，我才说一件事，他就吓死了。

严冬梅　这么说来，你是皇亲国戚？

冯　阮　对呀！

严冬梅　哼哼！像你这样的皇亲国戚么——

（唱）　你腹中空空无学问，倚势仗权而升迁；

公文案卷你不会写，无德无才怎治人。

倘若是，县府衙门你坐镇，包管青峰民不聊生；

黑白是非你颠倒，瓦釜雷鸣民愤沸腾。

冯　阮　你说那么多，我都没空听你的。我有这把金扇子，谁敢和我作对？

严冬梅　哦，就那么一把扇子？

冯　阮　你别小看这把扇子，我娘亲封诰喜庆，万岁爷命我舅父亲自带来御扇祝贺，这把扇子，文官见了心胆散，武官见了让三分。只要你放我下山，日后定当图报。

严冬梅　我若放你下山，那，你将如何当官？

冯　阮　你且听来！（白榄）我在公堂右，我在公堂左，两边都摆着大缸。我不管，谁来办事谁告状，有钱下缸就办事，无钱下缸不告状。不管是对或是错，哪家放下银两多，哪家道理对……

严冬梅　哦！我若放你下山，你就这样当官？！

冯　阮　对呀！我把所得的银两，全部送上山来献给大王。

严冬梅　那青峰县百姓的血汗岂不要被你吸尽榨干？！

冯　阮　这……

严冬梅　来人，把他的官服、官帽、朝靴统统给我剥下来！

众女兵　是！

冯　阮　大王，你！

[众女兵脱下冯阮的官服等穿着。

严冬梅　你把官印交出来！

冯　阮　不交。

严冬梅　来人，给我打。

二女兵　遵命！（打冯阮）

严冬梅　官印在哪里？

冯　阮　大王，官印放在夹沟路边大石底下。

严冬梅　来人，速将官印取回。

二女兵　遵命！（下）

冯　阮　大王，印你拿去了，官帽摘了，衣服剥了，你该放我下山了。

严冬梅　你什么时候把这本书念熟，我就什么时候放你下山。（递过《三字经》给冯阮）

冯　阮　（接书）哎呀，这本书，我就是念到头发白也背不出来啊。

严冬梅　念不熟也要念！来人，押下去。

二女兵　是！（押冯阮下）

[二女兵捧印上。

二女兵　禀寨主，官印拿回来了。

严冬梅　好！有请马公子。

马　元　（上）寨主，他的状元是偷我的呀！

严冬梅　我知道，我现在就将这状元还回给你。

马　元　你还回给我？算数吗？

严冬梅　算数！我把冯阮的官让你来当。

马　元　不能不能！这是犯法的。

严冬梅　我来问你，主考官换你的试卷、改你的姓名、窃取状元，这是不是犯法的？

马　元　是呀！

严冬梅　既然朝廷当官的知法犯法，我今还你公道，这有何不可？

马　元　这……

严冬梅　马公子呀！

（唱）　赤地千里禾不长，洪水减潮又嚣张；
朝廷放赈官克扣，百姓黎民任饥寒。
匪祸连绵官不管，甚至兵匪两分赃；
蛇鼠一窝祸百姓，有天却不见太阳。
遭灾受害民涂炭，民巴望，清正有为父母官；
青峰县令你不做，岂不让，污吏镇衙欺善良。

马　元　但是，人家名叫冯阮，我叫马元。

严冬梅　那你就暂叫冯阮嘛！

马　元　没有印，怎能为官呢？

严冬梅　官印在此。

马　元　不不！这是欺君之罪。

严冬梅　欺君的是他，不是你。来人，给马公子将官服穿戴起来！

众女兵　是！（给马元穿戴）

严冬梅　众衙役，护送大老爷青峰县上任去者！

假衙役　是！

严冬梅　鸣锣开道！

[大锣响。

众　人　老爷上任啰！

马　元　不！我不能冒官！

[落幕。

第四场

[二幕前。王凤内唱倒板：

我赴青峰巧打扮，急急忙忙下山岗。（上）

王　凤（唱）　马元今日已上任，看他如何坐大堂。

娘亲她，逼我和他结鸳鸯，奴心不甜意不甘；

但只是，父母主意不可逆，我只好，巧用计谋来推搪。

今日有意去告状，迫使马元斗群奸；

让他骑虎势难下，日后不能回山峦。

走，走，走！（下）

[二幕启，青峰县公堂。

[二衙役上。

二衙役　启禀大人，有客人拜访。

[马元内白："出迎。"

二衙役　有请三位贵客！

[马元与众衙役上，张四、金彪、钱光上。

马　元
三　客　请！

[主宾就坐。

金　彪　大人，在下乃大人下属，拜访来迟，盼大人见谅！

张　四　对对对，盼大人见谅！

马　元　哎，哪里哪里！三位登门拜访，真令下官过意不去。

三　客　哪里哪里！

张　四　县太爷，小的不是吹牛，不说青峰县，就是泰山府，何人不晓我独眼张四。

以后能用得上，大人尽管吩咐。

马　元　这……

金　彪　大人，青峰县的人情世故我了如指掌，以后当在麾下俯首听使。

马　元　好啊！

钱　光　冯知县，老夫虽然告老还乡，但爱女在宫中陪銮伴驾，老夫只要她在万岁面前美言几句，你必定青云直上。

马　元　这……多谢老大人美意。

张　四　（旁唱）　巴结官史胜孝母，有了后台胆就粗；

世上啥事都敢干，我怎不寻护身符。

金　彪　（旁唱）　当今世上官官相护，官小职微巴结上司；

上司是把保护伞，趋奉攀缘有前途。

钱　光　（旁唱）　交结小官好办事，并非奉承这匹夫；

船大还要靠舢板，老夫并不是糊涂。

马　元　（旁唱）　我听说，青峰百姓很痛苦，他们却不提只字；

他只管，吹嘘自己讨好我，我看他们另有所图。

［内击鼓声，王凤内叫：冤枉——！

马　元　有人告状，诸位暂且回避。（三人下）升堂！

［内喊："升堂"。

马　元　传告状人上堂。

衙　役　告状人上堂！

［王凤上。

马　元　啊，原来是你！

王　凤　是我又怎样，难道我不可以来此告状吗？

马　元　（下堂）非也，只是，你在庄上戏弄于我，怕你野性难改，又来公堂胡闹。

王　凤　小女不是胡闹，是来告状。

马　元　这？你若瞎告……

王　凤　怎样？

马　元　打你四十。

王　凤　要是真告？

马　元　为你主持公道。

王　凤　一言为定？

马　元　一言为定！

金　彪　（上）禀大人，两位贵客欲到公堂观审。

马　元　哦，也好，到时亦可请教钱老大人。有请二位贵客！

衙役甲　有请二位贵客！

[张四、钱光上。

马　元　赐座。

张　四
钱　光　谢县太爷。（就坐）

王　凤　大人，伸冤啊！（跪）

马　元　下跪何人？

王　凤　民女王凤。

马　元　起来讲话。

王　凤　谢大人！（起）

马　元　王凤，你状告何人？

王　凤　大人，小女要告青峰三虎。

马　元　青峰三虎？

王　凤　大人请听！（唱）

其一虎，独眼张四性凶悍，他纠集，地痞流氓一大帮；

打家劫舍谋财害命，杀人如麻像虎狼。

张　四　你敢告我，想找死！（欲打王凤，金彪拦住。）

王　凤　（唱）　其二虎，都头金彪捉凶犯，却和犯人共裤穿；

贪赃枉法害百姓，阳奉阴违似阎王。

金　彪　你——

王　凤　（唱）　其三虎，钱光恃势啥都干，霸占良田把人伤；

强抢民女欺良善，衣冠禽兽丧天良。

钱　光　嘿嘿！你告吧，老夫让你告个够。

马　元　王凤，你今三告可有状词吗？

王　凤　状词在此。（呈上）

［衙役接状递上。马元接状，看。

马　元　王凤，定罪需重证据，你无凭无证……

王　凤　虽无人证，但有物证。

马　元　有何物证？

王　凤　钱光后花园有口枯井，井里尽是少女尸骨。

钱　光　胡说！

马　元　来人！

众衙役　在！

马　元　（对衙役）你两人到钱大人后花园查验取证。

二衙役　遵命！（欲下）

钱　光　慢！你无证无据，偏听偏信，搜查官家，要不要王法？

马　元　钱老大人，今有人告你，下官倘若不查不审，怎知谁是谁非？

钱　光　这……

张　四　知道谁是谁非又怎么样？

马　元　是虚，那王凤便是诬告，诬告者要反坐；是实，王凤便是真告，下官当依法惩处！

张　四
钱　光　你敢！

众衙役　威武——！

马　元　有何不敢，来人，速到钱老大人花园查探取证。

二衙役　遵命（下）

钱　光　哼哼！虚也罢，实也罢，谁若动我……

马　元　怎样？

张　四　我要他死无葬身之地！

马　元　嘿嘿，生也罢，死也罢，只要证据确凿……

钱　光　怎样？

马　元　我定要依法惩办！

二衙役　（上）启禀大人，钱大人花园枯井里，确有人骨数具，现取回一颅骨，请大人验看。

马　元　（接骨看介）证据确凿，还有何话可说？来人！撤座。

众衙役　遵命！（撤座）

钱　光　给我打！

张、金　打！（欲打马元、王凤）

[被众衙役拦住拿下。

马　元　你等咆哮公堂，罪加一等，把金彪、张四押入大牢。

众衙役　遵命！（押金、张下）

马　元　钱光，你还不招供画押？

钱　光　不招！老夫今日倒要看你奈我如何。

马　元　哎呀呀！来人，给我拉下重打八十。

众衙役　遵命！（拉钱下）

一衙役　（上）禀大人，钱光经不起棍棒，死了。

马　元　啊？！

王　凤　好呀好呀！

一衙役　（上）启禀大人，青峰县百姓听说捉了青峰三虎，奔走相告，集聚在县衙门外要见大人。

马　元　喔！你等带上文房四宝，随我去取证。

众衙役　是（随马元下）

王　凤　好呀！（唱）

马元他并不书呆，娘有眼力辩骏骀；
他镇邪恶伸正义，敢作敢为是人才。
奴奴油然生恋爱，憧憬将来心花开，
即与马元回山去，共结丝罗慰母怀。

[马元上。

马　元　小姐，你所告属实，现已有人证，本官一定依法惩办案犯。

王　凤　大人在上，请受小女子大礼参拜。

马　元　小姐，为何行如此大礼？

王　凤　我一谢你为青峰百姓除了大害；二谢你为我父亲报仇。

马　元　为你父亲报仇？

王　凤　对！我父亲当年就是坐在你这个位子上！

（唱）　我爹爹，忠心耿耿管县治，清正廉明似珠玑；

秉公执法不偏不倚，为国为民志不移。

谁料忠遭奸者死，还被陷诬做污吏；

爹至今，仇不能报恨难雪，泉下冤魂悲泪啼。

马　元（念）　今日除害为民众，书写奏章雪沉冤。

小姐放心，我现书写奏章呈上金銮，为你爹鸣冤昭雪。

王　凤　你敢写奏章呈上金銮？

马　元　有何不敢？

王　凤　你别忘了，人家叫冯阮，你叫马元，你是冒官。

马　元　我行不改名，坐不改姓，马元就叫马元，不叫冯阮。奏本上就署名马元奏与皇上，为你父亲沉冤昭雪！

[举笔相亮。

[落幕。

第五场

[接上场，梅花庄，厅堂。

[幕启，夫人上。

严冬梅（唱）　十年前，随夫上任双辔，移居青峰奴心开；

丈夫他，不负皇恩顺民意，仗义执言敢作敢为。

岂料到除邪惩恶牵涉权贵，被奸贼倒打一耙把罪问；

含冤负屈被害死，逼我投奔山寨门。
夫遗对，盼望有人把对对，盼望有人把冤案推；
但可惜，十年沉冤未能雪，屈死九泉眼不睡。
天遣马元把对对，可恨女儿戏文魁；
不肯嫁给马公子，父命母言都敢违。
女儿她负气下山还未回，挂肚牵肠盼女归；
马元他，冒官上任无消息，坐卧不宁心惊悸。

女兵丁 （上）禀报寨主，小姐回来了。

严冬梅 她回来了？叫她进来。

女　兵 有请小姐！

王　凤 （上）娘！

［夫人不理。

王　凤 娘亲，你不要再生气了，女儿我知错了。

严冬梅 错，你也有错？那你讲讲，你错在哪里？

王　凤 我不该违背父亲遗愿，母亲之言。

严冬梅 还有呢？

王　凤 不该瞒着娘亲，偷下山寨，去给马元增添麻烦。

严冬梅 什么，你下山跑到青峰县马元那里去了？真真的胡闹！

王　凤 娘亲啊！（唱）

我下山，本是给马元他发难，
不料到，他应付自如心不慌；
处事沉着又果断，除奸压邪镇公堂。
马元是，百姓所盼的父母官，不是庸庸个书呆；
爹爹先知娘眼好，女儿我，愿与马元拜高堂。

严冬梅 哦！你不是说（学王凤）娘呀，不管怎样，我都不嫁他……

王　凤 娘！人家现在……（小声）愿嫁了。

女兵甲 （大声）大寨主，小姐说她愿嫁了。

王　凤 你们……

严冬梅 来人！

众女兵 在！

严冬梅 速往青峰县，请马公子回庄。

两女兵 是！（下）

严冬梅 儿呀，等马公子回来，为娘就替你们将婚事办了，一来以慰你父亲临终遗愿；二来也了却为娘一桩心事。

王　凤 娘……（扶严冬梅坐下）

严冬梅 哦，对了，你刚才说你下山告状，究竟状告何人？

王　凤 女儿状告青峰三虎。

严冬梅 啊！那马元他是怎样判的？

王　凤 娘呀！（白榄）我到县衙里告状，逼使马元斗群奸；让他骑虎势难下，以后不能上峦。想不到，马元升堂理公案，疾恶如仇气如山；马上命人查探取证，不怕强权捉凶顽。

（唱）　马元把张四金彪收监管，毫不犹疑审钱光；
　　　　老贼仗势不招供，马元他，命打八十贼命亡。

严冬梅 你说什么？

王　凤 马元把钱光老贼打死了。

严冬梅 如此说来，西宫娘娘，岂肯善罢甘休？不好，马元他，他大祸临头了！

二女兵 （上）禀报寨主，我等打探获悉，京城派出官员直奔青峰县。

严冬梅 啊！（唱）

　　　　京城派人青峰往，火烧火燎心难安；
　　　　倘若是，冒官上任被揭露，马元他今日遭厄难。
　　　　不由我，新仇旧恨涌心上，十年前，夫在青峰遭贼伤。
　　　　当年情景又重现，旧伤未愈又着盐。

王　凤 （唱）　我即带人青峰往，去接马元回山岗。

严冬梅 （唱）　怕只怕，马元已落奸贼手，你下山岂不一同陷牢笼！

［众女兵内叫：“报”——上。

女　兵 禀寨主，那冯阮挖了个狗洞逃跑了。

严冬梅
王　凤　啊！

严冬梅 （唱）　狗官溜了又添一患，他一定，跑到县衙去争端；

揭露马元是假冒，一波未平波又扬。

眼前情况非一般，心急如焚无主张；

马元看来命难保……

王　凤 （接唱）　娘亲啊！解救马元莫彷徨。

二女兵 （上）禀寨主，探子来报，冯阮娘亲——诰命夫人前往青峰县。

严冬梅 前往青峰县……（思忖）有计了！

王　凤 娘亲有何妙计？

严冬梅 随我来！（与众女兵耳语，亮相）

[幕落。

第六场

[接上场。

[二幕前，　四兵上，方持政上。

方持政 俺泰山府台是也，只因青峰县令——丞相外甥冯阮打死老臣钱光，有人密报丞相，丞相命我到青峰县教他躲藏起来。然后张扬他弃官逃走，待避过风声，再送他上京，保住冯家独苗。这正是：官官能相护，莽袍可遮天。来人，前往青峰县。

四兵士 是。（同方持政下）

[二幕开，青峰县衙。内喊："府台大人到。"

[马元内白："出迎"与众衙役上，方持政同四兵士上。

马　元 参见府台大人！

方持政 免礼！

马　元 不知府台大人远道而来，有何赐教？

方持政 （看见人多眼杂，示意马元）嗯——

马　元 （会意）你等暂且退下。

众衙役 是！（下）

方持政 冯知县，你刚刚上任就打死老臣钱光，可有此事吗？

马　元 大人容禀！（唱）

钱光恃势啥都干，霸占良田把人伤；
强抢民女欺良善，侵吞赈粮肥私囊。
勾结奸官肆无忌惮，引类呼朋拉派结帮；
为非作歹天人共愤，他是一条害人虫。
要他招供好结案，他却蛮横逼下官；
我令打他八十板，不料老贼命归亡。

方持政 老夫是你上司，如此重大案件，何不向上禀报？

马　元 如果向上禀报，我怕官官相护，莽袍遮天。

方持政 不管怎么样，犯人还没招供，把犯人打死，就触犯了律条。何况钱光的女儿在宫中陪銮伴驾，备受皇上宠爱，你要知这关系重大。

马　元 这我才不管。

方持政 你呀！（唱）

你舅父，密令我来不容缓，告知你，赶快躲藏避灾殃；
想不到你喏固执，叫我今日真为难。

马　元 大人若是为了这事而来，就不必担心。

方持政 不必担心？明天圣旨一到，就扣押你进京……

马　元 好哇！

方持政 好什么？

马　元 我正想进京面奏皇上哪！

方持政 你想在棺材里避雨？你舅舅让我告诉你，你这官不能当了，快跟我走，等避过风声，再把你送到京城见你娘亲……

马　元 我哪里来个舅舅和娘亲？

方持政 你癫了？

衙役丙 （上）启禀大人，外边有一个自称是青峰县令的人要见大人。

马　元 啊！

方持政 又来一个青峰县令，此人如何打扮？

衙役丙 衣服破烂，语无伦次，硬要闯进来。

方持政 给我轰下去。

[冯阮冲进来。四衙役阻拦，抬起冯阮。

方持政 摔死他！

四衙役 是！（把冯阮摔下）

冯　阮 （爬起）哼哼！我是朝廷命官，舅舅是丞相，母亲是诰命夫人，谁敢摔死我？（与方持政推磨）

方持政 你是什么人？

冯　阮 我乃青峰新任知县。

方持政 叫什么名字？

冯　阮 我叫冯阮。

方持政 啊！怎么又来一个冯阮？（沉思少顷，问冯阮）你认识他吗？

[冯阮与马元推磨。

冯　阮 你——

马　元 你——

冯　阮 你你你头上的乌纱，身上的官服都是我的！

马　元 都是你的？

冯　阮 你是冒官，冒我的官！

马　元 你！你抢我的状元！

方持政 哎呀，怎么把我都搞糊涂了。

衙役丁 （上）报，诰命夫人到！

方持政 （向马元）好啊，你娘亲来了。

马　元 我没有娘亲。（下）

方持政 啊！

冯　阮 大人，诰命夫人是我娘亲。

方持政　是你娘亲？

冯　阮　对呀！

方持政　那就好办了。你先下去，我自有安排。

冯　阮　是是！（下）

［宫女、护卫上，喊："有请诰命夫人。"

［严冬梅上。

方持政　泰山府台参见诰命夫人！

严冬梅　免！

方持政　谢夫人！

严冬梅　泰山府，我儿在青峰县可好吗？

方持政　有下官在此，万无一失。

严冬梅　快叫我儿来见。

方持政　是是（旁白）冯知县口口声声说他没有舅父、没有娘亲，那狗才却口口声声说丞相是他舅父、诰命夫人是他娘亲；我何不叫他出来以辨真假。（下，拉冯阮上）你说诰命夫人是你娘亲，你快上前与你娘亲相见吧。

严冬梅　你！

冯　阮　你是强……

两护卫　（把刀架在冯阮的脖子上）强什么？

冯　阮　我是说她身体强壮呀。

两护卫　不准敢胡言乱语！

冯　阮　我胡言乱语，我胡言乱语！

严冬梅　泰山府，你为何让个不三不四的人在这公堂之上胡闹？

方持政　下官知罪！来人，把这癫佬拉下重重地给我打！

冯　阮　啊！慢，大人，她不是诰命夫人，她是梅花寨的山大王！

方持政　啊！你——

众护卫　胡说！

严冬梅　哈哈哈！你说我是梅花庄的山大王，你有何凭证？你自称诰命夫人是你娘亲，你又有何凭证？

方持政 对，你有何凭证？

冯　阮 有，我有金扇子。

方持政 对对，下官也曾听说过。

严冬梅 你把那金扇子拿出来呀。

方持政 快把金扇子拿出来。

冯　阮 好！大人请看！（摸扇，拿出两支筷子）

方持政 呸！你自己看来！

冯　阮 哎呀，我的金扇子怎么变成筷子了？我的金扇子呢？

方持政 你！

严冬梅 泰山府，你要看金扇子？我让你们开开眼界。（示金扇子）

严冬梅 泰山府，你这府台是怎么当的？

方持政 呃——来人，把他捉下，给我重重地打！

众衙役 遵命！

冯　阮 大人，大人……（被衙役拉下）

方持政 夫人呀！（唱）

怪只怪，疯子失常来捣乱，

怪只怪，本官糊涂亦放松；

得罪令郎对不起，有请夫人谅海涵。

严冬梅 不知者无罪。

方持政 谢夫人！

严冬梅 我儿呢？

方持政 他就来，他就来！（下，拉马元上）快见你娘亲。

马　元 我哪里有娘亲哟！

严冬梅 我儿啊——

马　元 你……

严冬梅 （捂住马元的口）儿呀！

（唱）　儿你上任青峰县，刚坐大堂就招灾；

遇到麻烦凭知府，还不上前谢府台。

[马元呆站，严冬梅拉他。

严冬梅 大人啊！

（唱） 因他是独生过宠爱，自小养成性怪哉；

沉默寡言又执拗，请你包涵谅我孩。

方持政 请夫人放心！

严冬梅 （唱） 儿子一下反常态，喜怒无常吓我坏；

孩儿呀，赶快跟娘回调养，免致日夜娘伤怀。

马　元 （挣脱）不！我不走！

方持政 哎呀，走走走！

严冬梅 （暗示手下）扶公子回府。

众护卫 是！

马　元 不不！我不走，我不走啊！（被众护卫架下）

方持政 夫人，夫人回去向丞相说……

严冬梅 大人请放心，我一定在我弟面前替你多讲好话。

方持政 谢诰命夫人！（下礼）送诰命夫人！（再下礼）

[严冬梅下。二幕关。

方持政 唉唉，总算交了差。

[内声：邓大人到。

方持政 喔！

[邓才上。

方持政 大人，如此惊慌，却是为何？

邓　才 方知州啊！（唱）

马元三次去投考，试卷均由我暗扣；

这次他到醉仙岭，见皇上，石上题词亦挥毫。

马元填词非常好，皇上慕其文才高；

下旨访他委重任，若访到，我等可能丢人头。

马元他，书写奏章作御告，我才知，他在青峰舞大刀；

目前情况甚严重，我们要，先下手为强把他抓。

方持政 邓大人，这里没有谁叫马元。

邓　才 没有？

方持政 不过，有两个冯阮。

邓　才 啊！快叫他们出来让我一看便知。

方持政 是是！（下拉冯阮上）

冯　阮 （见邓才）恩师啊！我在这里好苦哟！

邓　才 方知州，你这是怎么搞的？

方持政 这……

邓　才 那个冯阮呢？

方持政 跟诰命夫人走了。

冯　阮 他们是梅花庄的强盗。那诰命夫人，青峰县令都是假冒的。

邓　才 哎呀，快给我追！

方持政 是，追！

[幕落。

第七场

[紧接上场。招贤岭。

[皇上乔装打扮上，陈公公随上。

皇　上 （唱）　乔装打扮离宫殿，出访贤能到民间；
与爱卿，装作算命江湖佬，前往青峰访马元。

陈公公 万岁……

皇　上 哎，应叫作先生。

陈公公 先生，前面有官兵押解犯人。

皇　上 那快闪过一旁看个究竟。

陈公公 是！（随皇上下）

[马元内唱：身陷魔爪披锁链，被打血痕布满身。

[四兵士赶打马元上。

马　元（唱）　筋骨伤痛步难举，

四兵士　走！

马　元（接唱）　棍棒无情催向前。

前任被害冤未申，马元今日复沉冤；

连累寨主落虎口，转眼间，山寨青峰祸连绵。

马元虽死不可恨，只恨奸人手遮天；

妖魔兴风播毒雾，有天无日祸万民。

［严冬梅上。

严冬梅　马公子——

马　元　大寨主——（唱）

死前若能见君面，定揭奸贼大罪愆；

好让皇上敕整吏治，好让朝廷取信于民。

严冬梅（唱）　总怨我逼你冒官去青峰镇，才致今日命归天；

马　元（唱）　你下山救我才被抓，折玉摧兰因马元。

严冬梅（唱）　我本想，你与王凤结亲眷，岂料你俩阴阳分；

马　元（唱）　这世难为你半子，来世当儿侍跟前。

严冬梅　孩儿——

马　元　娘亲——

兵　甲　马元啊，马元！你才高八斗，倘若审时度势，何愁不飞黄腾达。

兵　乙　可惜你不识时务，自招祸殃。

兵　丙　阎王要你三更死，

兵　丁　小鬼不敢留五更。

兵　甲　别说啦，动手吧！（欲杀马元和严冬梅）

皇　上　住手！（与陈公公急上）

四兵士　什么人？

皇　上（摆正“神算”幌子）你看便知。

兵　乙　快走开。

陈公公　军爷，我主人和这两个（指马元、严冬梅）是同乡，请你们行个方便，让他们说几句……

兵　丁　不行，他们是死犯，不能和任何人见面！

陈公公　哎，凡事好商量嘛！你们若让他们见面，我就送你们一样东西。

兵　丙　什么东西？

陈公公　你们看看嘛！

四兵士　（趋看）哇！金元宝。

兵　甲　我从来没看过这么大的金元宝。（拿元宝）

［兵乙、丙、丁亦抢元宝。

陈公公　怎么样呀？

兵　甲　那你们快点。

皇　上　你放心。

兵　甲　（对乙、丙丁）这叫作瞒上不瞒下（与三兵士下）。

［皇上与陈公公耳语。

陈公公　是！（下）

皇　上　马元。

马　元　你怎么知道我叫马元？

皇　上　我若不知道你叫马元，怎能称神算呢？来，我给你们算上一纸命。

严冬梅　先生，我们都是快要死的人了，还算什么命？

皇　上　我看你两人都死不了。

马　元　死不了？

皇　上　对！而且你们官运正旺呢！

马　元　可惜我的官是假冒的。

皇　上　你就是冒官才得大官呢！

严冬梅　先生，你别与我们开玩笑了……

皇　上　你不信，我也给你算算，（掐指）你的丈夫不是在青峰当过县令吗？

严冬梅　你认识我丈夫？

皇　上　这是算出来的。（又掐指）你丈夫死得冤枉，不过马上就会得到昭雪。

严冬梅　马上就会得到昭雪……（疑惑）

［邓才、方持政押王凤上。

王　凤　娘——

严冬梅 女儿——

邓　才 怎么还不行刑？你是什么人？

［皇上摆正“神算”幌子。

方持政 算命的。

邓　才 哎呀，怎么来了一个算命的？快给我一起杀了。

皇　上 你敢！你们欺君罔上，为非作歹……

方持政 嘿嘿，山高皇帝远嘛……

皇　上 大胆！

邓　才 大胆？嘿嘿，可惜你不是皇上。

皇　上 你这狗官！（抛掉幌子，除去伪装）

邓　才 啊！是……是皇上。

皇　上 来人！

［内应“在”御林军上。

皇　上 给我拿下，就地处斩！

御林军 是！（抓住邓才、方持政押下）

［御林军分别给马元、严冬梅松绑。

皇　上 马元。

马　元 在！

皇　上 朕封你为八府巡按。

马　元 谢主隆恩！

皇　上 严冬梅。

严冬梅 在！

皇　上 朕封你为一品夫人。

严冬梅 谢主隆恩！

皇　上 马爱卿，朕赐你尚方宝剑、先斩后奏、惩治贪官、敕整吏治。

马　元 遵旨！

［造型，亮相。

［幕落。

［全剧终。

·雷剧卷·

梁红玉挂帅

编剧：陈京松　林　奋　唐熙凤

人　物　表

梁红玉　　南宋抗金名将，女英雄
韩尚智　　梁红玉之子
韩世忠　　梁红玉之夫
周云山　　副帅
韩尚德　　韩尚智之兄
韩尚婉　　韩尚智之姐
王　犹　　投靠金兵的汉奸
宋将、众女兵、众宋兵、歌女、金将、金兵等

第一场

[南宋高宗时期。江南。

[月夜。镇江江岸。江中一艘大型指挥舰，舰上“韩”字大旗迎风飘扬。

[梁红玉内唱：“战舰踏平千重浪——”

[韩尚婉带众兵上。

[梁红玉上，英武亮相。

梁红玉　（接唱）　明月当空照长江。
金山战鼓声声犹在耳，
那一仗，打得敌寇哭爹娘。
半月前，兀术败走黄天荡，

他定会前来复仇挑战端。
为防金兵来反扑，
水上扎营严提防。
众女兵！

众女兵 有！

梁红玉 刀不离人，人不离船，随时防备金兵来犯！

众女兵 是！（下）

［梁红玉上岸巡视。幕后传来猜酒令的喧哗声。

梁红玉 呀！（唱）酒令喧哗人声嚷，
夜风频频送酒香。
眼下两军正对垒，
喝酒叫拳为哪般？

尚德！

［尚德急上。

韩尚德 娘亲有何吩咐？

梁红玉 那边酒令声声，是谁在喝酒？

梁红玉 为娘问你话呢！说，谁在喝酒？

韩尚婉 禀娘亲……

［副帅周云山醉上。

周云山 除了韩夫人和你手下的女兵，将士们都……都在喝酒。

梁红玉 谁带的头？

周云山 我，周云山！

梁红玉 大敌当前，形势险恶，怎可带头饮酒？你身为副帅，韩家军的军法你不会不知吧？

周云山 若我是……是奉命饮……饮酒？

梁红玉 奉谁的命令？

周云玉 本人是副帅，你说，我还能奉谁的命令？

［韩尚忠三分醉意偕同幼子韩尚智上。

韩世忠 奉本帅之命。

周云玉 元帅，您要不来，梁督军可要对……对我……军法处置了！

梁红玉 周副帅，你喝醉了。尚德，扶周副帅下去休息。

韩尚德 是！（扶周）

周云山 我没醉！韩元帅待我如兄长，兄长不醉，小……小弟怎么会……会醉？

[韩尚德扶周云山下。

梁红玉 （对韩世忠）元帅，大敌当前，怎可下令让将士们饮酒？

韩世忠 （酒意盈然）夫人，今夜风急天凉，饮酒一可御寒；二可赏月；三可庆黄天荡奏凯之功！此战夫人功不可没，来来，为夫敬你一杯……

梁红玉 元帅，不能再喝了！如此兵不像兵，将不像将，万一金兵来犯，如何应战？

韩世忠 哈哈，黄天荡一战，金兵闻风丧胆，惊魂未定，岂敢来犯？

梁红玉 但那金兀术从黄天荡逃走，他必来复仇。

韩世忠 （唱） 金山一战军威大震，

杀得敌人溃不成军。

兀术已成丧家狗，

欲想复仇是枉然。

智儿，拿……拿酒……酒来。

韩尚智 哎！（欲取酒）

梁红玉 智儿，站住！

[韩世忠欲倒。梁红玉扶住韩世忠，让他坐下。韩世忠沉沉睡去。

梁红玉 解下披风，为他盖上。

梁红玉 智儿，你也喝酒了？

韩尚智 我……

梁红玉 为娘让你平时多照顾你父帅，劝他少喝酒；你非但不劝，反而……智儿，你什么时候才能长大？

韩尚智 孩儿以后再也不喝了。

梁红玉 下次为娘要再见你喝酒，军法处置！

韩尚智 孩儿遵命！

梁红玉 尚婉、尚智！

韩尚婉
韩尚智 （二人同答）在！

梁红玉 你等多备小舟，彻夜巡逻，以防不测。

韩尚婉
韩尚智 （二人同答）得令！（下）

韩世忠 （梦话）夫人，来，饮一杯……（翻身，披风滑落）

［梁红玉捡起披风，为韩世忠盖上。

梁红玉 （唱） 眼见他醉睡沉沉梦呓声声，
不由我忧心忡忡暗担惊。
似这般，全营皆醉无戒备，
怕只怕，金寇连夜袭军营。
夫君他，驰骋疆场勇搏杀，
帷幄运筹斩敌兵。
所向披靡敌胆散，
功在朝廷有威名。
近段来战功滋长性骄志满，
治军不严意松垮。
杯中流连失警惕，
只怕他自毁前程功败垂成。

［尚婉、尚智内声："父帅—"急上。

梁红玉 （迎上）尚婉、尚智，何事惊慌？

韩尚智 娘亲，你来看——江上金兵小舟密布……

韩尚婉 它们借着风势，向咱压来！

梁红玉 快，叫醒你父帅！（继续观察）

［韩尚德众将士上。

韩尚智 不好，满江敌舟，万箭齐发！

韩尚德 父帅，战船全部着火了！

梁红玉 尚婉、尚智，巡江小舟都在哪里？

韩尚婉 在下游岸边，齐集待命！

梁红玉 元帅！元帅！

韩世忠 （醉意未醒）再…… 再来一杯……

韩尚智 娘亲，父帅酒醉未醒，如何是好？

梁红玉 马上传令，弃大船，改乘小舟，奔至镇江，再退汉阳！

众将士 是！（急下）

[周云山摇摇晃晃上。

周云山 我…… 我来了，什么事？

梁红玉 周将军，你带领五百精兵断后，掩护大营人马撤退。

周云山 撤退？往哪儿撤？（险些摔倒，梁红玉扶住）

梁红玉 尚智、尚德！众男兵饮酒过度，恐不宜应战。

我与尚婉带五百女兵断后，你们保护父帅和周叔叔快撤！

韩尚智 这……

梁红玉 事不宜迟，快撤！

韩尚智 随我撤！

[韩尚智率众人下。

梁红玉 众女兵！

众女兵 在！

梁红玉 （唱） 红颜不逊男儿汉，

面对强敌志气刚。

以一当十显神勇，

誓与金贼拼一场！

众女兵 （合唱） 以一当十显神勇，

誓与金贼拼一场！

[众金兵涌上，梁红玉、韩尚婉率女兵与金兵混战。韩尚智冲上。

韩尚智 金兵龟孙们，你尚智爷爷来了！（与金兵搏杀）

梁红玉 智儿，你怎么没走？

韩尚智 我回来助娘亲一臂之力！

［尚智杀退金兵。

韩尚智 大队人马已经上岸，娘亲赶紧撤退！

梁红玉 撤！

［众人撤退。梁红玉捡起一面烧坏的韩家军大旗。

［韩尚智发现一金兵放箭。

韩尚智 娘亲小心！

［韩尚智一把拉过梁红玉，用身体挡住，手臂中箭。

［梁红玉砍死放箭的金兵。

梁红玉 智儿！

韩尚婉 弟弟！

［灯熄。

第二场

［二道幕前：一太监上。

太　监 奉天承运，皇帝诏曰：韩世忠居功骄傲，轻敌疏防，遭致镇江失守。梁红玉临危不惧，挽救败局，功不可没。为正国法，韩家军元帅一职，由安国夫人梁红玉接任。韩世忠左黜八个月，在梁元帅麾下效用。钦此。

［灯暗。

［二道幕开。周云山与韩世忠在营帐内下棋。

周云山 胜败乃兵家常事。一次失手，就罢黜韩将军，军中将士都替你忿忿不平呀！

韩世忠 （看看棋，扔下棋子）我输了。镇江之役，损兵折将，我身为元帅，理当责罚。只是，你当了多年副帅，本该接替我出任元帅，可……

周云山 别说了，大哥，这次镇江失守，小弟也有责任。自跟你抗金，你待我情同手足，在我心中，这韩家军你永远说一不二。来，小弟陪你喝上几杯。

［韩尚智上。

韩尚智 爹爹，周叔叔，母帅请你们去商量军务。

韩世忠 请我？

周云山 不在其位，不谋其政。韩将军，饮酒。

韩世忠 （接过酒杯）

韩尚智 爹爹，母帅已有令，大敌当前，军中不得饮酒。

周云山 难道梁元帅还要管韩将军不成？韩将军，我敬你一杯。（一饮而尽）

韩世忠 （欲饮）

韩尚智 爹爹，您别忘了，镇江是怎么丢的，您的帅位是怎么丢的呀！母帅的话你忘记了吗？

韩世忠 （愣了一下，重重地放下酒杯）哼！你娘管我，你也来管我！（下）

周云山 大哥，大哥！咳，想不到，让金人闻风丧胆的韩将军，被老婆管住了。

韩尚智 周叔叔，我娘现在是军中元帅，我们都得听她的。

周云山 哼，听她的？

（唱） 周云山我堂堂七尺男儿汉，
“忠孝”两字铭记心胸，
尽孝在家听父言，
尽忠在朝受命君王。
在军中听命韩元帅，
杀金兵我不惜血染沙场！

你娘亲的话，既非父之言，又非君之命，也不是韩元帅的号令，一介女流之言，我为何要听？（又饮一杯酒）

韩尚智 女流？女流怎么啦？这次镇江一仗，要不是娘亲带五百女兵断后退敌，男爷们儿还脱不了身呢！

（唱） 韩家军抵御外敌戡内乱，
百战沙场勇难当；
我娘她运筹帷幄决胜负，
足智多谋非等闲。
金山击鼓军威壮；

黄天荡大破兀术兵十万；
镇江上亲临阵地出生入死，
奋战金贼英勇顽强。
为督军执法无私众敬仰，
当元帅治军严明令如山，
在军中智勇双全谁匹比，
既使是红妆女流亦栋梁。

周云山 这些话，去对你爹爹说。（又饮一杯，已有醉意）我只听韩元帅的……要是你爹服了你娘，我……我周云山就服了她。来来来，尚智，你陪你周叔叔喝几杯。

韩尚智 我已向我娘发誓，再也不在军中饮酒了。

周云山 你不敢喝，我喝。（欲喝）

韩尚智 周叔叔，不能喝了，元帅要与你商量军务，请快快起身吧！

周云山 元帅？女元帅？让她来请我吧！

[内声："元帅到！"梁红玉、韩尚婉查营上。

韩尚婉 好大的酒味！

韩尚智 参见母帅。

梁红玉 尚智，你伤还没好，也饮酒了？

韩尚智 孩儿不敢。

梁红玉 周将军，本元帅请你去商量军务，你可知道？

周云山 知道又怎样？（又饮一杯）

[周云山手下一士兵见势不好，悄悄下。

梁红玉 （制止尚智）周将军，本帅问你，你身为何职？

周云山 韩家军副帅。

梁红玉 身为副帅，可知军令如山？

周云山 我只知道，韩家军的元帅应姓韩！其他人等，恕我难以从命！

韩尚婉 你！你这分明不把我母帅放在眼里！

梁红玉 （制止）本帅再来问你，你可知军法无情？

周云山 当然知道。

梁红玉 军中饮酒至醉?

周云山 杖刑二十。

梁红玉 将传不到?

周云山 杖刑二十。

梁红玉 战时违抗帅令?

周云山 格杀无赦!

梁红玉 (唱)　身为副帅抗军令,
无视律条罪非轻,
肆意饮酒违军纪,
军法难容你任意胡行!

周云山 你……你能把我怎么样?

梁红玉 念你是初犯,从轻发落,杖刑二十!

周云山 我看谁敢打我?

梁红玉 行刑官!

四　将 在!

梁红玉 将周副帅拉下去,杖刑二十!

四　将 是!

[韩世忠急上。

韩世忠 且慢!元帅!
(唱)　体谅副帅是初犯,
按责量刑应从宽。
暂且饶他这一次,
免施刑罪在当场。

梁红玉 (唱)　按法量刑不能免,
杖刑二十已从轻?
执法若无明军纪,
日后如何服众人?

韩世忠 这二十杖，免了吧？

梁红玉 免不得。

韩世忠 免了吧！

梁红玉 免不得！

韩世忠 你……（气）

梁红玉 我怎样？

韩世忠 你你你你……

周云山 大哥，不用求了，这二十杖刑，我顶得住！

韩世忠 贤弟！……

[韩尚智急忙上前劝阻。

尚 智 （小声）母帅，既是爹爹说情，你就免了吧。

梁红玉 （大声）不能免！既违军令，就应处以军法，天经地义！行刑官！执行军法！

四 将 得令！（对周）副帅，请恕在下不恭，请！

[四将与周云山下。

[幕后传来杖刑的声音，韩世忠怒目梁红玉。

韩世忠 想不到，你……你竟连一点面子都不给我。

梁红玉 军纪涣散，打起仗来，金兵可会给你面子？

韩世忠 周云山英勇杀敌，身先士卒，屡立战功，你不是不知。

梁红玉 功是功，过是过，有功当奖，有过当罚。

[四将架着周云山上。

周云山 （伤并不重，挣开四将）好你个梁红玉……

梁红玉 你们扶副帅回营，与他疗伤。

四 将 知道。（扶周云山）

周云山 （挣开）梁红玉，你不过当八个月的元帅，威风什么？

韩世忠 （扶周云山）云山兄弟……

周云山 大哥，我没事，只是你老婆不给你留面子呀！哎呀！

[周云山与四将下。

韩世忠 （被激怒）梁红玉！

（唱） 当上元帅就反面，
无义无情断六亲，
丈夫求情你不准，
夫妻情义九霄抛。
云山与我手足亲，
打在他身伤我面。

梁红玉 世忠，你听我说……

韩世忠 你还有何话可说？（接唱）
韩家军有你当元帅，
我韩世忠弃甲务农回耕田！

[韩世忠怒冲冲下。

梁红玉 世忠，世忠——！

[韩尚德急上。

韩尚德 报告目帅，小股金兵，向我军营金进发。

梁红玉 离我大营，还有多远？

韩尚德 二十里。

梁红玉 二十里？（吩咐韩尚德、韩尚婉、韩尚智）

[灯暗。

第三场

[灯亮。韩家书房。一边是书架，一边是各种兵器。

[韩世忠内唱：一腔怒气实难按。

[韩世忠怒气冲冲上。

韩世忠 （接唱） 兄弟情谊遭她伤，
帐前当众颜面丢，
儿女面前失尊严！

[韩世忠坐下生闷气。尚婉、尚智小心翼翼地上。

韩尚智 （小心地）爹爹，娘亲让我们请你到后厅进餐。

韩世忠 我不饿！

韩尚婉 爹爹一定渴了，女儿给爹爹斟茶。（倒茶）

韩世忠 我不渴！

韩尚智 请问爹爹想吃什么，孩儿替您去拿。

韩世忠 我想喝酒！

韩尚智 不行不行，娘亲说过，平时不要让爹爹喝酒……

韩世忠 她不让我喝，我偏要喝！拿酒来！

[梁红玉内声“酒来了！”

[梁红玉红妆上，手上的托盘端着酒瓶酒杯。

韩尚智 （不解地）娘亲，你这是——

韩尚婉 娘亲好漂亮！

[韩尚智、韩尚婉悄悄下。梁红玉摆酒、斟酒。

梁红玉 夫君，近来为妻终日在军营忙碌，对你照顾有所不周，为妻心中有愧，这一杯酒，为妻向你赔礼了。（敬酒）

韩世忠 哼！（接过酒，一饮而尽）

梁红玉 （斟酒，唱）

昔日里南征北战劳鞍马，
夫妻俩难得倾谈心里话。
今日里摆上酒与菜，
为妻我陪夫吃餐团圆饭。

[韩世忠惊异地上下打量梁红玉。

梁红玉 怎么，不认识为妻了吗？

韩世忠 自你跟了我，终日持刀跨马，与金兵厮杀，好久没见你身披红妆了。

梁红玉 夫君，为妻还漂亮吗？

韩世忠 漂亮，就像我们第一次见面时一样漂亮！

梁红玉 夫哇，我们第一次见面是在什么地方？

韩世忠 京口街头。当时我穷途潦倒，命悬一线哪！

（唱） 当年你街头把我救，

免我穷途一命休。

教我投军应天府，

临别赠银不肯把名留。

梁红玉 夫哇，你可还记得，为妻第一次为你斟酒，是在什么时候？

韩世忠 二十年前，京口府衙会客厅……

梁红玉 那时候，你是凯旋的英雄，我乃陪酒之女，当时我——

（唱） 为英雄，陪酒助兴舞长剑。

韩世忠 （唱） 顿使我，认出恩人在席间，

梁红玉 （唱） 夫君你，为我赎身脱苦海，

韩世忠 （唱） 比剑法，缔结姻缘在当堂。

梁红玉 （唱） 从那日，离开了青楼肮脏地，

从那日，脱下了绣裙换征衣，

从那日，相亲相爱疆场驰骋，

从那日，辅佐夫君建功立业二十年。

[二人沉醉在回忆之中。

[韩尚智内声“帅母——！”上。

韩尚智 启禀母帅，探子回报，金兵人马离我营不足二十里！

梁红玉 知道了，下去吧。

[尚智下。梁红玉又斟酒，韩世忠着急。

韩世忠 夫人，敌人已奔我营而来，你还不赶快召集人马，准备迎战？

梁红玉 （无动于衷）将军急什么？接着饮嘛。

夫哇！（唱）

二十年大战打完接小战，

为妻我未能尽责待夫君。

今日里决心将功来补过，

从今日后照顾夫君要周全。

来，为妻陪你饮了此杯！（饮酒，显醉态）

韩世忠 夫人，不能再饮了……

[韩尚智内声“帅母——!”上。

韩尚智 报帅母，金兵人马离我大营不足十五里！

[韩世忠急。梁红玉若无其事地摆摆手。韩尚智下。

韩世忠 夫人……

梁红玉 （抢过话头）夫君，你听我说哇！

（唱） 为妻我，行军打仗已厌倦，

愿跟你，弃甲务农把田耕，

男耕女织过日子，

一家和睦乐绵绵。

韩世忠 夫人，你，你莫非醉了不成？

梁红玉 为妻……为妻没有醉。夫哇，为妻再敬你一杯……

韩世忠 （夺过酒瓶酒杯）夫人哪！（唱）

金兵进犯军情紧，

务要分明重与轻，

国若破时家必破，

去哪耕田建家园？

为夫身强体又健，

举手能提物千斤，

何需贤妻你照顾，

你你你，快登帅台把令传。

梁红玉 （唱） 为妻不想当元帅，

心已静来志已衰。

只想当个贤妻良母，

服侍夫郎照顾小孩。

[韩尚智内声“帅母——！”急上。

韩尚智 报帅母，金兵已逼近大营！

韩世忠 这！（转身去拿兵器）

梁红玉 （拉住韩世忠）夫君，这酒还没喝够呢！来来来，坐下……

韩世忠 （大怒） 梁红玉！

（唱） 大敌当前竟不理，

只顾贪杯误战机，

既不迎敌去打仗，

就不该，接受重责担帅旗。

梁红玉 （唱） 为妻我，元帅之任担不起，

皆因为，军中有人欺为妻。

我颁命令他违抗，

叫我如何担帅旗？

韩世忠 可恼！ （唱）

军令如山谁不晓，

军法威严比天高，

大敌当前敢抗命，

世忠即时要他人头！

元帅，到底何人抗命！

梁红玉 这个人么……唉，不讲也罢！

韩世忠 讲！

梁红玉 当真要讲？

韩世忠 当真要讲！

梁红玉 一定要讲？

韩世忠 你与我讲、讲、讲！

梁红玉 他就是——

韩世忠 他是何人？

梁红玉 他就是你——韩世忠。

韩世忠 我？

梁红玉 对，正是你！我请众将商量军务，是谁姗姗来迟？周云山违抗帅命，本帅执

行军法，是谁百般阻止？又是谁声称只要有本元帅在，便要解甲归田？

韩世忠 我……我……

梁红玉 夫君，这军中元帅本非夫君莫属，若不是当初因军纪涣散而失镇江，为妻怎会替夫君担此重任？

韩世忠 镇江失守？

梁红玉 （拿出那面烧损的韩家军军旗）夫君，你还记得这面韩家军的战旗吗？它为何被战火烧成这样？

韩世忠 这……

梁红玉 若军纪不整，军法难行，这面战旗何时能插上被金兵所占的大宋国土？流离失所的百姓何时能安居乐业？为妻与营中女兵何时能脱下戎装换红妆，军中将士何时能与他们的妻儿父母团聚，共享天伦之乐？

韩世忠 （唱） 猛醒误顿觉得悔愧无比，
大帐前错怪了我的贤妻。
都像我目无元帅违军令，
怎能够众志成城抗强敌。
多亏了贤妻她苦心好意，
世忠我知己错明白是非。
上前来对贤妻赔还大礼——

[上前面对梁红玉欲跪，梁红玉扶住。儿女们暗上。

梁红玉 夫君何需如此？

韩世忠 （接唱） 从今后夫妻俩，共抗金贼志坚心齐。

梁红玉 夫君！

韩世忠 夫人！

韩尚德
韩尚婉 （三人合）爹爹，娘亲！
韩尚智

韩世忠 你们都来了，夫人，快快传令迎敌！

韩尚智 父帅，得知晓股金兵前来袭营，母帅早已做好安排。

韩尚德　按母帅之命，我带人，在营外设下埋伏。

韩尚婉　按母帅之命，我令一些男兵高声划拳行令，一些女兵载歌载舞。

韩尚智　按母帅之命，我带人绕到金兵背后。

韩尚婉　金人以为我军毫无防备，直向我大营扑来。

韩尚德　我军前后夹击，将小股金兵团团围住，一个不剩，聚而歼之！

韩世忠　既然如此，你们为何还声声报急？

韩尚智　不急，你怎么知道娘当元帅之难呢？

韩世忠　看来，你们都站在你娘那一边。（深情地看着梁红玉）金兵来袭，你神态自若，指挥若定，真是难得的帅材！

梁红玉　跟了你这么多年，我如果一点长进也没有，怎么对得起你？

韩尚智　我早就知道，娘亲当元帅，一定是个好元帅。

韩尚婉　好元帅又是好娘亲。

韩世忠　是你们的好娘亲，我的好夫人！

[众人大笑。

[灯暗。

第四场

[内合唱：重建军营声威壮，

齐心协力渡难关。

坚忍不拔鼓斗志，

再起风雷创辉煌。

[韩家军营帐前。韩家军的士兵正在操练。

[韩尚智与韩尚婉在对练。韩尚德在一旁边观看。两个人停下来。

韩尚婉　擦汗。

韩尚智　姐，我的武艺怎么样？

韩尚婉　两个月前，你还不是我的对手，现在，我已抵挡不住你了。

韩尚德 尚智，用不了多久，你就可以在战场上独当一面了。

韩尚智 以后再有仗打，你们俩可要在娘亲面前保举小弟。

韩尚婉 还怕没仗打？上次镇江那一仗的仇还没有报呢。

[梁红玉内声：“众将官！”

[众内声：“有！”

[梁红玉内声“升帐！”

[鼓声隆隆。男女将士上，列队两旁。

[韩尚德、韩尚婉、韩尚智、韩世忠、周云山等上，依次站立。

[梁红玉全身披挂上，检阅队伍，登帅台。

梁红玉 小小楚州弹丸地，今日卧虎又藏龙！

众　人 参见元帅！

梁红玉 战立两厢！

[众将士列队。

韩世忠 启禀元帅，探子回报，敌军人马蠢蠢欲动，依末将之见，我军必须严阵以待，随时准备歼灭来犯之敌！

梁红玉 韩将军言之有理，韩尚德！

韩尚德 在！

梁红玉 命你带四队精兵，在各要道加设暗哨，密切察看敌军动向，若有动静，马上回报！

韩尚德 得令！

梁红玉 韩尚婉！

韩尚婉 在！

梁红玉 命你带领众女兵，检查各营兵器，若有残缺，马上补充！

韩尚德 得令！

梁红玉 韩世忠！

韩世忠 在！

梁红玉 命你前往山东，招集民丁，以补充我军力量！

韩世忠 得令！

韩尚智 （着急）母帅，还有我呢？

梁红玉 （看了看韩尚智，稍一犹豫）周云山！

周云山 在！

梁红玉 命你前往各地，募集军饷，满载则回，不得有误！

周云山 元帅容禀！我受刑责遗伤痛，将令有违难恭听。

韩世忠 周将军，你可不能意气用事，违抗军令啊！

周云山 并非有意拒军令，请元帅，另派他人把任务执行。

梁红玉 这个……

韩尚智 元帅，既是周副帅伤痛不能前往，尚智请命，前往筹集军饷！

梁红玉 你年纪小小，未谙世事。如此重任，恐你不能胜任。

韩尚智 （急了）帅母！您老是说我小、小、小，若不给我机会，那我永远也长不大，我怎么精忠报国呀！

帅母！（唱）

孩儿我，自小随军经磨练，
也算得，出之将门小后生，
请帅母，下令准我筹粮去，
我定当，重任肩承奏凯旋！

梁红玉 （旁唱） 智儿他，年轻气盛来请命，
为娘者，半是欣然半担心。
喜得是，他不畏艰难肩重担，
担心他，如此重任难担承。
募军饷，道路艰难形势险，
更何况，金寇纵横视眈眈，
倘若是，运粮途中出差错……
想到此，欲准命时又为难。

韩尚德 尚智近来刻苦习武，为的是报镇江失守之仇。母帅，给他一次机会吧！

韩尚婉 母帅，上次镇江一仗，尚智英勇无比。让他押运粮草，定无问题。

[梁红玉看看韩世忠。

韩世忠 元帅，甘罗十二为秦相，尚智也算不小，所谓将门有种，此份差事，让他试试何妨？

梁红玉 这……

韩尚智 娘啊，你怎么就不相信孩儿？难道我真是个无用之徒？

梁红玉 （旁唱） 真金还需烈火炼，

利剑不磨会生锈，

生铁不打不成钢，

且让他险滩荆途闯一场。

韩尚智！

韩尚智 在！

梁红玉 既然你再三请命，为帅就准你前往。

韩尚智 谢母帅。

梁红玉 且慢，儿呀！（唱）

往返路途切戒酒，

行宿安排心要周。

返营时，避敌绕路不怕苦，

风雨兼程莫停留。

韩尚智 （唱） 有请帅母把心放，

句句叮咛记心胸。

哪怕千难与万险，

尚智我，筹不到军粮不回还。

周云山 好！（口鼓）

侄儿争担重任知难而上，

好一个少年英雄血气方刚。

但只是募军饷任务非同一般。

侄儿你莫轻敌，还需再思再想！

韩尚智 金兵胆敢劫粮，我定叫他们有来无回！

梁红玉 金兵狡诈，若要劫粮，也不会强打硬攻。你要寸步不离，死守粮草，切勿中敌调虎离山计！

韩尚智 娘亲放心。我决心已下，你们若不信我，我可立军令状！纸笔侍候。（韩尚智立军令状。）

周云山 （大惊。唱）

尚智立下军令状，

千斤压力他承担，

倘若军饷有失误，

周云山，千古骂名罪难偿！

元帅，我伤痛，告假养伤！

[灯熄。

第五场

[十几天后。追光照亮王犹。

王　犹 给钱是爷爷，有奶便是娘。王犹我为了三百两黄金，投靠了金人。刚刚接到兀术殿下密信，要我设计截下宋军的粮草。据报，押运粮草的乃是梁红玉的小儿子韩尚智。不知道美酒美女哪一样能把他放倒……

[灯暗。

[韩尚智内唱“披星戴月把路赶——”

[灯亮。韩尚智策马，宋兵推粮草上，行军舞蹈。

韩尚智 （接唱） 马奔车行走得欢。

重任完成心舒畅，

急回大营把令还。

将士们，还有半天的路程就到大营了，大伙儿加把劲，走快点！

众宋兵 好哇！

[王犹身着宋军驿站官服上，拦住韩尚智。

王　犹 小将军有礼了。

韩尚智 还礼。

王　犹 在下王犹，已备好饭菜，恭候多时，请小将军下马歇息，用完餐再走。

韩尚智 多谢王大人一番好意，只是军情紧急，不能耽误，这用餐就免了。

王　犹 小将军！你们昼夜兼程，就算人顶得住，那马也顶不住呀。

韩尚智 （犹豫）这倒是……

王　犹 人吃饱，马喂饱，增加了力气，那不走得更快了嘛！

韩尚智 王大人说的倒也有理，那小将就不客气了。传我命令，所有押粮官兵及车夫等人，原地休息。（下马）

众宋兵 知道了。

王　犹 小将军，请。

韩尚智 请。

［二人进内。

王　犹 摆酒来，为小将军洗尘。

韩尚智 且慢！军务在身，只吃饭，不饮酒。

王　犹 哦？好好好，那就摆宴上来。

［左右摆酒上。

王　犹 小将军请！

韩尚智 王大人请！（见酒）哎，我已说过，只吃饭，不饮酒。

王　犹 这……小将军，无酒怎成宴？只饮一杯如何？

韩尚智 一滴也不行。如非要饮酒，我只好告辞了！

王　犹 那就依小将军的。来人，把酒撤掉。

［假宋兵撤掉。

王　犹 小将军，一面用饭，一面听歌观舞，如何？

韩尚智 请便！

王　犹 （起身离座）来人！

［改扮宋兵的一金兵上。

王　犹 姑娘们打扮好了没有？

假宋兵 已打扮停当。

王　犹　叫她们歌舞上来。

假宋兵　知道。（下）

[王犹就坐。音乐起。歌女们舞上。

歌　女　（合唱）　一杯酒，一盏明灯四方照；

一表人才气宇高；

一马当先担重任；

一战功成换紫袍。

二杯酒，二月桃花红胜李，

二八年华逢良机，

二次出师再取胜，

二战功名震丹墀。

王　犹　小将军，自古美女爱英雄。她们听说你是忠良之后，个个都愿以身相许。我已布置了卧房，如果小将军看中了哪位，即可……

韩尚智　（正言色）王大人，我已吃好，要去查看一下粮草。（下）

王　犹　美酒不沾唇，美女不沾身？哼，别以为我就没办法了。来人。

[假宋兵上，王犹对其耳语。假宋兵下。韩尚智上。

韩尚智　王大人，兵士车夫都已用过饭，马已喂过料，我即刻起程，多谢王大人盛情款待，在下告辞。

王　犹　小将军，怎不再歇一会儿？

[内声“王大人——”一歌女急上。

歌　女　王大人，我们在回家的路上遇上一队金兵，抓走了几位姐妹，求王大人救救她们！

韩尚智　有这等事？金兵现在何处？

歌　女　他们拉着姐妹们往山林里去了，要是去晚了，姐妹们可就没救了！

王　犹　（暗喜佯怒）这，这该死的金贼，我跟你们拼了！可……可我乃一介书生，我又不会舞刀弄枪，我……

韩尚智　这会不会是金兵调虎离山之计？

歌　女　（哭）小将军，求你救救她们哪！（跪）

王　犹　（训斥歌女）糊涂！金兵个个凶悍骁勇，小将军如此年少，让他去救人，不是羊入虎口吗？

韩尚智　（怒）住口，不许你侮辱我韩家军将士。

（唱）　满腔怒火冲冠顶，
任意非为贼金兵，
此处有我尚智在，
岂容金贼他胡行！
将士们！

[内应："在！"

韩尚智　传我命令，分兵两路，一队护送粮草返大营；一队跟我去歼金兵！

[内应："得令！"一队宋兵上。

韩尚智　姑娘带路！

[歌女带韩尚智及宋兵下。

王　犹　（望着尚智远去的背影，冷笑）哼哼，韩尚智呀韩尚智，你中了我的调虎离山计。你不恋美酒、美女，但看到百姓受难，韩家军的人决不会见死不救！（下）

[周云山急上，观看四周，亮相。追王犹下。

[灯熄。

第六场

[紧接前场。

[韩家军营帐，梁红玉眺望远方。

梁红玉　（唱）　观红日，喷薄欲出霞光灿烂，
望远方，层峦叠峰山连山。
骨肉情，儿行千里母牵挂，
尚智他，募集军粮未回还。

[韩尚婉上。

韩尚婉 启禀帅母，各营兵器，皆已备齐。

[韩尚德上。

韩尚德 启禀帅母，金兵对我军似无察觉。近日，正是歼敌大好时机。

梁红玉 继续监视！

韩尚德 是！（下）

[内声："韩将军回营！"

[韩世忠风尘仆仆上。梁红玉迎上。

梁红玉 将军！

韩世忠 元帅！

梁红玉 将军一路辛苦，此去山东，情况如何？

韩世忠 山东百姓痛恨金兵进犯，纷纷响应，报名投军，已招得兵丁两千多人。

梁红玉 （大喜）将军立了大功了！

韩世忠 夫人，猛然增加了几千人马，军粮可够？

梁红玉 补充军粮乃燃眉之急，尚智他还未回来，令人心急。

韩世忠 夫人不必多虑。尚智他虽是初次执行军务，凭我们韩家军在百姓中的威望，定能满载而归。

梁红玉 但愿如此。夫君一路劳累。尚婉，你陪爹爹，先去休息。

韩尚婉 知道。

[韩尚婉与韩世忠下。

[内声"尚智小将军回营！"

梁红玉 （喜）智儿回来了！

[韩尚智战衣破损，散发披肩上。

梁红玉 （见状大惊）智儿你——

韩尚智 帅母——（抱住红玉大哭）

梁红玉 （预感不妙）发生何事？

韩尚智 帅母……（音乐起牌子，尚智动作诉说事情经过）

梁红玉 （不愿相信）你，你再说一遍？

韩尚智 军粮被……被金兵劫走了！

梁红玉 （唱） 闻讯恰似惊雷响，
你你你，失掉募粮罪难当。
军情紧急形势险，
众将士急等军粮渡难关，
失粮草，我军势必陷绝境，
你你你，竟把军粮送敌人。
你曾立下军令状，军法无情重如山，
你竟糊涂中敌计，军纪难饶有罪人！

韩尚智 孩儿糊涂，中了那王犹的奸计。

韩尚智 帅母，娘亲，能否饶儿一次？（跪求）

梁红玉 为娘何尝不想饶你，可军法如山啊。

韩尚智 我真后悔，若当初不立下军令状……

梁红玉 你好糊涂，如此大错，就是不立军令状，你也……

韩尚智 既然如此，儿也不让帅母为难了。只求让儿多活几个时辰。

梁红玉 为何？

韩尚智 （咬牙切齿）我要亲手杀了王犹，再来领死！

梁红玉 （抚摸儿子，稍刻）娘亲会为你报仇的。来人！

[二宋兵上。

梁红玉 把韩尚智押下去，戴罪候审。

韩尚智 娘……

梁红玉 （忍痛）带下去……

[宋兵带韩尚智下。

梁红玉 （唱） 眼望着孩儿远去思绪如麻乱，
想起了军令状我心似万箭穿。
悔不该派智儿担当此重任，
到如今铸大错全军临危难。
尚智他失军饷按律罪当斩，

只是我怎忍心下令斩儿郎?
猛想起尚智他是为救民女,
杀金兵救黎民是理所当然。
况且他年纪小姑念是初犯,
事有因应酌情量刑可从宽。
想到此松口气把愁眉舒展,
总算是可救回我的亲儿郎。
上帅台写赦令片刻不容缓——

[梁红玉急上帅台写赦令,见那面烧损的韩家军军旗。

(接唱) 呀!看见了韩家军军旗又羞又惭;
它讥我为救儿无视令与法,
它笑我徇私情军纪丢一旁。
它斥我做臣子不为江山着想;
它骂我当元帅调兵遣将无主张;
它言道无军纪韩家军四分五散;
它说道无王法大宋必然会灭亡!

[梁红玉内心斗争激烈,来回踱步,抬头见帅旗。

(唱) 仰望帅旗高高飘扬迎风展,
映照我无地自容羞愧满脸。
为徇私无顾军纪与王法,
梁红玉上负朝廷下负黎民!

尚婉。

[韩尚婉上。

韩尚婉 在。

梁红玉 升帐!

韩尚婉 元帅有令,擂鼓升帐!

[鼓声沉重。男女将士列队。韩世忠、周云山、韩尚德、韩尚婉依次站立。梁红玉上帅台。

梁红玉 带韩尚智！

[二宋兵带韩尚智上。韩世忠吃惊。

韩尚德
韩尚婉 尚智！

梁红玉 韩尚智。

[尚智跪。

梁红玉 韩尚智，中敌诡计军饷被截，已造致全军面临饥荒，按律当斩。

韩尚德
韩尚婉 （惊呼）母帅！（跪阻）

韩尚德 母帅，娘亲！体谅弟弟他是初犯，求帅母赦恕，从轻发落！

韩尚婉 娘亲！（唱）

尚智血是娘血注，
肌肉脉跳娘体肤，
求娘今日把他赦，
猛虎也知护孩儿。

（抱住母亲）

梁红玉 （唱）尚智皆是娘生养，
母杀亲儿痛穿胸，
只因犯下杀头罪，
为娘心痛欲断肠。

对你而言，我是娘亲；可对大宋江山而言，我是带兵抗金，为国尽忠的元帅呀！孩儿，家与国，哪个大，你不会不知吧？

韩世忠 元帅……尚智虽是把法犯，姑念他在战场上是一员勇将，可否让他戴罪杀敌立功？

梁红玉 若你为元帅，能否饶恕此等置我军于死地之罪？

韩世忠 这……

四将领 请元帅从宽发落，饶恕尚智小将军！（跪）

[将领甲上。

将领甲 启禀元帅，有两个兵士逃离大营，被我们抓住。

梁红玉 想不到，堂堂韩家军，也出了逃兵！

将领乙 许多兵士听说粮草被截，人心惶惶，要不是我们看得紧，要逃跑的不只是两个。

梁红玉 众将士，对逃离大营的两个兵士该如何处置？

众　将 斩！

梁红玉 普通士卒违犯军纪，严惩不贷。尚智所犯之罪，远重于此，岂可从轻发落？若他不是我儿，而只是普通士卒，你们可会为他求情？众位将军！

（唱）　皆因我为元帅用人不当，
只顾及让亲儿磨练一番，
尚智他未能识敌人诡计，
致如今成危局痛失军粮。
我必须引咎自责奏请皇上把旨降，
免去我元帅之责执鞭随蹬让贤良。

[众人大吃一惊。

韩世忠 什么，你要辞去元帅之职？

梁红玉 将士之过，以军法量刑；元帅之过，亦应依国法处置。

韩尚智 不不，罪责在我，不能让母帅替儿受过！

韩尚德
韩尚婉 弟弟

韩世忠 智儿……

韩尚智 爹爹！

（唱）　好汉一条尚智我，
所犯罪行敢承担，
贪生怕死活下去，
内疚难平更折磨。

四将领 小将军……

韩尚智 众位将军！

（唱）　尚智冤气难咽下，

王犹奸贼害我命，
诸位替吾斩贼首，
要他伴吾阴府行！

梁红玉 智儿，你怨娘亲吗？

韩尚智 不，娘亲，下辈子我还做您儿子！娘亲，下令吧。

梁红玉 （沉默良久，痛下决心）行刑官候命！

[行刑官上。

梁红玉 韩尚智误失军粮，触犯军令，按律当斩！当即行刑！

行刑官 （沉重地）遵令！

[鼓声沉重……

梁红玉 慢！

[众人皆喜。韩尚智愕然。

[梁红玉走到尚智跟前，为韩尚智梳理头发。

梁红玉 为娘不会忘记你曾舍身救母，不会忘记金人在你身上留下的伤疤。你走后，为娘为你报仇。智儿，让为娘再为你梳梳头发。

（唱） 儿是娘生是娘养，
儿是娘肉娘心肝；
三年怀抱亲乳哺，
日盼一日养成人。
五岁教儿把弓挽，
六岁教儿习刀枪，
七岁教儿读兵法，
八岁教儿练飞弹。
教儿武艺练精湛，
训儿律条记心胸；
让儿随军杀敌寇，
望儿成材做栋梁。
谁知今日儿犯过，

偏要亲娘斩儿郎！

韩尚智 母亲惦念孩儿，孩儿也要为母亲分忧。娘，送孩儿上路吧！

梁红玉 （狠下心）众将官，列队送小将军上路！

［周云山急上。

周云山 且慢！斩不得，斩不得！元帅呀！（跪）

（唱） 周云山叩头认错双膝跪地，
我不该存私心屡屡出难题。
都只为不服女流当元帅，
受刑罚丢面子气上加气。
拒不去筹集军饷我是故意，
才造致侄儿他中敌诡计。
目睹你执法无私义薄霄汉，
周云山口服心服五体投地。
元帅呀千错万错都是我的错，
求元帅赦侄儿我愿受军法惩处！

（白） 元帅，侄儿他罪不至死呀！

梁红玉 粮草尽失，怎可饶恕？

周云山 倘若粮草未失？

梁红玉 那——他罪不至死！

周云山 好，元帅请看！（向内一挥手，四兵士推粮草过场）

韩世忠 云山兄弟，粮草何来？

周云山 大哥！我再糊涂，也不能对不起大宋江山。尚智出发后，我怕他有闪失，便在后面暗中保护。（起牌子，动作）把王犹押了上来！

［兵士押王犹上。

韩尚智 王犹，奸贼！（尚智、尚婉、尚德齐冲上欲打）

周云山 （阻住）请元帅发落！

王　犹 梁元帅饶命！

梁红玉 大胆王犹！卖国求荣，罪不可赦，杀！

（兵士推王犹下）

韩世忠 云山，好兄弟！——

韩尚智 好叔叔——！

梁红玉 粮草已还，奸贼已杀，韩尚智可免一死。（众喜）

韩尚智 谢母帅！

梁红玉 慢！死罪虽免，有过必罚。韩尚智筹粮途中失职，杖刑五十！

周云山 元帅……

梁红玉 周云山劫回粮草，应记大功；但谎告病假，杖刑二十！

韩世忠 元帅，周将军他……

周云山 哎，大哥，只要侄儿得救，这二十杖，我领了！侄儿，走！

梁红玉 且慢！容你们杀敌立功，将功抵罪！

周云山
韩尚智 多谢元帅！

梁红玉 众将官！

众　人 有！

梁红玉 我军现今军纪明，士气壮，粮草足，兵马强；正好趁敌不备，一举全歼！

众　人 对！

梁红玉 出发！

众　人 是！

（合唱）　执法严明军威振，
　　　　　三军心齐把敌歼，
　　　　　同仇敌忾收失地，
　　　　　众志成城奏凯旋！

[群情激昂，队列穿梭，造型亮相。

[全剧终。

·雷剧卷·

貂　蝉

编剧：林　奋（执笔）　杜德威

人 物 表

貂 蝉　善良、纯真、只想做一个真正的女人的美貌女子

吕 布　与貂蝉深情相爱、可以为心上人付出一切的男人

王 允　收貂蝉为义女，满怀壮志、忧国忧民的爱国官员

董 卓　吕布义父，阴险毒辣、横暴凶残、荒淫无度的奸贼

李 儒　诡诈、圆滑、投机，对董卓可算是忠心耿耿的女婿

众大臣、众校尉、众侍女、众荷花仙子

序

[城郊。漫天飞雪、残阳枯树。战火初停，余烟未熄；烧焦的战旗倒挂。

(凄戚的女声独唱)

战火纷飞连年混战，
遍野哀鸿民不聊生。
乱军刀下双亲命丧，
天地苍茫谁将我怜？

[王允策马上，卫士们跟上。

王　允　刚才是何人唱歌？

卫　士　禀大人，是山坡上的女子。

王　允　带她见我。

卫　士　是。(下，带貂蝉上)

王　允　姑娘，你叫何名字？

貂　蝉　小女子名叫貂蝉。

王　允　貂蝉，好响亮的名字。刚才那段凄凉的曲子可是你唱的？

貂　蝉　可怜我双亲命丧乱刀之下，横尸荒野……小女子难忍悲声，请大人见谅。

王　允　唉！连年战乱，多少生灵涂炭！来人！

卫　士　在！

王　允　置办两副棺木，将二位老人好生收葬。

卫　士　是。（下）

貂　蝉　大人！（跪）大人恩高，如同再造，貂蝉必定以死相报！

王　允　姑娘言重了。你可还有寄身之处？

貂　蝉　（摇头，低泣）

王　允　老夫有心收留你在府内为歌姬，你可愿意？

貂　蝉　……谢大人！

［切光。

一

［追光照董卓。

董　卓　（念）天高未为高，人心比天高；未登天子位，先试杀人刀！

［李儒内叫：岳丈！——急上。

李　儒　刚才耳目来报，那子元秘密招集军士，欲于今夜谋反！

董　卓　啊！我看他是活得不耐烦了！我儿哪里？

［吕布内声：来也！——上。

吕　布　参见爹爹！

董　卓　儿呀，现有人要将你我置于死地！

吕　布　何人敢如此大胆？

李　儒　那子元意欲谋反！

吕 布 好恼！（唱）

杀他子元如割草，

正好让吾试新刀。

董 卓 （接唱） 我儿神勇无人比，

谁欲谋反命难逃！

[切光。

[王府花园。月光暗淡，花影摇乱。王允焦急等待。

[大臣甲、乙急上。

臣 甲 王大人！大事不好！

臣 乙 子元将军他……

王 允 他，他，他怎么样了？

臣 甲 董卓老贼早有防备，子元将军当场被捉……

臣 乙 老贼对子元严刑拷打，逼他说出主谋之人……

臣 甲 子元宁死不屈，怒骂老贼，那吕布暴跳如雷，拔剑将子元当场刺死！

王 允 子元！子元啊！二位大人，董卓老贼独断专横，倒行逆施，此贼不除，国难安宁。

臣 乙 老贼狂暴凶残，淫威之下，满朝文武早已人人自危，除贼之事，我等理应齐心协力。只是老贼收那吕布为义子，如虎添翼，我等能奈其何？

臣 甲 是啊，那吕布力大盖世，勇猛过人，满朝武将无人能敌那！

王 允 这……

臣 乙 王大人，那边有人来！

[王允示意，三人隐下。

貂 蝉 （内唱） 云淡风轻星河暗……

[明月初升，庭院寂静。貂蝉端香案上。

（接唱） 明月如水泻银光。

空有热肠难解困，

心事满怀愁煞人。

（圆场，燃香，祈祷。接唱）

唯将心事对天讲，
虔诚祈祷奉清香；（王允暗上，倾听）
一愿战乱永平息，
天下太平无扰攘。
二愿恩公消灾难，
福寿双齐身安康。
三愿月神多庇佑，
貂蝉得配意中人。

王　允　貂蝉！这夜静更深，你在园中做甚？

貂　蝉　见过老爷。貂蝉见老爷忧心锁眉，特来祈求月神庇佑。

王　允　貂蝉哪！难得你有如此孝心啊。你才华出众，心地善良，可惜老夫没有这样的女儿！

貂　蝉　如此，爹爹在上，请受女儿一拜！（拜）

王　允　貂蝉，这乃是上天赐我父女之缘也！（扶起）儿呀，请受为父一拜！

貂　蝉　啊呀，折煞女儿了！爹爹为何行如此大礼？

王　允　儿呀，那董卓横行朝野，眼下生灵涂炭，民不聊生，如今汉室兴亡系于你一身，为父一拜委你重任！

貂　蝉　什么重任？

王　允　老贼父子皆是好色之徒，为父欲使董卓父子反目，只要女儿你能亲近吕布，面见董卓……

貂　蝉　这，使得么？

王　允　使得！以你的美貌让他父子因爱成恨；用你的智慧使他们反目成仇；借吕布的勇猛，置董卓于死地！

貂　蝉　爹爹，如此重任，只恐女儿难以胜任。

王　允　儿呀，受为父再拜！

貂　蝉　（急扶）爹爹再拜何来？

王　允　儿呀！那董卓老贼专横跋扈，满朝文武人人自危，为父代满朝文武，恳请你担此重任！

貂　蝉　爹爹呀！

（唱）　收养恩情心铭记，
答恩报还未有期。
爹爹忧心家国事，
貂蝉我分担无力锁双眉。
本该应承除奸计，
但只是女儿家，贞操清白高如天；
倘若伺贼名声臭，
千世万年人笑鄙！

王　允　女儿此言差矣！儿此举乃为国除奸、为民除害，将会万民称颂、千年传扬、百世流芳，怎会招人笑鄙？

貂　蝉　爹爹，岂不闻一女不侍二夫，就算能万民称颂，千年传扬、百世流芳，可侍贼之身，何人愿娶为妻？女儿终身将托付于谁？貂蝉只是一弱女子，只想做一个女人，这争斗砍杀是男人的事，女儿我只求一辈子伺候爹爹。

王　允　这个……貂蝉哪！你既有此顾虑，待事成之后，为父定为你找一如意郎君，送你远离此地。

貂　蝉　这个……（大臣甲、乙上）

王　允　女儿，为了汉室，为了天下百姓，为父给你跪下了！

貂　蝉　爹爹！实实折煞女儿了！快快请起！

王　允　女儿若不答应，为父就长跪不起！

二　臣　貂蝉姑娘，我们给你跪下了！（齐跪）

貂　蝉　呀！

（唱）　年迈之人双膝跪地，
吓煞貂蝉无计可施。
怎忍听爹爹他长吁短叹，
怎能够违背诺言置之不提？
若没有爹爹当年战乱之中救孤女，
哪还有今日貂蝉美歌姬？

王　允　貂蝉哪！

（接唱）　想当年你遭难尚有吾救，

叹今日谁能救百姓黎民于危难之时？

貂　蝉　（接唱）　爹爹他苦思无谋心焦虑，

我怎可铁石心肠只顾自己？

为人在世不尽孝，

丧尽天良禽兽不如！

罢，罢，罢！爹爹，貂蝉我……愿担此任。

王　允　好女儿！

貂　蝉　爹爹！

[切光。

二

[追光照李儒。

李　儒　子元谋反，背后定有主谋之人；只怪吕布下手太快，杀了子元，断了线索。想那王允，一贯与我岳丈做对，近日来却对董卓和吕布殷勤有加，其中必有缘故……待我留心监视。

[光暗。

[光复亮。王府后堂。

[内声：吕温侯驾到！

[王允上。

王　允　出迎！

[吕布上。王允迎接。

王　允　下官拜见温侯！

吕　布　免！

王　允　吕温侯大驾光临，有失远迎，万望恕罪！

吕　布　岂敢。

王　允　温侯，请！

吕　布　请！（进内）

王　允　温侯虎勇，军前大战三英，威震天下，为朝廷立下盖世功劳。今天下官特备薄酒，为温侯接风洗尘。

吕　布　多谢了！

王　允　人来，摆宴。

[内应：是！侍女摆酒。

王　允　温侯，请酒！

吕　布　请酒！（幕内传来琴声）

吕　布　（倾听）妙啊！弹得不错，不知操琴者是何人？

王　允　失礼。操琴者乃是小女貂蝉。

吕　布　貂蝉？

王　允　她从小酷爱丝竹音律，闲习歌舞，有辱尊听，失敬。人来，请小姐上堂。

[侍女拥貂蝉上。

貂　蝉　（唱）　轻移莲步后堂进，

浓妆淡抹见贵宾。

貂蝉此身负重任，

强按心跳到宴前。

女儿拜见爹爹！

王　允　儿呀，温侯在此饮宴，你不知好歹，竟在内堂操琴喧扰，还不上前向温侯请罪。

貂　蝉　女儿知道。貂蝉拜见温侯。

吕　布　小姐免礼。

[吕布、貂蝉照面，呆住。

貂　蝉　（唱）　早耳闻他杀人无数狂暴凶狠，

现看他坐堂前一派风度翩翩；

只以为他是粗鲁横蛮一莽汉，

未曾想竟是相貌堂堂美少年。

吕　布（唱）　眼前人清丽脱俗比琴声更妍；

貂　蝉（唱）　面对着眼前人莫忘重任在肩。

吕　布（唱）　面对着眼前人难禁神摇意夺；

貂　蝉（唱）　切记住莫动真情只可依计周旋。

王　允　好不懂事的女儿，还不快给温侯敬酒赔礼。

貂　蝉　女儿遵命。（唱）

金杯美酒奉与君，双颊泛红羞满面。

吕　布（唱）　她似嫦娥天宫降，秋水盈盈勾人魂神。

貂　蝉（唱）　低眉垂首将酒劝，

吕　布（唱）　她借醇醪现情真。

貂　蝉（唱）　貂蝉请君休怪罪，不知音弦乱贵人。

王　允　温侯，请酒。

吕　布　……

王　允　温侯请酒！

吕　布　哦！请酒！小姐，我，饮了！

貂　蝉　温侯，小女子有个请求。

吕　布　小姐有何赐教？

貂　蝉　听爹爹言讲，温侯当日大战三英，天下震动。不知温侯能否说说这虎牢大战呢？

王　允　哎，貂蝉，温侯当日大战三英，你不是听老夫说过了吗？今日温侯要尽兴饮酒，不说也罢。

貂　蝉　爹爹，女儿想听温侯亲自讲述。

王　允　啊呀呀，你好不懂事哟！

吕　布　王大人，她好懂事啊！小姐，你一定要听？

貂　蝉　一定要听。

吕　布　既然如此，我就讲了！

（唱）　那一日战三英如雷霆轰动，

八路诸侯杀气汹汹。

千军万马势不可当，

虎牢关。

貂　蝉　那虎牢关怎么样了？

吕　布　（接唱）　虎牢关团团包围万千重！

小姐听好了！吕布我飞赤兔，举银戟，闯进了那虎牢关。

（唱）　大耳刘郎当儿弄；

东边戏拦美须公；

西边档飞黑铁塔；

吕布单骑战三雄！

任教龙腾添虎纵，

吕布我闯阵如同天马行空；

地动山摇天昏暗，

虎牢大战震九重！

王　允　啊！马中赤兔，人中吕布，温侯真乃大丈夫！

吕　布　大丈夫靠的是英雄气概、武艺高强，吕布平生最恨搞阴谋诡计之人！

王　允　对对对，温侯光明磊落，是真正的大英雄啊！

吕　布　大英雄？

貂　蝉　英武威风、人人仰慕的大英雄！

吕　布　小姐，你只见英雄威风，却不知英雄寂寞！

貂　蝉　哦？难道英雄也有遗憾？

吕　布　吕布现虽是金戈铁马，气吞万里如虎之时，却也盼望有马放南山之日哪！

貂　蝉　莫非温侯也向往田园之乐？

吕　布　吕布在战场之上轰轰烈烈，闲暇之时，甚盼有个知冷知热的贴心人啊！

貂　蝉　看不出温侯还是位性情中人！

吕　布　知我者，小姐也！（欲抱貂蝉，貂蝉指王允）

[王允见状，下。

[吕布与貂蝉互相注目，仰慕之极。

吕　布　貂蝉，吕布我纵横万里，身经百战，威慑千军，只恨未能相亲一美人！（欲抱貂蝉，貂蝉闪过）

貂　蝉　温侯，你征战万里，横扫千军，无愧天下大英雄。只怕英雄过得了虎牢关，却过不了眼前这一关。

吕　布　哪一关？

貂　蝉　英雄难过美人关。

吕　布　哈，哈，哈哈哈哈！吕布我千军万马都不在话下，怎会过不了这一关？

貂　蝉　那要看温侯是真情还是假意。

吕　布　真情怎讲，假意怎样？

貂　蝉　假意么，是过关采花而已，那是害花！

吕　布　真情呢？

貂　蝉　真情么，是过关得花护花，是为爱花！

吕　布　我是真情，我是真情！（抱貂蝉，貂蝉闪过）

貂　蝉　你不过随口而说，哪个敢信？

吕　布　貂蝉，你莫非要我堂堂温侯跪地盟誓不成？

貂　蝉　小女子不敢。

吕　布　苍天在上，吕布在下，（跪）我吕布今生非貂蝉不娶，若有假意，天打雷劈！

貂　蝉　呀！（唱）

　　　　看吕布跪地对天盟誓言，
　　　　难道说他对我果是情真？
　　　　若有这铁血男儿终身有靠，
　　　　想到此不由貂蝉乱了心弦……

[吕布拉貂蝉同跪。王允上，见状。

王　允　（干咳）咳！

[吕布装醉。

王　允　温侯，温侯！啊呀女儿呀，你对温侯有心，温侯对你有意，为父本想将你许配温侯，可惜他醉了哇！

吕　布　啊呀王大人，我没有醉，你讲下去！

王 允 啊呀温侯，你不醉我就讲不下去了哇！

吕 布 你讲不下去我来讲！岳父大人在上，受小婿一拜！（跪）

王 允 温侯，你是假醉呀？

吕 布 小婿所讲却是真情！

王 允 假醉？

吕 布 真情！

王 允 假醉？

吕 布 真情！哈哈哈哈！

王 允 待下官择好吉日，备齐嫁妆，将小女送过府中，与将军早日完婚。

吕 布 （迫不及待）哎，何用择日准备，就在明天，小婿前来迎亲！

王 允 好，就在明天。

貂 蝉 （唱） 温侯千万守诺言，莫教我望穿双眼空等君。

吕 布 （唱） 男儿一言重九鼎，到明朝花轿上门接新人！

告辞了。（与貂蝉依依不舍，下）

王 允 （示意丫环退下）女儿，刚才你对吕布是真情还是假意？

貂 蝉 （羞）爹爹说真便是真，爹爹说假便是假。

王 允 （严厉）只能是假，不能当真！女儿，你可不能忘了所负重任！

貂 蝉 爹爹……

[内声：太师驾到！貂蝉下。

王 允 来得正好！来人，出迎！

[董卓上。

王 允 司徒王允跪接太师。

董 卓 王司徒乃朝廷重臣，无须礼重，起来吧。

王 允 谢太师！

董 卓 王司徒，不知何事相邀？

王 允 太师啊，我昨夜观天象，只见席星下沉。

董 卓 哦？不知有何征兆？

王 允 （唱） 汉室江山气数已尽，

董　卓　（唱）　理当适时改朝换天。
　　　　　　　天命若归吾董卓，
　　　　　　　你便是辅佐新朝一功臣。

王　允　（唱）　太师提携恩不浅，
　　　　　　　王允我诚恐诚惶拜新君。
　　　　　　　人意天心皆应兆，
　　　　　　　众望所属归你一人。

董　卓　王司徒无须下跪，起来吧！

王　允　谢太师！来人，摆宴！太师请。

董　卓　请。

王　允　太师，下官今日斗胆请太师过府，庆贺星象预兆。小女貂蝉能歌善舞，善解人意，且让她为太师歌舞一曲。

董　卓　客气，客气。

王　允　应该，应该。来人，唤小姐上堂。

［内声：有请小姐！貂蝉上。

貂　蝉　心底埋幽怨，堂前装笑颜。拜见爹爹！

王　允　貂蝉，快快上前给太师敬上一杯酒。

貂　蝉　貂蝉给太师敬酒。（董卓惊艳）

董　卓　啊，啊，啊！（抱住貂蝉）美人先饮一杯！

貂　蝉　（非常厌恶）不，不，不不不！（推开欲走）

董　卓　嗯？！

王　允　啊呀太师，小女她不会喝酒。来呀，歌舞上来。

董　卓　且住！不要歌舞，我要貂蝉！

貂　蝉　（惊恐）哎呀太师，此事万万不能！

董　卓　嗯？！

王　允　啊呀太师，貂蝉已有……

董　卓　（打断）貂蝉已有董某！董某定要貂蝉！哈哈哈哈！

［切光。

三

[吕布内唱："闻听传言心头火上"，急上。

吕　布　（唱）　去王府迎娶貂蝉空往返，
听说她已进相府我心慌张；
究根底吕布如雷炸头顶，
未曾想儿妻竟成父偏房！
思念貂蝉心如麻乱，
神思恍惚寝食难安；
难道她竟是那杨花水性，
海誓山盟当戏谈？
大丈夫受此耻辱怎能忍让，
恨貂蝉移情别恋另结新欢；
要问她如此行为可知羞耻？
要问她欺骗我感情是何心肠？（圆场）

[李儒上。

李　儒　见过温侯。

吕　布　我来问你，太师可在庙内？

李　儒　这……

吕　布　讲！

李　儒　在呀。

吕　布　在庙内做些什么？

李　儒　你还不知道哇？太师新纳一美姬，今天是陪那美人还愿来了。

吕　布　哪一个美人？

李　儒　王大人的女儿貂蝉啊！

吕　布　好恼！（甩开李儒，下）

李　儒　哎哟！温侯，温侯！啊呀且住！听人言王允已将貂蝉许与吕布，现吕布闻听太师新喜如此恼火，莫非传言是真？常言道，明枪容易挡，暗箭最难防。我不免暗中观察动静就是！

[暗光。

[光复亮，天云寺。貂蝉进香。

貂　蝉　万灵佛祖在上，小女子貂蝉曾求佛祖保佑，若嫁得好夫婿，诚挚把愿还。

董　卓　我不是好夫婿吗？

貂　蝉　如今得配太师，小女子心愿……

董　卓　心愿如何？

貂　蝉　妾身心愿，佛祖自明。（跪拜）

中　军　禀太师，寺内后厅有名家古画诗篇，老住持请太师前往观看。

董　卓　久闻天云寺名诗古画堪称一绝，待老夫前去一观。

貂　蝉　太师，妾身还要为心上人……

董　卓　为心上人做什么？

貂　蝉　在此念经还愿。

董　卓　好，好！

[众人拥董卓下。

貂　蝉　（唱）　在人前锦袍加身强颜欢笑，
背地里难忍羞辱悲泪暗抛。
嚼黄连心内苦无从倾吐，
满怀凄怨万般恨愁聚积心头。

[吕布内叫“貂蝉……”急上。

吕　布　貂蝉！

貂　蝉　（四看无人）温侯——
（唱）　见温侯又惊又喜羞愤难忍，
欲吐衷情禁不住泪流满面。

吕　布　（唱）　见貂蝉此模样我心如刀绞，
满腔怒火尽化柔情只剩爱怜。
貂蝉……（为其拭泪）

[董卓内声：貂蝉……

貂 蝉 （推开）此处不宜详谈，明日午后，再定地方。

[李儒上，见状偷听。

吕 布 这个……好，明日午后，杨柳河畔，凤仪亭上，你我……（恋恋不舍地下。貂蝉下。）

李 儒 啊呀且住！那吕布与貂蝉眉来眼去，明日还要到凤仪亭约会，莫非那王允用貂蝉来挑拨他父子不和？事关重大，有请太师！

[董卓上，貂蝉与众人随上。

李 儒 啊岳父，小婿有机密之事要禀报。

董 卓 有何机密，你且讲来。

李 儒 这……（近前与董耳语）耳目甚众。

董 卓 两旁退下。（众人下）有何机密，你快快讲来。（李儒示意貂蝉在旁）貂蝉，你且到二堂歇息。（貂蝉下）

李 儒 岳父，刚才我看见吕布与貂蝉在殿前眉来眼去，他们约好明天在凤仪亭相见。

董 卓 有这等事？

李 儒 哎呀岳父啊，我闻听人言，那王允先将貂蝉许与吕布，后又将她配与太师，我只怕那王允想挑拨离间您父子反目成仇！

董 卓 什么？李儒，你给我查清楚！

李 儒 遵命！

[董卓下。

突审究真相，佛堂做公堂。来呀，带貂蝉！

[内声：走！众校尉与貂蝉上。

貂 蝉 （唱） 霎时间事势陡转风云突变，
似这般鬼哭狼嚎是为何因？

李 儒 貂蝉，见了本官，你为何不跪？

貂 蝉 （接唱） 论辈份我为岳母你为婿，
我怎可跪你这不孝之人！

李 儒 貂蝉！我现在是奉太师之命将你审讯，你要真话实讲，免受皮肉受苦！

貂　蝉　貂蝉身犯何罪？

李　儒　你父王允将你先许吕布，后配太师，这是一个阴谋！

貂　蝉　李儒，你是说我父将我配与太师是一个阴谋？

李　儒　不错！我早就看出来了！

貂　蝉　我父将我配与太师可是遵太师之命，难道说，这是太师的阴谋？

李　儒　好个貂蝉，你不要倚仗太师宠你，就能蒙混过关！

貂　婵　太师，太师！……

李　儒　啊？你敢搬太师来压我？你叫吧，看太师救不救你！

貂　蝉　太师，太师救我！……

李　儒　来呀，拉下去打！

［校尉拉貂蝉下。董卓上。

董　卓　唉呀，我叫你查清楚，你怎么审起她来了？你审还罢了，竟还打她？

李　儒　太师，不动大刑，她不把真话讲。

董　卓　那她招了没有？

李　儒　没有。

董　卓　无用的东西，让我来。

李　儒　啊？（无奈）别打了，带上来！

［校尉带貂蝉上。

貂　蝉　太师，（哭）貂蝉身犯何罪，竟受如此酷刑？

董　卓　貂蝉，你父既将你配与吕布，你为何又嫁与老夫？

貂　蝉　太师啊，当初酒宴之上，您说“我要貂蝉！”我即说道“这万万不能”，我父插言“貂蝉已有……”话未讲完，您不听下文，当场言道：“貂蝉已有董卓，董卓定要貂蝉！”太师，这话您可曾说过？

董　卓　这个……

李　儒　太师，您说过没有？

董　卓　说过，说过。

李　儒　啊呀岳父，你当时为何不问清楚？

董　卓　这……

貂　蝉　李儒，听你这话，倒是太师的不是了？

董　卓　啊？！

李　儒　貂蝉，你，你，你……

貂　蝉　你无中生有，无风起浪，坏了我的名声，乱了太师的威望！

李　儒　好一个无中生有，无风起浪；我来问你，你与吕布约定明日在凤仪亭相会，可有此事？

貂　蝉　这……确有此事。

李　儒　（冷笑）哼哼，你如今是太师的宠姬，竟敢私下与吕布约会，难道你就不怕坏了你的名声，乱了太师的威望？

董　卓　气死我了！貂蝉，你快快与我从实招来！

貂　蝉　太师，貂蝉与吕布确有婚约在先，如今貂蝉嫁与太师，吕布难免心中有气；我倘若当众与他争辩，太师您脸面何存？威望何在？今后父子如何相处？

董　卓　这……你说得倒也有理。

貂　蝉　太师您说，貂蝉我对您好不好？

董　卓　好，好！

貂　蝉　太师！

（接唱）　那吕布佛殿之上怒气盛，
我怕他当众问罪把师兴；
情急中才应允见面之约，
为的是将事情细说分明。

岂料一片好心，反招来这弥天大罪！（哭）

董　卓　这这这……

李　儒　太师，你不要听她花言巧语，挑拨你们父子不和！

貂　蝉　太师，您不要听他胡言乱语，挑拨我们夫妻不和！

董　卓　啊？！

李　儒　你！你心怀叵测，居心不良！

貂　蝉　是我居心不良还是你居心不良？

（唱）　无风竟掀重重浪，

无赃硬栽祸桩桩，

我把你好有一比……

李　儒　比什么？

貂　蝉　（接唱）疯狗发狂乱咬人！

李　儒　太师，她……

董　卓　滚了下去！

[李儒无奈，下。

董　卓　啊，貂蝉，一场误会，一场误会。

貂　蝉　太师，凤仪亭，我是不敢去了，反正是您父子之间的事，还是您去与他讲明白的好。

董　卓　嗯？（旁白）我与吕布之间已有父占子妻之嫌，难道要我向他赔礼道歉不成？呸！（向貂蝉）貂蝉，还是你去。

貂　蝉　这挑拨离间之罪我可担当不起，我不敢去。

董　卓　好貂蝉，你就去吧！你去与他说个明白，他若断了这个念头倒还罢了……

貂　蝉　他要是不肯呢？

董　卓　哼哼，我不杀他，难消我心头之恨！

[切光。

四

[追光照李儒。

李　儒　太师不信我言讲，竟让貂蝉去找吕布来谈判！万一吕布要造反——老太师啊老太师，你我都要玩儿完！自古红颜皆祸水，真是英雄难过美人关！李儒我绞尽脑汁把办法想……为让太师明真相，且待我怂恿太师凤仪亭上去捉奸！有请太师！

[切光。

[光亮，凤仪亭。

[吕布上。

吕　布（唱）　彻夜不眠气难按，
恨老贼父夺子妻理不当，
父子情谊全不顾，
颠倒五伦乱纲常。
天云寺欲找貂蝉问真相，
怎奈是人多眼杂未开腔，
约定今日在此相见，
等她到来互诉衷肠。（上亭）

（貂蝉内唱："飞浆齐划翻碧浪"……众侍女摇船舞蹈上）

貂　蝉（接唱）途经荷花潭，
穿过杨柳湾。
盼见吕布心急切，
飞舟尚嫌水路长。
抬头看，举目望，
凤仪亭，在前方，
盼相见，怕相见，
心羞愧，面无颜。
那日宴前相见恨晚，
情深意浓两心相牵；
怨恨天公将人作弄，
生生拆离有情之人。
见了吕布话该怎讲？
难吐真情倍感心伤；
猛然记起爹爹吩咐，
且把这万般无奈心底藏。

（貂蝉上岸，众侍女摇船下）

貂　蝉　温侯！

吕　布　貂蝉！我，我好气啊！

貂　蝉　（触及伤疼）哎哟！

吕　布　貂蝉，你怎么了？（见伤）啊？你因何受伤？

貂　蝉　温侯呀！昨天你我在天云寺被那李儒撞见，疑心你我有染，密告老贼，将我打得遍体鳞伤；是我据理辩驳，才免你我大难一场。

吕　布　（唱）　貂蝉她无辜为我受刑伤，
吕布我痛彻心头怒火满腔。
怨我不慎将你连累，
恨我未能护红颜。
吕布铿锵一硬汉，
泰山压顶腰不弯；
感你对我倾心相爱，
英雄悲泪为卿弹。
吕布枉称英雄虎将，
爱妻被夺束手无方，
心爱之人保不住，
有何面颜立朝堂！

貂　蝉　（唱）　劝温侯莫为貂蝉太伤感，
如今我已不配与温侯效鸳鸯。

吕　布　却是为何？

貂　蝉　（唱）　昔日貂蝉冰清玉洁，
今日貂蝉柳败花残。

温侯，你就当貂蝉已死，你，你就把我忘了吧！

吕　布　貂蝉！我吕布曾对天发誓，此生非貂蝉不娶；岂可言而无信？况且老贼淫威，非你之错。

貂　蝉　难道你就不怕世人说短道长？

吕　布　只要你我真心相爱，哪管别人说短道长！

貂　蝉　（感动，旁唱）

听他言不由我内心震撼，
面对他坦荡真情愧疚难当。
将心比心我不该将他欺骗，
且把这真相实情对他谈。（欲言又止）
不可！只怕吕布知真相，
诛杀老贼计落空……
且待功成再将实情告，
做一对至真至诚的贴心人。

（沉醉于幸福的憧憬之中，出现荷花仙女翩翩起舞）

吕　布　貂蝉，你来看。

（唱）　那莲荷虽出污泥而不染，
默默静立吐芬芳。
风雨洗礼更娇艳，
花开映日别样红。

貂　蝉　（唱）　待等那春风又绿江南岸，
与温侯如愿以偿人成双。
风拂杨柳婀娜起舞贺新喜，
日映莲荷春色满园迎新人。

（二人依偎。荷花仙女们隐去）

吕　布　待我去找老贼，将我俩之事与他讲个明白！

貂　蝉　温侯不可，万万不可！

吕　布　却是为何？

貂　蝉　我怕……

吕　布　怕什么？

貂　蝉　我怕老贼伤你性命！

吕　布　我与老贼情属父子，难道他真有这蛇蝎心肠？

貂　蝉　温侯此言差矣！老贼将我霸占，可曾念及父子之情？

吕　布　啊？

貂　蝉　仅是疑心你我有染，就将我严刑毒打，难道这不是蛇蝎心肠？

吕　布　啊！？

貂　蝉　倘若证实你要娶我，我怕他、他、他他他当场杀你性命！

吕　布　啊！貂蝉，是你这样猜测，还是老贼有此言谈？

貂　蝉　温侯呀！那老贼要你断了对我的念头。

吕　布（咬牙）我要是不断呢？

貂　蝉　他、他、他说不杀你，难消他心头之恨！

吕　布（唱）　奇耻大辱怒火旺！

　　　　　骂声老贼太嚣张，

　　　　　你不仁，我不义，

　　　　　不报此仇枉为人！

貂　蝉（急掩吕口）谨慎！（四看无人）

（唱）　温侯千万要慎重，

　　　　　你我命运均在你手中。

吕　布（唱）　你且耐心暗等待，

　　　　　我一定将心上人救出牢笼。

[二人相拥。

[李儒、董卓上，董见状大怒。

董　卓　好贱人，你干的好事！

吕　布（对貂蝉）快走！（貂蝉下）

董　卓　小畜生，我非杀你不可！（拔戟刺吕布）

吕　布（唱）　听见这杀字怒从心起，

　　　　　恨老贼强夺了我的爱妻；

　　　　　阴险狠毒欲取我命，

　　　　　不杀老贼枉当男儿！

[吕布追杀董卓、李儒。

董　卓　我儿不可，万万不可！

李　儒　温侯饶命！

[吕布杀董卓、李儒。

[切光。

五

[凤仪亭。莲荷艳红，杨柳翠绿，满园春色。

貂　蝉　（内唱）　脱离了牢笼满心欢畅（上），

（接唱）　熬过了漫漫长夜见曙光。

脱下相府衣，

换我旧时装；

来往凤仪亭，

等我心上人。

[吕布内声：貂蝉——

貂　蝉　温侯他来了。老贼已除，大功已成，我该了却那桩心事了。

[吕布上。

吕　布　貂蝉你看，我给你带来什么？（示）

貂　蝉　（看）嫁衣？

吕　布　喜欢吗？

貂　蝉　喜欢。温侯，我有事情要向你说……

吕　布　有什么事情等下再说，来，穿上试试。（帮穿，打量）我要让天下人都知道，我吕布迎娶的是天下最美的新娘！

貂　蝉　（感动）温侯……

吕　布　你想说什么？

貂　蝉　我想求你远离这繁嚣之地，到一个没有争斗，没有阴谋，没有人认识我们的地方去。

吕　布　依你就是。吕布平生最恨尔诈我虞，早已厌倦明争暗斗，卿此言，正合我意。

貂　蝉　温侯，假如你最亲近的人欺骗了你，你会怎样？

吕　布　我最亲近的人就是你呀，你怎么会欺骗我？

貂　蝉　温侯，我……

［王允内叫：貂蝉。王允上。

貂　蝉　爹爹？爹爹来了。貂蝉拜见爹爹。

吕　布　吕布拜见岳父大人！

王　允　啊呀，温侯礼重了。温侯你诛杀老贼，为朝廷除了大害，民心大快，举国欢庆啊！

吕　布　老贼恶贯满盈，死有余辜。岳父，小婿想即迎娶貂蝉过府完婚。

王　允　哦？温侯与小女大喜，能否容我父女说几句知心话？

吕　布　岳父有话尽管说。貂蝉，我先回府布置，即来接你。岳父，小婿先告辞了。

王　允　温侯请便。

［吕布下。

貂　蝉　爹爹，您曾许诺功成之后，为女儿寻一如意夫婿；如今女儿欲与温侯远走高飞；今后再不能服侍左右，望爹爹多多保重。

王　允　貂蝉，为父问你，你是真心爱吕布吗？

貂　蝉　爹爹，女儿与温侯乃真心相爱，且有婚约在先……

王　允　如此看来，你是非吕布不嫁了？

貂　蝉　女儿婚姻自当由爹爹作主。求爹爹让女儿嫁与温侯……

王　允　（打断）为父再来问你，女人对男人的真爱是什么？

貂　蝉　……真诚。

王　允　那你会不会欺骗吕布，对他隐瞒秘密？

貂　蝉　请爹爹恕罪，女儿我……不能！

王　允　（不死心）女儿，为父可以答允你嫁与吕布，但你要发誓，不能将事情真相告诉他！

貂　蝉　爹爹，董贼已死，女儿不能再骗温侯。

王　允　（仰天长叹）唉！为父已经料到了。

（旁唱）　心头隐忧被印证，

对吕布貂蝉果然是一片情深。

貂 蝉 （旁唱） 老贼已除大功成就，

爹爹为何心神不宁？

王 允 （旁唱） 为除隐患势逼要取貂蝉命……

（寻机欲拔剑，适逢貂蝉转身，急收剑）

貂 蝉 爹爹请坐。

王 允 坐，坐……坐。（又欲拔剑）

貂 蝉 爹爹您？

王 允 哦！（唱）

爹想看你这嫁衣裳可称心？

貂 蝉 （接唱） 这嫁衣乃是温侯亲手送，

王 允 （接唱） 爹祝你恩爱百年鸾凤永和鸣。

貂 蝉 爹爹呀！

（接唱） 儿走后爹再不见儿的身影，

也不再闻儿的声音；

跪请爹爹恕儿不孝。

（跪拜。王允趁机举剑，手发抖，不忍下手）

王 允 （接唱） 难割舍共度患难父女情！

貂 蝉 莫非爹爹有心事？

王 允 （不忍看貂蝉，背身）

貂 蝉 爹爹呀，如今老贼已除，国难已靖，您还为何事忧心？

王 允 儿呀！为父是担忧那吕布啊！

貂 蝉 温侯他？爹爹放心，温侯他对女儿确是真心实意……

王 允 你对他也是倾心相爱是不是？你们谁也不会欺骗谁是不是？

貂 蝉 （含羞点头）

王 允 儿呀！想那吕布生性刚烈，平生最痛恨别人利用他算计他，倘若他知道事实真相，为父我必招杀身之祸！

貂 蝉 ……

王 允 为父还担忧那吕布会在一气之下，与汉室为敌，那天下又要大乱了啊！

貂　蝉　……

王　允　为绝后患，为父刚才举剑，是想杀你灭口……

貂　蝉　（惊退）啊？！

（伴唱）　天崩地裂！

王　允　可是，为父割不断父女之情，为父实在下不了手啊！

貂　蝉　爹爹！

（伴唱）　地裂天崩！

王　允　儿呀！为杀老贼，为父欠你太多，无法弥补，你怨为父吗？

貂　蝉　为报爹爹大恩，女儿我心甘情愿……

王　允　为父不能让吕布再乱汉室！

貂　蝉　爹爹！莫非你要杀温侯？！爹爹，你不能，你不是吕布的对手……

王　允　为了汉室，为父我死不足惜。

貂　蝉　爹爹！（跪）女儿答应你，永远保守秘密！

王　允　（摇头）儿呀！你爱他爱得太深了……（下）

貂　蝉　（唱）　只觉得天旋地转倒海翻江！
一边是心上人情深义重，
一边是老爹爹命悬刀尖；
都是我至亲之人连心同命，
貂蝉我何去何从进退两难！
想当日奸雄当道朝野昏暗，
满朝廷武将文臣束手无方；
弱女子抛青春献身除奸恶，
未曾想灭奸功成亲人反相残！
若因我招致了天下大乱，
战火起百姓黎民又遭祸殃，
怎忍看亲人相残生灵涂炭，
貂蝉我岂不成了万恶不赦之人！
恨只恨苍天生我美貌相，

难道说美貌红颜皆祸殃?

悲只悲生为女子已成罪,

思前想后唯舍貂蝉一命亡!

(伴唱) 爱已绝,万念断;

离尘世,无挂牵。

貂 蝉 (唱) 将此身葬碧波与莲荷为伴。

(脱嫁衣,一身素白)

[荷花仙女出现,迎接貂蝉。

貂 蝉 (接唱) 愿魂魄化莲荷永留清香。

[迎亲鼓乐响起。吕布内叫:貂蝉!

貂 蝉 温侯!(投水)

(伴唱) 来亦为情去为爱,

悲歌一曲在人寰。

[白色的荷花盛开,满台惨白。

[剧终。

广东戏剧文库

优秀剧作选

1949-2019

雷剧卷

GUANGDONG XIJU WENKU
YOUXIU JUZUO XUAN
LEIJUJUAN

（第2册）

广东省艺术研究所
主编

中国戏剧出版社
CHINA THEATRE PRESS

目录

雷剧卷的全部剧本由湛江市艺术研究室提供

· 雷剧卷 ·

雨仔落泱泱

编剧：林 奋

人 物 表

陈淑贞　女，19—38 岁，坚韧不拔、正直善良、勤劳朴实、
　　　　自强自立的农村妇女

张仕元　男，24—43 岁，陈淑贞丈夫，后官居巡按

贾天保　男，（小）8 岁，陈淑贞大儿，为贾富商养子

贾天保　男，（大）19 岁，陈淑贞大儿，为贾富商养子

洪轩章　男，19 岁，　陈淑贞次儿，为洪员外养子

张　母　女，60 岁，岁张仕元之母

贾夫人　女，46 岁，　贾富商之妻

殷月影　女，18 岁，洪轩章之妻

李彩英　女，20 岁，贾天保之妻

贾　福　男，32—51 岁，贾府家人

洪　禄　男，33—52 岁，洪府家人

旷　贤　男，30—38 岁，张仕元学友

旷　能　男，25 岁，游手好闲，旷贤之子

张族老甲、张族老乙、中 军、校 卫、衙 差、家 丁、丫 环、村 民等

[幕前伴唱：雨仔落落落泱泱，
　　　　　侬去书房坐书窗，
　　　　　先生会教侬会拾，
　　　　　长大学成状元郎！

第一场　别　夫

[古代。

[雷州半岛徐闻县张宅村张仕元家庭院。

[内合唱：半岛三月春光妍，
　　日丽风和艳阳天。
　　张家举子赴京试，
　　惊动全族众乡邻。

[幕启。张族老甲、乙与众村民向张仕元母子道贺。

族老甲　弟妹啊！
（唱）　仕元上京去考状，
　　张姓全族都荣光。
　　此去蟾宫定折桂，
　　到那时册官封侯荫后人。

张　母　承你吉言，我老婆子就盼着这一天哪！

张仕元　多谢大伯夸奖，仕元愧不敢当。

[二村姑内声：哎……汤圆来了！二村姑端汤圆，村姑丙抱孩子，陈淑贞背孩子、手端汤圆上。

陈淑贞　大伯大叔，众位乡亲，多谢了。
（唱）　多谢各位来赏面，
　　淑贞感怀记心间。
　　我家无钱摆酒席，
　　只有汤圆敬乡邻。

族老乙　汤圆好啊，又香又甜，这方圆十里，村村户户，谁不知张仕元家娘子做得一手好汤圆！

族老甲　汤圆好，汤圆好，不仅好吃，意头也好：汤圆汤圆，中元中元，吃了这汤圆，仕元此去，定能高中状元！

众　人　对，仕元此去，定能高中状元！

张仕元　大伯大叔，众位乡亲！

（唱）　承蒙众人寄厚望，

热血沸腾心潮翻。

仕元当众发誓愿：

进京去考不中状元不回还！

族老甲　好！有志气！我们等你高中还乡！好，吃汤圆！

众　人　好，吃汤圆啰！

陈淑贞　屋里还有，大家进屋里吃吧。

众　人　好好好，我们就进去，吃个饱！（众随张母进内）

［旷贤上。

旷　贤　（念）挨了十年寒窗，至今不识写文章。同窗进京考状，我在街上闲逛。不过，还未至百无一用，未来状元找我帮忙。他上京尚缺盘缠，托我帮他借银二百两。当然，这忙不能白帮，背后我肯定有钱赚。用你们现代话讲就是“吃回扣”！（进院）哇，里边好热闹喔。仕元，仕元！

［张仕元上。

张仕元　旷贤兄，你可来了。银两是否借到？

旷　贤　喏，纹银二百两！

张仕元　啊呀旷贤兄，你帮我解了燃眉之急，小弟感激不尽！

旷　贤　仕元，我俩有话在先，这可是要付利息的喔。

张仕元　知道知道。

旷　贤　喏，利息每三月翻一倍，你自己算算。

张仕元　每三月翻一倍？（心算，暗惊）半年后要还的就是八百两啊！

旷　贤　嘿，八百两算什么？到那时你中了状元，区区八百两何足挂齿！

张仕元　（下决心）我借！

旷　贤　当机立断，这才像大丈夫！好，你写张借据。

张仕元　（写，念）现借纹银二百两，利息三月翻一翻；科试放榜回乡里，利息本金一齐还。张宅村张仕元借。

旷　贤　（看）呵，到底是未来状元，连写借据都像写诗。还有，日期，日期。（张仕元补写）好了，事已办妥，告辞。

张仕元　旷贤兄好走。

旷　贤　留步，留步。（下）

张仕元　娘子……

[陈淑贞抱孩子上。

张仕元　这是我刚借到的二百两银子，一半我带上路，一半留做家用。

陈淑贞　相公，你都带上吧。常言道“穷家富路”，这一路山长水远，还需半年之久，只怕二百两还不够用呢。

张仕元　不留一点家用，一家老小，如何度日？

陈淑贞　家里你就放心吧，有我一双手，全家就不会挨饿。

张仕元　娘子，你受累了。（抱过孩子）

陈淑贞　相公言重了。

（唱）　三载夫妻深情感，
吃苦耐劳心自甘。
此一去应试结局难预计，
盼只盼夫君早日把家还。

相公，不管考中考不中，你都要回来呀！（背泣）

张仕元　娘子，为夫也舍不得你和孩儿呀！（为淑贞拭泪）儿呀！

（唱）　莫怪爹爹心肠硬，
为奔前程暂离家。
待爹我科场得遂凌云志，
到那时陪伴孩儿日与夜。

陈淑贞　相公，夫哇！（二人依偎）

[伴唱：　少年夫妻情难断，
一朝别离泪汪汪。

[张母与众人上。

张　母　仕元，时候不早了，你该起程了。

张仕元 孩儿遵命。大伯大叔，众位乡亲，母亲，娘子，仕元拜别了！（跪拜，起身，下）

[伴唱： 夫奔功名赴京试，

妻守家门盼夫还。

[灯暗。

[半年后。

[灯亮。景同上场。

[内声：报喜！报喜！陈淑贞与张母各抱一孩儿上。

[报子上。

报 子 报喜了，报喜了！今科高中举人，李宅村李春民！（下）

陈淑贞 婆婆，不是仕元，是李春民，中了举人。

张 母 哦，咱家仕元是去考状元的，不是考举人。（二人欲进内）

[内声：报喜，报喜了！

陈淑贞 婆婆你听，又有报喜的来了！

张 母 这一回是仕元吧？

[报子上。

报 子 报喜了！今科高中进士，包宅村包文魁！（下）

张 母 唉！看来，仕元是没指望了！

陈淑贞 婆婆且莫心急，说不定还有喜报在后呢。

[内声：报喜，报喜，头名状元喜报！头名状元喜报！

陈淑贞 婆婆你听，头名状元喜报！

张 母 那，是不是来咱家？

[族老甲、乙和众乡邻上。

族老甲 是不是仕元中了头名状元？

族老乙 好像是哦。

[报子带差官上。

差 官 状元家人，跪接喜报！

张 母 媳妇，是叫我们吗？

族老甲 啊呀弟妹，是仕元中了状元了，还不快快跪接喜报！

[众人雀跃：仕元中状元了，仕元中状元了！

差　官　肃静，肃静！（宣读）今科高中头名状元者：章宅村章树仁；奉命接状元家人一同进京，即日起程！

张母、淑贞　谢大人！

族老乙　唉呀，仕元果真中了头名状元，还要接她们婆媳进京享福呢！

族老甲　弟妹，你苦尽甘来，挨到头了！

差　官　状元家人，接喜报！

[张母上前欲接喜报。

差　官　不对，状元大人一再交代，喜报要本官亲手交给他老父亲。状元大人的父亲呢？

张　母　这……我家仕元早在二十年前就没有父亲了。

差　官　胡说！难道你们冒认官亲？

族老甲　差官大人，是不是搞错了？张仕元确实已没有父亲了。

差　官　哦？

族老乙　大人，状元名字是否搞错？

差　官　没错，章宅村章树仁。

族老甲　是不是弓长张？

差　官　不对，是立早章！木对树、单人仁！

族老甲　啊？错了错了，不是咱村仕元，不是，不是……（摇头下，众人跟下）

差　官　报子！你不是说是这一家吗？

报　子　大人，我听错了，我不知道是这个“章”，我以为是那个“张”……

差　官　什么这个那个张？文章的“章”！章宅村！赶紧带路！

报　子　是是是！（二人下）

[只剩下呆立的张家婆媳。

张　母　家门不幸，家门不幸啊！

（唱）　想不到仕元如此不争气，

害得我无面见人把头低。

金榜题名成幻影，

还遭四邻人笑鄙。

陈淑贞 婆婆！

（唱） 不怪仕元他失利，

只要他继续苦读用心机；

这次不中有下次，

再进考场待来年。

张　母 媳妇说的倒也在理。

陈淑贞 （孩子哭）宝宝困了，要睡觉了，娘亲唱歌给侬听哦。

（唱歌谣）雨仔落落落泱泱，

侬去书房坐书窗。

先生会教侬会拾，

娘送汤圆到书房。

汤圆甜，汤圆香，

吃饱汤圆下苦功。

一字一句侬紧记，

长大学成状元郎。

张　母 孙儿长大后要好好读书，一定要考中状元回来啊。

陈淑贞 婆婆，天色不早，待我取些煮好的汤圆上街去卖，换些纹银，以做家用。

张　母 媳妇，仕元不在，里里外外都靠你一人支撑，你都廋多了。

陈淑贞 婆婆，我年轻，不碍事。（扶婆下）

[旷贤带贾福、洪禄上。

旷　贤 （念）原指望张仕元他能中状，可还纹银八百两；二一添做五，我有对半赚。却不料他考不中我破财，如意算盘竹篮打水一场空。有道是，无毒不丈夫，君子非小量。想出一妙计，两家都赞赏，只要计成功，这下大大有钱赚有钱赚。（对福、禄二人）喂，等下就照商量好的办，我动口讲，你们动手抢。

福、禄 旷大爷，你出这招未免太缺德了，你就不怕遭报应？

旷　贤 我缺德？这货是你们两家老爷要的，你们不怕你家老爷炒你鱿鱼，你尽管不做。

福、禄　（对看，无奈）唉，拿人工钱替人打工，身不由己啦！（三人进内）

旷　贤　家里有人吗？

［陈淑贞上。

陈淑贞　请问各位大哥，何事登门？

旷　贤　我是张仕元的同窗好友，他临走时托我帮他借了纹银二百两。

陈淑贞　我听相公讲过。

旷　贤　半年期限已到，今天我来取银。

陈淑贞　仕元他音讯全无，现今家中已无分文，我，我哪里拿得出二百两银？

旷　贤　（暗喜，旁白）拿不出最好。（向陈淑贞）不是二百两，是八百两！

陈淑贞　啊？此话怎讲？

旷　贤　这是你丈夫写的借据——

陈淑贞　我，我不识字，不会看。

旷　贤　（又喜）嘿嘿，不会看更好！（向陈淑贞）我念给你听：现借纹银二百两，利息三月翻一翻；科试放榜回乡里，利息本金一齐还。张宅村张仕元借。

陈淑贞　天哪！

（唱）　一听欠银八百两，
吓我心乱神懵慌。
求大哥你宽期限，
仕元回来再商量。

旷　贤　好说好说。只是这张借据已经到期，你要续期，还要另写一张。

陈淑贞　我，我不识字，不会写。

旷　贤　这好办，我已替你写好了。（拿出另一张借据，念）夫欠纹银八百两，其妻无力把债担。但等仕元归家后，八百两银一次还。立据人张仕元之妻陈淑贞。你在这里盖个手指模。

陈淑贞　（向福、禄二人）二位大哥，你们帮我看看，这上面可是这样写的？

福、禄　啊？（看旷，旷瞪眼，无奈点头）

陈淑贞　以后不再算利息了？

旷　贤　不算了不算了。来，盖个手指模。（贞盖手指模）大功告成！（对福、禄二人）

提货！

[福、禄二人进内，一人抱一孩子上，张母追上。

张　母　你们为何抢我孙儿？

陈淑贞　你们为何抢我孩儿？来人啊，抢人啦！

[族老和众人上。

族老甲　光天化日之下，你们竟敢抢人？

族老乙　真是目无王法！

旷　贤　各位父老乡亲，不是我们抢人，是她把孩儿抵债，有字据为证。（拿出字据）

族老乙　（念）夫欠纹银八百两，其妻无力把债担。愿以双儿来抵债，八百两银一次还。立据人张仕元之妻陈淑贞。

陈淑贞　（如雷轰顶）不！不！你刚才不是这样写的！你骗我，你骗我！

旷　贤　我骗你？这白纸黑字，写得清楚，你不要出尔反尔，既然都做了，还装什么？走！（与福、禄抱孩子下）

陈淑贞　你不能抢走我孩儿！孩儿！孩儿！

张　母　孙儿，我的孙儿呀！

陈淑贞　婆婆！

张　母　你……你这狠毒的妇人，我，我张家没有你这样的媳妇！（气绝）

陈淑贞　婆婆！

[灯暗。

（伴唱）　刹时天昏地又暗，
　　　　　家破人亡倾刻间。
　　　　　孩儿被抢冤难诉，
　　　　　更惨婆婆气身亡。

[二幕前。贾福上。

贾　福　（念）心不忍，心不忍，抢人亲生儿，手段真毒狠，自身不由己，空留悔与恨。孩儿抱回转，喜坏贾夫人，称作小少爷，赏我二两银。只是无乳汁，喂侬吃啥都不肯。少爷饿得哇哇哭，夫人急得团团转，命我出来找奶娘，价钱几高都情愿。

[陈淑贞披头散发，精神恍惚上。

陈淑贞 婆婆，我没有卖孩儿……孩儿，孩儿啊……

贾　福 哎呀，真是冤家路榨，这这……

陈淑贞 你！是你抢走我儿，（拉住贾）你还我孩儿，你还我孩儿！（昏倒）

贾　福 快走快走！（欲走，又于心不忍）已害得人家骨肉分离，不要再闹出人命来啊。大姐醒来，大姐醒来。

陈淑贞 （醒来）大哥，我看你不像坏人，求求你，把我孩儿还给我吧！（跪）

贾　福 大姐，实不相瞒，你家孩儿我抱走一个，但我是拿人工钱，替人做工，孩儿我无法还你，但我保证你家孩儿会吃得好穿得好住得好活得好，你就放心回家去吧。

陈淑贞 回家？婆婆惨死，族人说我变卖亲儿，逼死婆婆，把我赶出村来，我哪还有家呀？（哭）

贾　福 哎呀，真的害人家破人亡了！（也哭）

陈淑贞 我孩儿一定饿坏了，他除了吃奶，还不会吃东西呀！（哭）

贾　福 天助我也！大姐，我就对你实说了吧。你孩儿现在贾福商家里，贾夫人膝下无儿，将你孩儿视为亲生。你若愿意，我将你带进府里当奶娘，你看如何？

陈淑贞 我已是走投无路，多谢大哥照应。

贾　福 但你我要约法三章。

陈淑贞 大哥请讲。

贾　福 第一，不能说出你是少爷亲生母，若被夫人知道，连我都要赶走，那我全家就都饿肚了。

陈淑贞 （哭，点头）

贾　福 第二，从今后你不能叫孩儿，要叫少爷。

陈淑贞 儿呀！

贾　福 哎呀，你这样还是别去了！

陈淑贞 大哥，我记住了。第三呢？

贾　福 这第三嘛……嘿嘿，有些不好意思，嗯，嗯，你每月的工钱，要分给我一半。当然，我会跟夫人把价钱定高些。

陈淑贞 就凭大哥做主。

贾　福 好，那就跟我来。（二人下）

[灯暗。

（伴唱） 山穷水尽疑路断，
柳暗花明又一山。
八年岁月匆匆过，
婴孩长成读书郎。

第二场　教　母

[距上场八年后。

[二幕启，贾府后厅。

[丫环陪贾夫人上。

贾夫人 （唱） 想前侯，年近四十未生子，
讲话都不敢大声；
人前人后看眼色，
连路都不大胆行。
自从有天保孩儿到膝下，
胆壮心强再不惊。
不忧无人承家业，
更喜香炉有人捧。

[小天保跑上，贾福背书包追上。

天　保 你输了，你输了！

贾　福 小少爷，老奴老了，跑不过你呀！

贾夫人 贾福又输了？老规矩：给少爷当马骑。

[贾福蹲地上，天保欲骑又止。

天　保 不骑了，今后都不骑了。

贾夫人 为什么？

天　保 （欲说又止）不为什么，不想骑了。（要过书包）

贾　福 小少爷懂事了。

贾夫人 （高兴）是呀！（忽又变脸）那你是说我不懂事？

贾　福 不不不，老奴不敢。

贾夫人 哼！

天　保 娘亲，我要吃汤圆！

贾夫人 等下要吃饭了，不要吃了。

天　保 我不我不，我就要吃！

贾　福 夫人，少爷喜欢，你就让他吃一碗，不碍事的。

贾夫人 我不是不让他吃汤圆，我是气不过，我是他娘亲，可这小子硬是和那奶娘亲近！

贾　福 小少爷是她自小奶大的，自然会亲些。夫人，奶娘疼小少爷，你应该高兴才是呀，这说明她尽心服侍少爷。

贾夫人 要不是看她尽心，我早把她辞了。小少爷早就不吃奶了，无端端多养一个人。

贾　福 可是少爷喜欢吃她做的汤圆呀。

天　保 我要吃汤圆！

贾夫人 好好好，吃吃吃！记得吃完汤圆要写字啊。

天　保 知道。

［贾福送贾夫人下，丫环随下。

天　保 奶娘，我要吃汤圆！

［陈淑贞内声：来了！（端汤圆上，放桌上）

陈淑贞 小少爷，汤圆刚煮好，等凉些再吃。哎呀，衣服都脏了，是不是又和人打架了？（给天保拍衣）

天　保 没有。是刚才回来的路上和贾福赛跑，跌了一跤。

陈淑贞 啊？有没跌伤？

天　保 没有没有。刚才娘亲又叫贾福给我当马骑，我没有骑。

陈淑贞 这就对了。贾福伯伯是人，不是马。

天　保　奶娘，那以后，我也要叫贾福伯伯吗？

陈淑贞　论辈份，你应该叫他伯伯呀。

天　保　我懂了，这就是先生教的“尊重长辈”，对吗？

陈淑贞　天保真聪明。来，吃汤圆。

天　保　奶娘，你也吃。

陈淑贞　这是给天保吃的，奶娘不吃。

天　保　奶娘，你也是长辈，我也要尊重你呀，吃一个。

陈淑贞　天保真懂事。（擦泪）

天　保　奶娘，你哭了？（替擦泪）

陈淑贞　（抱住天保）奶娘是高兴啊。好了，吃了汤圆，该写字了。（收拾桌子）

天　保　奶娘，先生今天教三字经。（取纸笔）奶娘，我教你读。“人之初”。

陈淑贞　“人之初”。

天　保
陈淑贞　（读）“性本善”。

天　保
陈淑贞　（读）“性相近”。

天　保　（读）“习相远”。

陈淑贞　（读）“习相远”，天保，一下不要教太多，奶娘记不住。

天　保　那我写一个读一个，好吗？“人”。（写）

陈淑贞　（写）“人”。这个“人”字上次天保教过，奶娘识写。

天　保
陈淑贞　（写）“之”。

［伴唱：　世上事情真新鲜，
孩儿教娘把字认。
娘对孩儿惜又疼；
儿不知娘在眼前。（伴唱声中，母子写字）

天　保　奶娘，我写累了。

陈淑贞　那就歇歇再写。

天　保　奶娘，学堂里都是小孩去读书，你为什么要认字啊？

陈淑贞　因为世界上最贵的就是“字”，奶娘以前因为不识字，失去了一双孩儿。

天　保　哦？那你找到他们了吗？

陈淑贞　等天保长大了，奶娘慢慢告诉你。

天　保　奶娘，我困了，想睡觉。

陈淑贞　奶娘送你回房去睡。

天　保　我不嘛，我要守着奶娘睡，我要奶娘给我唱歌谣。

陈淑贞　好，奶娘唱。

（唱歌谣）雨仔落落落泱泱，
依去书房坐书窗。
先生会教侬会拾，
娘送汤圆到书房。

（伴唱）　汤圆甜，汤圆香，
吃饱汤圆下苦功。
一字一句侬紧记，
长大学成状元郎。

［歌声中天保甜甜入睡，陈淑贞细心地为天保缝补衣裳。

陈淑贞　（唱）　见孩儿甜甜入梦乡，
淑贞我半是喜来半忧伤。
喜的是孩儿勤奋习书有礼节，
忧的是对面不能唤儿郎。
八年里日日少爷声声唤；
八年里夜夜叫儿泪流干。
儿只知奶娘疼儿心头宝，
却不解奶娘疼儿因哪层。
你爹他离家八年音讯断，
也不知你弟郎在何方；
一家骨肉拆分散，

生死未明渺茫茫。
因你娘只字不识被人诳，
那情景历历在目刻心胸。
指模按下天地变，
顷刻之时家破人亡。
惜啊，娘不识字被害惨，
儿定要一字一词苦用功。
要知道一字能抵十担谷，
一字还强九亩田。

［贾福上。

贾　福　咳。

陈淑贞　贾大哥，你来了。这是这个月的工钱，给你。（交钱）

贾　福　（接）真不好意思，八年了，一直要你的工钱……

陈淑贞　贾大哥，没有你安排，我们母子哪能团聚，你的恩情，淑贞一辈子也报答不尽。

贾　福　你是好人。我知道，是你教小少爷不要把我当马骑。小少爷是越来越懂事了。是了，以后你要多加小心，你对小少爷太好了，夫人不高兴。刚才，我为你讲了不少好话呢！

陈淑贞　多谢贾大哥照应。

贾　福　对了，你丈夫是不是叫张仕元？

陈淑贞　大哥有他的消息？

贾　福　刚才我去接小少爷，听街上的人说，新来的巡按名叫张仕元，是徐闻县张宅村人。

陈淑贞　他、他、他终于回来了！

贾　福　他真是你丈夫？啊呀，那你岂不就是巡按夫人？（跪）

陈淑贞　大哥，别这样，这世上同名同姓之人多得很，是不是他还不知道呢。

贾　福　我先求你，若真是你丈夫回来了，好事坏事你都不要把我牵扯进去，我全家全靠我一个人，我若有个三长两短，全家都没命啦！

陈淑贞 贾大哥，你是我母子的恩人，我不会害你的，你放心好了。

贾　福 那你说话要算数哦。（下）

陈淑贞 仕元回来了？仕元回来了！

（唱） 八年里日日盼来夜夜想，
挂念夫郎眼望穿。
盼夫君为我伸冤屈，
望夫君回来找儿郎。

（伴唱） 合家团圆喜洋洋。
到那时孩儿甜甜将娘唤，
娘也唤儿多喜欢。
从此不受离别苦，
苦尽甘来庆吉祥。

（唱） 儿呀，娘要去找你爹爹诉冤枉，
即要别离泪盈眶，
一时一刻难割舍——

（伴唱） 八年整一刻未离亲儿郎。
孩儿千万将娘等，
等娘回来接儿郎。

（伴唱） 孩儿千万将娘等，
等娘回来接儿郎。

[伴唱声中，陈淑贞一步一回头，拭泪下。

[灯暗。

[二幕前。贾福上。

贾　福 （念）心忐忑，心忐忑，这下祸闯大：我竟抢了当今巡按亲生仔！只怕官府将我捉，捉住若无坐监也挨打，到候定无命！三十六计走为上，脚底抹油快快行！（走，停）不得吃不得吃，我若离开贾府靠啥来讨食？手不能提肩也不能担，难道要流浪街头巷尾做乞食？还是禀报给夫人，叫她全府迁移离此处，这样最稳定。

有请夫人！

[贾夫人上。

贾夫人 何事？

贾　福 夫人，大事不好！小少爷是当今巡按的亲生儿子！

贾夫人 啊？！你怎么抢了巡按的亲生子？

贾　福 当年他无声无信，都以为他死啦。我若知他今日能做巡按，就是打死我也不敢抢他仔啦！

贾夫人 现在说这话有什么用？现在该怎么办？

贾　福 两条路：一，把小少爷还给巡按大人，然后挨一百大板，再抄家、示众、坐监！

贾夫人 啊？！那岂不是要家破人亡？（哭）

贾　福 当年搞得他家破人亡，现在他肯定要咱家破人亡啦！不过还有第二……

贾夫人 （止哭）快讲！

贾　福 带着小少爷，远走高飞！

贾夫人 你是说，搬家？

贾　福 对，越远越好，越快越好，只要他找不到咱，就啥都做不来！

贾夫人 对对对，吩咐家人，收拾行李，连夜起程！

[灯暗。

第三场　休　妻

[接上场。

[二幕启。雷州府巡按大堂。

[旷贤上。

旷　贤 （念）事麻烦事麻烦！张仕元整整八年音讯断，只道他已死客乡绝后患；想不到他竟咸鱼翻身当了大巡按，若知抢仔真情启能将我放？走也走不脱，藏也无处藏；思来想去硬着头皮上公堂，凭我三寸舌，黑硬说成红；只要自身脱险保平安，哪管他妻离子散家破人亡！

旷贤求见巡按大人！

[中军上。

中　军　有请巡按大人！

[内声：有请巡按大人！

旷　贤　哇，好大的排场！（中军带旷下）

[张仕元上。

张仕元　（念白）　八年励志封巡按，奉旨还乡坐府堂。

（唱）　八年前考场失利名落榜，

愧无面颜回家乡；

隐姓埋名往异地，

闭门苦读再进考场。

今科题名封巡按，

奉旨南巡返故乡；

视察民情理民案，

雷州府衙坐大堂。

也曾回乡去探访，

院屋破残家弃荒；

妻儿失踪无音讯，

母亲老年已身亡。

听说是淑贞卖儿酿灾难，

难道她如此狠毒铁心肝？

我定要剥茧抽丝究根底，

查明案情救回儿郎。

中　军　禀巡按大人，有一名叫旷贤之人求见。

张仕元　传。

中　军　传旷贤。

[旷贤上。

旷　贤　见过巡按大人。

张仕元　旷贤兄，来得正好，仕元有一事请教。

旷　贤　巡按大人，旷贤有罪，罪该万死！（跪）

张仕元　你何罪之有？

旷　贤　大人容禀：当年为了债银八百两，我找弟妹来商量；她道家中无分文，无力把债还。一双孩儿年尚幼，再也无力来喂养，求我找两好人家，把孩子卖给人。我也是好心来帮忙，孩子送给债主顶还八百两。无心犯大错，求大人絮谅。

张仕元　我儿被卖往何方？

旷　贤　这……我也不知详。

张仕元　你是说，当时是我妻要将孩儿卖给别人？

旷　贤　是她说的。

张仕元　何人为证？

旷　贤　乡邻为证。

张仕元　传乡邻。

中　军　传乡邻。

[族老甲、乙上。

族老甲、乙　见过巡按大人。

张仕元　大伯大叔免礼。当年我儿被卖，你们可曾知详？

族老甲　若说当年情景，淑贞哭叫孩儿，不像要卖儿郎。

族老乙　但借据写得清楚，是将一双孩儿抵还纹银八百两。

张仕元　借据？借据何在？

旷　贤　借据在此。

张仕元　呈上来。

[中军呈借据。张仕元示意中军带乡邻下。张仕元看借据。

张仕元　（唱）　看借据不由脚手冻，

怒上心头火烧胸！

一字一句刺眼疼，

纸上指模似血红。
歹毒妇人良心丧，
她比毒蛇毒万般；
虎毒尚不吃亲子，
她卖亲儿赛虎狼！

［中军上。

中　军　禀大人，有一民妇自称陈素贞，要见大人。

张仕元　她，她她她来了？来得好！两厢伺候！

中　军　升堂！

［内声：升堂！

［升堂排场。张仕元上堂。

张仕元　传陈素贞！

众　传陈淑贞！

［陈淑贞内唱：闻听堂上将我唤…… 上。

陈淑贞　（接唱）　心惊肉跳脚步慢。
为找夫郎心内急，
硬着头皮上公堂。（进堂内，堂威。淑贞跪。）

张仕元　下跪何人？

陈淑贞　民妇陈淑贞。

张仕元　到此何事？

陈淑贞　寻找我夫张仕元。（堂威）

张仕元　你且抬头看看，我是谁人？

陈淑贞　（抬头看）夫哇！（堂威）

张仕元　找我何事？

陈淑贞　八年前一双娇儿被强抢，找夫君设法救回亲儿郎。

张仕元　公堂上你休要装模作样，是你狠心将娇儿卖给他人！

陈淑贞　冤枉！是你那同窗昧着良心将我诳，欺我不识字骗我把指模按！

张仕元　人证物证齐备在案，岂容你公堂狡辩信口雌黄！带证人！

[旷贤、族老甲、乙上。

陈淑贞 （见旷贤）你！你还我孩儿，你还我孩儿！

旷　贤 啊呀嫂夫人，当初是你要卖儿子，你怎么反口咬人？若不是你狠心卖子，又因何被族人赶出村来？

族老甲 当年族人见她卖了儿子，气死婆婆，认为族规难容，因而将她赶出村庄。

张仕元 人证物证俱在，你还有何话可讲？来人，将她轰出大堂！

陈淑贞 慢！大孩儿现就在贾富商府上，求大人先去救回我亲儿郎！

张仕元 此话当真？

陈淑贞 若有虚言，民妇甘愿受罚。

张仕元 如此说来，贾家必是买主之一，找到买主，这事就能水落石出。中军！

中　军 在。

张仕元 速到贾府，将涉案人等带回公堂。

中　军 遵命。（下。旷贤紧张）

张仕元 陈淑贞，你怎知大孩儿在贾府？

陈淑贞 我……我在贾府当奶娘。

张仕元 奶娘？这么说，你是和孩儿一起进贾府的？

旷　贤 大人！孩儿若是被贾家强抢，怎能容亲娘跟在身旁？分明是她把孩儿卖给贾府，贾府才肯让她当奶娘！

张仕元 陈淑贞，你有何话讲？

陈淑贞 这……（唱）纵有百口难辩讲，
越讲越乱心越慌。
只盼贾家人带到，
贾大哥能为我来做证人。

[中军上。

中　军 禀大人，贾府内空空荡荡，人去房空，不知去向。

张仕元 陈淑贞，你又做何话讲？

陈淑贞 我……我离府之时，孩儿还在睡觉啊！

张仕元 你离府之时，有何人知晓？

陈淑贞 无人知晓。

张仕元 那贾府为何一夜之间举家外迁？

陈淑贞 我……我不知道……

旷　贤 你就是知道也说不知道啦，这分明是串通好了，那边全家搬家把孩子弄走，这边跑来伸冤以示清白，看不出你阴谋顶深的啊。

族老乙 难怪她婆婆临死都不肯认她是张家媳妇!

张仕元 陈淑贞!

（唱）　变卖亲儿已难谅，
狡辩公堂更嚣张。
一纸休书断头尾，
今日起你我各成陌路人！（扔休书）

陈淑贞 天哪!

[灯暗。追光照陈淑贞。转景。

[伴唱：　晴天霹雳!
满怀希望寻夫婿，
望夫救扶出生天，
否料公堂遭诬陷，
未救孩儿反被休离。

[江边。浊浪翻滚，狂风呼号，乌云压顶，大雨倾盆。

陈淑贞 （唱）　冤难诉，悲无语，
徒伤痛，枉惨凄。
一纸休书将我判，
卖子恶名臭万年!
为何公堂无公理?
为何善良总被欺?
为何真情无人信?
为何骨肉硬拆离?
我问大地是为乜，

大地哀鸣声惨凄；
我问苍天可知晓，
苍天切情泪淋漓。
难道说世间无我立足地？
难道说申诉冤情永无期？
不如将清白之身赴江水，
与那险恶世道、狡诈人心、薄义绝情永远离！（欲跳江，似听见天保叫声：娘亲！）
离世之前无他虑，
牵挂孩儿心悲凄，
可怜我儿无缘再见亲生母，
清明节谁来为娘烧纸钱？（不支，晕倒）

[风停雨止，月明星朗。灯光变幻。

[朦胧中，传来歌谣声。

（伴唱）　雨仔落落落泱泱，
依去书房坐书窗。
先生会教侬会拾，
娘送汤圆到书房。

[歌声中，小天保上。

小天保　娘亲！

陈淑贞　天保，儿呀！

小天保　娘亲，我教你读书：人之初，性本善，性相近，习相远……

（伴唱）　汤圆甜，汤圆香，
吃饱汤圆下苦功。
一字一句侬紧记，
长大学成状元郎。

[歌声中，小天保消失；成人天保和轩章身穿官服上，母子团聚。音乐骤变，

[张仕元上，拆散母子。

陈淑贞 孩儿，孩儿……

[灯光变幻，众人消失。

[灯光复原。陈淑贞惊醒。

陈淑贞 孩儿，孩儿……

（唱） 梦景中孩儿勤奋读书有志气，
激励我莫向世情把头低。
乌云遮天终会散，
危难关头需坚持。
我不信世间无我立足地，
我不信申诉冤情永无期，
我不信世道人情皆险恶，
我不信我与孩儿永分离。
不再求天和问地，
立志生存靠自己。
清清白白两只手，
画出未来新天地；
踏踏实实脚一对，
踏上征途奔来年！

（伴唱） 不再求天和问地，
立志生存靠自己。
踏踏实实、清清白白、
踏上征途奔来年！

[灯暗。

第四场 诲 儿

[距上场十年后。

[二幕前。洪轩章上。

洪轩章 （唱） 久坐书窗神困倦，
懒读诗词厌文篇。
趁着禄伯不在屋，
逃走出门爽精神。

［洪禄内叫：公子！

洪轩章 啊呀，他怎么又跟来了！

［常禄上。

洪　禄 公子，你怎么又跑出来了？科试考期已近，你要抓紧时间温书啊。

洪轩章 书书书，又是书！整天看书看得我头昏眼花，总得出来透透气吧？

洪　禄 公子，你每次一出来就一整天，不好好温书，到时万一考不中怎么办？

洪轩章 不中就不中，一样活，又不会死人！

洪　禄 啊呀少爷，怎能这样讲话？所有的读书人都盼着考科试，吃俸禄，你难道要读一辈子书？

洪轩章 啊？我才不想读一辈子书呢，太辛苦了。吃俸禄还可以。

洪　禄 你不读书不考试又怎会有俸禄吃呢？少爷……

洪轩章 哎哟得啦得啦，你老人家一开口就没完没了。我保证，只玩一会，一会就回来，你回去煮好饭等我啦！

洪　禄 （无奈）那，那你早点回来啊。（下）

洪轩章 哎哟，总算过了这一关。

［二幕开。郊外。风和日丽，景色明媚。

洪轩章 （唱） 天高云淡风送爽，
郊野满目好风光。
鸿雁阵阵空中过，
池面绿荷映花红。
风吹稻黄翻金浪，
坡上果熟喷芳香，
潺潺溪流鱼儿跃，
赤橙黄绿景迷人。

［陈淑贞内声：卖汤圆——！挑担子上。

陈淑贞 卖汤圆！卖汤圆！又甜又香又滑的汤圆，老人吃了身体强健，妇女吃了养血补肾，小孩吃了补心养神……

洪轩章 大婶，读书人吃了呢？

陈淑贞 读书人吃了记性好，振作精神！

洪轩章 好，来一碗。

［内声：救命——！殷月影跑上，旷能带打手追上。

殷月影 大哥大婶，救命啊！（躲到淑贞身后）

旷　能 闲人闪开！这是我家丫环，逃跑出来，我要捉她回去！

殷月影 我不是！我爹刚刚去世，他说我爹欠他三百两银，要将我卖到妓院抵债！

洪轩章 啊？光天化日，强抢民女，目无王法！

旷　能 欠债还钱，无钱捉人，老子的拳头就是王法！给我抢！

洪轩章 谁敢！

旷　能 嘿嘿，你小子皮肉痒，讨打是吧？打！

陈淑贞 慢！你说他爹欠你三百两银，有何为凭？

旷　能 借据为凭。（对一打手）念给她听。

打　手 （拿出借据，念）借银三百两，一年还清。

殷月影 我爹从来没向他借过银两！

旷　能 没借？那借据难道是假的？你想赖债不还？

陈淑贞 我们要看看借据。

旷　能 看什么？有乜好看？

陈淑贞 不看清楚，又怎能还你银两？

旷　能 给他看。

洪轩章 （拿过借据，念）借银三百两一年还清。

陈淑贞 我看看。（拿过，看）哎呀，这债分明已还清了嘛。

旷　能 什么？

陈淑贞 那，“借银三百两一年，还清”。

旷　能 什么？（拉打手过一旁）混帐！你是怎写的？

打　手　我我就是照你意思写的啊！

陈淑贞　借据上写明债已还清，你们分明是敲诈勒索！走，我们上公堂辩理！

洪轩章　对，上公堂！走！

旷　能　要去你们去，我不去！回去！

打　手　那，那借据……

旷　能　不要了！饭桶！（灰溜溜下，打手跟下）

殷月影　多谢大哥大婶搭救之恩。

洪轩章　路见不平，理应出手相助。姑娘，你家住何处，我送你回家。

殷月影　家？我没有家了……

洪轩章　这……

陈淑贞　姑娘若不嫌弃，就跟我做个伴吧。你叫何名字？

殷月影　谢大婶收留，我叫殷月影。

洪轩章　大婶，刚才那借据……

陈淑贞　那借据一看就是假的，我在念的时候做了点文章，一提上公堂，就把他们吓住了。

洪轩章　佩服，佩服。

陈淑贞　来，吃汤圆。

洪轩章　谢大婶。

殷月影　谢大婶。

陈淑贞　（看洪轩章背影，唱）

这位相公好面善，
似在何时见过面？（打量）
听他音容看相貌，
处处像极张仕元。
十年来雷州三县都找遍，
寻不见孩儿心倒悬。
莫非苍天起怜恤，
亲生孩儿到眼前？（激动，上前欲问又止）

慢激动，需谨慎；
细问询，要认真；
相似之人多得很，
不可贸然认错人。

洪轩章 大婶，汤圆很好吃。多少钱？

陈淑贞 我还不知你怎么称呼呢？

洪轩章 我姓洪，名轩章。

陈淑贞 好名字。家中尚有何人？

洪轩章 二老已去世，与老家人相依度日。

[殷月影拉淑贞耳语，淑贞点头，月影羞。

洪轩章 大婶，汤圆还未付钱呢！

陈淑贞 我卖汤圆有个规矩，读书人吃汤圆不用付钱，要付字。

洪轩章 哦？新鲜，怎样付法？

陈淑贞 吃一个汤圆，教我识一个字。

洪轩章 这个容易。可有笔墨纸张？

陈淑贞 在这里。（取笔墨纸张）

洪轩章 我吃了五个汤圆，要教你五个字。

[洪轩章写字。

陈淑贞 这些字，我已认得了。

洪轩章 你认得？

陈淑贞 （读）白日依山尽，接下去是：黄河入海流；欲穷千里目，更上一层楼。

洪轩章 你，你会念诗？（念）床前明月光——

陈淑贞 （接念）疑是地上霜。举头望明月，低头思故乡。

洪轩章 （念）朝辞白帝彩云间——

陈淑贞 （接念）千里江陵一日还。两岸猿声啼不住，轻舟已过万重山。

洪轩章 啊呀大婶，你已认识这么多字，我教不了你了。

陈淑贞 洪相公，有两个字，我不会读，我写出来，你教我。（写“蔾蔆”字）

洪轩章 （看）啊？这两个字，我也不认得。

殷月影 你不是读书人吗？怎会有不认识的字？

洪轩章 这……（唱）语塞词穷不识应，

无地自容羞满面，

堂堂秀才字不识，

颜面扫尽在人前。

陈淑贞 洪相公，没关系，等你学会了再教我。

（唱） 书山学海无止尽，

学途上快马奋蹄再加鞭。

多看多听并多写，

眼、耳、手勤脑更勤。

殷月影 你看你，堂堂大秀才还不如人家大婶识的字还多！大婶，你是怎么学的？

陈淑贞 大婶卖了十年汤圆，学了十年。

殷月影 每天都学？

陈淑贞 每天都学。

殷月影 那我跟着你，边卖汤圆边学识字。

陈淑贞 好，有志气。 洪相公，科试考期已近，你要抓紧温书才是呀。

洪轩章 大婶，实不相瞒，一提温书我就烦，读书实在是太辛苦了。

殷月影 读书有什么辛苦啊？坐在学堂里，日晒不着雨淋不到，哪有做田辛苦。

洪轩章 不辛苦你来坐坐试试！坐到腰疼，写到手软；念到头晕，看到眼暗。整天闷在屋里，闷到人都要发霉了！

陈淑贞 洪相公，那你说，干什么才不辛苦？

洪轩章 像你这样就不辛苦，挑着担子走村过乡，多快活！

殷月影 啊？快活？你来挑挑试试，不用你走到村里，你就走十步！

洪轩章 挑就挑！（挑担子，歪歪斜斜，狼狈，陈淑贞上前接过担子）

殷月影 （大笑）快活吧？读书辛苦还是挑担辛苦？

陈淑贞 洪相公从未挑过担，难为他了。洪相公，其实，做什么事情都一样，只要用心、肯做，就一定能做好。你看，这汤圆虽小，但要用糯米粉、花生馅、红糖才能做成；糯米要经过插秧、拔草、捉虫、割稻、打谷、晒谷、碾米、去糠，才有糯米，然后再磨成糯米粉。

殷月影 花生要经过点种、拔草、捉虫、收豆、晒豆、剥豆、磨粉这么多工序才能做成花生馅；甘蔗要种蔗、拔草、捉虫、砍蔗、熬糖才有红糖。

陈淑贞 用这些材料，经过和粉、配馅、捏汤圆、煮汤圆，才有汤圆吃啊。

洪轩章 想不到这小小汤圆，要经过这么多人辛苦才有的吃！正所谓“谁知盘中餐，粒粒皆辛苦”。

（唱） 聆听大婶一席语，
胜读十年圣贤书。
语重心长理通透，
轩章自惭愧不如。
自责读书太儿戏，
写字习文无心机，
课堂听讲嫌辛苦，
应付度日年过年。

陈淑贞 （唱） 相公聪慧又明智，
应趁少年惜时机；
青春易逝光阴过，
莫等老年后悔迟。

洪轩章 多谢大婶教诲，轩章受益匪浅，请受我一礼。

陈淑贞 （扶） 洪相公礼重了。

[洪禄内叫：公子——！

洪轩章 大婶，殷姑娘，我要回去温书了，就此告辞。

[洪禄上。

洪　禄 公子……

洪轩章 禄伯，回家温书去！（下）

殷月影 哎，洪相公……

洪　禄 公子今天为何像变了一个人？未等我开口就肯回家了？公子，等等！

陈淑贞 这位大叔请留步。

洪　禄　（回头二人互相打量）这位大嫂，叫我何事？

陈淑贞　我想问你，洪相公可是你家老爷夫人的亲生儿子？

洪　禄　你，你可是十八年前被抢走一双孩儿的陈淑贞？

陈淑贞　正是。

洪　禄　哎呀大嫂，当年我抱走你孩儿也是替人做工逼不得已。我家老爷夫人早已去世，轩章公子正是你亲生儿子！（叫）公子！

陈淑贞　（阻拦）大叔，科试考期已近，烦劳你细心照顾他，让他安心赴试。待科试完毕，再将实情告诉他。

洪　禄　大嫂讲得有理，老奴照办就是。

［殷月影拉淑贞。

陈淑贞　大叔，还有一事，这位殷姑娘对你家公子有意，请转告他，若同有此心，金榜题名，即来迎娶。

洪　禄　（喜）好，好！这下乜事都妥当啦！

［灯暗。

（伴唱）　妥当妥当真妥当，
喜欢喜欢皆喜欢；
只待科试放榜后，
媳儿齐齐拜亲娘。

第五场　斥　兄

［距上场三月后。

［二幕前。洪轩章策马上。

洪轩章　（念）三月苦读见成效，名登三甲喜气扬。

（唱）　多凭大婶来提点，
脱胎换魂我轩章；
闭门苦读三月整，

科试题名探花郎。
对大婶深深存敬仰，
感觉也同慈母般。
禄伯他告知实情添惊喜：
大婶原来就是我亲娘。
喜事连连来不断：
娘为我定下姻缘把线牵；
今科状元是我哥哥，
四喜临门喜煞人。
心急认亲不待等，
即刻上门来拜参；
先找状元认哥哥，
到明日兄弟齐齐认亲娘。
走，走，走！（策马下）

[二幕启。状元府堂。

贾天保 （念）金榜题名喜未尽，身世令人添彷徨。

（唱） 娘亲临终对我讲，
她非是吾亲母娘；
我是抵债到贾府，
变卖我者是我亲娘！
同胞弟弟同遭难，
现今未明在何方。
百思不解生怨恨：
母卖亲儿乜心肠？！
心对亲娘生恶感，
心对奶娘常挂念。
奶娘慈善又正气，
对我关怀照顾周祥。

体贴入微嘘寒暖，
情同骨肉心相牵；
难忘桌前同执笔，
字字学读志顽强。
越思越想越感叹，
又恨又忧又心伤；
可恨心毒是亲母，
可敬心慈是奶娘。

[李彩英上。

李彩英 夫君因何闷闷不乐？又想起你的奶娘来了？

贾天保 奶娘失踪已经十年，派人四处查访，至今全无消息，唉！

李彩英 奶娘不过一下人，夫君何需为她如此操心？

贾天保 夫人有所不知，奶娘于我，胜似亲娘！

[一家院上。

家　院 禀状元爷，探花洪大人来访。

贾天保 有请。

家　院 有请洪大人！（李彩英下）

[洪轩章上。

洪轩章 参见状元公！

贾天保 洪大人免礼！（扶，二人照面）

洪、贾 （二人同时）呀！

（同唱） 状元（探花）与我貌相像，
高矮身材也同般。

洪轩章 （唱） 弟站面前兄不识，

贾天保 （唱） 莫非眼前是我弟郎？

（念） 洪大人，请问何事来访？

洪轩章 有件大事，需请教状元郎。

贾天保 请讲。

洪轩章 听说状元郎并非贾家亲生养？

贾天保 此事你怎知由端？

洪轩章 因为我的身世与你一样；

贾天保 刚满一岁，我与同胞弟弟一起被卖给他人；

洪轩章 对，和我一同被卖的是我同胞兄长；

贾天保 我弟被卖给一洪姓富商；

洪轩章 我兄长被卖给一贾姓商人；

贾天保 我是三月初六卯时生；

洪轩章 我的生日和你一模一样！

贾天保 弟弟——！

洪轩章 兄长——！

（同唱） 兄弟相认热泪淌，
骨肉重逢喜万般。

贾天保 （唱） 弟弟呀，可知父亲他在哪？
乜姓乜名可知详？

洪轩章 （唱） 父亲姓名未曾访，
生母实情已知端。
今日特来认哥哥，
明日一齐认母娘。

贾天保 （唱） 提起生母怒火旺，
蛇蝎心肠豺狼般。
竟然变卖亲生子，
世上最毒这妇人！

洪轩章 （唱） 这话你是听谁讲？

贾天保 （唱） 养母从头讲由端；

洪轩章 （唱） 一面之词未可信；

贾天保 （唱） 卖仔书文指印红。

洪轩章 （唱） 母亲她与你所讲不一样，
我见她为人善良并端庄；

勤劳朴实自强自立，
认识之人都赞扬。

贾天保 （唱） 你硬要认我不管，
这种人我定不能称母娘，
无心无肺性残忍……

洪轩章 你住口！
（唱） 不准污辱我亲娘！
不想认娘就直讲，
何需捏词编由端。
不认亲娘为不孝，
走走走你我一齐上公堂！（拉保下）

[灯暗。

[二幕前。贾福和洪禄上。

洪　禄 哎呀事搞乱事搞乱！两位少爷刚刚相认又闹翻，为了认母之事上公堂。

贾　福 当年你我将他兄弟抢，害她母亲确凄凉，直至今日背着卖子罪名苦难当。

洪　禄 无妃若，你我一齐上公堂，为他娘亲做证人，让她母子消除误会得团圆。

贾　福 对对对，你我将功来补过，一世做人总该做件好事才心安才心安。

洪　禄 走！（二人同下）

[殷月影、李彩英上。

殷月影 走慌忙走慌忙！嫂嫂来报信，夫君闹到公堂上，不知怎收场，赶紧来劝架，免至再吵喊。

李彩英 家丑不外扬，内事莫声张，先把二人拖回府，在家怎吵都无妨都无妨。快走！（二人同下）

第六场　告　夫

（伴唱） 兄弟争执不相让，
吵去吵来吵天崩；

各执己见为认母，

探花状元闹公堂。

[二幕启。巡按大堂。张仕元坐堂上，洪轩章与贾天保堂下争执。

贾天保 洪轩章你无头脑！

洪轩章 贾天保你无良心！

贾天保 洪轩章你性太硬昂！

洪轩章 贾天保你人太枭良！

贾天保 洪轩章你强词夺理！

洪轩章 贾天保你不可思议！

张仕元 哎哟两位大人，你两位吵了半天，吵得我头昏脑涨，究竟为了何事，可否安静下来，一一从头慢慢讲？

洪轩章 好，我讲。

贾天保 我讲！

洪轩章 我先讲！

张仕元 好好好，探花先讲。

洪轩章 大人！我兄弟一岁之时被卖与他人抚养；我娘亲历尽千辛万苦，寻找孩儿十八年长；到如今找到孩儿，他竟不肯认亲娘！

贾天保 大人！卖我之人乃是我亲娘，既卖亲生儿，说明她良心尽丧，如此之人，我绝不认她为亲娘！

洪轩章 你不肯认亲娘，你反骨枭良！

贾天保 要认你认，你不该强人所难！

张仕元 莫吵莫吵，本官总算听明白了：你们本是同胞兄弟俩，为了认母之事互不相让，是吧？

洪轩章
贾天保 正是。

张仕元 这是你们家事，无需闹上公堂；正所谓清官难断家务事，你们兄弟且回去好好商量。

[内声：少爷！相公！（贾福、洪禄、李彩英、殷月影上）

[贾福、李彩英拉贾天保，洪禄、殷月影拉洪轩章。

殷月影
李彩英 相公，有事回家再讲，莫要在公堂吵喊。（拉二人往外走）

贾　福
洪　禄 哎哎少爷（公子），我有天大的事情要做证，要在公堂明讲！（拉二人回内）

殷月影
李彩英 回家讲！（拉）

贾　福
洪　禄 公堂讲！（拉）

张仕元 莫吵！公堂不是菜市场，拉拉扯扯成何模样？统统回去，退堂！

[堂鼓骤响，陈淑贞内叫：伸冤！急上，跪堂中。

陈淑贞 （举状）大人，伸冤啊！

张仕元 下跪之人，有何冤枉？

陈淑贞 大人，民妇的冤情，尽写在这状纸之上！

张仕元 呈上来。

[陈淑贞交状纸起身。

贾天保 奶娘？

陈淑贞 ？

贾天保 奶娘，我是天保啊！（唱歌谣）雨仔落落落泱泱，

陈淑贞 （接唱）　依去书房坐书窗，

贾天保 （接唱）　先生会教侬会拾，

陈淑贞 （接唱）　娘送汤圆到书房。

天保！

贾天保 奶娘！（二人相抱）奶娘，这十年您到哪里去了？天保找得您好苦！

陈淑贞 天保，奶娘对你说过，奶娘以前因为不识字，失去了一双孩儿……

贾天保 您找到他们了吗？

陈淑贞 天保，轩章，你们就是我十八年前被抢走的一双亲儿郎！

（唱）　　十八载冤情今要讲，

十八载屈辱积心胸；
十八载齿咬血流吞回肚，
十八载日盼夜怀亲儿郎！
当年你爹借钱赴京去考状，
指望他高中回来把债还。
谁料他一去无音讯，
期限到债主上门逼你娘。
你娘目不识丁被人诳，
可恨旷贤诡计多端，
他骗我按下指模为理据，
活生生抢走我的亲儿郎！
可怜你奶奶痛失孙儿气绝身亡！
婆婆啊！

贾天保
洪轩章 奶奶呀！（哭）

张仕元 娘亲啊！（哭）

贾天保 巡按大人，我们在哭奶奶，你却是哭何人？

张仕元 啊？哦，本官听得凄凉，想起我娘亲来了啊。

洪轩章 娘亲，后来又怎样了啊？

陈淑贞 （唱） 一纸借据成罪状，
张族人说我变卖亲儿、
逼死婆婆罪不容宽，
将我赶出家门去，
流落街头倍凄凉。

贾　福 （对天保）少爷，当时我见你娘亲凄凉，便叫她改姓换名到贾府给你当奶娘，把你带大。

贾天保 那，为什么你突然失踪了？

陈淑贞 （唱） 闻听你爹当了大官理公案，
估是黑夜见阳光；

为娘直奔公堂去，
指望他来救儿郎。

洪轩章 那我爹他定能为你主持公道！

陈淑贞 （唱） 你爹他当了大官良心反，
不信妻房信同窗，
青红黑白未分辨，
一纸休文休你娘！

贾天保
洪轩章 啊？想不到爹爹他竟如此糊涂？!

陈淑贞 （唱） 从此后为寻亲儿四处访，
叫卖汤圆乡过乡，
风风雨雨十八载，
今日里与儿相逢在公堂。
儿啊，为娘我，
悲不悲？惨不惨？
痛不痛？伤不伤？
为娘冤屈不冤屈？
为娘凄凉不凄凉？

贾天保
洪轩章 娘亲——！

陈淑贞 （唱） 今日里尽倾苦水公堂上，
有请众人做判官，
当年孩儿被抢我该当何罪？
造致家破人亡祸首罪魁是谁人？

贾　福
洪　禄 （念）大人请听老奴讲，当年是我将少爷抢。老爷夫人在世刑头重，三申五令不准露口风；若有半点泄露要我棍下亡，因此一直不敢说真相。今日公堂来做证，少爷啊，她确是你亲母娘，所讲之言一字一句无虚诳，还请大人明察秋毫秉公来审判来审判。

贾天保　娘亲——！悔不该偏听偏信把娘怨，欣喜奶娘是亲娘！（跪）

张仕元　（唱）　悔当年刚愎自用我错判，

巡按原属糊涂官；

我不该偏听偏信不深究，

我不该一时糊涂休妻房。

十八年沉冤明真相，

面对妻儿愧难当。

手托乌纱双膝跪——（跪）

求妻开怀恕夫郎！

贾天保
洪轩章　娘亲，巡按大人他是？

陈淑贞　这糊涂巡按就是你们的父亲大人！

贾天保
洪轩章　拜见爹爹！

殷月影
李彩英　拜见公公！拜见婆婆！

[陈淑贞扭头不理张仕元，儿子媳妇将他们推到一起。

[伴唱：　雨仔落落落泱泱，

侬去书房坐书窗，

先生会教侬会拾，

长大学成状元郎！

[幕落。

[剧终。

·雷剧卷·

岭南圣母

编剧：王新生　梅　晓

人 物 表

冼　英　百越大首领，后尊为圣母

冯　宝　梁朝高凉郡太守，冼英之夫

达　猛　俚峒峒主

陈霸先　梁朝大将军，后为陈武帝

华　乃　陈朝丞相，后为隋朝使臣

少年冼英、少年达猛、秀 女、叛 将

内 侍、陈 蒨、韦 洸、各峒首领

俚僚民众，梁、陈、隋兵将，陈、隋大臣，御林军

[公元 535 年—602 年，梁、陈、隋三朝时期。

[岭南及建康一带。高凉。

[喜乐声起，空中传来高喧：“今高凉喜逢吉日，共祝太守冯宝入赘！共贺大首领新婚大喜！众民同乐啊！”顿时，欢声鼎沸……

[一束光下显出身着汉族婚装、头顶红盖头的冼英。

[一串笑声犹如天际飘来，少年达猛与少年冼英嬉戏上。

少年达猛　哎，英妹，你看！

[显出一株坠满宝牒的许愿树。

少年冼英　许愿树？

少年达猛　来，咱也许个愿。大了，我娶你！

少年冼英　不，达猛哥，到时……我要打亲入闺，嘻嘻！（绕树嬉闹，被捉）

少年达猛 英妹！

少年冼英 达猛哥……

[优美而深情的岭南民歌：

小小蜜蜂黄翅膀，
一飞飞来妹心房。
向妹心头咬一口，
问妹想郎不想郎……

[二人脉脉含情，渐隐。

[头顶红盖头的冼英情有所动，轻撩盖头，回眸……

冼　英 （怅然若失地）达猛哥！……（唱）

恍若一梦蓦然醒，
洞房烛红人孤丁。
欲把心比清潭水，
偏又是涟漪层层波不停。
今朝初嫁红妆裹，
又怎能，面对新人念旧情？

（忽传来一声大笑，忙端坐如初）

[屋外，陈霸先挑灯扶微醺的冯宝上。

陈霸先 新婚燕尔，却一味贪杯，就不怕辜负了良辰美景？

冯　宝 哎呀陈兄，休要取笑我了！

陈霸先 怎么？

冯　宝 咳！（唱）

喜宴苦酒倍惆怅，
糊涂涂入赘高凉，难忍凄伤！
说什么，抚循岭南有依傍，
道什么，俚汉通婚为兴梁。
夫妻竟然靠捆绑，
分明胡乱点鸳鸯。

奈何父命难违背，

可叹我错配蛮女作新郎！

（扯下红绫欲走）

陈霸先 哎哎，贤弟！木已成舟，怎好负气而去？

冯　宝 你怎知我心头之苦哇！

陈霸先 入得洞房，或许就恩爱有加了，来来，戴上。

[冯宝欲吐，陈霸先忙安抚……

[突然，达猛越窗而入。

[屋内。

冼　英 （惊起）你？

达　猛 我决不让你落入汉人之手！

冼　英 达猛哥！（含泪扑入怀中）

达　猛 扯掉这身汉人皮，跟我走！

冼　英 （挣开）不不，岭上百花开，任哥随手摘，你就别……

达　猛 你是我的女人，我的女人！

冼　英 可我……已不是从前的英妹了呀！

达　猛 （悲苦地）英妹！

[屋外。

陈霸先 （叹气）贤弟，早知如此，当初又何必应允？

冯　宝 势也，运也！

陈霸先 此话何意？为何非娶这蛮女？

冯　宝 陈兄有所不知，身为边臣，百越难统，为安抚俚僚，唯有联姻。

陈霸先 （醒悟）这……

[屋内。

冼　英 达猛哥，忘了我吧！

达　猛 不！为什么！为什么非嫁那汉人？

冼　英 （长叹）眼下岭外群雄争霸，战火危逼岭南，不依附汉室，恐百姓遭殃！

达　猛 这……可那冯宝委身入赘，分明别有用心，我……

冼　英　达猛哥！你……你就做我的亲哥哥吧！

达　猛　不！今生今世，我与你生死不离！（拖住冼英）我们走！

[达猛开门欲行。

陈霸先　（惊讶）不好，有人抢亲！

冯　宝　（上前拦阻）啊？你……

达　猛　哈！来得正好！（抽刀砍去）

冼　英　当心！（急护冯宝）

陈霸先　找死！（愤而夺刀，直逼达猛）

[冼英忙徒手挡开陈霸先，一掌将达猛推出。

冼　英　还不快走！

达　猛　（羞恼地）我与尔等势不两立！（奔下）

陈霸先　（不由注目冼英）难怪岭南千峒归附，果然是盖世巾帼！

冼　英　得罪了。

陈霸先　（凑近冯宝）得此奇女，怎还万般委屈？若非你捷足先登，我陈霸先怕也要出手抢亲喽。

冯　宝　你……也忒霸气凌人了吧？

[陈霸先仰天大笑。

[陡然，铜鼓声起。

[“大首领——”秀女疾上。

秀　女　不好了！达猛峒主他……他他他……

冼　英　他待怎样？

秀　女　聚众反梁！

冼　英　啊？

陈霸先　小小蛮夷胆敢造反，待我请兵平乱！（下）

冯　宝　陈兄！陈兄不可……（拦阻不及，顿足）

冼　英　达猛啊达猛，你闯下大祸了！

[切光。

[鼓声激越。

[一束光下，达猛赤膊奋力击鼓。

[一声喊："点篝火！"篝火熊熊燃起。

[各峒首领带俚僚民众持械狂舞，声震山谷。

达　猛　族人们！(一指梁旗)那是谁之大旗？

众俚僚　梁朝大旗！

达　猛　(又一指脚下)这是谁之高凉？

众俚僚　俚人高凉！

达　猛　我等生是高凉人，死做高凉山鬼，岂能任由汉贼欺辱？

众俚僚　驱走汉贼，雪我耻辱！

达　猛　好！(唱)

千年古榕俚人栽，
万仞青峰俚人开。
激流飞溅俚人血，
红岭养就俚人胎。
铮铮俚汉敢伏虎，
岂容汉魔进山来。

众俚僚　(唱)　铮铮俚汉敢伏虎，
岂容汉魔进山来。

达　猛　(唱)　冲天一吼凌霄外，
誓保高凉攘外消灾；
砍梁旗，开杀戒——

众　(接唱)　俚家清平世界夺回来！

[达猛一刀砍去，梁字大旗訇然落地。

众俚僚　杀——

[切光。

[远处鼓角阵阵，旌旗猎猎，梁朝兵将持戈挺进。

[内唱："恨达猛反梁廷祸起五岭——"冼英飞马上。

冼　英　（接唱）　终招致，十万兵，千里征伐挟飓风，

尘嚣嚣漫卷血腥！

本以为，冯冼联姻岭表定，

俯首归梁可靖宁。

孰料想，莽汉扯旗逆天动，

保境安民一梦空。

听鼓角，千钧雷霆动地滚，

看旌旗，万纛蔽天血阳红。

漫岭官兵势汹汹，

眼见俚民刀丛中。

山崩于前苦无计，

唯有弱肩阻天倾，只身拦兵万千重！

[杀声四起，陈霸先与达猛分别领兵上。

冼　英　（勒马喝止）不得动武！

陈霸先　哦，弟妹。

冼　英　陈兄。

陈霸先　大首领。

冼　英　陈将军！

陈霸先　谢夫人大开山门，助我讨逆。

冼　英　呵呵，岭南乃大梁之王土，俚人乃圣上之子民，冼英身为汉臣，焉能引兵入关置王土于不顾、陷黎民于水火？

陈霸先　（大笑）陈某乃奉旨行事。

冼　英　自古俚汉一家，怎忍同室操戈骨肉相残？

陈霸先　难道要我养虎成患？

冼　英　以免生灵涂炭。

陈霸先　除非献出达猛人头！

冼　英　你……

达　猛　哈！爷爷在此，先杀你个人仰马翻！

陈霸先 夫人让开!

[两军对垒，冼英拦挡，终难阻止，见俚人接连倒下，痛极，大喝一声，挺剑怒刺陈霸先。

[“住手！”冯宝带兵疾上，死死拉住冼英。

冯　宝 夫人！夫人……

冼　英 好端端一个岭南，眨眼血火遍地，我岂能容他!

冯　宝 陈霸先！你好狠心呐！（唱）

达猛不过性鲁莽，
因爱生恨欠思量。
釜中汤沸当撤火，
血洗俚峒为哪层?

陈霸先 （唱） 受命镇边筑屏障，
平定骚乱保南疆。
奉诏率兵剿匪祸，
岂容蛮夷反大梁?

冯　宝 （唱） 动辄杀伐结仇怨，
俚汉反目乱家邦。

陈霸先 （唱） 偏袒逆贼须琢量，
助他气焰更张狂。

冯　宝 （唱） 兴国莫忘怀柔术，

陈霸先 （唱） 王法如天难更张。

冯　宝 （唱） 恳请罢兵熄战火，

陈霸先 （唱） 抗命不遵你怎对君王?

冯　宝 下官自当竭力安抚，奏明圣上!

[冼英不由对冯宝另眼相看。

达　猛 呸！哪个要你安抚？来呀，与汉贼拼了!

冼　英 (出剑挡住)上前者，杀无赦!

达　猛 你……(推开，挥刀欲前)

[冼英忍痛一剑刺倒达猛，众惊。

冯　宝　夫人！

冼　英　（颤颤下令）重树梁旗！

[梁旗升起。

陈霸先　（顿生敬意）退兵！

[光聚。冼英弃刀走向达猛……

冼　英　（猛可，痛彻心扉地）达猛哥！

[收光。

[月下，一队俚族女青年轻盈上。

女青年　（唱民歌）月儿弯弯半露脸，

阿妹含羞来泉边。

布隆闺外等郎哥，

相约相随到百年。

[“嗷——嘿！”许愿树后跃出一群俚族男青年。

男青年　（应唱）　月亮一步爬上山，

阿哥树下眼望穿。

今晚月老牵红线，

我与阿妹心心相连谐凤鸾。

[优美的岭南音乐，一队俚族青年男女情意绵绵上。

众男女　（合唱）　心相连，

情相牵。

今生跟哥岭上走，

许愿抛球结良缘。

[许愿树下，青年男女许愿抛球，幸福地结伴离去。

[胸缠绷带的达猛抱酒晃上，见双双远去，不由悲从中来。

达　猛　许愿树，许愿树啊！（掷坛，唱）

见古榕又撩起往日梦境，

树依然人非昨好不伤情!

数月伤渐愈，百日血泪凝。

黄连根茎苦，最苦达猛心。

热望成灰随风去，

鸠占鹊巢我孤零。

血性男儿恨难禁，

惹来汉家十万兵。

为妹舍身杀上阵，

她……她她她竟然一刀夺我命，红了白刃，断了痴情！既然缘灭恩义断，养什么伤？保什么命？莫如了残生，绝恋情！

（扯绷带撕伤口）啊——

[冼英携篮上，闻声疾扑上前。

冼　英　达猛哥！你……不想活了你?

达　猛　（含悲苦笑）哈哈哈……活着哪如一死痛快！（欲走）

冼　英　站住！早说一死，我何必单枪匹马力阻十万大军？又何必情急之下剑出偏锋留你一条性命！

[达猛愕然回首。

冼　英　早说一死，我何必派人翻山越岭为你采药调治？又何必令人精心服侍再由你寻死觅活！

达　猛　我……

冼　英　你可图一时之快，逞一己之能，而我呢？千峒寄望的大首领，可能容你招致兵燹，断送无数生灵?

达　猛　这……

冼　英　我本无意伤你，可又不能不一再伤你。知道么？自打传鼓之日，英妹就不再是高凉山上任意翻飞的太阳鸟了呀！

达　猛　（一震）大首领！

冼　英　不，喊我英妹。

达　猛　英……英妹！

冼　英　（泪水盈盈地）达猛哥，我本不想当这大首领，不想当啊！（唱）

莫唤大首领，唤得妹心痛，
难忘儿时梦，纵情山水中。
妹好想，一如翔鸟穿林莽，
妹好想，天高任飞舞长虹。

达　猛　（唱）我也恋，深山放歌妹呼应，我也恋，龙潭戏水形影相从。

冼　英　（唱）若非铜鼓击梦碎，妹还是啊，无拘无束无羁无绊哥疼哥爱的小冼英，与你心相溶！

达　猛　英妹！（唱）

虽说达猛性狂纵，
却也有三分柔肠叠九重。

冼　英　（唱）情深意长妹愧领，兄妹相称——

达　猛　不！（接唱）

哥只盼，妹莫忘今生誓盟一世情浓！

冼　英　我……只望你多多保重，日后我与你另择秀女……

达　猛　我非你不娶！

冼　英　可我已是冯宝之妻。

达　猛　杀了冯宝，你就还是我的英妹！

冼　英　什么？

达　猛　有他无我，有我无他！

冼　英　你……若敢动他一根汗毛，我拿你祭旗！

达　猛　英妹！

［冯宝提草药上，闻声驻足。

冼　英　你真混呐！冯太守文韬武略君子之风，初到岭南，便使民以礼治下清平，政令一出万民乐从。即便对你，也是阵前陈词力保你命，事后，仍不予追究望你自省，而你！你却习性不改一意孤行，以怨报德冥顽不灵。倘若再动杀念……

达　猛　汉魔不除，天理难容！

冼　英　那我就是大首领！休怪我法不容情！

达　猛　（痛切地）你…… 不是我的英妹！（拧身下）

［冼英仰面泪下。

冯　宝　呀！（唱）

无意撞见眼前景，

胸中油然敬意升。

先前错把蛮女看，

今番始觉殷殷情。

原以为，此生无缘大不幸，

不承想，心心和鸣情意深。

心怀歉疚示爱意——

冼　英　（泪望许愿树，唱）谁知我风中黄叶独飘零！

冯　宝　夫人。

冼　英　（忙拭泪）哦，冯郎。

冯　宝　看这一树彩虹，好不撩人心动。

冼　英　彩虹虽美，又怎知不成过眼流云？

冯　宝　倘若云开日出，岂不另有一番景致？

［冼英心头一动，回望冯宝。

［岭南民歌响起：

小小蜜蜂黄翅膀，

一飞飞来妹心房。

向妹心头咬一口，

问妹想郎不想郎……

［二人不禁心潮涌动。

冼　英　冯郎……

冯　宝　夫人！

冼　英　（唱）　心头砰然小鹿撞，

竟如头回识冯郎。

冯　宝（唱）　今朝着意细端量，

顿觉无酒醉欲狂。

冼　英（唱）　看夫君果真是风流倜傥，

冯　宝（唱）　望爱妻实堪称冠压群芳。

冼　英（唱）　临危方显伟丈夫，

冯　宝（唱）　经久才辨芙蓉红。

冼　英（唱）　叹以往，形同陌路，

冯　宝（唱）　悔当初，冷若冰霜。

冼　英（唱）　幸喜姻缘天成就，

冯　宝（唱）　阴霾一扫遍霞光。

二　人（唱）　许愿树下重携手，

宛若织女会牛郎！

冼　英　冯郎！

冯　宝　夫人！

冼　英　今生今世——

冯　宝　不离不弃！（相拥）

[秀女奔上。

秀　女　大首领！河南王侯景起兵反叛，皇上他被困京都！

冼　英　怎讲？

秀　女　侯景叛乱，皇上被困！

冯　宝　哎呀！

秀　女　大将军陈霸先举兵勤王，已遣副将送达手书，力邀太守与夫人合力平叛！

冯　宝　夫人！情势危急刻不容缓，我率本部兵马先行——

冼　英　为妻殿后！

[一声闷雷。

[收光。

[雷声迫近，夜笼丛岭。

[叛将领兵杀气腾腾上。

叛　将　哈哈！（念）

皇帝老儿困建康，
不日景王登庙堂。
可恨旧臣不自量，
聚合残部欲勤王。
料定冯冼从此过，
依险设伏斩杀光！
（挥手，叛军潜下）

[内唱：“连夜奔袭飞马驰骋——”冯宝率军策马上。

冯　宝　（接唱）千里救驾出奇兵。

可叹君王迷佛事，
反让逆贼有机可乘。
圣上身陷虎狼口危及性命，
大梁存亡于旦夕我急在心。
情急横穿黑松岭——
（突然马嘶惊立）不好！（接唱）
拔剑出鞘把敌迎！

[叛军涌上。

叛　将　还不下马受缚！

冯　宝　叛贼看枪！

[双方激战，冯宝勇挑叛兵，却渐陷重围。

[冼英杀上。

冼　英　哪里走！（几个回合，一剑将其斩于马下）

[忽一叛兵放箭。

冯　宝　当心！（推开冼英，中箭）

冼　英　冯郎！（抱住）

冯　宝　（吃力地）夫人，你我……今生有缘，结为夫妻，冯宝……无憾了！

冼　英　冯郎！

冯　宝　夫人……天下风云变幻，望凡事以民为重……向化中原，向化……中……原……（溘然长逝）

冼　英　（痛呼）冯郎——

［一声炸雷，风雨骤来。

冼　英　（唱）　山崩地裂霹雳震，

风如刀，雨似剑，刺我胸膛穿我心，惊煞痛煞断肠人！

冯郎啊——

不敢信，你出师未捷身先殒，

续情缘化英魂转眼之间。

不敢想，百年相守话犹在，

霎时竟成两界人！

［岭南民歌响起：

小小蜜蜂黄翅膀，

一飞飞来妹心房。

向妹心头咬一口，

问妹想郎不想郎……

冼　英　（唱）　从此孤雁无依傍失依恋，

寻你唯有梦里间。

泣血叮嘱已铭记，

不负你报国安民心意拳拳。

冯郎啊——你且高卧安然睡，

为妻我戴孝出征举哀兵杀尽贼人！

（扯内襟，扎于头上）北上杀贼！

［雷声。风雨中，全军披孝壮行。

［光渐收。

[伴唱： 拍天怒涛三千丈，

席卷叛军下建康。

山河重整新朝立，

一代霸主登庙堂！

[伴唱中，义军横扫叛军，随即，陈朝大旗赫然高悬。

[一声朗笑，陈霸先阔步上。

陈霸先 （唱） 扫乱贼定乾坤天降大任，

安社稷立大陈万众归心。

看诸侯臣服，百姓依顺，

恰如那，大江东流荡尽鬼魅天下安宁。

登基来日见得国运昌盛，

欣然中梦中伊人牵挂在心。

且把谕旨作鸿雁——

华爱卿！

华　乃 臣在。

陈霸先 朕禅梁称帝坐拥天下，冼夫人功不可没，速速召她进宫！

华　乃 遵旨！

陈霸先 夫人呐！（接唱）

朕视你为扛鼎之臣、可知朕仲爱之情？

[光暗。

[“圣旨下！”显出华乃，中年冼英伏地听宣。

华　乃 “永定三年，国运隆盛，然纷扰如缕，朕心怫郁。为御大陈忧患，着即宣百越大首领冼英入宫辅弼，钦此。”

冼　英 （惊）华大人！……

华　乃 圣上令我亲传圣旨，足见如何看重夫人。

冼　英 可我……

华　乃 事不过三，假如一再拒诏……夫人，你不就为保岭南平和嘛？

冼　英　你是说……

华　乃　（轻叹）接旨吧。

[光聚，华乃隐去。

冼　英　（惊怔半晌，唱）手捧诏书千钧重，

忽如坠崖脚踏空。

连番圣旨宣我去，

帝心昭然要我相从。

恼上来，再次拒诏不从命——

[耳畔忽又响起华乃的声音：“事不过三，假如一再拒诏……夫人，你不就为保岭南平和嘛？”

冼　英　（猛一激灵，接唱）

猛想起，华大人话有暗指透隐情。

若抗旨，殃五岭，

若进宫，违我心。

陈主素来人霸道，

或去或留皆难安宁。

皇上啊——

我一向仰视怀钦敬，

你怎不明臣子心？

强势逼人屡传圣旨，

辱没了堂堂英雄壮志豪情！

倘若冯郎在世，你如何面对你的贤弟？倘若冯郎在世……也好帮我拿个主意呀！

[“夫人！”显出冯宝。

冼　英　冯郎？

冯　宝　（唱）　去也危，拒也险，

何去何从思再三。

若为岭南百姓故，

望夫人，敢履险，巧周旋，谨慎应对保两全！

(隐去)

冼　英　履险？周旋？……冯郎，冯郎，我明白了，好，我去！

[达猛冲上。

达　猛　去不得！陈霸先生就虎狼之心，怎可入他圈套？

冼　英　备马！

达　猛　英妹！

[切光。

[一束光下，众大臣窃窃私议。

大臣甲　（念）春去秋来近三载，

大臣乙　（念）三道诏令如沉海。

大臣丙　（念）皇上隐忍雷霆怒，

大臣丁　（念）抱病寝宫龙体衰。

大臣甲　（念）一旦龙驭宾天去，

众大臣　（念）留此蛮女定招灾！

大臣甲　事不宜迟——

众大臣　力谏圣上！（圆场）

[灯亮，秋雨绵绵。

[寝宫内，陈霸先恹恹卧床，华乃侧立。众大臣鱼贯而入。

陈霸先　宫外何人喧闹？

众大臣　臣等恭请皇上圣安！

陈霸先　雨夜到此，可有要事？

大臣甲　哦……皇上，那冼英自恃百越之首，欺君罔上目无天朝哇！

大臣乙　俚僚一向难以宾服，归附汉室，怕是韬光养晦另有图谋吧？

大臣丙　偌大五岭乃至珠崖，尽辖于冼英一人，若有风吹草动，社稷堪忧哇！

大臣丁　此人不除，遗患无穷！

华　乃　一派胡言！若无冼夫人鼎力勘乱，哪有大陈之今日？若无她镇服百越，哪有这江山之稳固？

大臣甲 华大人，冼英拥兵数万，其意安在？

大臣乙 抗旨不遵，意欲何为？

大臣丙 丞相亲临，尚且请她不动……哼哼！

大臣丁 妇人之仁呐！

陈霸先 住口！摇唇鼓舌，拨弄是非，你们……哪个又敢与冼英比肩？滚！

[众大臣惶惶退下，华乃告退。

陈霸先 （烦乱地移步窗前）难道……你偏要做鸡肋不成？咳！（唱）

秋雨潇潇秋风冷，
心绪不宁沉疴缠身。
戎马半生创伟业，
不曾想，仅三年命悬一线近黄泉！
恋冼英，心仪之人偏抗命我威严丧尽，
忧储君，蒨儿羸弱无大能大任怎肩？
辅佐后主谁堪用？
三传朕心意，皆成耳旁风，我忧心添疑云。
莫非廷议无妄言，
她她她……意欲称雄独霸南天？
夫人呐——
寡人待你情非浅，
拥重兵屡拒诏是为何缘？
是患非患难论定——
江山美人，美人江山，既然不可兼得，那就只好……

来人！

[内侍上。

陈霸先 （接唱）趁一息尚存，朕要钦点兵，杜绝祸患根源！

内　侍 兵发岭南？

陈霸先 永绝后患！

[内喊："百越大首领冼英闯宫见驾！"

陈霸先 （一怔）哦？（招手耳语）

[内侍颔首下，遂御林军潜入。

[内唱："惊悉圣躬染病重——"冼英冒雨上。

冼　英 （接唱）冒险夤夜闯寝宫。

当惜君臣情谊在，

不待诀别悲相逢。

更怕陈主杀心起，

妄将岭南血染红！

（入内）冼英叩见吾皇万岁！

陈霸先 你，终于来了。

冼　英 特来叩谢皇恩，惠泽岭南。

陈霸先 那为何屡屡拒诏？

冼　英 我夫殉国，守制三年。

陈霸先 三年可已期满？

冼　英 尚有不足一月。

陈霸先 哼哼，那怎就赴京闯宫？

冼　英 闻听龙体违和，民女悬心！

陈霸先 哈哈哈……（猛地喷出一口鲜血）

冼　英 血？皇上！

陈霸先 你……可知朕因何致病？

冼　英 日理万机，操劳国事。

陈霸先 再者呢？

冼　英 内忧外患，淤积在胸。

陈霸先 好一个淤积在胸！那三者呢？

冼　英 这三者么……

陈霸先 哼！（唱）

仙翁赏花花不晓，

伯乐识马马蹄撩。
最是伤心求不得，
枉来世间走一遭。

冼　英　（唱）　仙翁赏花花知晓，
伯乐识马马撒娇。
知遇之恩难为报，
唯将花容镌鞍雕。

陈霸先　（唱）　烈马不驯着人恼，
花自凋零莫如抛。

冼　英　（唱）　花残亦可育根基，
烈马通性不离槽。

陈霸先　哦？花残育根基，烈马不离槽？

冼　英　正是。

陈霸先　说得好。（冷丁一声喝）召陈蒨！

［陈蒨跑上。

陈　蒨　拜见叔皇。

陈霸先　来来，蒨儿。（冲冼英）此乃吾宗之英秀也。不过，一旦寡人宾天，只怕他年少无威，难以慑服臣下了吧？

冼　英　为人君者，自当威仪天下，不然……

陈霸先　怎样？

冼　英　如何承嗣大统？

陈霸先　什么？你……（拍案）

［御林军蜂拥而上。

冼　英　呵呵，哈哈哈……（痛心落泪）

陈霸先　你也惧死？

冼　英　死又何惧？

陈霸先　为何落泪？

冼　英　我痛，痛君臣见疑。我悲，悲国将不国！

陈霸先 怎讲？

冼　英 皇上病重，国必式微。后嗣年幼，社稷堪忧。在此受命于危难之时，攘臂于无望之际，本该君臣上下戮力同心，才有望保得江山无虞，可……怎就无端猜忌臣下，就不怕寒透忠良之心吗？

陈霸先 这……

冼　英 （唱）　刀剑相向泪飞迸，

哀我君臣生疑心。

舍命事小家国重，

愿代岭南表忠诚！

（转身跪拜）冼英参拜后主！

陈　蒨 （慌乱地）叔皇……

冼　英 在下愿献扶南犀杖，俯首听命！

陈霸先 （终释怀大笑）哈哈哈……夫人呐，若非你这一跪，险些就先寡人一步归天了哇。（摆手）

[内侍上。

内　侍 冼英听旨！（宣旨）岭南大首领冼英一心事陈，堪称南天一柱。册封中郎将，赐锦绣油络驷马安车一乘，给吹鼓一部，并麾幢旌节，出入礼仪等同刺史！

冼　英 臣……谢主隆恩！

陈霸先 （支撑着摘下玉佩）此乃朕心爱之物，赐予夫人，权作存念，也不枉我陈霸先……此生亦有……心仪之……之人！（倒头晏驾）

众 皇上！（跪伏）

[白幡翻飞。冼英手捧玉佩百感交集，泪如泉涌。

[光渐收。

[一声高唱，月下跃出一群俚汉，击鼓纵舞，刚猛威武。

[须臾，一群盛装俚女踏歌舞上。

众俚女 （唱民歌）月儿弯弯照九州，

新月也知人间忧。

众俚汉 （唱） 山哥登天寻二妹，
二妹含羞月中留。

[秀女引老年冼英含笑登高，观赏踏月风情。

众俚女 （唱） 月儿弯弯照桑园，
哥妹桑下意绵绵。

[达猛自人群中跳出。

达　猛 （唱） 月老专成人间美，
二妹伴哥度华年。

[秀女跑至达猛面前。

秀　女 （唱） 月儿弯弯照山圹，
山圹飞起鹤双双。

达　猛 （撇开秀女，凑近冼英，唱）
白鹤也懂交颈欢，
莫怪山哥癫又狂！

[众齐声叫好，分别与意中人结伴而去。

[冼英示意，秀女扯了达猛跑下。

冼　英 （欣慰地）呵呵呵……（唱）
看满山，灯火阑珊明月映，
听半坡，长鼓咚咚踏歌欢。
赏不尽，俚人风情俚家乐，
赞不够，太平祥和盛景辉煌。
幸喜累年避战乱，
才换得田畴稻谷香，
从此民风不尚武，习礼育美德，
淳朴乡情日渐还。
谁还说，千家峒溪结仇怨？
谁又道，荒蛮之地常械斗、分派结帮？
当谢汉室惠南粤，

也不枉，我一心事陈报恩君王。

[秀女追达猛上。

秀　女　（委屈地）大首领，他……他是根木头！

达　猛　木头纵发芽，也栽别人家！

秀　女　你就做梦吧！

[“报——”一俚兵飞奔上。

俚　兵　大首领！隋朝派出十万大军，直奔岭南而来！

冼　英　啊？速速报于我主，准备迎敌！

[切光。

[内唱：“沧海桑田几经变——”华乃扬鞭催马上。

华　乃　（接唱）　梁易陈、陈易隋，呼喇喇乾坤倒转覆地翻天！

一夜间，后主归降国沦陷，

大隋朝山河一统定中原。

老臣欲待归故里，

猛听得，十万隋兵扑岭南，箭已上弦。

似看见，刀枪之下鲜血溅，

似听见，俚僚同胞哭声喧。

冒死闯宫谏新主，

力陈罢兵去招安，立下军令在君前。

怀揣诏书星夜赶不顾身疲力尽，

十万火急奔边关快马加鞭。

几经险，过深涧，

林中藤，马蹄缠。

山间乱石磕绊绊，

峭壁悬崖奋力攀登。

拍马纵身过天堑——

（腾空跌于马下，接唱）

拼一死，也要追在浩荡大军入岭前！

[切光。

[铜鼓咚咚。

俚　兵　大首领，隋朝大军被阻岭前，按兵不动。

达　猛　好好好，他们这是怕我岭南雄兵，不敢妄动。

冼　英　非也，大敌压境，必是一场血战。族人们！想我岭南，数十年远避战火，好容易争得一派祥和。而今，隋军犯境，众当如何？

众俚兵　誓死抗隋，保我岭南！

[“大首领！”一俚兵上。

俚　兵　抓到一奸细老儿！

达　猛　押来祭旗！

[“走！”蓬头垢面的华乃被俚兵推上。

冼　英　华大人？何以至此？

华　乃　（登时老泪纵横）夫人呐！大陈……大陈已亡，后主归降了呀！

冼　英　（如雷轰顶）此话当真？

[华乃抖抖捧出圣旨。

冼　英　诏书？（急览）“东汉以降，三百余年征战不息，泱泱华夏满目疮痍。痛定思痛，江山待整。大隋朝灭诸侯、成一统，海晏河清。望冼夫人念及苍生天下为重，依附大隋率土归并！”……（悲呼）陈先帝呀！（跌跪）

[光聚，众隐去。

冼　英　（唱）　撮土为香祭先帝，

掷去诏书血泪飞。

大陈旌旗今犹在，

孰料后主交玉玺。

亡国之臣肝胆碎，

松涛难掩我悲啼。

归？不忠不义背先帝，

战？忍见俚人徒捐躯。

归不归战不战路在哪里？

我……我……浑不知身将何处去？心向何处依？乱了思绪……

[“大首领——”达猛带各峒首领与众俚僚上。

俚　兵　大首领，隋军连破数城，现已逼近岭下！

冼　英　（怆然地）天亡我岭南呐！

达　猛　大首领！陈朝已覆灭，大隋欲亡我，何不自立为王？

冼　英　你说什么？

达　猛　我等愿共推你为岭南圣母！（跪）

众首领　圣母！（齐跪）

达　猛　请圣母登坛！

[铜鼓擂响。

[“且慢——”华乃一步抢上。

华　乃　夫人！登坛称圣，与大隋分庭抗礼，必陷岭南于灭顶之灾呀！

达　猛　（揪住华乃）你这寡廉鲜耻的宵小之辈，还敢来妖言惑众！

冼　英　不得无礼！

华　乃　（扑倒）夫人，大首领啊！眼下，万千性命尽系于你一人之身，稍有差池，后果不堪呐！

[达猛一脚踢翻华乃。

冼　英　让他说！

华　乃　昔日诸侯纷争，百姓苦不堪言。岭南屡临兵燹而不乱，全赖夫人识大体，明大义，殚精竭虑力挽狂澜。然则，夫人力擎南天，却无以平复中原，烽火依旧时时危逼岭南，可见，舍天下一统终不得安。而今，隋文帝重整河山荡尽狼烟，还万民于世代平安，实乃当今英主，不啻女娲补天。望夫人三思，审时度势顺时应天，率土归隋向化中原！

冼　英　（周身一震）向化中原？向化中原？哎呀，好险，稍有差念，险些儿铸成塌天大错！

[灯亮。

华　乃　夫人?

冼　英　（一把拉住）华大人，多谢你披肝沥胆指点迷津!

华　乃　（惊喜地）夫人! 你……

达　猛　老贼! 蛊惑圣母动摇军心，找死! （一刀刺去，华乃倒地）

冼　英　（惊）啊? 你……

（内白）：隋朝大军已达岭口，即刻破城!

[远处传来一片杀声。

达　猛　（急）此时不战，还要束手待毙么? 擂鼓出征!

冼　英　大胆!

达　猛　圣母!

冼　英　你妄动杀机，乱我时局，你……你你你死到临头，怎就还不明白! 与我拿下!

达　猛　圣母……圣母你……（苦笑）你心意已决，舍情忘族，心向中原，我……宁肯血洒红岭，决不忘宗灭族! （刷地横刀颈上）英妹，今生难聚首，来世再娶你! （自刎）

冼　英　达猛! 达猛哥……（惊住）

[光聚，众隐去。

[少时达猛与少时冼英的画外音：笑声，"英妹，你看! ""许愿树? ""来，咱也许个愿。大了，我娶你! ""不，到时……我要打亲入闺，嘻嘻! ""英妹! ""达猛哥……"（民谣声起，如怨如诉）

小小蜜蜂黄翅膀，
一飞飞来妹心房。
向妹心头咬一口，
问妹想郎不想郎……

[冼英早已泣不成声。

冼　英　（唱）　惊怔怔见达猛引刃自刎，
顿教人泪飞迸万箭穿心田!
最不堪，兄妹一场临终含恨，

最不忍，半生因缘这般离分。

达猛哥——

你求爱不知妹之爱，

你痴心不懂妹的心。

世人皆称大首领，

可知我，几多愁苦暗自咽？

俚众共推拜圣母，

可知我，此生最想做女人？

你看我——

作首领，原本不爱嫁冯宝，

为岭南，含泪舍我女儿身。

作首领，儿时纯情藏心底，

为岭南，背盟做了负心人。

作首领，明知先帝爱成恨，

为岭南，依旧冒险去面君。

（伴唱） 声声泣、声声怨，

声声痛裂人肝肠；

天啊天！

切莫负拳拳女儿心。

（白）冯郎，达猛哥，先主，你一路走好！

冼 英（唱） 作首领，辜负了三个男儿汉，

为岭南，我有爱不说爱、有痛不说痛、有怨不说怨、有恨不说恨，

生生揉碎这颗心，向谁言？！

大首领？岭南圣母？呵呵！……达猛哥，你死的糊糊涂涂，不值啊！既然称我大首领，还被尊为圣母，那我就只能再负你一回……（猛高喊）易旗归隋——

[回声震荡，隋朝大旗凌空而降。

[光渐收。

[一束光下，显出一隋朝大臣。

隋朝大臣 奉天承运，皇帝诏曰：岭南大首领冼英情在奉国，深识正理，以边陲番族，遵奉朝化，终使岭南百年无战火，立下旷世奇功。为彪炳千古，册封谯国夫 人，赐金匾一方，钦此。（隐去）

[另一束光亮，坠满宝牒的许愿树下，白发苍苍的冼英久久伫望，感慨万千。

冼　英（吟哦）我事三朝主，

唯用一好心。

盛名皆虚妄，

孑然一老身。

呵呵呵……

[岭南民歌响起：

小小蜜蜂黄翅膀，

一飞飞来妹心房。

向妹心头咬一口，

问妹想郎不想郎……

[民歌中，冼英蹒跚走去……

[光渐收。

[剧终。

·雷剧卷·

雷祖陈文玉

编剧：林 奋

人 物 表

陈文玉　青、壮年

陈文玉　少年

陈　鉷　陈文玉之父，60 多岁

陈文秀　陈文玉大姐，青、中年

谢文龙　陈文玉好兄弟

谢文龙　少年

黎粟风　黎首之女

黎粟风　少年

黎火岩　黎族首领

符明道　东合州刺史，30 多岁至 60 多岁

瑶、壮、寮、侗、苗各族首领，雷州民众，州兵等

[南朝陈代，雷州半岛。

[台中供值一大卵，九耳犬守护一旁。陈鉷诚惶诚恐，跪于台前。傩舞。

（合唱）　虔诚祈祷兮求上苍，求上苍兮赐安康；

赐安康兮国安泰，国安泰兮民安祥。

陈　鉷　苍天在上，子民陈鉷诚情祷告，求上天避邪消灾，保我一家平安！

（唱）　今年流年不顺畅，老伴时而身欠安；

女儿卧床已半载，紧闭房门不见人。

前日里神犬九耳齐齐动，赶紧跟随上山岗，

估是定有大收获，岂料抱个大卵还。

只道圣物天赐降，又怕引邪遭祸殃；

祸福难料心忐忑，苍天啊，跪求避邪赐吉祥！（跪拜）

[众人欲持刀劈开大卵，九耳犬狂吠，众人惊退。

[雷电大作，劈开大卵，现一婴儿，哭声嘹亮，长啼不止，众人不敢上前，束手无策。

[陈文秀自内冲出。

陈文秀 依啊，依啊！（将婴儿紧抱怀中，婴儿哭止。众人惊诧）

陈　鈇 女儿，你病还没好，这风大雨大，赶紧入内，免得又遭风寒。

陈文秀 （呐呐自语）依啊，莫哭莫哭……（慈爱之情，尽溢于表）

陈　鈇 奇了怪了，文秀一见这孩儿，怎么病就好了？

[内声：刺史大人到！符明道上。

陈　鈇 刺史大人……

符明道 事情经过我已知晓，且将孩子让本州看看。

[陈鈇抱过婴儿，递给符明道。符明道抱过婴儿。

符明道 奇怪，这孩子手掌中有字！（看左手）雷，（看右手）州。什么意思？

陈文秀 大人，将依还给我……

符明道 这婴儿来历不明，待本州带回去立案侦查。来呀，将卵壳、婴儿一起带回！

[九耳犬狂吠，众惊，陈文秀乘机一把抢过婴儿，紧紧抱住。

符明道 大胆！

陈　鈇 刺史大人！

（唱）　老汉今年六十满，膝下无儿来承欢；

定是上天来眷顾，赐我老年得儿男。

刺史大人宏德广，归还我儿免挂牵。

符明道 （唱）　你夫妇已年老迈，如何哺育小儿郎？

陈文秀 （唱）　弟弟由我来抚养，有请大人心放宽。

符明道 （唱）　男大当婚女当嫁，难道你，带着弟郎去嫁人？

陈文秀 （唱）　一世单身又怎样，何需强求结成双，文秀此生誓不嫁，定将弟郎养大成人。

陈　铁　文秀，好女儿！

陈文秀　父亲放心，文秀定当尽心抚养弟弟。

符明道　既然你们父女心意已决，那本州就随了你们。来呀，将卵壳收官。这婴儿就交由你们带回家去吧。

铁、秀　谢大人！

[符明道下。

陈　铁　文秀，你弟弟就叫陈文玉可好？

陈文秀　好，好！文玉弟弟，我们回家啰！

（伴唱）　将弟当儿来哺养，长姐也如慈母般。

斗转星移光阴过，婴儿长成读书郎。

[少年文龙跑上。

谢文龙　文玉，陈文玉！上学了！

[少年文玉内应：来了！跑上。

（童谣）　鸡咕咕，鸡咕红，小侬撇册去书房。

依啊侬，放眼利利看书册，个字都强几亩田。

[一群少年正在读书。（读书舞蹈）

天地玄黄　宇宙洪荒　日月盈昃　辰宿列张

寒来暑往　秋收冬藏　闰馀成岁　律吕调阳

云腾致雨　露结为霜　金生丽水　玉出昆冈

剑号巨阙　珠称夜光　果珍李柰　菜重芥姜

海咸河淡　鳞潜羽翔　龙师火帝　鸟官人皇

始制文字　乃服衣裳　推位让国　有虞陶唐……

[文玉与文龙忽然起争执，扭打起来，众学子起哄，分两派助阵，扭打下。

（童谣）　雨仔落落落泱泱，侬去书房坐书窗。

先生会教侬会拾，大姐佩饭去书房。

[陈文秀提饭篮送饭上，呼唤文玉、文龙。

[学子跑上。

一学子 文玉和文龙打架！

[文玉跑上，文龙跟上。

谢文龙 还我弹弓！

陈文秀 （生气）文玉，你抢了文龙的东西？

陈文玉 （不情愿地拿出来）真小气！玩一下嘛……

谢文龙 你明明知道这不是我的东西，还要抢！

[陈文秀拿过弹弓还给文龙。

陈文玉 肚饿了，吃饭吃饭！

陈文秀 今天不把事情讲明白，不准吃饭！说，你们为什么不好好念书？

陈文玉 念书念书，终日念书，好闷啊！不好玩。

陈文秀 那你想干什么？

陈文玉 我……我想去饲牛！

陈文秀 啊？

陈文玉 （唱） 饲牛侬仔真快活，皇帝都无若好命，

赶牛出饲蕹薯吃，赶牛回来有牛骑。

陈文秀 你只知饲牛侬仔快活，却不知道饲牛侬仔多罣！

（唱） 饲牛侬仔作多罣，雨淋衫湿无衫换；

人给条衫妃嫌破，给回给人又嫌寒。

陈文玉
谢文龙 饲牛侬仔这么凄凉啊？

陈文秀 他们都是因为家穷，无钱读书才去替人饲牛，吃不饱穿不暖，日晒雨淋，稍有不慎，还要受主家打骂。你们在学堂念书，无忧无虑，饿了有姐姐送饭来，应该好好珍惜才是呀。

谢文龙 大姐，那，我们读书又有什么用啊？

陈文秀 知书识礼，日后才能做大事啊。

陈文玉 我懂了，姐姐是说，我们只有认真读书，才能学到本事；必须有本事，才能做大事。

陈文秀 这就对了。

陈文玉 那，姐姐，我们可以吃饭了吧？

陈文秀 慢！你们本是好兄弟，为什么要打架？

谢文龙 大姐，我们刚才不是打架，是，是，是一起练武！

陈文玉 对对对，我们是，是练武！

陈文秀 打架与练武是两码事！打架是两人不相好，练武是互相学习。你们犯错还不认错！

陈文玉 姐姐，我们知道错了，以后再也不打架了。

陈文秀 不但不能打架，有事情还要互相扶持。兄弟之间都不和睦，怎能与大家相处？

谢文龙 大姐，我们记住了。

陈文秀 都记住了？

玉　龙 记住了。

陈文秀 吃饭吧。

玉、龙 吃饭啰，吃饭啰！（雀跃）

［忽然，有人用小石头扔文龙，跳出少年黎粟凤。

黎粟凤 （向文龙）我的弹弓呢？

谢文龙 （拿出弹弓）喏，还给你。

陈文秀 文玉，她是黎人？……

陈文玉 （小声）姐姐，她是黎人。山上黎寨没有学堂，她又不能和汉人一起上学，便偷偷跑来学堂偷课。

陈文秀 小姑娘，你叫什么名字？

陈文玉 她叫黎粟凤。粟凤，不要怕，这是我姐姐。

陈文秀 粟凤，饿了吧？来，一块吃饭。

黎粟凤 （对文玉）你姐姐真好。

陈文秀 （发现粟凤头上插着半截牛角梳）

（唱）　猛见她半截梳子插头上，疑云层层涌心胸，
魂牵梦绕十年整，莫非眼前是梦中人？

粟凤，你头上的梳子能让我看看吗？（粟凤拿下梳子递给文秀）这梳子是哪里来的？

黎粟凤 听我爹说，是我娘留给我的。

陈文秀 你娘？你娘在哪里？

黎粟凤 不知道。

陈文秀 你爹不告诉你？

黎粟凤 从我懂事起，就一直问我爹我娘在哪里，可是他——（唱）左问右问不肯讲，软缠硬磨不开腔。爹爹疼我像金宝，可就是出世未曾见过娘。

（文秀从自己头上取下另外半截牛角梳，两截相拼，愕然）

陈文玉 姐姐，姐姐，你怎么啦？

陈文秀 啊？哦，没想到粟凤从小就没有娘，真可怜。（背身拭泪）

陈文玉 姐姐，你哭了？

陈文秀 没有，是沙子进眼里了。（将梳子还给粟凤）文玉文龙，你们要好好保护粟凤，千万不要让别人知道她是黎人，以免横生事端，记住了吗？

玉、龙 记住了。

黎粟凤 姐姐，您真好！

陈文秀 时间不早，我要回家了。

玉、龙、凤 姐姐再见！

[陈文秀下。

陈文玉 哎，粟凤，我姐姐什么时候成了你姐姐了？

黎粟凤 我是跟着你才叫的姐姐，要依着我呀，我就叫她——娘！我要是有这么个娘就好了！

陈文玉 胡说！她是我姐，怎么就成你娘了？

谢文龙 你们又是姐姐又是娘，就我也没姐姐也没娘！（哭）

黎粟凤 你哭什么呀，你不是也管文玉姐姐叫姐姐吗。

陈文玉 粟凤，文龙三岁就死了爹娘，是我姐姐把他领回家来的。

黎粟凤 文龙，别哭了，姐姐待你那么好，你还不知足！

陈文玉 粟凤，你该学认字了，等下天黑你又要回去了。

黎粟凤 好，你们教我认字，我教你们打弹弓。等我爹教我拉弓箭，我再教给你们。

玉、龙 （教） 天地玄黄，宇宙洪荒……

黎粟凤 （学） 天地玄黄，宇宙洪荒……

（伴唱） 青梅竹马小伙伴，同命相怜相互帮。

岁月匆匆又十载，稚嫩孩童长成人。

[灯光转换，少年文玉、文龙在练武习文舞蹈中转换成青年文玉、文龙。

[隋代。村口，大树下。风和日丽。

[桩草舞。姑娘们在大树底下椿蒲草，欢歌笑语。

女声合唱： 蒲草青青蒲草长， 姑娘结群椿草忙；

椿出蒲草织新席， 新席织成铺新床。

新席新床铺妥当， 新郎挂红娶新娘；

新人入门拜天地， 新婚礼成进洞房。

[一群男青年悄悄上，文玉、文龙其中。

男青年：（唱） 树下椿草偌多嫜， 思我无婆守孤单。

女人嫁翁偌容易， 男人讨婆偌艰难。

女青年 （唱） 乜都不及单身汉， 吃酒叫拳凉西风，

底处有戏去看戏， 底处游人去看人。

男 （唱） 想钩竹笋吃笋汤， 来到竹林站着望；

心想举钩去割笋， 收回钩来等笋长。

女 （唱） 想钩竹笋吃笋汤， 哥你为何站着望；

正月甜菇四月笋， 逢春笋无论短长。

男 （唱） 想吃筒烟又无火， 想呷槟榔又无灰；

想做生意又无本， 想娶老婆又无媒。

女 （唱） 官想吃烟嫜给火， 想呷槟榔嫜给灰；

官做生意嫜给本， 官心合娘不讨媒。

[男女青年结对下。

谢文龙 （唱） 他们结对又成双，剩我孤零形影单；

眺望深山林密处，只见树木不见人。

陈文玉 文龙，文龙！

谢文龙 啊？哦。

陈文玉 看看，七魄三魂都不在，被什么人勾走了？

谢文龙 你！我已够烦的了，休要再来取笑。

陈文玉 哎，我可不是取笑你呀！

（唱） 乜鸟林中不寻伴， 乜花开红不诱蜂；

乜鸡见谷不吃谷， 乜凤深林不求凰。

只思无用要快动， 这事不能旁人帮；

草发一春人一世， 好花也无百日红。

谢文龙 我，我……可我找不到她呀！

陈文玉 你要是真心要找她，那就肯定会有办法。

谢文龙 那，那我试试？

陈文玉 快！

谢文龙 （向山里的方向，唱）

日数夜念音讯断， 头颈望长口念酸；

无法付声和寄信， 有无路途到娘门？

黎粟凤 （内唱） 忧心耿耿思无寐， 月落屋檐照深闺；

官若有心寻娘我， 自有路途到娘门。

谢文龙 （狂喜） 是粟凤，她回歌了！

陈文玉 继续，继续！

谢文龙 （唱） 千里迢迢路程远， 水妃洋洋山崴崴，

我官也无缩地法， 叫官焉能到娘门。

陈文玉 哎呀，你也太没志气了吧？你到底是想去找她还是不想去？

谢文龙 想啊，做梦都想！

陈文玉 那你怎么就没办法？没办法就得想办法！

黎粟凤 （内唱） 有心惜娘怕乜远， 怕乜水拦和山崴；

山崴你官担刀砍， 水深划船到娘门。

陈文玉 是不是？粟凤让你去找她！

谢文龙 那，那我去了？

陈文玉 去吧去吧，再不去，被别人抢了先，后悔就来不及了！

谢文龙 （唱） 哪怕千里路程远， 哪怕水拦山崴崴，

官我有心寻娘你， 扒拆路途到娘门。（下）

[内声：刺史大人到！符明道上。众人上。

陈文玉 晚生见过刺史大人。

众　人 见过刺史大人。

符明道 免了。近段时间此方可还平安？

众　人 平安？平安，平安。

符明道 平安就好。据报，邻近村寨有黎贼活动，你们要严加防范，若发现黎贼，格杀勿论！

众　人 啊？杀？

陈文玉 大人容禀！（唱）

近段时间，确有黎人常来往。

符明道： 哦！真有黎贼作乱？

陈文玉 非也。（接唱）

不是贼，他们是来此经商。

符明道 经商？做买卖？

陈文玉 是呀。（接唱）

贩卖兽肉和山货，收购布匹和粮盐。

符明道 收购？那就是说，你们将粮食、食盐、布匹卖给了黎贼？！

陈文玉 公平买卖，各取所需，互惠互利，有何不可？

符明道 好胆！

（唱） 勾结黎贼犯上作乱，胆敢目无朝廷官。

私通黎贼谁的主意？

陈文玉 我！

符明道 是你主张与黎人来往？

陈文玉 是我。

符明道 来人！（唱）速抓起来押公堂！

众　人 刺史大人恕罪！

陈文秀 刺史大人，文玉年轻未谙世事，您就饶了他这一回吧！

陈文玉 请问刺史大人，文玉身犯何罪？

符明道 勾结黎贼，犯上作乱！

陈文玉 黎人到我村寨，一不偷二不抢，何称为贼？与黎人通商，互通有无，和睦相处，毗邻为友，互不侵犯，何为作乱？

符明道 黎贼横蛮凶暴，汉黎两族不相往来，你怎能引贼为友？

陈文玉 汉黎两族，同踏一方红土，共享一片蓝天，同饮一河水，共依一座山；若能化干戈为玉帛，善莫大焉。

符明道 你你你，看你年纪轻轻，如此胆大妄为，你目中还有没有朝廷律法？

陈文玉 请问大人，朝廷哪一条律法规定各族之间不能来往？倒是你，不思维护一方平安，反欲挑起争端，岂是朝廷命官所为？

符明道 好啊，竟敢训斥漫骂本官，给我拿下！

[官差喏！

[官差抓陈文玉，众乡亲阻拦，搅成一团。突然响起牛角号声，众人惊住。

符明道 这是什么声音？

乡民甲 这，这是黎人的号角声。

乡民乙 不好，黎人吹号角，怕是要来劫村！

[一支带信的弩箭射在大树干上。陈文玉上前取下。

陈文玉 （念）黎汉禁婚本是汉人颁，文龙淫贼肆意勾引吾女，死罪难当！明天一早，剖心祭天在黎寨神坛！警戒汉人，休辱黎帮！黎寨垌主黎火岩。

陈文秀 文龙，文龙啊！（哭）

符明道 （抢过信，看）陈文玉啊陈文玉，你不是说黎人不是贼，不会作乱吗？你不是说与黎人和睦相处、毗邻为友、互不侵犯吗？（将信扔给陈文玉）

陈文玉 这……（复看信）

符明道 （唱）　小小黎贼敢作乱，

为所欲为太嚣张，
来人！传令六乡十八寨，
进山剿黎杀贼人！

陈文玉 大人且慢！

符明道 你又要说什么？

陈文玉 大人，万万不可剿山啊！其一，黎人既然大肆张扬要杀文龙，显然已经严加防范，黎寨地处险要，易守难攻，贸然攻打，只怕徒添伤亡！

符明道 其二呢？

陈文玉 黎人动怒，根由在于“汉黎禁婚”，倘若汉黎可以通婚，黎人便没有杀文龙的理由，若是剿山，文龙必死无疑！

符明道 什么？！你要废除汉黎禁婚禁令？明明是黎人借故挑衅要杀文龙，你不但不谴责黎人，反怪起自己人来了！传令剿山！

陈文玉 大人，还有其三！

符明道 讲！

陈文玉 黎汉结仇，汉民黎民皆饱受争斗械乱之苦，昨日刀光剑影，今日血雨腥风，冤冤相报，永无宁日；内乱不止，怎保这一方平安？民不聊生，谈何定国安邦？大人哪！

（唱） 民族何止黎与汉， 互敬和睦才相安；
普天之下都皇土， 各姓各族皆炎黄。
炎黄子孙多泛泛， 各族人各据一方，
倘若各族都打仗， 天下变成大战场！
切莫动怒惹骚乱， 不可贸然去剿山，
请速派人入黎寨， 心平气和慢慢谈。
晓之以理化仇怨， 动之以情结友邦；
冤仇宜解不宜结， 还请大人细思量。

陈文秀 大人，恕民妇斗胆，文玉之话，言之有理，倘若剿山，两败俱伤，这方圆百里，只怕要血流成河！请大人三思！（跪）

众　人 请大人三思！（跪）

符明道 （唱） 说来容易做起难，委派谁人进黎山？

黎贼凶残杀气重，只怕是有命进入无命还！

陈文玉 （唱） 文玉领令黎寨往。

符明道 哼哼！（唱）

你这是自己捣枷自己担。

你此去生死不关别人事，

立字据在场乡邻为证人。

陈文秀 文玉，你不能去！大人，文玉他年轻气盛，如此大任，岂能担承？轻率之言，不可当真！

符明道 （唱） 劝和主意是他讲，是他豪言要进山；

如今他若不能去，那只有进山剿黎莫彷徨。

陈文玉 不能剿山！文玉言出必行。刺史大人，文玉进山，纯属自愿，生死由天，与别人无关。只是，请大人答应文玉一件事。

符明道 何事？

陈文玉 文玉劝和若能成功，请准允汉黎通婚，让文龙娶粟凤，汉黎世代修好。

符明道 劝和若能成功，汉黎自然修好；汉黎既然修好，自然可以通婚。只是，你有本事能保住你这条小命才好！

陈文玉 大人身为朝廷命官，一言九鼎！

符明道 本官说话算数。陈文玉，你要真能劝和成功，本官上奏朝廷，这合州刺史让你来当！立字据！

[符明道、陈文玉双双立字据，交换。符明道下，众下。

[雷声隆隆，阴云密布，山雨欲来。

陈文秀 弟弟，你不该领令进山，你，你不该呀！

陈文玉 姐姐，是我鼓励文龙进山追求粟凤，如今惹出大祸，我一定要去救他。

陈文秀 什么？是你怂恿文龙进山？你，你，你你真真不知天高地厚！（打文玉一巴掌）

陈文玉 姐姐？！

陈文秀 弟弟！姐姐从未打过你，可是你……姐姐是怕你和文龙……凶多吉少啊！你可知，粟凤的父亲黎火岩，汉人与他有夺妻之恨哪！

陈文玉 啊？！

陈文秀 （唱） 当年他爱上汉族一姑娘，海誓山盟两情牵；
互托终身情难禁，怀身孕急欲托媒把婚完。
不曾想，平地无风起波浪，黎汉两族动刀枪；
械斗死伤人无数，从此两族成仇人。
禁婚嫁，两人被迫断交往，为保他姑娘更不敢声张；
称病闭门整半载，生一女连夜托人送火岩。
从此以后音讯断，咫尺也如天涯般，
情化仇，爱变恨，亲人变成陌路人。

陈文玉 如此说来，那黎火岩也是可怜之人哪！

陈文秀 他可怜，那姑娘就不可怜么？

陈文玉 那姑娘……姐姐，您，您怎会知道得如此详尽？

陈文秀 （拿出半截牛角梳）弟弟，你将此物带上，危急时刻，或许能救你一命。（将梳子塞给文玉，扭头急下）

陈文玉 姐姐，姐姐！（看梳子）好眼熟啊……这这，这和粟凤的半截梳子是一把！姐姐她……哎呀！

［霹雳震耳。

陈文玉 （唱） 半截角梳千钧重，恰似山头压心胸，
角梳啊爱恨情仇是见证，梳折两截人断肠。
有情之人被拆散，可怜女儿不识娘，
三者相思两地苦，颠沛流离一家人。
生女不能将女养，有母不能叫亲娘；
夫妻生生成陌路，无辜亲人变仇人。
文玉好心把祸闯，本想促成对鸳鸯；
岂料竟然捅天破，捅出了旧事缠绵血泪淋。

（大雨滂沱）

救文龙就是火海也要闯，为粟凤哪怕今夜上刀山；
怜姐姐敢将生死置度外，闯黎寨直面陈词黎火岩。

解心结，化仇怨，摆利弊，诉由端，
弃前嫌，重修好，黎汉和睦一家人。

[深夜，黎寨。

陈文玉 晚生陈文玉求见黎寨峒主！

[角号声。黎兵上，站立两旁。黎火岩上，与陈文玉对视。

黎火岩 小子，怕你兄弟一人上路孤单，陪他来了？好呀，等时辰一到，一起送你们上路。来呀，绑了！

[黎兵绑文玉。

陈文玉 慢来慢来。黎峒主，有道是两国交兵，不杀来使；何况我是应邀而来，怎么讲也得以礼相待吧？

黎火岩 应邀而来？应谁之邀？

陈文玉 应您之邀啊。

黎火岩 我？我何时邀请过你？

陈文玉 那，有信为证。喂，放开我。（黎火岩挥手，黎兵放开文玉。文玉取出信，递给黎火岩）

黎火岩 这是我警告汉人，要杀谢文龙的通告。

陈文玉 非也。峒主若要杀文龙，悄悄杀掉就是了，何必鸣号擂鼓大肆张扬。此信是告诉汉人……

黎火岩 告诉汉人什么？

陈文玉 告诉……嘿嘿，黎峒主，我连夜赶路，又饿又渴，你不给饭吃也该给碗水喝呀。

黎火岩 你……

黎兵甲 （小声）峒主，他就是让村民卖粮食给我们的人。

黎火岩 哦，给他一碗水。

黎兵甲 喏。（下）

陈文玉 哎哎，两碗，两碗。

黎火岩 （唱） 这小子，好胆量，刀枪枷头心不慌；

深夜孤身闯黎寨，处之泰然确非凡。

陈文玉 （唱） 暗将峒主细打量，体魄魁梧貌端庄，

姐姐舍命倾心者，想必是个善良人。

黎火岩 （唱） 小子进山为哪样，是何意图难看穿，

听他言行观举止，斯斯文文读书人。

陈文玉 （唱） 观颜察色来试探，急流驶船靠顺风，

胆大心细巧言语，步步为营控全盘。

[黎兵甲端水上。

陈文玉 谢谢峒主，谢谢兄弟。（喝水）

黎火岩 水已喝了，该你说了。

陈文玉 哦，我说到哪里了？

黎火岩 你说我的信，要告诉汉人什么？

陈文玉 告诉汉人，这黎汉禁婚的禁令是……黎峒主，这禁令是对的还是错的？

黎火岩 是狗屁！

陈文玉 是狗屁！那就是错的。哎不对呀，禁令要是错的，那就不能杀谢文龙，若要杀谢文龙，那就说明这禁令是对的……

黎火岩 小子，绕来绕去，你到底要说什么？

陈文玉 黎峒主，你那通告实际是说：谢文龙不该杀……

黎火岩 唔？！

[众黎兵上前，刀枪架住陈文玉。

黎火岩 汉黎禁婚，禁令乃是汉人所颁；谢文龙肆意犯禁，为何不该杀？

陈文玉 你正是以杀谢文龙为由，让汉人解答这道难题——这汉黎禁婚的禁令究竟是对还是错。

黎火岩 说下去。

陈文玉 黎峒主，文玉上山，一为促成文龙与粟凤有情人终成眷属；二为汉黎两族重修和好……

黎火岩 黎汉通婚？重修和好？

陈文玉 还汉黎百姓世代平安。

黎火岩 哈，哈，哈哈哈！那狗刺史，他肯废除禁令？

陈文玉 上山之时，我与刺史立下字据，文龙娶粟凤之日，就是禁令废除之时。

黎火岩 字据？（挥手，黎兵放开陈文玉，文玉拿字据）

黎火岩 （看字据）“劝和若能成功，汉黎自然修好；汉黎既然修好，自然可以通婚。陈文玉自愿进山劝和……生死由天，与他人无关……”！小子，你就不怕我真把你杀了？

陈文玉 呵呵，我有护身宝贝。

黎火岩 宝贝？我倒想见识见识。拿来我看！

陈文玉 这宝贝若是多人看见便会失灵，请峒主……

黎火岩 两旁退下。（众黎兵下。）

陈文玉 （拿出半截牛角梳）峒主请看。

黎火岩 （接梳，震惊，唱）

见角梳，难禁辛酸悲泪淌，
往事如潮波涛翻，
血雨腥风二十载，
咫尺天涯相见难！
问小子持梳之人今何往？

陈文玉 （唱） 老宅老门老村庄。

黎火岩 （唱） 她她如今可安好？

陈文玉 （唱） 傲骨凛然渡艰难。

黎火岩 （唱） 身边有无人作伴？

陈文玉 （唱） 家中亲人一大帮；

黎火岩 （唱） 莫非早已成婚配？

陈文玉 （唱） 守独身抚养弟郎侍奉高堂。

黎火岩 （唱） 廿载长夜黑漫漫，弱女怎承风雪霜？
独自暗咽离乱苦，铁打男儿也断肠。

陈文玉 （唱） 往事不堪回头看，何忍后人再受伤？
冤冤相报何时了，难道要黎汉永远做仇人？

[鸡鸣声声，天边微亮。

黎火岩 天亮了？

陈文玉 天亮了。

黎火岩 下边听着：备齐礼品，送姑爷、小姐下山完婚！

[内声：送姑爷小姐下山完婚啰！

[朝霞满天。

[喜乐高奏，汉族青年迎亲舞。

（男声合唱）：红花轿，花轿红，喜迎黎家美新娘；

汉家新郎文龙哥，手牵新娘进洞房。

进洞房，喜成双，喜成双，情相牵，

情相牵，身相许，明年抱个小儿郎。

[黎族姑娘敬酒舞。

（女声合唱） 汉家新郎，黎家新娘，情投意合，鸾凤成双；

郎才女貌，天成佳偶，汉家黎家，成一家人。

今日新婚，大摆喜宴，大摆喜宴，美酒飘香；

美酒飘香，敬众宾客，恭喜贺喜，幸福绵长。

[内声：新郎新娘拜堂啰！众拥文龙、粟凤上，文玉上。

陈文玉 有请双方长辈上座！

[黎火岩上。

陈文玉 峒主，文龙自幼父母双亡，是我姐姐将他带大，就由我姐当文龙的长辈如何？

黎火岩 快快有请。

玉、龙、凤 （向内）姐姐，姐姐快来呀！

[陈文秀上，与黎火岩相见，百感交集。

（伴唱） 四目相对不敢望，唯恐眼前又是梦；

梦牵魂绕二十载，离别时难相见难。

陈文玉 峒主……

黎火岩 亲家有礼。

陈文秀 哦，还礼。

陈文玉 时辰已到，请两位长辈上座。

[众人就位。

陈文玉 今天是文龙和粟凤新婚，也是汉黎结亲的大喜日子，我们祝愿新郎新娘白头偕老，祝愿汉家黎家世代修好！

众　人 新郎新娘，白头偕老！汉家黎家，世代修好！

陈文玉 新郎新娘一拜天地！二拜高堂！夫妻对拜！礼毕，酒席开场！

众　人 呵呵！喝喜酒啰！

[众人下。文玉拉住文秀。

陈文玉 姐姐，汉黎既已修好，你何不与黎大哥……

陈文秀 嘘——！

[黎火岩暗上。

陈文秀 二十年来，我与黎大哥的事情，父亲母亲和众乡亲一无所知；如今双亲年事已高，若然知我未婚生女，我怕二老经受不住，又怕村里再起风波。

陈文玉 那，总要向黎大哥有个交代吧？

陈文秀 你代我转告他就是。

黎火岩 嗯哼！

[陈文秀扭头急下。

陈文玉 黎大哥，姐姐她……

黎火岩 我都听见了，就依她所说。如今，凤儿已回到她身边，我也就放心了。告诉你姐，我等她。

[内声：刺史大人到！符明道上。

符明道 各位，下官贺喜来迟，万望见谅。

陈文玉 峒主，这位是刺史大人；刺史大人，这位是黎峒主。

黎火岩 见过刺史大人。

符明道 黎峒主有礼。

（唱）　多得峒主胸怀宽，不计前嫌结友帮，
　　　　促成汉黎重修好，劳苦功高在朝堂！

黎火岩 （唱）　刺史大人太过奖，劳苦功高不敢当；

汉黎修好乃幸事，尽本分微薄之力何足谈。

刺史大人，我已联络瑶、壮、瘵、侗、苗各族首领，他们都愿意共同修好。

符明道 好好好，真是太好了！文玉贤弟！

（唱） 智勇双全学识广，下官我拙眼未能识泰山；

还请贤弟莫见怪，贵手高抬量海涵。

陈文玉 （唱） 大人何需太谦让，原本是吾惹祸端；

幸得坏事变好事，各族和睦一家人。

符明道 贤弟才识，下官自愧不如。下官已奏禀朝廷，颁任贤弟为合州刺史。贤弟，请接颁令。（出示颁令）

陈文玉 万万不可！大人，请代小弟奏禀朝廷：双亲年事已高，侍君不能侍亲，文玉愿问寝视善，以乐父母余年。

符明道 这……

（合唱） 屡屡任官屡拒官，只为床前尽孝安。

侍奉高堂数十载，陈文玉终为黎民踏官场。

[多年后。

传旨官 合州陈文玉，为乐父母余年，多次拒任合州刺史一职。现悉陈文玉双亲已仙逝，且合州境内居有黎、瑶、壮、瘵、侗、苗等少数民族。为了稳定边疆，特启用土著陈文玉出任本州刺史。此令。

[元宵佳节，草龙巡游。

（合唱） 元宵佳节锣鼓响，舞凤游龙闹得欢，

各族百姓齐聚集，共享太平庆吉祥。

[陈文秀、谢文龙、黎粟凤上。

陈文秀 （唱） 文玉他日夜衙门理公案，为民操劳忘三餐。

日已过午人未回，为姐送饭到衙堂。

谢文龙 大姐，我们小时候上学是您送饭，现在文玉都当刺史了，还是要您送饭。

陈文秀 他就是当再大的官，就是胡子白了，在我眼里，还是小弟弟。

黎粟凤 姐姐，快去吧，再不去，文玉该饿扁了。

陈文秀 你们看，我走了。（下）

[瑶、壮、寮、侗、苗等少数民族首领上。

黎粟凤 见过各位首领叔叔伯伯。

瑶　领 粟凤，你爹邀我们来，说是有要事相商，我们都到齐了，他人呢？

黎粟凤 啊？他下山来了？

[黎火岩内声：来了！上。

黎粟凤 爹！这次下山，又给我们带什么来了？

黎火岩 都放家里了。告诉你姐，兔肉干、腊野猪肉要挂起来，腌竹笋要用坛子装好……你姐呢？

黎粟凤 给文玉送饭去了。

黎火岩 告诉你姐，这次从山上带下来一百多箱蜜蜂，已经放到后园了，你们进入后园要小心，免得被蜂螫到。

黎粟凤 蜜蜂？好啊，这下有蜂蜜吃了！

瑶　领 嗨，黎大哥，你怎么像个婆娘一样，管起这些家务事来了？

众　领 是啊是啊，堂堂大首领，居然操心起家务事来了！

黎粟凤 我爹他是替我姐操心呢，偌大一个家，里里外外都是她一个人操持。

黎火岩 还说呢，我还不是为了你这小馋猫！

瑶　领 黎大哥，请我们过来，有何要事？

黎火岩 是陈文玉刺史托我请大家来，有要事相商。

瑶　领 陈刺史？听说，他执政六年，功绩不小啊！

（唱）　精察吏治仁德广，德政施行万民欢；

政教并行消民苦，贼盗迹绝享安祥。

壮　领 （唱）　合州境内遍巡访，各姓各族皆慰安；

侗　领 （唱）　兴建水利治旱魔，粮产丰盈民富强。

谢文龙 文玉来了。

[陈文玉上，陈文秀随上。

陈文玉 各位，文玉来迟，各位海涵。

众　领 见过刺史大人。

陈文玉 不必多礼。请大家前来，欲与各位商讨，如何扩展各地商贸，兴建集市，促成各地货物流通，惠及百姓。

瑶　领 好！好好！以后我们山寨里的货物就不愁没有销路了。

侗　领 真是太好了！以后想要什么，在家门口就可以买到！

陈文玉 请大家移步衙堂，共同议事。

[鼓号声突起。一州兵：报！上。

州　兵 禀大人，谈殿叛乱，叛军流窜南下，正在攻城！

陈文玉 事起突然，文玉失陪，各位请速回。

黎火岩 文玉，你怎么将我们当外人了？多少年没打过仗了，手正痒痒呢。打叛贼，我算一个！

众　领 对，我们都留下助阵！

陈文玉 各位厚意，文玉在此谢过！文龙！速传本官命令，州兵衙役，速速集结！

谢文龙 得令！（欲下）

黎粟凤 我和你一起去！（齐下）

陈文玉 姐姐，您去动员疏散城中百姓，让大家往安全的地方转移。黎大哥，您陪我姐一起去，各位首领也一同去吧。

黎火岩 好！（与陈文秀等同下）

[谢文龙，黎粟凤带州兵衙役上。

谢文龙 大人！州兵衙役集结待命！

陈文玉 好！将士们！

（唱）　谈殿带兵起叛乱，屠杀黎民甚嚣张；

　　　　以牙还牙血还血，众志成城杀贼人！

分四队人马，守住四方城门！

[四队人马分头下。鼓声激烈。

（合唱）　战鼓隆隆硝烟弥漫，叛军凶残势难当；

　　　　守城军民浴血奋战，誓与古城共存亡。

[合唱声中，守城军民穿梭过场。陈文秀、黎火岩等人上。

陈文秀 文玉，众乡亲不肯撤离，要与叛贼决一死战！

［黎粟凤内声：大人！急上。

黎粟凤 大人，东门告急！

黎火岩 我去！

陈文玉 事到如今，也只能让您上阵了。粟凤，保护好你爹爹！

黎粟凤 知道！（与黎火岩急下）

黎火岩 （复回，拿出一把牛角梳）文秀，我又做了这把牛角梳，本想成婚之日给你，此一去生死难料……

陈文秀 （急掩黎口）不许你说这不吉利的话！我等你成婚之时亲手给我！

［黎火岩看着文秀，收回牛角梳，急下。

［内声：大人！州兵甲急上。

州兵甲 禀大人，北门告急！

［内声：大人！州兵乙、丙同上。

乙、丙 禀大人，西、南门告急！

瑶　领 刺史大人，我们上！

陈文玉 有劳各位！

［瑶领众人急下。杀声震天。

陈文秀 弟弟，能上阵的都上去了，城中只剩妇孺老少，万一叛军攻破城墙……

陈文玉 没有万一，必须以守为攻击退叛贼，才能保住古城……

陈文秀 州衙已经无兵可派，各族首领也都带兵上阵，哪里还有人可以上阵？

陈文玉 姐姐，什么声音？

陈文秀 蜜蜂。对了，黎大哥从山上带来一百箱多蜜蜂……

陈文玉 有了！姐姐，你快带乡亲们将蜜蜂连箱包好，运到四方城门，打开蜂箱，砸向叛军，请蜜蜂帮助我们歼敌！

陈文秀 明白！（急下）

（合唱） 犹像神兵从天降，倾巢快如黑旋风，
铺天盖地扑敌阵，蛰得叛贼哭爹娘。
叛军溃散阵脚乱，乘机杀敌脱险关；
守城军民伤亡重，四方城门血染红。

[瑶领等上。

瑶　领　大人，叛贼已被杀退。如果城墙坚固，我们就不会伤亡这么大。

陈文玉　城墙？

瑶　领　没有城墙为依托，这场仗，是生生用人垒上去的呀。

陈文玉　城墙，城墙……

[陈文秀上，寻找。

陈文秀　文玉，你黎大哥呢？粟凤，粟凤！

[谢文龙扶黎粟凤上。

陈文秀　粟凤，你爹呢？

黎粟凤　我爹他、他、他……（哭）

陈文玉　他他他怎样了？

谢文龙　他为掩护粟凤，替粟凤挡了好几刀……（泣）

黎粟凤　（拿出牛角梳）爹说，你是我亲娘？

[陈文秀见角梳，欲接不能，痛苦万分。

[陈文玉接过牛角梳。

陈文秀　凤儿……

黎粟凤　娘……！（母女相拥而泣）

陈文玉　（捧牛角梳）大哥，姐夫……！（众人隐去）

（唱）　痛亲人，命惨丧，云暗天愁地悲伤；

面容笑貌犹在目，岂料眨眼隔阴阳。

大哥您重做角梳喜无限，祈盼团圆合家欢；

角梳仍在人已去，文玉我痛心自责悔恨层层。

我只顾各行各业得兴旺，疏忽了修固城墙保平安；

只道是各族团结内乱息，太麻痹流寇叛贼未提防。

虽然是借蜂退敌平叛乱，已造致守城军民多死伤；

忍看半空白幡舞，痛睹厅堂设灵堂。

陈文玉刺史大印你执掌，失职之责怎承担？

面对乡亲众邻里，有何面颜坐衙堂？

痛定思痛当机立断，亡羊补牢思良方，

本州是兵家必争天南重地，势必要修筑城墙不畏艰难。

（白）传令，即日起筹集官银，征募民夫，修筑城墙。陈文玉自捐薪俸，为修筑城墙之用。

[城工告竣庆典。

[城墙正门。雷州大锣鼓列阵。

[陈文玉率军民巡城。

陈文玉 今日城墙建成，万民同庆。经报朝廷批示，古合州易名为雷——州！

[城门上现“雷州”两字。

（合唱） 古城屹立南海岸，坚固城墙若金汤；

雷州之祖陈文玉，呕心为民万载颂扬。

[剧终。

生死账

编剧：林 奋

人　物　表

李韵雪　女，23 岁（李靖民之女）

季程忠　男，23 岁（季昌国之子、左佥都御史）

季昌国　男，48 岁（季程忠之父、工部尚书）

李靖民　男，48 岁（李韵雪之父）

李翠竹　女，17 岁（李韵雪邻居）

李玉龙　男，15 岁（李翠竹之弟）

李大爷　男，70 岁（李翠竹爷爷）

县　令　男

州　官　男

巡　抚　男

乡邻、御林军、丫环等

序

[明代。

[内声：圣旨下！

[光圈中，季程忠跪地听宣。

[内声：悉：雷州九龙山大坝崩塌，致三万亩良田、一百多条村庄被淹，死伤达千人之众。朕心震怒！令：都察院左佥都御史季程忠彻查此案，钦此！

季程忠　臣遵旨！

[暗灯。合唱：

乌云压顶飓风惨，
无辜黎民遭祸殃。
天灾无情如狼虎，
贪官昧良更凶残。

[光圈中，季程忠带领官兵骑马奔驰。

[县令、州官、巡抚在各自的光圈中惶恐不安。

[收光。

一

[灯亮。雷州九龙镇，李韵雪家。

[李韵雪在屋前的山坡上，远眺。

李韵雪 （唱）秋风萧瑟天低云暗，
心神不宁愁绪添。
双眼望穿云山路，
盼爹早日把家还。

[李翠竹、李玉龙上。

竹、龙 韵雪姐姐。

李韵雪 翠竹、玉龙，你们来了。

[三人同向山上眺望。

李玉龙 韵雪姐姐，你爹爹和我爹爹今天能回来吗？

李翠竹 韵雪姐姐，大坝崩塌都半个多月了，山上也没什么活干了，爹爹他们怎么还不回来呀？

[李大爷内声：翠竹……玉龙……！

李玉龙 我阿公来了！阿公！我们在这！（与翠竹跑下，扶李大爷上）

李韵雪 阿公。

李大爷 韵雪啊，你又在这等你爹呀？

李韵雪 （点头）阿公，外边风凉，我们进屋吧。（三人扶李大爷进屋）

李大爷 唉，世事难料啊！（唱）

一年前官府榜文贴镇上，
招募工人价可观，
上山拦江筑大坝，
众乡亲踊跃报名喜欲狂。

李翠竹 （唱） 报名为把工钱赚，
买回米粮渡难关；

李玉龙 （唱） 爹爹亲口答应我，
给我做条新衣裳。

李大爷 （唱） 家中老小翘首盼，
大坝筑成早还乡，
谁料到连场暴雨毁大坝，
至今人没见回还。

李韵雪 （唱） 阿公但请把心放，
想必是结算工钱再回乡。
少则三天多五日，
大叔即能把家还。

李大爷 但愿如此。

李翠竹 这么说，我爹爹回来，就有钱买米了！

李玉龙 那，我也有新衣服穿了！

李大爷 翠竹、玉龙，天色不早，我们回家吧。（起身，晕）

竹、龙 （急扶）阿公！

李韵雪 阿公，您怎么了？

李大爷 没事，没事。

李翠竹 韵雪姐姐，阿公今天还没吃饭呢……

李大爷 （制止）翠竹！韵雪，你不要听她胡说……

李玉龙 阿公，您不是说您吃过了吗？

李翠竹 那是最后一个红薯，阿公舍不得吃，给了你！

李韵雪 （端出两只熟红薯）阿公，这是我给我爹留的，看来今晚他不会回来了，您就拿回去吃吧。

李大爷 不不不，你家比我家也好不了多少……

李韵雪 阿公，明天，我和翠竹再到田里翻红薯。玉龙，接住。（将红薯递给玉龙）

李翠竹 嗯嗯。

李玉龙 我也去！

李大爷 韵雪，难为你经常接济我们，我这一家老的老小的小……

李韵雪 阿公，我爹常说，当年若不是您收留了我们，我们哪有这个家，我们是一家人呐！翠竹玉龙，快扶阿公回家。

[翠竹、玉龙扶李大爷下。

李韵雪 （点灯，拿出一件褂子）爹爹，爹爹，您可要好好的，快点回来呀！

（唱） 大坝崩塌酿灾难，
淹没良田和村庄。
颗粒无收饥荒起，
多少家庭家破人亡。
近日来风声四起人心乱，
说的是朝廷派人上了山。
要查毁坝罪魁祸首，
怕只怕爹受牵连进牢房。
半月前爹爹寄回这布衫，
叮嘱我缝补整齐晒干干，
不知为何偌宝贝，
细心补逢谨慎收藏。

[韵雪挑灯，缝补褂子。

[风声，狗吠声。李靖民浑身血迹，踉跄上。

李靖民 雪儿，开门！

李韵雪　爹爹？（急开门，吓住）爹爹！

李靖民　嘘……！（踉跄欲倒）

李韵雪　（急扶）爹爹，坐。（倒水）

李靖民　（一饮而尽）儿呀，大祸临头了呀！

李韵雪　爹爹！祸从何来？

李靖民　（唱）　大坝崩塌朝廷震撼，
急派专人查由端，
三千民工全被抓……

李韵雪　啊？！

李靖民　（唱）　可怜那无辜良民当了替罪羊！

李韵雪　（唱）　天灾肆虐谁可挡？
胡乱抓人为哪般？

李靖民　（唱）　大坝崩塌不是天灾是人祸，
是因有人昧了天良！

李韵雪　人祸？

李靖民　修建大坝用的都是最劣质的材料，大坝焉能不塌崩？当时我们发现材料有问题，禀报监工，监工反骂我们把闲事管！如今大灾酿成，却要将罪名栽到民工头上！

（唱）　三千兄弟被冤枉，
做替罪羊心不甘，
大家联合想计策，
要诉冤情上朝堂。
重任落到我肩上，
众兄弟助我连夜逃下山，
顾不得天黑路险难行走，
半滚半爬下山峦。

李韵雪　（唱）　油灯下见爹模样肝肠断，
浑身伤痕血斑斑，

谁人下得偌毒手，

狠辣凶残比虎狼！（拿毛巾为父擦拭伤口）

爹爹，您无凭无据，怎么告状啊？

李靖民 每次材料的数量、质量等级、进料时间都有登记，造有账本。这账本，牵连着我们的生死啊！

李韵雪 爹爹，您这是要去哪里上告？

李靖民 京城。雪儿，为父上次寄回来的褂子呢？

李韵雪 在这。

李靖民 快替为父包好，我要连夜赶路。

李韵雪 爹，您现在就走？

李靖民 越快越好，如果官兵追来，就走不了啦。（接过包袱）爹走了。

［李靖民走至门口，开门，狗吠声、人声喧嚷，急关门。

李靖民 不好，官兵追来了！

李韵雪 爹爹，快从后屋跳窗走！（拉李靖民走。李靖民踉跄跌倒）爹爹！

李靖民 雪儿，为父重伤在身，只怕跑不过追兵。雪儿，只有让你代替爹爹去了！（解下包袱）

李韵雪 我？！我不行的，爹爹……

李靖民 雪儿，听爹爹讲！现在只有你能替爹爹完成此任！（从身上拿出一绣囊交给韵雪）到了京城拿着这绣囊去找他，他叫季昌国！

李韵雪 爹爹！（哭）

［官兵上，砸门。

李韵雪 爹爹！

李靖民 快走！（猛力将韵雪推下）

［官兵砸开门，一拥而上，季程忠上。

季程忠 （看李靖民，惊讶）你——你叫何名字？

李靖民 李靖民。

季程忠 李靖民？从山上逃下来的？

李靖民 是。

季程忠 为什么要逃跑？

李靖民 想家了。

季程忠 想家了？是带了什么东西回家？还是回家取什么东西？搜！

兵　士 是！（分散搜查）

一兵士 季大人！后屋窗户大开，好像有人跳窗逃走了！

季程忠 追！

李靖民 慢！

[李靖民挡住官兵，扭打中，一兵士上前，一刀刺向李靖民。

季程忠 住手！（扶住李靖民）你……

李靖民 你……你……（气绝）

[暗光。

二

[灯亮。山路。

[李韵雪内唱“一路奔逃魂魄散……”跌跌撞撞上。

李韵雪 （唱）　辨不清京城路途在何方？
心惶惶牵挂爹爹可安好，
思绪乱何去何从渺茫茫。

[内声：在前面，快追！

李韵雪 （唱）　又闻后边人声喊，
心惊胆寒更慌张，
必是官兵追来到，
何处可以把身藏？

[李翠竹、李玉龙从岩石后面出。

李韵雪 翠竹、玉龙！

[李翠竹、李玉龙示意噤声，将李韵雪推至岩石后面。

[季程忠带领官兵追上。

李翠竹 （佯打玉龙）我叫你偷吃，吃，吃！（两人追打，故意挡住官兵去路）

一兵士 畚箕仔，挡住爷爷的路，找死？（欲打）

季程忠 （制止）小孩，你们看见有人从这里经过吗？

李翠竹 有啊，刚刚过去。

季程忠 从哪个方向走的？

李翠竹 那，从这条路走的。

李玉龙 对对对，从这里走的。

季程忠 追！（带官兵追下）

[看官兵远去，李玉龙跑到岩石边。

李玉龙 韵雪姐姐，官兵走了，你出来吧。

李韵雪 （出）玉龙、翠竹，谢谢你们救了我，代我问候阿公，我走了。

[李翠竹、李玉龙拦住韵雪去路。

李翠竹
李玉龙 不许走！

李韵雪 翠竹、玉龙，你们这是？

李翠竹 我们不是来救你的，是来、来、来抓你的！

李玉龙 对、对，是来抓你的！

李韵雪 翠竹、玉龙，你们是在跟我开玩笑？

[李大爷、众乡邻上。

李大爷 不是开玩笑！

李韵雪 阿公？！

乡　邻 跪下！

[上来几位乡邻，押韵雪跪下。

李韵雪 阿公！各位乡亲，韵雪做错了什么？

乡　邻 你不要装糊涂！你自己看！（丢告示）

李韵雪 （看告示）罪犯李靖民，骗领全部工钱，卷款私逃，特以通缉！这……

乡邻甲 快说，你爹藏到哪里去了？把钱藏到哪里去了？

李大爷 韵雪，只要你告诉我们你爹在哪里，把钱交出来，我们保证不报官。

李韵雪 阿公！我爹现在哪里、是生是死，我确实不知道啊！

乡邻乙 你那包袱里是什么？

众乡邻 钱！（一拥而上，抢，褂子落地）衣服？

李韵雪 （抢回褂子）这是我爹的……

乡邻丙 好啊，还说不知道你爹在哪，是不是给他送衣服、送吃的去？

众乡邻 说！

李韵雪 我、我……

（唱）　哑吞黄连难辩讲，
人前不能诉由端。
求大家帮我找寻我爹爹，
一切便能知端详。

李大爷 众位乡亲，大家还是分头去找找他爹爹，如果真是他爹拿了钱，也要找到他才能追到钱呀。

众乡亲 李伯公说得有理，大家分头去找。

[众人下。

李大爷 翠竹、玉龙，你们也去。

李翠竹
李玉龙 嗯嗯。（下）

李大爷 韵雪，我看出来，你有难言之隐，能不能与阿公说？

李韵雪 这……阿公，阿爹交代，不能说。

李大爷 这么说，你爹爹确实下山了？（李韵雪点头）孩子，现在就你我二人，告诉阿公，说不定还能帮帮你。

李韵雪 阿公 !(唱) 昨夜天低星月暗，
爹爹乘夜下了山。

李大爷 就你爹一人下山？其他人呢？

李韵雪 （唱）　三千民工被囚禁，
工棚已然变监房。

李大爷 啊？那你爹是怎样逃出来的？

李韵雪 （唱） 委托我爹伸冤枉，
众人帮忙逃下山。
不料官兵追踪至，
爹爹他为救我生死不明急煞人！

李大爷 官兵为什么要抓你爹、为什么要抓三千民工？

李韵雪 阿公啊！（起牌子，身段动作交代）

李大爷 啊？！（唱）
闻讯浑身冒冷汗，
切齿咬牙恨贪官！
天灾肆虐且有度，
贪官昧良祸连环！
贪官蛀虫若不铲，
乌云遮日永无光；
江山社稷无宁日，
百姓黎民生存难！

[翠竹、玉龙内声：阿公……跑上，众乡邻跟上。

李翠竹
李玉龙 阿公，找找找到了……

李韵雪 找到我爹了？他在那里？爹爹……（欲走）

[翠竹拉住李韵雪。

李翠竹 他、他……

李玉龙 阿公，靖民大叔他、他他他被官兵杀死了！（哭）

李韵雪 你说什么？

李玉龙 他被官兵杀死了！

李韵雪 爹爹……（迸发）爹爹呀……
（伴唱） 啊……啊……
天崩地裂、地裂天崩！

（唱）　　爹爹您无辜遭惨害，

怎不叫儿撕裂心肺痛断肝肠！

襁褓中抱着我江湖闯荡，

背女儿村过村来乡过乡；

含水嚼饭嘴代乳哺，

父带女又当爹来又当娘。

廿三年相依为命父女俩，

您父爱巍巍是高山，

没有您江河干枯高山倒，

没有您天地沦陷无太阳。

爹爹呀黄泉路上等一等，

切莫丢儿孤单单，

生生死死在一起，

儿随您一同赴天堂。

［李韵雪欲寻死，李翠竹、李玉龙拦阻。

李翠竹
李玉龙　韵雪姐姐！不要，不要啊！

众乡亲　韵雪姑娘，不要啊！

李大爷　李韵雪！你若硬要去死，那你爹就白死了！

李韵雪　爹……

李大爷　你爹是为了救你才死的，他为什么要救你？他救你是为了什么？！

李韵雪　爹！（哭）

李大爷　韵雪，侬啊！（唱）

切莫自残把命断，

你爹他所托重责你承担。

乡亲邻里信任你，

患难与共一家人。

众乡亲　对！（唱）乡亲邻里信任你，

患难与共一家人。

李大爷 （唱） 你爹后事我们办，

休再牵忧免悲伤。

振作精神上路去，

申雪冤情早回还。

众乡亲 （唱） 振作精神上路去，

申雪冤情早回还。

李韵雪 阿公，乡亲们……

（唱） 犹像炸雷响，

震醒混沌梦。

爹爹舍命付重托，

字字重锤击心房。

我若随爹黄泉往，

爹托重责谁承担？

千条人命、百条村庄、三万亩良田

岂不要冤沉海底葬汪洋！

爹爹啊！爹在天上把我看，

忍悲愤，咬牙关；

满腔血泪吞下肚，

要学爹爹志坚强。

李大爷 翠竹、玉龙，跟韵雪姐姐一起走！

李翠竹
李玉龙 阿公！

李韵雪 阿公，乡亲们，韵雪就此拜别。

[李韵雪带李翠竹李玉龙拜别李大爷与众乡亲。

[暗光。

三

[京城。某府厅堂。

[县令、州官、巡抚惶惶不安上。

州　官　（唱）　风声紧，心惶乱，

坐不宁，睡难安；

一路来京心忐忑，

怕只怕，有路进来无路还。

县　令　是啊！（唱）

来此无疑投罗网，

似看见，铁网森严口大张，

我们三人若进去，

只怕即时进监房。

三十六计走为上……（欲走）

巡　抚　（拉住县令，接唱）

稳定心神莫惊慌。

当今之急需应对，

确保安全脱危难。

必需攀紧保护伞，

伞大根牢好靠山；

只要靠山搬不倒，

风急浪高自安闲。

州　官　对对对，靠山稳当我们就不怕！

县　令　靠山在哪？

巡　抚　不要多问，等下按着我的意思做。

州　官
县　令　是。

[三人进内。

三　人　（跪）见过大人。

[无人应。三人遂起身，找位子坐下。

[大屏风显出一个人影。

影　子　九龙山大坝崩塌一案，查得怎么样了？

巡　抚　回禀大人，卑职已经下令将九龙山工地上三千民工全部抓起来。

州　官　回禀大人，卑职已经遵令将九龙山工地上三千民工全部抓起来了。

县　令　回禀大人，卑职已经遵令将九龙山工地上三千民工全部审讯，取有供状。

影　子　哦？

县　令　罪犯供称，大坝崩塌，是民工偷料怠工所致。

巡　抚
州　官　对对对，是民工偷料怠工所致。

影　子　偷料怠工所致？三千民工都偷料怠工吗？那，这些料都偷到哪里去了？

县　令　这个……

影　子　这供状，只怕是屈打成招吧！巡抚大人。

巡　抚　卑职在。

影　子　朝廷修筑大坝的银子，拨到你处是一百五十万两吧？

知　府　回大人，是一百五十万两。

影　子　州官大人，巡抚大人拨到你那里是多少两银子？

州　官　回大人，是一百万两。

巡　抚　你？！

州　官　巡抚大人，你可不能让我替你食死猫啊！

影　子　巡抚大人，那五十万两银子哪里去了？

巡　抚　大人，我……（跪下）

影　子　县令！

县　令　（吓得直哆嗦）啊啊啊在！

影　子　州官拨到你那里又是多少两银子？

县　令　七……七十万两……

[州官扑地跪下。

影　子　你拨到工地又是多少两银子？

[县令两腿一软，趴下。

影　子　哼、哼、哈哈哈！朝廷拨出修建大坝的银子是一百五十万两，到了大坝工地，只剩下五十万两！这大坝焉能不塌！来人！

巡　抚　且慢！敢问大人，您可是要将我们定罪？

影　子　贪污工程专项银两、上下串通、伪造假证、罪证确凿，难道还不能将你们定罪？

巡　抚　我们三人是罪证确凿，死罪难逃；但是，（站起）有人比我们贪得更多，这又该当何罪？！

州　官　对对对，（站起，拉起县令）有人比我们贪得更多，又该当何罪！

巡　抚　大人，据本官所知，朝廷拨给修建九龙山大坝的银两不是一百五十万两，而是三百万辆！这一百五十万两银子，哪里去了哇？

州　官　大人，据本官所知，九龙山大坝兴建的同时，在某地建起了一栋豪华的园林府邸，所花银两刚好是一百五十万两！

县　令　啊哈，这么巧哇！

巡　抚　还有更巧的呢！这栋府邸的主人，是一位退隐的老臣……

州　官　这位退隐的老臣，正是大人您的老丈人！

县　令　哎呀巧、巧、巧上加巧！大人，原来，我们三个都是小蚯蚓，您才是条大蛇！

影　子　放肆！

[县令吓得一激灵，跪下。复见州、府都还站着，爬起。

巡　抚　大人这话说对了。要放，就四（肆）个一起放；要定罪，谁都跑不了！

州　官　大人若要证据，桩桩件件，我们都整理好了。这证据是交到大理寺好呢？还是直接交给皇上？

县　令　（唱）　两位大人慢慢讲，

莫激他人气填胸，

倘若惹他杀心起，

送咱三人见阎王。

巡　抚　你怕他杀人灭口？哈哈哈！

（唱）　诸事安排已妥当，

何惧事情大曝光；

明早我们出不去，

证据即时呈上金銮。

州　官　大人！（唱）

我们命运已捆绑，

理应合力攻难关。

瞒天过海为首选，

必须抓牢替罪羊。

影　子　这天，如何瞒？这海，怎样过？

巡　抚　坐实证据，咬定九龙山大坝崩塌是民工偷料怠工所致！

州　官　反正大坝已塌，不可能再鉴别材料好坏优劣。

影　子　要小心仔细，不要留下任何漏洞。

县　令　有一件事，不知算不算漏洞？

影　子　讲！

县　令　九龙山大坝工地监工禀报，施工期间登记材料进出的账本……不见了。

[州官、巡抚倒抽一口凉气。

影　子

州　官　账本——！

巡　抚

[暗光。

[光圈中，一兵士骑马奔驰。

[内声：季程忠大人接令！

[光圈中，兵士跪呈密令。

兵　士　季大人，八百里急递送到。

[季程忠接令。

李程忠 九龙山大坝建筑材料账本遗失，务必找到。

[暗光。

四

[深山密林。李韵雪拿着父亲留下的褂子仔细察看，若有所思，小心包好。

李韵雪 （唱） 半月来昼夜兼程把路赶，
避大路穿小道越岭翻山。
躲官兵隐行踪小心谨慎，
一路走秋已深山风渐凉。
爹爹您将账本巧妙藏放，
我定能带着它过卡闯关。
愁只愁去京城山长水远，
凭双脚何时才能走到京銮？

[翠竹、玉龙内叫：韵雪姐姐……急上。

李韵雪 翠竹玉龙，叫你们歇息一下，你们跑哪里去了？

李翠竹 姐姐你看，（捧着一大堆野果枝）这山里好多果子呀，山竹、大裸，还有山枣……

李玉龙 看我的！（拎出用绳子串的一串鸟儿、一串山神）

李韵雪 哇！今天可以吃龙凤烩了！可惜没有锅，要不我能给你们做清蒸、红烧、炖汤……

李玉龙 不用那么麻烦，剖开肚子，拉出肠肚，糊上泥巴，捡些干柴，火里烤熟，嘿嘿，香！

李韵雪 听着都流口水了。

李翠竹 这是他的拿手好戏。（对玉龙）你赶紧弄呀，吃饱了还要赶路。给，先吃个果子。

李玉龙 好的，我到那边去弄。（下）

李翠竹 韵雪姐姐，我们把这些果子摘下来，带着路上吃。

李韵雪 嗯，好主意。

[两人坐下摘果子。

李韵雪 翠竹，你们家是土生土长的九龙镇人？

李翠竹 听我爷爷说，爷爷的爷爷的爷爷那一辈就在九龙镇了。你们家就不是了，听我爷爷说，当年靖民大叔抱着你到我们镇上的时候，你才几个月大。

李韵雪 那，我们家原来就是姓李吗？

李翠竹 不是，我爷爷收留了你们，靖民大叔便改跟我们姓李了。

李韵雪 我们家原来姓什么？

李翠竹 比李字多一笔……叫……

李韵雪 季？

李翠竹 对，你们家原来姓季！

[李玉龙内声：姐姐……，过来帮我捡些干柴！

李翠竹 哎，来啦！韵雪姐姐，我去帮玉龙捡柴火。（跑下）

[李韵雪陷入沉思。

李韵雪 季昌国，季？……（拿出绣囊细看，唱）

看绣囊疑云层层涌心上，
"季"字赫然绣中央。
爹爹临终留嘱咐，
要我找寻季姓人。
季昌国他长何模样？
是否真能把我帮？
他与我家何关系？（思索）唉！
理不出头绪，乱麻一团！

[翠竹、玉龙内喊：韵雪姐姐快跑！官兵来了！

[李韵雪一把抓过包袱。官兵押李翠竹、李玉龙上，季程忠随上。李韵雪退到岩石上面。

李韵雪 不要伤害他们！我知道你们要什么，你放了他们，我把物件给你。

季程忠 你怎知道我要何物件？

李韵雪 （拿出一本书本）账本。你若不放，我现在就丢下悬崖。（欲丢）

季程忠 慢！（对官兵）放了他们两个。

［官兵放开翠竹、玉龙。

李韵雪 翠竹、玉龙，快走！（竹、龙下）

季程忠 我已经放了他们，账本给我。

［李韵雪将本子丢下山崖。

季程忠 （怒）你！你居然戏弄本官！来人，下去找！

官　兵 是！（下。季程忠欲下）

李韵雪 大人请留步。那账本是假的。

季程忠 你！你想干什么？

李韵雪 想与大人坦诚相对，开诚布公谈一谈。

季程忠 你就不怕我杀了你？

李韵雪 你不会。要杀，刚才就能杀了我，你还算未泯灭天良。

季程忠 说吧，你要谈什么？

李韵雪 请你放了九龙山的三千民工。

季程忠 什么？（唱）居然要我放人犯，
光天化日做美梦！

李韵雪 （唱）其实大人你清楚，
他们都是替罪羊！

季程忠 你把话说明白！

李韵雪 （唱）修大坝材料低劣埋隐患，
才造至一场山洪大坝崩。
你查案不去追寻事根底，
却来盲目乱抓人！

季程忠 （唱）无证无凭胡乱讲，

李韵雪 （唱）账本为凭证如山！

季程忠 （唱）无令怎能把犯赦？

李韵雪 （唱） 是非曲直已端详！

大人呐！

（唱） 大坝崩塌酿灾难，

三万亩良田全被淹，

颗粒无收饥荒起，

遍野哀鸿景凄凉。

三千民工劳力壮，

理应全力救灾荒，

再误节气时令过，

明年全年田无粮！

倘若饥民起造反，

朝廷追责谁承担？

水可载舟亦可覆，

还请大人细思量。

季程忠 （唱） 一番话言简意赅分量重，

条理分明拆由端；

我欲据力来反驳，

理屈词穷开口难。

三千民工成囚犯，

审去审来倍难堪；

证据不足案难定，

如何处置正彷徨。

众百姓走投无路必造反，

逼反罪名难担当；

若放民工回家去，

拿何缘由复朝堂？

李韵雪 大人不必为难，放了三千民工，我便是你抓的朝廷钦犯。你可将我押解回京，这样是否妥当？

季程忠 你居然自投罗网？你若半路逃跑，我岂不上大当！

李韵雪 我一弱女子，孤身一人，你带领官兵，浩浩荡荡，我若想逃跑，除非插上翅膀。

季程忠 （思索）好吧，你先将账本交出来。

李韵雪 你先下令，把三千民工放了。

季程忠 你……（无奈）来人！

[一官兵内应“在”！上。

季程忠 你马上返回九龙山，传我命令，将三千民工全部释放。（交令箭）

二官兵 遵命。（急下）

季程忠 来人，把她铐上。

官　兵 是。（铐李韵雪）

[翠竹、玉龙内叫：韵雪姐姐！跑上。

李翠竹
李玉龙 不要！不要抓韵雪姐姐！

李韵雪 （大吃一惊）翠竹、玉龙，你们怎么又回来了？！

李翠竹 韵雪姐姐，你不能被他们抓走！

李玉龙 韵雪姐姐，你怎么这么傻，你为什么不跑？你为什么要被他们抓去当朝廷钦犯？（哭）

李韵雪 玉龙别哭。当朝廷钦犯有什么不好？这一路上再也不用东躲西藏，还有饭吃、有店住、有马骑、有船坐，平安到达京城。你们赶紧回家去吧。

李翠竹 韵雪姐姐，我们不回去！生生死死我们要在一起！

李玉龙 对，我们也要当朝廷钦犯！（对季程忠）你把我们一起抓了吧！

季程忠 （哭笑不得）这朝廷钦犯还有抢着当的？赶紧滚蛋！

[翠竹、玉龙上前缠住季程忠。

李翠竹
李玉龙 大人，你就把我们一起抓了吧，把我们抓了吧……

季程忠 好好好！小小年纪，还挺讲义气。你们要跟着她，那就一起走吧。（对韵雪）你们的条件我都答应了，你现在该把账本交出来了吧？

李韵雪 不行。我若交出账本，保不定你现在就会把我们三人杀了，我信不过你。

季程忠 你还想怎样？

李韵雪 玉龙，过来。（解开包袱，拿出褂子给玉龙穿上）

季程忠 （不耐烦）你到底要怎样？

李韵雪 到了京城，你让我见一个人，我自然会交出账本。

季程忠 你要见何人？

李韵雪 季昌国。

季程忠 （大惊）你要见……季昌国？！

［暗光。

五

［光圈中，巡抚、州官、县令上。

州　官 好容易套住了老子，未曾想杀出个小子！

县　令 这小子与他老子，走的好像不是一条路子？

巡　抚 只要抓牢他老子，不愁降不住这小子！

［巡抚对县令、州官耳语。

［收光。

［京城。工部尚书府大堂。

［内声：少爷回府！

［灯亮。季昌国背身而立，季程忠跪地。

季昌国 你好大胆！

（唱）　居然私自放囚犯，

狂妄自为乱主张！

季程忠 爹爹容禀！

（唱）　孩儿已经查清楚，

他们都是无罪人。

修大坝材料低劣埋隐患，
才造至一场山洪大坝崩。
儿查案必须追源查根底，
不能盲目乱抓人！

季昌国 你……

[巡抚、州官、县令不知何时从何处跑了出来。

巡　抚 哎呀我的季大少爷，再追查下去，就要查到你爹爹头上了！

季程忠 这事与我爹爹有何关系？

州　官 这！本来已经收集证据，大坝崩塌是民工偷料怠工所致，你把犯人都放了，如何结案？

季程忠 各位大人，我还是不明白……

县　令 哎呀我来说！九龙山修建大坝，朝廷拨给工部三百万两银子；经你爹之手拨到巡抚大人那里是一百五十万两银子；再经巡抚大人之手拨到州官大人那里是一百万两银子；州官大人拨到我这里是七十万两银子；我再拨到九龙山工地是五十万两银子……

季程忠 九龙山工地监工交代，他收到的是三十万两银子！

巡　抚 季大少爷，你听明白了吗？

季程忠 三百万两银子，到了工地居然只剩下三十万两！这大坝焉能不崩塌！

州　官 他！他还没听明白！

季程忠 你们……

（唱）　身居官位天良丧，
利用职权狂贪赃；
不理百姓生与死，
徇私舞弊肥私囊！

县　令 嘿，他明白得很呐！

巡　抚 季大少爷，莫非你要大义灭亲？

州　官 你若要灭，不仅灭了你父亲，连你外公一起灭了！

季程忠 （一把扭住州官）这事与我外公又有何关系？

县　令　你爹用那一百五十万两银子，为你外公建了一座豪华府邸！

季程忠　这……

（唱）　重锤击头上，
万箭穿心胸。
查案跋涉几千里，
谁知源头埋身旁。
为人臣理应执法无偏袒，
锄奸揭邪护纪纲，
效忠君王爱百姓，
是非分明立朝堂。
为人子百善孝为第一项，
我怎能指证父亲是贪官；
外公他白发苍苍年老迈，
怎忍老年进监房。
做忠臣即捉贪官依法办；
当孝子掩护高堂渡险关；
做忠臣或当孝子，
左右为难难煞人。

州　官　尚书大人，那三千民工虽然放走了，还可以抓回来！

县　令　要紧的是那本账本……

季昌国　忠儿，为父要你追查的账本呢？

季程忠　账本已有下落。有此账本，便能证明三千民工的清白，证实大坝崩塌之因，提供追查案情的依据。

巡　抚　这账本绝对不能留，连同知道账本的人，都得灭了！

季昌国　账本现在哪里？

季程忠　这……

季昌国　是不是在你带回来的那个女的手上？

季程忠　她一定要面见你。

季昌国 她要见我?

[收光。

[光圈中，季程忠将密扎交于一兵士。

季程忠 务必要亲自交于大理寺正卿大人手中。

兵　士 是。

[灯暗。

六

[尚书府一处偏房。窗外大雪纷飞。

[李韵雪凭窗眺望。

李韵雪 （唱） 飞雪飘舞白莽莽，
天地浑然好壮观。
但愿瑞雪丰年兆，
天佑来年多产粮。
身在京城锦绣苑，
思绪飞翔向远方，
怀念雷州山与水，
心挂故土众亲人。
似看见春风吹绿江南岸，
吹绿南渡九龙山，
似见金秋丰收景，
东西洋田稻谷黄。
灾后复耕获丰产，
丰衣足食民安康，
生气勃勃雷州地，
美丽富饶赛江南。

[季程忠急上。

季程忠 （唱） 事态陡转情势险，

韵雪面临生死关！

良心谴责难自主，

偷放伊人出牢笼。

韵雪姑娘，快跟我走！

李韵雪 走？我还没见到季昌国呢。

季程忠 韵雪姑娘，只怕你此番到来，难尝所愿了。你还是就此罢手，回雷州去吧。

李韵雪 季大人，听你这么说，你已经罢手了？

季程忠 韵雪姑娘，人在官场，身不由己，不问也罢。

李韵雪 大人此言差也！大人身为都察院左佥都御史，奉命查案，如今却息奸纵贪，必留祸患！

季程忠 事情非你想象，倘若是你亲爹，看你会怎样讲？快跟我走！

李韵雪 不见到季昌国，我是不会走的。

季程忠 你不能见他！

李韵雪 为什么？

季程忠 一时与你说不明白，再不走就来不及了，快走！（拉李韵雪走）

[内声：尚书大人到！

季程忠 他来了！（小声）不要承认你有账本，不要说我来过！（闪进屏风后面）

[季昌国上。

季昌国 你，一定要见我？（挥手示意侍卫下去）

[两人见面，怔住。

李韵雪 （冲口而出）爹——！（急捂口）

（唱） 他他他相貌与爹很相像，

季昌国 （唱） 这声爹苦辣酸甜涌心胸，

季程忠 （唱） 她他我其中必定有缘故，

三　人 （唱） 今日里定要究明其中名堂。

李韵雪 你就是季昌国？

季昌国 你为什么一定要见我？

李韵雪 是我爹要我来见你。

季昌国 他不守信用。当年约定，此生不再相见！

李韵雪 此生不再相见？（悲从中来）他是以命相托！

季昌国 他？他他他死了？！他可有交给你什么物件？

李韵雪 有，一只绣囊。

[李韵雪、季昌国各拿出一只绣囊，两人互换，打开。

李韵雪 （念）季家兄弟立约如下：兄季昌国将女儿季韵雪、弟季靖民将儿子季程忠互交对方养育，必视为亲生；两家此生此世不再相见。

季昌国 李靖民不是你亲爹，是程忠的亲爹！

季程忠
李韵雪 （无法接受）……不！不！不！

季昌国 雪儿，我才是你的亲爹呀！

（唱） 廿三载，心底挂念梦中盼，

季程忠 （唱） 廿三载，经历原来是噩梦，

李韵雪 （唱） 廿三载，流浪尝尽人间苦，

季程忠 （唱） 我我我子杀亲父惨绝人寰！

李韵雪 （唱） 我不信，你编谎言把我诳，

季昌国 （唱） 事已至此何需胡言来说谎。

你外公只生一女，

看中我招婿上门权当儿郎。

他要我延续门庭香火旺，

生男儿世袭继承当高官；

为升官我偷偷去求弟弟，

兄弟二人换儿郎。

季程忠 爹爹，爹爹呀！（唱）

望天跪拜求恕谅，

非儿绝情将您伤；

皆因乌云遮双目，

糊涂未明黑与红。

季昌国 雪儿，以前都是我的错，今后我会补偿你的！

（唱） 从今后荣华富贵你尽享，

尚书府千金小姐你来当，

远离雷州南蛮地，

做一个高贵岸然京城人。

李韵雪 远离雷州？（唱）

廿三载，雷州山水将我养，

半岛红土我家乡，

乡邻婶姆众叔伯，

胜似血缘至亲人。

雷州人感情淳厚心坦荡，

雷州人勤劳朴实敢担当，

雷州人嫉恶如仇甘舍命，

雷州人无私善良坦对天下人。

（雪对国，忠旁唱）

尚书府内人心险，

宁舍亲儿换高官，

富贵荣华有何用，

无悔（宁愿）长做雷州人。

季昌国 雪儿，你若是执意要回雷州，为爹也不勉强。你靖民爹爹让你找我，为了何事？

李韵雪 伸冤！雷州九龙山大坝崩毁，万亩良田、百多村庄被淹，死了一千多人！

季昌国 大坝崩毁，乃是工程事故，有何冤情？

李韵雪 修建大坝所用都是最劣质的材料，爹爹怀疑，是有人贪污了工程款项银两。

季昌国 有何为证？

李韵雪 账本为证！

季昌国 账本何在?

[季程忠情急之中弄出响声。

季昌国 谁?

[季程忠学了一声猫叫。

李韵雪 死猫。

季昌国 雪儿，既是如此，你就将这账本交于为父，为父为你做主。

李韵雪 你带我去见皇上，账本，我要亲手交于皇上!

季昌国 皇上?皇上日理万机，哪会见你一小小民女?雪儿，你就将这账本交于为父，为父替你交与皇上。

李韵雪 你?你又不是办案官员，这账本是铁证，不能交与你。

季昌国 雪儿呀!为父就对你实说了吧，你手中的账本，足以使为父一干人等身败名裂、万劫不复，你就把那账本交给我吧。

李韵雪 如此说来，九龙山大坝崩塌，你是罪魁祸首?

季昌国 为父一念之差，铸成大错，悔之晚矣!

李韵雪 既已知错悔恨，为何不投案自首?

季昌国 投案自首?那岂不是自寻死路!

李韵雪 因你之故，你的亲弟弟，我爹爹他、他送了性命!

季昌国 人死不能复活，就算我现在死了，也于事无补!

雪儿，为父给你跪下了!（跪）

李韵雪 不，不!（唱）

年迈人跪地哀求声声唤，
搅动心头五味翻，
毕竟亲血浓于水，
我我我铁打心肠也彷徨。

季昌国 雪儿，你已经失去了一个爹爹，难道忍心再将这个爹爹置于死地吗?

李韵雪 爹爹?爹爹!

（唱） 那个爹为保账本舍命换，
为民伸冤惩贪官;

这个爹千方百计毁账本，
为保几个作恶人！
事到临头方寸乱，
左右彷徨难主张，
该对何人尽孝义？
该当谁人好儿郎？

季程忠 （旁唱）心中翻滚滔天浪，
是非曲直冷眼观；
打断骨头连着筋，
如何处置难难难。

季昌国 雪儿，你，你快把账本交给我！

李韵雪 我…… 我……

[巡抚、州官、县令又不知从何处跑了出来。

州　官 真是冥顽不化！你当真不交出账本？

县　令 尚书大人，她定是将账本藏起来，伺机去指证告发我们！

季昌国 雪儿，你当真不肯交出账本？你当真不顾为父生死？

李韵雪 我……

巡　抚 李韵雪！不交出账本，你休想活着回到雷州！跟她一起来的不是还有两个小兔崽子吗？带上来！

[官兵带翠竹、玉龙上。

李翠竹
李玉龙 韵雪姐姐！

李韵雪 翠竹、玉龙！

州、县 （各拉过翠竹、玉龙）小孩，让你姐姐交出账本，就放你们回雷州去。

李翠竹
李玉龙 什么账本？我不知道。

李韵雪 他们还只是个孩子，什么都不知道，放开他们！

巡　抚 孩子？你若不交出账本，连他们一起杀！

李韵雪 翠竹！玉龙！

李翠竹
李玉龙 韵雪姐姐！

季昌国 李韵雪！你再不交出账本，为父也无法保你！

李韵雪 你……

季昌国 说，账本在哪里？账本在哪里？！

李韵雪 账本，在我们心里！

（唱） 老百姓人人心中一本账，
是非黑红胸中装，
为官清廉民爱戴，
铭记心头世代颂扬。
似你等身居官位贪无厌，
无视律条忒嚣张，
以权谋利纵私欲，
疯狂揽财肥私囊；
百姓死活全不管，
枉死黎民冤如山！
今日里意欲毁账灭证据，
除非你辣手杀绝天下人！

巡　抚 尚书大人，她是您的女儿吗？

州　官 她这是不顾您的死活了呀！

县　令 尚书大人，不是她们死，就是我们亡啊！

季昌国 李韵雪！你不仁，休怪我不义！（夺过官兵的刀，砍杀李韵雪）

[季程忠内叫“住手”……急上，夺刀。

（唱） 触目惊心忿难按，
满目殷红血斑斑，
常言虎毒不食子，
屠杀亲儿丧心病狂！
血洗双目明真相，

为国为民除巨贪；
叫声兵士听号令，
执法无情抓凶顽！

季昌国 哈哈！哈哈！哈哈哈哈！果然不出我之所料，你这个反骨仔！我白养了你二十三年！来呀！

官　兵 有！

季昌国 将这个反骨仔和这三个刁民都给我抓起来砍了！

[官兵一拥而上，季程忠、李韵雪、翠竹、玉龙被抓。

[内声：圣旨下！

[众跪。收光。

尾声

[紧接上场。

[内声：升堂！升堂音乐锣鼓大作。堂威声中灯亮。

[大理寺。官兵、丫环、乡邻、李大爷、季昌国、巡抚、州官、县令等在场。

[内声：经查，雷州九龙山大坝崩塌一案，牵涉工部尚书季昌国等人，尊皇圣旨，大理寺开堂审理。呈上证物！

[李韵雪、季程忠、李翠竹、李玉龙上，韵雪拿出一布卷展开——账本。

合　唱 人生一世一本账，
善恶到头终要偿。

[音乐声中造型。

[幕落。

[剧终。

贵生情

编剧：陈乃明

人　物　表

汤显祖　49 岁，男，徐闻县典史

熊　敏　51 岁，男，徐闻县知县

全迈红　45 岁，男，京城派来徐闻大营的临时监管（随营千总）

熊琼花　21 岁，女，熊敏女儿

张明威　25 岁，男，徐闻县秀才

邓　母　55 岁，女，熊琼花干娘

银　花　18 岁，女，邓母女儿，熊琼花义妹

徐小山　45 岁，男，徐闻南山贼首

狗　二　32 岁，男，徐小山厨子，后为徐闻县衙差

乡　约　40 岁，男，徐闻县乡官

内　侍　41 岁，男，朝廷圣旨官

衙役、校卫、民兵、山喽啰、村民若干

序幕

[明朝万历十九年某日。

[一道布幕“圣旨”直挂台中。

[大幕在开幕曲中开启。

[内声：“圣旨到。”

[灯全亮。

[内侍上。

内　侍　（宣读圣旨）奉天承运，皇帝诏曰：大礼寺正卿汤显祖上书《论辅臣科臣疏》抨击朝政，朝野震惊，忤逆天意，罪当惩处，现降职为雷州府徐闻县典史，即日赴任，不得有误。钦此！

[内侍下。

[内唱：

一片丹心却遭贬，
方知官场像深渊；
风餐露宿苦跋涉，
日夜兼程到徐闻。

[汤显祖在歌声中乘船过场。

[二幕闭。

第一场

[两个月后。

[徐闻县南椰村。

[舞台左边有几棵瘦高的槟榔树。树头有块大石头，石头上刻有“南椰村”三个大字；背景是山村民舍。

[二幕在群犬吠声中开。

[南椰村一村民边敲锣边喊上。

村　民　贼劫村啦！贼劫村啦！（奔下）

[徐小山率众喽啰上。

徐小山　（唱）　下山劫物好过瘾，
手里有钱才是真；
赶猪牵牛运稻谷，
还抓女人爽精神。（白）进村！

众喽啰 是！（随徐小山下）

[男女村民扶老携小被众喽啰追赶过场。

[青壮村民与众喽啰斗打过场。

[熊敏同汤显祖带领班头、衙役、民兵上。

熊　敏 （唱）　山贼胆敢劫村庄，

我料想，又是贼头徐小山；

汤显祖 （唱）　保护好，村民生命和财产，

不让山贼逞凶狂。（白）打贼！

众　人 遵命！（随汤显祖，熊敏下）

[众衙役，民兵与山众喽啰开打。

[徐小山与班头斗打上，班头不敌退下。

徐小山 （洋洋得意）哈哈！你们不是没领教过咱山爷的厉害。

喽啰甲 （上）山爷，典史汤显祖率众人打退二哥，欲断我们退路。

徐小山 管他娘的什么山鼠田鼠，待我去收拾他。（欲下）

喽啰乙 （上）报！山爷，大营兵快到了。

徐小山 这——撤！（欲撤退）

[全迈红带营兵上。

全迈红 （截住徐小山）山贼，哪里走！

徐小山 啊！是千总大人。

全迈红 毛贼怎认得本官？

徐小山 小的化装成乞丐在大营边打探，听到营兵称您千总。

全迈红 哦，哈哈！本官小看你了。厉害！厉害！

徐小山 小的不敢！

全迈红 好，既然认得本官，还不束手受擒？

徐小山 千总大人，请您高抬贵手，放我一马，小的定当图报！

全迈红 定当图报？（向众营兵）你们下去把山贼围住。

众营兵 遵命！（下）

[徐小山示意喽啰甲，喽啰甲提一布袋白银给千总。

[全迈红与左右耳语几句，左右收银下。

[全迈红挥手，众喽兵逃下。

徐小山 后会有期！后会有期！（逃下）

全迈红 山贼逃跑了，给我追！

[内应“是！”。

[熊敏、汤显祖率众追上。

熊　敏 千总大人，山贼往哪逃了？

全迈红 下官来迟一步，山贼往南山逃窜去了。

汤显祖 啊，跟我追！（率众欲下）

熊　敏 慢！汤大人，南山山深林密，我们追击，恐中山贼埋伏。

全迈红 还是熊知县想的周全。

汤显祖 乡约在哪里？

衙役甲 乡约在哪里？汤大人找你。

[乡约上。

乡　约 卑职拜见各位大人！

熊　敏 你可知南榔村的损失情况吗？

乡　约 卑职略知一二。

熊　敏 如何？

乡　约 南榔村这次被劫走生猪 9 头，耕牛 5 头，羊 20 只，其他财物一大批。

汤显祖 人口有否损失？

乡　约 山贼杀死 2 人，一共死了 5 人。

汤显祖 （惊问）什么？山贼杀死 2 人，怎么共死 5 人？

乡　约 大人啊！

（唱）　贼杀张海真可恨，
　　　　张家原来一独根；
　　　　二老寻思无依靠，
　　　　就跟孩儿赴黄泉。

汤显祖 可悲！可悲！

[众叹息惋惜。

乡　约　（接唱）　孙林被杀更是惨，

年幼老婆遭轮奸；

她觉无面在人世，

宅后树头去悬梁。

汤显祖　唉！真是雪上加霜。

衙役乙　（内“报”上）老爷，桥东村穆寿夫妻打架，其妻许氏服毒死去了。

众　人　啊！

衙役丙　（内“报”上）老爷，南港老五和老六因争家产打架，老五投水自尽了。

众　人　啊！

熊　敏　唉！太傻，太傻啦！

汤显祖　天呀！为何不懂“天下之生皆当为贵，天下之性人为最贵”啊！

全迈红　嘿，愚民死了倒也干净。

汤显祖　胡说！

（唱）　人生在世命最贵，

轻生最愚何想不开；

妻子孩儿靠谁养，

父母老年托付谁。

村民轻生把命毁，

显祖我，心里煎熬不胜悲；

民间疾苦若不顾，

当官撑权乜作为？

全迈红　（唱）　愚民命贱寻短见，

自己丧亡命归西；

就算活着也没用，

死些贱民乜足奇。

汤显祖　（唱）　若是不管民生死，

岂不厚颜为官吏；

你要知，官为浮舟民为水，

水急浪高船覆矣。

熊　敏　（唱）　蛮地民众不明理，

鄙俗愚顽药难医；

目不识丁性暴躁，

视命如土不值钱。

汤显祖　（唱）　重视民生从教起，

让民众，学礼习文寻生机；

晓义明理勤创业，

富贵自然命值钱。

熊　敏　汤大人，你有何高见，道来听听。

汤显祖　高见不敢说，但我觉得眼下咱们先从教化入手。

熊　敏　从教化民众入手？

汤显祖　对！（唱）

建座书院县城里，

招生来读圣贤书；

使民众，懂得世上命最贵，

要树起，启智治愚这面旗。

熊　敏　（唱）　大人果有好主意，

启智治愚是妙棋；

造福黎庶重教化，

建书院，百年树人我支持。

全迈红　乡民愚顽笨拙，不堪造就，教他们读书习礼，是白费心机！

汤显祖　千总大人，下官想请教请教您。

全迈红　说吧！

汤显祖　千总大人，狗的前身是狼，狼经过人们驯养变为狗。狗帮人牧羊，同人狩猎，替人看门；鹦鹉经过人们调教，尚说人话。那么，动物可训，人为何不可教呢？

全迈红　这……

熊　敏　汤大人，财资问题如何？

汤显祖 我们向州府请求拨一点，县库支付一点，号召民间捐赠一点，集腋成裘，这不就成事了吗？

熊 敏 好，到时本官第一个捐献。

汤显祖 对！我们吃朝廷俸禄的带头捐赠。

全迈红 院址到哪要。

汤显祖 对呀！熊大人，院址定哪？

熊 敏 我想好了，就在圣殿塘畔划出一块地作为书院用地。

汤显祖 好啊！熊大人不愧于民之父母官。

熊 敏 汤大人过奖了。只是书院名字不知起什么好。

汤显祖 这书院名吗？（思忖片刻）嗯！“贵生书院”可否？

熊 敏 贵生书院好！（唱）

世上生命最为贵，
这书院名寓意吉祥。（握住汤显祖双手）

汤大人，贵生书院好！

[切光，众隐去。

[二幕前。

全迈红 汤显祖啊汤显祖！（唱）

你检举，渎职科臣职被降，
我媚上，渎职科臣反提官；
可惜你，才高却不识时务，
好出风头气昂昂。

（白）我明天就到处去收捐款。明里为你建书院，暗中为我发横财。哈哈哈！

[切光。

第二场

[三天后。

[二幕开。

[邓母家。简陋的农家小院，竹篱笆门，一边有木瓜树，山薯藤爬伸在篱笆上。

[熊琼花上。

熊琼花 （唱） 在深闺，趋前凝望窗外景，
触景生情动春心；
回坐妆台弄花镜，
对着芳容泪眼盈。
前日早，理好罗帐穿齐整，
来探干娘天气晴；
稻谷飘香风送爽，
橙黄橘绿野鸡鸣。
四季如春花果盛，
薯瓜满园蔬菜青；
蕉蔗菠萝遍坡岭，
秋色给人好心情。

（白）妹妹……

[银花上。

银　花 姐姐！

熊琼花 银花，今日我们去哪里玩？

银　花 姐姐，我们拾鸡菜去。

熊琼花 好！（跟银花下）

[汤显祖带随从上。

汤显祖 （唱） 今日我又下村去，
当官为民谨记之；
职责不是口上讲，
身体力行绘蓝图。
施政应当办实事，
取信于民众望孚；
不为奸贪为众庶，

尽职尽责不虚浮。

[邓母上。

邓　母　汤大人，您又下村来了？

汤显祖　是啊！

邓　母　快进来歇歇。

[汤显祖入埋坐。

邓　母　汤大人，您辛苦了！喝碗蚝汤吧。

汤显祖　喝蚝汤？不不！留着你们吃。

邓　母　汤大人，您还用和我客气吗？

汤显祖　不客气，不客气！

邓　母　您等等！（下）

汤显祖　邓母……

邓　母　（端蚝汤复上）来来！刚凉好，喝吧！（递给汤和随从）

汤显祖　邓母，那我就恭敬不如从命了。（接蚝汤喝下）谢谢邓母！

邓　母　不用谢！

汤显祖　邓母，我还要去西村走走。

邓　母　老身就知道您忙。好，您忙吧！

汤显祖　（出，感慨万分，吟）

真妃南斗向南图，

游子登堂泪欲枯。

海蚌一瓯知味美，

可怜无复报恩珠。（白）走吧！（带随从下）

[张明威上。

张明威　（念汤显祖《徐闻泛海归百尺楼示张明威》诗）

沓磊风烟腊月秋，

参天五指见琼州。

旌旗直下波千顷，

海气能高百尺楼。

（白）好诗，好诗！我找先生汤大人去也！（下）

［场内“哨！哨！哨！”锣声响起，二兵丁上。

二兵丁 （来到邓母门前）宅上有人吗？

邓　母 （上）军爷，你们有何差事呀？

二兵丁 我等来收建书院的捐银。

邓　母 是在南门塘建的贵生书院吗？

二兵丁 正是！

邓　母 那好，辛苦军爷了！你们等等，老身去拿。（下）

兵丁甲 嗯，挺爽快。

邓　母 （上）军爷，老身捐十个钿。（递给兵丁甲十个铜板）

兵丁甲 就十个钿？

邓　母 对！

兵丁乙，不对！不对！是十两银子。

邓　母 军爷，我家哪有十两银子哟！

兵丁甲 看你是个好人。好吧，你交八两算了。

邓　母 八两也没有。

兵丁乙 不要和他磨牙。千总说了，不按规定交就绑人。走！（拉邓母）

［邓母与二兵丁拖来拉去。

熊琼花 （上）住手！你们为什么抓我娘？

兵丁乙 （见琼花貌美放开邓母）哇！仙女！哪里冒出个美娇娘？

熊琼花 你们为什么乱抓人？

兵丁乙 不交银啊！

熊琼花 交什么银？

兵丁甲 建贵生书院的捐银。

熊琼花 你看过告示吗？

兵丁甲 我这里有呀！（递给琼花）

熊琼花 （接过一看告示）哪来的告示？

兵丁乙 你管得着吗？

熊琼花 哼！县衙告示明明规定“多少不限，自愿捐献”。你们的告示却规定捐赠数额。

兵丁甲 这我不管，反正我们是奉命行事的。

熊琼花 干娘，你就不交，看他们敢怎么样。

邓　母 琼花，我交十个钿，他要十两银子，还说不交足就绑人。

熊琼花 好，我就看看今日谁敢绑您。

兵丁乙 今天不绑她，就绑你。（下手绑熊琼花）

[琼花与兵丁拉扯。

邓　母 （急）银花！银花！（也帮琼花）

银　花 （上见状）啊！来人啊！救命啊！

[张明威冲上拦住二兵丁。

张明威 光天化日，你们竟敢抢劫妇女？

兵丁乙 哪来狂徒，胆敢阻扰我等执行公务。

张明威 小生乃徐闻人氏。

兵丁甲 （拉兵丁乙旁白）张明威是徐闻才子，我们去找千总。（拉兵丁乙下）

邓　母 多谢公子解围！

张明威 区区小事，何足挂齿！

熊琼花 公子见义勇为，当谢！当谢！（下礼）

张明威 姑娘不必客气。（还礼与熊琼花对视，眉目传情）

[兵丁与全迈红上。

全迈红 谁敢妨碍公务？

兵丁乙 大人，就是那小子。（指张明威）

全迈红 给我拿下。

张明威 且慢！

兵丁乙 且慢？你们听着。

（念）　千总开口似虎叫，建书院就要捐银两。

不管穷家或富商，家家户户要捐款。

兵丁甲 （接念）　富的交一百，穷的交十两；

定期半月要交完。

兵丁乙 谁不交足就绑人。

众兵丁 就绑人，（大声）就绑人！

全迈红 小子，你听见了吗？

张明威 这是谁规定的？

全迈红 县衙建书院，汤典史负责筹建，当然是他定的啦！

熊琼花 胡说！县衙出的告示写着是“自愿捐献，多少不限”。

全迈红 （唱） 不管定多或定少，
这有明文榜上标；
收多少，都是交给汤显祖，
我只出力替人跳。

张明威 （唱） 前日大人对我讲，
收捐银，与你讲的不一样；
大人说，自愿捐献无定额，
怕你是，为饱私囊到处跳。

全迈红 （唱） 你你你，搬汤显祖来压我，
告诉你，本官并非是泥烧；
官场规则你不识，
你就请，知府他来又奈我何？
我就打狗给主看，
不怕你，跑去县衙告我状。
（白） 来人，给我打！

众兵丁 遵命！（欲打张明威）

熊琼花 （护住张明威，唱）
依仗权势欺百姓，
行凶打人无心肠。（白）不得打人！

全迈红 （唱） 天生尤物谁不想，
我心想，和你结成野鸳鸯；

不料你，妨碍公务不听劝，

怕你今日坐牢房。（白）给我狠狠地打！

众兵丁 是！（抽打张明威和熊琼花）

[秋莲嫂、银花挡住皮鞭。

邓　母 她是知县老爷的千金，你们不能打她。

[众惊愕，众兵丁停手。

[汤显祖带四衙役上。

汤显祖 千总大人，你怎么也在这里？

全迈红 哦，本官为你汤大人收捐银，哪里不走走。

汤显祖 下官哪敢劳驾您千总大人。

张明威 汤大人，他们打人。

汤显祖 为什么？

全迈红 抗交捐银。

邓　母 汤大人，老身捐十个钿，他要我交十两银。

银　花 我娘拿不出十两银子，就被他们打。

汤显祖 千总大人，这是事实吗？

全迈红 这个……这不是为你多筹点钱建书院吗？

汤显祖 这分明是打劫！

全迈红 你……，唉！真是“狗咬吕洞宾不识好人心”。

汤显祖 千总大人，这像收捐银吗？

（唱）　定额逼人交银两，

这和劫钱没两样；

我不信，捐字意义你不懂，

你是诈傻别具肺肠。

全迈红 哼！我提为随营千总，朝廷为了加强海防力量，命我来徐闻大营监管。而你降为典史添注，皇上为了警示文武百官，贬你到徐闻县衙当差。可你不知斤两，竟敢同我较劲。

汤显祖 我是与奸邪较劲。

全迈红 你！

汤显祖 （唱） 我不但知斤知两，

还懂得，忠奸正邪不一样；

忠正百姓必赞颂，

奸邪黎民戳脊梁。

全迈红 汤显祖，你太不仗义了。

（唱） 为了支持你办学，

多收捐银串街巷；

无功反倒得个过，

你教乜人心不凉。

汤显祖 （唱） 巩固海防你工作，

谁要你来巡街巷；

你这是，有意损毁我声誉，

挖好坑来让我跳。

（向张明威等人）走，我带你们找郎中治伤去。

张明威 （等人）谢大人！（跟汤显祖等下）

[灯转暗，众人隐人。

[二幕前。

全迈红 碰到知县老爷千金，这可如何是好……有了！

（唱） 汤显祖，他和知县感情好，

我要横横插一刀；

割断他俩二股绳，

教他塘鱼坡上跳。

这次又有大戏看，

杀鸡何曾用牛刀；

我投一石获二鸟，

为申相立大功劳。（白）徐小山哪里？

[徐小山化装成乞丐上。

徐小山 大人……?

[全迈红与徐小山耳语。

徐小山 请大人放心！小的走啦。（下）

全迈红 好，哈哈哈！

[切光。

第三场

[三天后，

[邓母后园，有葱菜，木瓜树，杨桃树。

[二幕开。

[内唱： 情义两字胜万金，

有义有情暖人心；

有情人间才幸福，

有义世情就安宁。

[银花提竹篮与熊琼花、张明威在伴唱歌中漫步上。

银　花 姐姐，张秀才，这就是我家的后园。

熊琼花 哗，这么多葱菜，都是你和干娘种的吗?

银　花 对！娘有空就和我挖地种菜。今天我特意带你俩来后园割菜。

张明威 很好！这后园就是你家的菜篮子。

银　花 是的！我们家穷，都是食自家种的菜。

熊琼花 吃自己汗水浇灌的菜香。

张明威 自食其力，心安理得！

熊琼花 银花，今天你带我出来割菜真开心。

银　花 是吗？好，我回去煲山薯给你们吃。（有意回避下）

熊琼花
张明威 （同声）银花……

[俩人腼腆，静场。

[雁声。

熊琼花 （唱） 天高云淡雁成队，
金菊绽黄迎梅开；
后园瓜菜绿如碧，
幽香醉人不想回。

张明威 （旁唱） 景美人美心也美，
情景迷人不思归；
相见如故春心动，
拨雨撩云不敢为。

熊琼花 （旁唱） 出外才识情和义，
困闺中，顾影自怜人空虚；
三日前，有幸逢会张公子，
使我陶然心神怡。

张明威 （旁唱） 苦读书诗懂仁义，
未试恋情乜滋味；
三日前，有缘邂逅熊小姐，
让我领略爱神奇。

[内唱：情窦初开俩相爱，欲吐衷情口难开。

张明威 （唱） 小姐呀，三生有幸识你面。

熊琼花 （唱） 奴暗喜，神助会逢张秀才。
那日兵丁耍无赖，
相公你，见义勇为寸心知；
总因我们拖累你，
被打受辱心感怀。

张明威 （唱） 小姐你，虽是弱女壮心在，
见事不平无叹唉；
挺身而出斗奸恶，

一点都不逊须眉。

熊琼花 （唱） 秀才你，风度翩翩惹人爱，

仪表堂堂品貌佳；

眉清目清七尺汉，

心亮眼明并有才。

张明威 （唱） 小姐你，冰肌玉骨令人爱，

质艳姿妍非凡胎；

知书达礼分善恶，

贤淑温存有胸怀。

（白）熊小姐，你……

熊琼花 奴家明天要回家了。

张明威 这么快，明天就回家了。

熊琼花 恐父母牵挂，干娘明天就雇轿来送我回家。

[兵丁乙带四蒙面人偷偷摸摸上窥探。

[兵丁乙指熊琼花、张明威，下。

张明威 小姐，你……

熊琼花 秀才，我……（斜靠在张明威怀中）

[张明威、熊琼花相拥在杨桃树下。

[四蒙脸人突然袭击，掳走熊琼花和张明威。

[银花用菜篮装山薯提上发现抢人。

银　花 （丢下菜篮，惊叫）有贼，有贼劫人，快救人啊!

[二幕前。

[邓母急上。

邓　母 （唱） 义女突然被掳走，

老身心如火烧焦，

小姐她，倘有三长或两短，

你我两人罪难逃。

银　花 （唱） 时运不佳难自保，

横祸飞来到咱家；

咱只有，前往县衙去报案，

求老爷，请兵救人把贼剿。（同邓母急下）

[切光。

第四场

[紧接上场，

[徐闻县衙，

[二幕开。

[熊敏上。

熊　敏　（唱）　女儿她，去干娘家和妹玩，

似鸟出笼心喜欢；

她不知，夫人思念我牵挂，

已去数日未见还。

[内声“千总大人到！”

熊　敏　有请！

全迈红　（上）熊大人有礼！

熊　敏　千总大人有礼！请！

[全迈红埋坐。

熊　敏　上茶！

[内应：“是！”

衙　役　（端茶上）请大人用茶。（敬千总与熊敏）

熊　敏　千总大人，朝廷命您到徐闻大营，加强海防力量，防范倭寇袭扰渔民，但大人您还为地方事务操劳。可敬！可敬！

全迈红　熊大人，本官为朝廷效劳。应该！应该！

熊　敏　千总大人今日到来……

全迈红 今日遐闲，到贵府同大人闲聊，不知熊大人……

熊　敏 千总大人不吝玉趾，大驾光临，蓬荜生辉。

全迈红 既然大人不弃，日后本官就多来哟。

熊　敏 欢迎！欢迎！

全迈红 熊大人，这贵生书院……

熊　敏 下官与汤典史捐出多年积攒，以及民间捐赠等多方筹措，估计建资没问题。

全迈红 没问题？

熊　敏 对对！汤典史还召号民众有钱出钱，有力出力。

全迈红 熊大人啊！

（唱）　建书院，去收捐银万民厌，

分民众，家蒯无钱逼上山；

有人砍树被虎吃，

有人被贼打死亡。

都指典史是为己，

搅得众人心惶惶。

熊　敏 这个……

全迈红 汤显祖管理地方治安而置之不理，却热衷于建书院。熊大人，这不明摆着咩！

熊　敏 这个……

[衙役乙内喊："大人，大人！"急上。

衙役乙 大人，小姐被人抢走啦！

熊　敏 啊！你，你你说什么？

衙役乙 小姐被人抢走了。

全迈红 （暗喜）你听谁说？

衙役乙 邓母和银花。

熊　敏 她们在哪？

衙役乙 她，她们在衙外。

熊　敏 快，快传她们。

衙役乙 邓母、银花上堂。

[邓母、银花上。

熊 敏 （迫不及待）邓母，你……

邓 母 大人，小姐被人劫走了。

熊 敏 什么人？

银 花 我看见四个蒙面人，当时我……

熊 敏 小姐在哪里被蒙面人掳走？

邓 母 在我家后园。

熊 敏 什么时候？

银 花 今日正午。

邓 母 大人，快想方法救小姐啊！（哭）

熊 敏 （唱） 女儿被掳去无向，

我心也同万箭穿；

何方暴徒下毒手，

黄花妙龄遭摧残。

女儿啊，怨你固执性子犟，

才致招来这祸殃；

你是父亲心头血，

骨肉相连痛断肠。

全迈红 （背躬）嘿嘿，汤显祖啊汤显祖，这次就看你的了。

熊 敏 （抹泪）哦，快，快传汤典史。

衙役乙 传汤典史上堂。

[内声：“传汤典史上堂。”

汤显祖 （上）熊大人，有何差遣，急召卑职？

熊 敏 琼花被人掳走了。

汤显祖 啊！是什么人如此大胆？

熊 敏 四个蒙面人。

汤显祖 什么时候？

熊　敏　今日午时。

汤显祖　在哪里?

熊　敏　在邓母家后园。

全迈红　汤典史，你这不是在审犯人吧？！

邓　母　大人，都是我不好！（哭）

银　花　大人，这怎么办啊！（哭）

熊　敏　我们正在想方法。你母女下去，千祈不要告诉夫人。

邓　母
银　花　（同声）是！（哭下）

熊　敏　汤大人！

（唱）　人命关天不容缓，
缉凶救人你担当；

汤显祖　（唱）　下官定当破此案，
彰显刑律斩凶顽。

熊　敏　（旁唱）　坐也无稳立无安，
到底女儿在何方?

汤显祖　（旁唱）　光天化日劫女子，
哪里凶徒若猖狂。

全迈红　（旁唱）　汤显祖，料你难过这一关，
你不死，定脱层皮苦不堪。

汤显祖　（旁唱）　这桩劫案真蹊跷，
搜索枯肠心好烦。

熊　敏　（旁唱）　强人心歹且凶悍，
嫩花怎敌风雪霜；
也不知，显祖有无好方法，
救我女儿把家还。

全迈红　（旁唱）　我导他演真好玩，
这出戏，挺有看头吾喜欢。

汤显祖 （旁唱） 千总他，幸灾乐祸暗里笑，
乜鬼心肠腹中藏。

熊　敏 （唱） 汤大人，书院暂无用你管，
从今起，你要全力抓治安；
倘若此案破不了，
我没面目见世人。

汤显祖 熊大人，那谁来管书院建筑呢？

熊　敏 不建了。

汤显祖 不建了？

全迈红 汤典史，你是治理贼患保境安民呀，还是要建你的书院？

汤显祖 这个……

全迈红 目前山贼猖獗，现连熊大人的千金都被人掳走，你不全力于破案救人。我问你，到底安的是哪份心？！

汤显祖 我……

熊　敏 你别说了。

全迈红 哼！你想借建书院捞一把？没门！

汤显祖 你才是借收捐银大发横财！

全迈红 （一巴掌掴过去）你算个老几？啊！

［汤显祖捂着火辣辣的脸。

熊　敏 （拉全迈红）哎呀，走吧！走吧！

全迈红 我呸！（被熊敏拉下）

汤显祖 我，我……（唱）

南海无边波推浪，
狂飙横澜怒涛翻；
我似破旧小船仔，
面向海洋怎扬帆。
仰望夜空星月暗，
耳聆孤鸿叫凄怆；

失雁与我同命运，
踽踽独行身心寒。
不建书院又怎样，
不减俸禄我乜关；
我何必，买个猪头讨个胆，
我何必，无病带符找麻烦。
徐闻不是我家乡，
也没有亲人在南方；
义仍本是外地客，
管他将来短和长。

（少顷） 啊，这是我汤义仍的内心之言吗？不！不！（唱）
徐闻虽然在南端，
同是大明的江山；
炎黄子孙皆兄弟，
谁说徐闻无亲人。
当官应为民着想，
要把徐闻当故乡；
坚守初衷为百姓，
始终不渝效春蚕。
义仍我，一定担当破此案，
现感到，践诺压力重如山；
不知人犯在何处，
叫我如何去救人。（白）老天爷啊……

[电闪雷鸣，雨声哗哗。

汤显祖 （唱） 雷声又催大雨降，
雨点斜斜打夜窗；

[内伴唱：屋檐不禁泪水落，
深表同情我为难。

[又一阵雷声。

[灯暗。

[汤显祖在追光光圈中走出衙堂外。

汤显祖 老天爷，下吧！下吧！拜托您把整个大明江山给我冲洗个干干净净啊！

[狗二上。

汤显祖 谁！

狗　二 我，狗二。您可是汤典史汤大人吗？

汤显祖 三更夜半，找我何事？

狗　二 恩人啊！（扑跪在汤显祖的跟前）请受草民一拜！（叩头）

汤显祖 哎哎，谁是你恩人？你有没有认错人？

狗　二 您是汤大人就错不了。

汤显祖 好！外边雨大，你起来我们到走廊上说。（拉起狗二）

狗　二 谢恩公！

汤显祖 你叫狗二？

狗　二 对，我是狗二，高坡村人，母亲黄氏……

汤显祖 高坡村黄氏就是你的娘亲？

狗　二 正是！

汤显祖 那你落草在哪个山头？

狗　二 跟随徐小山在南山。

汤显祖 跟随徐小山吗？

狗　二 对！恩公，草民不回去了。

汤显祖 对对！改邪归正，不与山贼为伍！哦，徐小山近日下山吗？

狗　二 他这几日不下山。

汤显祖 （略有所思）他不下山？

狗　二 不过，他昨天派人下山抓了一男一女。

汤显祖 （惊喜）什么？他们抓了一男一女？

狗　二 对！听说……

汤显祖 不用说了，你立即回去南山。

狗　二 恩公，您不是要我娘劝我下山吗？您刚才不是说，改邪归正，不与山贼为伍吗？

[汤显祖与狗二耳语。

[狗二点头会意下。

汤显祖 （唱） 山穷水尽疑无路，
柳暗花明又一村。

[切光。

第五场

[三日后，夜。

[山寨牢狱。

[天空中群星闪烁；萤虫飞舞，秋虫唧唧。

[熊琼花一边，张明威一边。

[灯复明。

熊琼花 （唱） 昏昏沉沉心怅惘，
爬起不明西与东；
喽兵送饭方得醒，
方知陷入贼囚笼。

张明威 （唱） 头晕眼暗难支撑，
混身乏力无人搀；
山贼暴戾无恶不作，
猖獗凶横祸善良。
小姐呀，贼人见你定不放，
羊碰饿狼必遭殃；
到底你被关在哪，
明威我，想起悚然心胆寒。

熊琼花 （唱） 在荷下，鸳鸯交颈微澜上，
鹞鸱突然抓鸳鸯；

公子呀，究竟你被押在哪，
琼花我，魂牵梦萦断回肠。

张明威 （唱） 一介书生不自量，
也敢爱，知县大人宝贝心肝。

熊琼花 （唱） 我本是个外地女，
却恋一个徐闻人。

张明威 （唱） 牢中长吁接短叹，

熊琼花 （唱） 愁眉泪眼心挂牵；

张明威 （唱） 花容笑貌挥不去，

熊琼花 （唱） 情深意浓记心房。

张明威 （唱） 小姐啊，求天保佑你平安，
回去团圆合家欢；
我遭不测无所谓，
盼你爹，请兵围剿灭强梁。

熊琼花 （唱） 公子啊，望你吉人生天相，
化险为夷报平安；
我留清白愿玉碎，
不为全瓦侍豺狼。（白）公子，你在哪呀？

张明威 小姐，你在哪啊？

[灯暗。

[转换寨门景。

[汤显祖内唱："潜伏山沟夜雾里，突袭强贼趁良机。"

[灯复明。

[衙役，民兵打翻过墙。

[汤显祖带衙役；乡约带民兵上。

汤显祖 （唱） 里应外合巧用计，
消灭山贼民久傒；
我和狗二已定好，

今夜里，捣毁贼巢擒虎罴。

[狗二打开寨门。

狗　二　汤大人。

汤显祖　狗二，多谢你啊！（紧握手狗的双手）

狗　二　大人不必客气！快，跟我去捉拿徐小山。

汤显祖　好！大家随我来！（随狗二下）

[众下。

[天幕上：火光冲天；场内：刀枪碰击声，喊杀叫打声响成一片。

[开打介。

[二幕前，熊敏上。

熊　敏　好，好啊！

（唱）　衙差飞报女得救，
高兴起来泪难收；
汤显祖，才德兼备又能干，
夜袭山贼巧运筹。
踏平南山擒贼首，
除暴安良解民忧；
临难不惧为社稷，
勇往直前顶逆流。

[切光。

第六场

[紧接上场。

[徐闻城外。

[二幕开。

[东方泛白，朝霞渐现。

［汤显祖、乡约、熊琼花、张明威、狗二、衙役、民兵押着徐小山上。

汤显祖 （唱） 群星隐去东方白，
雄鸡啼鸣辞五更；
肚饿脚重踏朝露，
没有一人讲鱼虾。
成功救出熊小姐，
捣毁贼巢益万家；
感谢上苍从我愿，
迎着红霞回县衙。（带队圆场）

［熊敏率众人上。

熊　敏 汤大人！

熊琼花 爹……（扑到熊敏怀里哭）

熊　敏 女儿……（抱着女儿流泪）。

［内唱： 死里逃生见爹爹，
父女抱头泪涟涟。

熊　敏 女儿，回来就好！回来就好！

张明威 小民叩见知县大人！

熊　敏 你！（少顷）你们……

汤显祖 熊大人，先送小姐她们回去歇息调养。

熊　敏 好！送小姐……她们回去。

衙　役 是！（送熊琼花、张明威下）

［内声："千总大人到！"

全迈红 （带随从上）熊大人，汤典史胜利凯旋。你们大张旗鼓到城外迎接，怎不通报本官一声？

熊　敏 千总守土戍边，恐大人没空。

全迈红 汤典史，你剿贼有功，本官表示祝贺！

徐小山 各位大人，请给草民一条生路吧！（向千总叩头）

全迈红 （拔剑刺向徐小山）你只有死路一条！

徐小山 千总……你——(死去)

汤显祖 千总大人……

熊　敏 拖下去!

衙　役 是!(二衙役拖徐小山下)

全迈红 (唱)　汤典史，既能文来又能武，

偷袭山贼见工夫；

待我修书报申相，

树你官场当楷模。

汤显祖 (唱)　为民除害分内事，

也是职责驱使之；

义仍我，不敢邀功和求赏，

只望做人不糊涂。

全迈红 熊大人，本官在大营设宴为汤典史接风洗尘，请您同往如何?

熊　敏 这……哦，下官已经备好酒菜，请千总大人同我回后衙共饮。

全迈红 熊大人既然早有准备，本官就回大营了。汤典史，后会有期!

汤显祖 后会有期!

全迈红 告辞!(带随从下)

熊　敏 不送!

汤显祖 熊大人，下官活捉徐小山，欲将其押回县衙会审……可惜千总把他杀了。

熊　敏 他不是痛恨徐小山吧?

汤显祖 不!他是杀人灭口。

熊　敏 杀人灭口?

汤显祖 对!(唱)

他和山贼常来往，

故杀贼头徐小山。

熊　敏 (唱)　既然如此要防备，

不让坏人逞疯狂。

汤显祖 熊大人刚才不是……

熊　敏　本官确实是不想让你去他的大营。

汤显祖　感谢大人对属下的关爱！

熊　敏　汤大人，你救回我女儿，消灭山贼徐小山。所以于公于私，本官都应该感谢你。

汤显祖　谢我？大人应该感谢这位兄弟！（指狗二）

熊　敏　谢他？

汤显祖　对！

熊　敏　这位兄弟，你姓甚名谁，家住哪里，以何谋生？

狗　二　（跪下）拜见大人！草民名叫狗二，家住高坡村，原给徐小山当厨师。

熊　敏　来人，给我拿下！

衙　役　遵命！（欲抓狗二）

汤显祖　且慢！熊大人。（唱）

没有他，谁知令爱在何方，
没有他，根本不能进南山；
没有他，为我卧底做内应，
没有他，灭贼救人难中难。

熊　敏　这个嘛……

汤显祖　“错之能改，民之上也”。况且他早就不和徐小山做事了。

熊　敏　你在哪里结识他？

汤显祖　我到乡下，找些做山贼家属谈话，要他们规劝亲属改邪归正。那天刚好到高坡村狗二家，要他母亲劝其回来。不料，刚进门就见他母亲黄氏昏倒在地上。因他是做贼家庭，故乡党横眉，乡邻冷对……

狗　二　（已是泪人）汤大人见我娘亲昏死在地上，赶快扶起施救，并请医买药，使我娘亲起死回生。恩公离开我家时，还给我娘一锭银子。（泣不成声）

熊　敏　汤大人！

（唱）　你对乡亲感情重，
了解民情常下乡；
有教无类仁德厚，
天道酬勤奏凯还。

汤显祖 熊大人过奖了。

熊 敏 狗二，你什么时候不跟徐小山做事了？

狗 二 回大人，草民有夜潜回家中探母，娘亲说咱徐闻来了一个好官。不是他，你回来就见不到老娘这副骨头了。后来，我就下定决心不回南山，连夜去找汤大人谢恩，并向恩公表示不再做贼了。

汤显祖 下官从中得知令爱就在南山。所以，我便硬要狗二兄弟回去南山。

熊 敏 难怪，汤大人说要谢就先谢狗二兄弟。

汤显祖 对！狗二兄弟功不可没。

狗 二 草民将功赎罪！

汤显祖 熊大人，收狗二兄弟回县衙当差如何？

熊 敏 好！

狗 二 谢过二位大人！（叩谢）

汤显祖 熊大人，令爱我已经送回给您了。这贵生书院还建不建？

熊 敏 建！

汤显祖 明天开工如何？

熊 敏 好！（唱）

明日开工建书院，
吉日良辰气象新；
春风化雨靠教化，
传播文明兴徐闻。

（白）打道回府，为汤大人设宴庆功。

众 人 是！（亮相）。

[二幕前，全迈红上。

全迈红 （唱） 刚才惊出身冷汗，
不料到，他们能擒徐小山；
倘若留着这活口，
审讯起来定麻烦。
汤显祖，算你能脱这一难，

不信你，命大能逃下一关；
料你一定弹劾我，
我要你，身首分离见阎王。
（阴险地）嘿嘿嘿！
[切光。

第七场

[五个月后。
[贵生书院大门前。
[书院红墙绿瓦，流光溢彩；大门上方有“贵生书院”四个大字。
[内唱：贵生书院已建好，
乡亲将来有希望；
子弟求学无忧虑，
因为徐闻有学堂。
[二幕开。
[乡约带领民众跳徐闻民间“藤牌舞”上。
[舞介下。
[汤显祖高兴地抚掌上。

汤显祖 好，精彩，精彩！
（唱）总算完了桩心愿，
书院落成心忭欣；
点灯饮酒待天亮，
彻夜不眠亦精神。
传习孔孟风俗变，
教化发蒙识贵生；
黎民百姓勤劳作，

艰苦创业建家园。

好事办成真兴奋，

算是为民解倒悬；

当官不为民着想，

怎称是个社稷臣。

（看着“贵生书院”，四个大字）贵、生、书、院。（吟）

天地孰为贵，

乾坤只此生。

海波终日鼓，

谁悉贵生情。

[全迈红带一兵丁暗上耳语介。

[兵丁向汤显祖投飞镖，恰逢狗二上发现。

狗　二　大人小心！（推倒汤显祖）抓刺客啊！

[熊敏等人上。

[兵丁欲逃，被全迈红冲上一掌推到。

兵　丁　大人你……

全迈红　（拔剑杀死兵丁）光天化日，胆敢刺杀汤大人。（上前扶起汤显祖）汤典史你受惊了！

汤显祖　千总大人，你故伎重演，岂能得逞！

全迈红　汤典史何出此言？

汤显祖　千总大人到此有何贵干？

全迈红　一来贺喜，二来嘛……送你上……

[内声：“圣旨到。”

众　人　（跪）万岁，万万岁！

[内侍带四校卫上。

内　侍　汤显祖听宣。

汤显祖　罪臣恭听圣谕。

[千总暗喜。

内　侍　奉天承运，皇帝诏曰：汤显祖自降职徐闻，忠于职守，宣扬圣德，灭贼办学，勤政为民，深得人心。故特赦内迁浙江任遂昌知县。钦此！

汤显祖　谢主隆恩，吾皇万岁，万万岁！（起接旨）

全迈红　（出乎意料，恬不知耻）恭喜汤大人，贺喜汤大人！本官早就知道了，刚才说送你就是送你上任。

汤显祖　不是送我上西天？

全迈红　汤大人……

内　侍　（拿出第二道圣旨）千总接旨。

全迈红　（复跪）微臣接旨！

内　侍　奉天承运，皇帝诏曰：全迈红南下徐闻监管大营，却与渎职科臣结党营私，贪赃枉法；并勾结山贼，为非作歹。兹予撤职，押回京都受审。钦此！

全迈红　大人……

内　侍　来人，将罪臣拿下！

四校卫　遵命！（除去全迈红冠带）

汤显祖　千总，我不用你送了，你去你该去的地方吧！

内　侍　将罪臣押下去！

四校卫　是！（把全迈红押下）

内　侍　告辞了！（下）

众　人　送大人！

［汤显祖送内侍下。

［二幕前。

众　人　熊大人，咱们徐闻需要这样的好官，汤大人不能走！

邓　母　大人啊！（唱）汤大人他不能走，
他为咱，百姓黎民把心操。

熊琼花　（唱）汤大人，廉洁清正办实事，
振兴徐闻不辞劳。

张明威　（唱）先生他，德才兼备心地好，
勤政亲民志气高。

熊　敏　（唱）　　　　调他离开舍不得，

　　　　　　　　　　　圣命难违不能留。

张明威　我们是留不住汤大人了。

众　人　这怎么办呀?

熊　敏　大家到沓磊港码头欢送汤大人!

众　人　好！我们到沓磊港码头欢送汤大人去!

尾声

[紧接上场。

[徐闻沓磊港码头。

[二幕开。

[汤显祖昂立船头向众人招手。

[众人向汤显祖招手。

[幕后歌起：

　　　　万人送行格外亲，

　　　　依依惜别泪沾巾；

　　　　贵生书院留史迹，

　　　　岿然独存在徐闻。

[船慢慢驶去。

[幕徐徐降落。

[剧终。

· 雷剧卷 ·

挖宝记

编剧：林 艺

人　物　表

赖　九　　三十出头，绰号“癞皮狗”
吴海丽　　二十一岁，农业大学毕业生
包友联　　四十岁，包家村村长
赖　森　　六十多岁，赖九的叔公
吴小金　　四十出头，寡妇，吴海丽母亲，绰号“蜈蚣”
包大胆　　三十多岁，如花嫂的老公
如花嫂　　三十岁，包大胆的老婆
二愣头　　将近三十，拉二婶老公
拉二婶　　二十多岁，二愣头老婆
众小孩　　扮成蜜蜂和香蕉树等人

第一场

[村委会门口，“包家村村委会”大招牌显眼挂一旁。

[包友联抽着旱烟竿上。

包友联（唱）　村里有个单身汉，
嗜赌好闲名声“香”。
提起这个堡垒户，
老树窟窿欲补难。
村后有座九棺山，

传说山上有宝藏。
秀才无兵也无铁，
唯有拿它作做文章……

[包小金急搀吴海丽上。

包小金 海丽！

吴海丽 妈！我不去。

吴小金 啥？好不容易攀上一门城里亲戚……你将来找工作还指盼他呢！

吴海丽 妈，他一把年纪，还老不正经……

吴小金 哟，女儿，年轻吃点亏，老了不后悔……像妈这把年纪，豆腐渣隔夜饭牛屎干，有谁还稀罕。

吴海丽 反正我不想当保姆。

包友联 哎！蜈蚣，人各有志，莫要强求。

吴小金 （白一眼）我自家灶台，不用你来扫！（转对海丽）你马上给我回城去。

吴海丽 （跺脚，转身，赌气）我不去，要去你自己去。

吴小金 不去，别回家让我闻着味。

[吴小金气咻咻下。

包友联 哎！时代变了，过去不读书，回家当农夫。现在读了书，上城当保姆。

吴海丽 村长，我正想找你呢？

包友联 （一怔）找我？

吴海丽 我想回乡创业。

包友联 回乡创业！嗯！打磕睡撞上棉枕头——巧了。你这农业大学高材生，回来正好。

吴海丽 （纳罕）回来正好？

包友联 帮扶贫困户，开发九棺山。

吴海丽 帮谁？

包友联 赖九。

吴海丽 （摇头）村长，你怎么找这个扫帚星、背时鬼。

包友联 扫帚星、背时鬼？

吴海丽 那年坐车去高考——

包友联 结果半路车打翻。

吴海丽 回乡务农种香蕉——

包友联 年年遭遇大台风。

吴海丽 相约女友去打工，

包友联 黄鹤一去不复还。

吴海丽 唉！村长——

（唱） 破鼓重槌擂不响，
花生发霉炒不香。
人道黄金镶玉不镶铁，
拍档怎能找个倒霉虫。

包友联 （唱） 赖九命运确磨难，
三岁那年双亲亡。
百家衣饭伴成长，
冷雨斜风多凄凉。
赖九虽有可恼处，
却热心帮人心善良。
那一年，车祸之后为救人，
他误了时间赶考场。
谁家有着红白事，
他二话不说去帮忙。
唉！只因诸事不如意，
从此变成了得过且过破罐破摔的“敲钟人”，

吴海丽 （唱） 他命如黄连苦难当。
教海丽心中起波澜。
我非铁石心肠人，
怎能冷眼来旁观。

（白）村长，只是——这些猪头鸭掌下脚料，怎能熬出好味道。

包友联 放心，我已调好了配料，咱们慢火炖猪头……对了，你在村委会整间房先住下，我再与你来商量。

[吴海丽点头下。

[赖九沮丧上。

赖　九 （念） 真是人衰脸也花，

走路常踏香蕉皮。

人称我是扫帚星，

骰子跟我是冤家。

押小开大，押大开小，

气得我七窍生烟脸苍白。

屡战屡输，屡输屡战，

急得我五抓挠心眼冒星……

包友联 赖九，又输了！

赖　九 村长，你怎么知道？

包友联 看你一脸沮丧，两眼通红，三餐无着，四肢无力，一定输得惨拆骨。

赖　九 村长，再借我点钱吧。下个月扶贫款，你从中扣还？

包友联 怎么，你打算天天靠借钱过日子？

赖　九 （讪讪地）村长，有发财门路指引一下。

包友联 想发财……好，我给你指一本万利好路子。

赖　九 村长，你快说……

包友联 你知道九棺山来历么？

赖　九 知道，古时候是土匪窝，土匪在山上拿活人点天灯，扎人皮灯笼，冤魂野鬼多着呢！

包友联 你没听过这民谣……

（唱） 九棺山，两头尖，

九棺金银地宫藏。

每逢天狗吞太阳，

满棺宝物放光芒。

赖　九　（不以为然地）村长，那只是古传说，九棺山真有宝，挖宝的人还不把这山头给踏平。

包友联　你没瞅见，一拨又一拨驴友来探险……

赖　九　（想了想，点点头）嗯！他们还在山上露营呢。

包友联　他们哪里是探险，分明是探宝。

赖　九　没见谁找到宝藏。

包友联　探宝嘛，讲的是缘份，所谓踏破铁鞋无觅处，得来全不费工夫。你若不信，今天我就与你打个赌。

赖　九　（来了兴趣）赌什么？

包友联　赌山上有没有宝。你若是挖到宝，算我赢，我得分一半。挖不到，算我输，损失我补上。

赖　九　（迟疑地）村长，你找我这背时鬼扫帚星，只怕啥事都办不成？

包友联　我找的就是背时鬼。大家看——印堂发黑，眼窝窜红，一副苦瓜脸，满脸便秘样，这是标标准准背时鬼模样，真是打着灯笼也难找。

赖　九　（傻了眼）打着灯笼也难找？

包友联　你不知道，赌场上有懂相人的老赌徒，专门找“背时鬼”。你押大，他押小，你押小，他押大，跟着背时鬼，想不发财都艰难。

赖　九　怪不得骰子跟我有仇恨。只是，我这背时鬼，怎么能找到宝藏？

包友联　我不跟你对赌了么。找不到，算我输，跟背时鬼对赌，我会输么！

赖　九　（想了想）嗯！有道理。不过，也得有宝藏才行？

包友联　嗳！你知道包百万是怎么暴发的？

赖　九　怎么暴发的？

包友联　当年他在九棺山放牛，捡到一个铜尿壶，后来卖给港商，整整十五万，有了这笔钱，他才发家致富。

赖　九　（将信将疑）尿壶！十五万！

包友联　什么尿壶，那是古铜鼓！老古董！别说十五万，现在五十万都买不来。

赖　九　（兴奋得结结巴巴）村长……我……我这就拿锄头上山。

［赖九转身拟下，包友联急急揪住赖九。

包友联 急啥！急啥！你这么去挖，就是盗挖国家文物，罪名不小。

赖　九 村长，你说咋办？

包友联 （唱）　你来承包九棺山，

美名其曰搞开荒。

借此机会把宝探，

免得别人论短长。

赖　九 （恍然大悟，弹指）假借开荒来探宝，村长头颅真灵光。

包友联 想承包九棺山，咱们还得约法三章。

赖　九 啥三章？

包友联 第一，此事不许向外传，免得连累我遭殃。

赖　九 第二哩？

包友联 欲想瞒天和过海，多雇几个人帮忙。

赖　九 第三哩？

包友联 第三，不许再踏进赌场，免得霉运都输光。

[切光。

第二场

[十多天后。

[九棺山上。

[赖九又搬又扛，殷勤的身影。

赖　九 （念）　宝物引心痒，

搭棚在荒坡。

人道钱能壮胆子，

莫惊变成鬼相好。

一手想挖宝，

三更早起床。

有钱能使鬼推磨，

懒汉今日变模样。

欠身日头债，

惨过挖砖窑。

又搬又扛腿哆嗦，

走起路来似头鹅。

[赖九坐到石头上擦汗。

[包大胆、二愣头背着行囊嘻嘻哈哈笑着上。

包大胆 （唱） 真荒唐，真荒唐，

叫人笑掉大牙肠肚翻。

二愣头 （唱） 原来是赖九承包九棺山，

我以为是乜大神来下凡。

[两人上前假装恭敬地，齐声叫：赖老板。

赖　九 （一怔，唱）

听得一声喊老板。

只觉脸皮倍有光。

[赖九振作精神，转过身来。

赖　九 （唱） 哎！原是两个催债鬼，

心情如同海底沉。

包大胆 赖老板，还钱？

赖　九 哎！你们说，我平时待你们怎么样？

包、二 （摇头，异口同声）不怎么样。

赖　九 不怎么样！政府发下肥料种子，我半价卖给你们。扶贫办派下种羊去放养，我招待你们一锅端。

（唱） 歪嘴乌鸦叫碜碜，

听得心头冷梆梆。

人情如同纸般薄。

逼债上门如蝗虫。

包大胆 赖老板，我们想去打工，没有盘缠嘛！

赖　九 包大胆，我跟你可是两肋插刀……

[如花嫂从赖九背后上。

赖　九 你上城进发廊，惹下了麻烦，不是我给你解围场……

[如花嫂瞪起大眼，包大胆吓得铁青着脸，连忙睇给赖九眼色。

赖　九 （不明就里）你少给我脸色。你找小姐时，都是我放哨站岗，我什么时候把你拆穿……

包大胆 （大骂）赖九，你这个损友王八蛋。

[包大胆见势不妙，转身便跑。

如花嫂 （边追边叫）包大胆，好你个色胆包天。我宁愿饿死，也不让你上城打工。

赖　九 （摊开双手）二愣头，我可也没亏待你。

二愣头 （紧张地看看赖九后边）我，我没上过发廊，你可别乱发话。

[赖九扭过头，没发现什么。

[拉二婶从另一边上。

赖　九 二愣头，你上次赌钱，把侬仔学费输了，不是我拿扶贫款先给你垫上。

二愣头 （语塞）我……

赖　九 还有，你上回卖猪仔，谎称一头猪仔跑了，藏了私房钱，不是拉我向二婶作证。

拉二婶 好啊！二愣头，我总算看清你的面目。

二愣头 老婆，别听他说。

赖　九 （回过神来）哎！拉二婶，我，我是骗你的。

拉二婶 哼！我宁愿相信世上有鬼，也不相信你们男人这张嘴。

二愣头 （边跑边骂）赖九，我倒了八辈子的霉，遇上你这背时鬼。

[二愣头跑下，拉二婶追下。

[赖九做出一个无辜无奈的表情。

[包友联上。

包友联 赖九，（凑上去，神秘地）有收获了吗？

赖　九 （哭丧着脸）村长，你看我走的狗屎运。

（唱） 连日挖宝在山上，

天高六尺空折磨。

包友联 什么“天高六尺”？

赖　九 （唱） 我把地挖薄三尺。

包友联 还有三尺呢？

赖　九 （捶捶疲倦的腰身，唱）

累得腰弯低三尺。

包友联 还挖不到？

[赖九头如拨浪鼓。

[包友联瞧瞧赖九挖的坑，蹙蹙眉。

包友联 哎！你这里一锄头，那里一榔头…… 当心被人来举报，盗挖文物祸临头。

赖　九 村长，你看……

包友联 先开辟果园种香蕉，暇余时间再挖宝。待到香蕉枝叶茂，蕉林之中好掩躲。我不信，挖不出一个子丑寅卯。

赖　九 村长，你看我——

（唱） 日晒皮脱浑身伤，

汗水蒸侵似撒盐。

手脚酸疼难使唤，

实在有心也无力。

包友联 （唱） 他打铁三天就熄火，

镰刀未打成炉已凉。

待我再施锦囊计，

把他逼投上梁山。

行了，别找那么多藉口，你不想做，换别人来干。

赖　九 谁呀？

包友联 （招唤） 海丽——

[吴海丽内应一样：“哎！来了。”上。

[赖九一看闪了眼。

赖　九　（唱）　这个姑娘俏模样，
弯弯眼眉淡淡妆。
（幕后伴唱）
勾得赖九丢魂魄，
好拟蛤蟆见天鹅。

包友联　丽君——
（别有用意地，唱）
你想回乡来创业，
这里就是风水坡，
只要用心来挖掘，
准能挖出金银窝。

吴海丽　（会意地）村长，将来发了财，少不了你的份！
[赖九上前窥听。

赖　九　（旁唱）　村长提起山有宝，
真有宝藏埋山上？
如今债台已高筑，
还债把它来指望。
横竖都没路可走，
我怎让这笔横财泡了汤。
（白）嗨！村长，你怎么一个女儿许两家！

包友联　（故作惊讶地）哎！你刚才说不想做？

赖　九　我没说不做。

包友联　你不是“日晒皮脱浑身伤，汗水浸侵如撒盐”。

赖　九　我已习惯了。

包友联　你不是“手脚酸疼难使唤，实在有心也无力？”

赖　九　（活动手脚关节）过一阵子就好。

包友联　既然你还想做。那好，海丽以技术入股，与赖九来搭档，一道创业，共同致富。

吴海丽 （甜甜蜜蜜地）九哥……

赖　九 （听得酥软）哎！

吴海丽 你没意见吧？

赖　九 我，没意见。

吴海丽 （旁白）要想蛮牛赶上田，我先打他一枚强心针。（用欣赏眼光打量赖九）九哥，真看不出来，您有这么大能耐。

赖　九 （诧异）我——有能耐！

吴海丽 （掸指）不仅有能耐，还胆识过人！

赖　九 胆识过人！

吴海丽 九哥，九棺山是一座未开发的宝藏，你呀！真是有胆识，好眼光！

赖　九 （唱）　听闻海丽掸指赞，

连日疲劳一扫光。

虽说挖宝是辛苦，

终得人前挺脊梁。

[赖九不由自主挺直脊梁。

包友联 不过，要想开发九棺山，光凭你们二人力量还不行。

吴海丽 没问题，（向不远处招手）大家都上来。

[易大胆、二愣头、如花嫂、拉二婶上。

赖　九 哎！真是冤家路窄。

吴海丽 村长，你看这些粗腰汉、大脚婆，个个一顶仨。

如花嫂 （发现包友联在场）哎！村长，我正要找你呢，我要跟他离婚。

拉二婶 我也要离婚。

包友联 离婚，找民政局嘛。

如花嫂 你不是说，不分大事和小事，有事尽管找村长。

包友联 嗯！是我竞选时说的。你为什么要离婚？

如花嫂 他天天上发廊，我受不了！

包友联 （边暗示边说）包大胆啊包大胆，你一个光头，上发廊干什么？

包大胆 （会意）我，我去刮胡子。

包友联　刮胡子！如花婶，你管得太严了。拉二婶，你又怎么回事？

拉二婶　他私藏私房钱。

包友联　私房钱。二愣头，你老实交待，每年拜年时，给你丈母娘买大鱼大肉，给小舅子包红包的钱，从哪而来？

二愣头　（会意地）村长，用的都是私房钱！

包友联　你看，这么光明正大的事，你倒做成伤天害理。

二愣头　老婆，我错了。

包大胆　老婆，我也错了。

赖　九　（自撑嘴巴）嫂子婶子，我也错了！

包友联　他们都道歉了。如花嫂，拉二婶，女人大量，家业兴旺，女人小气，家散妻离。

如花嫂　（气呼呼）大量！行，别去打工了。

包友联　（一拍大腿）好嘛！不上城打工，你们来这帮赖九打工嘛！

如花嫂　打工？村长，他还欠我们钱哩！

拉二婶　对，他还欠我们的钱。

包友联　我看，赖九欠你们的钱，可以投资入股嘛！

包大胆　村长，这九棺山鸟不拉屎，种什么只怕费坏工。

包友联　嗳！别这么说，听老人家说，过去九棺山呀——

（唱）　举目绿水与青山，

处处鸟语和花香。

流水清洌洌，

煮饭分外香。

只可惜，上个世纪大炼钢，

满山树木都砍光。

你看，这里土质多肥沃，

开辟果园最妥当。

吴海丽　我们不仅要开荒山，种果树，将来还要建农庄、开农家乐呢！

[包大胆、二愣头等踌躇未决。

包友联 好了，不愿意入股的，由村委会担保，给你们付工钱。

赖　九 （把包友联拉到一旁）村长，你让我请这么多人，钱哩？

包友联 我已经申请扶贫项目款。

赖　九 （摊开双手）这投资可是无底洞？

包友联 （想了想）我看，你是不是先跟叔公借点钱当启动资金，其余的我帮你想办法。

[赖九摇摇头。

包友联 没钱，他开药材铺，没儿没女……

赖　九 他知道我好赌……别说借钱，饭也噌不到一口。

包友联 过去不务正业，现在有了堂堂正正的理由，还怕借不到钱。

赖　九 （犹豫）我……

[收光。

[赖九光圈中。

赖　九 （唱）　燃眉之急手头紧，
下锅无粮难为人。
待我想个好主意，
念经拜佛求财神。

[切光。

第三场

[时间：几天后。

[地点：赖森药材铺，“赖家药材”几个大字熠熠生辉。

[幕启：赖森戴着一副老花镜，一个人坐在八仙桌旁斟茶。

[癞皮狗提着礼品上。

赖　九 （念）　来到叔公家门口，
只觉心头乱糟糟。

是进是退两为难，

叔父门前把头搔。

[赖九一番踌躇，硬着头皮上。

赖　九　（点头合腰地）叔公，是我——阿九。

赖　森　（假装没听见，双手往空中一拍）呔！哪来蚊子吵嘈嘈。

[赖九把礼物放上八仙桌。

赖　九　叔公，我今天来这里，一不是为了借钱，二不是为了蹭饭。

赖　森　不求菩萨保佑，（指着礼品）这香火不就白烧了。

赖　九　叔公，我想请你喝喜酒。

赖　森　（茶水喷口而出，撒了赖九一脸）喝喜酒？

赖　九　叔公，你不肖的侄儿娶媳妇了。

赖　森　（眼镜从鼻梁上掉下，复推上去，上下打量癞皮狗）娶媳妇？（想了想，一本正经地）你不是已经娶了俩媳妇？

赖　九　（恍然不解）啥！？

赖　森　麻将牌九，天地绝配。

赖　九　（明白过来，假意要走）叔公，既然你不相信，我不在这碍你眼。我走！我走！

[赖森一急，用拐杖勾住赖九脖子。

赖　森　慢走！文章刚破题，怎么就搁笔。

赖　九　（诡谲一笑）我就知道你怕赖家绝了后。（转对赖森）叔公，你让我走，别留这让你堵心。

[赖九挣脱开，假意急下。

[赖森生气地用拐杖敲敲地。

赖　森　回来！给我回来！

赖　九　（忙应声）叔公，我没走远！

赖　森　（唱）　好歹还是赖家后，

虽然不仁也不屑。

若是娶个好媳妇，

说不定，浪子也能返回头。

（旁白） 事情不能轻信，让我再试试他——

[赖森一番思索。

赖　森　说吧，谁给你牵的线，搭的桥？

赖　九　这，说来话长……

（唱） 她那天不慎掉河沟，

我见义勇为跳急流。

赖　森　（唱） 英雄救美太老套，

你怎不想个新鲜招？

姑娘若肯嫁了你，

天下定然换了朝。

赖　九　（嘻嘻一笑）叔公——我与她——

（念） 人工呼吸口对口，

身贴身来鲎背鲎。

咱乡下人太保守，

哪比城里人新潮。

睡坏了几张老床席，

还不肯让人盘起头。

赖　森　（唱） 他的话，不像全然是编造，

蒲草编席有尾头。

大哥啊！你黄泉底下若知道，

当佑他锅巴翻身熬出头。

（感动得直拭泪）阿九，你们打算怎么置办婚礼……

赖　九　叔公，咱不大操大办，把新媳妇接过门就行了。

赖　森　（严肃地）赖九，该置办的还是要置办，你算一下……

赖　九　（忙不迭地）叔公，我算过了——

（唱） 装礼聘金三千九，

新帽新鞋三大包。

压箱衣服要七套，
外加绣花被棉两枕头，
还有手镯项链金戒指，
没有三五万块办不牢。

赖　森　（从襟怀中取出一张存单）这存单快到期，你先拿去用吧！

赖　九　（摆摆手）叔公，我倒没尽啥孝道，哪里还敢把钱掏。

赖　森　（生气地用拐杖敲敲地板）少哆嗦！告诉你，过几天我上门看新娘，到时你别不浮头！

赖　九　（手捧存单，呆若木鸡）啊——你要上门看新娘！

[切光。

第四场

[十几天后。

[赖九家，上百年的老祖屋，赖九住在其中一间。一条从东墙拉到西墙挂着门帘的绳子，把房间隔成两半。里面放着一条板床，外面二只竹凳子。

[赖九抱着一只发型人头上。

赖　九　（唱）　叔公说好来看新娘。
借个发型人头混过关。
欺他眼花和人老，
骗过今朝再做主张。

[赖九把被子盖模型上，只露头脸。

[赖森提着礼品上场。拄着拐杖上。

赖　森　（念）　三年大跃进，
青山都砍荒，
遇上好时代，
蛇虫变蛟龙。

瞧！这不肖侄儿总归办了一件好事。这回，要娶个贤惠媳妇管管他，收收心，说不定日后就学好。

[赖九迎上。

赖　九　叔公！可把你盼来了。

赖　森　嗯！来了！

[连忙搬椅子。

赖　九　叔公您请坐。

赖　森　不忙不忙！（伸颈望）新娘呢？

赖　九　（端水）叔公先喝口水！

赖　森　我不渴！

赖　九　（拿蒲扇搧风）叔公凉快凉快。

赖　森　（连打喷嚏）叔公怕着凉，你打什么扇。

赖　九　叔公，这趟路辛苦，我给你捶捶背。

赖　森　我腰板硬着呢。

赖　九　（端来洗脚水）我给你洗洗脚。

赖　森　（生气站起来）小子你就这么应付我？娶了新媳妇，还悭着不让我见。

赖　九　叔公，真不凑巧，新娘病了，不方便起来接您。

赖　森　不行，今天非得见见她，生病我给抓药。

赖　九　别……别……叔公，过几天，我和新娘子上门给您谢礼行吗？

赖　森　赖九，你少来这一套。

（唱）　新娘是猪还是狗？
我今天非得瞄一瞄。
隔山买牛也得描模样，
今天我不见新娘不回头。

赖　九　（唱）　叔公心硬像脆豆，
侄儿哪里敢阻挠。
还望叔公稍等候，
待我进门先禀告。

[赖九撩帘入内。

赖　九　（煞有介事地）海丽，叔公来了！（学女人）啊！叔公来了，阿九，你扶我一下，哎哟！哎哟！

赖　森　行了，别起来了。叔公过去看看你。

[赖森掠开门帘，伸长脖子一看。

赖　森　哎呀！脸色这么白，莫非是“打摆子”。

赖　九　对，“打摆子”，易传染，您别沾着边。

赖　森　我开药铺当郎中，还怕传染。

[赖森拟入帘内，赖九忙阻拦。

赖　森　（一把推开）她病得这么重，我给她把把脉。

[赖九赶紧把一只手穿过被子伸出。

赖　森　（把脉）嗯！脉搏有点快。

赖　九　（一只手擦汗，旁白）脑门上火，能不快吗?

赖　森　脉象沉稳有力，紊而不乱，这是惊风之症。不碍事，不碍事！抓把风仙草，煮水喝就好了。（起身）叔公先走了。

赖　九　叔公，吃饭再走吧！

赖　森　人家还等我抓药呢，哪能多耽误！

[赖森起身踏出门外。

赖　九　叔公，等等。

赖　森　（回头）乍了?

赖　九　（掏出借条）我给你打的借条。

赖　森　（瞪一眼）浪子回头金不换，少跟我打摆设！

赖　九　（捧着借条怔住）浪子回头金不换。

（惭愧地，唱）

叔公话似二锅头，

又辣又热在心头。

浪子回头金不换，

我终有一日熬出头。

赖　森　（自言自语）新娘子刚过门就病倒，这是犯的哪门子邪！（下）

[赖九赶紧关上门，嘘了一口气。

[吴海丽上，敲门。

[赖九大吃一惊。

赖　九　哎！叔公为何转回头？

（急得团团转，唱）

一声响，头皮发麻手发抖，
好似半夜鬼来敲。
二声响，赖九好似热锅蚁，
团团转来无路逃。
三声响，好似捅了马蜂窝，
螫遍全身无处挠。

吴海丽　（叫门）九哥。

赖　九　原来是海丽……嗨！吓死我啦！

[赖九连忙把假人头塞到被子里，打开门。

吴海丽　村长赊回一批香蕉苗，咱们赶紧把它搬上山……

赖　九　好，咱们走。

[赖森奔上。

赖　森　阿九！阿九！

赖　九　哎！麻烦来了！

赖　森　（看见吴海丽）这姑娘？

赖　九　（急中生智）海丽，快叫叔公！

吴海丽　（大大方方地）叔公好！

赖　森　好！好！（关心地）姑娘这么快起床了。

吴海丽　（迷惑，旁白）都什么时候了？

赖　九　（小声地）我叔公老人痴呆症，你说话多顺着他。

[吴海丽点点头。

赖　森　姑娘病好点么？

吴海丽 （点点头，摸着脸庞，旁白）我，我像有病吗？他这病倒是不轻啊……

赖　森 姑娘，你像是城里人，不嫌农村条件差……

吴海丽 叔公，虽然我在城市里读书长大，其实，农村才是我的根。

赖　森 你真不嫌这穷山恶水？

吴海丽 叔公……

（唱）　谁说恶水和穷山？
分明一座大宝藏。
只要汗水勤浇灌，
一定招引春风吹满山。

赖　森 （赞许地，唱）
姑娘聪明又能干，
举止不卑也不亢。
赖家祖上多修德，
将来篷门定生光。

（突然想起）哎！对了，蜈蚣家墙头上种了凤仙草，治“惊风之症”药到病除，我让她给咱们送来几丛。

[吴小金手拿凤仙草上。

吴小金 听说癞皮狗娶媳妇，谁把女儿推火坑。

赖　九 （大惊）啊呀不好——这回公仔抬高见底细，水煮汤圆露了馅。

吴海丽 妈！

赖　森 （惊诧）怎么！你女儿？

吴小金 （恼怒地对吴海丽）你犯贱了是不，跟着这个大败类。

吴海丽 （明白过来，旁白）原来，赖九他……

赖　九 （唱）　唉！聪明反被聪明误，
我自作自受怎圆场？
好比黄蜂锥裤裆，
坐也不宁立不安。

吴海丽 （唱）　今日事，多思想，海丽左右相为难。

我若是把这西洋镜揭穿，

从此他再无叔父这亲人。

吴小金 （怒对女儿，唱）

哼！金窝银窝你不钻，

偏钻狗窝来闻香。

赖　森 （忙劝）蜈蚣……

（唱）　如今时代已不同，

儿女婚姻自主张。

吴海丽 （唱）　老人家，欢天喜地笑开颜，

怎忍心，让他欢喜空一场。

（白）妈，我的事，不要你管。

吴小金 你，你这个背气鬼，早晚气死妈……好，我不管，我不管，从此没有这女儿。

吴海丽 妈……

[吴小金气咻咻下。

赖　森 阿九，人家还等着我抓药。我先走了。海丽是个好姑娘，你可要善待她。

吴海丽 叔公，你慢走，有空我们再去看看您……

[赖森既感动也激动，点点头，揩着眼角的泪下。

吴海丽 九哥，你……这是干吗？

赖　九 我……唉……

[赖九懊悔地蹲下，哑口无词。

吴海丽 怎么，阉鸡不会打啼了……你到底说话呀！

赖　九 我知道你们都瞧不起我。

吴海丽 瞧不起你！

（唱）　看他落魄的模样，

欲想怪责不妥当。

（想了想）九哥！你这不是为了满足老人家心愿，尽尽孝心嘛？这是善意的谎言嘛！

赖　九　善意的谎言！

[赖九转忧为喜，站起身来。

吴海丽　（点点头）九哥……

（唱）　你斩棘披荆不畏难，

开发荒山成美谈。

大家都竖起了大拇指，

暗地把你来赞扬。

赖　九　（半信半疑）真的……

吴海丽　（点点头）真的！你有没有感受到……自从承包九棺山，走路姿势都不同。

赖　九　有啥不同？

吴海丽　（模仿）过去像条狗，虾着腰，垂着肩。现在像头牛，气哄哄，头常昂。

赖　九　你别笑话我……

（唱）　她话似油灯一挑亮，

照得我心头亮堂堂。

自从承包荒山后，

乡亲眼神果然不同。

人前人后叫老板，

叫得我吐气扬眉头常昂。

叫得我走路都是八字腿，

叫得我放屁都能震天响。

过去我夹起尾巴似条狗。

从今后挺直胸膛重做人。

[切光。

第五场

[半年多后。

[九棺山上，分为前后两个表演区，众人在后区香蕉林中干活，赖九在前区

捧书看。

赖　九　（唱）　扎根安营在山上。

心瘾隔绝远赌场。

三月忙到十月暗，

香蕉初长满山坡。

常有美女问寒暖，

虽苦犹甜乐呵呵。

今天重抡锄头来挖宝，

蕉林之中来掩躲。

借来风水书一本，

探看哪是风水场。

[赖九照着书本的指示，找了一处开阔地开挖。突然地面发出一声异响，不由大喜过望，用手来刨，果然挖出一只瓷碗。

赖　九　哎！挖来挖去，就挖到这么一个破碗？

[包友联扛一袋肥料上。

包友联　赖九，肥料来了。

赖　九　村长，你又赊了多少钱？

包友联　多少钱你莫挂心。（神秘兮兮地）关键是探宝，有眉目没有？

赖　九　村长，你看这破碗？

包友联　破碗，快给我看看——

[包友联拿着瓷碗端详起来，摇摇头，复点点头。

赖　九　（紧张地）村长，你看出什么门道？

包友联　（旁白）这个时候，我怎么能给他下"泻药"呢！（装作惊喜地）哎！这不是一般的碗，古瓷器，官窑料子。

赖　九　村长，值钱不？

包友联　官窑瓷器，国家一级文物，虽有小破残，至少值十万！

赖　九　是不是真的？

包友联　你不信，先藏好它，待风平浪静之后，我带你到香港去，一定能卖出好价钱……

赖　九　真的……哎！老古董，我的老祖先，你教我找的好艰难。

（唱）　老祖先啊老祖先，

教我挂怀这些天。

盼星星，盼月亮，

今日相逢喜难尽。

包友联　好好干，山上都是宝，争取早日挖到九丘棺材。那时候，别忘了我一份……

赖　九　村长，我是忘本的人吗？

包友联　这我就放心了。

[包友联下。

[赖九举着瓷碗端详起来。

赖　九　（唱）　一个小瓷碗，

价值十万元。

有了钱，乐无边，

快活日子年连年，

娶来了新媳妇，

盖起了新房间，

腊肉随口咬，

香油随便添。

好像老鼠掉进蜜罐里，

神仙的日子在眼前。

哈哈哈……

神仙的日子在眼前。

[赖九小心地把猫碗放回怀中。一阵凉风吹来，打一个呵欠。

幕后伴　（唱）　连日早起挖宝藏，

挖得头昏又脑胀。

眼皮打架累又困，

脑门爬入磕眼虫。

[赖九打起瞌睡，进入梦乡。

幕后伴 （唱）　穷在闹市无人识，

一朝闻名众街坊。

[众人贺喜声纷至沓来：赖九，发达了，恭喜！恭喜！

[赖九诧异地睁开眼。

[鞭炮声响起，孩子们从四周跑上，给赖九披红挂绿，戴上新郎帽。

[幼稚的童声：

盖新房，娶婆娘，

胭脂粉儿扑面香。

[新娘子（吴海丽）被推上，掀开头巾，冲赖九一笑，媚态百生。赖九情不自禁抱起新娘飞旋起来……

[切光。众人隐去。天渐亮，只见赖九抱着大石头，又啃又亲，做着美梦。

[吴海丽上。

吴海丽 （唱）　香蕉抽蕾正芬芳，

早早登临九棺山。

处处青山和绿水，

教我海丽喜洋洋。

[吴海丽看见赖九窘状，不由莞尔一笑。

吴海丽 九哥抱着石头做美梦，我来整蛊整蛊他。

[吴海丽揪下一根头发，拴上小石头，钓起“鱼”来，赖九的嘴随着小石头而动。

[吴海丽把小石头高举起，赖九突然抱住吴海丽，往嘴上亲。

赖小金 （猝不及防，猛推赖九）赖九，你发花痴了。

[赖九被推倒在地，瓷碗从怀中掉出，“咣当”一声，把赖九惊醒过来。赖九跪在地上，捧起摔成两半的猫碗。

赖　九 （痛悼地）哎！我的老祖宗！

幕后音 （唱）　方刚才，美梦连连笑开颜，

乐不可支进洞房。

转眼间，丢了魂魄如塑像，

呆似木头难动弹。

吴海丽 （觉得异常，后怕地）九哥，九哥！

[众人上。

拉二婶 赖老板，赖老板！

[拉二婶用手在赖九眼前晃晃，赖九一动也不动。

如花嫂 撞邪了。

吴海丽 撞邪，怪不得，他刚才还喊“老祖宗”呢！

拉二婶 一定得罪了山上神灵！

如花嫂 我就说嘛，九棺山邪气多，莫要乱闯乱刨！

拉二婶 就是，天天睡荒坡，没准成了鬼相好！

如花嫂 快，咱们去拔些艾仔草，给他避避邪！

[如花婶、拉二婶急下。

吴海丽 （想了想，摇摇头）这样恐怕不行，包大胆，二愣头，你们快下山请郎中。

包、二 好，我们这就去……

[包大胆、二愣头下。

[赖九慢腾腾站起来。

赖　九 （百感交集地，唱）

刚才做了一个梦。

富贵荣华一场空。

古人话，得失都是有天意，

我何必挂怀于心房。

唉！为了这只破烂货，

我，我怎能辜负了众人。

[赖九狠狠把碗砸地上。

赖　九 （抬起头，振作精神）海丽，咱们挑水去。

吴海丽 （欣喜地）九哥，你没事吧——

赖　九 没事——（想到什么，复奋拉下来）唉——

（唱）　　蜈蚣债期已渐近，

我拿什么来偿还。

是喜是忧是悲还是苦?

恰似打翻了五味瓶。

吴海丽 (旁白)他乍暖乍寒孩子脸，变化无常气死人！哼！我也把他来刁难。(计上心来)哎哟！我的脚。

赖　九 怎么啦?

吴海丽 崴了。

[赖九蹲下细察，吴海丽故意把脚抬高，凑近赖九鼻子。赖九没有嫌弃，放在膝盖上，按摩起来。

吴海丽 (唱)　他蛮会关怀体贴人，

我倒是鸡肚鸭肠窄心胸。

近来细瞧赖九哥，

倒也是个英俊爽朗的人。

(不觉脸一红)

哎！我胡思乱想作个甚，

不觉两片红云飞脸庞。

(掩饰心中的慌乱)哎！九哥，你看，崖上这棵兰花，真好看!

赖　九 嗯，好看!

吴海丽 你能摘下送我吗?

赖　九 好哩!

[赖九飞快攀崖上。

吴海丽 哎！小心!

[赖九把兰花衔于口中，得意地扮一个鬼脸，却一脚踏空，坠落下去。

[吴海丽急上前拉，两人“啊”的一声，一同坠崖。

[拉二婶、如花嫂捏艾草急上。

拉、如 (大惊)不好啦，赖九海丽坠崖啦!

[切光。

第六场

[二道幕前。

[追光中，包大胆和二愣头扛山轿子抬赖森叔公上。

包大胆 （唱） 急急下山搬救兵，

二愣头 （唱） 请来赖森救危难。

赖　森 （唱） 听说赖九中了邪，

急急忙忙奔上山。

[吴小金从另一边上，迎面相撞。

赖　森 哎！亲家，你也来了！

吴小金 （白一眼）谁与你是亲家？

赖　森 生米煮成饭，莫打鸳鸯散。

吴小金 你酸嘴望梅子，莫坏了我闺女名声。

赖　森 那你怎么来了？

吴小金 听说赖九撞了邪，我想上山探一探。

赖　森 （误解）嗯！一个女婿半个儿，你看她有多操心。

[拉二婶、如花婶急上。

拉二婶 哎！不好啦！赖九摔下了深山坑。

如花嫂 现在死不见尸活不见人。

赖　森 啊！走！快走。

[众人急下。

[光微启，深崖中一个山洞，浓荫笼罩下，依稀可见两人的背影，被山藤缠绕在一起。

吴海丽 （轻唤）九哥！九哥！

赖　九 （呻吟一声）啊——

吴海丽 （欣喜地）九哥！你还活着？

赖　九 唉！你差点没把我砸死。

[两人挣脱了山藤，爬出来。

吴海丽 哎！这是什么地方？

赖 九 不知道，我打开打火机看看。

[赖九举起打火机，点燃火堆。

吴海丽 呀！这山洞可真大，上面还有钟乳石，啊！真漂亮。

（唱） 羔羊跪乳多形象，
仙鹤展翅满天翔，
犹如蓬莱仙境般，
千姿百态多迷人。

赖 九 嗯！真漂亮。

吴海丽 你来看——这里有一排排条凳，还有八仙桌、太师椅，上面还有七星令旗。

赖 九 唉呀！莫非这就是传说中的土匪窝。

吴海丽 不错，是土匪窝。

赖 九 （冲口而出）土匪窝，发达罗！（高兴地）芝麻开门，芝麻开门，轰轰……

吴海丽 （高兴地）九哥，咱们可捡到宝啦！

赖 九 怎么，你也知道这里有宝？

吴海丽 你看——

（唱） 千姿百态钟乳石，
神神秘秘土匪窝。
还有九棺山上古传说，
老屋古宅青石巷。
要是开发乡村游，
这山洞就是大宝藏。

赖 九 这么说，我家老祖屋也是宝。

吴海丽 你的老祖屋呀！古色古香，开办农家客栈，准能招莱客人。那时候，咱们泥腿子，洗脚上田，亲自掌勺，当起老板。

（唱） 豪油炒葱香喷喷，
油焖花生脆香香。

三碗大奶酒下肚，

管教眼睛都发光。

赖　九　嗯！那时候——

（唱）　山洞当成排练场，

我来扮演山大王。

压寨夫人你来当，

好戏一台演到完。

吴海丽　想得美——

（俏皮地，唱）

我要当个孙二娘，

人肉叉烧卖客人。

你来扮演武大郎，

抬担出行卖街坊。

赖　九　（顽皮地，唱）

小的们，快快押上这婆娘，

我要与她来拜堂。

众　喽罗，快快舞起刀枪要排场，

摆起筵席闹洞房。

［赖九得意洋洋坐上太师椅，扮起山大王的模样。

吴海丽　（瞥见椅子后骷髅，战战兢兢）九哥，你背后有个人。

赖　九　（回头一看）发财罗，发现一个古人。

吴海丽　什么古人！你看，他还戴着手表。

赖　九　（瞧了瞧）盗宝人！依我看，这山洞里一定藏有宝藏，咱们快找找。

吴海丽　找找找，这人都困死在这里，我们能走出去吗？九哥，我们是不是也要死在这里。

赖　九　你快打电话呀！

吴海丽　没信号！

［两人陷入缄默中，相背而坐。

赖　九　唉……就算死在这里，我也死无遗憾。

吴海丽　（嗔怪）　不许说这些晦气的话。

赖　九　真的——

（唱）　赖九从小命生贱，
没人疼来没人怜。
做乜事情都背运，
行尸走肉在世间。
我如田蛙蹲洞里，
头也难抬身难伸。
是你们不弃不离来帮助，
比起亲人还要亲。

（白）现在，我总算明白，不管有没有宝藏，我却挖到了比宝藏还宝贵的东西……今日死无憾，唯是惭愧把你来牵连。大难若不死，今后必向众人报大恩。

[突然一阵阴风裹着一团黑影扑愣愣愣扑来。

赖　九　小心。

[赖九眼疾手快扑倒吴海丽。

吴海丽　（战战兢兢）九哥，刚才是什么？

赖　九　不知道，这山洞里邪着呢？

吴海丽　九哥，你怕不怕鬼？

赖　九　哪个不怕鬼。

吴海丽　（不觉搂紧了赖九）你，你说过不怕鬼的。

赖　九　（故意使坏）说不怕鬼，那是没遇上。有一年，我在野外放鸭子……

吴海丽　（害怕地把头埋进赖九怀中）别，别说了……（突然想到了什么，欣喜地）九哥，我看咱们死不了。

赖　九　除非咱们长生不老。

吴海丽　你想想，既然是土匪窝，一定有出去的洞口。

赖　九　咱们找不着洞口的话，也是白活。

吴海丽 我有办法。

赖　九 你有什么办法？

吴海丽 其实，刚才那一阵风，一定是山风从洞口吹过来，咱们点起火把，顺着来风，一定能找到洞口。

［两人绕场急走。

吴海丽 哎！我看到了光亮。

赖　九 我们找到出口了。

［两人相拥一起，雀跃起来，向洞口外望去。

吴海丽 啊！怎么又是悬崖。

赖　九 莫怕，既然有洞口，必然有出路。（小心拨开植被）你看，这里不是有条小斜路，被掩盖的真好，快走。

吴海丽 （激动地）九哥，你看……远山像什么？

赖　九 （细看，惊喜）像，她像……

吴海丽 （吟诵）　薄薄的嘴唇高鼻梁，

赖　九 （吟诵）　高耸的胸脯身修长。

二　人 （异口同声地）睡……美……人！

吴海丽 （激动）太像了！

（唱）　夕照映衬九棺山，

十里云海披霓裳。

赖　九 （唱）　好似美人山上睡，

曲线玲珑多迷人。

二　人 （同唱）　若把这景致来开发，

定能招引来众游人。

［二人相视而笑。双手拍掌志庆。

二　人 （双手拍掌）耶，走，寻出山的路！

第七场

[九棺山。

[灯大亮，众人呼唤着赖九上，包友联从另一边上。

包友联 赖九怎么样了？

[众人摇摇头。

如花嫂 上上下下都找遍，影子都找不到。

拉二婶 别找了，这么高摔下去，讨骨喂猫都没有，赶快准备后事吧！

吴小金 我苦命的海丽啊！

赖　森 唉！我那苦命的老哥啊！

吴小金 村长，你还我女儿。

赖　森 你还我赖九。

包友联 这怎么赖上我来了。

吴小金 不是你开发九棺山，会出这事儿。

包友联 行了，别闹了，大家分头再找找！活要见人，死要见尸。

[众人四处寻找呼唤：赖九！赖老板！

赖　森
吴小金 哎！我们在这儿呢！

[众人惊喜，一拥而上，七手八脚的将赖九、吴海丽从崖下拖了上来。

赖　森 （抓住赖九，老泪纵横）你还活着，还活着啊！

吴小金 （抱住女儿哭）儿啊！你吓死妈了！

包友联 好了！好了！总算是死里逃生，大家应该高兴才对！

赖　森
吴小金 （破涕为笑）对，高兴，高兴。

包友联 赖九，刚才怎么回事？

[众人围上来。

赖　九 村长，我和海丽不小心掉进了土匪窝……

众　人　（惊讶）什么？掉进了土匪窝！

吴海丽　不错，它就是传说中的九棺山藏宝洞。

众　人　（兴奋地问）那你们发现了宝藏没有？

吴海丽　（故作神秘地）有哇！这九棺山就是大宝藏！

（唱）　土匪洞，好地方，
神神秘秘多诱人。
洞里曲径通幽可探险，
奇石千姿百态各不同。
哪个不爱瞧稀罕，
引来游人千千万。
既可体验农家乐，
又可扮起山大王。
农家客栈办兴旺，
野生瓜果色味香。
只要乡亲们用心去经营，
管教腰包滚圆乐开颜。

包友联　（唱）　好主意，好主意，你的想法，与我不谋而合啊！

吴小金　好个屁，画个饼能吃饱饭啊！赖九，你先还我钱呗！

吴海丽　妈，你别那么短见嘛。我和九哥，私下定了。

众　人　私定了。

吴海丽　（突然又想到什么）哎！我有了。

众　人　（惊诧）有了！

吴小金　完了……我这是赔了女儿折了本。

吴海丽　你们都想到哪……我与九哥他，私下定好了，这果园分成几股，包大胆、二愣头也各占一股。现在，我又有了新设想，成立九棺山旅游开发公司，让乡亲们入股。我妈借给九哥的钱，也可以债转股……

吴小金　债转股？

吴海丽　妈，你催债跑劳那么辛苦，入了股，你就可以歇歇脚，安享晚年啦！

吴小金 真的！（满揣欢喜地）闺女，其实，我也不反对你跟他在一起，浪子回头金不换嘛！

吴海丽 （顽皮地）妈，我们的事，不用你管。

包友联 （抚掌大笑）好嘛！一花独秀不是春，共同致富方为富。赖九，海丽的想法，你没意见吧？

赖　九 村长——

（动情地，唱）

我过去曾经因好赌，
越陷越深不服输。
输去了青春半辈子，
输去了信誉人糊涂。
经历这场大变故，
我大梦醒来不糊涂。
没有大家来帮助，
我还是困守围城的赌徒。
这些天——
我怀揣黄连虽心（辛）苦，
却是十月葫芦心里疏（舒）。
受大家之恩当反哺，
以报答众人的帮扶。

包友联 （唱）今日事，感肺腑，
病树回春心未枯。

赖　森 （唱）喜见浪子终上岸，
烂泥也能墙上糊。

包友联 好好好！看来九棺村的春天到了！乡亲们！大家一起到山顶去，让海丽给大家说说九棺山明日的规划。

吴海丽 好，走，我带大家去看睡美人，去看我们九棺山的新明天。

众　人 （齐喊）走！

[幕后合唱：

新蕾红，蕉叶香，

蜜蜂蕉林忙穿梭，

殷勤把幸福来酿造，

劳动教生活如蜜糖。

[合唱声中，九棺山的乡亲们从四面八方涌上了九棺山头！

[大幕徐徐落下。

[剧终。

·雷剧卷·

陈瑸放犯

编剧：吴茂信（执笔） 宋 锐

人 物 表

陈 瑸　　新任台湾知县，47 岁

院 公　　陈瑸的老仆人

大 龙　　土籍青年

金 兰　　土籍姑娘，大龙的未婚妻

大 妈　　土籍妇女，大龙的母亲

小 山　　土籍青年

四 海　　土籍青年

二叔公　　土籍老人

石 英　　土籍姑娘，女扮男装

石 山　　残废群众，小山的父亲

小 峰　　土籍青年，小山的胞弟

老 翁　　石英的祖父

钦差大臣

胡 德　　台湾知府

崔 聪　　台湾县主簿

陈 虎　　里正，土豪恶霸

群众若干人、古田父老若干人

中军、差官、衙役、狱吏、狱卒、兵士等若干人

第一场 劫 难

[清康熙四十一年（1702年）冬至，台湾县城（今台南市） 北郊土民聚居的上寨。

[幕启。二道幕前：崔聪带陈虎及众打手上。

崔 聪 （念）上寨下寨，生番野蛮；不肯纳税，深山躲藏。务需严加镇压，以免波及四乡，陈里正，带路前往！

陈 虎 饮水抬轿，我可不干！

崔 聪 哎！刮到钱银，三成归你。

陈 虎 三成？（不满地）哼！

崔 聪 剩下七成，除孝敬县、府二老爷，我崔聪还有多少油水？（佯怒）你不干，拉倒！

陈 虎 （紧接着）好，跟你干！

崔 聪 这才够朋友嘛。（对众打手）你们听着：到了上下寨，有钱要钱，无钱抓人。走！

[崔聪、陈虎率众打手下。

[二幕开。大家门前，茅檐低矮，断壁残垣。院当中有石凳、石桌，院侧有一棵高大的椰树。舞台一侧有门通里屋。远处，秀丽的山川笼罩着阴云。山雨欲来。

[大妈心情焦灼地张望。

大 妈 （唱） 时逢冬至人离乱，
山雨欲来心不安，
孩儿离家躲官府，
不知今时哪隐藏。
佳节思亲肝肠断，
家中无粮度灾荒，
野菜煮熟分三碗，

何日里，媳妇孩儿共圆团？

金　兰　（上）大妈！

大　妈　（忙拭泪）金兰！

（唱）　忍泪喜将金兰唤，

不见大龙心又伤，

你与他，原定中秋成亲事，

至今日，东躲西藏怎拜堂？

[金兰、大妈黯然。大龙从屋后钻出，进屋院。

大　龙　娘亲！金兰！

大　妈　（一惊，悲喜交集地）龙儿！（母子相会，不胜凄怆）

（唱）　儿不在家把儿盼，

儿回家来心难安，

万一官兵来逼税，

躲避不及受摧残。

大　龙　娘亲不必担忧，这样的天气，那班强盗是不会下村来的。

大　妈　愿山神保佑我儿，今日咱全家能在一起过节了。（捧起野菜碗）

（唱）　富家过节酒肉香，

咱家贫穷断三餐。

大　龙
金　兰　（同唱）　莫道野菜和水煮，

一家团圆饮水甜。

（同捧起野菜碗）

[众乡亲上，亲切地呼唤：“大妈！”

大　妈　山神保佑，各位乡亲平安回来。

四　海　大妈，躲进深山老林，全凭大龙领头大家互相照应呀！

二叔公　像这样颠沛流离，什么时候才有平安日子过？大龙、金兰，你们今天就成亲吧，金兰也好过来照顾大妈。

众　二叔公说得对！

大　龙　（询问地）金兰……

金　兰　（含羞默许）

姑娘们　走，帮金兰姐梳妆打扮！（拉金兰下）

小　峰　大家快帮手收拾屋院，布置新房。

众　好，咱们一齐动手！

[气氛顿时活跃。幕内突然有人惊呼："官兵进村啰！" 众紧张。

大　龙　赶快分散，避到山里去，来不及进山的，就地躲藏！

[众分散下。

大　妈　龙儿，你……

大　龙　（指椰树）我上树去，既可以藏身，又可以观察动静。

[大妈进屋，关门。

[陈虎带崔聪和众打手上。

陈　虎　崔主簿，这是大龙家，领头不交税的就是他！

崔　聪　搜！（带陈虎进屋院，看看石桌上的野菜，一手打翻，指挥打手拥入里屋，拖出大妈。）

陈　虎　生番婆，官府税收，你交是不交？

大　妈　灾年荒月，农田失收，我勒紧腰带已交了税，你们还来威逼，是何道理？

崔　聪　道理？好，你听着：县老爷的太老爷去世了。

大　妈　这和收税何关？

崔　聪　县老爷是百姓的父母官，太老爷是父母官的父母，县老爷为太老爷丁忧三年，你该不该交丁忧税？

陈　虎　还有，旧老爷丁忧，新老爷陈瑸不久就要从古田调来，县老爷要来为你们办事，该不该交迎官税？

大　妈　我家无隔夜粮，想交也交不起啊。

崔　聪　你儿子哪里去了。

大　妈　你们加税抓人，逼走我儿，还来向我要人不成？

陈　虎　生番婆，好硬嘴，让你尝尝我的厉害！

[众打手押四海、小峰等上。

崔　聪　（命陈虎）给我打！

［陈虎取皮鞭向大妈劈脸抽打。

大　妈　（惨叫）天啊！（跌倒）

乡亲们　（惊呼）大妈！

［大龙从椰树上滑下，就势扳倒陈虎，扶起大妈，崔聪指挥打手抓大龙。

大　龙　（与众打手对打，向被捕乡亲）快逃！

［四海、小峰等挣脱绳索逃跑。

［一场混战，大龙被崔聪搬起石头砸晕。

崔　聪　装进囚车！

［大龙被推入囚笼。

大　妈　（凄楚地）龙儿！

大　龙　（苏醒）娘亲！

大　妈　（挣扎起身）龙儿！（扑向囚车）

崔　聪　生番婆！（将大妈踢晕于地）

大　龙　娘亲！娘亲！（被推下）

［内场呼儿唤母，一片混乱，群众被押过场。

［众打手押女扮男装的石英及腿部残废、靠拄拐杖支撑的石山上。

陈　虎　（对石山）像狗舂碓一样，快走！（将石山推倒）

石　英　（连忙搀扶）石山伯！

老　翁　（追上）石英孩儿！

石　英　（转身）阿公！（扶祖父）

陈　虎　带走！

老　翁　（紧抓住石英不放）我们祖孙相依为命，求求你们，放了他吧！

陈　虎　老不死！（凶狠地将老翁推倒）

石　英　（撕心裂魄地）阿公！

陈　虎　押走！

老　翁　（爬起，战战兢兢地）孙儿！孙儿！……（追下）

崔　聪　（阴险地望着被押下群众的背影）哼哼，看你们跑得出我的手心！

陈　虎　崔主簿，连那三条腿的（学石山拄拐杖）都抓去，有何用处？

崔　聪　你懂个屁！来人！（对一打手）到上下寨鸣锣喊话：谁家要放人，速去交银两，超过一个月，判罪要从严！

[一打手应声下，幕后锣声起，打手喊话："谁家要放人，速去交银两……"

陈　虎　崔主簿，县老爷丁忧，陈瑸来接任，对我们不知是凶是吉？

崔　聪　哎！

（唱）　自古道，虎和狮子结同伴，
谁见钱财不喜欢，
只要给他些银两，
大小事情全化完。

陈　虎　崔主簿高见。走，先到我庄上饮几杯！

崔　聪　请！（与陈虎下）

金　兰（内唱）　霹雳一声大祸降，
心似离弦箭一般。（急上）

（接唱）　上寨下寨被洗劫，
急奔上前看亲人。

（见大妈倒地，大惊，连忙扶起）大妈，你，你怎么啦？

大　妈　金兰！

（唱）　官吏逼迫逞凶悍，
我同大龙同受伤，
龙儿为了搭救我，
失手被擒进牢笼。

金　兰（悲伤地）大龙哥！

（唱）　眼见山村遭劫难，
怒火煎熬泪水干，
大妈呀，你受重伤需调理，
后设法，搭救亲人脱危难。

[群众陆续上。

众 （关切地）大妈！不要过度悲伤，要保重身体啊！

[小山扶老翁上。

老　翁 我可怜的孙女呀！

[众劝慰。

小　峰 （对小山）哥哥，我们虽逃了出来，可是爸爸被他们抓走了！

小　山 （大惊）啊？丧尽天良的狗官吏，连残废人也不放过。以牙还牙，找狗官拼命去！

四　海 对，先杀狗官吏，后救出受难乡亲！

小　山 （爆发地）走呀！

二叔公 且慢！（阻拦）

（唱）　官府兵多势力旺，
咱是力微势孤单，
也似灯蛾去扑火，
烈火未灭身已亡。

四　海 （着急地）那该怎么办？总不能见死不救吧？

金　兰 我倒有个主意。

众 （急切地）说来听听。

金　兰 新知县上任，必从咱上下寨之间的官道经过。

小　峰 你是讲，拦路把他干掉？

二叔公 不，在路上等待，求他放人。

小　山 他未上任就收迎官税，绝不是好东西，他肯放人？

四　海 他不放人，我们绝不饶他！

小　峰 二叔公不是讲咱们势单力薄，不能较量么！

金　兰 新官上任，一般只有少数亲兵护送，好对付。

二叔公 千万注意，先礼后兵。

众 这个主意好！

金　兰 二叔公，你就领着大家干吧。

二叔公 我年老无用，只能当个帮手，金兰有胆有识，让她当这个头吧。

众 金兰，你就应承了吧。

金　兰 为救乡亲脱难，这副重担我就试着挑吧，还望乡亲们多多指点。

二叔公 大家赶快商量商量。

［众聚拢商议。切光。

［幕闭。

第二场　路　遇

［数天之后。鹿耳港通往台湾县城的官道上。路旁大树下，有一茶摊，设有台、凳。台左侧通厨房。

［幕启。金兰、四海在收拾茶摊。

金　兰 （唱）　扮作兄妹开茶摊，

来往行人细察观。

四　海 （接唱）　等接新官来上任，

百般操持为放人。

［二叔公由小山陪同上。

二叔公 金兰、四海，是否安排就绪？

金　兰
四　海 一切准备妥当。

［四海向内招手，群众扮成打柴、开荒、挖野菜等各式人等上。

四　海 二叔公请看：打柴的、开荒的、挖野菜的，分散在官道两旁随时听候召唤。

二叔公 好嘛！

（唱）　再嘱大家莫鲁莽，

随便不能将人伤，

先礼后兵须谨记，

咱目的，不是捉人是放人！

众 请二叔公放心。

二叔公 （唱） 还有一桩事要办，
派人进城去探监，
狱中情况查清楚，
速去速回报周详。

众 让我去吧！

金　兰 小山能爬善走，胆大心细，让你去吧。

小　山 好，说走就走！（下）

二叔公 金兰，该怎么办，你来出主意吧。

金　兰 乡亲们可分头行事，有事速来报告。

众 是！（下）

金　兰 二叔公，请到茅屋里歇息，到时切望指点。

二叔公 好。（下）

金　兰 四海哥，你去管好厨房，茶摊由我来照顾。

四　海 我这就去。（下）

金　兰 （观望四方，心情惆怅。唱）
云雾低垂天色暗，
穷人何时见阳光？
狗官吏，脑满肠肥害百姓，
台湾县，水深火热苦难尝。
良民一旦成囚犯，
无辜竟然押入监，
岁月如流冬将尽，
人返家园团聚难。
想到乡亲心惆怅，
念及大龙心尤伤，
织女无端银河隔，
空在西河盼牛郎，
为救乡亲脱危险，

百倍辛劳心也甘，
先礼后兵须谨慎，
群策群力排万难。

小　峰　（匆匆跑上）金兰姐，前面发现两个行迹可疑的人。

金　兰　把他们请上来。

小　峰　是！

[小峰正欲下，陈琔与老院公扮成医生上。

小　峰　（拦阻）请！

[陈琔拱手致谢，继续前行。

小　峰　（再拦）有请客官树下歇息。

[陈琔再拱手，不肯落座。

金　兰　客官，恭请再三为何不肯尝面？

陈　琔　如此请法，实属罕见。

金　兰　地方不同，风俗有异嘛。

陈　琔　（沉思）　那我们只好入乡随俗了。

（旁唱）　常听说，土民起事地方乱，
台湾路途不平安。
今至此，路旁树下人有请，
谨慎应酬多提防。

金　兰
小　峰　请！

陈　琔
院　公　请！

[陈琔侍候院公就座后，从容地坐下。四海闻声上。

金　兰　请问，二位从何而来，欲往何方？

陈　琔　从鹿耳港上岸，往台湾县城而去。

小　峰　这么说，你们是从福建来的。

陈　琔　正是！

[金兰等人分外留意。

金　兰　渡海而来，有何贵干？

陈　瑸　(站起) 师徒渡海而来，以行医为业。

金　兰　谁是师傅？

陈　瑸　在下是徒弟。

小　峰　不像不像，师傅目瞪口呆，徒弟反而口齿伶俐？

四　海　（粗鲁地）你不说真话，休怪我等无礼！

[金兰忙以眼色制止。

陈　瑸　师傅年高耳重，不便回话，有事请问本人。

金　兰　（旁唱）观言行，二人确有可疑点。

陈　瑸　（旁唱）想不到，刚下客船入险关。

四　海　（旁唱）我定要，顺藤摸瓜穷追究。

院　公　（旁唱）老汉我，且诈耳聋走过场。

小　峰　（对金兰，唱）既然可疑下手干。

金　兰　（制止，唱）莫把事情先弄僵。

陈　瑸　（旁唱）我必须，随机应变巧答辩，

金　兰　（旁喝）我必须，避强就弱细查盘。

（对院公）老医生，你们来自福建何地？

院　公　（随口答出）古田。

金　兰　古田？（与四海，小峰同时一怔）

[二叔公突然出现。

二叔公　（有意试探）陈知县，陈瑸大老爷，我们终于把你等到了！

陈　瑸　（一愣）我是陈瑸？哈哈哈……

众　（跪下）叩见大老爷！

陈　瑸　（将众人扶起）你们弄错了，我是古田陈瑸治下的医生呀！

（唱）　望闻问切知病状，

细心周详查弊端，

对症下药消疾苦，

扶正除邪救急难。

[众失望，但仍心有疑虑。

四　海　我们的病，要等陈瑸来治呢。

陈　瑸　你们急盼陈瑸，有何要事呀？

四　海　我们向他控告前任狗官！

（唱）　征收税饷无间断，

交不出者抓入监。

陈　瑸　（接唱）　抗交朝廷皇命税，

依法当然办从严。

四　海　谁抗皇税呀？田亩税、夫役税、丁口税、山林税……我们都一一交了。现在旧知县死了父亲要我们交丁忧税；新知县来上任，又要我们交迎官税。新官旧官，个个都是黑心肝！

陈　瑸　（意外地）什么？还要收丁忧税、迎官税？

金　兰　是呀，今年连遭水、旱、风灾，百姓三餐难度，怎交得起这个捐那个税呀？官府横加抗税造反之罪，抓去整整三百乡亲。

陈　瑸　抓去三百乡亲？

二叔公　是呀！我们恭候陈大老爷，就是要求他释放被押乡亲。

陈　瑸　（对老院公）师父，他们说前任知县抓了三百良民……

院　公　（摇手）医道人家，莫谈政事。

金　兰　（对陈瑸）医生，你对此事有何高见？

陈　瑸　我如果是陈瑸，未必同意放犯。

众　　（愕然）啊？

（唱）　初来未明真情况，

怎肯将人放出监？

四　海　（接唱）　他不放人休想走，

割他肚皮来醃盐！

陈　瑸　（接唱）　这样一来更难办，

造反之人罪如山。

小　峰　（接唱）　听你言，不是陈琸即奸细，

你想进城难中难。

［四海，小峰欲动手，金兰、二叔公制止。

［大妈挎篮子上。

大　妈　金兰！

金　兰　（上前搀扶）大妈，叫你在家静养，你为何又跑出来？

大　妈　你今早尚未吃饭，（从篮子里捧出一碗粥）这碗野菜粥……

（昏晕欲倒）

众　　　（焦急地）大妈！（扶到树下坐下）

陈　琸　让我看看。（切脉，看气色）内受郁逆，外遭创伤；饮食不周，元气亏损。

金　兰　（忧虑地）医生……

陈　琸　（解开包袱，取出人参）快，将这人参切片泡水。

金　兰　（为难地）人参？医生呀……

陈　琸　（会意）姑娘，不必担心，这人参我送给这位大嫂治病，快！

［金兰取人参下。

陈　琸　大嫂的身体为何竟至于此？

四　海　狗官吏逼税，抓走他儿子大龙，把他打得死去活来。

陈　琸　哦——

（旁唱）　听着此言心忿懑，

台湾岛，多事原来有由端，

此行必须除苛政，

安抚黎民秉清廉。

［金兰上给大妈喂人参汤，大妈苏醒。

大　妈　大龙儿啊——

陈　琸　大嫂你静心养病，保重玉体。你们不是盼新知县来吗，也许他能为民做主。

［金兰扶大妈进内歇息，陈琸开方。金兰复上。

陈　琸　大嫂被打重伤，须去瘀生新，按此方服用。（递过药方）

院　公　服后再服人参汤。

众　　多谢二位医生！

金　兰　二位辛苦，请进茅屋小歇。

陈　瑸　（大声地）师傅，你意见如何？

院　公　行医要紧，不能久待。

陈　瑸　是呀，我们还是早些赶到县城，好开档行医。

金　兰　医生，不知你们能否进入监狱？

陈　瑸　我们行医之人，随处为人治病，碰巧得入监狱也未可定。

金　兰　如果能见到受苦乡亲，请告诉他们，外面的亲人，正千方百计营救他们。

陈　瑸　我们素昧平生，他们如何肯相信我们。

金　兰　（取出蓝花巾）这是大龙送给我的定情信物，见了蓝花巾，他必然相信。

陈　瑸　（收起蓝花巾）姑娘放心。

四　海　医生呀！

（唱）　方才无礼多冒犯，

请多包涵量容宽。

陈　瑸　（接唱）　各位留步免远送，

后会有期再详谈。

[众送陈瑸、院公离开，院公一场虚惊，抹去一脸汗水。

[幕闭。

第三场　查　账

[数天之后。

[陈瑸的书房兼卧室，台右有屏风将卧室与书房隔开，台中放一案桌，旁立书橱，叠满线装书，书旁放一黑漆木箱，上书“节流”二字。壁上挂一中堂，上书于谦《石灰吟》诗，落款为“康熙四十七年陈瑸录此自勉”。

[幕启。院公捧一包银两上。

院　公　（唱）　今日县衙发粮饷，

代老爷，领回俸银心喜欢，

他嘱咐，少量银两供衣食，

余者积存待用场。

[院公进书房，小山跟上，乘院公不备，小山进入书房，匿于屏风后面。院公取小木箱，开锁放银，被小山看见。

院　公（唱）　老爷勤将公事办，

竭尽心力忘三餐，

日头偏西他将回，

快备中饭送书房。（下）

[小山乘院公离开之机．取下钱箱，出门欲走，发现幕后来人，退回屏风后面隐藏。

[陈琉边看案卷边上。

陈　琉（唱）　官吏失职太怠慢，

案卷胡涂乱不堪，

政事民情当儿戏，

实在昏庸又荒唐。

[陈琉进书房，院公端饭上。

院　公　老爷，请用饭。

陈　琉（坐下，拿起一只鸭蛋）哎！今日为何吃蛋？

院　公　今日领了俸银，应当加点菜嘛！

陈　琉　原来如此，院公，本月俸银，你如何分派？

院　公　遵老爷之嘱，取出十两供膳食之需，其余……

陈　琉　十两？太多了！

（唱）　今后要将瓜菜种，

青菜淡饭味道香。

一月多积银五两，

细水长流不能忘。

院　公　老爷说得有理，那就再存五两吧。（从身上取出五两银子，欲存，不见钱箱）

老爷，不好，钱箱不见。

陈　琯　（一惊）刚才你不是还开箱存钱吗？

院　公　是呀，为何转眼就不见了呢？

陈　琯　（对内）来人！

[一衙差应声上。

陈　琯　书房里丢一个小钱箱，你等从速封锁衙门，并着力寻找，发现可疑之人带来见我。

衙　差　是！（下）

院　公　（捶胸拍背）唉呀，这钱箱丢失得太冤枉！

（唱）　老爷你，节衣缩食年年俭，
存积俸银为故乡。

陈　琯　（痛心地）是呀！

（接唱）　我家乡，海堤失修百姓苦，
我一心，赞助修堤保良田。

院　公　（唱）　几年积蓄血和汗，
今丢失，怎不令人痛心间？

陈　琯　（接唱）　院公不必太难过，
暂等差人去查盘。

院　公　老奴保管不善，罪该万死！（万分内疚，痛捶心胸）

陈　琯　（劝阻）院公，千万不要这样，人比钱财要紧啊！

小　山　（闻言感动）咳！（敲打自己的脑袋）

[崔聪上。

崔　聪　大老爷，据说丢失钱箱，此事当真？

陈　琯　当真，本官已差人追查。

崔　聪　这台湾县内，生番野蛮，专以偷盗为生，搞得四境不宁，大老爷你亲眼见到了。

陈　琯　事情尚未查清，不可轻易论定。

崔　聪　大老爷失了钱，可惜之至，崔聪特备些银两以应急用，望老爷笑纳。（递银）

陈　琸　以应急用？（摇摇头）太少了。

崔　聪
小　山　（同时）少？

崔　聪　（旁白）你嫌少就好办了。（对陈琸）大老爷，你要多少？

陈　琸　本县欲赞助家乡兴建海堤，需要之款正多呢！

崔　聪　请大老爷先收下此款，卑职回头再如数送来。

陈　琸　原来崔主簿是个大富翁，那我就不必另求他人了。

崔　聪　不，不，不，本人实在拮据得很。

陈　琸　何来大笔银两？

崔　聪　在迎官税内开支。

陈　琸　迎官税？真会巧立名目呀？

（旁唱）　弄巧成拙露真相，
　　　　　前官吏，巧取豪夺计多端，
　　　　　我应该，顺藤摸瓜查清楚，
　　　　　看他如何盘剥人？

（对崔聪）崔主簿，丁忧税、迎官税等，各是如何开销，速拿账本来见我。

崔　聪　（紧张）这……

陈　琸　这些银子你带回去，日后一齐清账。

崔　聪　大老爷……

陈　琸　休要多言，快去！

崔　聪　是！（下）

[小山从屏风后面出来。

小　山　大老爷，是我把钱箱拿走，请大老爷办罪！（跪下，奉还钱箱）

院　公　来人呀！

[一群衙役上。

院　公　这是偷老爷钱箱之人，快捆绑！

[衙役欲动手，陈琸制止。

陈　琸　你们暂且退下，本县自会处理。

衙　役　是！（下）

陈　瑸　你是何人，为何行此不义之事？

小　山　大老爷，我叫石小山，家住北山上寨。

（唱）　老爷呀，前任官吏太凶悍，
无辜将人捉入监，
乡亲派我探消息。
监主说，要送钱来才放人。
他还说，无钱就要将刑判，
吓得我，烈火团团烧心胸，
村寨被劫如水洗，
去哪要钱赎亲人？
我原想，官似盗贼靠抢掠，
百姓骨肉被榨干，
偷官不算不道义，
走壁飞檐进衙堂。
适才间，你与院公互惋叹，
听得我，激动心头泪汪汪，
冒犯老爷我知罪，
甘愿受绑进牢房。（重新跪下）

陈　瑸（唱）　小山他，襟怀坦白情可鉴，
非是狂徒起祸殃，
感触万端细思虑，
苛政不除难安良。（扶起小山）
小山啊，莫行偷盗莫谋反，
莫犯刑律乱纪纲，
宁可暂时受枉屈，
不可胡行丧天良。
送你纹银五十两，

分给乡邻顾三餐。
三百犯人是大事，
本县定然查周详。（送银两）

小　山　我代乡亲们深谢大老爷！（跪拜）

陈　琣　免了！院公，给小山开饭，再送他回去。

院　公　遵命！（与小山同下）

陈　琣　（唱）　看起来，三百犯人判或放，
治乱安危两攸关，
案件重大须谨慎，
务必从头细思量。

院　公　（复上）　禀知老爷，老身已将石小山送走，老爷昼夜操劳，快歇息歇息吧。

陈　琣　你去歇吧，我不累。

[衙役上。

衙　役　禀知老爷，南监犯人聚众起哄，大有暴乱越狱之势。

陈　琣　这个吗？（沉思）迅速带路，前往南监。

[衙役带陈琣、院公下。

[幕闭。

第四场　探　监

[时间紧接前场。

[南监过厅，摆有桌椅，两侧有铁栅门通牢房。

[幕启，崔聪在酗酒，幕内传出拷打犯人的声音。

崔　聪　（对内）谁敢不守监规，就狠狠地打！

[幕内狱吏声：“是，狠狠地打！”拷打之声愈甚，反抗之声愈烈。

崔　聪　这群生番鬼，罗斗不弹眼不睁！（抓起桌子上的皮鞭欲下）

[陈琣与院公急上，制止崔聪。

崔　聪　大老爷，这三百生番，妄图暴乱越狱，非重刑拷打不可！

陈　瑸　崔主簿，扬汤止沸与锅底抽薪孰为上策！

崔　聪　这……

陈　瑸　传狱吏。

院　公　（向内）狱吏！

［狱吏应声上。

陈　瑸　犯人为何起哄？

狱　吏　他们吵着索取冬令寒衣。

陈　瑸　冬令寒衣，至今未发？

狱　吏　（望望崔聪）这……

陈　瑸　（领会）赶快发放！

狱　吏　是！（下）

陈　瑸　崔主簿，狱中所关者何人？

崔　聪　全是十恶不赦的生番。

［内喧嚷之声又起，狱吏上。

陈　瑸　为何喧嚷不已？

狱　吏　寒衣不足，犯人又互相推让，不肯领取。

陈　瑸　（大受感触）啊！

（唱）　做贼者，打家劫舍常发难。
鲜血取来装酒盅，
似这样，你推我让心地好，
怎会是，惯作盗贼心不良？

（对狱吏）赶快追加寒衣！

狱　吏　是！（下）

陈　瑸　崔主簿，你方才说，监中关押者，皆是生番要犯，他们所犯何罪？

崔　聪　这班生番，抗交税饷，聚众造反！

陈　瑸　为何同日拘捕？

崔　聪　因乃同一案犯。

陈　琔　何人为首？

崔　聪　北山上寨石大龙。

陈　琔　此案卷宗何在？

崔　聪　（脱口而出）没有卷宗……（自知失言）

院　公　这么大的案件没有卷宗？（摇摇头）咳！

陈　琔　简直是草菅人命！

（唱）　未曾立案就捉犯，

古往今来真奇观，

竟视人命如蝼蚁，

荒唐至极人笑谈。

崔　聪　（尴尬地）这……（仗势欺人）卑职方才忘记了。其实，卷宗已送知府衙门。

陈　琔　正本送知府，副本呢？

崔　聪　（语塞）这……

陈　琔　（语气强硬地）从速送来！

崔　聪　（无可奈何地）是！（下）

院　公　崔主簿吞吞吐吐，内中必有蹊跷。

陈　琔　是啊！

（唱）　案乱如麻多枝蔓，

主簿刁蛮推西东，

动辄搬出胡知府，

必有根由深埋藏。

（对内）来人！

[狱吏应声上。

陈　琔　带石大龙！

狱　吏　（对内）带石大龙！

[狱卒押大龙上，大龙遍体鳞伤，但毫不示弱。

陈　琔　你是石大龙？

大　龙　老子行不更名，坐不改姓，正是石大龙！

陈　琼　石大龙！

（唱）　　监有监规不可犯，

　　　　　触犯刑律自遭殃。

大　龙　（接唱）　官似豺狼吏似虎，

　　　　　规矩订来是吃人。

　　　　　良民无辜成要犯，

　　　　　家破人亡断生念。

　　　　　海水几深至没顶，

　　　　　休想我，任割任宰作羔羊！

陈　琼　石大龙，不可少年气盛，招致杀身之祸。

大　龙　（冷笑）好一个假仁假义的狗知县！

（唱）　　有母不能将母养，

　　　　　有家不能返家乡，

　　　　　七尺躯无立足地，

　　　　　杀身断头又何妨？

陈　琼　不过——有人却希望你活着。

大　龙　（疑惑）谁？

陈　琼　（出示蓝花巾）她！

大　龙　（夺过蓝花巾，思念心切）金兰？

（唱）　　手捧花巾寸心乱，

　　　　　金兰妹，必是落入鬼门关，

　　　　　狗官呀，逼我害我陷绝境，

　　　　　我要你，不死今日也变残！

[大龙操起铁链要与陈琼厮拼，被狱吏、狱卒架住。

院　公　石大龙，你不要有眼不识泰山呀！

（唱）　　大老爷，路过上寨问情况，

　　　　　巧遇金兰在深山，

　　　　　急难之中送医药，

化险为夷你高堂。

陈　琪（接唱）金兰托我把话送，

叫你在牢心放宽，

大龙呀，你若有心救百姓，

快把实情对我谈。

大　龙（接唱）认真揣摩细思量，

似是真诚来探监，

暂且当他非恶意，

看看戏文怎开场。

（对陈琪）要问便问，闲话少说！

陈　琪　你坐下！大龙，与你一起坐牢之人所犯何罪？

大　龙　问过石山、石英二人便知道了。

陈　琪（对狱吏）带石英、石山！

狱　吏　是！（下，带石山、石英上）

[院公见石山病状，忙扶他坐下。

陈　琪（对狱吏、狱卒）你暂且退下。

[狱吏、狱卒下。

大　龙　石山叔为交纳官府税饷，爬上悬崖绝壁采药，跌断腰腿，卧床三年。县老爷，你看他可是造反生事之人？

陈　琪（深有感触地）哦！这位石英呢？

大　龙　县老爷，你看她是何人？

院　公　是一个英俊的后生。

大　龙　哼！石英，你就向县老爷亮亮底细吧！

石　英　县老爷！（摘帽，抖出长辫子）

陈　琪
院　公（大为震动）啊？

陈　琪　姑娘，你为何要女扮男装？

石　英　贪官恶霸逼得我走投无路！

（唱）　祖孙相依情凄惨，
单靠打柴度三餐，
陈虎他，时时拦路抢妇女，
石英我，为避祸及女扮男。

大　龙　县老爷，你们官府男女不分，见人就抓，到底是谁犯罪？

院　公　（不由自主地）冤深似海啊！

陈　琮　（心如汤煮）这宗案情，本县必定要弄个水落石出。大龙，这些跌打丸药，你一定要服用，千祈保重！（递药）

大　龙　（接药，无限感激）

（旁唱）　手捧丸药心激荡，
不由我，热泪滂沱洒襟胸，
只道是，黑暗牢房无天日，
想不到，大悲大慈还有人！

（跪拜）　大老爷深恩，大龙永志不忘。

陈　琮　大龙，你为何被抓进来？

大　龙　大老爷请听！

（唱）　前任县官人奸险，
主簿凶残心最贪，
勾结陈虎那恶霸，
敲许良民似虎狼。
不是逼税就催饷，
交过一回又一宗，
躲到深山去避祸，
他又说，我是带头抗税人。
冬至回家将母探，
亲人相逢泪盈眶，
官兵包围上下寨，
大龙我，束手被擒进牢房。

老爷呀，监中三百庄稼汉，
祸从天来同遭殃，
最可恨，缧绁之中非其罪，
天诈青盲地诈聋！

望大老爷为民做主！

石　山
石　英　（跪下）望大老爷为民做主！

陈　瑸　（一一扶起）你等且回牢房，勿生事端，以免节外生枝。

大龙等　是！

[狱吏、狱卒上。带大龙、石山、石英下。

陈　瑸　院公，你到牢中看望伤病犯人，顺便探询狱中情况。

院　公　遵命！（下）

陈　瑸　（透过铁栏探望狱中情况，心潮起伏）

（唱）　哀怨之声耳边响，
心似江河波涛翻，
台湾县，百姓蒙受千层苦，
皆因为，前任官僚太猖狂。
贪官不惩百姓瘦，
酷吏不除万民伤，
冤情不伸千家苦，
身在官场有何颜？
陈瑸我，生在雷州南海畔，
母老家贫多风霜，
自幼尝尽吏役苦，
记忆犹存终未忘。
入仕后，立志要将苛政铲，
务为朝廷敷恩光，
安抚黎民兴百业，

共享太平万年长。
酷吏不除不矫枉，
怎慰民情怎安邦？
积怨日深民心变，
壮志豪言成虚淡。

[院公上。

院　公　大老爷，听他们悲痛陈述，真真是生灵涂炭，惨不忍闻啊！

陈　璸　啊！监狱冤情，已昭然若揭了！

院　公　大老爷打算如何处理？

陈　璸　上书府尊，要求放犯！

[陈璸举步，院公紧随，切光。

[幕闭。

第五场　放　犯

[腊月廿五日。

[台湾县二堂。

[幕启。陈璸心事重重地徘徊。

陈　璸　（唱）　腊月廿五心暗想，
按旧例，该是扫除度年关，
念及民间盼团聚，
心急如焚添忧烦。

衙　役　（上）禀告大老爷，张巡抚差官到！

陈　璸　请！（对内）大老爷有请！（下）

差　官　（上，叩见陈璸）陈知县，张巡抚为台湾政事，夙夜操心，特差遣卑职前来送信，询问台湾县近况。（递信）

陈　璸　（看信）深谢巡抚大人关心，陈璸自当鞠躬尽瘁，以报知遇，请差官驿馆歇息，陈璸当即函告。

差　官　谢过陈知县！（下）

衙　役　（上）禀告老爷，台厦道差官到！

陈　璸　请！

衙　役　（向内）大老爷有请！（下）

差　官　（上，叩见陈璸）陈知县，道台有令，上下寨土民抗税造反一案，务须年前了结，不得拖延。

陈　璸　请差官回复道台大人，陈璸自当依时决断。

差　官　告辞！（下）

衙　役　（上）禀告大老爷，派往上下寨探听情况的差人回到县衙！

陈　璸　命其从速来报！

衙　役　大老爷有令，从速来报！（下）

衙　差　（上）叩见大老爷！

陈　璸　上下寨情况如何？

衙　差　自石小山回乡报信之后，百姓情绪稍定。但年关将临，仍不见亲人出狱，近日人心浮动，大有酿成民变之势。

陈　璸　你且下去歇息。

衙　差　谢老爷！（下）

陈　璸　人心浮动，大有酿成民变之势吗……

（唱）　民心涣散多忿懑，
台湾何日得平安？
巡抚知遇怎报答？
忧虑重重在心肠。
道台限期将案办，
不得拖迟过年关，
上催下逼步步紧，
步步涉及三百人。
三百犯人放或判，

苦于一时无主张，
上书府尊求赦释，
下落如何尚渺茫。
查无实据不放犯，
身在官场心何安？
流弊未除案未了，
心似海潮卷波澜。

［院公捧茶上。

院　公　大老爷请用茶。岁末天寒，也不歇息片刻。

陈　瑸　释囚一事，府尊仍未批复，今天已是腊月廿五，此心实难安静下来啊！

崔　聪　（上）大老爷，知府大人驾到！

陈　瑸　（喜形于色）谅必是为释放狱囚之事而来，快快有请！

崔　聪　是！（对内）府尊大人，请！

［鼓乐声中，胡德上，陈瑸迎入，分宾主落座。

陈　瑸　府尊光临，有何见示？

胡　德　陈知县荣任台湾县，胡某早想到衙面叙。今日有缘相见，幸甚幸甚！

陈　瑸　府尊光临，四壁生辉，万望不吝指教。

胡　德　陈知县过谦了！

（唱）　陈知县，古田政绩人赞赏，
张巡抚，多次褒扬和表彰，
调到台湾担重任，
伟略宏谋请详谈。

陈　瑸　（唱）　卑职不才常自叹，
愧对朝廷心不安，
欲把台湾治理好，
还望府台作指南。

胡　德　依胡某之见，要使土民驯服，土民之关键在上寨与下寨；欲求根治，其要害则在南监！

陈　瑸　（误以为意见一致，欣喜地）府尊高见，正合愚意。如何解除南监之危？

陈　瑸　你我既志趣相投，不如学孔明、周瑜赤壁之火，也以一字概之，所见是否相同便一目了然了。

陈　瑸　（欣然答应）好！来人，速备文房四宝！

[院公备文房，陈瑸、胡德各自书写。

陈　瑸
胡　德　（同时）写好！开——字！（同时出示所书之字，吃惊地）

陈　瑸　判？　（坚决地）　放！
胡　德　放？　　　　　　　判！

胡　德　陈知县至今仍然主张放犯？

陈　瑸　卑职早就详文府尊，望早日释放无辜。

胡　德　贵县之言差矣！谅系初来乍到，不知此间实情。

（喝）　朝廷法令敢违抗，
最是刁蛮众生番，
造反盗贼不镇压，
怎为朝廷正纲常？

陈　瑸　（唱）　卑职连日细查访，
证实是，无辜良民困在监，
释放了，是为朝廷取信义，
从今后，令出必行无阻拦。

胡　德　（唱）　困在南监皆要犯，
今重判，杀鸡儆猴最省工，
若果赦释是放纵，
生番必然更猖狂。

陈　瑸　大人，说什么“生番”啊？有道是“子惠元元，不遗在远”，他们也是黄帝子孙啊！

（唱）　百姓有冤需平反，
爱惜黎民能安邦，

重判必然激民变，
大错铸成难收场。

胡　德　（唱）　此案本官批准办，
我劝你，莫管闲情惹事端。

陈　瑸　（接唱）　当政者，为民请命是本分，
知法岂能冤枉人？

胡　德　权衡利弊，该判！

陈　瑸　从长计议，该放！

胡　德　该判！

陈　瑸　该放！

胡　德　判！

陈　瑸　放！

胡　德　如此说来，陈知县一意要放？

陈　瑸　查无实据，理当矫枉！

胡　德　陈知县，别以为你在古田办了几件好事，博得张巡抚赏识，便不可一世，把我的话视若等闲！

崔　聪　（火上添油）陈知县连闯进县衙作案之强盗都奉为上宾，府尊大人，你是否与前县老爷冤枉了好人？我看南监犯人，还是要放。

院　公　（气忿难捺）你莫含血喷人！

胡　德　（恼羞成怒）住口，你主仆一唱一和，目无上司，我且问你，“勾结生番，对抗朝廷”此八字由头，你可担当得起？

（唱）　你要放犯你就放，
本府难夺你主张，
只不过，日后三司按国法：
莫怪老胡手段强！

告辞！（拂袖而出）

陈　瑸　劳驾！

崔　聪　（追出）胡知府，卤水点豆腐，一物降一物，嘿嘿……

胡　德　圣朝皇上，最忌番民造反，这八字由头重如泰山压顶，哼，他想抄我的老底，我倒要看看他有多大能耐！今后要格外小心，有事随时告我！

崔　聪　（得意地）当然。（送胡德下转回，故意地）大老爷，是否马上放犯？

陈　琔　（烦躁地）给我退下！

崔　聪　是！（下）

[老院公收拾茶具下。

陈　琔　（重复着胡德的话） 勾结生番，对抗朝廷；勾结生番，对抗朝廷吗？

（唱）　八字由头千斤重，

事到此时怎主张？

不释放，眼看民间受枉屈，

释放了，日后必然招麻烦。

（伴唱）　上司追究担风险，

无可奈何且旁观，

为官不恤老百姓，

食君之禄有何颜？

院　公　（上）大老爷，日已偏西，该进中餐了。

陈　琔　且慢！院公，且将我平日积攒之钱取来。

院　公　是！（下。捧银箱上）大老爷，你要取钱何用？

陈　琔　院公呀！

（唱）　知府压迫犯难放，

老百姓，难望团圆度年关，

只能够，将我存银全拨出，

暂时间，赈济穷人度饥寒。

院　公　大老爷要将自己积蓄赈济百姓，虽为义举，但只怕他们会想起一桩事情，坏了老爷名声。

陈　琔　（一怔）哪一桩事情？

院　公　（唱）　包公要将世美斩，

国太干涉生事端，

包公无奈赠银两，
打发香莲且回还。
香莲不肯接银两，
她慨叹，世间再无清廉官，
激发包公伸正义，
立铡无情驸马郎。

陈　琎　（大受感触）这个吗……
（唱）　一石激起下层浪，
一言令人愧难当，
包公他，泰山压顶全不顾，
陈琎我，知府面前心彷徨。

衙　役　（上）启禀老爷，古田父老求见！

陈　琎　（意外地）古田父老求见？快请！

衙　役　（对内）请！

[鼓乐迎宾，古田父老上，将一罩着红布的牌匾放于桌上。

一父老　大老爷调任台湾，古田百姓不胜怀念，特造牌匾一方，以表怀慕之情。

陈　琎　承蒙古田父老错爱，陈琎当一如既往，勤政爱民，以酬厚情，敬请公等先到驿馆歇息，陈琎公事一完，当即亲自聆教。

众父老　不敢！

[老院公陪古田父老下。

[陈琎揭开罩在牌匾上的红布，现出“爱民如子”四字。

陈　琎　（读）爱民如子？（万分激动）
（唱）　见牌匾，如同万箭穿心脏，
匾似镜，明镜照人面无光，
照见我，是是非非不分辨，
照见我，何去何从心惶惶。
（伴唱）　古田父老情可鉴，
期望我，一如古田为清官，

陈琸啊，古田父老不忘你，

为何故，你将他们心意忘？

（唱） 居官不纠百姓枉，

正气谁人来伸张，

无罪良民陷冤狱，

一贯清廉是虚谈。

缅怀先哲心景仰，

浩气长存天地间，

为国效忠爱黎庶，

承担罪尤又何妨！

院　公　（上）大老爷，古田父老已安置妥当。

陈　琸　如此甚好！

崔　聪　（上）大老爷，胡知府指示，南监犯人如何处理，不得拖过年关，你不判，他就要判。大老爷定了主意么？

陈　琸　（唱） 本官主意是这样，

无罪之人放出监！

崔　聪　（一惊） 当真！

陈　琸　当真！

崔　聪　果然？

陈　琸　果然！

（接唱） 三百无辜放三百，

为官不能乱抓人！

崔　聪　大老爷，那八字当头……

陈　琸　少说废话，开监放犯！

院　公　（高声地）开监放犯！

[幕后之声轰然：“开监放犯！”

[幕闭。

第六场　恶　讯

［第二年元宵，台湾县衙后厅。壁上一幅荷花出水图。

［幕启。幕后隐约传来音乐铜锣。陈瑸埋头案牍，老院公端茶上。

院　公　（喜气洋洋地）大老爷，请用茶。人说此间元宵佳节，今年分外热闹……

陈　瑸　（放下案卷，关注地）谁说的？

院　公　（认真地）石小山。

陈　瑸　小山来了？

院　公　来了！

陈　瑸　请！

院　公　是！（对内）小山，快来叩见老爷！

［院公带小山上后收拾茶具下。

小　山　大老爷在上，石小山叩见

陈　瑸　免。

小　山　谢大老爷！

陈　瑸　小山，乡亲近况如何？

小　山　禀大老爷，被困乡亲回家与亲人团聚度岁，皆大欢喜。

陈　瑸　元宵节又来了，乡亲们呢？

小　山　今年乡亲们就更加高兴了！

（唱）　满街人似锦，处处闹阳春。
鼓乐喧天响，彩旗似祥云。
万民开口笑，千家乐天伦，
元宵今年好，咸颂新县尊。

陈　瑸　（欣慰地）老百姓能安居乐业，我们心里就踏实了。

小　山　大老爷，咱们一起到外边看看如何？

陈　瑸　不！当前百废待举，哪能忙里偷闲！

小　山　哎呀，大老爷，您今天也忙，明天也忙，有这么多事呀？

陈　璸 小山有所不知，台湾给弄得百业凋零，百孔千疮，当务之急正多啊！

小　山 （疑惑不解）啊！

陈　璸 当前，要兴利除弊，就必须反贪污，崇节俭；禁酷刑，安黎庶；振兴教化，奖励农桑，使四境平宁，各得其所。

小　山 （闻言喜出望外）大老爷，此等善政办好，旧面貌换来新颜容。那就千家万幸，万众欢腾了！

陈　璸 但愿如此。

［院公匆匆上。

院　公 大老爷，李光第大人从京师付来一信。（递信）

陈　璸 待我一看。（接信，读毕，勃然变色）哼！果然不出所料！

院　公 （惊讶）大老爷，出了什么事呀？

陈　璸 李光第大人的来信说，纵囚一事……（欲言又止）

院　公 （会意，对小山）小山，你辛苦了，到里边休息吧！

小　山 是！

［石小山迟疑地下。

小　山 且住！大老爷一说到纵囚一事，神色骤变，难道有什么难言之隐？我且到窗外一听。

［石小山行到窗边，闻陈璸、院公声，停立作侧听状，不时露出惊讶、疑惑、忿慨之情。

院　公 （焦急地）大老爷，纵囚一事怎样？

陈　璸 （慨然叹息）唉！老院公！

（唱）　知府揭参我放犯！

诬告我，对抗朝廷通生番，

钦差不日来查案，

监中无人事麻烦。

院　公 （忿忿不平地）哼，贪赃枉法，鱼肉人民者，逍遥法外；公正廉明，平反冤狱的，反而招来“揭参”“查办”！咳，这是什么朝廷？这是什么世道？

陈　璸 看来这场风雨不小啊！

院　公　那该如何处理？

陈　瑸　咬紧牙关，挺硬脊梁就是了。

院　公　（焦灼地）大老爷，事到如今，总得想个办法！

陈　瑸　依您老人家之见？

院　公　我看事不宜迟，立即派出衙差，把前所释放之人，通通捉回监牢，以应上峰查点……

陈　瑸　不好，乍收乍放，如何取信于民？

院　公　这……（忽有所得）不然，出一告示，晓谕民间，被释之人闻讯回监，就能为大老爷分忧了。

陈　瑸　不行！此事声张起来，则奸人有机可乘，老百姓就又从此多事了！

院　公　（十分焦急）这也不好，那也不行，到底怎么办呢？

陈　瑸　（镇定地）老院公，不要过虑！

（唱）　我要向，钦差大人说真相，

他未必，妄加罪名给我担。

院　公　（接唱）　怕只怕，钦差糊涂偏听信，

乱断案情冤枉人。

陈　瑸　（唱）　如果钦差心偏袒，

我准备，削职为民回故乡。

院　公　万一……

陈　瑸　（接唱）　万一定罪拿斩首，

陈瑸我，舍己救民心也甜！

院　公　（悲忿地）大老爷，您……

陈　瑸　（恳切地）老院公，万一有三长两短，那就请你帮我办好一件事！

院　公　（急问）大老爷委托何事？

陈　瑸　你且等一等。（下，手托钱箱复上）我省下的俸银，除以三百两赈济本县灾民外，就剩下这些了！

（唱）　省下俸银三百两，

请代送还我家乡，

　　　　东洋海堤修葺好，

　　　　一保黎民二护田。

院　公　（接银，泪如雨下）大老爷，我一定照办！

陈　琸　（坚决地唱）

　　　　先哲千古垂典范，

　　　　我辈遵循正应当。

　　　　碎骨粉身全不惜，

　　　　清白应留在人寰。

院　公　大老爷恩德，万姓同沾。望保重玉体，以应万变！

陈　琸　（安慰）老院公，要多加保重！

[陈琸下，老院公随后边拭泪边下。

[大龙、金兰喜洋洋地从两边分上。

大　龙
金　兰　（同唱）　陈知县，爱民恰如爱子样，

　　　　老百姓，敬他如同父母般。

　　　　众乡亲，请我向他表心意，

　　　　大龙我，
金兰我，　喜在心头走匆忙。

大　龙
金　兰　哎？路那边好像是 金兰 / 大龙 来了，（企足眺望） 是她！/ 是他！ 待我上前一问。

大　龙
金　兰　你这是……

大　龙
金　兰　（同唱）　这是 上寨 / 下寨 土特产， 煎堆 / 粽子 送来共一筐，家家户户委托我，

　　　　送给恩人尝一尝。

大　龙　不过我还有一个意思……啥意思？你说！

金　兰　请大老爷到我们下寨过元宵节。

大　龙　那我的意思又比你多了一层……

金　兰　（急问）啥意思？

大　龙　（俏皮地）请大老爷驾临我家，为我们的婚礼增光。

金　兰　那我还不是跟你一样！

大　龙　好，好，你我一样心事，那就大家一齐上路吧！（圆场）

县衙到了，我们一起进去！

金　兰　是！

［老院公忧心忡忡地上，与大龙、金兰相遇，几乎与匆忙赶路的大龙撞个满怀。

大　龙
金　兰　（同白）老师傅！

院　公　（仔细辨认）啊？你们是……

大　龙　大龙，你曾到南监为我医伤……

金　兰　金兰，你曾在路上为大妈治病……

院　公　（恍然）啊，是老熟人了。

大　龙　老院公，我们想见见大老爷！

院　公　啥事？

大　龙
金　兰　（同唱）　这是上/下寨土特产，煎堆/粽子送来共一筐，家家户户委托我，

送给恩人尝一尝。

院　公　（唱）　大老爷，两袖清风尘不染，

他常言，贪了一钱等千万，

想一想，一钱尚且贪不得，

礼品当然要退还。

大　龙
金　兰　（同唱）　煎堆/粽子元宵篮里送，上寨/下寨黎民情满腔，

老百姓，欲共陈公庆佳节，

大老爷，谅他断不会弃嫌！

我们后天拜堂成亲，还想请大老爷光临呢！

院　公　后天成亲啦？好呀！

（唱）　老百姓，盛情表示心景仰，
陈知县，敬领深情本应当，
只不过，煎堆粽子味虽好，
老爷此时难品尝。

大　龙
金　兰　（惊诧）啊？

院　公　是……（欲言又止）不，不说也罢。

大　龙　老院公，说呀，你就说呀！

院　公　（郑重地）不，老爷再三叮嘱，此事不能向外人说道。

金　兰　老院公，大老爷到任以来，心里有话都与老百姓说了。还有什么事不能相告？

院　公　这……

金　兰　老院公，大老爷为我们造福，我们应该为大老爷分忧。

院　公　分忧？不过……

金　兰　老院公，大老爷是我们再造恩人，有用得着我们之时，赴汤蹈火，在所不辞！

院　公　大老爷说了，这事实在不能告诉别人啊！

大　龙
金　兰　真的？

院　公　真的。

［大龙与金兰耳语。

大　龙
金　兰　（故意）好，您不说，我就不走，这篮煎堆/粽子也不收回。

（故意将篮子放下）

院　公　（为难地）这，这，这……

小　山　（匆匆上）老院公，快，老院公，大老爷有事找你！

院　公　（无可奈何地对金兰、大龙）请、请你们原谅！（急下）

大　龙
金　兰　（见是小山）小山！

小　山　（一怔）啊，大龙，金兰，你们是……

金　兰　受本寨乡亲委托，给陈大恩人送礼品。

大　龙　还要请陈大老爷为我们婚礼增光。

小　山　咳，你们想得真好！不过……（顿足叹息）唉！

大　龙
金　兰　（惊问）小山摇头叹气，所因何事？

小　山　（忿忿不平）有人揭参陈知县“勾结生番，对抗朝廷”！

大　龙　（大惊）啊？（怒甚）哪个狼心狗肺如此恶毒！

小　山　胡知府。

金　兰　身为一府之尊，竟颠倒黑白，一至于此？

大　龙　我马上去把这个狗知府宰了！

金　兰　（劝阻）不，不要莽撞，我看事不宜迟，我们马上回寨！

大　龙
小　山　（不解）回寨？

金　兰　回寨。

大　龙
小　山　啊？

金　兰　来！

[金兰与大龙，小山耳语。

大　龙
小　山　对！我们马上行动！

[幕闭。

第七场　点　犯

[台左一段阴森的高墙，一扇铁门通侧幕，门顶写着“南监”二字。台右大树下，特为钦差临时搭起点犯公堂。远处山川秀丽，风光旖旎。

[幕启。狱吏与狱卒在打扫。

狱　吏（念）“官”字两个口。

狱　卒（接念）“兵”字两条腿。

狱　吏（接念）有“犯”不怕“点”。

狱　卒（接念）无鬼心无畏。

狱　卒（张望）看，前呼后拥，钦差大人来了！

狱　吏（望望）快，快走！（拉狱卒下）

[钦差在胡德等官兵簇拥下策马上。

钦　差（唱）　奉旨台湾把案办，

点犯今日到南监。

造反罪囚私放了，

查是实情必从严。

[钦差、胡德等下马。中军吆喝：“升堂！”陈瑸、崔聪、老院公等上。钦差落座，胡德及其余官兵两旁侍候。

钦　差（念）朱笔一只手上提，惩奖生死两由之。本钦差奉旨查案，吏役堂下回话。

陈瑸等　是！（退下）

钦　差　人来！

中　军　喳！

钦　差　开监点犯！

中　军　遵命。开监点犯！（下）

胡　德　大人，陈瑸擅放要犯，就是勾结生番，对抗朝廷。

钦　差　知法犯法，惩办从严。

胡　德　钦差大人英明。

钦　差　胡知府忠心耿耿，怪不得朝中梁大人那么赏识。

胡　德　大人过奖了！

中　军（上）禀大人，按罪犯名册盘点，一个不少！

钦　差（诧异）唔？

中　军　还多出两名！

钦　差　（意外，目视胡德）啊？

胡　德　大人，据崔主簿所报，南监三百犯人，确是全部释放了。

钦　差　传崔主簿！

中　军　传崔主簿！

［崔聪上。

崔　聪　（唱）　　陈瑸放犯无忌惮，

知府无情大揭参，

他落井时我下石，

说龙是蛇又何妨！

叩见钦差大人！

钦　差　站过一旁。

崔　聪　是！

钦　差　陈知县放走造反要犯，确有其事？

崔　聪　令是我口传，人是我手放，此乃千真万确！

钦　差　放了多少？

崔　聪　三百。

钦　差　既然去年已经释放了，为何今天又有犯人应点？

崔　聪　（大惊）啊？

钦　差　为何多出两名？

崔　聪　（张口结舌）这……

胡　德　（无中生有）大人，此乃陈瑸弄虚作假。

崔　聪　（附和）欺骗朝廷！

钦　差　（勃然变色）哼！可恶！传陈知县！

中　军　（对内）传陈知县！

［陈瑸上，老院公随后悄悄地上。

陈　瑸　（念）知府把我揭参，钦差今天点犯。陈瑸扪心自问，无愧黎庶皇上。台湾县知县陈瑸参见！

钦　差　站过一旁。

陈　璸　是！

钦　差　陈知县！

陈　璸　在。

钦　差　（冷嘲）你这个七品官当得不错啊！

陈　璸　（谦逊地）大人过奖了。

钦　差　官是怎么当的？

陈　璸　卑职宵衣旰食，安抚黎民；赤胆忠心，效忠朝廷。

胡　德　哼！

（唱）　花言巧语蒙骗谁？
铁案今日重如山，
效忠朝廷全是假，
擅放重囚为谁忙？

陈　璸　（唱）　只因为，缧绁之中多冤枉，
忠厚黎民被困监……

胡　德　（接唱）　竟为刁民叫冤屈，
分明是，诬蔑朝廷毁纲常！

陈　璸　（唱）　无辜百姓成囚犯，
只因为，吏役受贿官贪赃；
败坏纲常枉国法，
台湾确实有其人！

胡　德　大人，陈知县在钦差面前明目张胆，为罪犯鸣冤叫屈，足见勾结生番，对抗朝廷，并非言过其词。应立即严惩不贷！

钦　差　（以手示意）慢！（转对陈璸）陈知县，纵囚度岁属实？

陈　璸　是。

钦　差　放了多少？

陈　璸　三百。

钦　差　（拍案）好大的胆子！

[院公见状愕然。

陈　琯　（欲有所申述）大人……

钦　差　（制止）既然全部放了，为何又有三百犯人应点？

陈　琯　（意外地）啊？

钦　差　为何多出两名？

陈　琯　卑职一无所知。

胡　德　大人，这分明是陈知县串通生番，故弄玄虚。

崔　聪　（助纣为虐）藐视钦差，欺骗朝廷！

钦　差　（大怒）可恼！（提起朱笔）

（唱）　陈琯擅自放要犯，
欺骗朝廷罪昭彰，
竟敢知法又犯法，
惩办岂能不从严？

人来！把陈琯拿下究办！

陈　琯　（仰天长息）可叹啊！

钦　差　陈琯，你今日戴罪，乃咎由自取，为何长叹？

陈　琯　心中忧虑，所以长叹。

钦　差　所忧何事？

陈　琯　钦差大人呀！

（唱）　第一忧，矫枉扶正事未办，
未改黎民旧磨难，
百废皆兴成泡影，
四野依然路茫茫。
第二忧，贪赃枉法成泛滥，
百姓难求半日安，
冤情未伸案枉屈，
民变将来在萧墙。
第三忧，烈士暮年心空壮，
愧对多娇旧江山，

张巡抚，知遇之恩未酬答，

陈瑸我，忧国忧民志未尝。

胡　德　你别花言巧语了，还是为你自己想一想吧！

陈　瑸　（唱）　以身许国死不怨，

寸衷可以对三光。

先所忧者天下事，

宦海浮沉视等闲！（除下官帽，自己走进南监）

[钦差大臣闻言大为动容，离座徘徊。

[陈虎得意洋洋地上。

陈　虎　里正陈虎，叩见钦差大人！

钦　差　何事？

陈　虎　陈瑸勾结生番，为非作歹，大人将他拿办，真是包公再世，海瑞重生，百姓悦服，齐举我来向大人谢恩。

钦　差　百姓悦服，齐来谢恩吗？

兵士甲　（匆匆上）启禀大人，有一批土民恳求面见。

钦　差　嗯？

胡　德　（闻言一惊）大人，生番桀骜不驯，不见也罢！

钦　差　不，问他们为何事而来！

兵士甲　是！（下而复上）禀大人，那批土民说，彼等为揭参陈知县作证而来。

钦　差　作证？

胡　德　（如释重负）啊！（计上心来）大人，生番现为揭参陈瑸作证而来，见见无妨。

钦　差　这……（迟疑一下）也罢，带其上来。

兵士甲　是！（下）

[大妈、金兰、石花、二叔公等拥上。

大妈等　叩见钦差大人！

钦　差　何事？

众　为陈知县鸣冤。

钦　差　啊？

胡　德　大人，此等刁民扬言为揭参陈琸作证，却为犯人鸣冤叫屈……

崔　聪　顶撞钦差大人，破坏点犯查案。

胡　德
崔　聪　应立即逐出公堂！

钦　差　慢！（转对群众）你等为何要为陈琸鸣冤？

金　兰　大人，陈知县一不贪赃，二不枉法，为何要将他拿办？

钦　差　他罪犯二条！第一，放走要犯三百。

大　妈（唱）　大人呀，三百犯人实冤枉，
陈知县，依法将人放出监，
普施朝廷恩和德，
有何罪尤问大人？

钦　差（语塞）这……

众　愿闻其罪之二。

钦　差　第二，就算纵犯无罪，而弄虚作假，拉夫入监，也难推脱欺上骗下之罪！

金　兰　大人，南监三百囚犯，并非抗税造反之贼，乃吏役横征暴敛、乱捕无辜之辈。陈知县平反此案，使其重见天日，实恩同再造，此次重返监牢，乃自觉自愿。

钦　差（十分意外，急问）啊？三百犯人乃自觉回监应点？

众　正是。

钦　差　难道不怕坐牢？

众　为报陈知县再生之德，不怕坐牢！

钦　差　不怕杀头？

众　为伸陈大老爷不白之冤，不怕杀头！

钦　差（心情激动）啊？（离座巡视，沉思有顷）你们起过一旁，听候问话。

众　谢大人！

钦　差（唱）　百姓为官鸣冤枉，
古往今来头一桩，
不怕坐监不怕死，

此事令人费思量。

胡　德　钦差大人，刁民所说，并不足信！

崔　聪　（附和）一片胡言乱语！

二叔公　大人，民等所禀，都是实情。例如上寨大龙与下寨金兰后日同拜天地，花烛洞房。一闻陈知县因释囚一事被参，上峰到台点犯，大龙为赶返南监应点，便与金兰商量，把成亲一事放了下来。今有金兰在此为证。

钦　差　（诧异）哪位是金兰？

金　兰　民女是金兰。

钦　差　此事当真？

金　兰　当真。

钦　差　果然？

金　兰　果然。

胡　德　大人，此等刁民，到此滋事，乃受陈琮小恩小惠所蛊惑！

崔　聪　（附和）蒙蔽，收买！

钦　差　这个吗……

（唱）　老百姓，爱戴陈琮情深重，

胡知府，铁面无情要揭参，

谁是谁非难分辨，

必须从头细查盘！

人来，着狱吏将多余之人带上！

中　军　是！（下，复与狱吏押四海、小山、小峰上）

钦　差　我要传讯多余的二人，为何带出三人？

狱　吏　大人容禀。出狱后一人病故，昨晚却新来了三人，所以监中人数多了二人。

钦　差　哦！（对四海等）你们既然不是犯人，为何闯进南监？

四　海　钦差大人！（白榄）我名叫四海，上寨一穷汉。老父出监后，外地当小贩。点犯期紧迫，路遥难即返。因此冒父名，替父入南监。谁知年迈父，闻声心不安。披星又戴月，连夜回牢房，子到父又来，相逢在昨晚。

钦　差　（感动点头）嗯！（对小山、小峰）那你们两个呢？

小　峰　我说，我说……

小　山　我说，我说，我是大哥嘛。

小　峰　也好，让你说我再说。

小　山　（白榄）大人呀大人，我叫石小山。我父释放后，遭病已死亡。闻说陈知县，放犯遭揭参，点犯犯不到，罢官命危险。父死难再生，谁勉为其雅？想我两兄弟，小山是兄长，赶到南监来，且为父应点。救我陈知县，慰我泉下人。

小　峰　（接）大人呀大人，请听小峰讲，兄有妻和子，离家不妥当，无牵又无挂，我是单身汉，放我哥回家，让小峰坐监。

钦　差　（恍然）啊！原来如此！（心情激动）

（唱）　古今来，案犯三百谁敢办？
　　　　人世间，谁肯重来坐柱监？
　　　　放犯事，是非必须分清楚，
　　　　本钦差，不纵坏人伤好人！

人来，带陈知县！

中　军　是。带陈知县！

[亲兵带陈琸上。

[胡德、崔聪局促不安；金兰、大妈等欣然色喜。

钦　差　陈知县！

陈　琸　在。

钦　差　你所释放之犯，究竟是些什么人？

陈　琸　大人，据卑职多方了解，乃是无辜良民。

胡　德　胡说，这些囚犯，都是抗税造反之贼！

陈　琸　所谓抗税造反，乃因有人一于赋税之外加倍征收，二又巧立名目，诸多勒索。官兵随意追捕，百姓何堪其苦！

胡　德　（狡赖）这……这是造谣！

崔　聪　（附和）是造谣，是中伤，是……

陈　琸　铁证如山，狡辩不了！院公，把账本拿来！

[院公从腰间取出账本，递给陈琸。

陈　璸　（接账本）这是卑职查明陈虎、崔聪等人贪赃枉法之账，乞大人过目！

（唱）　贪官恶霸成一党，

压榨黎民乱台湾。

百般阻挠平冤狱，

怕的是，露出罪行难收场。

钦　差　（看罢账本，勃然变色）贪赃枉法，罪证确凿，渎职害民，莫此为甚！

金　兰　大人啊！

（唱）　贪官污吏不惩办，

台湾人民何时安？

大妈等　（接唱）　恳请钦差伸正气，

除暴安良奖清廉！

崔　聪
陈　虎　大人，不要听信这帮刁民胡说。

[钦差反复翻阅账本，下座巡视，心潮起伏。

钦　差　（唱）　坏不惩罚好不奖，

谁做忠臣保江山？

有功必褒罪必究，

朝中必然多栋梁！

来人，给陈知县复冠。

亲　兵　是！（欲给陈璸复冠）

钦　差　（大喝一声）且慢！

[金兰、石大妈等闻言疑惑不解。

陈　虎
崔　聪　（喜形于色）大人，确应三思而后行啊！

钦　差　（亲为陈璸戴上冠帽）陈知县，多受委屈了！

[胡德、崔聪目睹此情，呆若木鸡，旋即惊慌失措。

钦　差　陈知县！

陈　璸　卑职在！

钦　差　听令！

（唱）　此案交由你主办，

正气今日要伸张。

陈　琸　（接唱）　大人在上悬明境，

学生我，岂敢越权坐公堂！

钦　差　（唱）　案件本出在台湾，

县官职责应承当。

来来来，大权如今授予你，

按法量刑要从严！

陈　琸　如此说来，卑职只有愧受了。

[钦差郑重地将朱笔授予陈琸。

钦　差　（揖让）请！

中　军　（吆喝）升堂！

[升堂仪仗，陈琸整肃衣冠就位。

陈　琸　陈虎听审！

陈　虎　（旁白）唉呀，我今日是自投罗网呀！

陈　琸　胆大陈虎，承包赋税，却巧立名目，额外加征，还不从实招来！

陈　虎　（见胡德、崔聪摆手示意，欲言又止）这……这……

陈　琸　（出示账簿）罪证俱在，不如实招供，大刑侍候！

院　公　（吆喝）大刑侍候！

衙　役　大刑侍候！

陈　虎　（大惊失色）呃……呃……愿招，如实招供……

（念）额外加征，乃崔主簿手办，陈虎我从中得饱私囊，账本既已掌在大老爷手里，我哪敢半点虚诳！

陈　琸　（厉声）崔聪！

崔　聪　（胆怯地）在！

[崔聪拉往胡德求援，胡德看大势已去，一脚将其踢开；崔聪跌跌撞撞地倒跪在地。

陈 瑸 （正气凛然）休得撒赖！

（唱） 巧取豪夺征税饷，

勾结豪强害地方，

为虎作伥欺百姓，

崔聪罪行数不完。

陈虎所为，乃崔聪指使，主谋者必须重刑！

崔 聪 （叩头如捣蒜）大老爷，大老爷，我崔聪有罪，但我是照胡知府旨意办事，非是主犯啊！

[胡德如坐针毡。

陈 瑸 钦差大人，据陈、崔二犯所招，这贪赃枉法、鱼肉百姓的主谋乃是在坐的胡知府。如何发落，望大人指示。（让位）

钦 差 （就位）胡德！

胡 德 卑职在！

钦 差 （疾言厉声地）还不低头认罪！

胡 德 （无可奈何地）卑职知罪。陈虎、崔聪加额征收，贪赃枉法，卑职难卸管教不严之责。

钦 差 仅仅是管教不严么？

陈 瑸 花言巧语，欲盖弥彰。我来问你，横征暴敛之钱，与陈虎、崔聪分赃者是何人？

胡 德 这……

陈 瑸 扣押三百无辜，捏造“抗税造反”一案者又是何人？

胡 德 这……

陈 瑸 故意阻挠平反“抗税造反”一案，编造“勾结生番，对抗朝廷”者又是何人？

胡 德 （哑口无言）这……

钦 差 可恼也！

（唱） 身为知府结狗党，

贪赃受贿乱台湾，

包庇奸凶害百姓，

冤押良民三百人。（举朱笔欲判案）

胡　德　（慌乱）哀求钦差大人，请看在梁大人之面……

钦　差　（盛怒）住口！本钦差早就说过，知法犯法，惩办从严。刚才听你花言巧语，几乎错伤一个大好县官，冤枉三百无辜良民。

胡　德　（颓然）完了！

钦　差　人来！将胡德革职候参！

衙　役　是！（摘掉胡德冠盖）

陈　瑸　崔聪，身为一县主簿却助纣为虐，压榨百姓，应革职严办！（举朱笔批案）至于地霸陈虎勾结贪官，鱼肉乡邻，罪行累累，民愤甚大，应依法严惩不贷！

钦　差　人来！将崔聪、陈虎拿下！

衙　役　是！（除崔聪官帽，将陈虎捆绑）

衙　差　（厉声地）押下去！

兵　士　是！（将胡德、崔聪、陈虎押下）

陈　瑸　大人，南监三百犯人，清白无辜，仍望准许全部释放！

钦　差　现已查明确属无辜，准如所请；一应平反事宜，贵县自行处理。

陈　瑸　遵命！（宣布）查明“抗税造反”一案，乃台湾知府与前任台湾知县合谋，在押三百犯人无罪，立即全部释放！

院　公　开监放人啰！

[陈瑸从狱吏手中接过钥匙，亲自开监放出犯人。

[大龙等被囚群众拥上。

大　龙　大老爷，承蒙昭雪冤案，恩同再造，当永志不忘！

众　（跪拜）大老爷恩深似海，德重如山！

陈　瑸　（谦谢）此乃钦差大人英明！

众　（拜谢）钦差大人明察秋毫，恩加小民，当永志不忘！

钦　差　案情水落石出，冤枉已伸，你等赶快回家团聚，以免亲人盼望！

众　谢大人！

钦　差　陈知县！

陈　琔　卑职在。

钦　差　纵囚一案，我回朝复旨就是了。贵县清廉爱民，有胆有识，难怪张巡抚如此器重，来日方长，望好自为之！

陈　琔　谢大人知遇之恩，卑职当鞠躬尽瘁，为皇上效忠，为黎民竭力！

钦　差　好呀！（转对金兰）金兰！

金　兰　民女在。

钦　差　你那大龙呢？

大　龙　（闻问一怔）啊小民就是大龙。

钦　差　（莞尔一笑）你们再不要为申陈知县不白之冤而推迟同拜高堂之期了！

金　兰
大　龙　（忸怩不安）这……

钦　差　那么主婚人嘛……

陈　琔　（紧接）卑职就义不容辞了！

钦　差　好啊！哈哈……

[陈琔与钦差相顾开怀大笑；金兰、大龙沉浸于幸福之中。

众　办喜事啰！

[喜乐骤起。

[幕闭。

[剧终。

·雷剧卷·

公主坟

编剧：刘 宁　陈堪进

人 物 表

公 主	张侍郎	太 监
陈以镇	洪 刚	宫 娥
皇 帝	春 桃	卫 士
皇 后	黑 子（狗）	校 卫

序 幕 招 贤

[南宋。

[午门外。

[音乐悲凉，灯光灰暗。

[幕后伴唱：公主凤躯染奇恙，

龙颜犯恐满朝慌，

太医无能施妙手

多少医士刀下亡。

[歌声中，朝兵押医士处斩，连斩数人，被斩者家属扑尸哀号，围观民众摇头叹息，有的惊慌逃下。

[一校卫手持皇榜上，展示，众人观看。

[幕后音："公主患病，广招良医，凡能妙手回春者，封官后赏，年岁相若者，即招为驸马，钦此。"

[暗转。

第一场　上　京

［黑凤山，奇峰兀立，丛林密布，秋色正浓。

［幕在轻快流畅的音乐声中启。

［陈以镇扎头巾，束裤打绑，腰挂百宝袋。

［内唱：　天高云淡秋气爽，

　　　　群雁竞翔彩云间，

［黑子翻滚上。

陈以镇　（上）　四方云游寻奇草，

　　　　不觉已临黑凤山。（察看山景）

　　　　奇峰兀立山峻险，

　　　　满目荒林郁苍苍，

　　　　时闻异香清神志，

　　　　定有药物山垦藏。

［折下几枝草药放入袋内。

　　　　百宝袋，解万难，

　　　　施妙手，病者安，

　　　　民间郎中民间走，

　　　　冬雪夏日奔波忙。

［欲上山，忽追捕声。

［内声“抓住他！抓住他！”

［二医生仓皇逃上。

医生甲　哎呀，我跑不动了！

医生乙　快往山里躲一躲。

陈以镇　二位何事惊慌？

二医士　朝兵抓人呀！

［内声“站住！”

陈以镇 二位闪开。

[三朝兵追上。

[陈以镇横身挡道。

朝　兵 你是何人，胆敢拦路挡道！

陈以镇 光天白日，何故抓人？

朝　兵 刁民胆敢责难盘问，先把你收拾了！

[举刀扑陈，陈凛然还击，朝兵败退下。

二医士 （望陈而拜）救命恩公，请受在下一拜。

陈以镇 （急扶）别这样，敢问二位，因何冒犯朝兵。

二医士 我们本是行医济世……

陈以镇 既是行医的，朝兵何以追拿你们？

医士乙 恩公请听：

（唱）　人怕出名猪怕壮，

行医知名也遭殃，

朝兵下府来强请，

无奈出逃山中藏。

医士甲 （唱）　皆因公主把病患，

害得同行心惊慌，

多少名医被召去，

均遭杀头无一还。

陈以镇 荒唐！

医士甲 据说已杀了九十九个了。

陈以镇 难道朝里太医是白养的？

医士乙 太医若有能耐，何需出榜招贤？

陈以镇 啊？榜上怎说？

医士乙 凡能使公主复康者可封官晋爵，不愿为官者可赏金千两，年纪相仿者可招为驸马。可是至今仍未有人揭榜。

陈以镇 如此说，公主患的是不治之症了？

医士甲 这倒不是，只是大腿上患了个毒疮而已。

陈以镇 啊……（自言自语）外科之疾，竟无人治得？岂不是怪事？

医士甲 只顾说话，还未请教恩公尊姓大名？

陈以镇 啊，请听：

（唱） 在下姓陈名以镇，
居住徐闻南海边，
浪迹天涯寻百草，
治病扶危为黎民。

二医士 （高兴地）原来恩公亦是同行。

陈以镇 正是。

（唱） 携带宝袋民间转，
汗洒长途历艰辛，
处处为家苦为乐，
春去秋来亦陶然。

医士甲 恩公在乡间行医倒好，不似我等在府城遇亭担惊受怕。

陈以镇 二位，在下要告辞了。

二医士 恩公意欲何往？

陈以镇 我要揭榜进京。

二医士 啊？

医士甲 恩公不可！我等逃都来不及，你还送上门去。

医士乙 恩公，这是何苦呢，皇家有太医，理他作甚！

医士甲 再说，历来公主王孙是民脂民膏养肥的，死了活该。

陈以镇 二位，请听在下一言：

（唱） 治病哪分贱和贵，
何论京城与乡村，
怕只怕公主崽病久不愈，
还不知多少同行丧皇门，
只为医界争点气，

不计殊荣和吃亏，
揭榜上京意已决，
哪管生还与死回。

[陈之言，二医士甚为感动。

医士甲 恩公，为救众生于己而不顾，可敬，可敬！

医士乙 恩公如此胸怀，实令在下钦佩之至。

陈以镇 过奖了，二位保重，就此告别。

二医士 恩公保重！（礼别）

[暗转。

第二场　施　治

[二道幕前。

张侍郎 （上、唱）公主患病惊朝野，
皇榜招贤晓万家。
心盼神医回春手，
但又怕鸠占鹊巢过春夜。

我曾保过驾，深得皇上宠爱，早有招驸马之意，岂料……

卫　士 （上）禀报大人，有人揭榜了。

张侍郎 啊？何等年纪？

卫　士 约有二十多岁年纪。

张侍郎 模样如何？

卫　士 品貌端正，一身彪悍。

张侍郎 （一惊）啊？请！

卫　士 遵命。（下）

张侍郎 不好了，万一此人能治公主之病，必被招驸马无疑。那我，我……我还得相机行事！

[张侍郎急下。

[二道幕开。

[公主府。

春　桃　(从公主寝宫上)

（唱）　公主犯病二月整，
令我春桃费尽心，
日里侍候夜相伴，
愿她早日得康宁。

[内声：皇上驾到。

[皇帝、娘娘、洪刚、太监、宫娥上。

皇　帝　春桃，公主今天可好些？

春　桃　禀皇上、娘娘，公主疮口浓水未止，甚为烦躁。

娘　娘　害苦我儿了。

（唱）　皇儿患病二月久，
娇艳花容变焦枯，
食难下咽睡不适，
愁锁奴眉瘦难扶。

皇　帝　爱卿！（唱）

皇榜下诏已广布，
贤后宽怀免忧思，
自有名医来揭榜，
化吉呈祥病自除。

娘　娘　招贤不见贤医士，来者个个是庸夫。

皇　帝　回天无力就该杀，天威难容蠢才奴。

娘　娘　皇上如此诛杀，纵有贤医亦不敢揭榜了。皇儿……（下）

张侍郎　（上）禀皇上，今有边鄙徐闻陈以镇揭榜来了。

皇　帝　啊？

张侍郎　只是此人衣着粗陋，其貌不扬，不像名医高手。

皇　帝　今在何处？

张侍郎　带着一条黑狗在殿外候旨。

皇　帝　侍卫官，将他带来。

洪　刚　遵旨。（出，向内）陈以镇请进。

［陈以镇带黑子上，二卫士跟上。

陈以镇　（韵白）　民间郎中见驾来，

且看皇家何气派，

欲施妙手拔毒症，

为拯同行脱祸灾。

洪　刚　陈医士，带狗见驾不便，暂留在此吧！

陈以镇　好，黑子，莫乱走。

［洪刚、陈以镇、二卫士进。

洪　刚　禀皇上，揭榜人带来了。

皇　帝　来者何人？

陈以镇　雷州军徐闻县民间郎中陈以镇。

皇　帝　民间郎中？

陈以镇　不错。

皇　帝　你能医？

陈以镇　能医与否，试过方知。

张侍郎　哼！公主乃金枝玉叶之体，岂可乱试。

陈以镇　不试岂知本事？

张侍郎　边鄙之人，一身粗俗，有何本事？

陈以镇　衣饰量人，有眼无珠。

张侍郎　大胆！

陈以镇　没此胆量，岂敢揭榜。

皇　帝　好，春桃，拿脉线来。

陈以镇　皇上，皮肤之疾，不需脉线。

皇　帝　啊？如何诊治？

陈以镇 一看便知。

皇　帝 胡说。

张侍郎 这是官规禁忌，岂能看得？

陈以镇 不看也罢。只进去问闻一下总可以吧？

皇　帝 混账。

张侍郎 皇上，他分明是冒充郎中，行窥看金枝玉叶之实，庸医已杀九十九，就让他凑够一百吧！

皇　帝 （气极）大胆狂徒！竟敢蔑视皇规，将他斩了。

陈以镇 且慢，皇上，病还未看，因何杀我？

皇　帝 推出斩了。

二卫士 遵旨。（冲上）

［黑子辩声音有异，冲入一声怒吼猛向前扑。二卫士突然一吓，连连后退。

［娘娘听见狗声急上。

娘　娘 何来狗吠声？

张侍郎 娘娘，此人带狗冒充良医闯宫惊驾。

娘　娘 （审视陈）你是揭榜来的？

陈以镇 正是。

娘　娘 既敢揭榜，必有妙术，何不给公主施治？

陈以镇 娘娘！

（唱）　在下诚心进宫来，
不贪富贵不贪财，
为施妙术救公主，
玉树临风向春开，
不知皇室威严殊可畏，
开口便叫杀奴才。

娘　娘 啊？皇上，这……

皇　帝 别听他胡说，斩！

娘　娘 且慢……

春　桃　（急上）皇上，公主说，若再杀医士。纵然病死，也不医了。

皇　帝　何出此言？

春　桃　公主说，因病已害了许多性命，于心不忍呀！

皇　帝　啊？

皇　后　皇上，皇儿所言极是。榜出多日，无人敢揭，他既是诚心而来，何不让他先施治，然后再作发落未迟。

皇　帝　（无可奈何）陈以镇听着，只准凭脉线诊治，若施治不当，定斩不饶，侍卫官留下监看。

洪　刚　遵旨。

［皇帝、娘娘、张侍郎、宫娥、太监、卫士下。

陈以镇　哼！一朝天子竟如此蛮行。

（唱）　入宫有如踏虎口，

朝臣如狼龙发兽威，

若不是为拯同行脱此难，

岂甘受辱进皇门。

洪　刚　陈医士，诊病吧！

陈以镇　好。（走至案桌。放下百宝袋）

洪　刚　春桃，拿脉线本。

春　桃　是。（将脉线交陈）

［陈把线细思，忽觉脉线脱手，站起欲拿，可脉线仍被抽走，甚为惊奇。

洪　刚　陈医士，怎么了？

陈以镇　侍卫官，你看……

洪　刚　啊？这……

陈以镇　如此怎好？难道公主亦不信我？

春　桃　（出，对陈）陈医士，公主说，若只凭脉线诊症，别无他法，即请回去。

陈以镇　此话怎讲？

春　桃　公主说，无数医士均用此法，却无一结果，何须劳神。

陈以镇　我何尝不知？只是……

（唱） 皇宫禁严多规矩，
不容面询观实虚，
常言道车到山前必有路，
我岂能身置囹圄陷此迷。
（苦思片刻）对！
哪管它什么宫规和禁地，
我也要闯进闺房察肤肌，
逆水行舟唯有进，
摸清病情莫迟疑。

[陈朝公主寝宫走去。

洪 刚 （吃惊地）干什么？站住！

陈以镇 线脉不容把，只好将房进。

洪 刚 进不得！

陈以镇 为治病。何拘规禁？（欲进）

洪 刚 （扯住）不可，闯宫要杀头的。

陈以镇 哼！闯是杀，不闯是杀，放开！（转身直闯）

洪 刚 （横刀把门）若再胡来，我先将你杀了！

陈以镇 你……

[黑子见状，猛冲过去，直扑洪。

陈以镇 （见状，心一亮）黑子！

[黑子走回。

陈以镇 （兴奋地，抚摸黑子）黑子。闯得好！
（唱） 猛然间悟出一条妙计，
且用它助我今日解玄机，
借它巧舌把病探，
对症治疗病自除，
陈以镇有请春桃大姐！

春 桃 （上）陈医士何事吩咐？

陈以镇 你带黑子进去，让它舔干疮口的脓水。

春　桃 这……这行吗？

陈以镇 保准无事。（对黑子）就看你的了。

[春桃带狗下，洪刚欲阻，陈以镇劝住。

[突然一声惊叫，洪刚拔刀欲进。黑子、春桃上。

洪　刚 出事了？

春　桃 没事，公主见着狗，受惊了。

陈以镇 （向内）公主莫怕，此狗甚有灵性，不会伤人，请公主放心。

[内声，"进来吧！"春桃与黑子下。

洪　刚 陈医士，用狗舌舔疮，何意？

陈以镇 此乃借狗断症。

洪　刚 原来如此。

陈以镇 狗舌也可愈病，一般皮肤溃疡，狗舌也能舔愈的。

洪　刚 啊……

[春桃与黑子上。

陈以镇 黑子，让我一看。

[黑子走近陈，张口伸舌，陈细心察看，心中有数。

陈以镇 侍卫官，察看狗舌上的脓液，清稀而秽，可见乃阴疽无疑。

洪　刚 阴疽？这可是难治之疾呀。

春　桃 陈医士，这如何是好？

陈以镇 莫怕。既明病由，便有施治之法。

春　桃 那就快施药吧！

陈以镇 此病初起不红不肿不痒，可目下周身必定烦躁不安，疮口麻而痒，春桃，你拿这包药粉敷在患处，即可止痒。

[陈将药交春桃，欲下。

洪　刚 慢！春桃，陈医士所言可实？

春　桃 是真的，昨夜还觉麻痒难忍，口渴彻夜难眠呢。

洪　刚 好，去吧！

[春桃拿药下。

洪　刚　医士，你真有一手绝招。

陈以镇　过奖了，不过此病日久，病毒根深，须服药物，扶正驱邪，方可痊愈。

洪　刚　那开药吧！

陈以镇　好！（铺开纸开处方）

春　桃　（兴冲冲地上）陈医士，你真神，果然止痒了！

陈以镇　好极了！春桃，此乃内服处方。（交春挑）你记住，外用之药，须先让狗舌舔过疮口，再敷上药粉，不出十天，便可痊愈。

春　桃　谢天谢地，公主得救了。

陈以镇　是得救了！（触动心思，另台）可同行的冤魂却无法回生了。

春　桃　侍卫官，公主说，为诊病便利，命你带陈医士到后宫歇息。

洪　刚　遵命。陈医士！请！

陈以镇　请！

[暗转。

第三场　相　会

[十天后，公主府后宫。

[公主、春上。

公　主　（唱）　花国里清香缕缕红一片。

惠风柔柔花更鲜，

病魔缠身已解脱。

喜展峨眉消愁云。

轻举莲步到后院，

想与恩人会一面，

虽说是皇榜钦定为驸马，

可是他品貌性情未悉然。

今日里私瞒父皇来一访，
半是谢恩半相亲，
怕只怕恩人不宜鸾凤配，
叫我如何了此缘？

春　桃　公主，快到了。

公　主　春桃，你看他长得怎样？

春　桃　（故意地）公主，他是谁呀？

公　主　给我治病那个……

春　桃　啊，公主是说陈医士么，他呀……

公　主　你见过他，怎样？

春　桃　（逗弄地）一身褴褛。

公　主　嗯，模样呢？

春　桃　鼻大身粗，似个猪八戒。（偷笑）

公　主　你真看清了？

春　桃　嘻嘻……看你急的，告诉你吧，他是个相貌堂堂的后生汉，比潘安还靓。

公　主　鬼丫头，到底是靓还是丑？

春　桃　公主，是靓是丑一看便知，快走吧公主！（圆台）

（唱）　越走越近心越跳，
乱了脚步红了脸。

春　桃　公主，你怎么了啦？

公　主　啊！没什么……

（唱）　堂堂公主何须怕，
轻举莲步走向前。

春　桃　公主，到了。

公　主　报上。

春　桃　公主驾到。

陈以镇　（上）抬头一看，惊愕……

春　桃　陈医士！

陈以镇 （猛回神）啊，春桃大姐，是你来了。

春　桃 怎么是我呀，是公主来探望你呀！

陈以镇 啊？公主？

[黑子闻声走上，向公主点头摆尾。

公　主 黑子，谢谢你了！

[黑子又走到春桃身边亲热起来。

春　桃 啊，黑子想和我玩呀。好，来吧！（带黑子下）

公　主 （无话找话）黑子真好灵性。

陈以镇 训教多年，自然善解人意。

公　主 陈医士，多亏你高明的医术，哀家方能沉疴尽消。

陈以镇 哼！公主你倒好，可因你的病，多少医士的性命给害了。

公　主 惭愧，我听说父皇杀了九十九个医士，我心甚不安，真想一死罢了！

陈以镇 （旁白）哎，看他还有点善心。

公　主 陈医士真好胆识。

陈以镇 公主过奖了。

公　主 陈医士，

（唱）　你不凭脉线破宫规，
敢闯闺房藐皇威，
刀口之下见胆识，
此举不凡惊宫闱。

陈以镇 公主还说呢，你抽掉脉线，不是要让我做第一百个冤鬼吗？

公　主 有我在，父皇不会把你怎样的。

陈以镇 你说得轻巧，好在我——

（唱）　好汉不怕做刀下鬼，
哪管皇门多官规，
既敢揭榜把宫进，
金科玉律亦敢违。

公　主 （唱）　闯我寝宫何须退，

最喜你亲临望闻与切同。

陈以镇 啊？（旁白）奇了！

（旁唱） 原来她抽掉脉线是牵引我，

为断病情逾闱门。

公　主 （旁唱） 他天生傲骨诚可贵，

更喜他体魄壮实一身威。

且有过人才与智，

此般奇男有作为。

陈以镇 （旁） 且看他貌比仙子可媲美，

非比寻常一香闺，

竟然屈驾来私会，

可见她敢破樊笼逆皇门。

公主，请坐。

公　主 请。（坐下）陈医士贵庚几何？

陈以镇 虚度二十八。

公　主 可有伴侣？

陈以镇 有呀！

公　主 （一震）已有了？

陈以镇 不错，相依为命，形影不离。

公　主 （怅然若失）啊……我……我……

陈以镇 公主，怎么啦？

公　主 你……陈医士，你的妻子挺贤惠吧？

陈以镇 （惊讶地）妻子！我哪有妻子？

公　主 啊？那你……陈医士，你说有伴侣，却又说没有妻子，此话何解？

陈以镇 我确未成家，身边只有一个旅伴。

公　主 伴侣不就是妻子么？

陈以镇 （醒悟）啊，弄错了，我的旅伴便是给公主你治病的黑子呀。

公　主 陈医士真喜欢开玩笑，怎把黑子比作伴侣？

陈以镇 公主有所不知，我云游四方，旅途歇涉，唯得黑子与我为伴，自然是旅伴了。

公　主 太好了。陈医士，令尊令堂可好？

陈以镇 （伤感地）唉。公主！

（唱）　我未满一岁父已死，
寡妇孤儿命相依，
母亲医术也通晓，
乐为乡邻苦操持，
可惜命里无福气，
我未成年娘归天，
没有亲朋与手足，
四处奔劳把乡离。

公　主 啊，原来陈医士的身世这般不幸。

陈以镇 母亲临终嘱咐，要我拜师求医，疗民之疾，解民之痛。

公　主 啊，你行医济世乃母亲遗愿。

陈以镇 正是。

（唱）　遵母训投身直到福龙寺，
拜罗真道人为我师，
边学医术边练武，
五年满拜别师门奔医途。
多年来州过州来府过府，
风吹雨淋不在乎，
病者呼数我即到，
浪迹天涯无归途。

公　主 陈医士到处奔波真够苦了。

陈以镇 济世救民虽苦犹乐！啊，对了，我已备下二条药方，公主服用，以防复发，我明天要回乡去了。

公　主 怎么？你要回乡？

陈以镇 公主业已康复，我不须逗留了。

公　主　不，你要留下。

陈以镇　不必了。

公　主　陈医士，皇榜圣谕，你可看清？

陈以镇　皇榜？（从怀中拿出皇榜）这……

公　主　愈我病者为驸马，明白了么？

陈以镇　不不，我不能当驸马。

公　主　既无此意，何以舍命揭榜进宫？

陈以镇　公主呀！

（唱）　公主金枝把病患，
满朝臣民皆惊慌，
怎忍看同行个个成新鬼，
只好再险也来闯一场。

公　主　（旁唱）　陈医士肝胆照人鉴日月，
义游云天正气刚，
上天洞悉我心意，
配我一个好夫郎。

公　主　陈医士，待我奏过父皇，赐我俩完婚。

陈以镇　此事万万不可。

公　主　陈医士若有顾虑，不妨直说。

陈以镇　公主啊！

（唱）　我是乡下一民丁，
你是皇门一千金，
我行医要到民间去，
你坐享荣华在皇廷。

公　主　（唱）　当了驸马堂正正，
穿上红袍亮晶晶，
你有才有德有胆识，
正好秉力效朝廷。

陈以镇 公主有所不知，我素志淡泊，看不惯宫廷奸邪险恶，还是回乡好。

公　主 陈医士，听说你南疆乃边鄙荒蛮之地，有何可恋？

陈以镇 常言道，甜不甜故乡水，亲不亲故里人。我家乡三面临海一面山，正是一个好南疆。

（唱）　波光浪影鱼虾跳，
海燕回翔渔帆飘，
珊瑚开花胜碧玉，
风清月明可观潮。

公　主 啊，大海可太美了。

陈以镇 海湾上沙滩洁白如银，那儿可拾五光十色的贝壳，还有奇妙的海石花……

公　主 呀？海里也能长花？太奇了！

陈以镇 岸上椰林更美哩！

（唱）　椰子硕大圆如斗，
椰叶摇云半空高，
椰肉自入口香，
椰汁甘醇可润喉。

公　主 椰子这么好吃？

陈以镇 更好吃的还多着呢。

（唱）　夏日菠萝熟欲透，
清香盈园随风飘，
冬日甘蔗节节甜，
村村榨糖起糖寮。

公　主 你家乡景果佳，令我心羡神往！

陈以镇 公主，你说，值得留恋么？

公　主 值得，值得！我正想你带我去饱览一番。

陈以镇 这可不行。

公　主 为何不行？难道我配不上你？

[春桃、黑子暗上。

陈以镇 不不…我只是不想拖累公主你呀。

公　主 拖累?

陈以镇 公主呀!

（唱）　乡间生活苦中苦，
　　　请勿糊涂再三思，
　　　你是金枝玉叶贵，
　　　哪能随我奔岖途。

公　主（唱）　我愿做劲草承风露，
　　　不为皇门掌上珠，
　　　我只要举装齐天伦乐，
　　　皇室荣华何须图。

陈以镇 这……（徘徊沉思）

[黑子走上咬住陈的衣袖往公主一边拉。

陈以镇（已悉其意）黑子，放开!

公　主（亦明几分）陈医士，黑子此举何意?

陈以镇 我看……看不出其意?

[黑子又咬住公主衣袖往陈一边拉。

公　主 陈医士，黑子伴随你多年，真不明其意?

陈以镇（语塞）这……

公　主 我可明了，黑子，你是想我做你的主人吗?

[黑子频频点头。

陈医士，连黑子都喜爱我了，难道你是木头人不成?

陈以镇 这……

[陈踌躇不前，黑子用头项住陈的背用力推，因用力过猛，陈脚失重，倒在公主身上。

陈以镇（一惊，急移开）唉……公主，请恕罪!

公　主（见陈狼狈状不禁可笑）哈哈……（开玩笑地）好，赦你无罪。

陈以镇（激动地）公主!

公　主　陈郎！（与陈抚手相爱）

陈以镇　公主如此真诚相爱，我岂不动心？只是怕你父皇……

公　主　（拿过皇榜）皇榜钦定，父皇岂敢反悔？且有母后助我，请不必多虑。

陈以镇　如此便好。

公　主　我即去禀奏父皇，以便早日完婚，告辞了。

陈以镇　公主，请！

[陈目送公主、春桃下。

陈以镇　公主，你有食不完的山珍海味，享不尽的荣华富贵，却弃之而情愿随我到乡间奔波捱苦，诚属难得！

[张侍郎上。

张侍郎　陈医士可在？

陈以镇　呵，是张大人，请。

张侍郎　陈医士，恭喜恭喜。

陈以镇　（疑惑地，旁白）难道皇上真赐婚了？（对张）张大人，喜从何来？

张侍郎　公主贵体康复，龙颜大悦，要重赏于你。

陈以镇　如何赏法？

张侍郎　千金换千金，如何？

陈以镇　在下不明此意。

张侍郎　此意甚明不过，即赏你一千两金子嘛。

陈以镇　赏我一千两金子？要换我什么？

张侍郎　公主千金呀！

陈以镇　啊！我明了，可惜我并非为财而来。

张侍郎　难道你癞蛤蟆想食天鹅肉？哼！允则有这千两金，否则……

陈以镇　这是你说的还是皇上之意？

张侍郎　哼！如你此等下民，我说的与皇上圣意岂非一样？！

陈以镇　好呀，你真好胆！

张侍郎　（不屑一顾）哼！

陈以镇　（故意恫吓）可恶！你竟敢以皇驾自居，欺压朝臣，该当何罪？

张侍郎 （慌了）……陈医士请包涵，这是皇上圣意，恕我刚才说话不慎。

陈以镇 奉告你，公主刚来过，已认下我这个驸马了。如若奏你一本，看你有几个脑袋！

张侍郎 陈…陈驸马，请息怒，望手下留情。我自向皇上请罪，告辞了。

陈以镇 不送。

张侍郎 （出，恨恨地）此人若被招为驸马，就没有我的天日了！嘿嘿！走着瞧吧！（下）

陈以镇 哼！（忽有所思）皇上真要悔婚了，啊，刚才之事，公主还未得知，要禀告她才好。（摆开纸张写信，写完封好，用线系上）黑子，来，（拿出信边说边指划）你将此信带给公主，明白吗？

[黑子点头，陈以镇将信系在狗脖上，速去速回。

[陈目送黑子下。

[暗转。

第四场　毒　计

[同前场时间，皇宫内。

[桌上摆有佳果类酒。

[皇帝、娘娘、宫娥坐幕。

[幕在轻松的音乐声中启。

[众宫娥舞上。

（曲词）　长空布祥云，
　　　　　瑞气透京城，
　　　　　岁稔庆丰登，
　　　　　清风送雅音，
　　　　　皇恩治天下，
　　　　　人间乐太平。

［皇帝烦躁地将手一挥。宫娥停下。

娘　娘　皇上，你……

皇　帝　爱卿，朕无心欣赏，想安静一下。

娘　娘　皇儿玉体今已康复，皇上该开心才是。

皇　帝　只是……

娘　娘　是因皇儿的婚事烦恼？

皇　帝　正是。

（唱）　土郎中有如路草一数贱，
皇儿她胜似花王牡丹仙，
彩凤凡鸟难为偶，
岂能共结并蒂莲。

娘　娘　榜上明谕招驸马，如不恩准，怕有不妥！

皇　帝　不，朕自有安排。

（唱）　他一年四季乡下转，
挣一分文也艰辛，
赐他千金带回去，
任娶妻房置田园。
朕已着张卿说与他知了。

娘　娘　皇上，此事还需三思，招驸马一事，朝廷上下无人不晓，现打发他回乡，何以服众？

皇　帝　爱卿不必担忧。皇家之事，谁敢非议，就说是陈以镇愿意的不就行了？

娘　娘　不知皇儿心意如何？

皇　帝　儿女婚姻。均由父母作主，何况朕乃堂堂天子，还需问皇儿？

［内声。公主驾到。

娘　娘　快请。

一太监　有请公主。

［公主、春桃上。

公　主　（唱）　心急催人脚步紧，

直把心怀禀双亲，
但愿得父皇母后懂儿意，
成全孩儿好姻缘。

孩儿给父皇母后请安。

皇　帝
娘　娘　皇儿，免了。

娘　娘　恭喜我儿玉体康复。

公　主　全赖父皇洪福，母后关怀备至。

皇　帝　皇儿，久病初愈，须多加保养才是。

公　主　谢父皇母后，陈医士说内毒已清，疮口愈合，不碍事了。

皇　帝　（一震）啊？皇儿，你会过他了？

公　主　正是。

（唱）　为谢恩，孩儿拜会陈以镇，
方知他，相貌堂堂七尺身，
为人善良又刚正，
治病救人心慈仁。

皇　帝　皇儿，你乃堂堂公主，竟与乡村下民私会成何体统？

公　主　父皇，孩儿只知有恩报恩，此乃人之常情，有何不可？

皇　帝　朕乃一国之主，为朕子民，均应为皇廷效劳，还需屈驾拜谢？

公　主　陈医士是孩儿未来驸马，何言屈驾？

皇　帝　什么？驸马？

公　主　不错，此乃父皇圣谕呀！

皇　帝　这……

公　主　伏望父皇母后，即赐孩儿与陈郎完婚。

皇　帝
娘　娘　什么？完婚？

皇　帝　皇儿，你可曾想过陈医士乃乡间贱民，而皇儿你……

公　主　父皇呀！

（唱） 金口更改勿随意，
圣谕昭昭天下知，
愈我病者为驸马，
龙灯凤烛迎佳期。

皇　帝（唱） 皇儿处事太稚气，
金粉岂能饰青衣，
唯有金鸾配彩凤，
玉枝岂能插污泥。

公　主（唱） 伏望父皇息怒气，
孩儿婚事已决意，
金枝玉叶何足惜，
我愿配如意夫郎共齐眉。

父皇，恩准吧！

皇　帝 皇儿，别糊涂了，父皇为你着想呀。

公　主 父皇既无招驸马之意，又何以出榜下诏呢？（亮出皇榜）

皇　帝 啊？这……哼！此一时，彼一时，哪有一成不变？来人，把它烧了。

公　主 父皇，你……

皇　帝 不用多言了，父皇自有主见。

公　主（恳求娘娘）母后，就当孩儿今世求此一回吧！

娘　娘 皇儿，不要伤心。

（旁唱） 皇儿不顾时势重情义，
真令为娘无计施，
父女各自持己见，
教我如何来主持
我还是面陈皇君劝一语，（向皇帝）
皇儿之言值三思，
陈医士德才兼备本不错，
这正是花开并蒂共月圆。

皇　帝　爱卿，难道你当娘的亦如此糊涂？

（唱）　皇家体面若不顾，
　　　　必然是遭到朝臣取笑孤，
　　　　寡人怎能受此辱，
　　　　岂容他人有所图。

公　主　父皇，若要顾皇家体面，天威不损，圣德无亏，就应愿准孩儿与陈郎完婚，否则，怎能取信于民？

皇　帝　你，你，你……反倒教训起父皇来了？

公　主　孩儿只愿父皇以取信于民为重。

皇　帝　父皇赏他千两金，有功必赏，不也是取信于民么？

公　主　即使重赏他万金也换不回天威圣德，望父皇三思。

娘　娘　是呀，皇上，皇儿此言有理，就成全她吧。

皇　帝　胡言！

公　主　父皇你……

皇　帝　此事不可再言。

公　主　（伤心地）母后……

娘　娘　皇儿，为娘能说什么呢？

公　主　（失声痛哭）母后！

皇　帝　皇儿，回去养息吧，一切由父皇作主。

娘　娘　去吧，别伤了身子。

公　主　（肃然地）父皇，孩儿有一事相求。

皇　帝　只要不再提此事，父皇无不应允。

公　主　那好，就求父皇赐孩儿为庶民。

皇　帝
娘　娘　什么？说什么？

公　主　求父皇赐孩儿为庶民。

皇　帝
娘　娘　（惊愕）呵，皇儿你，你……

[气氛顿然僵化，静场。

娘　娘　（痛惜地）皇儿，你是怎么啦？

公　主　（忿然不语）……

皇　帝　皇儿，因何如此说话？

公　主　父皇，孩儿成了庶民，不就可配陈郎了么？

皇　帝　皇儿，你，你疯了？

公　主　哼！

（唱）　皇女下民难婚配，
门户有别不相问，
我若成了庶民女，
柴门自然对竹门，
儿与陈郎成双对，
不损皇门圣天威，
唯望父皇速下旨，
孩儿只求此一回！

娘　娘　（痛苦地）皇儿……

皇　帝　你，你太荒唐了。

公　主　孩儿心已决，非陈郎莫嫁！

[决然地下。春桃随下。

娘　娘　皇儿，皇儿！（伤心地抽泣）

皇　帝　反了，反了！

娘　娘　（求情地）皇儿性子刚烈，我真怕她……皇上，就赐她完婚吧。

皇　帝　（不予理睬）……

娘　娘　皇上若不允婚，皇儿终身不嫁，岂不害苦了她？

皇　帝　（心绪烦乱）哎……只有陈以镇受赏还乡，此事方可了结。

娘　娘　皇儿痴情于他，怕难以了结。

皇　帝　不，人走茶凉，皇儿会慢慢淡忘的。

[张侍郎急上。

张侍郎 先下手为强，后行定遭殃，我先告他一状。（进）臣参见皇上、娘娘。

皇　帝 免了，张卿，事体如何？

张侍郎 禀皇上。陈以镇不受赏金。

皇　帝 （一震）啊，不受？

[静场。皇帝烦躁地踱步。

皇　帝 他如何说？

张侍郎 臣不好说。

皇　帝 但说不妨。

张侍郎 他说皇上背信弃义，金口成鸭嘴。

皇　帝 可恼，可恼！

张传郎 还说公主已认了他这个驸马，皇上休想重赏了事。

皇　帝 啊？这刁民真不识指举。哼！违逆朕意，勾引皇儿，岂能容他？

娘　娘 皇上，怎说是勾引皇儿？是皇儿痴情于他呀！

张侍郎 （乘机进计）皇上，要想绝公主对陈以镇之念，臣倒有一计。

皇　帝 快说。

张侍郎 将他杀了。

皇　帝
娘　娘 啊？！

娘　娘 皇上，不可。他冒犯了皇上，可他是皇儿的救命恩人呀！

皇　帝 这……

张侍郎 皇上，目下还未完婚，他便如此大胆妄为，恐怕日后……（故意煞住）

皇　帝 这……

娘　娘 皇上，不招驸马便罢了，怎可加害于他？

皇　帝 这……

张侍郎 依臣之见，一是将他杀了，一是招为驸马，但若招为驸马，只怕……权衡利害，望皇上明断。

皇　帝 （心动）……

娘　娘　（焦急地）皇上……

皇　帝　（不理，另台）民不顺君若不杀，怎显皇权圣天威。

（决断地）张卿！

张侍郎　臣在。

皇　帝　今夜五更将他杀了，就说是急病暴亡。

张侍郎　（阴笑）遵旨。

娘　娘　（惊呆了）皇上……

[暗转。

第五场　泪　别

[紧接前场。公主府。

[公主坐幕。

春　桃　公主，饮杯香茶清清心吧！（斟茶递给公主）

公　主　（接饮）……

春　桃　娘娘甚爱公主，不若求她跟皇上说情，或许有望。

公　主　有望便好，万一不行……

春　桃　公主不是说非陈郎不嫁么？

公　主　只是……唉……

父皇呀！

（唱）　你不该棒打鸳鸯违儿愿，

你不该反目成仇不报恩，

纵然你不许完婚毁信义，

怎能阻我与陈郎心相连。

我愿为平民家中梁上燕，

可又想怎能私离叛双亲，

是走是留意难决，

不由我心中焦烦似火燃。

哎呀。不好。父皇说重赏陈郎，打发回乡，陈郎若是真的回去，那我如何是好？

（苦思） 不，不会的。

（唱） 陈郎一身正气言有信，

不会贪财把义轻，

忠贞何怕无情剑，

难割交柯连理情。

[黑子奔上。

春 桃 啊，黑子！

[黑子仰头。示信。

春 桃 书信！（解下，交公主）

公 主 （念） 侍郎传皇令，

千金换千金

富贵不动心，

世间只为情，

黑子穿书信，

惶惶候复音

啊，陈郎果然有情有义，好在我不错怪他。春桃，带黑子去吃些点心。

春 桃 是。

[带黑子下。

[公主欲转身写信，娘娘急上。

娘 娘 皇儿，皇儿！

公 主 母后……（伤心地伏在娘娘身上痛哭）

娘 娘 皇儿，怪母后帮不上你。

公 主 孩儿不怪，只望母后再跟父皇求情，让孩儿与陈郎完婚。

娘 娘 （隐痛地）皇儿，不要再提你的陈郎了！

公 主 他怎么啦？

娘　娘　他……他……

公　主　快说呀，他到底怎么了？

娘　娘　张侍郎献计，你父皇要将他处死。

公　主　（一声悲呼）天……呀！（昏了过去）

娘　娘　皇儿，皇儿，醒醒，皇儿……

公　主　（慢慢转醒，疾声呼喊）陈郎，陈郎，是我害了你呀！

（唱）　陈郎你不图皇门朱紫贵，
义胆风骨倍生辉，
不惧风险来救我，
却因我累你顿时性命危。

陈郎。我的陈郎呀！

娘　娘　皇儿，不要悲伤，要救陈医士还为时未晚，他们今夜五更动手。

公　主　（惊喜）母后，这是真的？

娘　娘　快，快叫他逃走吧！

公　主　（突然想起）谢母后。(即到案前写信)

娘　娘　皇儿，时间紧迫，你还写什么？（走到案前拿信一看）

（念）　父皇要杀君，
陈郎速逃生，
十里长亭等，
我即去会面。
从此随君去，
了却此姻缘。

娘　娘　（如雷击）皇儿你，你要出走？

公　主　母后，父皇既狠心下此毒手，孩儿只好出走陪陈郎了，母后快给我。

娘　娘　（把信捏紧）不不，我不能给你。

公　主　（急得乱转）哎呀。母后，救人要紧呀！

娘　娘　（顿时醒悟）啊。救人要紧！（把信还公主）皇儿，你真的要跟他走？

公　主　母后，孩儿不能负陈郎，到如今，也只好如此了。

娘　娘　皇儿……（昏倒）

[两官女扶住呼叫按摩。

公　主　母后，母后，快醒醒，春桃，快来！

[春桃、黑子急出。公主将信交春桃。

公　主　快系在黑子颈上。

春　桃　是。（接信用线系在狗脖子上）公主，好了。

公　主　黑子，快走！

[黑子奔下。公主跟春桃耳语。春桃点头下。

公　主　母后，母后！

娘　娘　（慢慢转醒）我的儿呀……

公　主　母后，好些么？

娘　娘　皇儿，母后是不忍心恩人被害，才让他逃生，料不到皇儿你，你要跟他走……皇儿，你不能离开娘亲呀……

公　主　母后，我……

娘　娘　皇儿呀！

（唱）　父皇纵有万不是，
你怎忍别娘离京畿，
儿有委屈娘理解，
只是我有心无力护娇儿。
自从我儿降人世，
为娘我心似蜜甜笑眯眯，
十八载儿伴左右娘心乐，
十八载母女欢情影不离，
皇儿你一气之下离娘去，
为娘我百结愁肠泪凄凄，
虽说是儿对恩人情难割，
儿可知母女之情更难离。

（哀泣）皇儿，你不能走呀！……

公　主　母后……（旁唱）

闻母言情牵肠心难忍，
不由我话未出唇泪纷纷，
我自幼撒娇娘宠爱，
把儿当成心肝尖。
娘只有儿在身边笑展眉，
有我解愁心欢欣，
梦中常把孩儿唤，
这正是母女深情本有源。

（白）母后！陈郎！天，我该怎么办？

（唱）　陈郎母后难割爱，
恨我不能分两身，
两者难分轻与重，
不由我热泪频频涌如泉。

（扑向娘娘怀里）母后！儿不能没有娘亲呀！

娘　娘　（爱抚地）皇儿，我的好皇儿，恩人脱险我就放心了，皇儿你就留下吧！

公　主　（猛然觉醒）不，不能呀母后！

（唱）　莫怪孩儿心太狠，
只怪父皇把婚翻，
儿只好饮泪跪别谢母爱，
万望亲娘开慈颜。

娘　娘　皇儿，你就可怜可怜娘亲吧！

公　主　母后！

（唱）　寸草春晖难报恩，
未能尽孝娘尊前，
此别一去天涯远，
只有把母爱深情埋心田。

就请母后谅解孩儿吧！

娘　娘　（悲痛欲绝）知女莫若娘，皇儿，娘亲不是不谅解你，是舍不得你呀！

（唱）　皇儿意决难回转，

忽然间地动山摇魂离身，

老天呀既是赐我母女爱，

为何故却要割离骨肉情？

公　主　（悲切地）母后，保重呀！

娘　娘　儿呀！

（唱）　让娘亲细细看一遍，

今世也难见儿面，

只怕此去遭不测，

望儿时时保安全。

公　主　母后……（与娘娘相抱哭泣）

[春桃拿包袱上。

娘　娘　春桃你跟随公主多年，亲如姐妹，你就送公主一程吧！

春　桃　娘娘，奴婢正想陪公主走。

公　主　母后，孩儿要走了！（跪下叩头）恕孩儿不孝了。

娘　娘　（扶起，强忍悲声）我儿，你走吧！

[春桃肩挂包袱。公主转身行走几步，忽闻哭声，转回。

公　主　（大声悲呼）母后……（跪地走至娘娘身边）母后……

娘　娘　皇儿……（拥抱痛哭，片刻，强忍悲痛）皇儿，你快走吧！

公　主　（站起）母后，保重！

娘　娘　（挥泪作别）……

[公主下。

娘　娘　（终忍不住放声痛哭）皇儿……

二宫女　娘娘，娘娘！（扶娘娘坐下）

娘　娘　（如痴如呆）皇儿，你走了！

（唱）　一刹间人走屋空阴冷冷，

只觉得心灰身寒孤伶仃，

往日笑声随风散，

昔日娇容何处寻。

（白）女儿，女儿，我苦命的女儿呀……

我不要千岁娘娘盔套顶，

我不要富贵荣华慰我心，

我只想还我母女同心结，

我只想还我天伦母女情。

我儿，你到哪里了……

[内声。皇上驾到。

[皇帝、洪刚、二太监上。

[娘娘坐着漠然不动，视而不见。

皇　帝　皇儿呢？

娘　娘　死了。

皇　帝　死了？

娘　娘　给皇上逼死了。

皇　帝　（一震）此话当真？！

娘　娘　不假。

皇　帝　哎呀！我的皇儿呀……

娘　娘　哈哈哈……

皇　帝　（不觉起疑）贤后，皇儿到底怎么了？

娘　娘　出走了。

皇　帝　出走？贤后因何说死了？

娘　娘　反正都见不着了，不都一样么？

皇　帝　啊，为何不劝住她？

娘　娘　你逼走皇儿，我不怪你罢了，却反来责怪我？

皇　帝　哼！这小贱人如此大胆妄为，着实可恼。

[张侍郎急冲冲上。

张侍郎　禀皇上，陈以镇失踪了！

皇　帝　啊？失踪？唔，定是与小贱人走的。侍卫官！

洪　刚　小人在。

皇　帝　速追公主回宫！

洪　刚　遵旨。（转身欲下）

皇　帝　且慢，追上他们，先将陈以镇杀了，提头交旨。

洪　刚　遵旨！

娘　娘　皇上，你这样咄咄逼人，难道不怕人说你背信弃义吗？况且皇儿性烈，恐怕宁死不回啊！

皇　帝　这……张卿，传卫官如请不回，你速带兵前去追拿，朕自有重赏。

张侍郎　重赏？

皇　帝　你年轻有为，曾保驾有功，朕早已赏识你，只要你请得公主回宫，朕就招你为驸马。

张侍郎　（喜极，跪）谢皇上。

娘　娘　啊……（昏倒）

[暗转。

第六场　义　释

[紧接前场。城郊长亭。

[陈以镇焦急地上，黑子四处探闻而下。

陈以镇　（韵白）　明珠何颁照，

黑白自分明，

烈女何处觅，

一纸报丹心。

公主呀公主，你父皇不许完婚，你要弃宫出走，我心何忍？你如此待我，可你父皇……

（唱）　急水行舟虽风险，

怎比官廷人心奸，
常言老虎性残暴，
岂知君王更凶残。
说什么天子金口如雷响，
谁知道复雨兴云随手翻，
古曾有华佗神医遭枉杀，
可惜我山村小民一命亡。

（无限感慨地）唉，君王君王，真是民见心寒。（焦急地远望）公主令我十里长亭等，一个时辰过去了，怎么还不见来？难道她……

[徘徊着下。

[公主内唱：

洗尽脂红卸官装，
乔装出逃走得慌。

[春桃肩挂包袱与公主乔装上。

公　主　（唱）　含泪忍痛别母后，
践约急来会陈郎。

春　桃　（逗笑地）公主，看你这个打扮，陈医士会认得么？

公　主　（不好意思地一笑）……

春　桃　到时，公主你就看我的。（耍了一个小生动作）

公　主　鬼丫头，快走！

春　桃　是。

[圆台。

[陈以镇东张西望地上。

公　主　（发现陈欲呼）陈……

春　桃　（急按住……装模作样地走近陈）这位大哥，小弟有礼了。

陈以镇　（慌忙地）啊……不敢，不敢！

春　桃　这位大哥如何称呼，可是到徐闻去？

陈以镇　（惊讶地）啊！在下姓陈，正要到徐闻去，兄台如何得知？

春　桃　（故意卖弄）小弟姓陶名春，一瞧陈先生这般行藏，便猜出来了。

陈以镇　（打量春桃）莫非……

春　桃　小弟也要到南疆徐闻，正缺个伴。

陈以镇　甚好！此去路途遥远，有陶兄作伴，真求之不得。

春　桃　既然如此，就上路吧！

陈以镇　且慢，我还要……（不便言明）

春　桃　怎么啦？陈兄是在等人吧？

陈以镇　陶兄，又让你猜中了。

春　桃　等的定是一位女友，是不？（瞟了公主一眼）

陈以镇　（不知所措）陶兄你、你……

春　桃　脸红啦！噪嘿，看你印堂晦暗，定是事不顺心，依我看，你这位女友不会来了。（又瞟公主一眼）

陈以镇　（急忙分辩）不不，会来的，会来的。

春　桃　如此等下去，何时才能启程？

陈以镇　我不能失信，就算等上十年，我也要见着她一面。

春　桃　一位平常女子，有什么值得你如此痴心？

陈以镇　（动情地）陶兄，你错了。她非一般人可比，她对我义比天高，情比海深，纵然我粉身碎骨，抛尸异乡，我也要报答她对我一片情深。

公　主　（忍不住）陈郎……

陈以镇　（一呆）你、你是……

春　桃　（耍笑地）陈兄，又多一位到南疆去了。

陈以镇　（终于认出，惊喜地）公主，是你……春桃大姐原来你在捉弄我。

公　主　陈郎……（拉起陈郎的手）

陈以镇　公主真的来了？

公　主　陈郎，你怎么啦，我不是明明来了吗？

陈以镇　（伤感地）公主，你真不该来呀！

公　主　你又在说傻话了。

陈以镇　公主呀！

（唱） 我心中有如龙搅海，
急盼你来又怕你来，
这一来你咽下多少悲伤泪，
这一来你忍下多少苦和哀，
这一来你沦为一个下民女，
这一来你千辛万苦走天涯……

公　主　陈郎呀！

（唱） 皇榜招亲合我愿，
一感真情一感恩
岂料父皇悔婚起杀意，
全不顾金口妄言失于民。
谁不想承欢膝下长近亲，
谁不想尽孝谢酬父母恩，
细思量舍孝取义古已有，
我岂无情断良缘。
纵然是路遥山险无怨言，
何惧那天涯茫茫历艰辛，
心相爱共患难，
风雨崎途永向前。

陈以镇　公主，真谓肺腑可鉴，情重如山。我陈以镇来世变牛变马也愿永随公主身边。请公主受我一拜。（一揖到地）

公　主　（忙扶起）陈郎，何须如此，快请起。

春　桃　公主、陈医士，我们该上路了。

陈以镇　好，公主，请！（欲下）

［内声，“慢走！”

［三人闻声一惊。

洪　刚　（急上）陈医士，请留步。

陈以镇　（上前作礼）啊，是侍卫官，在下有礼。

洪　刚　陈医士，公主呢？

陈以镇　公主她……（欲言，忽见春桃示意）她，她不是在皇宫么？

洪　刚　若在皇宫，我就不必赶这一趟了。陈医士，我此来是受皇上圣命请公主回宫，至于你嘛……（不忍说出）

陈以镇　怎样？

洪　刚　是要……杀了你。

陈以镇　侍卫官，为何要杀我？

洪　刚　陈医士，此非我主意，乃是皇上圣命，可怨不得我呀！

陈以镇　皇上？哼！

洪　刚　公主若不在此，我就先将你了结吧！（抽刀）

春　桃　洪刚，不可！

洪　刚　（认出春桃〕啊，春桃，公主呢？

春　桃　哼？

洪　刚　好！陈医士，念你是个壮义之士，看在公主份上我不用刀，留你一个全尸。

陈以镇　你…

［公主见状，情急欲阻，但洪刚已一掌向陈劈下，陈双手一托，洪刚倒退几步。

公　主　（惊喜地奔去）陈郎……

洪　刚　公主，恕小人皇命在身。不能必礼。

公　主　免了。

洪　刚　（定了神）陈医士，想不到你的内力如此雄厚，佩服，佩服！

陈以镇　过奖了，侍卫官，今天你是受皇命而为，可是我是无辜受害，自然要舍命相搏，死伤难免，还望见谅！

洪　刚　好说，好说！（旁白）如此正好，我若将他打死就不怕公主怪罪于我了。（转对陈）陈医士说得极是，在下在官中少与人过招，今日正好与陈医士玩上几手

陈以镇　好，请！

［洪挺身冲拳，陈以镇还以颜色，险情叠出，难分胜负。双方打出一拳，各退数步。

洪　刚　（钦佩地）好！

陈以镇　（赞叹地）……

洪　刚　陈医士武艺了得，在下只好用兵器了。（抽刀）

陈以镇　（毫无畏惧）那就请吧！

公　主　（担心地）陈郎，不可！（奔过去以身护陈）

陈以镇　公主，别这样，侍卫官身负皇命，志在必得，还有什么可说呢？让他来吧。

［陈洪开打，黑子突然扑上，咬住洪拿刀之手。洪甩开。

洪　刚　我先杀了你。（欲杀黑子）

公　主　大胆洪刚，若害了黑子，哀家不饶你。

春　桃　（忽然得计）洪刚，你好不要脸？！

洪　刚　（一呆）春桃，我哪里不要脸了？

春　桃　哼！你算什么男儿好汉？刚才你不是说不用刀吗？想不到你如此不讲信义！

洪　刚　（难堪）这、这……

陈以镇　春桃，不必为难洪大哥了，这“信义”二字岂是人人都做得到么？连皇上都不讲了，何况洪大哥呢？

洪　刚　（甚为惭愧）我、我……

陈以镇　今天，我以镇认命了，何况我早已把性命置之度外，才进宫为公主治病。今得公主康复，解救了同行危难，我死而无憾！

公　主　陈郎………（依偎难分）

洪　刚　（深受感动）

（唱）　一个是临危不惧威凛凛，
一个是以死殉情见丹心，
看此情莫说洪刚不感动，
就是石头也伤情。

（白）　我该怎么办？
不杀他，叫我如何交圣令？
若杀他，实在叫人不忍心……

（白）　这、这、这……罢了，

拼着一死他乡走，

我也要成全这对鸳鸯情。

（对公主跪礼）公主，寒小人刚才冒犯，请公主陈医士走吧！

公　主
陈以镇 你说什么？

洪　刚 小人主意已决，公主，请吧！

陈以镇 洪大哥，你如何交旨？

洪　刚 事到如今，也只好弃职隐居去了。

公　主 也罢，君不明，臣难当，也只好如此了。

洪　刚 公主，小人请不回公主，皇上即派张侍郎前来追拿，望公主抄小路，速离此地。

陈以镇 洪大哥如此重义，在下感激不尽，请受一拜。（作礼）

洪　刚 （急扶）陈医士，不可，快请起！

公　主 （望了望春桃，心里一动）春桃！

春　桃 公主，有何吩咐？

［公主与春桃耳语，春桃面露羞态。

公　主 洪刚，我有一事相求！

洪　刚 公主，请吩咐。

公　主 我与陈郎此去，路遥远，我不想连累春桃，想把她拜托于你，你看行么？

洪　刚 这……

公　主 你也晓得，父皇还令人追拿，凶吉难料，我岂忍心害了她？

洪　刚 公主，不是小人不肯。只是一男一女同行，甚是不便。

公　主 这不用为难，我现为媒，撮合你与春桃成为夫妻，你可愿意？

洪　刚 （甚觉突然）公主，我……她……

公　主 春桃，你应承么？

春　桃 （伤感地）公主，你对奴婢亲如姐妹，我怎舍得离开你……

公　主 别傻了，难道你跟我一辈子么。春桃，洪大哥人善良，心肠好，你会得到幸福。

春　桃　（点头默许）……

公　主　洪刚，春桃已应承了，你看……

洪　刚　（高兴地）既然春桃妹不嫌弃，那小人就拜领公主恩赐了。

公　主　很好，很好。

洪　刚　春桃妹妹，过来！（春桃走近洪）公主大恩大德，我夫妻终生不忘。（双双跪拜）

公　主　起来，起来！（春桃取下包袱，公主打开取出一枚金钗）
春桃，这金叙送给你，权作新婚礼物吧！

春　桃　（拜领）谢公主厚恩。

陈以镇　洪刚大哥，恭贺你夫妻偕老白头！

公　主　陈郎上路吧！

陈以镇　好！

洪　刚
春　桃　公主，保重

［四人作别，暗转。

第七场　魂　归

［紧接前场。张侍郎带众朝兵追赶过场。

［山野，黑子奔上四处嗅搜。

［陈以镇、公主上。

陈以镇　（唱）　改道步行走小径，
以防后头有追兵，
且喜一路平安过。
（发现公主步履艰难）公主，怎么啦？

公　主　（接唱）　累得我腰痛腿麻步难行。

陈以镇　公主，歇一下再走吧。

公　主　（强打精神一笑）陈郎，不要紧，我能走。

陈以镇　来，我扶你走。

公　主　谢陈郎！

[陈搀扶公主前行。

公　主　（唱）　有陈郎搀扶我力气增，

陈以镇　（唱）　有公主伴随我心欢欣，

公　主　（唱）　汗湿衣裙不知苦，

陈以镇　（唱）　患难相扶共颠连。

公　主　陈郎，你看！

（接唱）　青山白云成一片，

瀑布飞流落九天。

陈以镇　公主，你看！

（接唱）　那一边，泉水清清映云影。

这一边，绿树丛丛绕青藤。

（白）　公主，你看！

（唱）　山雀双双相依恋。

公　主　（接唱）　我是落难鸟儿百倍亲，

生生世世双比翼。

（幕后伴唱）

恩爱胜似鸳鸯情。

陈以镇　公主，歇一下吧！

公　主　听你的。

陈以镇　公主你看，这里风景如画，花草溢香，比那皇宫中的花园美多了。

公　主　不错，这自然风光可美极了。哎，陈郎，你看那是什么花？

陈以镇　是野菊花，那边是栀子花、后面的是百合花，这都是好药材啊！

公　主　陈郎，回到家乡，我把花草种起来，用篱笆它围成个花圃。既可欣赏，又好让你随时使用，你说好吗？

陈以镇　好极了，公主想得周到。

公　主　（喜悦地）陈郎……（伏在陈身上忽听见什么声响）陈郎，你听，这是什么声音？

陈以镇　（稍一听）啊。这是山涧溪流。

公　主　溪流？我正想饮水哩！

陈以镇　正好，那溪水很清，又甘又甜，好饮极了，我去打桶回来让你尝尝。

公　主　（点头）嗯。

陈以镇　黑子，来来，好好陪着公主。（下）

公　主　黑子，将来陈郎外出行医。你就陪我在家种花。懂吗？我要培植一个艳丽的花圃。（沉浸于美好的憧憬之中）

（唱）　到那时，牡丹芍药争艳丽，

银花百合溢芳味，

栀子花开白灿灿，

牵牛伸藤绕绿篱，

到那时，我浇水来他整枝，

采药为民把病医，

忙里偷空把花赏，

会心一笑消愁绪。

到那时候呀，我可是百花仙子啦！

[黑子发现有人，连吠几声。

公　主　黑子，什么事？

[张侍郎、二卫士、四校卫冲上。

[公主见是众朝臣，心里一惊，外表却装得很平静。

张侍郎　微臣——

（跪礼）　拜见公主千岁！

众卫士　小人——

公　主　免了！

众卫士　谢公主。

张侍郎　公主，我们分兵寻找，不期在此遇上公主，幸甚，幸甚。

公　主　张侍郎，你分兵四路而来何意？

张侍郎　公主，微臣是奉旨请公主回宫。

公　主　回宫？

张侍郎　正是。自公主离宫，皇上很痛心，要臣务必找着公主请回宫去。

公　主　我是从不更改主意的。

张侍郎　皇上对公主十分疼爱，公主若不肯回宫，皇上定然怪罪于臣，还望公主三思。

公　主　不必多言。

张侍郎　（拿出圣旨）公主，请接旨！

公　主　（转身不受）……

张侍郎　请公主接旨！（高举圣旨跪下，众校卫齐跪）

公　主　（回身）张侍郎，起来。

张侍郎　请公主接旨，臣才起来。

公　主　我意已决，不必了。

张侍郎　公主，皇上已下旨，请公主回宫与我……

公　主　与你什么？

张侍郎　皇上已恩准我与公主完婚。

公　主　（如雷击）啊？对陈郎如何处置？

张侍郎　就地处斩！

公　主　（悲愤至极）天啊……（颓然欲倒）

［黑子见状，跑至公主身边，似乎要对公主说些什么，忽转身跃下。

［张侍郎将狗截住！

［两卫士速将黑子拦住，黑子调头向张侍郎扑去，把张乌纱帽扒掉。

张侍郎　（恼羞成怒）毙了它！

［二校卫冲上便打。黑子与其相搏，咬伤一校卫之手，但终被卫士所杀。

公　主　黑子！（伤心地抚摩着黑子）黑子！

（唱）　黑子呀，你解我痛楚愈我症，

方得陈郎结知音，

未报深恩你命已丧，

千声呼也难哭返你亡灵。

陈以镇 （上）公主……

公　主 陈郎快走！

陈以镇 公主！（发现黑子死去）黑子！……（疾首痛哭）黑子，你死得好惨呀……（猛然怒视众官兵）是哪个狗贼干的？

张侍郎 哼！死到临头，还充好汉，来呀，给我拿下！

众校卫 是。

［众校卫冲上擒拿，陈还手相击，打倒二名校卫，几经相搏。陈终寡不敌众被擒。

张侍郎 （得意地）嘿嘿！陈医士，你不是说要告我一状吗？可惜驸马当不成，反做刀下鬼了。

陈以镇 哈哈哈！堂堂朝臣，竟惧怕我这区区小民，这只怪你做贼心虚，才被在下一两句话吓得尿滚屁流。

张侍郎 哼！看是我尿流还是你血流！

陈以镇 狗官！

张侍郎 众校卫，将他斩了！

众校卫 是。（欲上）

公　主 住手！

张侍郎 公主，我是在奉行皇令，请公主不要阻拦，来呀，斩！

众校卫 遵命。（欲斩）

公　主 （救人心切，摆起公主的威风）不准动！谁杀了陈郎本宫就问谁的罪。

张侍郎 公主，你不回宫，就再不是公主千岁了，我可不听你的。

公　主 （一呆）……

张侍郎 众校卫，乱刀处决！

众校卫 是。（举刀欲杀）

公　主 （大喝一声）慢，张侍郎，皇上不是要我回官么？

张侍郎 公主，是真的，圣旨在此。

公　主 好。你把陈郎放了，我回宫。

张侍郎 这……

陈以镇 公主……

公　主 张侍郎，放人吧！

张侍郎 哦……好！

张侍郎 陈医士已放了，请公主上马。

公　主 且慢，张侍郎，离别之际，我有几句话要对陈郎讲，你们暂到那边候驾。

张侍郎 公主，这……

公　主 （不耐烦地）去吧！

张侍郎 是，是！（对众校卫）都到那边去！

众校卫 遵命！

[众校卫、卫士、张侍郎下。

陈以镇 公主……

公　主 陈郎……（拥抱）

陈以镇 公主，你真的……

公　主 陈郎呀！

（唱）　催命符迫步步紧，
　　　　怎恐看郎血溅身，
　　　　只好骗他将你放，
　　　　陈郎呀赶快逃亡莫迟延。

陈以镇 不，要逃就与你一起逃。

公　主 陈郎，不行呀，我若不拖住他们，你怎能逃得了？

陈以镇 我走了，公主你怎么办？

公　主 这……

陈以镇 公主，你说呀！

公　主 我……

（旁唱）　世间唯有情难诉，
　　　　怎把隐情诉郎君，
　　　　这生离死别心已碎，

泪溢双眸似涌泉。

陈郎，我，我……

陈以镇 公主！你真的想回宫，我不会怪你的。

公　主 陈郎。请莫多心！

（唱） 心爱郎君永不变，

生是相随死相跟，

但得你今天脱险去，

我在阴曹心安然。

陈以镇 什么？公主想以死保我逃生？不行，万万不行！

（唱） 古来男儿言有信，

有仇报仇恩报恩，

我决不独自逃命离你去，

若死携手相随赴黄泉。

公　主 陈郎，你不能死呀！

（唱） 今天你若将血溅，

难对泉台老娘亲，

穷民百姓多盼你，

你曾说立志行善为乡民，

陈郎呀你要三思定主见，

好汉向来能屈伸，

鸯侣终有离分日，

生不团圆死团圆，

别前我只有一心愿，

望郎君扶柩章魂归徐闻，

坟前种下花和草，

慰我魂灵在九泉。

陈以镇 （悲痛欲绝）公主……

一席话令人肠断心揪紧，

泪如涌泉直扑面，
公主为我甘受死，
人间何处伸此冤。

[内声：众校卫，将马备好，准备启程。

陈以镇 （闻声激怒）
猛听催声恨难忍，
心中如同火冒烟
今若不杀这狗官，
以镇我七尺男儿枉为人！（欲冲下）

公　主 （急拦）陈郎，不可呀！

陈以镇 公主，你就让我跟他拼了！（又欲冲下）

公　主 （又拦住）陈郎，他人多势众，你还是快逃吧！

陈以镇 （惨切地）公主，我不能离开你！

[内声：恭请公主回官！

公　主 （心急如焚）陈郎，再不走，为妻跪你了！（跪下）

陈以镇 （急）公主，快快请起！

公　主 陈郎如不走，为妻不起了。

陈以镇 公主，折煞为夫了。（忙跪下）公主……

公　主 （不理）

陈以镇 公主，快请起，我，我，我走！

公　主 （站起，强忍悲泪）陈郎，保重！

陈以镇 （泣不成声）公主，为夫走了……（下）

[公主悲痛地目送陈下，张侍郎及校卫上。

张侍郎 公主，请移驾回宫，陈医士呢？

公　主 皇上既招你为驸马，还管他做甚？

张侍郎 （美滋滋地）是，是，不过，下官以为不杀陈以镇，怕公主心绪难静，有损玉体。

公　主 啊！原来如此！

张侍郎 下官是为公主着想呀！

公　主　张侍郎，过来！

张侍郎　（喜极）公主！

公　主　张郎！（乘张不备，猛抽出张的刀）

张侍郎　啊？公主……

公　主　原来你心怀鬼胎，蓄意加害陈郎。哼！我没有什么驸马，只有陈郎才是我的丈夫，生死我都归徐闻了！

张侍郎　（欲上前抢刀）公主，你……

公　主　走开！（将刀抹在脖子上，倒地死去）

张侍郎　（惊恐地）啊，公主……（骇然地下）

陈以镇　（上）公主……

陈以镇　（悲号）　公主，想不到这第一百个竟然落在你的身上……公主呀！

（唱）　肝裂肠断悲声震，

血泪行行洒满面。

（伴唱）　霎时间夫妻分隔阴阳界，

玉殒香消化烟云。

[抱起公主向天幕走去。

[转暗。

尾声

[幕在深沉、思念的音乐声中徐启。

[山明水秀，花繁草茂。花木丛中，一座刻着“公主坟”三字的石碑在天幕由下而上，徐徐升起，定格。幕后歌起。

清明时节雨纷纷，

公主墓前吊芳魂。

青山有幸埋娇骨，

留得正气伴长春。

[歌声中。乡民手执菠萝、椰子等祭品，前来凭吊祭扫，香烟缭绕……乡民下。

[陈以镇手持香烛祭品上。跪拜片刻，恍惚中，百花仙子舞上，陈以镇欣然凝望。顷，公主在台阶上出现，陈欣喜地扑向公主，两人起舞。公主忽然隐去，陈以镇愕然，追下……

[剧终。

· 雷剧卷 ·

雷州烽火

编剧：林干森　唐熙凤

人物表

唐连长　四十多岁，常胜连连长

指导员　三十多岁，常胜连指导员

洪　涛　二十八岁，常胜连排长

唐　英　二十五岁，常胜连党支委兼卫生员，后为副排长

唐小八　十四岁，唐英的胞弟，战士

林班长　二十多岁，常胜连班长

王班长　二十多岁，常胜连班长

唐大婶　五十多岁，唐英的妈妈，老区群众

吴大伯　六十多岁，老区群众

老坎伯　五十多岁，牛棚村群众

根　嫂　二十多岁，坎伯的儿媳

伪团长　五十岁，459 团团长

伪参谋　四十多岁，459 团参谋长

胡凹鼻　三十多岁，伪排长，原汉奸“和平队”的小头目，鼻凹，说话带鼻音

伪班长　三十多岁，459 团班长

老财主　六十多岁，某村财主

少老婆　二十多岁，财主小老婆，后为伪参谋姘妇

四叔公　六十多岁，牛棚村群众

刘传业　五十多岁，英迈乡乡长

刘有利　二十多岁，刘传业之子，牛棚村保长

战士若干、老区群众若干、牛棚村群众若干、伪兵若干、乡丁若干

第一场　南征前夕

［1948 年秋末的一天晌午。

［雷州海、遂交界的一个村边。

［在雄壮的音乐气氛中，幕前雷歌起：

万里河山如锦绣，阳光辉煌暖雷州。

星星之火燃遍地，革命洪流冲斗牛。

［幕在歌声中徐徐而启；天幕黑云翻滚，隐约响起声声闷雷。

［字幕推出：1948 年秋，垂死挣扎蒋家皇朝基倾柱斜，妄想据江为霸……为了靖化南疆，从广州派遣张光琼率领的 42 军，直扑雷州，企图杀光南路共产党和游击队。这时，正转向高潮的雷州革命，又面临着严峻的考验……

［远处传来几声枪声；小八内叫“妈妈”跑上。

唐大婶　（闻声急上）小八，是谁人又打枪啦？

唐小八　国民党兵又来剿村了，现正在沈塘仔杀人放火！

唐大婶　快，快通知乡亲们收拾东西逃走！

唐小八　是！（边走边叫：“匪兵来啦！”下）

唐大婶　（紧张地四处遥望，这时村内传出一片混乱吵杂声）咳，恰恰过着几天安乐日子，这贼兵，眼火又热啦！

（唱）　眼看大地变温暖，为乜一时起寒霜；

咳，乡亲又要遭横祸，

乱世为民真凄凉。咱队伍，

前日离村去志满，不知今日在何方；

但愿雷州神灵应，保佑他们快回还。

［猝然枪声骤起，火光冲天，村民群众扶老携幼逃走过场。

唐小八　（急上）妈，匪兵到村啦，快走！

唐大婶　快帮乡亲们！（与小八扶叟抱婴，关照村民群众逃下）

［内吆喝声：“不准走！”随即两声枪声。

[老财主挽着小老婆背一大包袱慌张地逃上。

[胡凹鼻带众伪兵上。向村民抢劫财物，他见老财主包袱大扑上就抢；老财主挣扎被他开枪打死；少老婆惊慌无措。

伪兵甲 （见物眼馋，讨好地）班长，班长！这包袱一定有很多金银！

胡凹鼻 （训斥）班你娘咩，班长，班长，老子昨日就升排长啦！

伪兵甲 是，排长！你看这个嫜（雷州土音，即姑娘的意思）……

胡凹鼻 （见之色美，即动色欲）哗，沙土有蟮，野村出嫦娥！（扑上抱住少老婆）

少老婆 （惊恐地）你走开！你走开！

[伪班长、众伪兵随伪团长、伪参谋上。

伪参谋 （向天鸣枪）你吵什么？！

伪团长 （见财心动）你劫来的东西敢不归公？（命令地）统统交出来！

胡凹鼻 是！（无奈地放下包袱，其余伪兵见状，把劫来的东西也交出来；也有的偷偷把贵重东西藏起来）

伪团长 一班长！统统收好！（伪班长收东西下）

胡凹鼻 报告团长，这个嫜……

伪团长 枪毙！（少老婆惊呼："老总饶命呀！"）

伪参谋 （另有目的地）慢！这个也要归公！（对伪团长）团长。留她给我，有用！（对少老婆）跟着我，不用怕！

伪团长 （似是自语）这个贪色鬼！

胡凹鼻 （见状，赌气地另场）钱和嫜都给人吞去。真是人衰喝汤都噎喉！

伪参谋 （怒斥）你叽咕什么？！

伪团长 胡排长，把村民都赶来这里，我要清查有没有土共产！

胡凹鼻 是！（命令伪兵）跟我来！（几个伪兵随下）

伪参谋 （对少老婆）我是叫你为党国效劳，你可知道，这几个村谁是共产党吗？

少老婆 （惊恐地）我是城里人，前几天才来这里，村里的人，我还未熟识。你放我回去吧！（欲走）

伪参谋 回来！（淫秽地趋前）你跟我，有你的好处！（对伪兵）先带她下去！（一伪兵带少老婆下）

[内场一片嘈乱声，胡凹鼻上。

胡凹鼻 报告团长，都赶来啦！

伪团长 叫他们别吵，我要训话！

胡四鼻 （向内）你们听着：我们地方兵已并入中央军459团，团长有话要对你们讲！（内嘈杂声）别吵！谁再讲话就枪毙！现在请团座训话！（带头鼓掌，几个伪兵附和）

伪团长 （向内装腔作势，讲广州话）乡下佬，你地唔使怕！（胡凹鼻翻译）我地中央军开来雷州，是消灭共产党，保护你地安全！（胡凹鼻翻译）

吴大伯 （内声）既然是保护我们安全，怎么又杀人放火啊？

伪参谋 谁在讲话？拖出来！

胡凹鼻 你出来！（拖吴大伯上）

伪参谋 你好像就是共产党？

吴大伯 （心直气壮）我老了，不够条件！

伪参谋 我打死你！（示枪恐吓）

吴大伯 我家里的人都被你们杀光了，只剩我这个老不死。你们子弹不用钱，你就打吧！

伪团长 （从此说本地话）你是寿星公吊颈！好，成全你（开枪打死吴大伯，群众骚动，伪兵以枪制住）。

伪团长 （向内）看见了吗？你们如果不把土共产交出来，就通通枪毙。

众村民 （内声）我们不知道！

伪团长 你老娘的，都不要命啦！架起机枪，通通枪毙。

众伪兵 是！（推上子弹，枪口对准众村民）

伪团长 听我口令！一……二……

唐大婶 （内声）慢！（信步而上，怒视群敌）你们不能乱杀人，我知道，我说！

伪团长 好，好，撤！（伪兵持枪站立原位）大姆，你真好。土共产在哪里，你快说！

唐大婶 你听着：广阔的雷州半岛，到处都有他们，我们穷百姓的心里，也有他们！

伪团长 （大失所望，气极地）你怎讲？

唐大婶 （气壮）就是这样讲！强盗！

（唱）　　你你你，口口声声抓共产，
是为黎民保平安；
你到处，烧杀抢掠众百姓，
灭绝人寰为谁人？！
乡亲尸骨还未冷，
血迹淋淋也未干；
你这帮，欠下雷州血泪账，
迟早有日要偿还。

伪团长　我还给你！（开枪打死唐大婶，小八冲出抱住哭喊：“妈妈！”村民群众冲上袒护）

伪团长　架机枪！

［内场突然枪声四起，伪兵慌作一团。

伪参谋　什么事？哪里响枪？

伪班长　（急上）报告，许多土共产，从四面打来了！

伪团长　多少人？

伪班长　满坡都是，不计其数！

伪团长　胡排长，你顶住！撤！（与伪参谋等狼狈逃下）

胡排长　（命令伪兵）顶住，顶住！（急逃下）

［周连长、洪涛、唐英、林班长、王班长和众战士冲上击毙一些残兵后，发现唐大婶等。

周连长　唐大婶！……

周连长　唐英同志，大婶是你妈，也是革命的母亲，你要尽力抢救，同志们，随我继续追击敌人！

洪　涛　同志们，冲呀！（率众战士随周连长下）

唐　英　妈妈！（急拿出药水按摩唐大婶）

小　八　妈妈！（抱住唐大婶嚎哭，众村民陆续上拥向唐大婶）……

唐大婶　（吃力地睁开眼，断断续续地）阿英，你快……快带八弟去部队，告诉周连长和指导员，你们姐弟都交给共产党啦……你带八弟跟共产党打、打敌人，

为乡亲们报仇！（断气）

众 （呼喊）唐大婶！妈妈……（在沉痛的音乐声中默哀）

（洪涛等心情沉重，零星地上，见状惊呼："唐大婶！"）

唐　英 （似乎发现了什么）洪排长，周连长呢？

洪　涛 周连长带我们追击敌人，被汉奸头符春茂部队伏击，周连长他……

[四战士抬周连长遗体上放在大榕树下，正好放近唐大婶。

王班长 （头包绷带，突然叫起来）奇耻大辱，常胜连从未吃过这样败仗！

林班长 贼"齐王"勾结中央军狼狈为奸，洪排长，咱们攻打当铺，活捉符春茂，为周连长和乡亲报仇！

众战士 对，捣毁沈塘"齐王"据点，活捉符春茂，重振常胜连军威！

唐小八 洪排长，让我也去！

众村民 我们也去！

众战士 洪排长，下令打吧！

王班长 （唱）　常胜连，刀山火海也敢闯，岂怕残敌它嚣张。

众战士 （接唱）跟中央军拼一拼，不怕它，勾结叛贼符齐王。

洪　涛 同志们要沉住气，胜败是兵家常事，大家先把周连长和唐大婶遗体安放好，其他事情等指导员开会回来再说。（众又转向悲痛的气氛中，簇拥周连长和唐大婶的尸体下）。

指导员 （风尘仆仆地上）

（唱）　平地掀起三尺浪，晴天刮来十级风，

豺狼垂死张血嘴，瘴气黑云罩天南。

党指路途明方向，敢擒虎狼闯刀山，

雷州百万好儿女，砥柱中流挽狂澜。

林班长 （上，见指导员，欢喜地）指导员，你回来了！（与指导员握手，向内）指导员回来了！

[洪涛、唐英等和村民们上。

洪　涛 指导员……（一时语塞，以拳自击）唉！……

指导员 （发现王班长负伤）王班长，你？……

小　八　（按捺不住）指导员！（扑在指导员怀里哭起来）

洪　涛　指导员，周连长带我们追击敌人，误入敌人伏击圈，周连长他牺牲了！（指内）

指导员　周连长！（奔下片刻，似有泪痕，脚步沉重地复上）

洪　涛　唐大婶和吴大伯也被敌人杀害！

王班长　指导员，我们要为周连长和乡亲们报仇！

众战士　对，和敌人讨还血债！

指导员　同志们，敌人欠下这新旧血债，一定要清还！唐英同志，你要挺起腰杆，你父亲、你母亲，还有雷州千万的人民，这碧红的热血，决不会白流！

唐小八　指导员，我明天就满十四岁，你让我参加常胜连吧！

唐　英　这是我母亲的遗嘱，指导员，你批准吧！

指导员　（与洪涛交换眼色）欢迎你，小八同志！

众青年　指导员，也收下我们吧！

指导员　乡亲们，我们马上要执行一项艰苦的任务，你们的要求，待我们研究后再答复你们，请大家先回家去！

众村民　指导员！……（依依不舍地下）

洪　涛　指导员，上级有什么指示？

指导员　（对众）同志们，自从陈一林打死张君崇揭竿起义后，南路革命形势一时好转；可是敌人孤注一掷，派遣42军把整个雷州的重要圩镇占据，扬言两个月内杀光雷州的共产党和游击队。

王班长　中央军也没三头六臂，跟他们拼！

众战士　对！跟他们拼！

指导员　同志们，敌我力量悬殊，不能硬拼，为了保存革命实力，迂回牵制敌人。粤桂边纵队党委指示我们八团，南征海（康）徐（闻），开辟新区！

众　南征海徐？……

指导员　洪排长、唐英同志，马上召开支委会，研究周连长和唐大婶“后事”，妥善安排疏散众乡亲，今晚十二点赶到寇竹渡集合，准时开船！

众　是！

[灯暗，闭幕。

第二场　百里剪刀山

[1948 年仲冬的夜晚，北风呼呼，冷气袭人。

[深山密林，一轮钩月从树荫下的隙缝穿过照在指导员身上，战士们有的打盹休息，有的烧火取暖，站岗的战士四面观望。

幕　启　指导员关照各个战士后。

（唱）　幽谷夜风穿心冷，卧在红坭无被毡，
衣食弹药件件欠，疟疾病人总相连。
敌人来势很凶猛，
竟提出：两月消灭解放军，
他初来乍到雷州地，未尝苦头出狂言，
未与敌人相交战，
总因为：他大兵团我孤军，
敌我悬殊非硬拼，为保实力下徐闻。
开发新区须谨慎，组织贫民要认真，
排长下村做工作，情况如何未了然。

[王班长发高烧在说梦话。

王班长　冲呀！冲呀！冲……冲……呀！（声音由大到小）

[众战士一时慌张，指导员上前抚摸王班长的头。

指导员　没什么敌情，大家放心休息。

[小八悄悄摘了一根小草刺老高鼻孔，老高打喷嚏介。

老　高　你这是搞什么鬼？

小　八　（小声地）讲故事哪！

老　高　讲死事哕！讲故事！在这个时候，你有心听，我无气讲哪！

小　八　无讲就无讲嘛，要什么态度咯！

老　高　（唱）　当共产兵不如犬，三天两日缺米煲，

剪刀山深屈脚死，勿须敌人来围剿。

指导员　老高同志呀！

（唱）　地上的路凭人走，走多了吗定热闹；

我们是农村包围于城市，切勿效尤张国焘。

党中央条条指示都可靠，下面执行不能漏。

开发新区政策对，

要了解，凡事艰难在开头。

在去年，全面反攻贴布告，

蒋家王朝拾死阄，

长江以北总解放，敌军末日将临头。

士　兵　敌军兵多过蜂窝，逼得我们蹲山沟。

老　高　死鸡还争硬头颈，咱军卧坭人卧楼。

指导员　因咱工作做未够，才至今日缺米煲。

老高你，几多困难都渡过，何必今夜发牢骚。

（白）同志们对南征的意义，未有深刻领会，为什么要南征？南征为了什么？在这个大方向面前不够十分理解。今夜我要借此机会，重温一次。

众　人　好呀！从头到尾再说一遍。

指导员　今天是1948年11月，截至今日止，长江以北的各个省市基本解放，国民党反动派大势已去，我军正以迅雷不及掩耳之势，直捣南京解放全中国。可是，国民党反动派，仍不甘心失败，准备作最后的垂死挣扎，妄想划江为界，迁都来穗，从此把兵力全部压下南方，恰巧在这个时间，敌军保杂团团长陈一林，打死伪军军长张君崇揭竿起义，我军“齐王”也叛党投敌，“齐王”的叛变给我党我军带来极大的损失，整个形势对我方非常不利。

众　人　是呀，“齐王”契弟，知道我军许多的秘密呀！

指导员　原本就是敌强我弱，再加上张光琼带来的42军坐镇雷州各圩市镇，提出二个月内消灭三雷共产党。所以虽说全国形势大好，但是我们还是处于孤军作战，

在这政治斗争中最尖锐、军事斗争中最艰苦的情况下，我方高雷特委和粤桂边纵队的领导们研究决定，为了保持我军的有生力量，扩大我们的活动地方，上级领导决定四团北上廉江化州，八团南征海徐。昨天洪排长下村去组织群众就是这个道理。

老　高　如此说来，反动派死日已近，他们对解放区还敢这样猖狂。

指导员　对解放区，反动派一向都是采取三光政策，无所不用其极，敌占区穷人也没有好日子过呀！

战　士（唱）　人民生命如芥草，

老　高　　兵劫未完贼又偷，

战士乙　　雷州若无得解放，百姓焉能抬起头。

老　高　　为救穷人脱虎口，万死不辞我老高；

指导员　　沉舟侧畔千帆过，

唐大姐（悄悄地）跟后有人接力跑。

众　人　唐大姐你回来了。

唐大姐　回来了！

指导员　唐同志！辛苦了！

唐大姐　同志们辛苦。

指导员　唐同志，牛棚村那个病人，现在怎么样？

唐大姐　他已经脱离危险，我才回来。

指导员　见洪排长吗？

唐大姐　见，我们是单线活动，不敢打招呼。

指导员　对，不能打招呼！

［小八拿蜂窝上。

小　八　同志们！来来吃蜂蛹。

指导员　你自个往哪里去的？

小　八　捉蜂窝咯！

指导员　童性不脱，以后没有组织命令，不许离开队伍。

小　八　我捉蜂蛹分给大家吃，是做好事嘛？！

大　姐　小八！还敢多嘴？！

［小八不敢作声，悄悄地走近老高。

哨　兵　谁？

洪　涛　我，洪涛，“回娘家”！（归部队）

哨　兵　啊！洪排长回来啦！［众人迎上前去，指导员趋前握手。

指导员　洪涛同志，你辛苦了！

洪　涛　同志们辛苦了！

指导员　洪排长，牛棚村的群众，他能接受我们的活动吗？

洪　涛　（唱）　基本群众多得很，没有一个敢露面。

刘氏父子不干掉，谁肯出来作发言。

指导员　站出说话没人肯，这就是个大原因。

到底刘氏甚身份，他是恶魔或瘟神？！

洪　涛　官也不大爵不显，霸道横行手遮天。

父是乡长子保长，巴结上层杀平民。

如果要，在群众中树威信，定要铲除这祸根。

指导员　趁他父子未防御，挺进牛棚捉瘟神。

洪排长，集合队伍。

洪　涛　是！整齐队伍，目标牛棚村，出发！

［众人列队扎架。

［幕落。

第三场　挺进新区

［严冬早晨。

［雷州南方偏僻山区牛棚村祠堂。

［在一槌锣声中启幕。

［一乡丁敲锣上，叫：“喂！全村老幼赶快到祠堂集会，乡长要训话！”边喊

边敲锣下。

[老坎伯、根嫂（背有婴儿）、四叔公、妇女甲乙等众村民被乡丁陆续驱赶上。

乡丁甲　乡长大人到，大家欢迎！（带动鼓掌，可得到的只是村民们仇恨的眼光和嘈杂声。）

[在众乡丁簇拥下，拐着文明棍的乡长刘传业和他儿子刘有利保长神气十足地上。

刘有利　众乡民听着，我父亲肩负一份重任，但还关心众乡亲的安全。前日他从英利459团开会回来，今日特来向你们传达团座口谕，人人要用心听！请乡长训话！（鼓掌，只有乡丁附和）

刘传业　（装腔作势地）牛棚村的父老兄弟姐妹们，中央军459团团座说：现在局势不安，贼匪作扰，到处有共产党捣乱，要大家加强防范！

刘有利　最近，咱们乡，也发现有共产党的行踪！

村民们　（疑惑地）共产党？……

刘传业　啊，共产党你们不懂吗？共产党就是贼眼贼脑、青脸獠牙，到处杀人放火，它要大家共妻共财产！

四叔公等　原来共产党是这样？！……

老坎伯　我不信！

刘传业　你这老傻蛮，本乡长的话，你敢不信？难道你见过共产党吗？

老坎伯　没见过也不信！

刘有利　你出来！

老坎伯　（刚强地）出就出！（站出来只顾抽干烟，若无其事似的，根嫂等人惊恐万分）

刘有利　（凶相毕露）你这老不死，真是胆生毛！

（怒唱）　敢在老虎嘴拔牙，（齿音）

你这老贼胆包天，看你今日这行动，

肯定是，暗去偷来通共匪。

老坎伯　（唱）　共产啥样我未见，

听说是，劫富济贫打官吏。

刘传业　（怒接）你你你，胆敢妖言来惑众，叫乡丁绑他起来上凌迟。

刘有利 （向乡丁）绑起来！

众乡丁 是！（拥上，绑老坎伯）

根　嫂 （不顾肩上婴孩啼哭，趋前跪求，唱）

乡长呀，原谅我爹老年纪，不懂事情是和非。

人老身残多病症，怎受得刑上凌迟。

四叔公 （也跪下求情，唱）

可怜他，婆也归亡儿也死，一家凄凉无倚依。

众村民 （齐跪，接唱）

乡长大人有大量，饶他命长多几年。

刘传业 你们吵什么？（众惊恐地起身）他这个老反骨，老婆死去欠我的债，叫他儿子顶债来我家白吃饭，是他儿子自己找死，我还给他一张草席埋葬，他有恩不报反记仇，敢出言顶撞本乡长，触犯祖先，我要杀一儆百。人来，绑在柱上。

众乡丁 是！（拖老坎伯绑在祠堂门口左柱上）

根　嫂 爹爹！（扑上被刘有利一脚踢跌，婴孩惨哭，众村民急上扶）

老坎伯 （见状，哭喊）大嫂！……

刘传业 你住口！给我打！

乡丁甲乙 是！（用皮鞭揪打老坎伯，村民们束手无策）

根　嫂 （忍无可忍地冲上）你住手，（怒视刘氏父子，唱）

我丈夫，被你活活打到死，

亲人都无得见尸，

你今目，又向老爹下毒手，

杀幼又来杀老年。

我这个，捱饿寡妇不怕死，

甘替老年舍身躯。

刘传业 （怒接）果然你也不想活，

我正好，铲草同时把根除。

（白）也绑起来，全家治罪！（众乡丁拥上）

妇女甲 （抢上抱过婴孩）乡长大人，这个孤儿，你就手下留情吧！

刘有利 （么喝）谁敢讲情？！（对乡丁）老五，抱去抛在后边屎塘里！

乡丁丙 是！（抢去啼婴下，众村民欲拦被乡丁用枪架回）

老坎伯 （这时已醒，见状疾呼）孙儿！

根　嫂 （同时也哭喊）孩子！……

刘有利 绑在柱上！（乡丁把根嫂绑在右柱上）

刘传业 你们都听着，本乡长受中央军459团团座委托，立下乡规，以后谁人私通共产党，说共产话，也要捉来祠堂祭祖！

众村民 （惊愕地跪下）请乡长开恩，饶了他们！

刘有利 莫吵！谁敢讲情，一同治罪！（乡民恐惧地起身）

老坎伯
根　嫂 （同时愤怒地）你这个吃人不吐骨的刘剥皮、流白痢！

刘传业 好，你还敢嘴硬？！人来，剖腹挖肝，生祭祖先！

乡丁甲
乡丁乙 是！（亮出匕首）

村　民 （惊慌地）老坎伯、根嫂！……

[在恐怖的音乐气氛中，甲、乙乡丁左手托盘右手执匕首，凶神恶煞地向老坎伯、根嫂逼近……

[在这千钧一发之际，指导员、洪涛等率领常胜连一排战士突然出现，疾呼“不准动！”刘传业等被这突然袭击吓痴了，战士们保护村民下。

刘传业 （猝然领悟，咆哮起来）快开枪！

[双方展开搏斗，洪涛力战刘有利，指导员牵制刘传业。

[小八愈战愈勇，刀劈两乡丁；众乡丁在战士们的打击下，死的死，降的降，只有刘氏父子还作垂死挣扎。

[小八跑上解开老坎伯的绳索后，又欲去营救根嫂，这时正在垂死挣扎的刘有利向根嫂射去罪恶的子弹，小八见状挺身掩护，不幸中弹。指导员、洪涛分别把刘氏父子活捉。

指导员 林班长，把他们押入祠堂，严加看守。

林班长 是！（与一战士押刘氏父子下）

老坎伯
根　嫂 （扶住受伤的小八哭喊）兵哥！兵哥！

[指导员等这时才发现小八负伤，急上前搀扶，叫“小八，唐小八同志！……”

[唐英抱着酣睡的婴儿、身背药袋急上，见状惊呼：“小八，弟弟！……”

[几乎晕倒，指导员忙接过婴儿。

根　嫂 （含泪地）这孩子？……

指导员 是唐英同志刚从屎塘里救起来的！

根　嫂
老坎伯 你们真是救命菩萨！（倍感激动，哭喊：“小八！”……）

唐　英 弟弟，弟弟！（突然想起，用药涂在小八的鼻孔）

众 小八同志，小八同志！

唐小八 （苏醒环视大家，当见到根嫂，面浮喜色）大嫂，你没有伤着吧？！（根嫂含泪摇头）姐姐……指导员……洪哥哥……（慢慢从身上掏出沾满鲜血的蜂窝）指导员，你们在山上两天没吃东西啦，这蜂窝有蜂蛹，是我刚才在路上捉的，你快和同志们吃吧！

指导员 （含泪接过这血红的蜂窝）小八同志，谢谢你！

[唐小八含笑地绝气。

[强烈音乐，呼喊“小八”的声音响彻寰宇，指导员等含泪脱帽默哀，老坎伯、根嫂突然跪在小八面前放声大哭。……

[幕后悲壮歌声：啊……

烈士血流洒大地，烈士英魂冲云天。

丹心碧血照日月，且看山河飘红旗。

[歌声中，众战士抬小八尸体下。

指导员 唐小八同志为了革命事业，献出了宝贵的青春。今晚我们就在现场开追悼会，会上公审刘家父子！

老坎伯 不是你们及时搭救，我们就没命啦，你们是？……

指导员 我们是共产党领导的游击队，专门打土豪，救穷人。

根　嫂
老坎伯 共产党？……打土豪、救穷人？（惊喜地）原来你们就是共产党？！

指导员 对！大伯，我们大家都是穷苦人，你去告诉乡亲们不要怕，叫他们都来这里！

根　嫂
老坎伯 好，我们马上就去！（满怀喜悦地下）

唐　英 （沉痛地双手托朴刀上）指导员，这是小八遗下的战刀！

指导员 （接刀）　是一柄英雄之刀啊！

唐　英 （唱）　我弟弟，热血洒尽目不闭，

林班长 （接）　要拿敌人生祭他；

众战士 （接）　亲手挖贼黑肝肺，讨慰英魂壮军旗。

唐　英 （唱）　继承烈士的遗志，

老　高 （接）　哪怕血流湿征衣，马革裹尸平常事，
痛命就勿是好男儿。

众战士 指导员，我们攻打英利吧！

指导员 对，英利迟早要打！唐英同志，你有革命的爹妈，又有英雄的弟弟，你应感到自豪呀！小八同志的牺牲，使我们连失去一个好同志，你的仇，也是我们的仇，也是雷州千千万万人民的仇，这个仇，一定要报！

林班长
王班长 对，攻打英利！

众战士 解放雷州！

洪　涛 指导员，去英利侦察的任务，你就交给我吧！

唐　英 你是一排之长，不能去！指导员，我是侦察组的成员，我去！

众战士 我去！

指导员 这个任务很艰巨，今夜的支委会，再研究决定！

洪　涛 乡亲们来啦！

［村民有的半信半疑、有的瞻前顾后，慢吞吞地随老坎伯、根嫂上。

指导员 乡亲们，你们受苦了！

[众乡民胆怯地后退。

老坎伯 （指着指导员介绍）哪，这位就是共产党的长官！

洪　涛 我们共产党也是老百姓，没有长官。

林班长 他是我们的指导员，他是洪排长，我们都是同志！

众村民 （生硬地）指导员……洪排长……同志……

老坎伯 （激动含泪地）乡亲们，就是这位大姐同志（指唐英），在屎塘里救起我的孙子，也是她的弟弟为救我根嫂，给刘剥皮父子打死了！

众村民 （感激流泪拥向唐英）好大姐，……（拥向指导员）指导员！……共产党，原来是救命菩萨！

四叔公 （唱）　刘剥皮，几多无辜遭他死，要拿这贼来碎尸；

妇女甲 （接唱）　我妈也被他毒害，含恨悬梁命休矣。

妇女乙 （唱）　他捉我爹吊打死，拖去深林灭了尸；

众村民 （接）　多少人遭他毒手，罪大恶极老狐狸。

指导员 （唱）　众乡亲，声声血泪感天地，
刘父子，恃势横行罪弥天。
天下豺狼不扫尽，
百姓哪来太平年？！

众村民 指导员，你替我们伸冤啊！

指导员 乡亲们，今晚就在祠堂开斗争会，让你们斗争公审他。

众村民 （愤怒地）好！吊死刘剥皮父子！

指导员 唐大姐，这位大伯伤势很重，村里也有许多乡亲有病，请你用山上采来的草药给他们医治。

唐　英 是！

指导员 洪排长，马上打开刘剥皮的谷围，把谷分给乡亲们！

洪　涛 是！

指导员 乡亲们，马上分粮，再来开斗争会！

[众欢呼雀跃，大幕在欢乐的音乐声中徐徐而闭。

第四场　将计就计

[紧接前场的第二天夜晚。

[牛棚村外的一条岖崎小道。

[在雷雨交加的响声中启幕。

[舞台昏暗，远处传来吆喝声、狗吠声和隐约可见的手电射光。一个幽灵似的黑影，时隐时现，时起时伏地由远而近。

[这时，雨已稍停。在紧张、恐怖的音乐声中，刘有利踉踉跄跄地走上。

刘有利　（边走边唱）树欲静来风不止，
顷刻之时变了天。
刘家千秋的祖业，
眼看败完在今年。
灵神走去何处死，
让共产来变天地。
前日还是齐天下，
今日却成楚城池。

（在黑暗中被石头绊倒，惊呼："谁？" 见没有动静，起身张望，顿觉脚痛："哎哟……"）（咬牙切齿地）"共产党呀共产党，我与你势不两立！有你共产党，就无我刘有利！"（唱）

共产党，锁我父子在屋里，
要给穷人拿分尸。
幸我金蝉会脱壳，
挖墙遁逃出村边。
趁夜要赶到英利，
团坐面前告军机。
为搬天兵灭共产，
哪怕黑夜路岖崎。

[突然喊声四起，刘惊慌失措，进退维谷。

刘有利 坏了，他们追上来啦！我，我钻入树丛暂躲起来！（钻入灌木丛）

（洪排长率战士搜索上）

王班长 洪排长，前面黑影不见了！

洪排长 谅他没有飞天钻地之术，小心搜索！王班长，你带二人封锁去英利的路口！

王班长 是，妃赤、长中随我来。（带二战士下）

（妇女甲乙手持扁担、火把上）

妇女甲 洪排长，各个牛栏、粪间均已搜查，没有人影！

妇女乙 四叔公说他在换牛草时，见个人影鬼鬼祟祟从英利路口出去！

洪　涛 很明显，他是要去459团报讯，事关唐大姐和林班长的安全，同志们，就在这个范围，小心搜查！

众战士 是！（随洪排长搜索下）

妇女甲
妇女乙 （举扁担在灌木丛中无目的地乱打，边打边骂）打死你这个“流白痢！”……

刘有利 （以为已被发现，浑身发抖地爬出来）大姐别打，我出来，我出来！

妇女甲
妇女乙 你站稳，不然我打死你。

刘有利 大姐高抬贵手！

妇女甲 妃二，快去叫洪排长他们来！

妇女乙 是！（急下）

刘有利 （见有机可趁，狗急跳墙）引弟姐，都是本村人，何必这样认真呢！（猝然飞起一脚把妇女甲踢跌，正欲夺路而逃，妇女甲机智地抱住他的大腿呼喊“快来人呀！”刘有利举起扁担正欲下毒手，只听一声枪响，他“哎哟”一声扁担落地）

洪排长 （冲出）站住！（随即逮住刘有利）

[王班长、众战士闻枪声急上，妇女乙上扶起妇女甲。

洪　涛 你好狡猾呀！你说，你要逃去哪里？

刘有利 不，不是逃，是出来放屎。

洪　涛　放屎还要挖墙钻出来？

刘有利　我，我……

指导员　（上）你父子这个声东击西把戏弄得不错嘛！

（老坎伯、四叔公、根嫂等随上，这时天已蒙亮）

老坎伯　你这个流白痴，你教刘剥皮整夜在监里又闹放尿、又闹放屎，又喊头昏，又哭肚痛，原来是转移目标，掩护你挖墙逃跑！

指导员　你讲，你要去做什么？

刘有利　我，我没做什么！……

四叔公　打死你这个流白痴！

王班长　（亮出大刀）你说不说？

众村民　说！

刘有利　我说，我说，是我父亲叫我去英利带兵回来剿村！

指导员　哼，梦想天开，（对战士）押回去，严加看守！

战士甲　是！（押刘有利下）

指导员　洪排长，唐大姐他们为何还未回来呀！

洪　涛　很可能出问题了！

指导员　唐大姐真是党的好儿女呀！

（唱）　她堪称，革命英雄好儿女，
丹心彤彤照青天，
专为革命挑重担，
火海刀丛敢奔驰。

洪　涛　（唱）　为有牺牲多壮志，
敢教月日换新天。
强忍悲痛挑重任，
志坚心红照寰宇。

老坎伯　（唱）　如果不是她姐弟，
我这老头早没尸。

根　嫂　（唱）　救咱全家出火海，

百载难忘党情谊。

妇女乙 （唱） 我爹瘫痪不能起，

凭大姐来救起他。

妇女甲 （接） 我妈患了疟疾症，

凭她医疗病就除。

四叔公 这都是共产党教出来的好队伍、好大姐啊！

众村民 天公保佑，大姐平安回来！

王班长 指导员，那边有个人！……

洪 涛 （望）啊，是林班长，好像负伤了。快！（急与王班长下扶负伤的林班长上）

众 林班长，林班长……

指导员 快，快拿水来！（根嫂急下取水上给林班长饮）

林班长 （艰难地）指导员，唐大姐她，……她为掩护我，被敌人抓去啦！

众 （愕然）啊！

林班长 （板）我们乔装到英利，敌459团就没在旧庙里，正欲深入摸底细，不料一个贼兵认识唐大姐，一声大喊抓共匪。大姐一枪毙了他，趁混乱之中退出英利，这时敌兵四面八方包围我和唐大姐。……

[灯暗转英利圩外路边景。

[唐英、林班长边打边退上。突然一排枪响，两人相继中弹倒下，唐英挣扎起来为林班长包扎。

[伪兵内声："抓活的！"……

唐 英 林班长，你快走！我来引开敌人，掩护你！

林班长 不能，你是副排长，我来掩护你！

唐 英 你伤重，快！

胡凹鼻 （内声）"兄弟们，抓活的赏五块大洋，冲呀！"

林班长 你？你弟弟刚……

唐 英 服从命令，快！（推林班长下，朝相反方向边打边退）

（胡凹鼻推出一伪兵护体，伪兵被唐英击毙，胡趁她枪无子弹冲上抱住搏斗，其他的兵相继冲上，唐英终因寡不敌众，被众伪兵抓住）

胡凹鼻 （狂笑）哈哈哈！

（灯暗），幕后歌声：

中华儿女多壮志，
革命豪情贯天地。
身陷囹圄无所惧，
威镇敌营吓众匪。

（在雄壮的歌声中恢复原场面）

众村民 （唱） 好大姐呀好大姐，
巾帼英雄世无二，
赤胆忠心为革命，
勇闯敌群斗顽匪。

众战士 （唱） 我们誓死打英利，
救出亲人和大姐她。
459团贼据点，
祸害无穷要拔除。

洪　涛 对！指导员，一定要拔除这个据点，救出唐大姐和受难的乡亲！

指导员 同志们！（环视大家，胸有成竹地）王班长，你扶小林回去治疗伤口，其他同志继续帮助乡亲们修补茅屋，下午还要公审刘剥皮父子！

众战士 那英利……

指导员 有得你们打！快去！

众村民 指导员，那唐大姐她？……

指导员 乡亲们先回去，我们一定想方法救出她！

[众战士、村民默默地下。

指导员 洪涛同志，你想过没有，英利有459团重兵把守，敌我悬殊，岂能硬拼？！

洪　涛 请把这个任务交给我吧！

指导员 你的打算是……

洪　涛 （果断地）假冒刘保长，打入敌心脏！

指导员 好，咱们想到一起啦！还要向刘剥皮了解情况，叫他写封亲笔信，这样对你的工作就更有利！

洪　涛　这太好啦！

指导员　马上召开扩大支委会，研究具体行动方案！

洪　涛　是！

[切光，

[幕闭。

第五场　深入虎穴

[翌日早晨。

[英利圩旧庙，敌 459 团团部。

[枯燥的音乐声中启幕；伪团长在背身接电话。

伪团长　是……是！请张军长放心，一定要查出共军主力的去向。是……（用力地摔落听筒）你娘的，只是使嘴不使力，睡着发命令！

（唱）　上头拿我来放屁，命令天天追又追。
他在县城享清福，我在庙堂角头蹲。
猪笼吹风吹坏气，硬逼我来爬刀梯。
我似阎王开酒店，个鬼都无敢上门。
开来英利一月多，（几音）
只碰得个满脸灰。
共军主力踪和迹，准确报情无一回。
前日里，两个土共来“探水”，
生擒一个回审问。
谁料到，打她骨碎都不怕，
守口如瓶目睽睽。（气急败坏坐下喘粗气，伪参谋上）

伪参谋　团长！……

伪团长　（不理睬）……

伪参谋 （再趋前轻声地）团长，她又活起来了！

伪团长 她活她死又怎样？难道你还想在她身上捞油水？！

伪参谋 不过她才是我们唯一向上头交差的“货”呀！

伪团长 上头要的是共军全部主力，不要她这个僵尸！

伪参谋 难道对她就没有其他方法了吗？

伪团长 （不耐烦地）你方法多得很，你那个少太太方法很多，可还是碰了钉子！

姘　妇 背后骂人，乃小人之辈！（满身妖气，首尾摇摆地上）堂堂一个团长大人，都对付不了一个女共产，怎敢怪我一个无官无职的女人呀？！

伪团长 这是459团总部，不是你参谋长的私房！

姘　妇 哈哈，好便宜的皇帝下村，堂堂团总部，竟设在一间破庙里。

伪团长 妇人之见，头毛长见识短，我没闲工夫与你磨牙！（只顾抽闷烟）

姘　妇 （娇气地）可你不要忘记，在“麻将”阵上你可是我的手下败将！

伪团长 （无可奈何地）你？咳！……

伪参谋 现在办公事，你回去弄你的莲花镜！

姘　妇 你站在矮檐下，只会低头哈腰！哼！（扭动蛇腰、娇气地）告诉你，团长大人，那一“关”虽未结局，也该你输了，今日又该你请客（下）

伪参谋 （摇头叹息）唉！……

［电话铃响。

伪参谋 团长，电话……

伪团长 （暴跳地）电契弟！张光琼吃饱没事做，一天来几十次电话，没听也知道！

［电话铃连续着响，伪参谋无奈拿起听筒。

伪参谋 （大声地）喂，哪里呀？（突然像触电似地肃立）是，军座大人！（对伪团长）团长，张军长叫你！

伪团长 （无奈何地接过听筒）是，军座大人！……哎呀，对她也打也讹，可她什么也不肯讲……嗯，呃！什么？三天？哎呀，军长呀！

（唱）　三天限期实太短，

什么？上头令来不能推？

团长，宽限几天得不得，

是是，延迟半天要头颅。

（白）军长，军长！（无反应，怒摔听筒）（愤怒）张光琼！

（唱） 拿我头颅卖高价，

给你光琼好起家。

官卑职小吃大气，

三天过期头担枷。

伪参谋 团长！（唱）

我不信，这女共产嘴偌硬，

难道她不是娘生。

金钱财宝再引诱，

试看他，到底有否惜头颅。

伪团长 （唱） 我死你也要陪驾，

伪参谋 （唱） 为你效劳死不辞。（推音）

伪团长 （讥讽地唱）

你的妙计还有否？

伪参谋 （唱） 只望豆熟再发芽。

伪团长 又是一线希望？

伪参谋 这话不假！

伪才长 好！今日这堂，由你来坐！

伪参谋 多谢团长信任。人来，把那个女共产带上来！

[内声：“是！”传来吆喝声。

[强烈音乐，内场歌声：

革命儿女豪情壮，

信步从容闯刀山。

[在众伪兵的簇拥下，遍体鳞伤的唐英神态自若地上。

（歌声续）此身许党无所惧，

岂怕残匪如虎狼。

唐　英 （唱） 唐英一心忠于党，

刀挂头颅不惊慌。
但愿春风暖大地，
愿以血来驱严寒。

伪参谋 （趋前）姑娘呀！
（唱） 常言道，苦海无边回头是岸，
何必犹豫误时光。
只要你，说出主力踪和迹，
赏你一个营长衔。
如果不想当营长，
赏你白银二十万。
本参为你守秘密，
你可逍遥任嫁郎。

唐　英 闭住你的狗嘴！
（唱） 金钱使你灵魂乱，
你为金钱行“三光”。
金钱能诱刽子手，
难诱忠诚共产人。

伪参谋 （唱） 你们一撮土共产，
捱饥捱寒卧山洞。
（板）我们中央军，已把整个雷州霸占，四面布下天罗地网，你们上天无路钻地无洞，倒不如及早来投降，我们送你去南京上海或苏杭，任你有福享！
（续唱） 姑娘你，须知青春比金贵，
岁月如流不饶人。

唐　英 （唱） 你你你，倒行逆施行暴敛，
祸国殃民罪如山。
共产党，百万雄师势如破竹，
且看你，这帮顽匪何处藏？！
雷州一定要解放，

你欲在，江南称王是做梦。

伪团长 （暴跳地唱）

死到临头还嘴硬，

我要你，抽筋剥皮来放盐。

唐　英 （视死如归地唱）

要杀就杀砍就砍，

何必磨牙误时光。

伪团长 （接）人来把她拖下去，赏她几颗枪子弹！

众伪兵 是！（欲动手）

伪参谋 慢！（向伪团长）团长！……

伪团长 团个屁！和共产党打交道，我比你多！

伪班长 （上）报告团长，牛棚村刘保长求见！

伪团长 （大声）什么？

伪班长 （也大声）牛棚村刘保长来求见团长！

众　人 啊？！（各有不同表情）

［幕后歌声起：

一声惊雷天欲顷，

为什么？

半途杀来程咬金，

贼保长若来报讯，

舜刻之时祸来临。

伪团长 （唱）　救急来个孙大圣，

伪参谋 （唱）　须要看，他是真佛或假观音。

唐　英 （旁唱）　我要拖住贼保长，

好让咱，队伍转移到山林。

伪团长 快请刘保长！

伪班长 是！（下）

伪参谋 团长，共产党诡计多端，须要多加小心呀！（发现唐英还在场，命令伪兵）

先把她押下去关起来！

众伪兵 是！（押唐英下）

伪团长 （讥讽地）你够小心，可走路又碰着壁！

伪参谋 （言之有意）总之这三天限期……

伪团长 我若死，你也活不成！

[内声：“保长到！”洪涛保长打扮随伪班长上。

伪班长 这位就是我们团长，这位是吴参谋长！

洪　涛 团长、参谋长大人在上，小人这里有礼！（脱帽施礼）

伪团长 你是何人？

洪　涛 牛棚村小保长刘有利！

伪团长 何乡所管，乡长是谁？

洪　涛 英迈乡所管，乡长是小人家严刘传业！

伪团长 哈哈哈，来得正好。人来，把他绑起来！（众伪兵一拥而上）

洪　涛 （神态自若）慢！团长！

（唱） 为何要把我捆绑，
恶煞凶神似群蜂。
刘某究竟犯何罪，
团长不妨谈一谈。

伪团长 （唱） 你敢私通共产党，
口甜舌滑腹藏奸。

洪　涛 （唱） 我通共产谁作证？
你休要，信口开河乱咬人！

伪团长 （唱） 你若不是通共产，
为何不来帮清乡？
前日你父来开会，
问你潜逃何处藏？！

洪　涛 （唱） 你是王母蟠桃宴，
神仙才能来朝参。

我是一个无名辈，

岂敢狂妄见大人。

团　长　这？

伪参谋　（突然袭击地，唱）

你就是个土共产，

小卒过河把“军将”

前日逃了“卧槽马”，

今日你，补数赔来入牢笼。

（白）把他绑起来！

伪班长　是！绑起来！（喝令伪兵甲乙把洪涛绑起）

伪团长　我看你就像个共产党！

洪　涛　唉！（唱）真心效劳遭诬陷，

小官果然多磨难。

有利不怕含恨死，

只可惜，无辜家严坐监房。

伪团长　什么？你父亲还押在监房？

洪　涛　（抹泪）太冤枉了！

伪参谋　为什么？

洪　涛　既然把我绑起来，又何必多问！

伪团长　（见状怒斥伪班长）你娘的，谁叫你绑他起来！

伪班长　是，是！（怒斥伪兵甲乙）快解开！（伪兵给洪松绑）

伪团长　事情究竟是怎样，你快说来！

洪　涛　咳，一言难尽呀！（唱）

大前夜，我村来了土共产，鸡飞狗跳天地翻。

我和父亲不及走，给他抓来困监房。

说什么，分田分地要共产，穷鬼个个气嚣张。

要拿我们去公审，将我家财分穷人。

我父亲，妙计胜过诸葛亮，暗中写成信一封。

巧施声东击西计，掩护我逃出监房。
我有利，冒死逃来见团长，欲救家严出牢监。
谁料到，共产也捉你也打，教我如何识做人？！

伪团长 共产党敢在我头上捉虱？你父亲的信呢？

洪　涛 （呈信）请团长过目！

伪团长 （接信细看）对，是刘传业的笔迹。（对伪参谋）你，差些坏了我的大事！（对洪涛）刘保长，你受屈了，快请坐，坐！

洪　涛 团长大人在此，哪有小人之座位？

伪团长 叫你坐你就坐嘛！

洪　涛 谢团长赐坐！（大方地与伪团长对面而坐）

伪参谋 （接过信细心观察）唔……

伪团长 一班长，拿酒上来为刘保长洗尘！（伪班长："是！"与伪兵甲乙下）参谋长，你也过来痛饮一杯！

洪　涛 请！

伪参谋 唔！……（伪班长捧酒菜上摆好）团长！（示意伪团长离座，阴险地对其耳语，伪团长不以为然地点首，接着与伪班长耳语，伪班长会意地下）

伪团长 刘保长，一路辛苦了。来，大家痛饮一杯！（与伪参谋同时举杯）

洪　涛 （举杯）团长、参谋长请！

齐 请！（干杯）

伪团长 （唱）　刚才错怪刘保长，
诚意赔偿酒一盅。
这是无心之过失，
保长量无记前嫌。（敬酒）

洪　涛 谢谢！（接酒一饮而尽）
（唱）　冷酒下喉心倍暖，
团长恩情重如山。
愿你长驱雷州地，
指日旌旗奏凯还。

伪团长 好说，好说！

伪参谋 刘保长，你来得正巧。这几天我们抓到几个可疑妇女，她们都说是本圩和你们乡的百姓，正好请你来辨认一下。

洪　涛 如果是我们乡的百姓，我一定认得出来！

伪参谋 （以为得计）好，好！一班长！

伪班长 在！（上，示意已布置妥当）

伪参谋 你去把那几个可疑妇女都带上来！（贼眼暗示）

伪班长 （点首领会）是！（下）

伪参谋 （入座）刘保长，你辛苦了，再干一杯！

伪团长 （只顾饮酒）干！

洪　涛 （胸有成竹）干！

［内声："走！"接着是嘈杂、哭喊声。

［伪班长与伪兵押唐英与村妇甲乙上，姘妇也化妆混在人群里。

伪班长 报告，都带出来了！

伪参谋 （狡猾地）刘保长，请！

洪　涛 好！（起身巡视，在强烈的音乐气氛中表情各异，村妇惊呼："我们不是共产党！"亲人相见，各按其情）

［幕后歌声起：

亲人相见情激荡，两厢心房波浪翻。

强按革命阶级爱，施展韬略斗凶狼。

姘　妇 （突然抱住洪涛的大腿）共产哥，你，你快来救我！

洪　涛 你？（怒视）团长，她像城里的妓女，不是共产党，你何必把她抓来？快滚开！（踢跌姘妇）

唐　英 （冷不防给洪一记耳光）流白痴！你这个作恶多端的贼保长，我和你拼啦！（冲上）

洪　涛 （就势将唐拖出并一脚将她踢跌）共产党！

（怒唱）　看见这个女共产，

不由我，怒火沸腾冲云端。

前日你拿我受罪，

老子今日要你偿！（举起长凳要打）

伪参谋 （急拦）先别动气，有话慢说！

洪　涛 参谋长，

（唱） 她就是，进驻我村土共产，

这个女匪最嚣张。

是她煽动穷百姓，

把我家财总劫完。

（对唐英）想不到吧？你想拿老子剥皮，今日我拔你毛！（举打）

伪参谋 （拦）等一等。

伪团长 （跳起来）等契弟！她是寿星公吊颈嫌命长，拖去毙了算啦！

洪　涛 对！给我亲手宰了她！

伪参谋 （对伪团长）既然她是要犯，杀了如何向张军长交差？

伪团长 这？……

伪参谋 （对伪班长）把她关在另一个监房，严加看守！押下去！

伪班长 是！押下去！（与伪兵押唐英等下）

姘　妇 （羞怒）教我活受罪，真是白日见鬼！（怒踩伪参谋长脚跟，赌气下）。

伪参谋 （忍住疼痛）你？……

伪团长 （幸灾乐祸）哈哈哈，这正是周郎妙计安天下，赔了夫人……

伪参谋 （制住）团长！酒凉兴热，咱们还是趁热饮酒吧！

伪团长 好，饮酒！刘保长，你果然忠心效劳，来，再饮几杯！

伪参谋 伙夫，加菜来！（三人入座，伪兵端菜上摆好）

伪团长 刘保长，趁着菜热，快饮！

洪　涛 团长、参谋长请！（三人饮酒，各怀其情）

伪参谋 （唱） 保长年青有才干，

何故隐藏在山乡？

当今乱世缺志士，

怎不腾达混官场？！

洪　涛　过奖了！

（唱）　刘某虽是小保长，

故里故土吃得香。

论官不比参谋你，

可我是个土霸王。

伪团长　（唱）　我奉命，挥师雷州戡匪乱，

怎奈是，处处设防都扑空。

你是隐居的贤士，

请出茅庐帮一忙。

洪　涛　言重了！

（唱）　刘某只有傻胆量，

比两位，宛似小神见金刚；

团长你，休把鱼目混珠宝，

我有利，自知树高不敢攀。

伪团长　你太谦让了！像你这样人才，若在我身边效劳，我马上请示军座，委任你……

洪　涛　呃，刘某对党国（肃立）倘无半寸之功，焉敢匆忙讨封？！

伪团长　哪你的意思是？……

洪　涛　待我带兄弟们去剿灭这股共军，回来再说！

伪团长　你有把握吗？

洪　涛　团长！（唱）

要抓这股土共产，

易过入园拔大葱。

陆逊虽无万夫勇，

败走麦城关云长。

伪参谋　你的打算是？……

洪　涛　（板）人称刘某“大炮”放得响，请参谋长多包涵，若说消灭这股土共产，我看易如反掌。我的判断是，他们虽知我逃遁，未能摸清我的去向，即算是转

移，也未能逃出英迈乡；我们若果迅速去围剿，谅他不能漏网；如果有差错，我愿提头颅回见团长！

伪团长 你真干脆！事不宜迟，马上出兵！

伪参谋 慢！

伪团长 慢什么？再慢你我头颅就要搬家啦！

伪参谋 我是想问刘保长，究竟要带多少兵力去！

洪 涛 （果断地）多则一个排，少则一个班！

伪团长 好，就给你一个排！

参谋长 （试探地）那么这个女共产？……

伪团长 留着她已无多大价值，且等今天战役之后，若上苍保佑能俘虏他几个的话，就上报军座，在明日把他们游街示众，放香饵、诱大鱼。你的意思是？……

洪 涛 一举消灭共军主力！

伪参谋 能这么简单吗？

洪 涛 咱们广贴告示，趁着闹市把他们游街示众，共军主力一定倾巢而来劫法场。这样，我们预先布下奇兵，但等他们一出动，我们就可张网捕鱼，管教他一个也跑不了！

伪团长 好极了！你真是胸有韬略。我马上电报张军长，事成之后，一定委你要职！（对内）一排长！

胡凹鼻 （上）团长，你叫我？

伪团长 这位是刘保长，你马上集合你排人马由刘保长带去围剿共产党。告诉兄弟们，若打胜仗，每人赏一块大洋！

胡凹鼻 团长，那我呢？

伪团长 漏不了你，馋钱鬼！

胡凹鼻 是！（跑下，哨子声！内喊："一排紧急集合！"）

伪参谋 （别有用心地）一班长，你去要好好保护刘保长！（奸险地耳语）

伪团长 对，要好好保护刘保长！

胡凹鼻 （上）报告，队伍集合完毕！

伪团长 刘保长，祝你马到功成！

伪参谋 我们等着你的好消息！

洪　涛 （一语双关）别急，最好的消息，还在后头！

伪团长 哈哈哈！

[切光。

[幕闭。

第六场　真仗假打

[紧接前场。

[英利圩外山道。

[启幕，林、王班长带领四战士走边上。

众 （唱）　寒风扑面心倍暖，跨谷穿林过村庄。

巧计布下疑兵阵，肥鸡捧来拜豺狼。

林班长 同志们，指导员交给我们的任务，是配合洪排长，打入459团；这一仗只能输、不能打赢，一切听从洪排长的指挥！

战　士 是！

王班长 既要打得凶，又要输得像！

林班长 更要保护洪排长的安全！

战　士 是！

老坎伯 （急上）林班长，洪排长已经引敌人出来了！

林班长 他们从哪个方向去？

老坎伯 按照洪排长预定的暗号，他们是向羊了村方向去！

林班长 老坎伯，辛苦你了，请你回去告知指导员，我们按原定计划执行，保证完成任务！

老坎伯 我这就去！（急下）

林班长 同志们，抢先到羊了村路口，跑步前进！

众 是！

[切光、换景；羊了村路口。

洪　涛（内唱）金乌当空指方向，胆壮心红志如山。

[众伪兵似螃蟹般地爬上，胡凹鼻一路斥责他们。洪涛信步上，伪班长尾随监视。

洪　涛 一排长，羊了村就在目前，我们就地休息，准备战斗！

胡凹鼻 是，就地休息，注意隐蔽！

伪兵甲 再不休息我也走不动啦！（由于饥渴，就地倒下。其余伪兵也纷纷叫苦，各自寻憩息。胡凹鼻在吃着什么，伪班长一边与他耳语，一边观察洪排长的动静）

洪　涛（续唱）只要阳光照大地，洪涛安危又何妨。
虎穴相见付排长，强按心头浪涛翻；
亲人虽然在咫尺，也似隔离墙几层。
众乡亲，火海挣扎多惨况，黑夜茫茫盼阳光。
敌人末日将临近，垂死豺狼更凶残。
岂怕敌人多阴险，穿它鼻来把它牵。
大伯已接我情报，好戏必无人误场。

伪班长 保长先生，今日出来，你看有把握吗？

洪　涛 但愿灵神保佑，刘某飞黄腾达就在此一着。胡排长，你看，前面就是羊了村，咱们迅速包抄入村，以迅雷不及掩耳之势，给它来个措手不及！

胡凹鼻 对，兄弟们，准备！（众伪兵起身）

洪　涛 兄弟们记住，团长大人要活饵，回去加倍封赏！

胡凹鼻 对，要抓活的！

[突然一颗子弹飞来打落胡凹鼻的帽，洪排长伸手接住并按倒胡凹鼻，众伪兵惊慌失措地各找护体。

胡凹鼻 契弟仔，谁打的枪？

洪　涛 看，土共产出来啦，快打！

胡凹鼻（对伪兵）还不快打！

（伪兵胡乱开枪，突然枪声大作）

洪　涛　(对内) 共产兄弟们，本保长和你讲话，你们被包围啦，快投降吧!

林班长　(内声) 流白痴，你跑了和尚跑不了庙。你若不投降，就把你的乡长父吊死!

(伪班长听了马上解疑)

洪　涛　你等着看吧! (拾起一死伪兵的枪) 兄弟们，跟我冲! (欲起身)

伪班长　(急拦) 刘保长，这太危险，让兄弟们先冲，你不能打头阵!

洪　涛　刘某生来就是虎! 排长，你带领兄弟们，跟我冲! (边打枪边下)

胡凹鼻　快冲，快冲! (赶羊似地逼众伪兵冲下)

[林、王班长和众战士与伪兵们展开鏖战。

[林、王与胡凹鼻、伪班长拼搏，胡等还处在危急时被洪冲上解救，并击跌林、王，众伪兵拥上把二人抓住。其他战士“败逃”，一战士假跌，洪涛跃上把他擒住。

洪　涛　不准动!

胡凹鼻　(还未及爬起) 哈哈! 这下老子的荷包又有“货”啦!

洪　涛　胡排长，带回去领赏!

胡凹鼻　好，我一定在团长面前报你头功!

伪班长　想不到刘保长文武全才!

胡凹鼻　兄弟们，今晚回去庆大功! 嘻嘻嘻!

洪　涛　看好戏! 哈哈哈

[切光。幕闭。

第七场　智取英利

[当天夜晚

[英利古庙后耳房的临时监房。

[在一片饮酒、猜拳声中启幕。

[二道幕前，伪兵甲乙无精打采地站立衣边。

伪兵甲　(听见内的饮酒、猜拳声，不时向内张望，垂涎地) 俺去打仗人庆功，

伪兵乙 人生就分精与傻，

伪兵甲 人饮酒，

伪兵乙 俺吞涎！（看看里面，吞了几口垂涎）

洪 涛 （捧酒菜上）兄弟，今日你们辛苦了，我拿来些酒菜，你们就地而饮！

伪兵甲乙 （见酒菜、贪婪地）烧猪肉？！

洪 涛 英利烧猪肉，肉香皮脆，名誉雷州！

伪兵甲乙 肉香皮脆，嘻嘻，嘻嘻！（互相抢吃）

［洪涛趁其不备，将二伪兵击晕，拖下一边。

［伪班长醉醺醺地哼着“南风歌”上。

伪班长 妃才、老五！（挣开醉眼发现人不在）契弟仔，去哪儿死啦！（欲向一边）

洪 涛 （闯出拦住！手拿酒樽，装有醉意）班长，两位兄弟辛苦了，我拿些酒菜和他们干杯。你还饮吗？

伪班长 怎么躲在旮旯里饮酒啊？契弟仔，快出来！

［林、王班长伪兵打扮，低头站出。

伪班长 叫你看守人，你就饮酒，如果出了事，团长就搜你们的九族！（举手欲打）

洪 涛 （拦）一班长，他们实在太辛苦了，看在我的面上，你就饶他们这一次吧

伪班长 哼！不是刘保长……呵，不是，刘营长讲情，我就宰了你！

洪 涛 还不站在门口好好看守！（林、王点头下）

伪班长 （讨好地）呃，刘营长，那个女共产年青貌美，不是可以做个营长太太吗，嘻嘻！

洪 涛 你真够眼力！我今夜就要和她“做戏！”

伪班长 你真有福气！一来就有官有美人。记住在团长面前帮兄弟说几句好话呀，嘻嘻！（摇摇摆摆地下）

洪 涛 （机警地四顾，招手叫出林、王、战士甲）你两人掩蔽好，枪声一响，就夺机枪封锁大厅正门，林班长随我来救出唐英同志！（分头下）

［切光，启二幕。

［唐英满身伤痕，披枷带锁坐在“监狱”里，随着低沉的音乐声慢慢起身机警地听外边的动静，心情焦虑地。

唐　英（唱）　雄鹰困在铁笼里，虽有翅膀也难飞。

战士离开了队伍，宛似涸鱼与水离。

哀悼双亲和弟弟，为国为民献身躯。

思念乡亲和战友，不知相逢在何时。

红旗已插遍大地，

反动派，梦想拳头遮青天，魔掌伸来雷州府，

企图毁灭大红旗。

雷州英雄好儿女，革命豪情撼地天。

团结在，粤桂边纵党旗下，勇挽狂澜斗顽匪。

唐英生来骨是铁，岂怕敌人软硬兼施。

血可流、头可断，革命征途志不移。

怀念洪涛好同志，独闯敌营探军机。

愿他平安回部队，逢凶险时化为夷。

[伪兵丙引洪涛上，开锁，被林班长从后击倒拖下。

洪　涛　唐大姐，唐英同志，你受苦了！

唐　英　（悲喜交加）洪排长，洪涛同志（扑在洪涛怀里）

洪　涛　（为唐英打开枷锁）指导员带全连同志们已经埋伏在圩内，咱们里应外合。走！（欲出监门）

伪参谋　（突然站在门口）哈哈，你们果然是在演戏！

洪　涛　参谋长，团长已经把她送给我了！

伪参谋　（猝然亮枪）别再演了。举起手来！（林班长出其不意地把枪口顶住伪参谋并夺去手枪）。

洪　涛　参谋长，戏还要演，好戏还未开场！

伪参谋　你们是……

洪　涛　粤桂边纵队领导的南路游击队！

伪参谋　（如泄气皮球）高抬贵手——

洪　涛　林班长，你马上带唐英同志出去接应指导员他们！

林班长　是！（与唐英急下）

伪参谋 （见只有洪涛一人，狡猾地）你们几个土共产，斗得过我们一个团？你看刀！（突然从靴内拔出匕首向洪涛刺去）

洪　涛 （避开锋芒，藐视地索性把手枪插起，空手对刀。几个回合打得伪参谋昏头转向，最后似抓鸡似地将他逮住）团长在什么地方？

伪参谋 （趁机疾呼）快来人呀，共产来啦！

[冲出几个伪兵向洪涛开枪，洪推伪参谋挡住，随即开枪击毙一个伪兵，其余伪兵被唐英带领战士们冲上击毙，这时枪声大作。

洪　涛 同志们，内外夹攻，直捣团总部！

众 是！（亮相）

[切光、换景。

尾声

[459 团总部。景同第四场。

[在密集的枪声中，伪团长与众伪兵狼狈地上。

姘　妇 （惊慌地抱住伪团长）我的参谋长呢，他人呢？

伪团长 （发怒地）你和他睡觉，还来和我讨人？

[枪声骤至，姘妇惊呼地走下。

伪团长 机枪！快，机枪！

伪兵丁 机、机枪没……没见啦！

伪团长 我枪毙了你！……快冲，快顶住！快！（伪兵欲冲，纷纷倒下。胡凹鼻急上。）

胡凹鼻 报告团长，二排和我一排，在黑暗中自己人打起来啦！

伪团长 （气极）凹鼻鬼呀，你眼睛盲啦？！

胡凹鼻 可他们也没眼啦！

伪团长 你人马呢？

胡凹鼻 只剩十几个人啦！

伪团长　我要你命！快冲！

胡凹鼻　是，冲！冲呀！（若干伪兵跟下）

［内场枪声、喊杀声大作，洪涛上。

伪团长　刘保长，不，刘营长，你快来！

洪　涛　我这不是来了吗？

伪团长　你快保驾！

洪　涛　你保不住了！

伪团长　你是……

洪　涛　南路游击队八团常胜连战士——洪涛！

众　（愕然）啊？

伪团长　快抓起来！

［众伪兵乱作一团，唐英、林、王班长带领战士们冲上与伪兵展开搏斗，伪团长逃下，洪涛追下。

［林班长刀劈胡凹鼻，冲下。

［王班长击毙伪班长，冲下。

［唐英力战众伪兵，伪团长逃上接住厮杀，唐终因寡不敌众，正处危险之际……

［洪涛冲上解围，接着林、王赶上协助唐英击毙众伪兵。洪涛生擒伪团长。

［这时，东方已白。指导员、老坎伯、根嫂等村民群众上与洪涛等握，众欢呼。

指导员　同志们，乡亲们，张光琼这只老虎被我们砍掉一只爪了，反动派的末日到了，我们军民同心，迎接雷州解放！

［朝霞四射，众欢呼雀跃。

［幕在喜庆的音乐声中徐徐落。

［剧终。